苏州全书 乙编

《苏州全书》编纂出版委员会 编

·倪焕之（外四种）

苏州大学出版社
古吴轩出版社

## 图书在版编目(CIP)数据

倪焕之:外四种/叶圣陶著. -- 苏州:苏州大学出版社:古吴轩出版社,2023.6
(苏州全书)
ISBN 978-7-5672-4414-6

Ⅰ.①倪… Ⅱ.①叶… Ⅲ.①中国文学—现代文学—作品综合集 Ⅳ.①I216.2

中国国家版本馆CIP数据核字(2023)第088881号

**责任编辑** 杨　柳
**装帧设计** 周　晨　李　璇
**责任校对** 祝文秀

| 书　　名 | 倪焕之(外四种) |
|---|---|
| 著　　者 | 叶圣陶 |
| 出版发行 | 苏州大学出版社 |
| | 地址:苏州市十梓街1号　电话:0512-67480030 |
| | 古吴轩出版社 |
| | 地址:苏州市八达街118号苏州新闻大厦30F　电话:0512-65233679 |
| 印　　刷 | 常州市金坛古籍印刷厂有限公司 |
| 开　　本 | 787×1092　1/16 |
| 印　　张 | 41.75 |
| 版　　次 | 2023年6月第1版 |
| 印　　次 | 2023年6月第1次印刷 |
| 书　　号 | ISBN 978-7-5672-4414-6 |
| 定　　价 | 360.00元 |

## 《苏州全书》编纂工程

### 总主编

曹路宝　吴庆文

### 学术顾问
（按姓名笔画为序）

| | | | | | |
|---|---|---|---|---|---|
| 马亚中 | 王卫平 | 王为松 | 王　尧 | 王华宝 | 王红蕾 |
| 王　芳 | 王余光 | 王　宏 | 王　锷 | 王锺陵 | 韦　力 |
| 叶继元 | 朱诚如 | 朱栋霖 | 乔治忠 | 任　平 | 华人德 |
| 全　勤 | 邬书林 | 刘　石 | 刘跃进 | 江庆柏 | 江澄波 |
| 汝　信 | 阮仪三 | 严佐之 | 杜泽逊 | 李　捷 | 吴永发 |
| 吴　格 | 何建明 | 言恭达 | 沈坤荣 | 沈燮元 | 张乃格 |
| 张志清 | 张伯伟 | 张海鹏 | 陆俭明 | 陆振岳 | 陈广宏 |
| 陈子善 | 陈正宏 | 陈红彦 | 陈尚君 | 武秀成 | 范小青 |
| 范金民 | 茅家琦 | 周少川 | 周国林 | 周勋初 | 周　秦 |
| 周新国 | 单霁翔 | 赵生群 | 胡可先 | 胡晓明 | 姜小青 |
| 姜　涛 | 姚伯岳 | 贺云翱 | 袁行霈 | 莫砺锋 | 顾　芗 |
| 钱小萍 | 徐兴无 | 徐　俊 | 徐　海 | 徐惠泉 | 徐　雁 |
| 唐力行 | 黄显功 | 黄爱平 | 崔之清 | 阎晓宏 | 葛剑雄 |
| 韩天衡 | 程章灿 | 程毅中 | 詹福瑞 | 廖可斌 | 熊月之 |
| 樊和平 | 戴　逸 | | | | |

## 《苏州全书》编纂出版委员会

### 主 任

金 洁　查颖冬

### 副主任

黄锡明　张建雄　王国平　罗时进

### 编 委

（按姓名笔画为序）

| | | | | | |
|---|---|---|---|---|---|
| 丁成明 | 王乐飞 | 王 宁 | 王伟林 | 王忠良 | 王 炜 |
| 王稼句 | 尤建丰 | 卞浩宇 | 田芝健 | 朱从兵 | 朱光磊 |
| 朱 江 | 齐向英 | 汤哲声 | 孙中旺 | 孙 宽 | 李 军 |
| 李志军 | 李 忠 | 李 峰 | 吴建华 | 吴恩培 | 余同元 |
| 沈 鸣 | 沈慧瑛 | 张蓓蓓 | 陈大亮 | 陈卫兵 | 陈兴昌 |
| 陈其弟 | 陈 洁 | 欧阳八四 | 周生杰 | 查 焱 | 洪 晔 |
| 袁小良 | 钱万里 | 铁爱花 | 徐红霞 | 卿朝晖 | 凌郁之 |
| 高 峰 | 接 晔 | 黄启兵 | 黄鸿山 | 曹 炜 | 曹培根 |
| 程水龙 | 谢晓婷 | 蔡晓荣 | 臧知非 | 管傲新 | 潘志嘉 |
| 戴 丹 | | | | | |

# 前　言

中华文明源远流长，文献典籍浩如烟海。这些世代累积传承的文献典籍，是中华民族生生不息的文脉和根基。苏州作为首批国家历史文化名城，素有"人间天堂"之美誉。自古以来，这里的人民凭借勤劳和才智，创造了极为丰厚的物质财富和精神文化财富，使苏州不仅成为令人向往的"鱼米之乡"，更是实至名归的"文献之邦"，为中华文明的传承和发展作出了重要贡献。

苏州被称为"文献之邦"由来已久，早在南宋时期，就有"吴门文献之邦"的记载。宋代朱熹云："文，典籍也；献，贤也。"苏州文献之邦的地位，是历代先贤积学修养、劬勤著述的结果。明人归有光《送王汝康会试序》云："吴为人材渊薮，文字之盛，甲于天下。"朱希周《长洲县重修儒学记》亦云："吴中素称文献之邦，盖子游之遗风在焉，士之向学，固其所也。"《江苏艺文志·苏州卷》收录自先秦至民国苏州作者一万余人，著述达三万二千余种，均占江苏全省三分之一强。古往今来，苏州曾引来无数文人墨客驻足流连，留下了大量与苏州相关的文献。时至今日，苏州仍有约百万册的古籍留存，入选"国家珍贵古籍名录"的善本已达三百一十九种，位居全国同类城市前列。其中的苏州乡邦文献，历宋元明清，涵经史子集，写本刻本，交相辉映。此外，散见于海内外公私藏家的苏州文献更是不可胜数。它们载录了数千年传统文化的精华，也见证了苏州曾经作为中国文化中心城市的辉煌。

苏州文献之盛得益于崇文重教的社会风尚。春秋时代，常熟人言偃就北上问学，成为孔子唯一的南方弟子。归来之后，言偃讲学授道，文开吴会，道启东南，被后人尊为"南方夫子"。西汉时期，苏州人朱买臣负薪读书，穹窿山中至今留有其"读书台"遗迹。两晋六朝，以"顾陆朱张"为代表的吴郡四姓涌现出大批文士，在不少学科领域都贡献卓著。及至隋唐，苏州大儒辈出，《隋书·儒林传》十四人入传，其中籍贯吴郡者二人；《旧唐书·儒学传》三十四人入正传，其中籍贯吴郡（苏州）者五人，文风之盛可见一斑。北宋时期，范仲淹在家乡苏州首创州学，并延名师胡瑗等人教授生徒，此后县学、书院、社学、义学等不断兴建，苏州文化教育日益发展。故明人徐有贞云："论者谓吾苏也，郡甲天下之郡，学甲天下之学，人才甲天下之人才，伟哉！"在科举考试方面，苏州以鼎甲萃集为世人瞩目，清初汪琬曾自豪地将状元称为苏州的土产之一，有清一代苏州状元多达二十六位，占全国的近四分之一，由此而被誉为"状元之乡"。近现代以来，苏州在全国较早开办新学，发展现代教育，涌现出顾颉刚、叶圣陶、费孝通等一批大师巨匠。中华人民共和国成立后，社会主义文化教育事业蓬勃发展，苏州英才辈出、人文昌盛，文献著述之富更胜于前。

苏州文献之盛受益于藏书文化的发达。苏州藏书之风举世闻名，千百年来盛行不衰，具有传承历史长、收藏品质高、学术贡献大的特点，无论是卷帙浩繁的图书还是各具特色的藏书楼，以及延绵不绝的藏书传统，都成为中国文化重要的组成部分。据统计，苏州历代藏书家的总数，高居全国城市之首。南朝时期，苏州就出现了藏书家陆澄，藏书多达万余卷。明清两代，苏州藏书鼎盛，绛云楼、汲古阁、传是楼、百宋一廛、艺芸书舍、铁琴铜剑楼、过云楼等藏书楼誉满海内外，汇聚了大量的珍贵文献，对古代典籍的收藏保护厥功至伟，亦于文献校勘、整理裨益甚巨。《旧唐书》自宋至明四百多年间已难以考觅，直至明嘉靖十七年（一五三八），闻人诠在苏州为官，搜讨旧籍，方从吴县王延喆家得《旧唐书》"纪"和"志"部分，从长洲张汴家得《旧唐书》"列传"部分，"遗籍俱出宋时模板，旬月之间，二美璧合"，于是在苏州府学中椠刊，《旧唐书》自此得以汇而成帙，复行于世。清代嘉道年间，苏州黄丕烈和顾广圻均为当时藏书名家，且善校书，"黄跋顾校"在中国文献史上影响深远。

苏州文献之盛也获益于刻书业的繁荣。苏州是我国刻书业的发祥地之一，早在宋代，苏州的刻书业已经发展到了相当高的水平，至今流传的杜甫、李白、韦应物等文学大家的诗文集均以宋代苏州官刻本为祖本。宋元之际，苏州碛砂延圣院还主持刊刻了中国佛教史上著名的《碛砂藏》。明清时期，苏州成为全国的刻书中心，所刻典籍以精善享誉四海，明人胡应麟有言："凡刻之地有三，吴也、越也、闽也。"他认为"其精，吴为最"，"其直重，吴为最"。又云："余所见当今刻本，苏常为上，金陵次之，杭又次之。"清人金埴论及刻书，仍以胡氏所言三地为主，则谓"吴门为上，西泠次之，白门为下"。明代私家刻书最多的汲古阁、清代坊间刻书最多的扫叶山房均为苏州人创办，晚清时期颇有影响的江苏官书局也设于苏州。据清人朱彝尊记述，汲古阁主人毛晋"力搜秘册，经史而外，百家九流，下至传奇小说，广为镂版，由是毛氏锓本走天下"。由于书坊众多，苏州还产生了书坊业的行会组织崇德公所。明清时期，苏州刻书数量庞大，品质最优，装帧最为精良，为世所公认，国内其他地区不少刊本也都冠以"姑苏原本"，其传播远及海外。

苏州传世文献既积淀着深厚的历史文化底蕴，又具有穿越时空的永恒魅力。从范仲淹的"先天下之忧而忧，后天下之乐而乐"，到顾炎武的"天下兴亡，匹夫有责"，这种胸怀天下的家国情怀，早已成为中华民族精神的重要组成部分，传世留芳，激励后人。南朝顾野王的《玉篇》、隋唐陆德明的《经典释文》、陆淳的《春秋集传纂例》等均以实证明辨著称，对后世影响深远。明清时期，冯梦龙的《喻世明言》《警世通言》《醒世恒言》，在中国文学史上掀起市民文学的热潮，具有开创之功。吴有性的《温疫论》、叶桂的《温热论》，开温病学研究之先河。苏州文献中蕴含的求真求实的严谨学风、勇开风气之先的创新精神，已经成为一种文化基因，融入了苏州城市的血脉。不少苏州文献仍具有鲜明的现实意义。明代费信的《星槎胜览》，是记载历史上中国和海上丝绸之路相关国家交往的重要文献。郑若曾的《筹海图编》和徐葆光的《中山传信录》，为钓鱼岛及其附属岛屿属于中国固有领土提供了有力证据。魏良辅的《南词引正》，严澂的《松弦馆琴谱》，计成的《园冶》，分别是昆曲、古琴及园林营造的标志性成果，这些艺术形式如今得以名列世界文化遗产，与上述名著的嘉惠滋养密不可分。

维桑与梓，必恭敬止；文献流传，后生之责。苏州先贤向有重视乡邦文献整理保护的传统。方志编修方面，范成大《吴郡志》为方志创体，其后名志迭出，苏州府县志、乡镇志、山水志、寺观志、人物志等数量庞大，构成相对完备的志书系统。地方总集方面，南宋郑虎臣辑《吴都文粹》、明钱谷辑《吴都文粹续集》、清顾沅辑《吴郡文编》先后相继，收罗宏富，皇皇可观。常熟、太仓、昆山、吴江诸邑，周庄、支塘、木渎、甪直、沙溪、平望、盛泽等镇，均有地方总集之编。及至近现代，丁祖荫汇辑《虞山丛刻》《虞阳说苑》，柳亚子等组织"吴江文献保存会"，为搜集乡邦文献不遗余力。江苏省立苏州图书馆于一九三七年二月举行的"吴中文献展览会"规模空前，展品达四千多件，并汇编出版吴中文献丛书。然而，由于时代沧桑，图书保藏不易，苏州乡邦文献中"有目无书"者不在少数。同时，囿于多重因素，苏州尚未开展过整体性、系统性的文献整理编纂工作，许多文献典籍仍处于尘封或散落状态，没有得到应有的保护与利用，不免令人引以为憾。

进入新时代，党和国家大力推动中华优秀传统文化的创造性转化和创新性发展。习近平总书记强调，要让收藏在博物馆里的文物、陈列在广阔大地上的遗产、书写在古籍里的文字都活起来。二〇二二年四月，中共中央办公厅、国务院办公厅印发《关于推进新时代古籍工作的意见》，确定了新时代古籍工作的目标方向和主要任务，其中明确要求"加强传世文献系统性整理出版"。盛世修典，赓续文脉，苏州文献典籍整理编纂正逢其时。二〇二二年七月，中共苏州市委、苏州市人民政府作出编纂《苏州全书》的重大决策，拟通过持续不断努力，全面系统整理苏州传世典籍，着力开拓研究江南历史文化，编纂出版大型文献丛书，同步建设全文数据库及共享平台，将其打造为彰显苏州优秀传统文化精神的新阵地，传承苏州文明的新标识，展示苏州形象的新窗口。

"睹乔木而思故家，考文献而爱旧邦"。编纂出版《苏州全书》，是苏州前所未有的大规模文献整理工程，是不负先贤、泽惠后世的文化盛事。希望藉此系统保存苏州历史记忆，让散落在海内外的苏州文献得到挖掘利用，让珍稀典籍化身千百，成为认识和了解苏州发展变迁的津梁，并使其中蕴含的积极精神得到传承弘扬。

观照历史，明鉴未来。我们沿着来自历史的川流，承荷各方的期待，自应负起使命，砥砺前行，至诚奉献，让文化薪火代代相传，并在守正创新中发扬光大，为推进文化自信自强、丰富中国式现代化文化内涵贡献苏州力量。

《苏州全书》编纂出版委员会
二〇二二年十二月

# 凡　例

一、《苏州全书》（以下简称"全书"）旨在全面系统收集整理和保护利用苏州地方文献典籍，传播弘扬苏州历史文化，推动中华优秀传统文化传承发展。

二、全书收录文献地域范围依据苏州市现有行政区划，包含苏州市各区及张家港市、常熟市、太仓市、昆山市。

三、全书着重收录历代苏州籍作者的代表性著述，同时适当收录流寓苏州的人物著述，以及其他以苏州为研究对象的专门著述。

四、全书按收录文献内容分甲、乙、丙三编。每编酌分细类，按类编排。

（一）甲编收录一九一一年及以前的著述。一九一二年至一九四九年间具有传统装帧形式的文献，亦收入此编。按经、史、子、集四部分类编排。

（二）乙编收录一九一二年至二〇二一年间的著述。按哲学社会科学、自然科学、综合三类编排。

（三）丙编收录就苏州特定选题而研究编著的原创书籍。按专题研究、文献辑编、书目整理三类编排。

五、全书出版形式分影印、排印两种。甲编书籍全部采用繁体竖排；乙编影印类书籍，字体版式与原书一致；乙编排印类书籍和丙编书籍，均采用简体横排。

六、全书影印文献每种均撰写提要或出版说明一篇，介绍作者生平、文献内容、版本源流、文献价值等情况。影印底本原有批校、题跋、印鉴等，均予保留。底本有漫漶不清或缺页者，酌情予以配补。

七、全书所收文献根据篇幅编排分册，篇幅适中者单独成册，篇幅较大者分为序号相连的若干册，篇幅较小者按类型相近原则数种合编一册。数种文献合编一册以及一种文献分成若干册的，页码均连排。各册按所在各编下属细类及全书编目顺序编排序号。

# 倪焕之（外四种）

叶圣陶 著

# 出版说明

叶圣陶(1894—1988),原名绍钧,字秉臣,入中学后改字圣陶,以字行。江苏苏州人。早年曾在上海、苏州等地任教员,后在商务印书馆、开明书店任编辑,同时进行文学创作。曾发起成立"文学研究会""文艺界反帝抗日大联盟"等团体,颇有影响。中华人民共和国成立后,历任教育部副部长、人民教育出版社社长兼总编辑、中国民主促进会中央委员会主席、中央文史研究馆馆长和中国人民政治协商会议第六届全国委员会副主席等职。

叶圣陶在小说、童话、诗歌、散文、戏剧、文论等领域都有开拓性的贡献。本书精选了叶圣陶的《倪焕之》《稻草人》《隔膜》《未厌居习作》,以及《四三集》中与苏州有关的6个短篇(《自序》《多收了三五斗》《丁祭》《一篇宣言》《英文教授》《寒假的一天》)。长篇小说《倪焕之》发表于1928年,再现了以主人公倪焕之为代表的知识青年在历史剧变中的思想变化和生活道路,其创作标志着中国现代长篇小说走向成熟。童话集《稻草人》创作于20世纪20年代初,其中《富翁》《画眉》等篇,运用现实主义创作手法超越了童话梦幻唯美的追求,是作者对"为人生"文学理想的多元实践,鲁迅先生赞其"给中国童话开了一条自己创作的路"。短篇小说集《隔膜》出版于1922年,细腻真实地反映了中国20世纪初的社会面貌,流露出作者控诉黑暗,向往进步,同情广大劳动者尤其是妇女的朴素人文精神,被茅盾称为"中国新小说坚固的基石"。散文集《未厌居习作》内容丰富,形式不拘一格,既有对重大政治斗争的记述和感受,也有对生活中一些具体的人物、事件的描摹;既有富于哲理性的议论,也有轻柔畅达的抒情;既有激愤的鞭笞和诅咒,也有细微的描写和热烈的赞颂。

　　本书《倪焕之》以开明书店民国二十三年(1934)版为底本,《稻草人》以开明书店民国二十二年(1933)版为底本,《隔膜》以商务印书馆民国二十二年(1933)版为底本,《未厌居习作》以开明书店民国二十四年(1935)版为底本,《四三集》以良友图书公司民国二十五年(1936)版为底本。出版时校以多种版本,以简体字重新排印。

# 目　录

| | |
|---|---|
| 倪焕之 | 001 |
| 稻草人 | 241 |
| 　小白船 | 243 |
| 　傻子 | 248 |
| 　燕子 | 253 |
| 　一粒种子 | 259 |
| 　地球 | 263 |
| 　芳儿的梦 | 267 |
| 　新的表 | 272 |
| 　梧桐子 | 277 |
| 　大嗓门 | 282 |
| 　旅行家 | 287 |
| 　富翁 | 293 |
| 　鲤鱼的遇险 | 298 |
| 　眼泪 | 304 |
| 　画眉 | 310 |
| 　玫瑰和金鱼 | 315 |
| 　花园外 | 320 |

祥哥的胡琴 ………………………………… 326
　　瞎子和聋子 ………………………………… 332
　　克宜的经历 ………………………………… 340
　　跛乞丐 ……………………………………… 346
　　快乐的人 …………………………………… 353
　　小黄猫的恋爱故事 ………………………… 359
　　稻草人 ……………………………………… 364

**隔膜** …………………………………………… 371
　　这也是一个人 ……………………………… 373
　　春游 ………………………………………… 376
　　两封回信 …………………………………… 378
　　欢迎 ………………………………………… 381
　　伊和他 ……………………………………… 385
　　母 …………………………………………… 388
　　一个朋友 …………………………………… 392
　　阿菊 ………………………………………… 396
　　萌芽 ………………………………………… 402
　　恐怖的夜 …………………………………… 406
　　苦菜 ………………………………………… 415
　　隔膜 ………………………………………… 422
　　阿凤 ………………………………………… 429
　　绿衣 ………………………………………… 433
　　小病 ………………………………………… 437
　　疑 …………………………………………… 440
　　潜隐的爱 …………………………………… 444
　　一课 ………………………………………… 453

四三集（节选） ·········································· **459**
    自序 ·················································· 461
    多收了三五斗 ······································ 463
    丁祭 ·················································· 471
    一篇宣言 ··········································· 477
    英文教授 ··········································· 483
    寒假的一天 ········································ 503

未厌居习作 ·········································· **519**
    自序 ·················································· 521
    没有秋虫的地方 ·································· 522
    藕与莼菜 ··········································· 524
    看月 ·················································· 526
    牵牛花 ·············································· 528
    天井里的种植 ···································· 530
    速写 ·················································· 534
    "苏州光复" ······································· 536
    "说书" ············································· 538
    "昆曲" ············································· 541
    几种赠品 ··········································· 544
    三种船 ·············································· 547
    读书 ·················································· 555
    养蜂 ·················································· 557
    薪工 ·················································· 559
    文明利器 ··········································· 561
    "怎么能……" ··································· 563
    "双双的脚步" ···································· 566
    假如我有一个弟弟 ······························ 569

做了父亲 ·················································· 573
中年人 ···················································· 577
儿子的订婚 ················································ 579
过去随谈 ·················································· 582
将离 ······················································ 588
客语 ······················································ 591
回过头来 ·················································· 596
掮枪的生活 ················································ 603
随便谈谈我的写小说 ········································ 606
战时琐记 ·················································· 608
没有日记 ·················································· 610
"心是分别不开的" ·········································· 611
与佩弦 ···················································· 619
两法师 ···················································· 623
不甘寂寞 ·················································· 629
过节 ······················································ 632
诗人 ······················································ 634
水患 ······················································ 638

# 倪焕之

# 一

吴淞江上,天色完全黑了。浓云重叠,两岸田亩及疏落的村屋都消融在黑暗里。近岸随处有高高挺立的银杏树,西南风一阵阵卷过来涌过来,把落尽了叶子的权丫的树枝吹动,望去像深黑的鬼影,披散着蓬乱的头发。

江面只有一条低篷的船,向南行驶。正是逆风,船唇响着汨汨的水声。后艄两支橹,年轻的农家夫妇两个摇右边的一支,四十左右的一个驼背摇左边的。天气很冷,他们摇橹的手都有棉手笼裹着。大家侧转些头,眼光从篷顶直望黑暗的前程;手里的橹不像风平浪静时那样轻松,每一回扳动都得用一个肩头往前一搧,一条腿往下一顿,借以助势;急风吹来,紧紧裹着头面,又从衣领往里钻,周遍地贴着前胸后背。他们一声不响,鼻管里粗暴地透着气。

舱里小桌子上点着一支红烛,风从前头板门缝里钻进来,火焰时时像将落的花瓣一样弹下来,因此烛身积了好些烛泪。红烛的黄光照见舱里的一切。靠后壁平铺的板上叠着被褥,一个二十五六的人躺在上面。他虽然生长在水乡,却似乎害着先天的晕船病,只要踏上船头,船身晃几晃,便觉胃里作泛,头也晕起来。这一回又碰到逆风,下午一点钟上船时便横下来,直到现在,还不曾坐起过。躺着,自然不觉得什么;近视眼悠闲地略微闭上,一支卷烟斜插在嘴角里,一缕青烟从点着的那一头徐徐袅起,可见他并不在那里吸。他的两颊有点瘦削,冻得发红,端正的鼻子,不浓不淡的眉毛,中间加上一副椭圆金丝边眼镜,就颇有青年绅士的风度。

在板床前面,一条胳臂靠着小桌子坐的,是一个更为年轻的青年。他清湛的眼睛凝视着烛焰,正在想自己的前途。但是与其说想,还不如说朦胧地感觉来得适切。他感觉烦闷的生活完全过去了,眼前闷坐在小舱里,行那逆风的水程,就是完篇的结笔。等候在前头的,是志同道合的伴侣,是称心满意的事业,是理想与事实的一致;这些全是必然的,犹如今夜虽然是风狂云阴的天气,但不是明天,便是后天或大后天,总有个笑颜似的可爱的朝晨。

初次经过的道路往往觉得特别长,更兼身体一颠一荡地延续了半天的时光,这坐着的青年不免感到一阵烦躁,移过眼光望着那躺着的同伴问道:"快到了吧?"虽然烦躁,他的神态依然非常温和,率真;浓浓的两道眉毛稍稍蹙紧,这是他惯于多想的表征;饱满的前额承着烛光发亮,散乱而不觉得粗野的头发分披在上面。

"你心焦了,焕之。"那躺着的用两个指头夹着嘴里的卷烟,眼睛慢慢地张开来。"真不巧,你第一趟走这条路就是逆风。要是顺风的话,张起满帆来一吹,四点钟就吹到了。现在……"他说到这里,略微仰起身子,旋转头来,闭着一只眼,一只眼从舱板缝里往外张,想辨认那熟识的沿途的标记。但是除了沿岸几株深黑的树影外,只有一片昏暗。他便敲着与后艄相隔的板门问道:"阿土,陶村过了么?"

"刚刚过呢。"后艄那青年农人回答,从声音里可以辨出他与猛烈的西南风奋斗的那种忍耐力。

"唔,陶村过了,还有六里路;至多点半钟可以到了。"那躺着的说着,身子重又躺平;看看手里的卷烟所剩不多,随手灭掉,拉起被头的一角来盖自己的两腿。

"再要点半钟,"焕之望同伴的左腕,"现在六点半了吧?到学校要八点了。"

那躺着的举起左腕来端相,又凑到耳边听了听,说道:"现在六点半过七分。"

"那末,到学校的时候,恐怕蒋先生已经回去了。"

"我想不会的。他知道今天逆风,一定在校里等着你。他想你想得急切呢。今天我去接你,也是他催得紧的缘故。不然,等明后天息了风去不好么?"

焕之有点激动,讷讷地说:"树伯,我只怕将来会使他失望。不过我愿意尽心竭力服务,为他的好意,也为自己的兴趣。"

"你们两个颇有点相像。"树伯斜睨着焕之说。

"什么?你说的是……"

"我说你们两个都喜欢理想,这一点颇相像。"

"这由于干的都是教育事业的缘故。譬如木匠,做一张桌子,做一把椅子,用不着理想;或者是泥水匠,他砌墙头只要把一块一块砖头叠上去就是,也用不着理想。教育事业是培养'人'的,——'人'应该培养成什么样子?'人'应该怎样培养?——这非有理想不可。"焕之清朗地说着,仿佛连带代表了蒋先生向一般人宣告。他平时遇见些太不喜欢理想的人,听到他的自以为不很理想的议论,就说他"天马行空","远于事实",往往使他感到受了冤屈似的不快。现在树伯提起理想的话,虽没有鄙夷他的意思,他不禁也说了以上的辩解的话。

"老蒋大约也是这样意思。"树伯闭了闭眼,继续说:"所以我曾经告诉你,他做好一篇对于教育的意见的文章,那篇文章就是他的理想。"

"你记得他那篇文章怎样说么?"焕之的眼里透出热望的光。

"他开头辨别什么是'性',什么是'习',又讲儿童对于教育的容受与排斥,又讲美育体育的真意义,——啊!记不清楚,二十多张稿纸呢。反正他要请各位教员看,尤其巴望先与你商酌,等会儿一登岸,他一定立刻拿出他那份一刻不离身的稿纸来。"

"有这样热心的人!"焕之感服地说。便悬拟蒋先生的容貌,举止,性格,癖好,一时又陷入沉思;似乎把捉到一些儿,但立即觉得完全茫然。然而无论如何,点半钟之后,就要会见这悬拟的人的实体;这样想时,不免欣慰而且兴奋。

风似乎更大了,船头汩汩的水声带着呜咽的调子;烛焰尽往下弹,烛泪直淌,堆在锡烛台的底盘里;船身摇荡也更为厉害,这见得后艄的三个人在那里格外用力。

树伯把两腿蜷起一点,又把盖着的被头角掀了一掀,耸耸肩说:"事情往往不能预料。早先你当了小学教员,不是常常写信给我,说这是人间唯一乏味事,能早日脱离为幸么?"

"唔,是的。"焕之安顿了心头的欣慰与兴奋,郑重地答应。

"到现在,相隔不过一二年,你却说教育事业最有意义,情愿终身以之了。"

"记得给你写过信。"焕之现出得意的笑容,"后来我遇到一个同事,他那种忘了自己,忘了一切,只知为儿童服务,只知往儿童的世界里钻的精神,啊!我说不来,我惟有佩服,惟有羡慕。"

"他便把你厌恶教育事业的心思改变过来了?"

"当然改变过来了。不论什么事情,当机的触发都不必特别重大;譬如我喜欢看看哲学书,只因为当初曾经用三个铜子从地摊上买了一本《希腊三大哲学家》;又如我向往社会主义,只因为五年前报纸上登载过一篇讲英国社会党和工党的文章,而那篇文章刚刚让我看见了。我那同事给我的就是个触发。我想,我何必从别的地方去找充实的满意的生活呢?我那同事就觉得自己的生活很充实,很满意,而我正同他一样,当着教员,难道我不能得到他所得到的感受么?能,能,能,我十二分地肯定。观念一变,什么都变了:身边的学生不再是龌龊可厌的孩子;四角方方的教室不再是生趣索然的牢狱。前天离开那些孩子,想到以后不再同他们作伴了,心里着实有点难受。"焕之说到这里,眼皮阖拢来,追寻那保存在记忆里的甘味。

"那是一样的,"树伯微笑说,"那边当教员,这边也当教员;那边有学生,这边也有学生;说不定这边的学生更可爱呢。"

"我也这样想。"焕之把身子坐直,全神贯注地望着前方,似乎透过了中舱头舱的板门,透过了前途浓厚的黑暗,已望见了正去就事的校里的好些学生。

"像蒋先生那样,也是不可多得的。"焕之从未来的学生身上想到他们的幸福,因为他们有个对于教育特别感兴趣喜欢研究的校长蒋先生,于是这样感叹说。他共过事的校长有三个,认识的校长少说点也有一二十个,哪里有像蒋先生那样对于教育感兴趣的呢?研究自然更说不上。他们无非为吃饭,看教职同厘卡司员的位置一模一样。他也相信任教职为的换饭吃,但是除了吃饭还该有点别的;要是单为吃饭,就该老实去谋充厘卡司员,不该任学校教师。现在听说那蒋先生,似乎与其他校长大不相同,虽还不曾见面,早引为难得的同志了。

"他没有事做,"树伯说得很淡然,"田,有账房管着;店,有当手管着;外面去跑跑,嫌跋涉;闷坐在家里,等着成胃病;倒不如当个校长,出点主意,拿小孩弄着玩。"

焕之看了树伯一眼;他对于"弄着玩"三个字颇觉不满,想树伯家居四五年,不干什么,竟养成玩世不恭的态度了。当年与树伯同学时,有所见就直说出来,这习惯依然存在,便说:"你怎么说玩?教育事业是玩么?"

"哈哈,你这样认真!"树伯狡笑着说,"字眼不同罢了。你们说研究,说服务,我说玩,实际上还不是一个样?——老蒋如果处在我的地位,他决不当什么校长了。你想,我家里琐琐屑屑的事都要管,几亩田的租也得磨细了心去收,还有闲空工夫干别的事情么?"

树伯说到末了一句时,焕之觉得他突然是中年人了,老练,精明,世俗,完全在眉宇之间刻划出来。

"老蒋他还有一点儿私心……"树伯又低声说。

"什么?"焕之惊异地问。

"他有两个儿子,他要把他们教得非常之好。别人办的学校不中他的意;自己当了校长,一切都可以如意安排,两个儿子就便宜了。"

"这算不得私心,"焕之这才松了一口气说,"便宜了自己的儿子,同时也便宜了人家的儿子。从实际说,不论哪一种公益事里边都含着这样的私心;不过私了自己,同时也私了别人,就不是私心而是公益了。"

"我也不是说老蒋坏,"树伯辩解说,"我不过告诉你事实,他的确这样存心。——蜡烛又快完了,你再换一支吧。"

焕之便从桌子抽斗里取出一支红烛,点上,插上烛台,把取下的残烛吹熄了。刺鼻的油气立刻弥漫在小舱里。新点的蜡烛火焰不大,两人相对,彼此的面目都有点朦胧。

"嘘,碰到逆风!"树伯自语;把脖子缩紧一点,从衣袋里摸出一个卷烟盒来……

换上的红烛点到三分之二时,船唇的水声不再汩汩地鸣咽,而像小溪流一样活活地潺潺地发响了。风改从左面板窗缝里吹进来,烛焰便尽向焕之点头。

树伯半睡半醒地迷糊了一阵,忽然感觉水声与前不同,坐起来敲着板门问阿土道:"进了港么?"

"进了一会了,学堂里楼上的灯光也望得见了。"阿土的声音比刚才轻松悠闲得多。

"我上船头去望望!"焕之抱着异常兴奋的心情,把前面板门推开,两步就站在船头。一阵猛风像一只巨大无比的手掌,把他的头面身体重重地压抑,呼吸都窒塞了。寒冷突然侵袭,使他紧咬着牙齿。

一阵风过去了,他开始嗅到清新而近乎芳香的乡野的空气,胸中非常舒爽。犬声散在远处,若沉若起,彼此相应。两岸都靠近船身,沿岸枯树的黑影,摇摇地往后退去。前面二三十丈远的地方,排列着浓黑的房屋的剪影。中间高起一座楼,楼窗里亮着可爱的灯光。灯光倒映河心,现出一条活动屈曲的明亮的波痕。

"啊!到了,新生活从此开幕了!"焕之这样想着,凝望楼头的光。一会儿,那光似乎扩大开来,挡住他的全视野,无边的黑暗消失了,他全身浴在明亮可爱的光里……

## 二

倪焕之的父亲是钱庄里的伙友。后来升了当手。性情忠厚方正,与他的职业实在不大相应。他的妻是个柔顺的女子;但是有点神经质,操作家务之余,常常蹙着眉头无端地发愁。他们的生活当然并不优裕,可是男俭女勤,也不至于怎样竭蹶。

焕之出生时,他父亲已经四十多了,母亲还不到三十。他父亲想,像自己这样做到当手,还只是个勉强敷衍过去;儿子总要让他发达,习商当然是不对的。那时还行着科举,出身寒素,不多时便飞黄腾达的,城里就有好几个。他的儿子不是也有这巴望么?到焕之四五岁时,他就把焕之交给一个笔下很好、颇有声望的塾师去启蒙,因为他不是预备叫焕之识几个字,记记账目就算了事的。

焕之十岁时开笔作文,常常得塾师的奖赞。父亲看着文稿上浓朱的夹圈,笑意逗留在嘴角边,捻着短髭摇头说先生奖励他太厉害了;这自然是欢喜的意思。不上两年,作经义作策论居然能到三百字以上。这时候,科举却废止了,使父亲颇为失望。幸而有学堂,听说与科举异途而同归,便叫焕之去考中学堂。考上了。

学堂生活真像进了另一个又新鲜又广阔的世界。排着队伍练体操,提高喉咙唱风雅或秾丽的歌,看动物植物的解剖,从英文读本里得知闻所未闻的故事,从国文课里读到经义策论以外的古人的诗篇:在焕之都觉得十二分醉心。他又与同学吟诗,刻图章,访问旧书摊;又瞒着父母和教师,打牌,喝酒,骑马。他不想自己的前途和父母的期望,只觉得眼前的生活挺适意。

当三年级生的那一年,有一天,他父亲忽然向他说出他意所不料的话来。父亲说,在中学堂毕业还得两年多;毕了业不升上去,没有什么大巴望;升上去呢,哪有这样的力量来栽培?不如就此休止吧。

父亲这样说,并不是他不希望焕之发达起来,是因为他发见了比学堂更好的捷径,那捷径便是电报局。是终身职,照章程薪水逐渐有增加,而且一开始就比钱庄当手的薪俸大,如果被派到远地去,又有特别增加:这不是又优越又稳固的职业么?

父亲说了一番不必再读下去的理由以后,就落到本题,要焕之去考电报生;并且说,中学堂三年级生的程度去应考,是绰乎有余裕的了。

焕之心里有点生气,劈口就回说电报这一行没有什么干头。他不曾参观过电报局,只从理化实验室里见过电报机的模型,两件玩具似的家伙通了电流,这边一按,那边搭的一响;这边按,按,按,那边搭,搭,搭。他也没有细细地想,只觉得在"搭,搭,搭"的声音中讨生活,未免太没出息,太难为情了。

父亲意外地碰了钉子,也动了感情,说什么事情都是人干的,有什么有干头没干头呢?

焕之不由自主地透露说,这事情没出息,因为不必用多少思想,只是呆板的事。并且,干这事情不能给多数人什么益处。他说,要干事情总要干那于多数人有益处的。这个观念萌生在他心头已有一二年了,不过并不清晰,只粗粗地有这么个轮廓。现在既经父亲追问,便吐露出来,好叫父亲了解他,可是没有说得透彻。

父亲听他说喜欢用思想,要叫人家得到益处,那就非让他高等学堂大学堂一步步升上去不可。但是自己老了,身体渐见衰弱,当初要把焕之一径栽培上去的愿望,只怕徒成梦想。他急于要见焕之的成立。他便酸楚地说出"自己老了"一类的话。

母亲坐在旁边,当然垂着眼光惊怯地发愁。

焕之听父亲说到老,非常感动;先前的意气消释了,只觉父亲可亲又可怜,很想投入他怀里撒一阵娇,让他忘了老。但是已届青年期的焕之又颇看不起那种孩子气的撒娇。他只把声音故意发得柔和一点,请求父亲让他在中学堂毕了业,再想法去干旁的事情。他说,到那时候,什么事情他都愿意干。

父亲一转念,觉得焕之也没有什么不是,而且很有点志气,不免感到满意,安慰。他就把去考电报生的拟议自行打消了。

后两年的中秋节后,报纸上突然传布震动人心的消息:武昌新军起事,占领火药局,直攻督署。总督瑞澂和统制张彪都仓皇逃走。于是武昌光复。不到几天,汉口和汉阳也就下来了。

起事的是民军,是反抗清政府的,占据的地方又是全国的枢纽,取给,运输,色色都便利:这使昏昏然的民众从迷梦中惊醒,张开眼来看一看自身所处的地位,而知的确是在泥潭里,火坑里;同时怀着感动惊讶的心情望长江上游那班新出场的角色,相信他们演出来一定是一出伟大的戏剧,虽然还只看见个序幕。各处城市依然是平时的样子,晨光唤起它们的响动,夜色送它们归于沉寂;但是有与平时不同的,里边已经包藏着无量数被激动的心,不安,忧惧,希望,欣幸,——一致相信大变动正在大踏步而来。

中学堂里,当然也包藏着被激动的心。学生们这样想:现在革命了,还上什么课呢!这意思是说,革命这件事情非常之重大,把学堂里的功课同它相比,简直微细不足道了。

这一天下午,焕之这一级上西洋史课。那个西洋史教师是深度的近视眼,鼻子尖而高,看书等于嗅书。他教了十几年的历史,有个不可更改的习惯,就是轮流地嗅讲义和札记本。讲义是正文,学生也摊着看的,所有穿插全在札记本里。他讲一句正文,连忙要看附带的穿插,便放下讲义,拿起札记本;尖鼻子在札记本上嗅不多时,穿插完了,便又换上讲义来嗅。这样,人家就只见他的右手一上一下地移动。这就取得他的第二个绰号,叫"杠杆作用"(他的第一个绰号是"嗅讲义")。他的声音很响,有好些字因为读得响,以致失了本音。学生们说这在他也有意思:一来是安慰自己,每上一课就听见自己的声音足响上五十分钟,决不能算溺职,薪水当然不是白拿;二来也是安慰自己,耳朵里塞满了自己的声音,学生们谈话嬉笑的声音就听不见了。

"上海光复了!"焕之挟着一份报纸趱进课堂来,一只手挡在嘴边,表示这是私语,其实呢,连提高喉咙讲说的教师都听见了;他脸上现出兴奋的红晕,气息咻咻的,见得他是跑回来的。

在这几天里,上海报特别名贵,迟钝一点的人,往往只好看报贩子的空布袋。因此,他们同学中间定了个公约,轮流到火车站去买报;买到了赶回来,大家知道新消息比闲坐在家里的绅士们还要早,当然决不至于落空看不到报纸了。教师自然并未表示准许;但买报专使出去了,既而回来了,甚而至于跑进正在上课的教室,教师也回转了头,只作没有看见。这一天,这差使轮到了焕之。

"啊!上海!上海光复了!好!哈罗!"一阵故作禁抑,其实并不轻微的欢呼声出自许多学生的嘴里。少数人便趱到焕之的座位旁边,抢着看他买来的报纸;其余的人都耸起身子,伸长脖子,向焕之那里望,仿佛看见了径尺的大字"上海光复",同时仿佛看见了好些迸出火星来的炸弹。

西洋史教师心里也不能无动;但立刻省悟教师的尊严与功课的神圣,无论如何必须维持,便按一按心头,把声音提得更高,念了一句正文,连忙由"杠杆作用"拿起札记本来上下地嗅。

学生们简直把西洋史教师忘了。他们你一句我一句,说上海已经光复,这里就快了;说料不定就在今天晚上;说明天市上要插满白旗了;说大家应该立刻把辫子剪掉,谁要留着这猪尾巴谁就是猪!

西洋史教师似乎是不干涉主义的信徒,教室里这样骚动,他只把鱼眼似的眼睛在讲义上边透出来,瞪了两瞪,同时讲说声转为尖锐,仿佛有角有刺似的:这是他平时惯用的促起学生注意的方法。

这个方法向来就不大见效,这一天尤其无用。学生们依然嚷嚷,讨论革命党该从哪个门进来,他们的炸弹该投在谁身上等等问题。有几个学生看教师演独角戏似的那种傻样子,觉得可厌又可笑,甚而至于像嘲讽又像自语地说:"讲给谁听呢?大家要看革命军去了!只好讲给墙头听!"

这一天,焕之放学回家,觉得与往日不同,仿佛有一股新鲜强烈的力量袭进身体,遍布到四肢百骸,急于要发散出来——要做一点事。一面旗子也好,一颗炸弹也好,一支枪也好,不论什么,只要拿得到,他都愿意接到手就往前冲。但是,在眼前的只有父亲和母亲,父亲正为时局影响到金融发愁,母亲恐怕兵乱闭市,在那里打算买些腌鱼咸肉,他们两个什么也不吩咐他,什么也不给他。他在室内来回踱了一阵,坐下来,翻开课本来看,一行行的字似乎都逃开了。忽然想作一首七律,便支着头凝思。直到上了床,时辰钟打过一点,五十六个字的腹稿才算完成,中间嵌着"神州""故物""胡虏""汉家"那些词儿。

那时候学生界流行看一些秘密书报。这个人是借来的,后来借与那个人,那个人当然也是借来的;结果人人是借来的,不知道谁是分布者。焕之对于那些书报都喜欢,《复报》的封面题字故意印反,他尤觉含有深意。

他对于校长的演说,也深深感动。校长是日本留学生,剪了发的,出外时戴一顶缀着假辫子的帽子。他的演说并不怎么好,又冗长又重复;但态度非常真挚,说到恳切时眼角里亮着水光。他讲朝鲜,讲印度,讲政治的腐败,讲自强的必要,其实每回都是那一套,但学生们没有在背后说他"老调"的。

种族的仇恨,平等的思想,早就燃烧着这个青年的心,现在霹雳一声,眼见立刻要跨进希望的境界,叫他怎能不兴奋欲狂呢?

但是他随即失望了。这个城也挂了白旗，光复了。他的辫子也同校长一样剪掉了。此外就不见有什么与以前不同。他身体里那一股新鲜强烈的力量，像无数小蛇，只是要往外钻；又仿佛觉得如果钻出来时，一定能够作出许多与以前不同的来，——他对于一切的改革似乎都有把握，都以为非常简单，直捷，——然而哪里来机会呢！毕业期是近在眼前了，倘若父亲再叫他去考电报生，他只有拿着毛笔钢笔就走，更没别的话说。于是，"搭，搭，搭"，平平淡淡的一生……

他开始感觉人生的悲哀。他想一个人来到世间，只是悲角登场，捧心，皱眉，哀啼，甚而至于泣血，到末了深黑的幕落下，什么事情都完了。不要登场吧，自己实在作不得主，因为父母早已把你送到剧场的后台。上去演一出喜剧吧，那舞台就不是演喜剧的舞台，你要高兴，你要欢笑，无非加深你的失望和寂寞。他想自己是到了登场的时刻了，装扮好了，怀着怯弱的怨抑的心情踅上去，怎知道等在场上的是一个青面獠牙的魔鬼，还是一条口中喷火的毒龙？魔鬼也罢，毒龙也罢，自己要演悲剧是注定的了。

这可以说是一种无端的哀愁；虽说为了没看见什么重要的改革，又担心着父亲重提前议，但是仔细剖析，又并不全为这些。这哀愁却像夏雨前的浓云一般，越堆越厚，竟遮没了所有心头的光明。有一天，他独个儿走过一个废园的池塘边，看淡蓝的天印在池心，又横斜地印着饶有画意的寒枝的影子，两只白鹅并不想下池去游泳，那么悠闲地互相顾盼，他觉得这景色好极了。忽然心头一动，萌生了跳下池塘去死的强烈欲望，似乎只有这样做，是最爽快最解脱的办法。但一转念想到垂老的父亲，慈爱的母亲，以及好些同学，这欲望便衰退了，眼眶里渗出两颗心酸的眼泪。

但他并不是就没有兴高采烈的时候。只要处在同学中间，同大家看报纸上各地次第光复的消息，以及清廷应付困难的窘状，他还是一个"哈罗，哈罗"的乐观主义者。

同学中像焕之那样的，自然也有，他们要让身体里那一股新鲜强烈的力量钻出来，便想到去见校长；这时候校长是一省都督府的代表，请他分配些事情与学生做当然不难。焕之听到这计划，一道希望的光在心头一耀，就表示愿意同去。

这一晚，校长从南京选举了临时大总统回来，五六个学生便去叩他的办公室的门。焕之心里怀着羞惭，以为这近于干求，未免有点卑鄙。但同时自尊心也冒出头来，以为要求的是为国家办事，尽一份义务，校长又是个光明磊落的人，这里头并没有什么卑鄙。希望的心，得失的心，又刺枪似地一来一往，他不禁惴惴然，两手感觉冰冷。

校长把学生迎了进去，彼此坐定了，预先推定发言的一个学生便向校长陈述大家的请求。说是为力量所限，不能升学，又看当前时势，事情正等人去干，也不想升学。大家有的是热心，不论军界政界，不论怎样卑微细小，只要能够干的，值得干的，都愿意去干。末了儿自然说校长识人多，方面广，请为大家着实留意。这学生说完了，几个学生都屏着气息，垂下眼光，只听见书桌上小时辰钟札札的声音。

校长捻着颔下的长髯，灯光照着他冻红的脸，细细的眼睛显得非常慈祥。但是他的答语却像给同学们浇了一桶冷水。他一开口就说军界政界于同学们完全不相宜。在南京，什么事情都乱糟糟，各处地方当然也一样。以毫无社会经验的青年，在这变动时期里，骤然投进最难处的军界政界，决没有好处。他说同学们不想升学，要做事情，也好，他可以介绍。末了儿他说同学们应该去当小学教员。

"小学教员"四个字刺入焕之的耳朵，犹如前年听见了"电报生"那样，引起强度的反感。先前怀抱的希望何等阔大，而校长答应的却这样微小！虽然不是"搭，搭，搭"，一世的"猢狲王"未见得就好了多少。

他在回家的路上这样决定：要是校长果真给他介绍教职，他不就，即使同学们都就，他也不就。无端的哀愁照例又向他侵袭了，而且更见厉害。他望见前面完全是黑暗，正像这夜晚的途中一样。

但是到了家就不免把校长的意思告诉父母;他暂不吐露自己的决定,因为校长还没有介绍停当,犯不着凭空表示反对。

父亲却欢喜了。他说教那些小孩子,就是对人家有益处的事情;他料想儿子一定合意。母亲看见小学堂里的先生成天叫着跳着管教学生,不禁担忧,说干这事情恐怕很辛苦的。

焕之想辛苦倒不在乎;这也是对人家有益处的事情,父亲说的有点对。同时曾经看过的几本教育书籍里的理论和方法涌上心头,觉得这事业仿佛也有点价值,至少同"搭,搭,搭"打电报不能相提并论。可是还没有愿意去干的意思,无端的哀愁依旧萦绕着。

但是十余天之后,他就怀着一半好奇一半不快的心情,去会见第六小学校的校长了。

## 三

　　第六小学校的校长是两颊丛生短胡的中年人；身材不高，却颇粗大，远看像个墨水瓶；两眼骨碌骨碌尽在那里转，似乎一转就产生一个新机变；脸上的皮肤板板的，仿佛老练的侦探，专等人家的疏失。他担任第六小学校的校长有四五年了，这就是说他享受这份产业已历四五年。他想尽方法招徕主顾，学生倒也不少；他又想尽方法减少支出，增加自己的盈余，所以每一学期学生只领到一支新毛笔，写坏了由家长重买，否则就在石板上练习书算。现在他听得有个新伙计来了，不免略微添些心事：那新伙计纵不能帮他经营，至少也要不致对他有碍，这能够如愿以偿么？……

　　焕之初次看见校长的相貌，就觉得生疏，嫌厌，他不曾预料校长是这样一个人。但他陈说自己愿承指教的时候，却怀着绝对的真诚；他以为自己完全没有经验，来同这位四五年的老经验家合伙，多少是抱歉的事。从这上头，校长看出新伙计完全是个容易对付的小孩子，心便放松了。

　　校舍是一所阴森而破旧的庙宇。大殿是一个课堂，两庑各是一个课堂。中庭便是运动场。两株桃树底下，散置着几个木哑铃上掉下来的木球，还有一些甘蔗渣。

　　三个课堂里一律是黑漆转为灰白色的桌椅，墙上的黑板显出横条的裂纹。沉寂,幽暗,寒冷。尤其是那大殿,高高的藻井,纠结着灰尘和蛛网,好像随时可以掉下一条蛇或者一个鬼怪来似的。

焕之用疑怪的眼光望着大殿上的课堂,心想这就是他将要在这里耗费精神,消磨岁月的地方了。他以为学校至少要有玻璃窗,要有明亮的光线,要有可以坐下来看书的预备室,——哪知道完全是梦想!这里的生活,难道是有价值有趣味的么?他很想勉强相信有,可是总觉得这是自己骗自己。

他怅然回转头来,只见校长的眼睛骨碌骨碌对他转,像躲在树丛中的猫头鹰。他心里想这个人就是他共事的伙伴了。他平时摹拟教师的神态,以为总该是和颜悦色的。可是这校长的脸就证明他摹拟的错误。他又觉得同这校长没有三句话可以谈的,讨论,商量,不像是他喜欢的事。那末,虽说一校三个课堂,还不是各自独立门户么?

他辞别校长回家时,抱着一种冤屈的心情,眼前没有别的,准备做牺牲而已,好像美丽贞洁的处女违心嫁给轻薄儿一般。夜间在床上,半夜没有好睡。起先是温理那习惯了的哀怨;后来转为达观,以为一个人藐小得很,就是牺牲了也没有什么;末了儿想到生与死的分别,想到废园的池塘,想到《大乘起信论》……

新春时节,学校开学了。焕之第一天当教员,正是个阴沉的雨天。走进那庙宇,只见许多孩子在中庭里乱窜。湿衣裳东一摊西一搭地放着,泥浆的鞋印一个个留在砖地上。有好几个十五六岁的学生,并不比焕之小多少,正站起在教桌上唱不成腔的京戏,这是他们新年游乐的余兴。

经校长介绍,焕之认识了另一个伙伴。这人是第二期的肺病患者,两颊陷下去成两个潭,鼻子像一片竖放的木片,前额耀着滞暗的苍白的光,发音很低,嘶嘶地,喉咙头像网着乱丝。

焕之不禁一凛,心里想:"这个人也是学生们的教师么!教育学说虽然深奥万端,也可以用一句包括,就是要学生'生'。怎么给他们一个

'死'的化身呢！不过看了这所庙宇，这个人当教师倒也配。要不然就不调和了。但是我……也成了'死'的化身么！"

关于登台教课，焕之没有一点把握；虽然看过一些讲教授法的书，到这里便忘得干干净净了。好几天以来，他只有看两个伙伴的样，跟着他们做。他们教课是拉起喉咙直喊的，就是那个肺病患者，居然也迸出还算响亮的哑音。喊的大半是问句。问的时候，不惮一而再，再而三，直到听见了他们预想的答语方才罢休。譬如问：我们天天吃什么东西的？回答说：粥。于是又问：粥以外，吃什么东西呢？回答说：饭。于是又问：饭以外，吃什么东西呢？回答说：面，馒头，大饼，油条。于是只得换个方法问：我们每天不是吃茶么？回答说：真的，我们每天吃茶。这才算满意，开始转入本题说：我们今天就讲这个"茶"。

问以外，大部分的工夫是唱。一课国文讲罢了，一种算法歌诀教过了，教师开始独唱，既而学生跟着教师合唱，既而各个学生独唱，既而全体学生合唱。那调子有点像和尚道士念经忏，又有点像水作工人悠长的"杭育"声。这是一校的"校粹"，它自有它的命脉；新加入的教师和学生一开口唱就落在它的窠臼里，决没有力量左右它。

焕之除了照样喊照样唱，还有什么法子呢？但是他实在看不起自己这样做。二十将近的年纪，自问还不曾堕落过，现在却开始堕落了。街上卖唱的盲女，癫叫化子，站定了朝着人家就喊就唱，为的是一个两个铜子。自己的情形与他们有什么两样！而且比他们更坏；他们也许有一两句很好的腔调，一两段动人的唱白，能使听的人点头称赏；而自己与那些小听众，简直漠不相关，喊着唱着的固然不知所云，坐着听的也无异看大猩猩指手划脚长嗥。

他又觉得那些小听众太不可爱了。他所教的原是低年级，最大的学生也不过十岁光景，与又粗又高的殿柱对比，更见得他们微小。儿童的爱娇，活泼，敏慧，仿佛从来不曾在他们身上透过芽，他们有的是奸诈，呆钝，粗暴。街头那些歪戴着帽子，两手插在对襟短衣的口袋里，身体一斜一转的,牙齿紧咬,预备一放开时就吐出一句恶毒的咒骂的流氓的典型,在他们里头似乎很可以找出几个。

焕之起初也想,别的不用管,自己教的是学生,就从学生里头寻点安慰吧。但不久便证明这只是妄想。他叫他们静听不要响,他们却依然说笑,争骂;他听见自己求救一般的讲说的声音,同时总伴着各种噪音,甚至自己的声音反而消沉在噪音里。他没法,只好停嘴。学生们起初觉得异样,像夏雨收点一般零落地住了声。但随后就是一阵带着戏弄意味的笑。这使焕之发怒了,便把教鞭扬起来,想在不论哪一个身上乱抽一顿(两个伙伴常常这样做,在当时似乎颇有点效验),然而手还没有这种习惯,要抽下去仿佛很不顺,半路里缩住了。只剩又愤慨又悲哀地喃喃斥骂:"讨厌的小东西!"

下了课的时候,耳朵里是茶馆一般喧嚷,眼前一片扰乱,好像上演全武行的戏。晴天,灰尘飞进口腔里,上下牙齿磨着,只觉悉刹悉刹;雨天,路上和庭中的烂泥被带进教室,到处都是,踏一步看了三四看,还是没有地方落脚。简直没有个可以安顿的所在!到预备室里坐坐吧(实在是中庭前二门后的一个后轩,狭长的一条,钉一点板,开几扇窗,就算是预备室了),又怕听校长背诵隔夜的马将牌,以及肺病患者咻咻地喘气。他同他们好像语言隔阂的两个国度的人,很艰难地说了一两句日常短语就继续不下去了。同坐在一起而彼此不理睬,不好,又加不喜欢旁听他们的谈话,就只好站在阶沿数那殿顶的瓦楞。

庭中两株桃树开花的时候,阳光带着醉人的暖气,这陈旧的庙宇居然也满蕴着青春。焕之两眼望着那锦样光彩的繁花,四肢百骸酥酥的、软软的;忽觉花枝殿影都浮动起来,——眼泪渗出来了。

于是他独个儿上酒店去喝闷酒。每夜带着七八分酒意回家,矜持着吃晚饭,同父母说话。一躺到床上,仿佛有什么东西在头顶上一盖,再也作不得主了,他总是轻轻地呜咽地哭。他一边哭,一边迷惘地想:"人间的苦趣,冠冕的处罚,就是教师生活了!什么时候脱离呢?什么时候脱离呢!"

他实在不敢公然说出"脱离"两个字。父母正在欣慰,儿子有相当的职业了,当然不好说出逆耳的话伤他们的心。此外,又仿佛对谁负了一种责任,突然说不负了,良心上万分过不去。于是当一学年终了时,他设法换了个学校。他希望新境界比较好一点,虽然不是脱离,总不至于像沉沦在那可厌的庙宇里那么痛苦。

然而还是一个样!不过庙宇换了祠堂,同事和学生换了姓名不同的一批罢了。

这一年,他父亲因旧有的肾脏病去世了。摧心地伤痛,担上家计的重负,工作又十二分不如意,他憔悴了;两三年前青年蓬勃的气概,消逝得几乎一丝不剩。回家来与母亲寂寂相对,一个低头,一个叹气,情况真是凄惨。

过了两年,他又换过学校,却遇见了一个值得感佩的同事。那同事是个诚朴的人,担任教师有六七年了,没有一般教师的江湖气;他不只教学生识几个字,还随时留心学生的一举一动,以及体格和心性;他并不这般那般多所指说,只是与学生混在一起,同他们呼笑,同他们奔跑。

有一次,一个学生犯了欺侮同学的过失,颇顽强,那教师问他,他也不认错,也不辩解,只不开口。那教师慈和的眼光对着他,叫他平心静气,想想这样的事情该不该。那学生忽然显出流氓似的凶相说:"不知道!随你怎样处罚就是了!"

"不要这样,这样你以后会自觉懊悔,"那教师握住那学生的颤动的手说,"犯点儿错没有什么要紧,用不着蛮强;只要自己明白,以后再也不会错了。"

这场谈判延长到两点钟之久。结果是学生哭了,自陈悔悟,那教师眼角里也流着感激的泪痕。

焕之看在眼里,不禁对那教师说,用这么多的工夫处理一个学生,未免太辛苦了。

"并不辛苦,我喜欢这样做,"那教师带着满意的微笑说,"而且我很感激他,他相信我,结果听了我的劝告。"

这似乎是十分平常的话,然而当了三数年教师的焕之从没听见过。这一听见叫他的心转了个方向,他原以为自己沉沦在地狱里,谁知竟有人严饰这个地狱,使它成为天堂。自己的青春还在,生命力还丰富,徒然悲伤,有什么意思!就算所处是地狱,倒不如也把它严饰起来吧!

他于是检出从前看过的几本教育书籍,另外又添购了一些;仿效着那个同事的态度来教功课,来对待学生;又时常与那同事讨究教育上的问题和眼前的事实;从这些里头他得到了好些新鲜的浓厚的趣味。有如多年的夫妇,起初不相投合,后来真情触发,恋爱到白热的程度,比开头就相好的又自不同了。

金树伯是焕之中学时代的同学,彼此颇说得来。树伯毕业后回乡间去管理田产,两人就难得见面。但隔一个半个月总通一回信,也与常常晤见无异。到这时候,焕之去信的调子忽然一变,由忧郁转为光昌;信中又描写好些理想,有的是正待着手的,有的是渺茫难期的。树伯看了这些信,自然觉得安慰,但也带起"不料焕之要作教育家了"的想头。

树伯的同乡蒋冰如是日本留学回来的,又是旧家,在乡间虽没什么名目,但是谁都承认他有特殊的地位。当地公立高等小学的校长因事他去时,他就继任了校长。他为什么肯出来当小学校长,一般人当然不很明白,但知道他决不为饭碗,因为他有田有店,而且都不少。

这年年初,学校里要添请一个级任教员,树伯便提起焕之,把他最近两年间的思想行动叙述得又仔细又生动。冰如听得高兴极了,立刻决定请他;并且催促树伯放船去接,说这一点点对于地方的义务是应该尽的。

## 四

"啊！倪先生，欢迎，欢迎！"蒋冰如站在学校水后门外，举起一条胳臂招动着，声音里透露出衷心的愉快。一个校役擎着一盏白瓷罩的台摆煤油灯，索瑟地站在旁边，把冰如的半面照得很明显。他的脸略见丰满，高大的鼻子，温和而兼聪慧的嘴唇，眼睛耀着晶莹的光。

"今天刚是逆风，辛苦了。天气又冷。到里边坐坐，休息一会吧。"冰如说着，一只手拉住刚从石埠上小孩子样跳上来的焕之的衣袖，似乎迎接个稔熟的朋友。

"就是蒋先生吧？"焕之的呼吸有点急促，顿了一顿，继续说，"听树伯所说，对于先生非常佩服。此刻见面，快活得很。"他说着，眼睛注视冰如的脸，觉得这就完全中了意。

"树伯，怎么了？还不上来！"

冰如弯下身子望着船舱里。

"来了。"树伯从船舱里钻出来，跨上石埠，一边说："料知你还没有回去，一定在校里等候。我这迎接专使可有点不容易当，一直在船里躺着，头都昏了。"

"哈哈，谁叫你水乡的人却犯了北方人的毛病。倪先生，你不晕船吧？"

"不。"

焕之并不推让，嘴里回答着，首先跨进学校的后门。

走过一道廊，折入一条甬道。这境界在焕之是完全新鲜的，有些渺茫莫测的感觉。廊外摇动着深黑的树枝；风震撼着门窗发出些声响，更见得异样静寂。好像这学校很广大，几乎没有边际，他现在处在学校的哪一方，哪一角，实在不可捉摸。

煤油灯引导从后门进来的几个人进了休憩室。休憩室里原有三个人围着一张铺有白布的桌子坐着（桌子上点着同样的煤油灯，却似乎比校役手里的明亮得多），这时候一齐站起来，迎到门口。

"这位是徐佑甫先生，三年级级任先生。"冰如指着那四十光景的瘦长脸说。

那瘦长脸便用三个指头撮着眼镜脚点头。脸上当然堆着笑意；但与其说他发于内心的喜悦，还不如说他故意叫面部的肌肉松了一松；一会儿就恢复原来的呆板。

"这位是李毅公先生，他担任理科。"

"焕之先生，久仰得很。"

李毅公也戴眼镜，不过是平光的，两颗眼珠在玻璃里面亮光光的，表示亲近的意思。

"这位是陆三复先生，我们的体操教师。"

陆三复涨红了脸，右颊上一个创疤显得很清楚；嘴唇动了动，却没说出什么来；深深地鞠个躬，犹如在操场上给学生们示范。

"这位是倪焕之先生，各位早已听我说起了。"冰如说这一句，特别带着鼓舞的神情。同时重又凝神端相焕之，像看一件新到手的宝物。他看焕之有一对敏锐而清澈的眼睛；前额丰满，里面蕴蓄着的思想当然不会俭约；嘴唇秀雅，吐出来的一定是学生们爱悦信服的话语吧；穿一件棉布的长袍，不穿棉鞋而穿皮鞋，又朴素，又精健……总之，从这个青年人身上，一时竟想不出一句不好的批评。他不禁带笑回望着树伯点头。

"诸位先生，"焕之逐一向三个教师招呼，态度颇端重；一眼不眨地看着他们,似乎要识透他们的魂灵,"今天同诸位先生见面,高兴得很。此后同在一起,要请教的地方多着呢。"

"我们彼此没有客气,什么事情都要谈,都要讨论。我们干这事业应该这样;一个人干不成,必得共同想方设法才行。"

冰如这么说,自然是给焕之说明同事间不用客气的意思,却不自觉地透露了对于旧同事的希求。他要他们同自己一样,抱着热诚,怀着完美的理想,一致努力,把学校搞成个理想的学校。但是他们却有意无意的,他说这样,他们说是的,他说那样,他们说不错,没有商酌,没有修正;而最使他失望的,他们似乎没有一点精健活泼的力量,松松懈懈,像大磨盘旁疲劳的老牛。他感觉孤立了。是教育许多孩子的事情,一只手怎么担当得来!于是热切地起了纠合新同志的欲望。对于旧同事,还是希望他们能够转化过来。他想他们只是没有尝到教育事业的真味罢了;一旦尝到了这人世间至高无上的真味,那就硬教他们淡漠也决不肯了。他于是动手写文章,表白自己对于教育的意见;他以为一篇文章就是一盘精美的食品,摆在他们面前,引得他们馋涎直流,他们一定会急起直追,在老职业里注入一股新力量。那时候,共同想方设法的情形自然就出现了;什么事情都要谈,都要讨论,比起每天循例教课来显然就两样,学校哪有不理想化的……

他重又把焕之贪婪地看了一眼,得意的笑容便浮现在颧颊嘴角间。

"我写了一篇文章,倪先生,要请你看看。"他说着,伸手到对襟马褂的口袋里。但随即空手回出来。"还是草稿呢,涂涂改改很不清楚。等一会拿出来,让先生带回卧室去仔细看吧。"

"我就知道你有这么个脾气。何必亟亟呢?人家冒着风寒坐了半天的船,上得岸来,还没有坐定,就要看文章!"树伯带着游戏的态度说。他先自坐下,点一支卷烟悠闲地抽着。

焕之却觉得树伯的话很可以不必说;给风吹得发红的脸更见得红,几乎发紫了;因为他有与冰如同等的热望,他急于要看那篇稿子。他像诚实的学生似地向冰如说:"现在看也好。我很喜欢知道先生的意思。树伯同我讲起了,我恨不得立刻拿到手里看。"

"是这样么?"冰如仿佛听到了出乎意料的奖赞,"那末我就拿出来。"

焕之接稿子在手,是二十多张蓝格纸,直行细字,涂改添加的地方确是不少,却还保存着清朗的行款。正同大家围着桌子坐下,要开头看时,校役捧着一盘肴馔进来了。几个碟子,两碗菜,一个热气蓬蓬的暖锅,还有特设的酒。

桌面的白布撤去了,煤油灯移过一边,盘子里的东西都摆上桌子,杯筷陈设在各人面前,暖锅里发出嗞嗞的有味的声响:一个温暖安舒的小宴开始了。水程的困倦,寒风的侵袭,在焕之,都已消失在阅读那篇文章的兴致里。

"倪先生,能喝酒吧?文章,还是请你等一会看。现在先喝一杯酒。"冰如首先在焕之的杯子里斟满了,以次斟满各人的杯子。

"我们喝酒!"冰如高兴地举起杯子。同时各人的杯子一齐举起。焕之只得把稿子塞进长袍的口袋里。

"教育不是我的专门,却是我的嗜好。"冰如喝过一杯以后,一抹薄红飞上双颊;他的酒量原来并不高明,但少许的酒意更能增加欢快,他就这样倾心地诉说。

"我也没有学过教育,只在中学校毕了业,"焕之接着坦白地说,"我的意思,专门不专门,学过没学过,倒没有什么大关系,重要的就在这个'嗜好'。要是你嗜好的话,对这事业有了兴趣,就是不专门,也能够胜任愉快。小学校里的功课到底不是深文大义,没有什么难教。小学校里有的是境遇资质各各不同而同样需要培养的儿童,要同他们混在一起生活,从春到夏,从秋到冬,这就不是一般人受得了的事。假如不是嗜好着,往往会感觉干燥,厌倦。"

"所以我主张我们当教师的第一要认识儿童!"冰如僻处在乡间,觉得此刻还是第一次听见同调的言论,不禁拍着桌沿说。

徐佑甫的眼光从眼镜侧边斜溜过来睨着冰如，他心里暗自好笑。他想："教师哪有不认识儿童的，就是新学生，一个礼拜也就认得够熟了；亏你会一回两回地向人家这样说！"

李毅公是师范学校出身，他本在那里等候插嘴的机会，便抢着说："不错，这是顶要紧的。同样是儿童，各有各的个性；一概而论就不对了。"

冰如点点头，喝了一小口酒，又说："要认识儿童就得研究到根上去。单就一个一个儿童看，至多知道谁是胖的，谁是瘦的，谁是白晳的，谁是黝黑的，那是不行的；我们要懂得潜伏在他们里面的心灵才算数。这就涉及心理学、伦理学等等的范围。人类的'性'是怎样的，'习'又是怎样的，不能不考查明白。明白了这些，我们才有把握，才好着着实实发展儿童的'性'，长养儿童的'习'。同时浓厚的趣味自然也来了；与种植家比较起来，有同样的切望而含着更深远的意义，哪里再会感得干燥和厌倦？"

"是这样！"焕之本来是能喝酒的，说了这一句，就端起杯子来一呷而空。冰如的酒壶嘴随即伸了过来。焕之拿起杯子来承受，又说："兴味好越要研究，越研究兴味越好。这是人生的幸福，值得羡慕而不是可以侥幸得到的。我看见好些同业，一点也不高兴研究，守着教职像店馆伙计一样，单为要吃一碗饭：我为他们难受。就是我，初当教师的几年，也是在这样的情形中度过的。啊！那个时候，只觉得教师生涯是人间唯一乏味事，如果有地狱，这也就差不多。不料到今天还在当教师，而心情全变了。"

一种怀旧的情绪兜上他心头，似乎有点怅然，但决不带感伤的成分。

"我也常常说，当教师不单为生活，为糊口，"冰如的声音颇为宏亮，"如果单为糊口，什么事情不好做，何必要好些儿童陪着你作牺牲！"

他们这样一唱一酬，原是无所指的；彼此心头蕴蓄着这样的观念，谈得对劲，就尽情吐露出来。不料那位似乎粗鲁又似乎精细的体操教师却生了心。他曾经为薪水的事情同冰如交涉；结果，二十点钟的功课作为二十四点钟算，他胜利了。但同时受了冰如含有讽刺意味的一句话："我们干教育事业的，犯不着在几块钱上打算盘；陆先生，你以为不错吧？"当时他看定冰如的笑脸，实在有点窘；再也想不出一句适当的答话，只好赧颜点了点头。现在听冰如的话，显然是把当时的话反过来说；脸上一阵热，眼光不自主地落到自己的杯中。近乎愤恨的心思于是默默地活动起来："你有钱，你富翁，不为糊口！我穷，不为糊口，倒是来陪你玩！这新来的家伙，看他的模样就知道是个等着糊口的货色，却也说得这样好听。嗤！无非合校长的意思。"

在喝了一口酒咂着嘴唇，似乎很能领略酒的真趣的徐佑甫，对于这一番话又有不同的意思，倒不在糊口不糊口。他觉得冰如和这个年轻人说得浮泛极了。什么"性"哩，"习"哩，"研究"哩，"嗜好"哩，全是些字眼，有的用在宋儒的语录里才配，有的只合写入什么科的论文；总之，当教员的完全用不着。他们用这些字眼描绘出他们的幻梦来，那样地起劲，仿佛安身立命的根本大法就在这里了；这于自己，于学童，究竟有什么益处呢？

原来徐佑甫对于学校的观念，就把它看作一家商店。学生是顾客，教师是店员，某科某科的知识是店里的商品。货真价实，是商店的唯一的道德，所以教师拆烂污是不应该的。至于顾客接受了商品，回去受用也好，半途失掉也好，甚而至于才到手就打烂也好，那是顾客自己的事，商店都可以不负责任。他就根据这样的见解教他的国文课：预备必须十分充足，一个字，一个典故，略有疑惑，就翻查《辞源》（在先是《康熙字典》），抄在笔记簿里；上堂必须十分卖力，讲解，发问，笔录，轮来倒去地做，直到听见退课的铃声；学生作了文，必须认真给他们改，如果实在看不下去，不惜完全勾去了，依自己的意思重行写上一篇。他这样做也有十四五年了；他相信这样做就是整个的教育。此外如还有什么教育的主张，教育的理论，不是花言巧语，聊资谈助，就是愚不可及，自欺欺人。

不当教师的树伯却又有另外的想头。他有二斤以上的酒量,一杯连一杯喝着,不客气地提起酒壶给自己斟。他想今夜两个聪明的傻子碰了头,就只听见些傻话了。世间的事情何必认真呢? 眼前适意,过得去,什么都是好的,还问什么为这个,为那个? 一阵高兴,他举起杯子喊道:"你们三句不离本行,教育,教育,把我门外汉冷落了。现在听我的'将令':不许谈教育,违令的罚三杯! 这一杯是令杯,大家先喝了。"

"哈! 哈! 哈!"

"有这样专制的'将令'?"冰如凝眸对树伯,表示抗议,但酒杯已端在手里。

"'将令'还有共和的么? 喝吧,不要多说!"树伯说着,举杯的手在众人面前画了个圈,然后凑近自己的嘴唇。

"今天倪先生初到,我们理合欢迎,这一杯就欢迎他吧。"李毅公笑容可掬地这样说;端着酒杯在焕之面前一扬,也缩回自己的嘴边。

大家嗞的一口喝干了酒。酒壶重又在各人面前巡行。暖锅里依然蓬蓬地冒着热气,炽红的炭块仿佛盈盈的笑颜。手里的筷子文雅地伸入碗碟,又送到嘴里。酒杯先先后后地随意吻着嘴唇。

他们谈到袁世凯想做皇帝,谈到欧洲无休无歇的空前大战争。焕之表示他对于政治冷淡极了。在辛亥那年,曾做过美满的梦,以为增进大众福利的政治立刻就实现了。谁知开了个新局面,只把清朝皇帝的权威分给了一班武人! 这个倒了,那个起来了;你占这里,他据那里:听听这班人的名字就讨厌。所以近来连报纸也不大高兴看了;谁耐费脑费力去记这班人的升沉成败? 但是他相信中国总有好起来的一天;就是全世界,也总有一天彼此不以枪炮相见,而以谅解与同情来代替。这自然在各个人懂得了怎样做个正当的人以后。养成正当的人,除了教育还有什么事业能够担当? 一切的希望在教育。所以他不管别的,只愿对教育尽力。

冰如自然十分赞同这意思。他说有昏聩的袁世凯,有捧袁世凯的那班无耻的东西,帝制的滑稽戏当然就登场了。假如人人明白,帝制是过去的了,许多人决没有臣服于一个人的道理,谁还去上劝进表?并且,谁还想,谁还敢想做皇帝?再说欧洲的打仗,他们各有各的"正义",自称为什么什么而战,认为错误全在敌人方面:这就是很深的迷惑。实际上全是些野心的政治家,贪狠的财阀在背后牵线。谁相信为什么什么而战,正是登台的木偶!假如多数人看穿了这把戏,知道人类共存是最高的理想,种界和国界原是不必要的障壁,德国人不能丢下枪来握着法国人的手?奥国人又何妨搭着英国人的肩同去喝一杯酒?不过要人人明白,人人看穿,培养的工夫真不知要多少。尤其是中国,教育兴了也有好多年,结果民国里会演出帝制的丑戏;这就可知以前的教育完全没有效力。办教育的若不赶快觉悟,朝新的道路走去,谁说得定不会再有第二回第三回的帝制把戏呢!

"你们两个犯令了!"树伯抢着酒壶斟满了冰如和焕之的空了一半的杯子,得意地喊道,"快喝干了!还有两杯!"

"这不是教育的本题,是从袁世凯转到教育的;似乎可以从轻处罚,每人喝一杯也就够了。"李毅公向树伯这样说,是公正人的口吻,但是像媒妁那样软和。

"好的,就是一杯吧,"徐佑甫说,呆板的瘦脸上浮着微笑,"况且大家也没有正式承认这个号令。"

"'将令'也有打折扣的么?"树伯把金丝边眼镜抬了抬,哈了一口酒气,庄重地说:"既然你们大家这样说,本将军也未便故拂舆情;就是一杯吧。不过要轮到我说话了;你们只顾自己滔滔不绝地说话,不管别人家喉咙头痒。"

因为斟酌得最勤,树伯显然半醺了。冰如和焕之依他的话各喝了满满的一杯。冰如今晚是例外地多喝,只觉得酒到喉间很顺流地下去,而且举起杯来也高兴;但头脑里是岑岑地跳了。

树伯从袁世凯想起了前年本乡办初选的情形,开始说道:"你们讲正经话,我来说个笑话吧。说的是那年办初选,——冰如,你是不睬这些事情的,我却喜欢去看看,随随便便投一票也丢不了什么身份,——办初选,蒋老虎拼命出来打干;客居外边的,不高兴投票的,那些选民的名字他都抄了去,——冰如,说不定你的名字也归了他,——已有足够的数目。但是轿夫不多;每个轿夫投了票出来了又进去,至多也只好三四回,选举监督到底不是瞎子。他就在茶馆里招揽一批不相干的人,每人给一张自己的名片,叫他们进去投票,出来吃一餐两块钱的和菜。那些临时轿夫在杯盘狼藉的当儿,大家说笑道:'真难得,我们今天吃老虎了!'这不算好笑。有一个轿夫投了票出来对他说道:'你的大名里的镳字笔划多,写不清楚;我就写了蒋老虎,反正是一样的。'这句话把蒋老虎气得鼓起腮帮,像河豚的肚皮,一把拉住那轿夫,硬不许他入座吃和菜……"

　　树伯说到这里,忍不住噗嗤地笑了。大家也都笑了。而冰如的笑里,更带着鄙夷不屑的成分。他向来就看不起那个同姓不同宗、绰号"老虎"的蒋士镳。蒋士镳颇交往一些所谓"白相人";他是如意茶馆的常年主顾,是赌博的专门家;而镇上的一般舆论,往往是他的议论的复述。冰如有时想起本乡该怎样革新,自然而然就想到蒋士镳;以为这个人就是革新的大障碍,真好比当路的老虎。彼此见了面是互相招呼的,但没有话可以谈,只有立刻走开。在宴会酬酢中遇见时,仿佛有一种默契,他们避不同席,有过什么深仇阔恨似的。其实,连一句轻微的争论也不曾有过。

　　酒罢饭毕以后,大家又随便谈了一会儿。谈起后天的开学,谈起初等学校升上来的学生的众多。窗外虽是寒风怒吼,春的脚步却已默默地走近来了;酒后的人们都有一种燠暖的感觉,这不就是春的气息么?春回大地,学期开始,新学生不少,又增添一位生力军似的新同事;冰如只看见希望涎着脸儿在前边笑了。他走回家去,一路迎着风,仿佛锋利的刀在皮肤上刮削,总消不了他心头的温暖和高兴。

　　焕之看冰如树伯回去,各有一个用人提一盏纸灯笼照着,人影几乎同黑暗融和了,只淡黄的一团光一摇一荡地移过去;觉得这景象很有诗意,同时又似乎回复到幼年时代。街头的火把和纸灯笼,在幼年总引起幽悄而微带惊怖的有趣的情绪,自从城里用了电灯,这种趣味就没有了;不料今夜在这里又尝到。

"在事业上,我愿意现在是幼年,从头做起。"他这样想着,同住校的三位先生回进来。李毅公就招呼他,说同他一个卧室,在楼上靠东边的一间。徐陆两位先生同室,就在隔壁,过去就是三年级的教室。楼下本来是两个教室,此刻升学的新生多,要开三个教室了,好在房子还有。

走进卧室时,校役已把带来的行李送上来;一只箱子,一个铺盖,还有一网篮书。铺位也已布置好,朝着东面的窗。靠窗一张广漆的三抽屉桌子,一把榉木的靠椅。桌子上空无一物,煤油灯摆上去,很清楚地显出个倒影来。桌子横头有书架,也是空着。李毅公的铺位与焕之的并排;一只大书桌摆在全室的中央,因为他有些时要弄动植物标本,理化试验器。

"水根,你替倪先生把床铺好了。"毅公吩咐了校役,回转身来亲切地向焕之说:"倪先生,你坐了逆风船,想来很疲倦了,可以早点儿休息。这里是乡镇,夜间都安歇得早。你听,这时候也不过十点钟,风声之外就没有一些别的声响。"

焕之经他一点醒,开始注意耳际的感觉确然与平日不同。风从田原上吹来,挟着无数管乐器似的,呜呜,嘘嘘,嘶嘶,其间夹杂着宏放无比的一声声的哗……虽然这样,却更见得夜的寂静。似乎凡是动的东西都僵伏了,凡是有口的东西都封闭了;似乎立足在大海里块然的一座顽石上。如果在前几年,焕之一定要温理那哀愁的功课了,因为这正是感伤的境界。但是今晚他却从另一方面想,以为这地方这样安静,夜间看书作事倒是很合适的。他回答毅公道:"现在不疲倦。刚才在船上确有点疲倦;上得岸来,一阵谈话,又喝了酒,倒不觉得了。"

水根刚把铺盖捧上了床,手忙脚乱地解开绳子,理出被褥来,焕之和蔼地阻止他说:"这个我自己来,很便当的。"

那拖着粗黑大发辫的乡下人缩住了手,似乎羞惭似乎惊奇地看定这位新来的先生。一会儿露出牙龈肉一笑,便踏着他惯常的沉重的脚步下楼去了。

焕之抢着垫褥铺被,被褥新浆洗,带着太阳光的甘味,嗅到时立刻想起为这些事辛劳的母亲,当晚一定要写封信给她,而衣袋里的那篇文稿,又非把它看完不可。这使他略微现出匆遽的神态。

"何不让他们弄呢?"毅公似乎自语般说。

"便当得很的事情,自己还弄得来,就不必烦别人了。"

焕之收拾停当了,两手按在头顶,往后梳理头发;舒一口气。再把床铺有味地相了一相,便带着一种好奇的心情,坐在那把将要天天为伴的椅子上。他从衣袋里珍重地取出冰如那篇文章,为求仔细,重又从头看起;同时想,书籍之类的东西只好待明天理出来了。

## 五

夜来风转了方向,而且渐渐平静了。曙色遍布时,田野,河流,丛树,屋舍,显现在淡青色的寒冷而清冽的大气里;小鸟开始不疾不徐地叫;早起劳作的人们发出种种声响,汇合成跃动的人籁。

焕之突然醒来,一骨碌爬起身,直望对面的窗:想到天气晴好,两条胳臂不禁高高举起,脸上浮现高兴的神色。一会儿,重又把卧室环视一周;角落里,桌子底下,以及不甚工致的白垩的天花板,都给加上个新的记认。看李毅公的床,帐门垂着;他还没有醒,便轻捷地披衣起床,去开那窗子。

窗下是校里的园地,种着荭菜。园墙之外,迤斜地躺着一条明亮的小河,轻风吹动,皱起鳞鳞的波纹。一条没篷船正要出发;竖起桅杆,拉上白布帆,就轻快地前去了。河两岸是连接的麦田。麦苗还沉睡着似的,但承受着朝阳,已有欣欣的意思。田亩尽处,白茫茫一片,那是一个湖。几抹远山,更在湖的那边,若有若无,几乎与天色混合了。

"啊,可爱的田野!在这里,若说世间各处正流行着卑鄙、丑陋、凶恶、残暴等等的事情,又说人类将没有希望,终于是长不好教不灵的动物,谁还会相信?那轻快地驶去的船里的人物,他们多么幸福,来往出进,总在这个自然的乐园里。我对他们惭愧了。"

他除了出城去扫墓,几趟近地山水的旅行以外,简直在城圈子里禁锢了二十多年。现在对着这朴素而新鲜的自然景色，一种亲切欣慕的感情禁不住涌了上来。既而想，此后将同这可爱的景色朝夕相亲了；便仰起了头，深深地吸入一腔清新的空气。他从没有这样舒快过，他似乎嗅到了向未领略的田土的甘芳气息。

他走下楼。水根正在庭中扫地，大发辫盘在帽沿，青布围裙裹着身，带着惊异的样子说："先生，你这样早！他们几个先生，这两天放学，起来还要等好一会呢。"

"我是早了一点。"焕之随口说。回身望那座楼，是摹仿西式的建筑，随处可以看出工匠的技术不到家。却收拾得很干净；白粉的墙壁，广漆的窗框和栏干，都使人看着愉快。庭前一排平屋是预备室藏书室以及昨夜在那里谈饮的休憩室。预备室的左侧，引出一道廊。沿廊一并排栽着刚透出檐头的柳树；树枝上头，欢迎晴朝的麻雀这里那里飞跳。一片广场展开在前边。五株很高大的银杏树错落地站在那里，已经满缀着母牛的乳头似的新芽。靠东的一株下，有一架秋千；距秋千二十步光景，又横挂一架浪木。场的围墙高不过头顶；南面墙外正是行人道，场中的一切，从墙外都能望见。

一种幻象涌现在他眼前：阳光比此刻还要光明而可爱；银杏和柳树都已绿叶成荫，树下有深林幽壑那样美妙；不知什么地方飞来些美丽的鸟儿，安适地剔羽，快乐地顾盼。其间跳跃着，偃卧着，歌唱着的，全是天真纯洁的孩子，体格壮健而优美。墙外好些行人停步观看，指点笑语。

"这不就是神仙境界么！"

他低下头来，一缕快感似乎直咽到肚里；两臂反剪着，两手互捏，关节作响。他记起昨夜的谈话和仔细看完的那篇文章，便忖量自己的前途："其他的同事还没完全看见，看见了的几个也不知道他们怎样；但是据蒋冰如的表示，他总是个有良心肯思想的教育者。一个人既愿尽力于教育，就是孤立无助，也得往前做去；何况他确有同志，而且他正引我为同志。我应当比去年更用心力，凡是可能的地方总要做到极度才对。明天开学了,我愿意此刻尚未见面的许多学生受到我丰盛而有实惠的贡献。啊,尚未见面的学生,我已经看见你们在这里游戏了!"

两个钟头以后,他同李毅公在市街上了;他急于要投寄给母亲的信,带便认一认邮政局。市街是头东头西的,有三里多长。这时候早市还没有散,卖蔬菜卖鱼虾的担子常常碍着行人的脚步。谈话的,论价的,拣选东西的,颇有扰攘之概。各种店铺也是城市风,不过规模都比较小;一两个伙友坐在店柜里,特别清闲似的。

市上来了个面生的人,大家不由得用好奇的眼光注视他一会。有的看了看也就完事;有的却指点着他同别人研究,是学校里先生的朋友呢,还是上头派来查学校的?焕之觉得自己引起了别人的注意,虽然没有什么羞惭,总觉得有点不自在,只低垂着眼光看前面的路。

邮政局是极小的一个店面,短短的字迹已经认不大清的一块牌子隐藏在屋檐下,要不是毅公招呼说"郭先生,邮包还没封吗?"谁也会错过的。

"没有,没有,现在正要封包呢。你先生有信?"

斜射的阳光只照在这小店屋的屋顶上,屋里非常暗;焕之闭了闭眼,再张开来细认,才看清柜台里一个人正在包扎一叠叠的信件。

"不。是这位倪先生有信。他是我们学校里新聘的先生。你又多一个主顾了。"

"好的,好的,欢迎得很。"

那邮局长看寄信的人走了,便抬起头来朝对街茶叶店里的伙计喊道:"喂!这个面生人姓倪,是'高等'里的新先生。"

"是先生?"茶叶店伙计仿佛觉得爽然,"年纪那样轻,我看他至多二十岁呢。"

停一会,茶叶店伙计又找机会去告诉了邻近的店家。在有些人的心头便引起了轻微的绝不狠毒的一种敌意。要是问他们何以有这种意识,他们也说不上来,只仿佛觉得自己又让别地方人拔去了一根头发似的……

焕之毅公两人走完了市街,拐弯上一座很高的桥;当年的石工很工致,现在坍坏了,石级缝里砌满了枯草。回转身朝来的方向望,就是一排市屋后面的一条河。各式的船停泊了不少,也有来往行驶的。一个个石埠上蹲着青年女子或者老妇人,她们洗濯衣服,菜蔬,碗碟。鳞鳞的屋面一直伸展到天际;白粉墙耀着晴明的光;中间耸起浓绿的柏树枇杷树之类,又袅起几缕卷舒自如的炊烟。

对着这一幅乡镇生活的图画,焕之又沉入优美的默想。他想今晨看见的那些人,他们的内心似乎都非常安定,非常闲适;就是一个卖菜的老婆子,她同别人争论价钱,也仿佛随意为之,一点不紧张。几年以来,在城市的社会里混,看见的大部分是争夺欺骗的把戏。这里,大概还没有传染到这种病毒吧。

他想过一些时候,可以在这鳞鳞的屋面下租定两三间房子,把母亲接来住;于是教学生以外,仍得陪伴着母亲。这样,就是从此终身也很好,当教师本来应该终身以之的。

恬适的笑浮上他的脸。

"过桥去不远,就是蒋先生的家。"毅公指点桥的那边。那边房屋就很稀,密丛丛的,有好几个竹林;更远是一望无际的麦田,这时候全被着耀眼的阳光。

"我们去看他吧?"

"好的。"

毅公在前引导,走进冰如的客室。这是一间西式的屋子:壁炉上面,横挂一幅复制的油画,画的是一个少女,一手支颐,美妙的眼睛微微下垂,在那里沉思。两只式样不同安舒则一的大沙发,八字分开,摆在壁炉前面。对面是一张玲珑的琴桌;雨过天青的花瓶里,插几枝尚未全开的腊梅。里面墙上挂四条吴昌硕的行书屏条,生动而凝炼,整个地望去更比逐个逐个字看来得有味。墙下是一只茶几,两把有矮矮的靠背的椅子。中央一张圆桌,四把圆椅围着。地板上铺着地毯。光线从两个又高又宽的窗台间射进来,全室很够明亮了。右壁偏前的一只挂钟,的搭的搭奏出轻巧温和的调子。

李毅公很熟习地给焕之拉出一把圆椅,自己又去拉另外一把,同时用努嘴来示意,随即说道:"造这房子,都是蒋先生自己给匠人指导的。你看,这天花板和墙壁接触处的装饰花纹,也是他打了图样,教匠人照样涂饰的。"

焕之坐下来,抬起头看,说道:"我看出他有这么个脾气:什么事情都要通过他自己,才认为满意。他那篇文章里,中国古人的,今人的,外国教育家的,心理学家的,社会学家的,种种的言论都采取;但是他说,并不因为他们是某人某人而采取,是因为他们的话有理,故而采来作为他自己的话。这不是靠傍,他自己有个系统。"

"这些话,他平时常常说起。他简直是个哲学家。"毅公说着,松快地笑了。

这时候,冰如走了进来,高兴地说道:"我本要到学校去了,两位却先来了。我的文章看了吧?"他用期待的眼光看定焕之;轻轻地,也拉出一把椅子坐下。

"看了,仔细地看了。"

"最要紧的,有什么不对不周到的地方?"冰如的脸色很庄重,声音里透露心头的顾虑。

"没有觉得,"焕之说得极沉着,表示决不是寻常的敷衍,"老实说,关于教育,我所知也有这么些;不过我没有把这些材料组织起来,成一种系统的见解。现在看了先生的文章,再自己省察;的确,从事教育的人至少要有这些认识。我从先生处得到不少益处了!"

焕之又继续说:"我极端相信先生的意思,就是说:我们不能把什么东西给与儿童;只能为儿童布置一种适宜的境界,让他们自己去寻求,去长养,我们就从旁给他们这样那样的帮助。现在的教育太偏重书本了,教着,学着,无非是文字,文字!殊不知儿童是到学校里来生活的;单单搞些文字,就把他们的生活压榨得又干又瘪了。"

"所以我一直想要改变。醒悟了不改变,比不能醒悟还要难受,还要惭愧。可是我没有——"冰如简直把焕之看成多年的知友,这时候他不比昨晚喝酒时一味地高兴,眉头略微皱起,要对这位知友诉说向来没有联手人的苦处;但是猛想起有个毅公在旁边,话便顿住了。他干咳了一声,继续说道:"可是我没有具体的办法,一时无从着手。以后同各位仔细商量,总要慢慢地改变过来。"

他又特别叮咛地向毅公说:"你的功课是最容易脱离书本的;张开眼来就是材料,真所谓'俯拾即是'。用得到文字的地方,至多是研究观察的记录和报告。"

毅公误会了,以为冰如含有责备的意思,连忙说:"这,这不错。我从前太着重记诵了。以后想多用乡土材料,不叫他们专记教科书。"

冰如又问焕之,他那篇文章有没有感动人家的力量。焕之不知道他写那篇文章有特别的用意,只说说理文章不比抒情文章,即使说得惬当,透彻,还是一副理智的脸相。

"不。我是说经我这样一说明,看了文章的人对于自己的事业,会不会更为高兴起来?"

"高兴呀;譬如我,就觉得更认清了自己的道路,惟有昂着头朝前走去。"

用人轻轻走进来,呈上一封信。冰如拆开来看毕,自语道:"他要免费!"他露出略微不快的脸色向两位客人说:"就是昨晚树伯讲起的蒋士镰,他的儿子要免费入学,托王雨翁写信来说。收学生,固然不能讲纳不纳得起费;但是他,哪里是纳不起这一点点学费的!"

## 六

　　三个谈了一点多钟,就一同到学校去。冰如带了他的两个孩子。大的十二岁,在高等小学修业已一年;头脑宽大,眼睛晶莹有光,很聪颖的样子。小的十岁,刚在初等小学毕业;冰如拉住他的红肿的手授与焕之道:"这位倪先生,现在是你的级任先生了。"郑重叮咛的意思溢于言外。那孩子含羞地低着头,牙齿咬住舌头。他似乎比较拙钝,壮健的躯体里仿佛蕴蓄着一股野气。

　　他们不从市街走。市河南岸两排房屋以外是田野,他们就走那田岸。两个孩子跳呀跳地走在前头;温暖的阳光唤回他们对于春天的记忆,他们时时向麦叶豆苗下细认,看有没有展翅试飞的蝴蝶。毅公反剪着手独个儿走,眼光垂注在脚下的泥路,他大概在思索那乡土教材。焕之四望云物,光明而平安;不知什么小鸟在空中唧呤的一声掠过,仿佛完全唱出了春之快乐;他挺一挺胸,两臂向左右平举屈伸着,感叹地说:"完全是春天了!"

　　冰如看出这青年人的高兴,自己也怀着远大的欢喜,略微回转头来问道:"你看这个地方还不错吧?"

　　"很不错。清爽,平静,满眼是自然景物。我住惯了城里,今天早起开窗一望,啊!什么都是新鲜的。麦田,小河,帆船,远山,简直是一幅图画展开在面前,我的心融化在画里了。"

"你也看见了这里的市面了?"

"市面也同城里不一样。固然简陋些,但简陋不就是坏。我觉得流荡着一种质朴而平安的空气,这叫人很舒适的。"

"这可不尽然,"冰如不觉摇头,"质朴的底里藏着奸刁,平安的背后伏着纷扰,将来你会看出。到底这里离城不远,离上海也只一百多里呢。"

"这样么?"焕之微觉出乎意料,脚步便迟缓起来。

"当然。不过究竟是个乡镇,人口只有二万。你要是有理想有计划的话,把它改变成一个模范的乡镇也不见得难。现在有我们这学校,又有五个初等小学,一个女子高小。只要团结一致,大家当一件事情做,十年,二十年,社会上就满布着我们的成绩品。街道狭窄呀,河道肮脏呀,公共事业举办不起来呀,只要大家明白,需要,那末,就是把那些凌乱简陋的房屋(他举起手来指点)通体拆掉了,从新打样,从新建造,也不是办不到的事。你看,这里的田有这么多,随便在哪里划出一块来(他的手在空中有劲地画一个圈),就是个很大很好的公园。树木是现成的,池塘也有;只要把田地改作草地,再搭几个茅亭,陈设些椅子,花不了多少钱;然而大家享用不尽了。"

焕之顺着冰如所指的方向凝望,仿佛已经看见无忧无邪的男女往来于绿荫之下;池塘里亭亭地挺立着荷叶,彩色的水鸟在叶底嬉游;草地上奔跑打滚的,都是自己的学生……心头默诵着"一切的希望在教育",脚步又提得高高地,像走在康庄大道上。

"所以我们的前头很有希望,"冰如继续说,"我们的力量用多少,得到的报酬就有多少。空口说大话,要改良国家,要改良社会,是没有一点效果的;从小处切近处做起,却有确实的把握。倪先生,我们一同来改良这个乡镇吧。你家里有老太太,不妨接来同住。你就做这个镇上人,想来也不嫌有屈。"

"刚才我也这么想过。我愿意住在这里,我愿意同先生一起努力。

事业在哪里,家在哪里,哪里就是我的家乡;做镇上人当然没有什么问题。"

"那好极了!"冰如欣快地拍着焕之的背部;忽然省悟自己的步调恰与焕之一致,又相顾一笑,说:"我同你留心。这里的房子很不贵。"

"有三间也就够了。"

这时候,前头两个孩子站住了,望着前方招手,叫道:"金家姑姑!金家姑姑!到我们家里去么?"

焕之注意望前方,一个穿黑裙的女子正在那里走来;她的头低了一低,现出矜持而娇媚的神情,回答两个孩子道:"是的,我去拜望你们母亲呀。"

声音飘散在大气里,轻快秀雅;同时她的步态显得很庄重,这庄重里头却流露出处女所常有而不自觉的飘逸。

"她是树伯的妹妹。"冰如朝焕之说。

焕之早已知道她在城里女师范读书,不是今年便是明年毕业,因为树伯曾经提起过。类乎好奇的一种欲望促迫着他,使他定睛直望,甚至带点贪婪的样子。

彼此走近了。冰如介绍道:"金佩璋小姐。这位是倪焕之先生,树伯的同学,新近来我们校里当级任教师。这位是李毅公先生,以前见过的了。"

金小姐两手各拉着一个孩子的手,缓缓地鞠躬。头抬起来时,粉装玉琢似的双颊泛上一阵红晕。眼睛这边那边垂注两个孩子,柔声说:"明天你们开学了。"

"明天开学了。"大的孩子点头,望着她微微显露的两排细白牙齿。又说道:"今年弟弟也进'高等'了,就是倪先生教。"

小的孩子听哥哥这样说,抬起探察的眼光看焕之。

昨天晚上,金小姐听哥哥回家带着酒意说道:"他们两个可称小说里所说的'如鱼得水';你也教育,我也教育,倒像教育真有什么了不起似的。其实呢,孩子没事做,就教他们读读书;好比铁笼里的猴子没事做,主人就让它们上上下下地爬一阵。教育就是这样而已。"她虽然不回驳,心里却很不赞同,教育决不能说得这么简单;同时对于那个姓倪的,几乎非意识地起了想看看他是什么样子的一种意思。当然,过了一夜,微淡得很的意思完全消散了。不料此刻在路上遇见,想看看他的欲望又比昨晚强烈得多;终于禁抑不住,偷偷地抬起睫毛很长的眼皮,里面黑宝石似的两个眼瞳就向焕之那边这么一耀。

焕之只觉得非常快适,那两个黑眼瞳的一耀,就泄露了无量的神秘的美。再看那出于雕刻名手似的鼻子,那开朗而弯弯有致的双眉,那勾勒得十分工致动人的嘴唇,那隐藏在黑绉纱皮袄底下而依然明显的,圆浑而毫不滞钝的肩头的曲线,觉得都很可爱。除了前额的部分,再没有别的地方可以看出她同树伯有兄妹关系。从前焕之曾听树伯说起,妹妹是继母生的,继母已经不在了。因而想这就无足怪,就是同母兄妹,也往往有不很相像的。

与女性交接,焕之正同金小姐与男性交接一样,没有丝毫经验。这没有别的原因,只是这种经验不曾闯进他的生活而已。异性的无形的障壁界划在一男一女之间,彼此说一句话,往往心头先就震荡起来;同时呼吸急促了,目光不自在了,甚而至于两只手都没有安放处,身子这样那样总嫌不妥贴。现在焕之想同金小姐说话,一霎间就完全感到上述的情形;但另一方面却觉得与金小姐颇亲近似的,因为树伯是自己的旧友,便鼓起勇气,略带羞怯说道:"令兄在府上吧?我应该到府上去,看看他在家庭里的生活。"

金小姐的头微微晃动,似乎踌躇的样子,终于轻清地回答道:"到舍间去,很欢迎。不过哥哥的惯例,早上起来就出去吃茶,午饭时才回,这会儿他不在家里。"说罢,拿起小的孩子的手来看,意思是怜惜他生了冻疮。

毅公便点一点头,抢着说道:"是的,金先生每天必到'如意'。就在市街转北,还算敞亮的一家茶馆。等会儿我们不妨去看看。"他无微不至地尽指导的责任。

冰如却最恨那些茶馆,以为茶馆是游手好闲者的养成所;一个还能做一点事的人,只要在茶馆里坐这么十天半个月,精力就颓唐了,神思就昏浊了;尤其难堪的是思想走上了另外一条路,讪笑,谩骂,否定一切,批驳一切,自己却不负一点责任,说出话来自成一种所谓"茶馆风格"。现在听毅公说不妨去看看,颇感没趣,马上想转换话题,便对焕之说:"这位金小姐是将来的教师。她在城里女师范念书。"

"我知道的,树伯曾经告诉我。"

"她很用心教育功课;曾经对我说,人家看教育功课只是挣分数的功课,她却相信这是师范学生最需要的宝贝。将来毕了业,不是一个当行出色的好教师么?"冰如这样说,仿佛老年人夸奖自己的儿女,明亮的含着希望和欢喜的眼光不住地在金小姐身上打量。

金小姐脸上的红晕显得更鲜艳了,而且蔓延到耳后颈间,仿佛温柔甘美的肉的气息正在蒸发出来。她的身体翩然一转侧,笑说道:"我没有说过,是你给我编造的。我很笨,只怕一辈子也当不了教师。"

焕之看这处女的羞态出了神,不自觉地接着说:"哪有当不了的。有兴趣,肯研究,必然无疑是好教师。"

金小姐心头一动;但不知道什么缘故,竟说不出对冰如说的那样的辩解来,只脸上更红了些。说这红像苹果,苹果哪有这样灵活?说像霞彩,霞彩又哪有这样凝炼?实在是无可比拟的处女所独有的色泽。就是这点色泽,她们已足够骄傲一切。

"不是么?倪先生也这样说,可见不是我随便赞扬了。"冰如说着,两脚轮替地踏着泥地,略带沉思的样子。"我们镇上还没出过女教师呢。教小孩子,当然女子来得合适。一向用男教师,只是不得已而思其次,是应急的办法。将来你们女师范生出来得多了,男教师应该把教育事业让还你们。"

金小姐忽然想起了，眼睛直注着冰如问道："听哥哥说，你写了一篇关于教育意见的文章。我想看看。"

"你要看么？"冰如有点忘形了，两臂高举，脚跟点起，身体向上一耸，像运动场中占了优胜的选手。

毅公插不进嘴，稍觉无聊，走前几步到一个池塘边，看印在池心的淡淡的行云。两个孩子似乎也嫌站在那里没事做，从金小姐手里挣脱了手，跟着毅公到池边，捡起砖片在水面飞掷比赛。大的孩子第一片飞出去时，水面倏地起了宝塔样的波痕，塔尖跟着一跳一跳滑过的砖片越去越远；最后砖片沉下去了，云影在水里荡漾着。

这里冰如继续说道："就要印出来了。印出来了我给你寄到学校里去。原稿在倪先生那里，他也喜欢看，同你一样地喜欢看。"

"是一篇非常切实精当的文章呢！"焕之已经解除了对于异性的拘束，只觉得在这样晴明的田野中，对着这具有美的典型的人说话，有以前不曾经验过的愉快。"里头主张替儿童布置一种适宜的境界，让他们生活在里面，不觉得勉强，不自然，却得到种种的好处。这是一切方法的根本。从它的反面看，就见得现在通行的教育的贫乏，不健全。根据这个见解，我们来考核我们所做的，就很有应受批驳和讥议的地方。乐歌为什么只在教室里奏唱？作事念书到兴致浓酣时，为什么不也弹一曲，唱一阵？身体为什么只在限定的时间内操练？晨晚各时为什么不也伸伸臂，屈屈腿？学习理科为什么只对着书本？学习地理为什么反而不留心自己乡土的川原和方位？……总之，一切都不合适，一切都得改变。"

焕之说得很激昂，激昂之中却含着闲雅，率真；秀雅的嘴唇翕张着，由金小姐看来仿佛开出一朵朵的花，有说不出的趣味。她不禁走近一步，用鼓励的调子说："你们可以依据这主张来做呀！"

"要的，要的。你刚才谦虚，现在自己表白是我们的同志了。你毕了业，我要你在我们校里任事。男学校用女教师，还没有先例，我来开风气。"冰如真喜欢这个年轻女郎，不料从她的口里能听到老教师所不能说的话。

一种舒适的感觉通电似地在金小姐心头透过,似意识非意识地想:"如果有那一天啊!"然而嘴里却谦逊地说:"我哪里配当你们校里的教师?"

同样的感觉,同样的想头,使焕之燃起了希望的火焰。青春的生命中潜伏着的洪流似的一股力量,一向没有倾泻出来,只因未经触发而已。现在,小小的一个窟窿凿开了。始而涓涓地,继而滔滔地,不休不息倾泻着,自是当然的事。他透入底里地端相这可爱的形象,承接着冰如的话问道:"在女师范里还有几时?"

"还有一年,今年年底算完毕了。"

"明年你一准来同我们合伙吧!"冰如这样说,一个新境界一霎间在他心头展开,这比较以前拟想的更为完善,优美,差不多就是理想的顶点。他把它咀嚼了一会,换个头绪说道:"现在到我家里去?她在那里裹粽子。"

"好,我去帮同裹。"金小姐把皮袄的下缘拉一拉挺,预备举步的样子,两个黑眼瞳不由自主地又向焕之一耀。

"你也高兴搞这些事情么?"冰如略觉出乎意料。

"为什么不高兴?逢时逢节,搞一些应景的东西,怪有趣的。我们住在学校里,太不亲近那些家庭琐屑了;回家来看看,倒觉得样样都新鲜,就是剪个鞋样也有滋味。"

她像小孩一样憨笑了,因为无意中说出了孩子气的话。

焕之也笑了,他几乎陶醉在那黑眼瞳的光耀里;接着说:"的确有这样的情形。譬如我们不大亲近种植的事情,一天种了一畦菜,就比种田人有十倍以上的滋味。"

"这样说起来,事情做惯了就要减少滋味么?"冰如想开去,不免引起忧虑。"我们当教师,正是一件做得惯而又惯的事情呢!"

"那不是这样说的,"焕之恳切地给他解释,"说难得做的事情有新鲜滋味,不等于说事情做惯了滋味就会减少;不论什么事情,要尝到浓郁的滋味,一定在钻研很久之后;音乐是这样,绘画是这样,教育事业何独不然。"

"唔。"冰如点头。

金小姐比刚才略微简便地鞠着躬,含笑说:"再见了。"又回转身来,举手招动,喊道:"自华,宜华,我到你们家里去了。——李先生,再见。"

两个孩子抬起头,拍去两手的泥,就跑了过来。毅公也踱过来,殷勤地点头。宜华请求道:"让我们同金家姑姑回去吧。"

"好的。"自华赞成弟弟的意思,像赛跑者一样手脚划动地跳了几跳。

金小姐也喜欢两个孩子伴着走,冰如便答应了。第一步发动时,裙缘略微飘起;右手自然地荡向前面;眼睛薄醉似地张得不十分开,垂注着优美的鼻子;鼻子下面,上下唇略开,逗留着笑意:这个可爱的剪影,纤毫不漏地印在焕之的眼里,同时也印在他的心里。

"我们走吧。"

焕之听冰如这样说,才觉醒似地提起脚,踏着自己的影子向前走去。太阳当顶了,田野,丛树,屋舍,都显现在光明静穆的大平面上。

## 七

　　金小姐十二岁的时候就死了母亲。虽然读书不多，拿起笔杆只能造简单的句子；但是丧母就是一门最严重最亲切的功课，使她对于生活有了远过于读写程度的知识。兄嫂待她固然没有什么不好，但她知道应该处处留心；心里想要一件什么东西，一转念便抑住了，让欲望沉埋在心底，终于消灭；一句话几乎吐出来了，眼睛一顿就此缩住，只保留在胸中忖量：时时提醒自己的总是这么一句话，"现在不比母亲在世的时候了！"她很注意镇上好些人家的所谓"家事"，财产的增损，器物的买卖，父子、兄弟、妯娌、姑媳间的纠纷，不但不惮烦地把它们一一弄明白，还前前后后这边那边地想，仿佛要参透里面的奥妙。尤其注意的是女郎出嫁以后的故事：某家小姐嫁了个有钱的青年，大家称赞说是美满姻缘；但是那青年吸上了鸦片，耸起肩膀像路上的乞丐了。某家小姐嫁了个中年的绅董，谁都相信可以依靠终身；但是那绅董另外又纳了宠，把正式夫人看作路人了。种种的花样，数也数不清，然而用一句话可以包括：女子嫁人就是依靠人，依靠人只有苦趣，很少快乐。而且，就是那些"家事"也够叫人心烦意乱。从这里，自然而然发生了独立自存的想望。

　　她在女子高小毕业的那一年，树伯时常看得很轻忽地说，女子高小毕了业，也就算了。再升上去，有女子中学，没有女子大学，有什么意思！若说进女师范，又不争做什么小学教员。他的意思自然是她有父亲传下来的奁田,她要出嫁,她将担负一切女子避免不了的天赋的责任。

正当发育时期,又抱着永远不能磨灭的丧母的伤痛的她,多愁善感,偏于神经质,自是当然之事;听哥哥这么说,仿佛硬要把她拖往黑暗地狱里去,除了长时间的哭泣,再没别的称心的事。但是,对于未来的幻想却跑出来督促她,使她鼓起坚决的勇气,与运命奋斗(虽然她碰到的并不是怎样凶恶的运命)。她便对哥哥表示她要做一种事业,她要靠事业自立。教员,她觉得还近情,而且不是无聊的事,故而她要去考女师范。

从学校里出来不久的树伯,处理了一些时的家务和田产,更相信一个人不能不有点儿凭借。听妹妹说出事业呀自立呀那一套全不知轻重的话,不禁露出轻视的笑容。后来想执意阻止她也无谓,便只用似乎怜惜的口气说,外边去住学校是吃苦的。

住学校的苦她才不怕吃呢。就是真说得上苦的,譬如冒风霜,耐饥寒,她还是愿意去,只要能够达到自立的目的。

在女师范里,她是一个几乎可称模范的学生。她不像城市里一些绅富人家的女儿,零食的罐头塞满在抽斗里,枕头边时常留着水果的皮和核,散课下来就捧住一面镜子。她也不像许多同学一样,两个两个缔结朋友以上的交情,因而恋念、温存、嫉妒、反目,构成种种故事。她对于一切功课都用心;方程式念熟,历代系统念熟,英字切音也念熟;作文时时得到先生的密圈,且有历来用惯了的未免夸大的批语;第三年上加添了教育功课,就成为她的新嗜好,心理的情状,思想的形式,伦理的范畴,教育的意义,她都觉得津津有味,越咀嚼越深长,比较"英""国""算"等仅仅是记号的机械的功课又自不同。

这样,她很感快乐,从前神经质的倾向似乎减轻得多了。前途虽不知道是个怎样的境界,然而差不多已望见了影子:恬适,自由,高贵,成功,就好比那边一些树石花草的名字。有时想起了或者谈起了一班沉沦在家庭的苦狱里的女子,她们琐屑,愚笨,劳困,闷郁,她对她们一半表示同情,一半表示骄傲。

青春的年龄把她蕴藏着的美表现出来;像花一般,当苞儿半放花瓣微展时,自有一种可爱的姿态和色泽,叫人家看着神往。她的美可以说在乎匀称:面部的器官,躯干和手臂,好像天生配就是这么一副;分开来看也没有什么,合拢来看就觉得彼此相呼应,相帮衬;要是其中任何一件另换个样式,就要差得多了。微可憾惜的是两条腿短了些,否则还能多几分飘逸。然而她把裙子裁得长些,把上衣故意减短半寸或者三四分,也就差不多弥补过去。此外,似乎皮色太白了些。除了颧颊部分,即使没有什么羞惭或欣喜,也晕着一层薄红外,平时皮肤底层的血色竟不甚显著。她常常笑,但是不过分地狂笑,只到两排细白的牙齿各露一线为度。她又常常凝思,睫毛下垂几乎掩没眼球,端正的鼻子仿佛含着神秘;想到明澈时,眼皮开幕一般倏地抬起,晶光的黑眼瞳照例这么一耀。

同学们都同她好,亲而不至于昵。有什么事情商量,如置办些衣物,陈设个会场,大家总说"找金佩璋去"。她能给别人计划指点,结果都妥贴满意。功课方面,她又是大家的顾问;笔记没有抄哩,算题解不出哩,去问她总能尽偿所欲而回。因此她得到个爱娇而不狎亵的称号:"我们美丽聪明的金姊姊"。称她姊姊,未必个个比她年轻,其实还是比她年长的多;只是说她有姊姊的风度而已。

这一天她在田野间遇见冰如焕之谈了一阵,心头仿佛粘住了些什么。这感觉当然不是忧愁烦闷,可也不是喜悦快适之类;只是那么轻轻地,麻麻地,一种激动刺激着她,简直忘不了。在蒋家吃了午饭,又尝了新鲜的粽子,回家时已是下午四点。下意识地告诉嫂嫂道:"刚才看见了哥哥昨天去接来的倪先生。"

待说了出来,又觉得这大可不说。嫂嫂虽毫不注意地答应着,她自己的脸却禁不住涨红了。便回到楼上房间里,坐下来结红绒线的围巾。手指非常灵活地扭动着;视线下垂,但并不看针指。她把路上的谈话一一回想起来;自己说的,别人说的,连一个语词都不让漏掉。又特别把自己的话仔细衡量;好像有些话说得不很妥当,衡量过后却又没有。既而想到那个青年的风度:眼光流利而庄重,眉毛浓黑而文雅,口鼻的部分优秀而不见柔弱……那温和亲切的声调,那昂一昂头顾盼自如的姿态……

"怎么想起这些来了!"仿佛做了什么不道德的事似地,一阵羞惭包围住她,便紧紧把眼睛闭起。直到心里差不多不想了,才再张开来。放下绒线围巾,走到左壁旁,把壁上一扇小圆洞窗打开,眺望沉在夕阳光中的田野。天上浮着山水画似的白云。落尽了叶的树枝上,已经栖了乌鸦。还有几只没栖定的,飞飞转转不停地叫。晚风拂面,着实有些寒意。有几个农家妇女,臂弯里挂着篮子,急匆匆地在田岸上经过。她对这些全不容心,模糊地想后天要进城到学校了。一会儿,心头又这么一闪,很有诱惑力地,"如果有那一天啊!"

## 八

　　学校里开学了。静寂了几天的楼屋,庭院,走廊,旷场间,又流荡着纷杂的声音,晃动着活泼的人影。虽然通行了阳历,阳历年假却没有给学生多少兴致;只同平常星期假一样,假后到校,不起一种新鲜而又略微厌惮的感觉,像暑假寒假后常常感到的。但是一种希冀已在学生心头萌生,就是不到一个月就要放寒假了;那时候关于阴历过年的种种有味的故事将逐一举行,跟着,新年的嬉游便将一片鲜花似地展布在眼前。

　　焕之认识了其余的同事。冰如把他介绍给那些同事时,总显出一副特别郑重的神气,仿佛表示他是唯一能唱好戏的角色,却没想到与他对面的人正就是同班的演员。同事见冰如这样,就用惊异生疏的眼光把焕之上下打量;一句不大好听的话藏在各人的心里可没有吐出来:"是这样一个人,我认识他了!"

　　当然,介绍焕之给学生的时候,冰如尤其不肯随便。他真爱学生;如果有什么方法,能使学生飞跃地长进,无论如何他总肯跟着走。无奈一时不大有好方法,他觉得对学生非常抱歉;把不可追回的学生的光阴白白消费了,若论罪孽,决不是轻微的;即使后来有了好方法,那受用的也只是后来的学生,眼前被延误的终于被延误了;所以他总想做到对于每个学生都对得起。现在,这种希望似乎很接近了。他不自掩饰地向学生说,以前的办法只是循例做去,就外貌看固然是个学校,实际上对学生没有多大好处。他接着说,学校要使学生得到真实的好处,应该让学生生活在学校里;换一句话说,学校不应是学生的特殊境界,而应是特别适宜于学生生活的境界。他说以前也不是不想慢慢改变,因为有种种关系,竟没有改变一点儿;那是非常疚心的。"从今以后,"他的声调很兴奋,"可要着手改变了。我们新请来这位倪焕之先生,他对于教育极有研究;为你们大家的真实利益,他一定能提出许多宝贵的意见……"

这位新先生在学生眼中似乎一亮;他虽然并排坐在十几个教师中间,但仿佛正在扩大,高高地超出了他的同伴。同时,同伴的心中各浮起一阵不快;冰如固然接着就说"各位先生也抱着决心,一致尽心竭力,打算今后的改变",可是并不能消释他们的不快。

几天以后,焕之看出乡间学生与城市学生的不同点来。乡间学生大体上可以说是谨愿的。虽然一些绅富人家的子弟,因为他们的家庭喜欢模仿都市里的时髦行径,不免有所习染,但究竟还不至于浮滑,轻率;无意之中,往往流露出自惭形秽而正复可爱的一种情态。此外的学生,大部是手工业者、小商人的子弟,最容易叫人感觉到的,就是他们的鄙陋和少见多怪。焕之想那不是他们本身的病症;他们的境界那样狭窄,当然不会广知博识。只要给他们展开一个广博的世界,那病症就消除了。何况关于自然的知识,他们比城市学生丰富十倍;要是指导得当,什么都属于他们了。

值得憾惜的也有,就是学生之间有一种门第观念,虽不显著,却随时随处可以看出痕迹来。绅富人家的子弟常常处于领袖的地位,不论游戏上课,仿佛全是他们专有的权利,惟有他们可以发号令,出主张。其他的学生,一部分是袖手缄默,表示怕同有权威的同学们争竞。另外一部分就表现出顺从态度,以求分享有权威的同学们的便宜与快乐;那种顺从态度几乎可以说是先天的,无可怀疑的,一笑,一点头,都透露出此中消息。

在学校里,犹如在那些思想家所描摹的极乐国土大同世界里一样,应该无所谓贵贱贫富的差别,而现在竟有这样现象,不能说不是毛病。焕之想这必得医治,哪怕用最麻烦最细致的工夫。药剂该是相反而相成的两味,"自己尊重"与"尊重人家"。他一毫也不存鄙夷的心思;他知道这种毛病自有它的来源,是社会与家庭酿成它的,学生们不幸染上了。

有一天,就遇到一件根源于这种毛病的小纠纷。

他坐在预备室里批阅学生的文课,听见一阵铃响,随着就是学生们奔跑呼笑的声音,知道一天的功课完毕了。突然间,体操教师陆三复先生气愤愤地拉着一个脸涨得通红眼光灼灼的学生,闯进室来;后面跟着一大批看热闹的学生,到门口都站住了,只伸长了脖子往里望。那被拉进来的学生就是免费入学的蒋士镶的儿子蒋华。

"他真岂有此理!"陆先生把蒋华往焕之桌子边一推,咬了咬嘴唇说,"要请倪先生问问他!"说着,胸脯一起一落很剧烈,他气极了。他认定每个学生都是级任教师的部属,级任教师有管教部属的全部责任;至于自己,只是教教体操而已,再没有旁的责任;非但没有旁的责任,遇到学生不好,还有权责备级任教师,那一定是级任教师管教上有了疏忽了。那末他此刻的愤愤不仅对于蒋华,也就可想而知。

蒋华的头用劲地一旋,面朝着墙,两肩耸起,挺挺地站着:这正是"吃官司"的老资格的态度。

"为了什么呢?"焕之一半惊讶一半慰藉地说;站起身来,看了看陆先生那抿紧嘴唇睁大眼睛的可怕的形相,又回转头来端相蒋华的倔强的背影。

"他欺侮别人!他不听我的话!"陆先生说,右颊的伤疤像小辣椒似地突起,前额隐隐有汗水的光,拖开一把椅子,一屁股坐下来。

事情是这样发生的:练习徒手操二十分钟之后,陆先生拿个大皮球给学生们,叫他们随便踢高球玩儿。一会儿,那球落在蒋华面前;他刚要凑上去捧住它,畅快地踢它一脚,却不料很活溜的一个小身体窜过来,一下把它接去了。

"授给我!"蒋华看见接球的是那戴红结子破帽子的方裕,毫不思索地用命令口气这样说。

方裕的脚自然是痒痒的,看看亲手取来的球更有说不出来的欢喜;但是蒋华的"授给我"三个字仿佛含着不可违背的威严,只好按下热烈的游戏欲望,显出无可奈何的笑脸,把球授给蒋华。

蒋华摆起架子踢球,却是很不得力的一脚,不高又不远。这就引起些零零落落的笑声。只见那破帽子的红结子往上一耸,那球又安安顿顿地睡在方裕胸前。

"再给我!"蒋华感觉失败的懊恼,又用主人似的声气发命令。

方裕倒并不留意蒋华的声气怎么样,可是游戏欲望实在按捺不住了,他一面自语道,"这一回让我踢吧",一面便举起右脚"呼"地一脚。那球笔直地上升,几乎超过银杏树顶方才下落。在场的许多学生禁不住拍手叫好。

"你这小木匠!"蒋华恨极了,奔过去就摘下方裕的破帽子往地下扔;接着又拉住他的青布袍的前襟,审问似地叫道,"叫你给我,为什么不给我?为什么不给我?"

学生们让皮球跳了几跳,滚在树脚下休息,他们团团围拢来,看这出新开场的小戏剧。

方裕扭转了头,起初一声不响,羞愤的眼光注视着地下的破帽子。既而格格不吐可是无所惧惮地说:"先生给我们的球,大家能踢。为什么一定要给你?"

"你配踢球!你木匠的儿子!只好去搬砖头,挑烂泥桶,像个小乞丐,看你这副形相,活活是个小乞丐!"蒋华骂着,还觉得不足以泄忿,就举起左拳打方裕的肩膀。

"打!打!"几个不负责任而爱看热闹的学生这样似乎警告似乎欣幸地叫唤。

陆先生走来了,他看得清楚,就判蒋华的不是:一不该抢别人的球;

二不该扔别人的帽子；尤其不该打人，骂人。他叫蒋华先把地上的帽子捡起，给方裕戴好，然后再讲别的。

出乎意料的是蒋华放松了拉住方裕衣襟的手，旋转身来，要走开似的，对于陆先生的处置，好像并没听见。这使陆先生动怒了；一把抓住那昂然不顾的抗命者，厉声说："叫你把帽子捡起来！听见没有？"

蒋华也扭转了头，一声不响，正像刚才的方裕；不过涨红的脸上现出傲慢的神色，与方裕不同。

"叫你把帽子捡起来！听见没有？"陆先生的声音更为高亢了。

"我给他捡起来？"蒋华扭转脖子问。

"自然呀。你把它扔了的。除了你，还该谁捡起来！"

"我不能捡！"

"为什么？"

"他是木匠的儿子，是小木匠！他的父亲叫我们'老爷''少爷'！只该他给我们捡东西！"

"满口瞎说！哪里来这种道理！"

"一点也不瞎说。你只要问大家，他的父亲是不是木匠。"

"我不许你再说！只问你到底捡不捡？"

"已经说过了，我不能捡！"蒋华用悠然的腔调说；随带个表示能干和藐视的眼光，那眼光从陆先生脸上回过来，向围着的同学们画一个圈子。

"哈！哈！哈！"小半的学生忍不住出声笑。

猛虎似的凶狠气势突然主宰了陆先生，他拖着蒋华就走，像抓住一只小鸡；完全忘了对手是个学生，用呵斥仇敌的声音喝道："你这一点儿不懂道理的家伙！我没有闲空工夫来同你多说！把你交给你们倪先生去，待他来问你！"

……陆先生把事情的经过错杂地叙述，说一句透一阵气；末了向蒋华的背影投了狠毒的一眼，说："他不听我的话，不守我的规矩；也不要紧,以后不用上我的课!"说罢,从裤袋里掏出烟卷和火柴,自顾自吸他的烟。他以为已经把犯罪的部属交给头目去训诫和惩罚,自有头目负责;自己只有从旁批判那头目处理得得当不得当的事情了。

"蒋华!"焕之用非常柔和的声气唤蒋华;同时坐下来,感动地执住蒋华的右手,——那右手正紧捏着拳头。"我非常代你忧愁,你说了太看不起自己的话了。你的意思,以为方裕的父亲做木匠是卑鄙,是下贱。你实在没有想清楚,木匠能够做怎样多的事。这椅子,我们坐的,这桌子,我们靠的,这房子,我们住的;哪一件不是木匠的成绩?你试想,如果没有木匠,我们只好坐在空地上,要写字不方便,要读书不方便,要做事也不方便;那时候我们将怎样难受?木匠给我们种种的便利和安适;这哪里是卑鄙下贱的人的行径?你想,你要细细地想!……我告诉你,木匠实在是可敬可尊的人!世间能用心思力气做事情,使人家和自己受到好处的,都是可敬可尊的人。木匠用的是自己的心思,自己的力气,一点儿不靠傍别人,却帮助了别人,养活了自己;这何等地光荣伟大!其他如铁匠农人等等,都同木匠一样是光荣伟大的人物。世间最卑鄙最下贱的人是谁?有钱有势的人该不是了吧?那倒不一定。一个人要是没有一点儿能力,做不来一件事情,虽然有钱有势,还免不了是最卑鄙最下贱的人!……你们到学校里来学些什么?你们对于将来希望些什么?无非要求有能力,能做事情,成个光明伟大的人,不做卑鄙下贱的人罢了。你刚才却说了看不起木匠的话。这就仿佛告诉别人说,你愿意没有一点儿能力,愿意不做一点儿事情!总之一句,愿意做个卑鄙下贱的人。告诉你,你的质地很不坏啊!你为什么要这样看不起自己?把不对的心思丢开吧,永远永远地丢开!你应该这么想:方裕的父亲是木匠,是用自己的心思力气做事情的可尊敬的人;他的儿子方裕当然是可亲爱的同学。你能这样想么?你刚才是一时迷糊了;现在在这里静静地听我说,我知道你一定能依我所说的想。"

蒋华的心情与肢体原来都紧张,听了焕之的一番话不由得都松弛了；他似乎受着催眠术，一种倦意，一种无聊，慢慢地滋长起来，遍布到全身。他的右手早已放开了拳头，汗湿的手指搭在焕之温暖的手心里。

室门口挤着的学生见没有什么动听悦目的事情出现，渐渐走散，回家去了。有几个喜爱运动场上的秋千浪木，不肯便回去的，在运动到疲劳时踅到门口来望望，见没有什么变化，便毫不关心地依旧奔回场上去。

陆先生已经吸完了一支烟：右臂搁在桌子上，左手支着膝头，眼光无目的地瞪视着，像等待什么似的。

焕之见蒋华不响，捏着他的手，更为和婉地说："你回答我，木匠是不是可尊敬的人？"

"是的。"蒋华自己也不明白，怎么会从嘴里轻轻地漏出这样的声音。

"那就是了。"焕之透了一口安慰的气，接着说，"现在再同你说帽子的事情。你不听见说过么？一个人能帮助人家，为人家服务，是最愉快的事情，最高尚的品行。别人挑着重担子，透不过气来，最好是代替他挑一程。别人肚子饿了，口渴了，最好是给他做一顿饭，烧一壶茶。你想，你如果做了这些，只要看看受你帮助的人的满足的脸色，就有什么都比不上的高兴了。你做过这一类事情么？"

蒋华摇头，他想的确没有做过。看看窗外的白墙暗淡起来了，室内的人与物更是朦胧，不觉感到一缕淡淡的酸楚。

"唔，没有做过。那末应该打算去做啊！你反而给人家损害；好好戴在头上的帽子，你却抢过来扔在地上，这算什么？自己动手扔的帽子，你却不肯把它捡起来，这又算什么？你要知道，损害别人结果也损害自己。你这样一来，就告诉人家你是曾经欺侮人的人了。……郑重地捡起帽子来，掸去尘土，亲手给方裕戴上，恳求他说：'我一时错失，侵犯了你，现在说不出地懊悔。希望你看彼此同学的情分，饶恕了我；而且不要记住我的错失，依旧做我的很好的朋友！'你惟有这样，才能抵赎这回的错失。以后更要特别尊重方裕，就是无意的损害也不给他一丝一毫；他才相信你的话是真的，才肯永远做你的好朋友。你愿意这样做么？"

"他这时候一定自己捡起帽子回去了。"蒋华回过尴尬的脸来。

"不要紧,"焕之笑一笑说,"你的话明天还是可以向他说。"接着就叫蒋华对陆先生承认自己的不是,不应该违抗很有道理的命令。

蒋华见天色几乎黑了,心里有点儿慌乱;听听这学校里异常寂静,是从未经历过的,自己仿佛陷落在荒山里似的,就照焕之说的办了。

"你自己认错,那末明天准许你上我的课。"陆先生带着不好意思的神态说。随即颓丧地站起来,摇摇晃晃走出了预备室。

## 九

吃过晚饭,陆三复还是觉得不高兴,一步一顿,用沉重的脚步跨上楼梯。就在前廊来回踱着,时或抬起忿怒的眼来望那略微缀几颗星点的深黝的天空。他对于焕之居然能把蒋华制服,使他自己认错,发生一种被胜过了的妒意。

"一套不要不紧的话,一副婆婆妈妈的脸色,反而比我来得灵验,这是什么道理?他一句也不骂。那样的坏学生还不骂,无非讨学生的好罢了。讨好,自然来得灵验。我可不能讨学生的好!坏学生总得骂。蒋华那小坏蛋也气人,看见级任就软了。难道级任会吃掉你!你对级任也能够倔强,始终不认错,我倒佩服你呢。"

他这样想,就好像刚才把蒋华送到焕之跟前去的初意,原是要让焕之也碰碰自己所碰到的钉子,因而不得下场的。但如果焕之真碰到了蒋华的钉子,没法叫蒋华对他认错,他此刻或许又有另外的不满意了;他将说焕之身为级任,一个本级的学生都管不来,致使科任教员面子上过不去,实在荒唐之至。

"那样的态度对付学生总不对!"

他仿佛曾有这样一个愿望,焕之一看见被控到案的蒋华,立刻给他一顿打,至少是重重实实的十下手心。于是,蒋华见双方的处置同样严厉,难以反抗,便像俘虏似地哀求饶恕。但现在看见的几乎完全相反;

焕之那声气,那神色,说得并不过分,就像看见了自己的亲弟弟。这不是使别人对付学生,要让学生畏惮,更其为难么?

他咬着嘴唇走进了房间。

徐佑甫坐在那里看一叠油印的文稿,难得笑的平板的脸上却浮着鄙夷不屑的笑意,从鼻侧到嘴角刻着两条浅浅的纹路。

那一叠油印的文稿就是冰如所撰对于教育的意见书。

"陆先生,这份东西已经看过吧?"佑甫抬起头来望着三复这样问,不过用作发议论的开端,所以不等三复回答便接着说,"我总算耐着性儿看过一遍了。冰如的文章还不坏,不枯燥,有条理,比较看报上的那些社评有趣得多。你说是不是?"

三复原是"学书不成"去而学体操的,听见这评衡文章的话,正像别人问起了自己的隐疾,不禁脸又红了。他来回走着,吞吞吐吐地答道:"这个,这个,我还只看了两三页呢。"

"啊,你不可不把它看完,看完了包你觉得好玩,仿佛看了一幅'仙山楼阁图'。我这比喻很确切呢。你看见过'仙山楼阁图'么?山峰是从云端里涌现出来的。那些云就可爱,一朵一朵雕镂着如意纹,或者白得像牛乳,或者青得像湖波,决不叫你想起那就是又潮湿又难闻的水蒸气。山峰上丛生着树木花草,没有一张叶子是残缺的,没有一朵花儿是枯萎的,永远是十分的春色。楼阁便在峰峦侧边树木丛中显露出来,有敞朗的前轩,有曲折的回廊,有彩绘的雕饰,有古雅的用具。这等所在,如果让我们去住,就说作不成仙人,也没有什么不愿意,因为究竟享到了人间难得的福分。只可惜是无论如何住不到的。画师题作'仙山楼阁',明明告诉人说那是空想的,不是人间实有的境界,只不过叫人看着好玩而已。冰如这一篇文章就是一幅仙山楼阁。"

"这话怎么讲?"三复站住在佑甫的桌边,有味地望着佑甫的脸。

"就是说他描写了一大堆空想,说学校应该照他那样办;这给人家看看,或者茶余酒后作为谈助,都是很好玩的;但实际上却没有这回事。"

佑甫说到这里，从鼻侧到嘴角的两条浅浅的纹路早已不见了，脸色转得很严肃，说道："他的空想非常多。他说学校里不只教学生读书；专教学生读死书，反而不如放任一点，让他们随便玩玩的好。嗤！学校不专教读书，也可以说店铺不只出卖货物了。他又说游戏该同功课合一，学习该同实践合一。这是多么美妙的空想！如其按照他的话实做，结果必然毫无成效。功课犹如补药；虽然是滋补的，多少带点儿苦味，必须耐着性儿才咽得下去。他却说功课要同游戏合一；你想，嘻嘻哈哈，不当正经，哪有不把含在嘴里的补药吐了的？学生学习，是因为不会；不会写信，所以学国文，不会算账，所以学算学；学会了，方才能真个去写去算。他却说学习要同实践合一；你想，写出来的会不是荒唐信，算出来的会不是糊涂账么？"

"只怕一定是的。"三复听佑甫所说，觉得道理的确完全在他一边，就顺着他的口气回答。

"他又说，"佑甫说着，取一支烟卷点上，深深吸了一口，"为要实现他那些理论，学校里将陆续增添种种设备：图书馆，疗病院，商店，报社，工场，农场，乐院，舞台。照他那样做，学校简直是一个世界的雏型，有趣倒怪有趣的。不过我不懂得，他所提到的那些事情，有的连有学识的大人也不一定弄得好，叫一班高小学生怎么弄得来？而且，功课里边有理科，有手工，有音乐，还不够么？要什么工场，农场，乐院，舞台？难道要同做手艺的种田的唱戏的争饭碗么？"

"他预备添设舞台？"三复的心思趣味地岔了开来；他悬想自己站在舞台上，并不化装，爽亮地唱出最熟习的《钓金龟》；等到唱完，台下学生一阵拍掌，一对对的眼睛里放出羡慕和佩服的光，全都集中在自己身上——他露出牙齿笑了。

"说不定他会一件件做起来的。他不是说的么？以前因为有种种关系，没有改变一点儿。我很明白他所说的种种关系是指什么。现在，请到了诸葛亮了。"佑甫说到这一句，特意把声音放低，向东壁努嘴示意。

"他在预备室里,还没有上来呢。"三复点醒他,意思是说用不着顾忌;一半也算是个开端,表示自己正想谈到这个人。

"啊!这个诸葛亮,"佑甫用嘲讽的调子接着说,"真是个'天马行空'的家伙,口口声声现状不对,口口声声理想教育。垃圾聚成堆,烂木头余在一浜里,说得好听些,就是'志同道合';两个人自然要吹吹打打做起来了。我从来就不懂得空想,但是十几年的教员也当过来了,自问实在没有什么不对,没有什么应该抱愧的。任你说得天花乱坠,要怎样改变才对,无奈我不是耳朵软心气浮的一二十岁的小伙子,我总不能轻易相信。意见书也好,谈话会也好,我看看听听都可以,反正损伤不了我一根毫毛。若说要我脱胎换骨,哈哈,我自己还很满意这副臭皮囊呢。——你觉得么?冰如这份意见书同平时的谈吐,着实有要我们脱胎换骨的意思。——我只知道守我的本分,教功课决不拆烂污;谁能说我半个不字!"

这些意思,佑甫早就蕴蓄在心里,每逢冰如不顾一切,高谈教育理想的时候,就默默地温理一遍,算是消极的反抗。刚才读完了那份意见书,反抗的意识更见旺盛起来。现在向三复尽情倾吐,正是必需的发泄;仿佛这就把冰如喜欢教训别人的坏脾气教训了一顿,同时冰如便也省悟他那些意见仅仅是一大堆空想了。

三复本来没有这么多的想头。改革不改革,他都没有成见。但另外有一种成见,就是冰如的话总是不大入耳的,因为在争论薪水的时候,冰如曾对他说过一句不大入耳的话。固然不用说,他没有耐性去看那份意见书;就是有耐性看,还不是多读一大堆废话?因此,他对于佑甫的意思深表同情,实在是十二分当然的事。他举起两手,翻转去托着后脑勺,用沉重的声调说:"你这话对!我们的本分是教功课;教功课不拆烂污,还能要求我们什么呢?谁喜欢玩新花样,谁就负责任,不关别人的事。"

"嗨!你讲诸葛亮,我来告诉你诸葛亮的事。"三复见佑甫把不能再吸的烟蒂从烟管里剔出来,又卷起纸捻通烟管,暂时不像有话说,便抢着机会说他熬住在喉头好久的话。"从没有看见用那样的态度对付学生的！是打了同学顶撞了教师的学生呢！他却软和和地，软和和地，像看见了亲弟弟。他怕碰钉子，不敢摆出一副严正的脸色，只用些伤不了毫毛的话来趋奉，来哄骗。那个小坏蛋，自然咯，乐得给他个过得去的下场。"

"是怎样的事情？"佑甫的询问的眼光从眼镜上边溜出来。

三复便把事情的始末像背书一样说给佑甫听，说到犹有余怒的场合，当然免不了恨恨之声。

佑甫却又嘲讽地露出微笑了。他别有会心地说："这倒是你冤枉他了。他并不是怕碰钉子，也不想趋奉学生，哄骗学生。的确有那样一派的。"

"怎么？"三复退到自己的椅子前坐下，眼光始终不离开佑甫那两条从鼻侧到嘴角的纹路。

"那一派的主张是诚意感化。无论学生怎样顽皮，闯下天大的祸，总不肯严厉地惩罚，给一顿打或骂。却只善意地开导，对于犯过的学生表示怜惜，劝慰。以为这样做的时候，迷昧的良心自然会清醒过来；良心一清醒，悔悟，迁善，当然不成问题了。那一派最宝贵的是学生犯过以后的眼泪，承认一滴眼泪比一课修身课文还要有力量。当然，那一派也是主张理想教育，喜欢高谈阔论的人物。我是不相信那些的。学生是什么？学生像块铁，要它方，要它圆，要它长，要它短，总得不吝惜你手里的锤子；锤子一下一下打下去，准会如你的意。他们却说要感化！感化譬方什么？不是像那水——那柔软到无以复加的水么？要把铁块铸成器，却丢开锤子用水，你想是多么滑稽可笑的事！"

"徐先生！"三复高兴得几乎从椅子里跳起来，"你的话这样爽快，比喻这样巧妙，真是少有听见的。我自己知道是个粗人，对于一切事情不像你那样想得精细，惬当，然而也明白对付学生应该取什么态度；凶狠固然不对，威严却不能不保持。"

"吓！"佑甫发声冷笑，"我还可以告诉你，那位倪先生判断了这件案子，此刻一定在高兴自己的成功，以为那孩子受了他的感化呢。假如我猜得不错,那末可怜就在他一边了;因为那样的结局,大半是他受了那孩子的骗,那孩子未必便受他的感化。"

"这才有趣呢!"三复像听见了敌人的恶消息那样愉快,惟恐消息不确实;又想如果那样,焕之就没有制服那小坏蛋,也就没有胜过了他,妒意当然是无所用之了。因而催问道:"你的话怎样讲?我非常喜欢听。"

"四五年前,我在一个学校里,当校长的就是那一派人物。他从来不骂学生,口口声声说学生没有一个不好的,小过大错都只是偶然的疏失。学生犯了事,不论是相骂,相打,功课不好,甚而至于偷东西,偷钱,他一律好声好气同他们谈话,这般譬,那般讲,哪怕拖延到两三个钟头。学生的性情原是各色各样的,有的倔强,有的畏怯,有的死也不肯开口,有的拼命抵赖自己的过失。但这些都没有用,因为无论如何,他还是絮絮不休地谈下去。只有几个当场肯认错的或是流眼泪的,却出乎意料得到他的奖许,好像犯错误倒是做了一件非常光荣的事。尤其出乎意料的,他对于学生的不自掩饰和悔悟十分感动时,会陪着站在面前的悔过者一同滴眼泪。后来,所有学生都懂得了诀门了。遇到被召去谈话时,无论本来是倔强的,畏怯的,死也不开口的,专事抵赖过失的,一律改变过来,立刻对他认错或者下泪。这多么轻而易举啊,但效果非常之大;一不至粘住在那里,耽误了游戏的工夫,二又可以听到几句虽不值钱可也有点滋味的奖赞。'端整眼泪',这一句话甚至于挂在几个老'吃官司'的学生的嘴边,仿佛是他们的'消灾经'。而尤其狡滑的几个,走出室门来,眼眶里还留着泪痕,便嘻嘻哈哈笑着逗引别人注意,好像宣告道,'那个傻子又被我玩弄一次了!'然而校长先生的眼里只看见个个都是好学生!"佑甫说到这里,扭动嘴鼻扮了个鬼脸,接上说:"今天那个学生,你保得定不就是这一类家伙么?"

三复抵掌道:"是呀!那个蒋华来得虽不久,但我看出他不是个驯良的学生。刚才他大概觉察他的级任爱那么一套的,所以扮给他看;出去的时候,一定也在想,'那个傻子被我玩弄一次了!'"

三复这时候的心情，仿佛蒋华是代他报了仇的侠客；而蒋华曾经傲慢地顶撞他，不肯听他的话，反而像是不妨淡忘的了。

"所以，什么事情都不能只知其一，不知其二。"佑甫抬一抬眼镜，瘦长脸显得很冷峻，"一味讲感化，却把学生感化得善于作伪，无所忌惮，起初谁又料得到！"

"这真成教育破产了！"三复觉得这当儿要说一句感情话才舒服，便这么说，不顾贴切不贴切。

"回转来说改革教育。布置适宜的环境呀，学校要像个社会呀，像这份意见书里所说的，听听又何尝不好。但是如果实做起来，我料得到将成怎么个情形：学生的程度是越来越坏，写字记不清笔划，算术弄不准答数；大家'猫头上拉拉，狗头上抓抓'，什么都来，但是什么都来不了。学校成了个杂耍场，在里边挨挨挤挤的学生无非是游客；早晨聚拢了，傍晚散开了，一天天地，只不过戛批消磨大家的光阴。唉！我不知道这种方法到底有什么好处。不过我也不想明白地表示反对。那些学生又不是我的子弟。我教功课只要问心无愧，就……"

这时候楼梯上有两个人走上来的脚步声，佑甫听得清是倪焕之和李毅公，便把以下的话咽住了。

三复连忙抢过一本《游戏唱歌》来，左手托着下颔，作阅览的姿势。

就在焕之开导蒋华的时候，英文教师刘慰亭带了一份冰如的意见书到如意茶馆去吃茶。

"什么东西？"邻座一个小胡子便伸手过来捡起那份意见书看。他坐了小半天，很有点倦了，然而天还没黑，照例不该就回家去；见有东西可看，就顺手取来消遣，譬如逐条逐条地看隔天的上海报的广告。

"教育意见书，我们老蒋的。"慰亭一杯茶端在口边，嫌得烫，吹了一阵；见小胡子问，便带着调侃的腔调这样回答。又继续说："我们的学校要改革了呢，要行新教育，要行理想教育了呢！你自己看吧，里头都有讲起,很好玩的。"说罢,才探试地呷一小口茶。

"新教育,理想教育,倒没听见过。"小胡子叽咕着,抖抖索索戴上铜边眼镜,便两手托着那份意见书,照墙一样竖在眼面前。

"他在那里掉书袋,"小胡子的眼光跑马似地跳过前头几页,自语道,"什么孟子、荀子、德国人、法国人的话都抄进去了,谁又耐得看!"

"你看下去就有趣了。你看他要把学校改成个什么样儿。"

"嘻!学校里要有农场,工场,"小胡子继续看了一会,似乎觉得趣味渐渐地浓厚起来了,"学生都要种田,做工。这样说,种田人和木匠司务才配当校长教员呢;你们,穿长袍马褂的,哪里配!"

"我也这样说呀。况且,家长把子弟送进学校,所为何事?无非要他们读书上进,得到一点学问,将来可以占个好些的地位。假如光想种种田做做工,老实说,就用不到进什么学校。十几岁的年纪,即使送出去给人家看看牛,当个徒弟,至少也省了家里的饭。"

"怎么老蒋想不明白,会想玩这新花样?"

"这由于他的脾气。他不肯到外边看看社会的情形,——你看他,茶馆就向来不肯到,——只是家里学校里,学校里家里,好像把自己监禁起来。监禁的人往往多梦想;他便梦想学校应该怎样怎样办才对,杜造出种种花样来。当然,他自己是不认为梦想的;他叫作'理想'。"

"那末,把孩子送进你们的学校,等于供给你们玩弄一番,老实说是吃亏。凑巧我的小儿就在你们学校里;'理想教育'果真行起来,吃亏就有我的份。这倒是不能马马虎虎的。"

小胡子本来是无聊消遣,现在转为严正的心情,加倍注意地把意见书看下去。他平时朦胧地认为学校里一向通行的教育方法就是最好最完善的方法,正像个雕刻得毫无遗憾的模型,学生好比泥土,只要把泥土按进模型,拿出来便是个优良的制造品;现在,那毫无遗憾的模型将要打破了,对于此后的制造品自然不能不怀疑;又况那制造品是属于他的,他只望它优良而决不容它劣陋的。

"你这样认真?"刘慰亭朝着小胡子一笑说,"我是相信马马虎虎的。孩子们进学校读书,冠冕点说,自然是求学问;按实在说,还不是在家没事做,讨厌,家里又有口饭吃,不至于送去看牛,当徒弟,故而送到学校里消磨那闲岁月?据我看,要行种田做工也好,反正消磨闲岁月是一样的,只要不嚷骨头痛,不要让斧头砍去了指头。"

"你倒说得轻松,恐怕只因为你现在还没有令郎。"小胡子侧转头说,眼光仍斜睨着纸面。

"哈!"小胡子忽然受着刺痛一般叫起来,"还要有舞台!要做戏文!这像个什么样儿!"

四五个坐在别座的茶客本来在零零星星谈些什么,听见小胡子的叫声,便一齐走过来,围着问是什么。

"是他们学校里的新花样!"小胡子向刘慰亭歪歪嘴,"要造戏台,学生要做戏文,你们听见过没有?"

"好极了!我们不必再摇船出去三十里四十里,赶看草台戏了,他们学校里会让我们过瘾。"一个带着烟容的后生快活地说。

"他们做的是文明戏,不是京班戏。"一个中年人表示颇有见识的神气说。

"文明戏也有生旦净丑的,"一个高身材近视眼的接上来说,便弯着腰把头凑近小胡子手里的印刷品,"这上边有写着么?"

"这倒没有写。不过新花样多着呢。他们还要有什么工场,农场,音乐院,疗病院,图书馆,商店,新闻报社……简直叫小孩闹着玩;一句话,就是不要念书!"小胡子的眼睛在眼镜后边光光地看着众人,又加上一句道,"并不是我冤人,这上边蒋冰如自己说的,学校不专教学生念书。"

"他来一个'三百六十行',哈哈!"烟容的后生自觉说得颇有风趣,露出熏黄的舌尖笑了。

"哈哈!有趣。"其余几个人不负责任地附和着。

"蒋冰如出过东洋,我知道东洋的学校不是这样的。他又从什么地方学来这套新花样?"中年人用考虑的腔调说。

"什么地方学来的?他在那里'闭门造车'!"小胡子说着,把手里的印刷品向桌子上用力一甩。

## 十

镇上已经出了好几夜的灯会。这一天,听说将更见热闹;东栅头有采莲船灯,船头船艄各有一个俊俏青年装扮的采莲女子,唱着采莲歌,歌辞是镇上的文豪前清举人赵大爷新撰的;西栅头有八盏采茶灯,采茶女郎也是美貌青年改装的,插戴的珠宝是最著名几家的太太小姐借出来的,所穿衣服也是她们最心爱最时式的新装,差不多就像展览她们的富藏;这些都是前几夜没有的。因此,这一夜的灯会尤其震荡人心,大家几乎忘了各自的生活,谋划,悲哀,欢乐——从早上张开眼睛起,就切盼白天赶快过去,马上看见那梦幻似的狂欢景象。

赛灯的事情不是年年有的。大约在阴历新年过所谓灯节的时候,几个休了业尚未开工的手工业者和一些不事生产干些赌博之类的事情的人便开始"掉龙灯"。那是很简单的,一条九节或十几节的布龙灯,一副"闹元宵",在市街上掉弄着敲打着而已。如果玩了几夜没有人起来响应,竞赛,大家的兴致也就阑珊了,终于默默地收了场。一连几年,差不多都是那样,所以一连几年没有灯会。

这一年却不同了。有人说是去年田里收成好的缘故,大家想表示对于丰饶的欢乐。但是细按起来就见得不很对,因为那些高兴参加的,并不是种田的农民,也不是有田的地主。又有人说是镇上的气运转变了,故而先来个兴旺的朕兆。将来的事情谁也不能前知,当然没法判断这个话对不对。可是事情的经过是这样的：起先有一批人出来玩龙灯，另外一批人看得高兴，也扎一条龙灯来玩。待龙灯多到四五条，大家因为想取胜，便增加种种名色；如扮演戏文，扎制各种灯彩，都刻意经营地搞起来。这就开了赛灯的局面了。全镇的人惟恐这一团火热的兴致冷淡下来，以致失了难得的游乐的胜会，便一致鼓动着，怂恿着，要把它搞得无以复加地热闹繁盛才快心。某人的面貌神态适宜于戏文里的某角，不惜用种种的方法，务须把他拉来；某人能够别出心裁计划一盏新巧的什么灯，就是不经人推举，也会自告奋勇地贡献出来；大家对于熟识的亲近的一组赛灯者都这样地尽力。绅富人家玩那些宴饮赌博本来玩得腻了，而这并非年年有的灯会却觉得有特殊的刺激性，似乎在灯会这个题目之下宴饮赌博，便又新鲜又有趣，于是解开钱袋来资助灯彩蜡烛以及杂项开支。太太小姐们毫不吝惜地检出珍贵的珠宝时新的服装来，因为这比自身穿戴更便于从容观察那些对自己的富藏表示惊诧和艳羡的眼光。这样，灯会自然搞得异常热闹，煊赫；每夜有新的名色，每夜有麻醉观众的荡魂摄魄的景象。然而大家似乎还不满足，总想下一夜该会有更可观更乐意的。

  中午时候，镇上人便涌来涌去看当晚将是中心人物的角色。小孩一群一群奔跑着，呼噪着，从人丛中，从不很高的市房檐下窜过；因为看了好几夜的灯会，他们不免摹拟灯会中最动人的人物的身段神态，嘴里还唱着锣鼓的节奏。喝了早酒的短衣服朋友，脸上亮光光染着红彩，眼睛湿润地泛着色情的表情；对于连夜看见的男子改扮的女郎，感到超乎实际以上的诱惑力，时时刻刻，无可奈何地想着，想着，想着。茶馆里散出来的先生们也把平时稳重的脚步走得轻快些，狂欢的空气已把他们的血液激动了。欢快的笑声和带着戏谑的语言不断地在空间流荡；短短的人影一簇一簇在街上梭过。这种盛况，近年来简直不曾有过；现在，回复到留在记忆里的黄金色的繁华时代了！

  装扮采茶女郎采莲女郎的早已被一些主持的人奉承的人包围着，在那里试演身段,练习歌辞。当然,指导和批评是那些具有风流雅趣的先生们的事。女郎的步子该怎样把两腿交互着走咯,拈着手帕的那只手该怎样搭在腰间咯,眼光该怎样传送秋波咯,声音该怎样摇曳生姿咯,他们都一丝不苟地陈说着,监督着;他们有他们的典型,说从前某戏班里的某名旦就是那样的,十几年前那次最热闹的灯会,某人扮采茶姑娘,就因那样而出名的,这自然叫人家不能不信服,喜爱。那些试练者,就是所谓俊俏青年,不是裁缝的徒弟,便是木匠的下手,虽然面目生得端正些,乌漆的脖子,粗笨的手足,却是他们的通相。现在可要使体态来一回蜕化,模仿女郎们的娇柔细腻,还要傅粉涂朱,穿戴梦里也不曾想过的美衣珍饰,真有点恍恍忽忽,如在梦里了。这里头又夹杂着不自觉的骄矜心情;胜利的希望,全镇的心目突然间集中在自己身上,便觉自己扩大了,扩大了,像吹足了气的皮球,于是享受旁人的伺候,让人家替自己穿衣,打扮,斟茶,绞面巾,都同阔人似地看作当然的事。然而想到自己装扮的是女郎,女郎而又得作动人的情态,就不禁怀着羞惭,现出掩掩缩缩的样子;就从这掩掩缩缩的样子,大家觉得他们真是绝顶妖娆的女郎了。

地方自然并不大,不是什么绅富人家的厅堂;围着看的人越来越多,只好关起门来拒绝那些后来者。但门外的人并不灰心,挤得几乎水泄不通,闹嚷嚷地等待那门偶一开,便可有一瞥的希望。"到夜间大家可以看的!""这会儿没有什么好看!""房子都要挤坍了!"主持的人这样带恳求带呵叱地叫唤,可是门外的人挤得更多。

东栅头那两个扮演采莲女郎的,在一家铜锡店的内屋练习。铜锡店门前塞满了人。矮矮的围栏禁不起多人的挤轧,铁钩儿早已断了,现在是用指头般粗的麻索捆着,以免被推倒。店门内柜台边也挤满了人,那是些到得早的,或者是对于挤轧的工夫特别擅长的。然而他们并没看见什么,正同伸长脖子挤在街心的人一样;因为通到内屋的门关得比他们到的时候还要早。手掌和拳头不免有点熬不住了,三三两两就在门上敲打,嘴里当然叽咕着一些怀着热望而以调笑的风趣出之的讥讪。

"藏在里边做什么?标致面孔得让大家看看!"

"歌儿迷人,我们也得迷一迷呀!"

"他们关上了门,谁知道在干些什么事情!那两个标致面孔的小兔子……"

"干事情……要知道现在是青天白日呀!"

"开门啊!我们要看看那两只小兔子!"差不多所有挤在那里的人同声叫唤,同时人丛中起了剧烈的波动。

门倏地开了。群众只觉眼前一亮,因为门背后是个院子。在光亮中站着个身材高高的人,大家看见了都咽一口气,在肚里念道:"蒋大爷!"

这人就是蒋士镳。玄色花缎的皮袍子,两个袖口翻转来,露出柔软洁白的羊毛;两手撑在腰间,右手里拿一朵粉红的绢花,右腿伸前半步,胸膛挺挺的,站成个又威风又闲雅的姿势。他的脸作紫褐色,额角,颊腮,眼眶,耳朵,都叫人感觉异常饱满;换一句说,一件件都像个球,而一件件合并起来的整个脑袋,更像个滚圆滚圆的大球。

他起先不开口,用满不在乎的眼光向外面的许多脸看着。好像有魔法似的,经他这么一看,所有呼噪的嘴挤动的身躯都被镇住了;一时店门前店堂里见得异样地寂静。

"吓!"他冷笑一声,"你们要看,就等不及半天工夫么?——况且不要半天,只有几个钟头了。你们要知道,看灯要看得眼里舒服,心里酥麻。现在里边正在把采莲姑娘细心打扮,细心教练,就为叫大家到夜来舒服一下,酥麻一下。你们挤闹些什么呢?"

他说这些话有一种特别的调子,带着煽动的但又含有禁抑的意味。右手从腰际举起,两个指头拈着粉红绢花向外一挥,又说:"现在去吧!把晚饭吃个饱,眼睛擦个透亮,然后看天仙降凡一般的采莲姑娘吧!"

群众虽然不立刻退出,往里挤的趋势却没有了;对于这几句"挡驾"的话,也觉得并不刺耳,而且似乎甜甜的,比真个看见了尚未成熟的采莲姑娘还要有味。渐渐地，有些人就走开了，预备回去早些做晚饭吃，泡起菊花水来洗眼睛了。

学校里虽然并没经蒋大爷劝告，晚饭却也提早了。太阳光还黄黄地抹在远树顶部的时候，住校的四位教师已经吃罢晚饭，结伴出门看今夜更为繁盛的灯会了。

这时候传进耳朵的是一起一起的锣鼓声。有的似乎表示高兴得要跳起来的热情；一声紧似一声，一声高似一声，那些参与者的脉搏一定也同样地在那里剧跳。有的离得远些，声音悠扬，忽沉忽起，可以叫你想起一个柔和的笑脸。总之，在这一片锣鼓声中，全镇的人把所有的一切完全忘掉了，他们只觉得好像沐浴在快乐的海里，欢笑，美色，繁华，玩戏，就是他们的全世界。

并不宽阔的市街当然早挤满了人，再没有空隙容人径直地通过，来来往往的只在人丛中刺左刺右地穿行。喧嚷声、笑语声、小儿啼哭声混合在一起，像有韵律似的，仿佛繁碎的海涛。两旁店铺已点起特地把罩子擦得透亮的煤油挂灯；药材店却保守古风，点了四盏红纱灯；洋货店为要显示自己的超越，竟毫不吝惜地点上两盏汽油灯，青白的强光把游人的眼睛耀得微微作酸。店铺的柜台照例是女人和小孩的位置，不知什么时候已经满了座，因为凳子不够，很有些点起脚站着的；好像所有的店铺今夜作同样的营业了，它们摆着同样的陈列品！玫瑰油和春兰花的香气一阵阵招惹游人的鼻子。回头看时，啊！彩色的复杂的综合，诱惑性的公开的展览。于是，大家觉得这快乐的海更丰富更有意思了；于是，运动全身的骨肉，鱼一般地，带着万分的高兴游来游去。

焕之本来走在第三，前面是三复和毅公，后面是走一步看一看脚下的佑甫。但是走不到街市的一半，前面后面的同伴都散失了；走前退后去找，又停了脚步等，再不见他们的踪影。这时候一阵哗噪声起来了："来了！是西栅头的一起！"群众个个兴奋得挤动起来，伸长脖子向西头尽望。焕之便站住在一条小巷口,背后也挤着十几个人,可是比较店铺门前已算是优越的位置。

他看了这热闹的景象,想到民众娱乐的重要。一般人为了生活,皱着眉头,耐着性儿,使着力气,流着血汗,偶尔能得笑一笑,乐一乐,正是精神上的一服补剂。因为有这服补剂,才觉得继续努力下去还有意思,还有兴致。否则只作肚子的奴隶,即使不至于悲观厌世,也必感到人生的空虚。有些人说,乡村间的迎神演戏是迷信又糜费的事情,应该取缔。这是单看了一面的说法;照这个说法,似乎农民只该劳苦又劳苦,一刻不息,直到埋入坟墓为止。要知道迎一回神,演一场戏,可以唤回农民不知多少新鲜的精力,因而使他们再高兴地举起锄头。迷信,果然;但不迷信而有同等功效的可以作为代替的娱乐又在哪里?糜费,那更说不上了;消耗而有取偿,哪里是糜费?今年镇上的灯会,也有人说是很不好的事情:第一,消费的钱就要多少数目;第二,一些年轻女郎受歌词艳色的感动,几天里跟着汉子逃往别处去的已有三四个。这确是事实。然而为这样的狂欢所鼓动,全镇的人心一定会发生一种往年所无的新机。这些新机譬如种子,从这些种子,将会有无限丰富的收获,那就不能说灯会是不好的事情了。当然,灯会那种粗犷浮俗的"白相人"风是应当改革的。使它醇化,优雅,富于艺术味,那又是教育范围内的事了……

他于是想到逢到国庆日,学校应当领导全镇的人举行比这灯会更完美盛大的提灯会;又想到其他的公众娱乐,像公园运动场等,学校应当为全镇的人预备,让他们休养精神,激发新机……

锣鼓声已在身旁了,焕之才剪断了独念,抬起眼睛来看。挤在街中的观众一阵涌动,让出很窄的一条路,打锣鼓的乐队就从这里慢慢地通过。接着是骨牌形的开道灯,一对对的各式彩灯,一颠一荡地移过,灯光把执灯的人的脸照得很明显,每一张脸上堆着几乎要溢出来的笑意。随后是戏文了:《南天门》里那个老家人的长白胡子向左一甩又向右一甩,脖子扭动得叫人代他觉着发酸;《大补缸》里的补缸匠随意和同演者或观众打诨，取笑那王大娘几句，又拉扯站在街旁的一个女郎的发辫；也有并不表演什么特殊动作，只是穿起戏衣，开起脸相，算是扮演某一出戏，一组一组走过的。他们手里的道具都是一盏灯，如扇子、大刀、杏黄旗之类。随后是细乐队。十几个乐手一律玄色绉纱的长袍，丝绒瓜皮小帽；乐器上都饰着灯彩，以致他们吹奏起来都显出矜持的神态。乐音柔媚极了；胡琴、笛子差不多算是主音，琵琶、三弦、笙、箫和着，声音像小溪一样轻快地流去，仿佛听姣媚的女郎在最动情的时候姿情地昵语。——然而，这些都同前几天没什么差异。

"采茶灯来了！"观众情不自禁地嚷起来。似乎每一双眼睛都射出贪婪的光。店家柜台上的女客，本来坐的全站起来了，苇草一样弓着身，突出她们的油髻粉脸的脑袋。女子看女子比男子看女子更为急切，深刻；在男子，不过看可爱的形象而已；而女子首先要看是不是胜过自己，因而眼光常能揭去表面的脂粉，直透入底里，如果被看者的鼻子有一分半分不正，或者耳朵背后生一颗痣，那是无论如何偷漏不过的。采茶姑娘虽是男子，但既称姑娘，当然与女子一例看待了。

一个个像舞台上的花旦一样，以十二分做作的袅娜姿态走过的，与其说是采茶姑娘，不如说是时髦太太小姐的衣装的模特儿。八个人一律不穿裙；短袄和裤绝对没有两个人是相同的色彩，相同的裁剪，而短袄的皮里子又全是名贵的品种，羊皮简直没有。他们束起发网，梳成时行的绞丝髻，闪光的珠花珠盘心齐齐整整簪在上面。因为要人家看得清楚，每人背后跟着两个人，提起烁亮的煤油提灯，凑在发髻的近旁。这样，使所有的眼睛只注视那些珍珠，所有的心都震骇于发髻上的财富；而俊俏的脸盘，脂粉的装点，特地训练起来的身段和步态，以及每人手里一盏雕镂极精工而式样各不相同的花篮灯，似乎倒不占重要地位了。然而大家很满足，乐意，因为已经看见了喧传众口切盼终日的采茶姑娘了，他们都现出忘形的笑，一大半人的嘴不自觉地张开，时时还漏出"啧！啧！"的赞叹声。

"倪先生一个人在这里看灯?"

焕之正在想这样炫耀的办法未免有些杀风景,听得有人喊他。那是熟悉的声音,很快地一转念便省悟是金佩璋小姐。

他回转头,见金小姐就挤在自己背后十几个人中间,披着红绒线围巾,一只手按在胸前,将围巾的两角扣住了。

"出来是四个人,此刻失散了,剩我一个。金小姐来了一会么?"

"不。才从小巷里出来。实在也没有什么可看的。就要从原路回去。"

"容我同走么?"焕之不经思索直捷地问;同时跟着金小姐挤往十几个人的后面。那十几个神移心驰的人只觉身体上压迫宽松了些,便略微运动,舒一舒肩膀胸背,可是谁也没觉察因为走开了两个人。

"那很好,可以谈谈。"金小姐露出欣喜的神情。

无言地走了半条巷,锣鼓声不再震得头脑岑岑作跳了,群众的喧声也渐渐下沉;两人的脚步声却清晰起来。

金小姐略微侧转头问道:"前天倪先生在我家谈起,教育界的黑暗看得多了。到底教育界有怎么样的黑暗?"

"啊,一桩一桩据事实来说,也说不尽许多。总括说吧,一句话:有的是学校,少的是教育。教育是一件事情,必得由人去办。办教育的人当然是教员。教育界的黑暗就在于教员!多数的教员只是吃教育饭,旁的不管;儿童需求于他们的是什么,他们从来就不曾想过。这就够了,更不用说详细的节目了。"

"外面这样的教员很多么?"

"尽多尽多,到处满坑满谷。"

"那岂不是——"

"是呀。我也曾经失望过,懊恼到极点的时候甚至于想自杀。"

"倪先生曾经想自杀?"金小姐感到奇怪,"为什么呢?"

"自己觉得混在一批不知所云的人物中间，一点意思也没有，到手的只是空虚和悲哀，倒不如连生命都不要了。"

"唔，"金小姐沉吟了一会，接着问，"后来怎么样转变了?"

"一个觉悟拯救了我自己，就是我自己正在当教员。别人不懂教育，忘了教育；我不能尽心竭力懂得教育，不忘教育么？这样想时，就看见希望在前边招手，就开始乐观起来。"

"我想这个希望一定把捉得到；尽心力于本务的人应该得到满意的报酬，因而乐观也必然贯彻他的整个生命。"

"我也相信这样。金小姐，我自己知道得清楚，我是个简单不过的人。烦恼的丝粘在心上时，哪怕只是蛛丝那样的一丝，我就认为捆着粗重的绳索。但是，希望的光照我的心像阳光照着窗户时，什么哀愁烦恼都消散了，希望就是整个世界。"

"我可以说，这样简单不过的人有福了；因为趋向专一，任何方面都能用全力去对付。可惜我就不能这样。"

这当儿两人已走出小巷，折向右行。一边是田野。下弦月还没升起来，可是有星光。夜气温和而清新。焕之畅适地呼吸了一阵，更觉心神愉快，他接上说："金小姐比我复杂多了；我们接谈了几回，我看得出。"

"我就喜欢拐弯抹角地想；可是没有坚定的力量。这也是境遇使然——"无母的悲哀兜上心头，她的话就顿住了。

"功课做得非常好，立志要从事教育事业，还说没有坚定的力量么？"焕之觉察境遇使然的话含着什么意思，就这样安慰她，但确是由衷的话。

"不是这样说。譬如教育事业，我是立意想干的；但能不能干得好，会不会终于失望，这些想头总像乌鸦一般时时在我的心的窗户边掠过。我也知道恬适、自由、高贵、成功一齐在前边等着我，只要我肯迎上去；然而乌鸦的黑翅膀我也难以忘却。"

"那只是幻象而已，"焕之的心情有点激昂，"理想的境界就在我们的前途,犹如旅行者的目的地那样确实。昂着头,挺着胸,我们大踏步向前走。我们歌呼,我们笑乐,更足以激励迈往的勇气。哪里来什么乌鸦的黑翅膀?我们将接近希望的本身!"

"我但愿能这样。"金小姐低声说,心头在默默地体会。

"这并不难;像我一样简单不过,就得了。我现在完全不懂得迟疑瞻顾是怎么回事,我已经推开那些引诱人走上失败的路的阴影!什么是好的,什么是喜欢干的,唯一的方法就是径直干去,别的都不管。"

金小姐点点头,把红围巾张开,让它从肩头褪下一点,却不说话。

"一个好消息,金小姐,你听着一定也高兴;昨天学校里决定开辟农场了。就是背后那块荒地,不小呢,有十七八亩,每个学生都可以分配到。"

"这是十分有味的事情。"

"也是十分根本的事情。开始是一颗种子,看它发育,看它敷荣,看它结果;还可以看它怎样遭遇疾病,怎样抵抗天行。从这里头领悟的,岂只是一种植物的生活史;生命的秘奥,万物的消息,也将触类而旁通。"

"耕种的劳动也有很高的价值呢。"

"是呀。学习与实践合一,就是它的价值。而且,劳动把生活醇化了,艺术化了;试想,运用腕力,举起锄头,翻动长育万物的泥土,那个时候的心情,一定会喜悦到淌眼泪。"

"新教育!新生活!"金小姐这样念诵。

"实施以后的情形怎样,我可以写信告诉金小姐。"

"这个,"金小姐踌躇了一会,"还是待我回来时面谈吧。我们学校里,学生收到的信都先经舍监拆看。虽然谈论教育的事情没有什么,总觉得——"

在微明的星光中,焕之看见金小姐一双晶光的眼瞳向自己这么一闪烁。

"侵犯人家的书信自由！我知道这样干的女学校很不少。这也是教育界的大黑暗！"焕之忿然说。

这时候，前街的锣鼓声和人声一阵阵地沸扬起来，中间碎乱地夹杂着丝竹的吹弹，女人小孩尖锐的喊笑，还有结实的爆竹声。大概东栅头的灯会同其他几起灯会会合在市中心，几条龙灯在那里掉弄起来竞赛了。

## 十一

　　三四个雇工在春季的阳光中开垦那块荒地。棉布袄堆在一旁,身上只穿青布的单衫,脸上额上还流着汗,冒着热气。

　　地面全是些砖块瓦屑,可见以前那里建筑过房屋,有人生息在里边。又有好些突起得并不高的无主荒坟;有的砌着简陋的砖椁,有的就只泥土贴着棺木,腐朽的木头显露在外面。现在最初步的工作是把砖块瓦屑捡去,让长育万物的泥土得以尽量贡献它的储能。那些荒坟阻碍着区域的划分,而且也损伤美感;生意蓬勃的农场里,如果点缀着死寂的坟墓,多么不调和啊;所以必须把它削平。人的枯骨与树木的枯枝没有什么两样,随便丢弃本是无关紧要的事;世界上有许多地方把尸骨烧化,认为极正当的办法。但因我国人看待枯骨不是那么样,总觉得应该把它保存起来才好,所以决定迁葬——就是把所有的棺木聚葬在别处地方,即使棺木破烂了,也要捡起里边的骸骨来重葬。

　　近十天的工作已经把砖块瓦屑捡在一起了,两尺高的一大堆,占有两间屋子那么大的面积。不燥不粘的泥土经过翻动,错杂地堆压着新生的草芽,还可以看见尚未脱离冬眠状态的蚯蚓。坟墓是削平了好几个了,几具棺木摆在一旁;有的棺木破烂了,不能整具掘起,就把骸骨捡在一个坛子里;烂棺木还残败地镶嵌在旧时的坑洼里,潮湿、蛀蚀,使人起不快的感觉。

雇工们听见有人走近来了，并不回转头看，依旧机械似地一锄一锄地刨一个蔓延着枯藤的荒坟，但是他们都知道来的是谁，因为接触的回数实在不少了。

来的是冰如和焕之。

冰如同平时一样，一看见农人工人露出筋肉突起的胳臂从事劳动，便感觉不安，好像自己太偷懒了，太僭越了，同时对于他们发生深厚的敬意。曾说过好几回的那句话不觉又脱口而出："辛苦你们了，不妨歇歇再做。"

"哪里，哪里，不，不。"受宠若惊的雇工们照例这样回答，几双眼睛同时向冰如丢一个疑惑怪异的眼光。拿你的工钱，怎么说起辛苦来？歇歇，不是耽延你的事么？你，大爷们，有田有地的，大爷们的架子到哪里去了？——这些是含蓄在眼光里的意思。

焕之四望云物，光明而清鲜，一阵暖风吹来，带着新生、发展、繁荣的消息，几乎传达到每一个细胞。湖那边的远山已从沉睡中醒来，盈盈地凝着春的盼睐。田里的麦苗犹如嬉春的女子，恣意舞动她们的嫩绿的衣裳。河岸上的柳丝，刚透出鹅黄色的叶芽。鸟雀飞鸣追逐，好像正在进行伟大的事业。几簇村屋，形式大体一样，屋瓦鳞鳞可数。住在那些屋里的人们，男的，女的，老的，少的，看见春天降临，大地将有一番新的事业，新的成功，他们也欢欣鼓舞，不贪懒，不避劳，在那里努力工作着吧。

焕之从远处想到近处。农场已在开辟，学校里将有最有价值的新事业了；现在脚踏着的这块土将是学生们的——岂仅学生们的，也是教师、校役的——劳动、研究、游息、享乐的地方，换一句说，简直是极乐世界：这样想时，胜境就在眼前似的快乐荡漾在心中了。他问道："你们几时可以完工？"

"快的，快的，不要十天工夫，连田畦都能做好。"一个长脸的雇工这样回答，简朴的笑意浮在颧颊上。

"我们可以种麻,种豆,种棉花。"焕之发亮的眼瞳注定展开在面前的乌黑的泥地,这样自语。

那长脸雇工停了锄,向左右手心各吐一口唾沫然后再举起锄头工作,同时矜夸地说:"这里种西瓜才出色呢。生地的瓜,比白糖还甜。"

"不错,我们还可以种西瓜。"焕之点头接着说,仿佛地上已经结着无数翠绿的大西瓜,大自然特意借此显示它的丰富似的。又仿佛看见参加劳动的许多学生,在晚晴光中散坐在场上,剖食新摘的西瓜。瓜瓤雪一样白;水分充足,沾湿了各人的手指;学生都扬眉眯眼,口角流涎,足见瓜味异常鲜美。啊!劳动的报酬,超乎寻常饮食的尝味……

"刚才没谈完,"冰如略带踌躇的神情朝焕之说,"据我看,毅公是留不住的了。我再四跟他说,为了这个镇,为了这个学校,为了这一批同他熟悉了的学生,希望他不要离开。并且,农场已在开辟了,他的教学就将走上新的道路;为了一切实施的指导,为了他自己的兴趣,更希望他不要离开。但是他总是那么一句:'非常抱歉;已经答应那公司,下个月就得进去办事了。'你看还有什么办法?虽说有约书在,板起面孔来论理到底不好意思。"

焕之闭一闭眼睛,好像刚从好梦里醒来,还想追寻些余味的样子。随即皱起眉头接上说,带着愁虑的调子:"的确,李先生是留不住的了。他觉得那公司比这里好,因为薪水多;他的心意完全趋向那公司了,空口劝留又有什么用!"

"他是师范出身呢。不料他丢弃教育事业,这样毫不留恋,竟是如弃敝屣。看他平日教学,也还够热心的。"

"热心,热心,抵不过实际生活的需求!"焕之不愿意教育界有这种情形,但这种情形却是事实,故而怀着病人陈述自己的病情那样的感伤心情说,"他的家庭负担重,收入不够开支;遇到比较优裕的职业,自然就丢弃了旧的。他曾经同我谈起,他老实不客气在那里等机会,像守在河边的渔夫。有鱼游过来吧,有更大的鱼游过来吧,这是他刻刻萦念的心思。根据这种心思,当然一回又一回地举起网来。这样等机会,是他生活的重要部分。现在,他网得了更大的鱼了。"

冰如不料毅公会说这样的话;低着头来回地走,胸次悒郁,像受着压迫;一会儿,停了步愤愤地说:"这样地'外慕徙业',什么事也不会定心干下去的!"

"这倒是应该原谅的,实在教育事业的鱼太小了,小得叫人不得不再在河边投下网守着。"焕之这样说,自觉违反了平时的意念。少数的薪水,仅能困苦地维持母子两人的生活,对于这一层,他向来不以为意,因为物质以外另有丰富的报酬。现在这样说,不是成为"薪水唯一前提论"么?一半辩解一半矜夸的意思随即涌上心头,他说:"能定心地干,不再去投网的只有两种人:富有资产,生活不成问题的,是一种人;把物质生活看得极轻,不怕面对艰窘,一心惟求精神的恬适的,是又一种人。"

"唔。"像阴暗的云层里透露出一缕晴光一样,冰如沉闷的脸上现出会心的微笑;他明白焕之所称两种人指的谁和谁。

"余下来的人就是些'一心以为有鸿鹄将至'的。中间比较优秀的,当然转徙的机会较多;机会来了,掸干净了染在身上的他们以为倒霉的教育界的灰尘,便奔赴充满着新希望的前程。于是,不属于以上两种人而也久守在教育界里的那些人,还堪设想么!"

"啊!的确不堪设想。"冰如蹙着额,像临近异常肮脏的地方。"有的是游荡的少爷,因为不愿得个游荡的声名,串演个教员来做幌子。有的是四块钱六块钱雇来的代替工,有他们在,总算教台上不至于空着没有人。有的是医卜星相来当兼差,学校同时是诊病室,算命馆。这种情形几乎各处地方都有,但大家不以为值得注意。你说是不是?"

"是呀,"焕之说,"就目前而论,教员的待遇决不会改善;所以这种情形必将延续下去,而且更为普遍。这里就有个非常严重的问题,就是优秀分子将从教育界排除出去,除了极少数的例外,而存留在教育界里的,将尽是些不配当教师的人;这样,学校无论如何多,在学儿童无论如何激增,到底有什么意思?"

"这确是个严重的问题!"冰如凄然地无目的地看着前方,好像来到一个荒凉的境界,不看见一点含有生意的绿色,只见无边的悲哀与寂灭。他自己正在奋发有为,自己面前正在开始新鲜的事业,这似乎细小极了,微弱极了;想到广大的教育界,在自己这方面的真像是大海里的一个泡沫。空虚之感侵袭他的心,他求援似地说:"怎么好呢?一切希望悬于教育;而教育界里却有这样严重的问题。"

"没有法子呀!"焕之径捷地回答;政治的腐败,社会的敝弱,一霎间兜上他心头。"但自己正是个教师"的意念立刻又显现了:譬如海船覆没,全船的人都沉溺在海里,独有自己脚踏实地,站定在一块礁石上,这是个确实的把握,不可限量的希望;从这里设法,呼号,安知不能救起所有沉溺的人? 这样想时,他挺一挺躯干,像运动场中预备拔脚赛跑的选手,说:"然而教育总是一个民族最切要的东西。这全靠有心人不懈地努力,哪怕极细小的处所,极微末的成就,总不肯鄙夷不屑;因为无论如何细小微末的东西,至少也是一块砖头;砖头一块块叠上去,终于会造成一所大房子。整个教育界的情形我们不用管,实在也管不了;我们手里拿着的是砖头,且在空地上砌起屋基来吧。我们的改革和改革以后的效果,未必不会引起教育界的注意。注意而又赞同而又实施的,就是我们的同伴。同伴渐渐多起来,蒋先生,你想,造成功的将是怎么样的一所新房子?"

焕之近年来抱着乐观主义,其原因在想望着希望的光辉,又能构成一种足以壮自己的胆的意象,使自己继续想望着,不感空虚或倦怠。这里说的,当然又是一服自制的兴奋剂。

冰如对于刚才谈的虽有悲观的敏感,实际却颇朦胧。正像他与朋友谈话的当儿,谈起打得正起劲的欧洲大战争,生命牺牲多少了,人类的兽性发泄得不可遏止了,一层悲感便黑幔似地蒙住心目一样;这种悲感决非虚伪,但也决不钻入心的深处,在里头生根。他用安慰的眼光看着焕之,说:"改善整个教育界呢,我也没有这样的奢望。这一个镇,如其能因我们的努力而改善,我就满意了!"

"一块小石投在海洋里,看得见的波纹是有限的,看不见而可以想象的动荡的力量却无穷地远。我们能叫那力量只限于直径五尺或一寸么?"焕之趣味地看着工人手里锄头的起落,差不多朗诵诗歌一般地说。

他又说:"我们只管投就是了,动荡的力量及到多少远是不用问的。我看他们垦地,有说不出的高兴;这一块小石投下去,展开了我们全学校新的心境!"

"请你接替毅公担任教理科,指导农场的一切吧。"冰如见焕之这样有兴味,相信自己的预拟再没有错儿,便把它说出来;同时热情地望着焕之,在不言中充分表达出"务请答应"的意思。

"我担任教理科?"焕之带点儿孩子气似地把身躯一旋,一种很微妙的不可言说的心情使他涨红了脸。金小姐所说"耕种的劳动也有很高的价值呢",以及吟咏似地说的"新教育!新生活!",在他的记忆中刻得非常深;温暖的春夜的灯光下,清新的朝晨的楼窗前,这两句简单而意味丰富的话,引起他不少诗意的以及超于诗意的遐想。同时那个婉美匀调的影子叫他简直忘不了;在冥想中,时常描摹她的躯体,描摹她的脸盘,还描摹她的风姿神态,尤其注重的是黑宝石似的两颗眼瞳流利地诱惑地这么一闪耀。他感觉自己这颗心除开教育还该有个安顿的所在,犹如一个人有了妥贴的办事室还得有个舒服的休息室;而最适宜的安顿的所在,似乎莫过于金小姐的灵魂。现在听见冰如请他教理科,并指导农场的一切,仿佛孩子知道父母将要买一向心羡的玩物给自己那样地感动。因为这事情是她特别赞美过的。他接上说:"虽说曾经学过,小学的功课还能懂得,但教授法从来没研究,完全是个外行。不过农场的事情我倒喜欢干,因为耕种的劳动最具高价的人生意义,理科的功课又将以农场作中心了,我就担任下来试试吧。"

"好,"冰如拍拍焕之的肩,欣喜他的爽直率真,"外行内行没有什么大关系，重要的在乎嗜好不嗜好，这是你常说的话。现在，你又给它作个证明了。"因为高兴，冰如几乎同喝了酒一样，发音很洪亮。

几个雇工停了锄头，张开了嘴，莫名其妙地向他们两个看。

## 十二

　　镇上传布着一种流言,茶馆里讲,街头巷口讲,甚至小街的角落里矮屋的黝暗里也讲。流言没有翅膀,却比有翅膀的飞得还快;流言没有尖锐的角,却深深地刺入人们的心。大家用好奇惊诧的心情谈着,听着,想着,同时又觉得这不是谈谈听听想想就了的事,自己的命运,全镇的命运,都同它联系着,像形同影一样不可分离,于是把它看作自己的危害和仇敌,燃烧着恐惧、忿恨、敌视的感情。

　　开始是学生夸耀地回家去说,学校里在开辟农场,将要种各种的菜蔬瓜果;大家都得动手,翻土,下种,浇水,加肥,将是今后的新功课。又说从场地里掘起棺木,有的棺木破烂了,就捡起里边的死人骨头。这是梦想不到的新闻,家属们惟恐延迟地到处传说。经这一传说,镇上人方才记起,学校旁边有一块荒地,荒地上有好些坟墓。什么农场不农场的话倒还顺耳,最可怪的是掘起棺木,捡起骨头。这样贸贸然大规模地发掘,也不看看风水,卜个吉凶,如果因此而凝成一股厉气,知道钟在谁的身上!这在没有看见下落以前,谁都有倒霉的可能。于是惴惴不安的情绪像蛛丝一样,轻轻地可是粘粘地纠缠着每个人的心。

　　传说的话往往使轮廓扩大而模糊。迁葬,渐渐转成随便抛弃在另一处荒地了;捡起骨头来重葬,渐渐转成一畚箕一畚箕往河里倒了。好事的人特地跑到学校旁边去看,真的!寂寞可怜的几具棺木纵横地躺在已经翻过的泥地上,仿佛在默叹它们的恶运;几处坑洼里残留着腐烂棺木的碎片,尸骨哪里去了呢?——一定丢在河里了!他们再去说给别人听时,每一句话便加上个"我亲眼看见的";又描摹掘起的棺木怎样七横八竖地乱摆,草席也不盖一张,弄破了的棺木怎样碎乱不成样,简直是预备烧饭的木柴。这还不够叫人相信么?

这种行为与盗贼没有两样,而且比盗贼更凶;盗贼发掘坟墓是偷偷地做的,现在学校里竟堂而皇之地做。而且那些坟墓是无主的,里边的鬼多少带点儿浪人气质,随便打人家一顿,或者从人家沾点便宜,那是寻常的事;不比那些有子孙奉祀的幸运鬼,"衣食足而后知礼义"。以往他们没有出来寻事,大概因为起居安适,心气和平,故而与世相忘;这正是全镇的幸运。现在,他们的住所被占据了,他们的身体被颠荡了,他们的骸骨被拆散了。风雨飘零,心神不宁,骨节疼痛,都足以引起他们剧烈的忿怒:"你们,阳世的人,这样地可恶,连我们一班倒运鬼的安宁都要剥夺了么!好,跟你们捣蛋就是了,看你们有多大能耐!"说得出这种无赖话的,未必懂得"冤各有头,债各有主"的道理;他们的行径一定是横冲直撞,乱来一阵。于是,撞到东家,东家害病,冲到西家,西家倒运;说不定所有的鬼通力合作,搅一个全镇大瘟疫!——惴惴然的镇上人这样想时,觉得学校里的行为不仅同于盗贼,而且危害公众,简直是全镇的公敌。

学校里的教师经过市街时,许多含怒的目光便向他们身上射过来;这里头还搀杂着生疏不了解的意味,好像说:"你们,明明是看熟了的几个人,但从最近的事情看,你们是远离我们的;你们犹如外国人,犹如生番蛮族!"外国人或生番蛮族照例是没法与他计较的;所以虽然怀恨,但怒目相看而外再没什么具体的反抗行动。待那可恨的人走过了,当然,指点着那人的背影,又是一番议论,一番谩骂。

教师如刘慰亭,在茶馆里受人家的讥讽责难时,他自有辩解的说法。他说:"这完全不关我的事。我们不过是伙计,校长才是老板;料理一个店铺,老板要怎么干就怎么干,伙计作不得主。当然,会议的时候我也曾举过手,赞成这么干。若问我为什么举手,要知道提议咯,通过咯,只是一种形式,老蒋心里早已决定了,你若给他个反驳,他就老大不高兴;这又何苦呢!"

别人又问他道:"你知道这件事情很不好么?"

他机警地笑着回答:"鬼,我是不相信的。不过安安顿顿葬在那里的棺木,无端掘起来让它们经一番颠簸,从人情上讲,我觉得不大好。"

这样的说法飞快地传入许多人的耳朵,于是众怒所注的目标趋于单纯,大家这样想:"干这害人的没良心的事,原来只是老蒋一个人!"可是依然没有什么具体行动表现出来。在一般人心目中,蒋冰如有田地,有店铺,又是旧家,具有特殊地位;用具体行动同具有特殊地位的人捣蛋,似乎总不大妥当。

直到蒋老虎心机一动,饱满的头脑里闪电似地跃动着计谋,结果得意地一笑,开始去进行拟定的一切,蒋冰如才遇到了实际上的阻碍。

蒋老虎在如意茶馆里有意无意地说:"蒋冰如干事太荒唐了。地皮又不在他那学校里,也不问问清楚,就动手开垦,预备做什么农场。"

"怎么?"赵举人回过头来问,"记得那块地方向来是荒地,我小时候就看见尽是些荒坟,直到后来建筑校舍,那里总是那副老样子。"

"荒地!"蒋老虎啐了一口说,似乎他的对手并不是在镇上有头等资望的老辈,只是个毫不知轻重的小子。"荒地就可以随便占有么?何况并不是荒地,明明有主人的!"

"那末是谁家的,我们倒要听听。"金树伯严正地问,近视眼直望着蒋老虎圆圆的脸。

"就是我的,"蒋老虎冷峻地一笑,"还是先曾祖手里传下来的。只是一向没想到去查清楚,究竟是哪一块地皮;入了民国也没去税过契。最近听见他们学校里动手开农场,我心里想,不要就是我家那块地皮吧?倘如是我家的,当然,犯不着让人家占了去;你们想是不是?于是我检出那张旧契来看。上边载明的'四至'同现在不一样了;百多年来人家兴的兴，败的败，房子坍的坍，造的造，自然不能一样。可是我检查过志书，又按照契上所载的'都图'仔细考核，一点也不差，正就是那块地皮。"

"唔，原来这样。"赵举人和金树伯同声说，怀疑的心情用确信的声气来掩没了。

蒋老虎接着慷慨地说："人家买不起坟地，就在那里埋葬棺木，那叫无可奈何，我决不计较；反正我也没有闲钱来起房子。做农场就不同了，简直把它看作学校的产业；隔不多时，一定会造一道围墙索性圈进学校里去。这样强占诈取，不把人放在眼里；我自己知道不是个好惹的，哪里就肯罢休？我去告他个占夺地产，盗掘坟墓，看他怎么声辩！"

他真有点像老虎的样子，说到对付敌人偏有那样从容的态度；他从一个玛瑙鼻烟瓶里倒出一点鼻烟在一个象牙小碟子里，用右手的中指蘸着往鼻孔里送，同时挤眉眯眼地一嗅。

"不必就去起诉吧，"赵举人向来主张多一事不如少一事，老来看了些佛经，更深悟仇怨宜解不宜结的道理，"向冰如说一声，叫他还了你就是。把许多棺木尸骨掘起来，本来也不是个办法。我们人要安适，他们鬼也要安适。这种作孽的事不应该做的。"

"说一声！"蒋老虎看一看那个忠厚老人的瘦脸，"说得倒容易。他存心要占夺，说一声就肯死了心么？与其徒费唇舌，不如经过法律手续来得干脆。"

赵举人和金树伯于是知道蒋老虎是同往常一样，找到题目，决不肯放手，不久就可以看见他的新文章了。

不到一天工夫，镇上就有好多人互相传告："老蒋简直不要脸，占夺人家的地皮！他自己有田有地，要搞什么农场，捐一点出来不就成了么？他小器，他一钱如命，哪里肯！他宁可干那不要脸的事……那地皮原来是蒋老虎蒋大爷的。蒋大爷马上要进城去起诉了。"

同时街头巷口发见些揭帖，字迹有潦草的，有工整的，文理有拙劣的，有通顺的；一律不署姓名，用"有心人""不平客"等等来代替。揭帖上的话,有的说蒋冰如发掘多数坟墓,镇上将因而不得太平;有的说学校在蒋冰如手里办得乱七八糟,子弟在里边念书的应该一律退学;有的说像蒋冰如那样占夺地产、盗掘坟墓的人,哪里配作镇上最高级学校的校长:这些话代表了所有的舆论。

一班"白相人"没有闲工夫写什么揭帖,只用嘲讽挑拨的调子说:"他干那种恶事,叫人家不得太平,先给他尝尝我们的拳头,看他太平不太平!他得清醒一点,不要睡在鼓里;惹得我们性起时,就把他那学校踏成一片平地!"

当然,听得这番话的都热烈地叫"好",仿佛面对着捍卫国家的英雄。

校里的学生也大半改变了平时的态度。他们窃窃私议的无非外间的流言,待教师走近身旁时便咽住了,彼此示意地狡狯地一笑;那笑里又仿佛含着一句话:"你们现在被大众监视了,再不要摆什么架子吧。"——这正是视学员来到学校时,学生看着未免窘迫拘束的教员,常常会想起的心情。——而教师的训诲与督责,效果显然减到非常少,好像学生都染上了松弛懈怠的毒气。

蒋老虎的儿子蒋华同另外五六个学生有好几天不来上学;虽然并没明白地告退,也是遵从揭帖上的舆论的一种表示。

这几乎成了"四面楚歌"的局面,开垦的工作不得不暂时中止。为了商量对付方法,冰如召开教职员会议。

在冰如简直梦想不到会有这一回风潮。迁去几具棺木,竟至震荡全镇的人心;一般人常识缺乏,真可骇怪。但事实上还没有什么阻碍,也就不去管它。接着地权问题发生了,"有心人""不平客"的揭帖出现了,一般人对于"白相人"尝尝拳头把学校踏成平地的话热烈地叫"好"了,就不是一味不管可了的了,这不但使新事业因而挫折,连学校本身也因而动摇;一定要解决了这个风潮,一切才可以同健康的人一样继续他的生命。

而风潮中出首为难的就是向来最看不起的蒋士镳,这使冰如非常生气。什么曾祖手里传下来的,什么旧契所载都图一点不差,明明是一派胡说,敲诈的伎俩!但想到将要同一个神通广大绰号"老虎"的人对垒,禁不住一阵馁怯涌上心头:"我是他的对手么?他什么都来,欺诈,胁迫,硬功,软功……而我只有这一副平平正正的心思和态度。会不会终于被他占了胜利?"这个疑问他不能解决,也盼望在教职员会议里,同事们给他有力的帮助。

冰如说:"在一般人方面,完全是误会和迷信在那里作梗,以致引起这一回风潮。误会,自然得给他们解释;棺木并不是随便抛弃,骸骨也没有丢在河里,一说就可以明白。迷信,那是必须破除的;从学校的立场说,应该把破除迷信的责任担在自己肩膀上。什么鬼咯,不得太平咯,大家既然在那里虚构,在那里害怕,我们就得抓住这个机会,给他们事实上的教训,——按照我们的计划干,让他们明白决没有什么鬼祟瘟疫跟在后头。请诸位想想,是不是应该这样?"

他说完了,激动而诚挚地环看着围坐的同事们。他相信,自从分送教育意见书给同事们之后,他们都无条件地接受,这无异缔结了一种盟誓,彼此在同一目标之下,完全无私地团结起来了。所以他认为这个会议不是办事上的形式,而是同志间心思谋划的交流。

"这倒很难说定的,"徐佑甫冷冷地接上说,"鬼祟固然不会有,瘟疫却常常会突然而来的;又或者事有凑巧,镇上还会发生什么别的不幸事件。那时候就是有一千张嘴,能辩得明白同迁移棺木的事没有关系么?"他说着,用询问的眼光看着各人,表示独有他想得周到;虽然他未必意识到,这中间实在还含有对于校里的新设施的反感。

"那是管不了这许多的!"焕之怀着与冰如同样的气愤,而感觉受挫折的苦闷更深,听了佑甫的话,立刻发言驳斥。他为了这件事,心里已有好几天失了平静。他深恨镇上的一般人;明明要他们的子弟好,明明给的是上好的营养料,他们却盲目阻挠,以为是一服毒药!一镇的社会这样,全中国的社会又何尝不是这样;希望岂不是很淡薄很渺茫么!但是他又转念,如果教育永远照老样子办下去,至多只在名词上费心思,费笔墨,费唇舌,从这样这样的教育到那样那样的教育,而决不会从实际上生活上着手,让学生有一种新的合理的生活经验:那岂不是一辈子都不会有健全开明的社会了么?于是对于目前的新设施,竟同爱着生命一样,非坚决地让它确立根基不可。这好比第一块砖头,慢慢儿一块一块叠起来,将成巍巍然的新房子;这好比投到海洋中的一块小石,动荡的力扩展开来,将会无穷地远。至于对阻挠的力量,退缩当然不是个办法;你退缩一步,那力量又进迫一步,结果只有消灭了你!他严正地继续说:"现在,一个问题应该先决,就是:我们这个学校到底要转移社会还是要迁就社会?如果要转移社会,那末我们认为不错而社会不了解的,就该抱定宗旨做去,让社会终于了解。如果要迁就社会,那当然,凡是社会不了解的只好不做,一切都该遵从社会的意见。"

他那种激昂急切的态度,使同事们发生各不相同的感想,却同样射过眼光来朝他看。

"我们自然要转移社会。"冰如好像恐怕别人说出另外的答语,故而抢先说。

席间诸人有的点了头,不点头的也没有不同意的表示。

"那末依照我们的原计划做下去,"焕之仿佛觉得胸膈间舒畅了一点,"场地还是要开垦,棺木还是要迁。"

刘慰亭轻轻咳了一声嗽,这是将要发言的表示。他轻描淡写地说:"外间不满意我们,好像不单为迁移棺木一桩,兴办农场的事也在里头。他们说:'把子弟送进学校,所为何事?无非要他们读书上进;得一点学问,将来可以占个好一些的地位。假如只想种种田,老实说,他们就用不着进什么学校。十几岁的年纪,即使送出去帮人家看看牛,至少也省了家里的饭。'这当然是很无聊的话,不过我既然听见了,应该说出来供大家参考。"

他又咳了一声嗽,意思当然是发言终结;便若无其事地递次剔两只手的指甲。

"我的意思,"陆三复因为要开口,先涨红了脸,声音吞吞吐吐,这是他发表意见时的常态,"农场还是暂缓兴办的好。这是事实问题,事实上不容我们不暂缓。蒋士镰出来说这块地皮是他的,要同我们打官司;在官司没有打清楚以前,硬要兴办也不定心。李先生,你说是不是?"说到末了一句,他回转头看坐在旁边的李毅公,转为对话的语调。

李毅公是只等下个月到来,进公司去干那又新鲜又丰富的另一种工作;对于这里学校的困难境遇,他看得同邻人的不幸一样,虽也同情地听着,但不预备在同情以外再贡献什么。他向陆三复点点头。

"完全是敲诈,流氓的行为!"冰如听三复提起蒋士镰,一阵怒火又往上冒,"哪里是他的地皮!我一向知道是学校里的。他就惯做这种把戏;不然他怎么能舒舒服服地过活?他无端兴风作浪,要打官司,想好处,我们就同他打;我们理直气壮,难道让他欺侮不成!"

他的感情一时遏止不住,又提高了嗓门说:"这班东西真是社会的蟊贼,一切善的势力的障碍者!我们要转移社会、改善社会,就得迎上前去,同这班东西接战,杀得他们片甲不还!"

"我不知道学校里有这块地皮的契券么?如果有,不妨同他打官司。"徐佑甫像旁观者一样,老成地提供这样的意见。

"契券可没有。但是历任的校长都可以出来证明。若说是蒋士镰的,哪有历久不想查明,直到此刻才知道是他的?"

"可疑诚然可疑。然而他有契券在手里,我们没有。"

"那一定是假造的!"

"我们没有真的,哪里断得定他手里的是假?"

冰如爽然若失了。几天以来,由于愤懑,他只往一边想;蒋士镰是存心敲诈,而敲诈是徒劳的,因为地皮属于学校是不容怀疑的事实。他没想到蒋士镰抓住的正在这方面,学校没那证明所有权的契券。现在听徐佑甫那样说,禁不住全身一凛;好像有一个声音在心里响着:"你会输给他的!"

同样爽然若失的是焕之。他虽然说"教育界的黑暗看得多了",眼前这样的纠纷却没有遇到过。他几乎不相信世间会有那样无中生有寻事胡闹的人,然而眠思梦想的新鲜境界农场的实现,的确因蒋士镳而延迟了。将怎样排除障碍呢?将怎样帮助冰如呢?在他充满着理想和概念的头脑中,搜寻,搜寻,竟没有答案的一丝儿根苗。若说管不了这许多,只要照合理的做去,依理说自然如此;但事实上已成了不容不管的情势。然而又怎么管呢?从闷郁的胸次爆发出来似地,他叫一声:"麻烦!"

陆三复咬着舌头,狡狯地射过来冷冷的一眼,好像说:"诸葛亮,为什么叫麻烦?你的锦囊妙计在哪里呢?"

沉默暂时占领了预备室。

刘慰亭向冰如望了望,又咳嗽一声,冲破了沉默说:"而且,外面很有些谣言,说要打到学校里来,说要给某人某人吃拳头。那些没头没脑的人吃饱了饭没事做,也许真会做出来呢。"

"那我们只有叫警察保护。"冰如冤苦地说。

"警察保护有什么用?最要紧的在熄灭那班捣乱的人的心。"刘慰亭的话总是那样含有不同的两种作用,说是关切固然对,说是嘲讽也不见得错。

"好几个学生连日不到校,打听出来并不为生病或者有别的事,而且蒋华也在里边,那显然是一种抵抗的表示。"焕之连类地想起了这一桩,感伤地说;学生对他采取罢工似的手段,在几年的教师生涯中,确是从未尝过的哀酸。

"唉!我不明白!"冰如声音抖抖地说,脸上现出惨然的神态,"我相信我们没有做错,为什么一霎时群起而攻,把我们看作公敌?"

失望的黑幔一时蒙上他的心。他仿佛看见许多恶魔,把他的教育意见书撕得粉碎,丢在垃圾堆里,把他将要举办的新设施,一一放在脚爪下践踏。除了失望,无边的失望,终于什么也得不到,什么也不会成功!

"放弃了这学校吧?"这样的念头像小蛇一样从黑幔里向外直钻。

但是另一种意念随即接替了前者。"两个孩子正在这学校里。如果让别人接办这学校,决不能十分满意。而且,自己离开了教育事业又去干什么?管理那些琐琐屑屑的田务店务么?在茶馆里,在游手好闲者的养成所里坐上一天半天么?那真无异狱囚的生活!而且,酝酿了许久的教育意见正在开始实行,成效怎样,现在固然不知道,但十分美满也并非过分的妄想。为什么要在未见下落之前就放弃了呢?"

他又想到揭帖上写的蒋冰如那样的人哪里配作校长的话。"这里头说不定藏着又一种阴谋,有人想攫取这个校长位置呢。"偏不肯堕入圈套的一种意识使他更振作一点,他压住小蛇一样钻出来的念头,决意不改变方针;当前的障碍自然要竭力排除,哪怕循着细微委宛的途径。他渐渐趋于"为了目的,手段不妨变通"的见地了;自己的教育理想是最终目的,要达到它,得拣平稳便当的道路走。

他的感情平静一点了,又发言说:"我们谈了半天,还没有个具体的对付方法。但是今天必须商量停当。请诸位再发表意见。"

于是一直不曾开口的算学教师开始发表意见。他说:"我们学校里将有种种新设施,这根据着一种教育理想,原是不错的。但社会的见识追随不上,以为我们是胡闹。隔膜,反感,就是从这里产生的。可巧荒地上有的是坟墓,迁棺检骨又触犯了社会的迷信。隔膜,反感,再加上对灾害的顾虑,自然把我们看作异类,群起而攻了。我以为农场还是要办,其他拟定的新设施也要办;但有些地方要得到社会谅解,有些地方竟要对社会让步。譬如,农场在教育上有什么意义,让学生在农场里劳动,同光念理科书有什么不同,应该使社会明了;这在蒋先生的意见书里说得很明白,节录钞印,分发出去就是。坟墓,社会以为动不得的,我们就不动,好在地面并不窄,而且在坟墓上种些花木,也可以观赏;一定要违反社会的旧习,以示破除迷信,何必呢?这样的办法,不知各位以为用得用不得。"

他又向大家提示说:"一种现象应该注意,就是所有的抵抗力显然是有组织的;而唯一的从中主持的,不容怀疑,是蒋士镳。蒋士镳乘机捣乱,何所为而然,自不用说。但如果真同他打官司,在他是高兴不过的;他口口声声说诉讼,就可以证明。我以为应该请适当的人向他疏通;疏通不是低头服小,是叫他不要在这桩事上出花头,阻挠我们的新发展。只要他肯答应,我相信其余的抵抗力也就消散了。这是'擒贼擒王'的办法,又不知各位以为何如。"

"好得很,"徐佑甫咽住了一个呵欠说,"好得很,面面俱到,又十分具体。"

"就这样决定吧。"刘慰亭想起约定在那里的三个消遣的同伴。

陆三复不说什么;鞋底在地板上拖动,发出使别人也会不自主地把脚拖动的声音。

几个始终没开口的都舒畅地吐了一口气。

倪焕之当然很不满意这种太妥协的办法。但是苦苦地想了又想,只有这种太妥协的办法还成个办法;于是含羞忍辱似地低下了头。

解去了最后的束缚似地,蒋冰如仿佛已恢复平日的勇气。但一阵无聊立即浮上心来,不免微露阑珊的神情。他说:"没有异议,就这样通过吧。"

## 十三

　　金小姐在看灯会的后两天就进城上学。依照向例,不逢规定的较长的假期她是不回家的。一则家里没有母亲的抚爱足以使她依恋;二则毕业就在年底了,功课更见得有关重要,为预备下学期往附属小学实习起见,又须从图书室里借一些关于儿童教育的书来看,在校的时光这就填塞得很充实,再不会想起回家的念头了。为了后者,连延续到一星期的春假也没有回家。

　　可是说她绝不想起回家的念头也不见得准确。那个性情真挚温和、风度又那样优秀挺拔的青年,不知不觉已袭进她的心,在里边占着并不微小的位置。几次的会晤,他的每一句话,每一个姿态,她都一丝不漏地保藏在心头,时常细细咀嚼,辨尝那种甘美的回味。尤其是看灯会同路叙谈的那一次,他直抒自己思想的历程,他鼓励她昂藏地趋向理想的境界,使她又感激又兴奋,体会到她应当享受而以前还不曾享受过的青春的快乐。那个晚上,天气那样温和,微明的星光把田野照成梦一样的境界,锣鼓声、丝竹声和群众的喧闹声都含有激动情绪的力量,而他并着她的肩走。——后来她一想起那一回并着肩走就觉得心荡,似乎不相信地想:"真有过那回事么?"——她时时瞥过一眼去看他那朦胧的侧影,觉得从头发、前额、鼻子、嘴以至脖子、胸脯,曲线没有一处不恰到好处,蕴蓄着美的意象。同时他的气息匀调而略带急促地吞吐着,她听到而且嗅到了;一阵轻微的麻麻的感觉周布全身;嗅觉是异常地舒快,可是形容不出那是同什么花或者什么香相似的一种味道。她陶醉了,于是更贪婪地看他一眼;若不是在微明的星光下,他一定会看出她那一双闪烁的黑眼瞳里燃烧着热情的火。……她回忆起那些,第一是感到一种秘密的欢喜,好像外表贫穷的人偷偷地检点他富足的储蓄时所感到的一样。但是咀嚼一过之后,回味虽然甘美,并不能就此满足;一种不可知的力量促迫着她希望尝到更新鲜更甘美的滋味。这当儿,电光一样在心头闪现的,就是买舟回乡的念头。

然而径自请假回去是校规所不许的,必得有家长签名盖章的请假书才行。怎么能叫阿哥写请假书呢?即使请假不成问题,荒废了功课,变更了旧习,自己又怎么交代得过呢?同时一个严厉的声音在心头响着:"那是没廉耻的行径,清白的女子不应该那样想的。忘了它吧,忘了它吧,否则你将堕落,堕落到深不可测的不道德的海底!"听着那声音,她又羞惭又恐惧,买舟回乡的念头便被遏住了。

说被遏住,就是没有能根本撤消;她真想去找倪焕之谈谈,听他谈理想,谈教育以及别的什么。因为心头那个严厉的声音时常在那里呼唤,她的回忆和想望更隐秘了;譬如,当着同学们的面,她不敢想到那些,好像她们就是发出那个严厉的声音的。她想到那些大都在上了床关在帐子里的时候,否则眼前也得摊一本书,好像帐子和书本是可以隔开她同那个严厉的声音的。假如同学们细心观察,一定能发见她近来的转变,虽然只是细微的转变。她依然凝思,但是凝思的时候常常半抬起上眼皮,眼睛无目的地一瞥;这是烦躁的表示,从前所没有的。她又喜欢独个儿在一处,教室里,自修室里,运动场上,能不同别人在一起就更好,虽然并不显然拒绝别人的陪伴和谈笑;因为这样便于检点保藏在心头的珍玩,而不露丝毫的秘密。同学们对于她太信任了,太尊敬了,似乎别的女郎容易闹出来的那种思慕和烦闷的把戏,惟有她是绝对无缘的;所以对于她的细微的转变完全忽略了,依旧同她商量一切事情,请她帮助解决功课上的疑难与疏漏,并且爱娇而不狎亵地叫她"我们美丽聪明的金姊姊"。

"为什么叫他不要来信呢?谈论教育的事情和别的光明的话,就给舍监看见了又有什么要紧?而在我,收到那样的信将何等地快活醉心呀!……为什么叫他不要来信呢,你这傻子?"

她这样地懊悔,便想何不先寄他一封信。可是这只使她自觉脸上热烘烘的,知道是红起来了;信却终于没有写。她又带着幻造的欢喜这样设想:他的信来了,在舍监太太手里,那老妇人的侦探似的眼光看着她,问她写信的是什么人,那时候她将怎样回答。"是表兄,同他是姨表兄妹",她温馨地回答那意想中的舍监太太,同时又设想用一种"你管不着我"的骄傲神态去接那封可爱的信。但是现实立刻提醒她,并没有什么信在舍监太太手里,欺诳的回答和骄傲的神态全都用不上;她爽然了。便恨自己竟没有一个真的表弟兄。如果真有表弟兄的话,信来信去自是寻常的事;从那寻瘢索疵的舍监太太手里,毫无顾忌地收领男子手写的信,即不问中间写些什么,那种感动与欢喜能说得完想得尽么?

总之,她触在情爱的网里了。虽然触在情爱的网里,却不至于抛弃了一切,专对一方面绞脑牵肠;这因为独立自存的意愿吸住了她好几年,到现在还是有很强的力量,而她与焕之的几次交接,使她事后回想不置的,究竟摹拟的成分多,而实感的成分少。流着相思泪或者对影欹歔之类的事是没有的,她还没有到那种程度。

暑假期渐渐近来,回乡的热望渐渐炽盛,几乎等不及似的;这也是不同于从前的。终于放假的日子到了。她起来得特别早,把前天就整理好的行李搬上家里雇来接她的船,就催促摇船的阿土开船。一路看两旁的荷花,田里的绿稻,以及浓荫的高树,平静的村屋,都觉得异常新鲜可爱,仿佛展开一个从来不曾领略的世界。但是,慢慢地有一种近乎惆怅的感觉搅扰她的心,就觉得这样那样靠着船舷都好像不合适。于是半身躺着,取新近买到的杂志来看,那是很流行的《新青年》。然而看得清的是一个个铅模印成的字,看不清的是各个字连起来表达的意义。为什么心不能安定呢?她放下杂志,明明知道又像全不知道地问自己。半年的阔别,那学校的新设施进行得怎么样了?那温和优秀的人儿有没有什么改变?他又有什么新鲜的理想珍宝似地炫耀别人的眼睛么?又有什么可爱的议论音乐一般娱乐别人的心神么?关于这些,她都不能构成个粗具轮廓的答案。又似乎平时觉得并不模糊的几次会晤的印象,那些谈话,那些姿态,现在也化得淡了,朦胧了。空虚之感就在她心里动荡,竟至想起"现在往哪里去呢?"那样的念头,恰恰同切盼回乡的热望相反。待他到家里去访问自己呢,还是到学校去找他?他会不会已经回去了?见了面又同他谈些什么呢?怎样才能满足几个月来很想找他的愿望?……对于这一串另外的问题,她也只有踌躇,无从决断;因此,馁怯便趱进了她的心。

开船早,风虽不大,却是顺风,不到十二点就到了。蝉声这里那里响应着,倦懒又怕热的花白猫在藤棚下打盹,建兰的若有若无的香气让软绿帘护着,金小姐在这样的环境中见了兄嫂。谈话间知道高小里还有一个星期才放暑假;焕之当然没有回去,昨天晚饭后他曾来这里谈话乘凉,吃学校农场新摘的西瓜。这使金小姐又觉得心头充实起来,头绪纷繁而总之是可慰的意念像春草似地萌生。她就随便谈女师范里一些可笑而有味的琐事,来掩饰她别有原因的兴奋。

树伯告诉她高小里曾遇到风潮,说信里写不尽那些,所以索性不写。金小姐说从城里的报上也约略看到一点,可是不详细,没头又没尾,到底是怎么一回事?

"他们办事太不顾一切了。譬如驾车的,闭起眼睛专管掣动手里的缰绳,迟早会把车撞翻了的。"树伯这样开了端,便把风潮的因由和经过详细说一遍。结末他矜夸地说:"还亏我去找蒋老虎,同他透明见亮地说,学校不是什么肥肉,他们干的也不是什么顶坏的事,不要从中作梗吧。他总算同我有交情,老实对我说,是不是肥肉现在不用谈,因为他并非真想吃,只是蒋冰如那样像煞有介事,一副正人君子的模样,他看不惯,所以给他一点儿颜色看。而且,凡是蒋冰如干的事,他也真心是反对。我就代冰如解释,我说冰如这个人是没有什么不好的,不过有点儿读书人的呆气,不通世务是有的。我又说冰如同他完全没有芥蒂,他在地方上干的一些事,冰如都佩服,常常说那样热心社会事务的人多了就好了;只因彼此一向生分,所以他不曾亲耳朵听见冰如说。我还说了别的许多话;像做媒人一样,总之把双方尽量拉拢来,直到粘在一块儿才歇。他这才回心转意,慷慨地说,既是这样,他就把祖传的荒地捐给学校,诉讼的话不提了。当然,不必说了,他还得了点实际的好处,——空手而还的事情他是向来不干的。然后,镇上一般的反对声浪渐渐平息下来,学校里的农场总算搞成功了。"

金小姐听得很注意;愤慨的意念在心头窜动,不平的眼光直射树伯的脸,好像受那土豪欺侮的就是她自己。到末了,听说农场终于搞成功了,眉目间才现出悠然凝想的神色;她要在意想中描摹出那充满生机的农场,富于教育意义的乐园。她的左手托着腮颊,兴味地问:"搞得很好吧?"

"还不错。同普通田园大致相仿,不过整齐些,又有点儿玩赏的花木。你还不知道,那个教理科的李先生因为有了比较好的事,辞了职走了。焕之接任他的功课。所以农场的事情也是焕之在那里管。"

"他!"金小姐觉得异常惊喜,"他喜欢谈革新教育,这新事业由他去管,再好没有了。"

树伯的近视眼睁大一点儿,定定地看了金小姐一眼。她才知道自己的语调近乎兴奋了;脸上微微感觉烘热。

"他起初是很高兴的,"树伯一笑,似带嘲讽的意味,"遇见了我,总是说什么东西下种了,什么东西发芽了,好像他是个大地主,将来的收获将加增他无限的财富似的。但是近来,我看他有点儿阑珊了。"

"为什么呢?"金小姐虽然着意禁抑,总掩不住关心的神色。

"我也莫明所以呀。昨天晚上他曾说这样一句话:'理想当中十分美满的,实现的时候会打折扣;也许是有那么一回事的。'若不是意兴阑珊,他,喜欢理想的他,会说这样的话么?并且,他好些时没谈起农场的什么什么了。"

仿佛听人传说自己所悬系的人患病似的,金小姐惆怅而且焦虑了。他发见了这种新设施有弊害而无效益么?他在进行中遇到了从旁的阻碍么?从以前几次的会晤来推测,他像是个始终精进的人,意兴阑珊是同他绝对联不上的。但是,他确已吐露了阑珊的心声了。——她这样想,要去看他的欲望更加强盛起来;她似乎有许多话要问他,又有许多安慰的话要对他说,虽然再一想时,那些话都模糊得很,连大意也难以捉摸。

"他们的新花样不止一个农场呢,"树伯见妹妹不开口,迎合她的兴味似地继续说,"戏台也造起来了,音乐室也布置起来了,商店也开起来了。听说下半年还要增添工场呢。"

"那很值得看看,那样办的学校从来没见过。"金小姐惟恐兄嫂怪她急于往学校里跑。

"你可以去看看。"

"是的,我想今天就去。"她挺一挺身子,两手举起掠着额发,那意态像是立刻要动身似的。

"坐了半天的船,不辛苦么?就是要去,下午四五点钟去为是;现在太阳晒得那么厉害,又是一无遮盖的田野间的路,简直不能走。"

金小姐没有理由说一定要立刻去,便回到楼上自己的房间里。想把带回来的书物整理一下,但是一转念就感觉不耐烦,缩住了手,让那肚子饱胀的网篮待在一旁。她来回地走着,心里浮荡着种种的情绪,欣慰、馁怯、同情、烦恼,像溪流里的水泡一样,一个起来了,立刻就破碎,又来了第二个。就在两三个钟头之后,将要去会见一个虽不是爱着却是打动了自己的心的男子,实现那几乎延续到半年的想望:这在她是从来不曾经验过的。她一会儿嫌时间悠长;一会儿又感到它跑得太快了,从帘纹里映进来的日影为什么越来越偏斜呢！她开了壁上的小圆洞窗,见田野、丛树、村屋仿佛都笼上一层微微跳动的炎热,反射着刺眼的光。倏地把窗关上,又去梳理那新挑下来剪齐的一排额发。有了那一排额发,更增加秀逸的风姿;尤其是从侧面看,那额发配合着长长的睫毛以及贴在后脑勺的两个青螺一样的发髻,十分妥贴地构成个美女的侧面剪影。忽然,她从镜子里注意到自己的脸色红红的,眼睛里闪着喝醉了似的异样的光;一缕羞意透上心来,眼睛立刻避开了镜子。

## 十四

金小姐到学校去时是下午五点。吹着爽快的风,大地上一切就像透了一口气;树木轻轻摇动,欢迎晚凉来临;蝉声不再像午间那样焦躁急迫,悠闲地颇有摇曳的姿致。她穿的是新裁的白夏布衫,齐踝的玄纱裙,白袜子,丝缎狭长的鞋。简单朴素的衣著是这时候所谓女学生风,但像她那样裁剪合度,把匀称的体格美完全表现出来,简单朴素倒是构成美的因素了。

校役水根回说倪先生在农场里;心里怀着疑怪,怎么一个年轻小姐跑来看倪先生呢!想了几转终于想不明白,只好举起手来在盘着粗黑大发辫的头顶一阵地搔。

这当儿,金小姐似乎已排除了一切烦扰的心思,只是这样想:她是来看学校里的新设施,希望长进些见识,将来服务时总会有许多用处;这中间完全没有私念和俗欲,所以羞惭是绝对不需的。正惟这样想,她才从家里举起第一步脚步呢。

一个低低的门通到农场。脚下是煤屑平铺的五尺来宽的步道。两旁一畦一畦高高矮矮的完全是浓绿的颜色。西瓜像特地点缀在那里似的,那么细弱的藤叫人不相信会结那么大的瓜。黄瓜藤蔓延在竹架子上,翠绿的黄瓜挂着,几乎吻着地面。向日葵朝渐渐下落的太阳低垂着头;叶子是一顺地弹着,晒了一天,疲乏还不曾苏醒呢。玉蜀黍从叶苞里透出来，仿佛神仙故事里的小妖怪，露出红红的头发。毛豆荚一簇一簇地藏在叶子底下，被着一层黄毛。棉已开着黄花，有如翩翩的蝶翅；将来果实绽裂，雪白的棉絮就呈现出来了。……靠右两棵高柳下的一区种着玩赏的花草。白的、红的、深红的波斯菊仿佛春天草原上成群乱飞的蝴蝶，随着风势高起又低下。茑萝爬上短短的竹篱，点点的小红花像一颗颗星星，又像一滴滴血。原议迁去而终于没有迁去的坟墓就围在竹篱里面。上面种着蜀葵、秋葵之类茎干较高的东西，也就把死寂的气象掩没了。篱外五尺见方一块地齐整地栽着各色凤仙和老少年；颜色娇嫩的花叶组织成文，像异域传来的锦毯。旁边排列着几百支菊秧，都是三张瓦片围一堆泥，中间插一支菊秧；这到秋来，将有一番不输于春色的烂漫景象呢。

金小姐听着自己的脚步声，眼看含有教育意味的——印着学生教师的手泽的各种植物纷陈在面前，一种激动的情绪涌上心头，仿佛来到圣洁的殿堂。平常的园圃也见得多了，而眼前的园圃似乎完全不是那么样，中间满储着天真的意趣与劳动的愉快，一张叶子的翻动，一朵花儿的点头，仿佛都是手种它们的人投入新生活的标记。不禁想到将来服务的时候，也必须这么办才行，否则学校就没有意思。

"金小姐，你放假回来了？"

骤然间一声好鸟似的，她听见悦耳的焕之的声音；将来也必须这么办的意念便消散了，眼睛里满含着喜悦，向声音来的方向望去。

步道向左弯曲，在一丛高与人齐的麻的侧边，有个茅亭，亭中焕之的身影从麻叶间可以窥见。他举起右手招着，正走出亭子来。

"啊，倪先生！我参观你们的农场来了。你们的农场这样新鲜有味；这里镇上的孩子应当骄傲，他们有独有的幸福。"

金小姐的声音里带着掩饰不了的高兴；同时步子加快了，身体摆动的姿态像一阵轻快温柔的风，映在地上的长长的斜影见得很可爱。这时候她要是反省的话，对于自己的神态一定会惊异；每一回放假归来，初见兄嫂,决不是这么一副样子;这是女儿看见了久别的母亲,情不自禁,简直要把整个自己投入母亲怀里的神态。

焕之走到金小姐面前。彼此都站住了。他用清湛的眼睛看着她,透入底里地重读那深刻在心头的印象。血液似乎增加了什么力量,跳动得快而且强。像矜持又像快适的感觉仿佛顽皮的手爪,一阵阵搔他,使他怪不好过。这中间闪现的意念是"她来了!她果然来了"!昨晚树伯无意中说到妹妹明天回来时,他就猜想她会去找他;现在,面前站着个素衫黑裙风致明艳的人,那预感不是应验了么?

他一时找不到一句适当的话,来表达他因她的到来而引起的心情,只得承着她的上文说:"农场总算办起来了,但经过不少的波折呢。"

他说着,低头默叹。他一想起那委曲求全的解决障碍的故事,就禁不住生气;事情虽然过去了,而受欺侮的印记却好像永久盖在他身上,也永久盖在全校每个人身上。但假如不那么办,就连一点儿革新的萌芽都不得生根,更不用说逐步逐步地扩充。能说冰如错么?能说那出主意的算学教师错么?他用对亲戚朋友诉说衷心甘苦的真挚态度说:"没有法子,社会是那样的一种社会!任你抱定宗旨,不肯放松,社会好像一个无赖的流氓,总要出来兜拦,不让你舒舒服服走直径,一定要你去找那弯曲迂远的小路。"

金小姐眼睛张大了,疑异地看着焕之含愁的眼睛,再往里看,要看透他内在的心;一句问语含蓄在她的眼光里:"怎么,你果真弹动了另外一条弦线了?"

"这且不谈,"焕之来了甜蜜的回忆,愤懑从眼睛里消逝,脸上呈现温和的微笑,"春间我说要把农场实施的情形写信告诉金小姐,金小姐说回来时面谈;现在回来了,大概乐意听我的陈说吧?"

"倪先生真记得牢。"金小姐抬眼一笑;心灵上好像受到十分亲密的抚慰,只觉软酥酥的。四围的景物花草似乎完全消失了,惟见对面那英秀可喜的青年,从他的嘴里将吐出新鲜名贵的教育经验。

"这哪里会忘？"焕之恳切地说。

金小姐又一笑，两排牙齿各露出洁白的一线，在焕之眼里像奇迹显现似地那么一亮；但是她随即把头低下了。

焕之指点着说："这里的一切规划，像分区、筑路、造亭子，种这种那种植物，不单是我们教员的意思，完全让学生们一同来设计。那意义是理想的教育应该是'开源的'；源头开通了，流往东，流往西，自然无所不宜。现在一般的教育却不是这样，那是'传授的'；教师说这应该怎么做，学生照样学会了怎么做，完了，没有事了。但是天下的事物那么多，一个人需要应付的情势变化无穷；教师能预先给学生一一教会么？不能，当然不能。那末何不从根本上着手，培养他们处理事物应付情势的一种能力呢？那种能力培养好了，便入繁复变化的境界，也能独往独来，不逢挫失；这是开源的教育的效果。我们要学生计划农场的一切，愿望原有点儿奢，就是要收这样的效果。计划云云无非借题发挥，所以非农家子弟也不妨用心思，将来不预备进农业学校的也可以用心思。这正像练习踢足球，粗看起来，好像只求成为运动会中的健儿；但练习久了，却在不知不觉之间，养成了公正勇敢合群等等的美德。"

金小姐偷看了焕之一眼；像听完全信服的教师的讲授一样，听他的话有一个个字都咽了下去的感觉。她十分肯定地说："确实应该这样，应该这样。不然，枝枝节节地'传授'，哪里配得上教育这个名词？"

"我们计划停当了，"焕之舞动着右臂给自己的话助势，"就开始农作。锄头、鹤嘴、畚箕等等东西拿在手里，我们的心差不多要飞起来了；——我们将亲近长育万物的土地，将尝味淌着汗水劳动的滋味，将看见用自己的力气换来的成绩！学生的家属固然有好些不赞成这件事，但十个学生倒有十二个喜欢，因为中间有几个比别人加倍地高兴。我们按时令下种，移苗，就布置成眼前这样的格局。又相机适宜地浇水加肥，又把所做的工作所有的观察详细记载上《农场日志》。学生做这些事，那样地勤奋，那样地自然，那样地不用督责，远超过对于其他作业。他们全不觉得这是为了教育他们而特设的事,只认为这是他们实际生活里最可爱的境界,自然一心依恋,不肯离开了。什么芽儿发了,什么花儿开了,在他们简直是惊天动地的新奇,用着整个的心来留意,来盼望,来欢喜!"

假如把他的谈话想象成一种植物,那末这一段就是烂漫地开着的花。金小姐似乎望见了那花的明耀的笑靥,她的脸上现出神往的光彩。但是一缕疑念立刻潜入她的心,她关切地问:"那末为什么……"她咽住了,幸喜自己还没说出"阑珊"一类的字眼,改口说:"那末实施的经过是十分圆满。这在教育工作者,尤其是担负全责的倪先生,该是永远不会消亡的愉快。"

"这个……"焕之踌躇了。在他成功的喜悦里,近来浮上了一片黑影;虽然只是淡淡的,并没遮掩了喜悦的全部,但黑影终于是"黑的"影啊!

他看见学生们拿着应用的农具在农场上徘徊,看看这里那里都不用下手,只好随便地甚至不合需要地浇一点水完事。又看见他们执着笔杆写《农场日志》,带着虚应故事的神情,玩忽地涂上"今日与昨日同,无新鲜景象"的句子。他们热烈的兴致衰退了,恳切的期望松懈了;"今天要农作,但农作有什么事做呢!"这样的话在他们中间流传了。见到了这些,当然该设法补救。但是,他们需求的是天天变换的新鲜,而植物的生命过程却始终在潜移默化之中,粗略地看,几乎永远是"今日与昨日同";他们喜欢的是继续不断的劳作,而农场只有十七八亩地,如其每个学生要天天有工作做,就只有无聊地浇一点水。说农场不应该兴办么?那万不能承认;对于这样另辟蹊径的教育宗旨与方法,自己确有坚强的信念。说规划得不够妥善么?也似乎未必尽然;这类规划本没什么艰深,何况又曾竭尽了全校师生的心思。然而没有料到,兴奋以后的倦怠与熟习以后的玩忽终于出现了,像在完美的文章里添上讨厌的不可爱的句子,那是何等怅惘的事情!有好几回,望着那些默默地发荣滋长的花草,竟发生一种酸味的凄然的感觉,致使自己疑讶起来,仿佛也染上那种倦怠与玩忽了。

不仅是农作,就像对于学生演戏这件事,也从兴奋喜悦之中撞见了同样的黑影。他永远忘不了那最受感动的一回。从近出的《新青年》杂志上看到莫泊桑的小说《二渔夫》的翻译,大家都说很适宜于表演,甚至徐佑甫也点头说"颇有激励的意思";于是让学生把小说改编成戏剧的形式,练习了几天,然后开演。演到后半,两个钓徒给德国军队捉住了;因为始终不肯说出法军防地的口令来赎回自己的生命,就被牵去面对着十二个德国兵瞄准的枪口。一个哀酸地叹一口气,含泪的眼睛瞅着旁边的同命运的同伴,颤声说:"苏活哥,再会了!"那同伴回报他一个祈祷似的仰视,恳切地喊:"麻利沙哥,再会了!"——看到那地方,心完全给紧张凄凉的戏剧空气包围住了,眼泪不禁滚了下来。但是就只有那一回;此外都平平淡淡,不感很深的兴趣。还有几次,戏剧的题材是民间故事,只是照样搬演,很少剪裁布置的工夫;演来又极随便,令人想起职业的"文明新戏"的恶劣趣味。看了那些,同时就这样地想:"来了,倦怠与玩忽都来了!"

这就算是改革的失败么?当然不能;从好的一方面看,旧的教育决不会有那样的表现。但是在理想中以为效果应当十分圆满的,为什么实际上却含着缺陷的成分?又想到自己不该这样脆弱;有缺陷不妨弥补,走的路没有错,希望总不是骗人,为什么竟会萌生颓丧的心情呢?于是努力振作自己,希望恢复到春间那样,乐观,简单地惟知乐观。可是总办不到;时时有一缕愁烦,像澄清的太空中的云翳一样,沾污了心的明净。

"这个,"一片黑影在他心里掠过,他无力地说,"却也不尽然。刚才说的,是最美满的部分,譬如吃甘蔗,是最鲜甜的一节。也有不很可口的地方呢。我现在相信,理想当中十分美满的,实现的时候会打折扣!"他就把愁烦的因由一一诉说了。

"这决不是原则上有什么错误。"金小姐听罢,这才恍然,连忙用安慰的声调说。

"是呀,我也相信原则上没有错。"

"只因为倪先生希望太切了,观察太深了,所以从美满中发现了不满。若叫普通的参观人来看,正要说'游夏不能赞一词'呢。"

她接着又热切地说:"就认那些是不满,倪先生和冰如先生还不能想出妥善的主意来弥补么?眼前有这样一个充满生意的农场,总之是理想教育可以成功的凭证,应该无条件地愉快。"

她自己也不明白,为什么不愿意他怀着丝毫的愁烦,对他说话总偏于安慰的意思。同时她想他是着眼在更精深更切实的处所了;眼前的愁烦是蜕化期间应有的苦闷,超越了这一段期间,自然会入于圆融无碍的境界;于是送过钦仰的眼波望着他。

焕之听了金小姐的解慰,思想被引进另一个境界。希望太切了,观察太深了,或者是确实的吧?现在看到的一些现象,实际上算不得倦怠与玩忽吧?自己却神经过敏地以为撞见黑影了,心境烦扰了好些日子,岂不是无谓?而把这些对金小姐完全诉说出来,更觉得又抱歉又懊悔,好像将不能证实的传闻去动摇别人的心一样。因此带着羞愧的神情说:"应该无条件地愉快;是呀,我们到底做起头了!"

"接着一个长期的暑假就要来了。"

"金小姐的意思是说在暑假中可以再来审慎设计,从新考量么?"他这样说,心里盼望余下的结束功课的一星期飞逝地过去,自己便回到家里,整理一间安静的书室,在里边专心翻读关于教育的书;又想不回家去,就住在校里过夏也好,这样可以每天同冰如讨论,又可以照料农场的一切,而且也……

"我不是说你们以前干的一定有错;不过说暑假里加一番详细的研究,可以搞得更好。"

斜阳把人影拉得更长了。焕之忽然觉察自己的影子同她的影子重叠在一起,几乎成为一个了;一种微妙的感觉主宰着他,使他睁着近乎迷醉的眼,重又向她端详。一排新挑的额发仿佛大晴天闲逸地停在远处的青云;两颗眼瞳竟是小仙人的洞窟,璀璨地闪着珍宝的光;那淡红的双颊上,浮着甜蜜的明慧的浅笑,假如谁把脸儿贴上去,那是何等幸福何等艳丽的梦啊!而一双苗条的手拈弄着白夏布衫的下缘,丝缎鞋的后跟着地,两个脚尖慢慢地向左向右移转,这中间表白她心头流荡着无限的柔情。

他从来不曾看见她有今天这样美,也从来不曾有这样强烈的感觉,只想把整个自己向她粘贴过去。他的鼻子上略微出着汗,但两只手似乎有点儿冷,而且不很捏得拢来;心房是突突地急跳,自己听得见那种不平静的声音。

他的身子耸一耸,兴奋地说:"暑假里我不预备回去。"

"那好极了!"金小姐无意地流露了心声,脸上更染上一层红晕,差不多与亭子那边盛开的夹竹桃一样颜色。

"为什么?"焕之有意问一句。

"下学期我们要实习了;我自觉懂得太少,不够应用;倪先生在这里,可以常常请教。"金小姐用青年女郎天真烂漫的态度来掩饰骨子里的不自然。

"说什么请教?我愿意把自己想的同别人谈谈,也喜欢听听别人想的;但是除了冰如先生,谈话的人太少了!金小姐,你不要说请教,就说同我谈话,行么?"

"行固然行。但我确实佩服你们的主张和办法,说请教也不是虚矫的话。"金小姐说罢,飘逸地旋一转身,随即抚爱似地玩弄那手掌形的麻叶。

"金小姐,你才可以佩服呢,"焕之略微凑近金小姐,语声柔和,可是有点儿发抖,"我好些时心头烦扰,觉得很没趣,力自振作,又不见效果;此刻你来了,只这么短短的几句话,就把我振作起来了。我依然是个乐观主义者了,我昂着胸承受希望的光辉。"

他转身向西,全身沐着夕阳的温和的金光。

金小姐非意识地摘下一小片麻叶,用两个指头夹着在空中舞动,回转身问焕之说:"真的么?我不相信我的话有这么大的功效。"虽然这样说,欣幸成功的意思已经含蓄在语气之间,甚至还带着"我的话竟有这样大的功效"的夸耀心情。

"我真盼望每逢感到烦扰时,金小姐就用名贵的几句话给我开导呢!"是焕之的热诚的回答。

这一句话,好像那生翅膀的顽皮孩子的一箭,不偏不倚正射中金小姐的心窝。她喝醉了酒似的,浑身酥酥麻麻,起一种不可名状的快感;同时,一种几乎是女郎的本能的抗拒意识也涌现了,她知道这一出戏再演下去将是个怎样的场面,而阻止这个场面的实现是她的责任。她不能说什么,只好遥对着亭子那边的夹竹桃出神。

一时两人都沉默了。晚风拂过,花草的叶子瑟瑟作响,带着凉爽的意味。有纯粹本镇口音的歌声从学校旁侧那条河边送来,是渔人在那里投网打鱼,唱着消遣;这工作将延续到明天早上才歇呢。

"谈话的人太少了!"焕之反复咏叹地重说刚才说的一句话,总算把沉默冲破了。"亭子里有竹椅子,我们可以去坐坐,再谈一会儿。"

于是两人一同到亭子里,八字分开地坐下,朝着亭外一座小火山似的一丛夹竹桃。东方天边的云承着日光,反射鲜明的红色,灿烂而有逸趣,使金小姐时常抬起头来。

他们从谈话的人少谈到彼此的朋友,从朋友谈到家庭。焕之说可惜镇上没有相当房子的出租,不能迎接母亲来同住。这触动了金小姐的伤感,嘴里不说,心里嫉妒地想,焕之有母亲,她却没有。随后提到树伯。焕之说,不客气地批评起来,像树伯那样的人固然没有什么不好,但不是值得佩服的;因为他只有一个狭小的现实世界,一个家庭,一份家产,一个乡镇,他的一切言动都表示他只是那个狭小世界里的人民。金小姐同意焕之的批评,不过加上说,哥哥待她很好,而嫂嫂的情分也不亚于哥哥,这很难得。

后来谈到《新青年》杂志上成为讨论中心的文学改良问题。

"当然要改良，"焕之的神情颇激昂，"内容和形式，都需要改良。自来所谓大家的文章，除掉卫道的门面话，抄袭摹拟而来的虚浮话，还剩些什么东西？无论诗词散文，好久好久已堕入虚矫、做作、浅薄、无聊的陷阱；严格地说，那样的东西就不配叫文学！"

"他们主张用白话写文章呢。"

"我很赞成用白话写文章。我们嘴里说的是白话，脑子里想的凝成固定的形式时也依靠白话，为什么写下来时却要转换成文言呢？写白话，达意来得真切，传神来得妙肖。真切和妙肖是文学所需求的；不该用白话来作文学的工具么？"

"我想，改用了白话，在教育上有大大的帮助。"

"当然。我们现在教国文，最是事倍功半的事；一课一课地教下去，做的是什么？哈！笑话极了，无非注释讲解的工夫。如果改用白话，一切功课就减少了文字上的障碍；在国文课，就可以从事文学的欣赏，思想的锻炼，文法的练习，好处不在小呢。——不过这是伴随的效果。主张改良文学用白话写文学作品，原不专注在这上边；只从文学本身及其将来着想，自然归到不得不改良的结论。"

"倪先生，你看这种主张能得到大众的支持么？反对的人很不少呢。"

"哪一种革新的运动不受人反对？"焕之连类想起春间的农场风潮，言下颇有感慨，"但是我相信文学改良终于会成为一种思潮；我仿佛感觉到举起胳臂会合到这个旗帜下的人们已经提起他们的脚步了。而且，这种思潮将冲击到别的方面去，不仅改良文学而已。"

"这是预言，待将来看应验不应验。"

"就如妇女，我们现在想起来，因为风俗习惯的拘束，感受的痛苦和不平不知有多少。对于妇女问题，不该也发生一种改革的思潮么？"

"女子吃亏在求知识的机会不能与男子平等，故而不容易独立，自由。"金小姐说这一句,对于自己能进师范学校,而且年底就要毕业了,感到满足甚至于骄傲的心情。

"这当然不错,不过没有这样简单。"焕之的话停止了,思想同瓜蔓一样爬开来,又模糊又纷繁;捉住中间的一段一节如恋爱婚姻之类的题目来谈,是眼前热切的欲望。但是那些不比文学改良论,尤其因为面对的是不仅相与谈谈的金小姐,一时竟难于发端。早就不平静的心更像有什么东西压在上面了。

阳光完全消逝了,天空现出和平的暗蓝色。植物全都苍然,笼上一层轻烟,形象就模糊起来。亭子里对坐着的两个人似乎都不想站起来;此情此景是怎样的一种况味,彼此感觉也同暮色一样朦胧。

煤屑路上有人走来了。从那脚声,焕之知道是水根。

"倪先生,吃晚饭了。"水根没走到亭前,就停步用重浊的声音叫唤。

他固定了回转身去的姿势,又说:"张勋打到北京,宣统小皇帝又坐龙廷了;他们刚看了报,报上那样说。"

"什么!有这样的事!"焕之霍地站起来,觉得眼前完全黑暗了……

## 十五

　　幸而所谓复辟事件只是一幕可笑的喜剧,焕之愤激的心情也就平静下来。他有很多的暇豫去想时刻纠缠在心上的重大问题。

　　他想他是爱着金小姐了;金小姐的一句话有使他振作的力量,他在她旁边,便觉一切都有光辉,整个生命沐浴在青春的欢快里,这就可知不仅是朋友间的情愫了。虽然还是初次擎起恋爱的酒杯,而金小姐那样的对手实在是非常适切,多方选择也难以选到的;还有怎么样的人能胜过她,他简直不能想象。

　　未来的生活像神仙境界一样涌现在眼前了:两个心灵,为了爱,胶粘融合为一个;虽只一个,却无异占有了全世界,寂寞烦忧等等无论如何也侵袭不进来,充塞着的是生意与愉悦。事业当然仍旧是终身以之的教育;两个人共同努力,讨究更多,兴味更多,而成功也更多。新家庭里完全摒绝普通家庭那种纷乱庸俗的气氛;那是个甜美的窝,每个角落里,每扇窗子边,都印上艺术的灵思的标记,流荡着和悦恬美的空气;而其间交颈呢喃的鸟儿就是他和她。

　　生活的意义不是充分发展自己和享受幸福么?教育是现在正在从事,而且要永远干下去的,干得绝对不敷衍,总是追求那更合理更有益于学生的理想和方法;发展自己是庶几乎相近了。假如恋爱方面又成功,那么整个生活就像一首美丽的诗,那种幸福的享受,岂是寻常容易得到的。够了，够了，生活给予他太多的好意，他大可以自傲地说一声"不虚此生"了!

　　这种思念像秘藏的珍宝一样，连平时无所不谈的冰如也不告诉，他把它藏在心里，温馨地自己赏玩，赏玩的地点自然以农场最为适宜;农场里有花木，清露滴上绿叶咯，月光笼着花儿咯，都足以润泽恋情，使它更为茂盛;农场又是金小姐逗留过两点钟光景的地方，要展读她当时一转身一顾盼的消逝而永不消逝的印象，也惟有在原地方尤有意味。

　　这一晚他吃过晚饭，两足又不自主地往农场踱去。心想明天要乘船回家了，半年的学校生涯至此告终;不禁起一种并非伤感可是有点儿怅然的情绪。

　　他原想住在校里过夏，但是母亲要他回家，说既然放了假，总该回去陪陪她，便把先前的拟议取消了。他把农场的照料托了冰如;虽然放假，学生还是要来看顾手种的东西的，所谓照料，实在也没有什么事。

　　月光斜射在植物上，闪着银彩。空气里充满一种甘芳的气息，但不是什么花香。几个蝉竞赛似地歌唱，从那类乎枯焦臭味的调子里，可以料知明天比今天还要热呢。

　　他向四围看望，不一定注目在什么东西上，可是往往持续好一会儿。这是新近才有的习惯，他在那里细读意想中的金小姐的印象。几天来解决不了的困难问题，伴着未来生活呀人生幸福呀一类金黄色的快意，又侵袭他的心了。

　　他起初想，明天回去，就同金小姐离得远了;她难得回来，而他偏像躲避她似地跑开，还能算爱着她么? 既而想暂时的离开毫没要紧，最要紧的是达到两个心灵的永久胶粘和融合。这就转到每天不知要想多少遍的向她表白爱情的题目上来了。只是一个心灵燃烧着是没有用的，必得另一个心灵起了感应，才能成为文章;希望另一个起感应，这一个要敲钟一样去敲才行啊。然而怎么样敲呢? 那永不能忘的傍晚，暮色笼成情爱的帐幕，话题里尽有倾吐肺腑的机会，心脏的每一回跳动，鼻息的每一回吐纳,都奏出"我爱着你"那句话的激动的节拍。然而,惟有那句话,喉咙里仿佛给什么东西塞住了,无论如何说不出来。以后又到她家去过一次,环境是远不及那天傍晚了,只好谈些时局以及学校里的事而罢。"怎样向她表白呢?怎样向她表白呢?"他烦躁地搔着头皮。

他一向自认为简单不过的人,以为表白的方法莫善于当面直陈;因为这样可以把自己的情愫一丝不漏地传达给对方,可以立刻得到对方宝贵的允诺。他猜想自己该会有当面直陈的勇气;或许那天傍晚还不是最适当的时机,如果到了最适当的时机,胸中的一句话就会像离弦的箭那样飞射出去。但是,极端难受的失意的结果,他也想到了:"如果她回答个不字,那是多么重的打击啊!"接着便仿佛看见自己的颓丧的面容,悲凉的心境,以及什么事都引不起劲儿来的倦怠生活。"这是欢乐与悲哀的歧途,还是不要走前一步吧!"然而他又从另一方面想:"就是失恋,也好。自己的不很坚强的气质本该给它些锻炼;怎知失恋以后一定会颓唐呢?也许由此得到激励,在别的方面会有更多的精进。惟有怀着热情而抑住了不敢倾吐,最是要不得的怯弱心情。决定了,决定了,走前一步,冲过这歧途,前面是欢乐,是悲哀,我都愿意面对着它们!"

然而明天就要回去了;所谓适当的时机,至早也得在暑假以后了。怀着莫知究竟的热望度过一个多月的暑假,想来是比失恋还难堪的事。该是成功或失败,越早一点儿决定越好。"今夜这月光底下,她大概不会来找我谈话吧。而明朝,虽说航船开得并不早,尽有时间去辞别一声,但是有树伯在旁边,至多也只能尽量说些辞别范围以内的话;表白的事是终于不成的。"

他又想象金小姐此刻在作些什么:"对着这样的月光,如果她属意于我,此刻该靠着楼栏晤对意想中的我了。她脉脉的心一定在这样低诉:'既然有意,不该迟疑,早早表白出来呀!只待一表白,你就会听到终身铭感永不能忘的一句话,我答应你了。你若迟疑不决,那就是怯弱,怯弱的人似乎是不很可爱的。'不错,她一定在这样低诉,听她那样关心我的一切,看她那样表现种种的神态,都是充分的凭证。她会拒绝我么?没有的事!我差不多看见她伸张两臂在等待我的拥抱了!"

岂但两臂,他还看见金小姐的黑眼瞳像一对蝴蝶,飞飞停停,显出太可爱的闪耀;同时她的躯体在那里舞蹈,构成错综的富于诱惑性的种种姿势。他的心震荡得比前些时更厉害;身体里有一种不知名的力量,好像无数的小蛇,从这里那里尽往外钻。他右手按着额角,像患病的人一样,抖声自语道:"我忍不住了,决定这样办吧!"

他拖着短短的自己的影子跄跄地走出农场,跑到楼上房间里便动手磨墨。隔壁徐佑甫陆三复两个,前两天就动身回去了;假如他们还在,听见他那磨墨的声音,至少要走到房门口张望,以为他破例地同某一个学生过不去了。

"一封信!"金小姐惊讶地接应水根,怀着捕捉可怕的虫豸似的心情收受他手里的信,同时机警地向背后瞥了一眼;她不用看信面,已经知道是谁的信了。看到信面,果然;便捏在手心里,若无其事地回进内堂。内堂里没有人,嫂嫂在厨下做菜,可是总觉得不合适,又踏着轻快的步子回到楼上自己房间里。

她靠着临窗的桌子坐下,娇憨的小孩似地用下颌贴着桌面,淡淡的可是极有光彩的笑意浮上她的眉眼唇颊之间。因为在家里,没有梳髻,两条辫发从两肩垂下,承着光显出可爱的波纹。穿的是小蓝点子的洋纱衫,背部贴紧,显出肉体的圆浑优美的线条。

一种近乎朦胧的心绪透过她的心,仿佛是"现在他的信在我手里了,也有一个男子给我写信了!"的意思,不过没有那么显明。这好像不能喝酒的人喝了一两口酒,觉得浑身酥软异样,而这酥软异样正是平时难得的快感。她伏着不动,也不看信,让自己完全浸渍在那种快慰的享受里。

"他说些什么呢?"

过了一会儿,她差不多笑起自己来了,接了信不看,却坐在这里发痴。于是背部靠着椅背,坐成很悠闲的姿势;展开信面再望了一眼,然后仔细地从原封处揭开,抽出信笺来看。

　　她的眼光似乎钉住在信笺上了;脸上是一阵一阵地泛红,直红到颈际;神情是始而惊愕,继而欢喜,继而又茫然不知所措。在她意识的角落里,知道迟早会有人向她说那样的话,她也模糊地欢迎那样的话;自从遇见了倪焕之,同他晤谈,仿佛曾有一二回想起,他会说出那样的话么?她还模糊地欢迎他说那样的话。但事情在何年何月实现,她没有拟想过,总以为该在很远很远的将来吧。她不料事情来得竟这样快。现在,那样的话已经写上信笺了,在他是说出来了,而且她已经把信看了;像电报一样,两边既然通了线,等在面前的就是怎样应付的问题;这在她是梦里也没有预想到的。她心头激荡地但是空洞地过了一会儿,又从头起重读手里的信。

佩璋女士:

　　同你谈话已经有好多次了,给你写信这还是第一次。我揣你就是不看下面的话,也会知道我将说些什么;从你的慧心,从你的深情,我断定你一定会知道。请你猜想,请你猜想,下面我将说些什么?

　　不要逗人猜谜一样多说废话了,就把我的话写下来吧。我的话只有一句,简单的一句,就是我爱你!

　　自从年初在晴朗的田野间第一次会见,这一句话就在我心头发了芽。以后每一次晤谈,你的一句话,一个思想,一种姿态,就是点点的雨露,缕缕的阳光。现在,它烂漫地开花了。我不愿秘藏在心头独自赏玩,所以拿来贡献给你。

　　我大胆地猜想,你一定接受我这朵花,把它佩戴在心头吧?你一定喜欢我这朵花,永远忘不了它吧?

假若猜想得不错,我有好多未来生活的美妙图景可以描写给你看。——不用了,那些都得过细地描写,一时哪里写得尽许多。总之,我崇拜你,我爱着你;我的心灵永远与你的融合在一起;你我互相鼓励,互相慰悦,高唱理想的歌儿,同行在生命的康庄大道上。

明天我要回家去了,本想去辞别,就当面向你陈诉这句。但是,——为了什么呢?我自己也说不清,——现在决意请托我这支笔了。给我个答复吧,本着你的最柔美最超妙的真心。虽然敢大胆地猜想,要是不得你亲口的证明,我这颗心总像悬挂在半空中放不下啊。我的通信址就在这张纸的末尾。

试用白话体写信,这还是第一次。虽不见好,算不得文学,却觉说来很爽利,无异当面向你说;这也是文学改良运动会成功的一个证明。你该不会笑我喜新趋时吧?

祝你身心愉快!

倪焕之

不是梦里么?这是那个性情真挚温和、风度又那样优秀挺拔的青年手写的信么?似乎太爽直太露骨了些,这中间多少含有侮慢的成分。但是这些话多么有味啊!一直看下去,仿佛听见他音乐一般的声音,而他的可爱的神姿也活跃地呈露在眼前。竟是他,向她说那一套话的竟是他;她这样想着,感到春困似地低下头来了。

"我们美丽聪明的金姊姊"一时愚笨起来了,简直不知道该从哪方面想起。她想把这封信交与哥哥,让他去处置;但立刻自己批驳了,那决不是个办法。她又想置之不理,只当作没看到这封信,因为这封信超出了平时谈话的范围;但是他明明写着"给我个答复吧",置之不理岂不伤他的心?那末答复他吧,她接着想。但是怎么样答复呢?责备他一顿么?不,虽然来信中多少含有侮慢的成分,可是还不到该受责备的程度,轻轻的一声"你怎么说出这些话来了!"或者一个并不难受的白眼,正是他应该享受的,然而哪里可以写上信笺呢?那末,完全允承他的请求么?啊,那多羞!现在想着也羞,何况用黑的墨汁写上白的纸。

一滴一滴眼泪从她的眼眶里滚出了,掉在手里的信笺上;湿痕化开来,占了三分之一以上的部分。墨色着了湿显得光润夺目,"我爱你"三个字似乎尤其灿烂,富有诱惑的魅力。

她渐渐呜咽起来,追念印象已很模糊的母亲,真是无限心酸。倘如母亲还在,不是无论什么难题都可以向她陈诉,同她商量么?"世间失了母亲的人最是孤苦可怜!"她想着这样的意思,感觉自己太凄凉了,骨碌地伏在桌子上,让一腔悲泪尽量往外流;她的肩背有韵律地波动着,两条乌亮的发辫,象征她的心绪似地纠结在一起了。

眼泪往往反而把纷扰的心洗平静了;一会儿之后,她觉得心里宁定得多,好像早上睡醒时那样。一个念头越来越清楚地浮上她的意识界,就是无论怎样,必须给他写封回信;写当然是亲手写,而且要立刻写,否则劳他久盼,过意不去。

为了搜求适当的措辞,她又把沾湿的信笺看了第三遍。头脑里像平日作文一样,勉强用一种压迫的内力,使意思渐渐凝结,成为一个明显的可以把捉的东西。"就这样吧。"她认为想停当了,带着一种非常奇妙的心情,开始写信给哥哥以外的一个男子。


焕之先生惠鉴:

　　接读大札,惶愧交并。贡献花朵云云,璋莫知所以为答。虽作此简,直同无言。先生盼望心殷,开缄定感怅然。第须知璋固女子,女子对于此类题目,殆鲜有能下笔者。谅之,谅之!在府侍奉萱堂,想多欢娱。教育之研讨,又增几何收获?农场中卉木,当怀念栽之培之之主人翁也。白话体为文确胜,宜于达情,无模糊笼统之弊。惟效颦弗肖,转形其丑,今故藏拙,犹用文言。先生得毋笑其笃旧而不知从善乎?

金佩璋敬复

她放下笔杆,感到像松解了几重束缚似的;又像做罢了一件艰难的工作,引起该到什么地方去舒散舒散的想头。于是想着南村的那个池塘,一丛灌木掩映在上面,繁枝垂到水里,构成一种幽深的趣致,此刻酷日还没有当头,如果到那边去游散一会儿,倒也有味,而且可以想……然而她并不站起来就走;又仔细地把自己的信审阅一过,仿佛有什么重要的意思遗漏了似的。但检查一阵之后,实在没有遗漏什么,而且一个字也不用修改了。她忽然下个决心,便把信笺折叠了封在信封里,免得再游移不决。

她懒懒地站起,意思仿佛是要亲手去交邮。但立即省悟封面还没写;两条发辫也得盘成了髻,才好出门。不觉就走近镜子前。从镜子里,她看见自己眉眼的部分染着红晕;眼瞳是新洗的一般,逗留着无限情波;头发略见蓬乱,惟其蓬乱,有格外的风致;她从来没有像这时刻一样,惊诧赞叹自己的美,几乎达到自我恋的程度。

## 十六

　　金小姐的一封复信,当然不能满焕之的意,非但不能满意,简直出于他意想之外。他以为可能的答复只有两种:其一是完全承受,料想起来,该有八九分的把握;不然就是明白拒绝,那也干脆得很,失恋以后会是颓唐或奋励,至此就可以证明。但是她现在表示的态度,非此又非彼,不接受也不拒绝,到底是怎么一回事呢?
　　"什么'璋固女子'!女子对于这件事,就得把情意隐藏起来么?合乎理想的女子是直率坦白,不论当着谁的面,都敢发抒自己的情意的。我以为她就是那样的女子;从她对于教育喜欢表示意见这一点着想,的确有点儿像。谁知她竟会说出'璋固女子'的话来!"
　　焕之这样想,就觉得大可以停止追求了。假如她明白拒绝,那倒在失望的悲哀中更会尝到留恋的深味。现在,她显然告诉他他的观察错了;幻灭所引起的,不只是灰暗的冷淡么?他想从此断念,在暑假里储蓄精力,待假期满了,比以前更努力地为学生服务。他又想结婚的事并不急急,自己年纪还很轻,没有理想的伴侣,迟一点结婚也好。他又想自己一时发昏,冒失地写了封信去,以致心上沾上个无聊的痕迹;如果再审慎一下,一定看得出她是会说"女子,女子"的,那末信也就不写了。
　　但是,这些只是一瞬间的淡漠与懊恼而已。记忆带着一副柔和的脸相,随即跑来叩他的心门。它亲切地说:她有黑宝石一样的眼瞳,她有匀称而柔美的躯体,她的浅笑使你神往,她的小步使你意远,你忘了么?她有志于教育,钻研很专,咨访很勤,为的是不愿意马虎地便去服务;那正是你的同志,在广大的教育界中很难遇见的,你忘了么?她同你曾作过好多次会见,在阊镇狂欢的星夜,在凉风徐引的傍晚,互谈心情学问以至于随意的诙谐;那些,你一想起便觉得温馨甜蜜,你忘了么?她曾用一句话振作你渐将倦怠的心情,你因而想,如得常在她旁边该多么好呢,你忘了么?你爱她,从第一次会见便发了芽,直到开出烂漫的花贡献与她,是费了几许栽培珍护的心的,你忘了么?你有好些未来生活的图景,其中的主人翁是你共她,你把那些图景描写得那么高妙,那么优美,几乎是超越人间的,你忘了么?……

于是他的心又怦怦地作恋爱的跃动了。"必须得到她!必须得到她!她的信里并没拒绝的意思,就此放手岂非傻?记忆所提示的一切,我何尝忘了一丝一毫?既然忘不了,就此断念的话也只是自欺。我为什么要自欺呢?"

这时他似乎另外睁开一双灵慧的眼睛,从"璋固女子"云云的背面看出了含蓄的意义。他相信那个话与她是否合乎理想的女子全没关系;是环境和时代限制着她,使她不得不那样说。她仿佛说:"承受你的爱情,固然非常愿意;但是,家里有兄嫂,镇上有许多亲戚世交,学校中有更多数的教师与同学,他们大多要鄙夷我,以为女孩子惟有这事情不该自家管。论情是无疑地答应,论势却决不能答应,我'莫知所以为答'了。要知道,我苦的是个女孩子啊!"从这里,他体味出她的文笔的妙趣,愤慨嘲讽而不显露,仔细辨认,却意在言外。刚才粗心乍读,看不到深处,便无谓地一阵懊恼,很觉得惭愧;而对她曾起一些不尊重的想头,更是疚心不已。

她的含蓄的意思既是这样,那末他该怎样着手呢?他喜爱地再把来信读一遍,发见了,原来信里已有所启示。她说女孩子自己对于这类题目少有能下笔的,反过来,不就是说要下笔须待别人么?别人是谁?当然是她哥哥咯。同时就想起蒋冰如,所谓"别人",他也该是一个。而母亲也得加入"别人"的行列,算是自己这方面的。

男女两个恋爱的事,让双方自由解决,丝毫不牵涉第三者,焕之平时以为那样是最合理的。现在,他自己开手做文章了,却要烦劳别人,牵涉到第三者,他觉得多少是乏味的事。把怎样爱她怎样想得到她的话告诉她,自然是真情的流露,生命的活跃。但是,把那样的话去告诉不相干的第三者,是多么肉麻,多么可耻的勾当啊!

然而辩解又来了。来信虽没承受的字样,实际上是承受了的。那简直就是双方自由解决,精神上已超越凡俗。还得去烦劳第三者,不过聊从凡俗而已;一点点形式上的迁就又算得什么事!

于是他到处都想妥贴了;只觉从来没有这样满意过,幸福过,开始把秘藏在心头的恋情告诉母亲,说:"金树伯,你是知道的,他有个妹妹,在女师范读书,今年年底毕业了。她性情很好,功课也不弱,我同她会见了好多回,谈得很投机;她也佩服我;如果同她结婚,我想是适当不过的。现在拟托校长蒋先生向他们去说,你看好不好?"

"是女学生呢。"母亲抬起始终悲愁的眼看着焕之;同时想到在街头看见的那些女学生,欢乐,跳荡,穿着异于寻常女子的衣裙,她们是女子中间的特别种类,不像是适宜留在家庭里操作一切家务的。

焕之领悟母亲的意思,便给她解释:"女学生里头浮而不实的固然有,但好的也不少。她们读了书,懂得的多,对于处事,对于治家,都有比寻常女子更精善更能干的地方。"

仿佛有一道金光在他眼前闪现,把这比较简单枯燥的家庭修饰得新鲜而美丽。他心头暗自向母亲说:"将来你在这样可爱的家庭里生活,始终悲愁的眉眼总该展开来笑一笑吧。你太辛苦了,暮年的幸福正是受而无愧的报酬。"

"女学生也能在家里做一切事么?"母亲着意去想象一个女学生在家庭里操作的情形,但终于模糊。本能似的切望儿子的心情催促她接着说:"论年纪,你本该结婚了;我家又这样地冷静。金家小姐果然好,自不妨托蒋先生去说说。不过金家有田有地,你看彼此相配么?老话说'门当户对',不当不对那就难。"母亲现在已经赞同焕之的意见,惟恐进行不成功了。

焕之听说颇有点愤愤,这是何等庸俗的见解!纯以恋爱为中心的婚姻,这些想头是一点儿也搀不进去的。只因对于母亲不好批驳,还是用解释的口气说:"那没有关系。结婚是两个人相配的事情,不是两家家产相比的事情。人果然相配,那就好。'门当户对'只是媒人惯说的可笑话,我是想都不想到这上边去的。"

"哪里是可笑话,实在不能不想到这上边去呀!女子嫁到男家,从此过活一辈子了;在娘家过什么样的日子,到了男家又过什么样的日子,她心里不能没有个比较。比较下来相差不多,那没有什么;如果差得很远,那末,在她是痛苦,在男家是牵累,两面都不好。你有这么一种脾气,尽往一边想,不相信相传下来的老经验。但要知道,婚姻不是买一件零星东西那样轻便的事情。"

焕之点头说:"妈妈说得不错,婚姻不是买一件零星东西那样轻便的事情。"一阵得意涌上心头,他站起来走到母亲跟前,语声里带着无限的欢快,说:"不过对于金小姐,我看得很仔细了;她一点没有富家小姐的习气,过什么样的日子,她是并不拘的。她的心思伸展到别的方面去了,她愿意尽力教育,同我一样地尽力教育。妈妈,我曾假想这件婚事能够成功,对于将来已经想得很多很多。那时候,我们家里将充满着生意、光明和欢乐!我们俩出去同做学校里的事,回来便陪着你谈话消遣,或者到花园去玩,或者上街市买点东西。妈妈,到那时候你才快活呢!"

他忍不住,终于把刚才默想的意思说了出来。

母亲看儿子情热到这样程度,说得过分一点就是痴;又听他说到未来的美满,触动了她对于过去的悲凉的记忆,心一酸便把眼泪挤了出来。她一手拭眼泪,勉强堆着笑脸说:"但愿能这样,但愿能这样。那末,你就去托蒋先生吧。"

金树伯送走了蒋冰如,回入内室,看妹妹不在这里,便向夫人说:"你知道冰如来说些什么?"

"你们在外边谈话,我哪里会知道?"

"他作媒来的。"树伯冷笑。

"唔,知道了,为妹妹作媒。是哪一家呢?"

"你猜不出来的,是倪焕之!"

树伯夫人现出恍然解悟的神情。她想那倪先生每一回到来,妹妹在家时,总要往客室里同他接谈;平时无意中说到倪先生,妹妹又往往不知不觉露出高兴的样子:原来他们两个爱着了。她怀着这意思并不向树伯说,独自享受那发见了秘密的快感,故意说:"那很好呀。"

"那很好呀!刚才冰如也说那很好。他说两个人志同道合,如果联结起来,并头共枕讨论教育上种种的问题,那才妙呢;闺房画眉那些古老的韵事,不值一笑了。他说由他看来是很好;焕之那边不成问题,只待听我们的意见。"

"那末你的意见呢?"

"我的意见是冰如在那里胡闹!他干的事,往往单凭自己想去,不问实际情形,譬如他办学校就是那样。焕之与我是老同学,他的性情,他的学识,我都知道,没有什么不好。不过他是一无所有的。这一层实际情形,冰如丝毫不曾想到,偏要来作媒!惟有作媒,万不能不问这一层。"

"预备回绝他么?"

"当然。女子也能自立,我根本就不相信。十几岁时什么都不懂,做梦一般嚷着自立自立,以为那样才好玩,有志气。只要一出嫁,有的尝到了甜味,有的吃到了苦头,便同样会明白实在自立不起来;尝到甜味的再想尝,吃着苦头的得永远吃下去,哪里还有自立的工夫!所以女子配人,最要紧的是看那人的家计。——关于这些,你比我懂得多呢。——如果我把妹妹许给焕之,我对不起妹妹。"

"没有对蒋先生说起这些话吧?"

"没有,我又不傻,"树伯狡狯地看了夫人一眼,又说,"我只说待我考虑一下,缓日回复;并且也要同妹妹自己商量。"

"不错,该同妹妹自己商量。"

"何用商量,根本就不成问题。你太老实了,我只是随便说说的。"

树伯夫人对于这件事情渐渐发生兴趣,觉得小姑的确到了出嫁的年龄了;便亲切地劝告丈夫说:"我想不商量是不好的。我们处在哥嫂的地位,并非爷娘;或许这确是好姻缘,若由我们作主回绝了,她将来要抱怨的。同她商量之后,就是回绝也是她自己的意思。"

树伯想这话也不错;对于妹妹负太多的责任确有可虑之处,应该让她自己也负一点。但是这中间有不妥的地方,他问:"如果她倒同意了,那怎么办呢?"

"哈哈,你这话问得太聪明了!"树伯夫人笑了,头上戴着的茉莉花球轻轻地抖动。她抿一抿嘴唇,忍住了笑,继续说:"如果她同意,那末婚姻就成功了。"

"成功了她要吃苦。"

"依我说,不能一概而论。家计不好,人好,大部分也不至于吃苦。反过来,家计很好,人不好,那倒难说了;我们镇上不是有好些个含怨衔悲的少奶奶么?"

"你倒像是个贤明的丈母!"

树伯夫人不顾树伯的嘲讽,承接自己的语气说:"那倪先生,我看见过,人品是不错的。听你们说,他是个有志气的教员。万一妹妹许配给他,我想他未必肯让妹妹吃苦吧。"

树伯夫人这时有一种预感,相信妹妹一定会表示同意,而语调竟偏到玉成那方面去,连她自己也莫明所以然。她朦胧地觉得,这件婚事如果成功,在她有一种隐秘的愉快。

"你料想是这样么?"树伯这话是表示不再坚持自己的意见了。

"虽不能说一定,大概是准的。并且,有一层你要留意,给妹妹说媒的事,这还是第一次呢,她的年纪可已是做新娘的年纪了。"

"既然这样,你去问问她吧。这事情,你去问比较方便。"树伯这样说,心里想如果成功,大概明年春间就要办喜事了。

这夜间,金小姐吃罢晚饭上了楼,不再下来在庭中乘凉。树伯夫妇两个各靠在一张藤榻上,肩并着肩;花台里玉簪花的香气一阵阵拂过他们的鼻管;天空布满闪烁的星星。

"你把那件事忘了么?"树伯夫人低声说;身子斜倚在藤榻的靠臂上,为的是更贴近树伯一点。

"没有忘呀。你已经问了她么?"浓烈的茉莉花香和着头发油的香味直往他脑子里钻,引起他一种甜美的感觉,故而语声颇为柔媚。

"当然问了。你知道是怎么样一出戏?"

"她说不要?"

"不。"

"难道她说要的?"

"也不。"树伯夫人像娇憨的女郎一样,用一种轻松软和的声调回答,同时徐徐摇着头。

"那末……"

"她不开口,始终不开口。我说是蒋先生来说起的。倪先生的人品,她早看见;而且是熟识,性情志向等等至少比我们明白得多。现在谈婚事,也是时候了。迟早总得谈,没有什么不好意思。至于哥哥,是全凭她的主意的。如果不满意,简直就回绝;满意呢,不妨答应一声。"

"她怎么样?"

"她不开口呀。头低到胸脯前,额角都涨红了。女孩子的脾气我都知道,匆促间要她说是不成的。于是我再问:'大概不满意吧?'她还是不响。停了一会儿,我又换过来问:'那末是满意的吧?'你知道下文怎么样?"树伯夫人拍拍树伯的肩。

"怎么样?"

"她的头微微地点了一点;虽只微微地,我看得十二分清楚。"

"她会满意的?"树伯不相信地说,不再是低语的声气了。

"我又补足一句,'那末就这样去回复蒋先生了'。她又微微地点一点头,说是点头还不如说有点头的意思。"

"完全出于我的意外。"

"却入于我的意中,她爱着姓倪的呢。"树伯夫人冷峻的笑声飘散在夜凉的空气里。

## 十七

　　随后的半个年头,倪焕之和金小姐都幸福地沉浸在恋人的有玫瑰一般色与香的朝着未来佳境含笑的生活里。一个还是当他的教师,一个开始从事教育工作的练习;正像在春光明媚的时节,心神畅适,仰首昂胸,举步走上美丽康庄的大道。他们同样感到身体里充满着蓬勃的生气,人生是个太值得发挥的题目。

　　焕之学校里的一切依照上半年的计划进行。他不再觉得有倦怠与玩忽的病菌在学生中间滋生着;他自己当然根本不曾有。对于学生的并不异于上半年的表现,他作如下的解释:上半年仿佛觉得撞见了黑影,那因为期望超越了可能的限度;叫他们搞农艺,却要他们像一个终岁勤劳的农民,叫他们演戏,却要他们像一个神乎其技的明星,自然只有失望了。然而初意何尝是那样?只不过要他们经验人间世的种种方面,使他们凭自己的心思力气同它们发生交涉,从中获得一些根本的立身处世的能力罢了。既是这样,重要之点就是在逐渐积累而不在立见佳绩。只要不间歇地积累,结果当然可观。换一句话说,受到这种革新教育的学生毕业的时候,一定显出不同寻常的色彩,足以证明改革的意见并不是空想,努力并不是徒劳。这样想时,焕之觉得对于职务上毫无遗憾,自己的本分只是继续努力。更可喜的是蒋冰如永远勇往直前,什么黑影之类他根本就没有撞见;因为添办工场很顺手,不像上半年农场的事情那样发生麻烦，他的丰满的脸上更涂上一层焕然的光彩。他那一层光彩又使焕之增加了不少兴奋和信念。

金小姐是初次接触儿童；由于她成绩好，被派去试教最难教的低年级。一些术语，一些方法，一些原理，时刻在她脑子里打转；这并不使她烦乱，却使她像深具素养的艺术家一样，能用欣赏的体会的态度来对待儿童。附属小学收费比普通小学贵些，这无异一种甄别，结果是衣衫过分褴褛冠履甚至不周全的孩子就很少了。金小姐看着白里泛红的那些小脸蛋，说话说不大清楚的那种娇憨模样，只觉得所有赞颂儿童的话全不是说谎；儿童真是人类的鲜花！她教他们唱歌，编造简单而有趣的故事讲给他们听；她做这些事绝不随便，都运用无可加胜的心思写成精密的教案，先送与级任教师看过，得到了完全的赞许，还不放心，又斟酌再三，然后拿来实施。正课以外，她总是牵着几个尤其心爱的儿童在校园里运动场里游散；坐下来时，儿童便爬上她的肩头，弄她的头发。她的同学看见这种情形，玩戏地向她说："我们的金姐姐天生是一位好母亲。"她的回答当然是羞涩的轻轻的一声啐，但心里不免浮起一点儿骄傲；"但愿永远做这样一位好母亲，教育这班可爱的孩子！"同时对于当初坚持要升学，要靠事业自立，以为毕竟她自己强，抓得住终身成败的紧要关键。

两个人各自尽力于事业，都不感觉什么疲劳；即使有点儿疲劳的话，还有十倍于疲劳的慰藉在，那就是每三天一往还的通信。女师范的舍监太太看见封面上写着"倪缄"的信，明知大半是情书，但有"倪缄"两字等于消过了毒，不用再拆看；便在一些女同学含有妒忌意味的眼光下，把信交给金小姐。焕之这一边，自从上半年李毅公走后，他一直独住一间屋子；这非常适宜于静心息虑，靠着纸笔对意中人倾吐衷曲。寄递委托航船，因为多给些酒钱，船夫肯一到就送，比邮递来得快。逢到刮风的日子，如果风向与去信或来信刚刚相反，就有一方面要耐着刺促不宁的心情等待。他们俩把这个称为"磨碎人心的功课"；但是如果交邮寄，一样要磨碎他们的心。

他们的信里什么都要写。一对男女从互相吸引到终于恋着,中间总不免说些应有的近于痴迷又像有点儿肉麻的缠绵话,他们却缺漏了那一段;现在的通信正好补足缺漏,所以那一类的话占了来往信札大部分的篇幅。婚约已经定下了,但彼此还是不惮烦地证明自己的爱情怎样地专和诚,惟有对手是自己不能有二的神圣,最合理想的佳偶。其次是互诉关于教育实施的一切,充满了讨论和勖勉的语调;农场里的木芙蓉开了,共引为悦目赏心的乐事;一个最年幼的儿童回答了一句聪明的话,两人都认作无可比拟的欢愉。又其次是谈到将来。啊,将来!真是一件叫人又喜爱又不耐烦的宝贝;它所包含的是多么甜美丰富,足以陶醉的一个境界,但是它的步子又多么迟缓,好像墙头的蜗牛,似乎是始终不移动的。这个意思,焕之的信里透露得尤其多。焕之确信文学改良运动有重大的意义,所写的当然仍旧是白话:

> 我想到我们两个同在一处不再分离的时候,我的灵魂儿飞升天空,向大地骄傲地微笑了。因为到那时候最大的幸福将属于我们,最高的欢愉将充塞我们的怀抱。佩璋君,你也这样想吧?我从我自己又从你的爱情推测,知道你一定也这样想。
>
> 这个时候并不远,就在明年春上。但是,它的诱引力太大了,使我只觉距离它很远,要接近它还有苦行修士一样的一段艰困的期间。假若有一回沉酣的睡眠,或者做一个悠长的梦,把艰困的期间填补了,醒转来便面对着那幸福的欢愉的时候,那多么好!每天朝晨醒来,我总这样自问:"那幸福的欢愉的时候到来了吧?"及知还没有到来,不免怅然。请你不要笑我痴愚,你应该明白我的心!
>
> 三天一往还的通信,当然不是不值得满意的事情。然而写得出来的是有形的文字,写不出来的是无形的心情。两个人同在一处的时候,往往不需用一句话一个动作,就会感到占有了全世界似的满足;但是,如其分离两地,要用文字来弥补缺陷,那就写上

千百言未必有一半的功效。我虽然不怕写信,每一封信总是累累赘赘写上一大篇,我却盼望立刻停止这工作。我们哪得立刻停止这工作呢?

其实,说"我们两个"是不合理的。我们是一个!这半个与那半个中间,有比较向心力更强的一种粘合力在那里作用着。这可以解释我们俩所以有此时的心情的因由……

写到"粘合力",他想得很渺远,很幽秘,他想起一些不可捉摸的近乎荒唐的美艳的景象。突然警觉似地他重看信面,检查有没有什么不妥当的语句,会使对方看了脸红的。没有,一点也没有,仅仅有"粘合力"三个字。这样不伤大雅而又含有象征意义的词儿正合于一个青年恋人寄兴的需要,他就常常用它。

金小姐写信还是用文言。她说白话不容易写;颇有点儿相信时下流行的"写得好文言的人才能写好白话"之说,虽然焕之在通信中曾批驳此说,她还是相信。她同样地盼望同在一处的时候快快到来;但说得比较隐晦,不像焕之那样惟恐其不明显,不详尽。对于焕之的期待得几乎焦躁烦忧,她多方给他安慰,因而她自己倒像并不急急的样子。譬如在一封信里她有如下的话:

……合并以后,昕夕相亲,灵心永通,无烦毫素:此固至乐,逾于今之三日一书,繁言犹嫌弗尽者也。伫盼之情,与君俱深。惟念时节迁流,疾于转毂;自今以迄来春,亦仅四度月圆耳。非甚遥远,可以慰心。黄花过后,素霜继至,严冬御世,雪缀山河;曾不一瞬,而芳春又笑颜迎人矣。焕之君,时光不欺人,幸毋多虑,致损怀抱也……

她在"芳春"二字旁边加上两个圈儿,什么意思当然要待焕之去想。

焕之从这两个圈儿,仿佛看见并头情话的双影,又仿佛看见同调搏动的双心,因而更渴望合并之期快快到来;在职务方面,虽然不见懈怠,却也不像先前那样寄与太多的心思了。

　　他们又在通信中描绘合并以后的生活,如何从事事业,如何自己进修,都有讲到,而如何起居,如何娱乐,以至如何处理家庭琐事,也不惮此问彼答,逐一讨论。焕之愿意有个整洁光明活泼安适的家庭;把寻常所谓家务简缩到最低限度,却不是随便将就,而是用最适当的处理方法使它事半而功倍;余下的功夫就用来阅读书报,接待朋友,搞一些轻松有味的玩艺,或者到空旷清幽有竹树川流的地方去散步。对于这些意思,金小姐自然赞同;她还加上些具体的规划,如接待朋友应该备一种小茶几,以便随意陈设茶点,不拘形式,出外散步应该带一种画家野外写生用的帆布凳,逢到风景佳胜的地点,便可以坐下来仔细领略之类。每一种规划就像一个神仙故事,他们两个在想象的尝味中得到不少的甜蜜。还有些现在还不便提起的韵事和佳趣,便各自在心头秘密地咀嚼;两个心里同样激动地想:"如果能得互相印证啊!如果能得互相印证啊!"

　　蜗牛似的时光居然也到寒冬了。距离结婚的时期已近,一些悠闲的问题都搁置了下来,因为眼前摆着好几个实际的问题。第一,住家在城里还是在镇上呢?这问题不久便解决了。蒋冰如已决定请金小姐在校里当级任教师;虽然尚无先例,冰如却有充分的理由,认定高小男学生让女教师教是非常适宜的事。那当然住家在镇上了。刚巧距冰如家不远有内屋四间出租;前庭很宽畅,有才高过屋檐的两棵木樨树;租价也不贵,只三块钱。焕之便租了下来;待寒假中把母亲迎来,就开始布置新家庭;那时候金小姐也毕业回来了,设计的主干当然是她。

　　关于第二个问题,就是结婚仪式的繁简,他们两个的意见却有点儿分歧。焕之以为结婚只是两个人的事,只要双方纯洁地恋爱着,结合在一起就是合乎道德的。至于向亲戚朋友宣告,在亲戚朋友的监证之下结合,却是无关紧要的,不必需的。那些都是野蛮时代婚仪的遗型,越做得周备,越把恋爱结婚庸俗化了。但是他也不主张绝对没有仪式。他说亲戚朋友祝贺的好意是不可辜负的。不妨由新结婚的一对作东道开个茶话会,让大家看见那样美满、那样爱好的两个人像并头莲似地出现在面前;这样办最为斟酌得当,富有意义。可是金小姐不赞同茶话会式的婚仪。她并不讥议这样办太省俭,也不说这样办恐怕人家要笑,却说:

……我两人情意投合,结为婚姻,与野蛮时代之掠夺买卖者不同,固无取于其遗型之婚仪。惟茶话会同于寻常消遣,似欠郑重之意。我人初不欲告于神明,誓于亲友;第一念经此结合,两心永固,终身以之;为互证及自勖计,自宜取一比较庄重之仪式,以严饰此开始也……

焕之看了这几句不免有点儿不满;互证在于心情,在于行为,自勖也是内面的事,仪式即使庄重到了极点,与这些又有什么关系?女性总是爱文饰,图表面的堂皇;在争持婚仪这一点上,金小姐也有她同性通有的弱点。但是这点儿不满不过像太空的一朵浮云而已,转瞬之间便被"热情"的风吹得一丝不存。"为了她,什么都可以依从;这不是什么献媚,实在是良心上有这样的趋势。结婚的仪式到底是微末的事,不要它固然好,随便要了它而当作没有这回事又何尝不好?何况金小姐所说的自有她的理由;并且她也明说无取于野蛮时代婚仪的遗型,这是很可以满意的。"接着树伯和冰如也表示他们的意见,说茶话会虽然新鲜,有意思,终究似乎不大好;现时通行的所谓文明结婚的仪式,新夫妇相对三鞠躬,证婚人、介绍人、家属各有他们的地位,奏乐用风琴,这很简朴而不失为庄重,很可以采用。对于这意见,金小姐认为可行,焕之也就表示同意,于是决定用"文明结婚"的仪式。

寒假以后,焕之雇船迎接母亲,所有的家具用两条没篷船载着,跟在后面。没有一点儿风,吴淞江面蓝水晶似地耀着轻暖的阳光;村里的农人出来捞水泥,赶市集,小小的船儿像鸥鸟一般几乎不可数计。焕之眺望两岸,心神很愉快。他想到去年在寒夜里冒着猛风,初次到校的情景。那时满怀着希望,像探险者望见了新土地一样;江景虽然暗淡,绝不引起怅惘的情思。现在是更不同了;事业像个样儿,是已经看见的事实;并且就在眼前,要跌入幸福无边的结婚生活里;眼前这明耀的恬波,安舒的载渡,不就暗示未来生命的姿态么?他激动地望着母亲的脸,见她依然是发愁的样子,前额颧颊的部分刻着好些可怜的皱纹;一缕酸楚直透心胸,像孩子一样依恋地含悲地叫道:"妈妈!"以下再说不出什么了。

"唔?"难得开口的母亲只接应了这样一个字;她不了解焕之叫她的意思;她也不了解现在在前途等着她的是怎样一个境界,虽然凝着心思想,总想不出个轮廓来。

金小姐回来了。她和焕之用羽翼新长成的鸟儿在绿荫中衔枝构巢的心情布置新家庭。喜爱的笑颜像长好的花儿,在四间屋子里到处开遍。卧室的用具是金小姐购办的;这并不像俗例一样男家送财礼,女家办嫁妆,不过是买来与焕之旧有的凑合在一起,成为一份陈设,正像两个人结合在一起,成为一对夫妻一样。她安置这些东西都经过十分妥贴的考虑;满意了,无可更动了,然后盈盈一笑,再去安排第二样。

举行婚仪的一天,天气十分晴朗。欢欣的雀儿在竹树间田野间飞跃鸣叫。有八九个男女宾客先一天从城里到来;在本镇的同事以及熟识的人在早茶散后齐来道贺;学生也有一二十个,中间八个是唱歌队,准备唱"结婚歌"的。照例的寒暄,颂扬,探询,艳羡,充满了三面都红的一个厅堂;接着便是谦逊而实际并不肯退让的喝酒,吃菜;几条黄狗在宾客的腿间窜来窜去,常常劳那些腿的主人公停了筷子弯了腰来驱逐它们。

呼!呼!呼!三声炮响,焕之突然感觉身体轻起来;不但轻,又像渐渐化开来,有如一朵出岫的云。他看四围的人宛如坐在上海电车里所见两旁的人一样,面目只是一团一团白里带黄的痕迹,被什么东西激荡着似地往后面流去。他一毫思想也没有,脑子里空洞洞的;只一颗心脏孤独的亢奋地跳动着。

炮声是表示迎接金小姐的轿子到了。距离并不远,——就是从东栅到西栅又有几里路呢?——然而要用轿子,这也是庄重的意思。两个女高小的学生穿着同式的蜜色花缎灰鼠袄,从轿子里扶出金小姐,掌声骤然像急雨一般响起来;同时无数眼光一齐集注在她的粉红披纱上,好像兜在里面的不是寒暑假期里常在街上经过的那个女郎,而是一个含有神秘性的登场的主角。

证婚人是赵举人,树伯请来的,树伯说论齿论德,都只有他配。照例证婚人要演说几句,那是从基督教婚仪中牧师致训辞脱胎而来的;可是赵举人不喜欢演说,以为那是当众叫嚣,非常粗俗可厌,便读一篇预先撰就的祝辞来代替(他的笔,越到老似乎越健了)。他还没忘掉朗诵八股文的铿锵的调子,眯齐着老花眼,摇摆着脑袋,曼长地低昂地诵读着,一堂的扰扰让他镇压住了;大家凝着好奇的笑脸静听,可是听不出他在祝颂些什么。

赵举人的祝辞摇曳再三,终于停止了。忍住了一会的笑声便历历落落从大家的喉际跳出来,仿佛戏院里刚演完一幕喜剧的时候一样。接着八个学生组成的唱歌队开始唱"结婚歌";是学校里唱熟的调子,所以歌辞虽是新上口,唱来却很熟练。风琴声像沉沦在很深很低的地方;偶然有一两个高音不甘沉沦,冒出来突进人们的耳管,但立刻又消失在纷纷的笑语声里。

"新郎新妇行结婚礼!"司仪员像庄严又像玩戏似地高声唱。

焕之是经过傧相的推动,还是由于自己下意识的支配,他简直搞不清楚;总之事实是这样,他本来面朝着里,现在却朝西了。他初次看见面前红艳艳的一堆,像云雾,像幻象,像开得十分烂漫的夹竹桃;这就是他的新妇!这就是他的金佩璋!一个,两个,三个,他鞠躬,他像面对神明一样虔敬地鞠躬;他不想鞠躬只是一种仪式,从运动身体一部分这一点上着想,鞠躬与所谓野蛮仪式的跪拜原是一般无二的。

在鞠第三个躬的当儿,他看见新娘鞠躬比他还要深,身体弯成九十度的角度。回复原状时,在粉红披纱里面耀着两颗明亮的星,渐渐扩大,渐渐扩大,他仿佛完全被摄了进去。——啊,神秘的灵妙的黑眼瞳!

蒋冰如以介绍人的资格演说,不脱教育家的身份。他说:"……闺房之乐,从前艳称画眉。其实那有点儿腻,我想没有多大意味。吟诗填词,那是所谓唱酬,也算很了不起。然而只是贤于博弈的游戏,仿佛表示夫妻两个真是闲得发慌了。现在他们,焕之先生和佩璋小姐,同样干教育的事,而且同在一个学校。朝晨醒来,一个说'我想起了一个新规划,可使学生获益更多'。一个说'我的功课预备这样教,你看有没有应该修正的地方'。这些话本该在预备室里会议席上说的;他们却有这份福气,在甜蜜的床上,并着头,贴着脸来说,这是他们可以对人骄傲的闺房之乐!……"

在热烈的掌声中,新郎新妇的头几乎垂到了胸前。

焕之的母亲居然现出笑容,这是乡下人见了不了解的事物时所表现的一种笑容。她把眼睛擦了又擦,惟恐有些微的障翳,累她看不清那与儿子并立的女学生的新媳妇。她看清了什么呢?披散的红纱,红白的朱粉,上衣当胸绣着的一枝牡丹,不见一个裥的奇怪的裙子,以及前头点地后跟用什么东西顶得很高的可笑的鞋。她又看清,由这些东西包裹着装饰着的那新媳妇,还是个不能了解的东西,虽然自家已经答应了她亲亲昵昵的"妈妈"的称呼。

新郎新妇同样盼望迟点儿来到的初夜终于来到了。本镇的宾客都已回家,从城里来的男客暂借学校里的宿舍安歇,女客就住在老太太屋里。新房里只剩下新结婚的一对。

累日累月地切盼着结合,同在一起布置新居还是前天的事,却盼望初夜迟点儿来到,真是矛盾的心情!他们两个都觉得从前的一切已告一段落,今后将另辟境界,而性质也大异。假如从前是诗的,梦幻的,那末今后将是散文的,现实的。无可避免的但并不谙习的开幕式越来越迫近,他们越感到羞怯,迷惘。惟其早就熟识了的,在焕然一新的卧房里,在两人相对的形势下,要超越往常而有所表现,比较本不相识的两个尤其难,而且窘。万一表现不得当,会把对方已有的好印象给抹去了;这是很需要担心的。

"今天累了?"焕之在衣橱旁坐下,嗫嚅地说,好像接待一个生客;他的头脑发胀,满脸泛着鲜润的红色。

"也不见得。"金小姐像一个典型的新娘,答得很轻,垂着头。她坐在梳妆桌前,两盏明亮的煤油灯把她的美艳的侧影映在那桌子的椭圆镜里。

焕之一双眼睛溜过去,玩味她圆满的前额和玉矸一般的鼻子,光亮的睫毛护着半开的眼,上下唇娇柔地吻合着。占有了宝物似的快意浮上他心头,使他的胆壮了好些;他振一振精神说:"我们现在在一起了!"

金小姐的回答是双瞳含着千百句爱语似地向他凝睇。

这凝睇给与焕之一股力量,他霍地站起,任情地笑着说:"作难我们的时光有什么用?我们终于逢到了今天!"他说着,来到金小姐旁边;一阵浓郁的香味(香水香,粉香,混和着发香、肤香)袭进鼻管,替他把心的欢乐之门开了。

"我们终于逢到了今天!"金小姐追认梦境似地环看周围,然后仰起头来看定焕之的脸;语调像最温柔的母亲唱最温柔的眠歌。

这正是一个最合适的姿势与机会,焕之的右臂便自由行动,环抱着金小姐的脖子。

金小姐对于这侵袭,始而本能地退缩。但立即想到现在是无须退缩了,便把腮帮紧贴焕之的胸,着力地磨擦;她仿佛重又得到失去了的亲爱的母亲了。

一切都消失了,他们两个融化在初燃的欢爱里……

## 十八

蜜月中,合于蒋冰如所说的"他们可以对人骄傲的闺房之乐"确实有,那就是共同商量自编国文教本给学生读的事。

事情还是去年提起的,可没有实行。焕之与冰如意见一致,以为教本虽只是工具,但有如食料,劣等的食料决不够营养一个希望达到十分强健的身体。而现在通用的教本都由大书店供给;大书店最关心的是自家的营业,余下来的注意力才轮到什么文化和教育,所以谁对他们的出品求全责备谁就是傻。他们有他们的推销商品的方法。他们有的是钱,商品得到官厅的赞许当然不算一回事。推销员成群地向各处出发,丰盛的筵席宴飨生涯寒俭的教师们,样本和说明书慷慨地分送;酒半致辞,十分谦恭却又十分夸耀,务求说明他们竭尽了人间的经验与学问,编成那些教本,无非为了文化和教育! 还能不满意么? 而且那样殷勤的意思也不容辜负,于是大批的交易就来了。还想出种种奖励的办法,其实是变相的回佣;而教师们也乐得经理他们的商品。问到内容,要是你认定那只是商品,就不至于十分不满。雪景的课文要叫南方的学生研摩,乡村的教室里却大讲其电话和电车,是因为教本须五万十万地印,不便给各地的学生专印这么几十本几百本之故。至于精神生活方面,隐遁鸣高与生存竞争,封建观念与民治思想,混和在同一本书里,那可以拿做菜来打比方,各人的口味不同,就得甜酸苦辣都给预备着。——总之一概有辩解，从营业的观点出发，无论如何没有错！但是，观点如果移到教育方面，就发生严重的问题：那些商品是不是学生适宜的食料呢？有心的教师们常常遇到一种不快意的经验：为了迁就教本，勉强把不愿意教给学生的教给了学生，因而感到欺骗了学生似的苦闷。为什么不自己编撰呢？最懂得学生的莫过于教师，学生需要什么，惟有教师说得清；教师编撰的教本，总比较适合于学生智慧的营养，至少不会有那种商品的气息。焕之和冰如这样想时，就决意自己试行编撰。因为国文一科没有固定的内容，可是它所包含的比算术、理科、历史、地理之类有一定范围的科目来得繁复，关系教育非浅，书店的商品最没有把握的也就是国文教本，所以他们想先从试编国文教本做起。

"对于国文一科，学生所要求的技术上的效果，是能够明白通畅地表达自己的情意。所以，适宜给他们作模范文的基本条件，就是表情达意必须明白通畅。其他什么高古咯，奇肆咯，在文艺鉴赏上或者算是好，但是与学生全不相干，我们一概不取。"焕之这么说，感到往常讨论教育事宜时所没有的一种快适与兴奋。当窗的桌子上，雨过天青的瓷盆里，供着盈盈的水仙花。晴光明耀，一个新生的蜂儿嗡嗡地绕着花朵试飞。这就觉得春意很浓厚了。

"我们应该先收集许多文篇，从其中挑出合于你所说的条件的，算是初选。然后从内容方面审择，把比较不合适的淘汰掉，我们的新教本就成功了。"金佩璋右手的食指轻轻点在右颊上，眼睛美妙地凝视着水仙花，清澈的声音显示出她思考的专注。她的皮肤透出新嫁娘常有的一种红艳润泽的光彩，她比以前更美丽了。

"什么是比较不合适的，我们也得规定一下。凡是不犯我们所规定的，就是可以入选的文章。"焕之想了一想，继续说，"近于哲理，实际上不可捉摸的那些说明文章，像《孟子》里论心性的几篇，一定不是与高小学生相宜的东西。"

佩璋作鸟儿欣然回顾似的姿势，表示一个思想在她脑子里涌现了，她说:"像《桃花源记》,我看也不是合适的东西。如果学生受了它的影响,全都悠然'不知有汉'起来,还肯留心现在是二十世纪的哪一年么?虽然里边讲到男女从事种作,并不颓唐,但精神终究是出世的;教育同出世精神根本不相容!"

焕之神往于佩璋的爱娇地翕张着的嘴唇,想象这里面蕴蓄着无量的可贵的思想,便兴起让自己的嘴唇与它密接的欲望。但是他不让欲望就得到满足,他击掌一下说:"你说得不错!教育同出世精神根本不相容。同样写理想境界,如果说探海得荒地,就在那里耕作渔猎,与自然斗争,这就是入世思想,适宜给少年们阅读了。现在的教师想得到这些的真少见。我只看见捧着苏东坡《赤壁赋》的,'逝者如斯,而未尝往也,盈虚者如彼,而卒莫消长也',摇头摆脑地读着,非常得意,以为让学生尝味了千古妙文呢!"

他所说的是徐佑甫;《赤壁赋》是教本里印着的。

"我们这样随口说着,等会儿会忘记。我来把它记下来吧。"佩璋稍微卷起苹果绿绉纱皮袄的袖子,揭开砚台盖,从霁红水盂里取了一滴水,便磨起墨来。放下墨,执着笔轻轻在砚台上蘸,一手从抽斗里抽出一张信笺,像娇憨的小女孩一样笑盈盈地说:"什么?一不取不可捉摸的哲理文章。"

"我又想起来了,"焕之走过来按住佩璋执笔的手,"我们的教本里应该选白话文。白话是便利适当的工具,该让我们的学生使用它。"

"当然可以。不过是破天荒呢。"佩璋被按住的手放下笔,翻转来捏住焕之的手。温暖的爱意就从这个接触在两人体内交流。

"我们不像那些随俗的人,我们常常要做破天荒的事!"这样说罢,焕之的嘴唇便热烈地密贴地印合在佩璋的嘴唇上。整个身心的陶醉使四只眼睛都闭上了;两个灵魂共同逍遥于不可言说的美妙境界里。

他们是这样地把教育的研讨与恋爱的嬉戏融和在一块儿的。

但是命运之神好像对他们偏爱,又好像跟他们开玩笑:结婚两个月之后,佩璋就有取得母亲资格的朕兆了。

周身的困疲消损了她红润的容颜;间歇的呕吐削减了她平时的食量。心绪变得恍忽不定,很有所忧虑,但自己也不知道忧虑些什么。关于学生的事,功课的事,都懒于问询,虽然还是每天到学校。她最好能躲在一个安静的窝里,不想也不动,那样或者可以舒适一点。

"如果我们猜度得不错,我先问你,你希望不希望——你喜欢不喜欢有这回事?"佩璋带着苦笑问,因为一阵恶心刚像潮头一般涌过。

"这个……"焕之踌躇地搔着头皮。结婚以前,当他想象未来生活的幸福时,对于玉雪可念的孩子的憧憬,也是其中名贵的一幕。那当然没想到实现这憧憬,当母亲的生理上与心理上要受怎样的影响,以及因为有孩子从中障碍,男女两个的欢爱功课上要受怎样的损失。现在,佩璋似病态非病态,总之,不很可爱的一种现象已经看见了;而想到将来,啊!不堪设想,或许握一握手也要候两回三回才有机会呢。他从实感上知道从前所憧憬的并不是怎样美妙的境界。

"这个什么?你喜欢不喜欢?我在问你,说啊!"佩璋的神态很严肃,眼睛看定焕之,露出惨然的光。

"我不大喜欢!一来你太吃苦;二来我们中间有个间隔,我不愿;三来呢,你有志于教育事业,这样一来,至少要抽身三四年。就是退一步,这些都不说,事情也未免来得太早了一点儿!"焕之像忏悔罪过似地供诉他的心。

焕之说的几层意思有一毫不真切的地方么?绝对没有。佩璋于是哭泣了,让焕之第一次认识她的眼泪。她仿佛掉在一个无援的陷阱里,往后的命运就只有灭亡。她非常愤恨,恨那捉弄人的自然势力!如果它真已把什么东西埋藏在她身体里了,她愿意毁掉那东西,只要有方法。惟有这样,才能从陷阱里救出自己来。

但是母爱一会儿就开始抬起头来,对于已经埋藏在她身体里的那东西,有一种特殊的亲密之感。希望的光彩显现在泪痕狼藉的脸上,她温柔地说:"但是,事情既已来了,我们应该喜欢。我希望你喜欢!这是我们俩恋爱的凭证,身心融和的具体表现,我不能说不大喜欢。"她这样说,感到一种为崇高的理想而牺牲的愉悦;虽然掉在陷阱里是十分之七八确定的了,可是自己甘愿掉下去,从陷阱里又能培养出一个新的生命来,到底与被拘押的囚徒不同:这依然是自由意志的表现,而囚徒所有的,只是牲畜一样的生活而已。

焕之听了佩璋这个话,便消释了对于新望见的命运的怅惘。她说的是何等深入的话啊!那末,两人中间会有个间隔的猜想是不成立了。看她对于自身的痛苦和事业的停顿一句也不提,好像满不在乎似的,她惟求获得那个"凭证",成就那个"表现",而且,她感动得毫不吝惜她的眼泪了;那末,除了爱护她,歌颂她奔赴成功的前途,还有什么可说呢?他确实感觉在这个问题上,他不配有批评的意见。

他带着羞惭的意思说:"确然应该喜欢!我刚才说错了。希望你把它忘了,我的脑子里也再不留存它的影子。"

接着是个温存的接吻,代替了求恕的语句。

从此以后,他们又增添了新的功课。那尚未出世的小生命渐渐地在他们意想中构成固定的形象,引起他们无微不至的爱情。给他穿的须是十分温软的质料,裁剪又要讲究,不妨碍他身体的发育;给他吃的须是纯粹有益的食品,于是牛乳的成分,人乳的成分,以及鸡蛋和麦精等等的成分,都在书本里检查遍了;给他安顿的须是特别适宜于他的心灵和身体的所在,摇篮该是什么样子,光线该从哪方面采取,诸如此类,不惮一个又一个地画着图样。这些,他们都用待尝美味的心情来计虑着,研究着。当他们发现自己在做这样庄严而又似乎可笑的功课时,便心心相印地互视而笑。

他们又有个未来的美梦了。

然而佩璋的身体却不见好起来;呕吐虽然停止了,仍旧是浑身困疲,常常想躺躺,学校的事务竟没有力量再管。于是焕之就兼代了她所担任的一切。

焕之第一次独自到学校的那个朝晨,在他是个悲凉的纪念。他真切地感到美满的结婚生活有所变更了;虽然不一定变更得坏些,而追念不可捉住的过去,这就悲凉。每天是并肩往还的,现在为什么单剩一个呢! 农场里,运动场里,时时见面,像家庭闲话一样谈着校里的一切,现在哪里还有这快乐呢! 他仿佛被遗弃的孤客,在同事和学生之间,只感到难堪的心的寂寞。

不幸这仅是开端而已;悲凉对于他将是个经常来访的熟客,直使他忘了欢乐的面貌是怎样的!

大概是生理影响心理吧,佩璋的好尚,气度,性情,思想等等也正在那里变更,朝着与从前相反的方向!

她留在家里,不再关心学校的事:焕之回来跟她谈自编的教本试用得怎么样了,工场里新添了什么金工器械了,她都不感兴味,好像听了无聊的故事。她的兴味却在一件新缝的小衣服,或者一双睡莲花瓣儿那么大小的软底鞋。她显示这些东西往往像小孩显示他们的玩具一样,开场是"有样好东西,我不给你看"。经过再三的好意央求,方才又矜夸又羞涩地,用玩幻术的人那种敏捷的手法呈献在对手面前:"是这个,你不要笑!"憔悴的脸上于是又泛起可爱的红晕。待听到一两句赞美的话,便高兴地说:"你看,这多好看,多有趣!"她自己也称赞起来。

她的兴味又在小衣服和软底鞋之类的品质和价钱上。品质要它十分好,价钱要它十分便宜。镇上的店铺往往因陋就简,不中她的意,便托人到城里去带;又恐被托的人随意买高价的东西,就给他多方示意,价钱必须在某个限度以下。买到了一种便宜的东西,总要十回八回地提及,使焕之觉得讨厌,虽然他口头不说。

她不大出门,就是哥哥那里也难得去;但因为一个中年佣妇是消息专家,她就得知镇上的一切事情。这些正是她困疲而躺着时的消遣资料。某酒鬼打破了谁的头罗,某店里的女儿跟了人逃往上海去罗,某个村里演草台戏是刮刮叫的小聋聋的班子罗,各色各样的新闻,她都毫不容心地咀嚼一遍。当然,对于生育小儿的新闻,她是特别留心听的。东家生得很顺利,从发觉以至产出不过三个钟头,大小都安然;这使她心头一宽,自己正待去冒险的,原来并非什么危险的事。西家生得比较困难,守候了一昼夜,产妇疲乏得声音都很微弱了,婴儿方才闯进世界来;这不免使她担心,假如情形相同,自己怎么担受得起? 另外一家却更可怕,婴儿只是不出来,产妇没有力量再忍受,只得任收生婆动手探取,婴儿是取出来了,但还带着别的东西,血淋淋的一团,人家说是心! 产妇就永别了新生的婴儿;这简直使她几乎昏过去,人间的惨酷该没有比这个更厉害了,生与死发生在同一瞬间,红血揭开人生的序幕! 如果自己被注定的命运正就是那样呢……她不敢再想;而血淋淋的一团偏要闪进她的意识界,晃动,扩大,终于把她吞没了。但是,她有时混和着悲哀与游戏的心情向焕之这样说:"哪里说得定我不会难产? 哪里说得定我不会被取出一颗血淋淋的心? 如果那样,我不久就要完了!"

焕之真不料她会说出这样的话;这与她渐渐滋长的母爱是个矛盾。而热恋着丈夫的妇人也决不肯说出这样的话;难道恋爱的火焰在她心头逐渐熄灭了么? 他祈祷神祇似地抖声说:"这是幻想,一定没有的事! 你不要这样想,不要这样想……"

他想她的心思太空闲了,才去理会那些里巷的琐事,又想入非非地构成可怖的境界来恐吓自己,如果让她的心思担任一点工作,该会好得多,便说:"你在家里躺着,又不睡熟,自然引起了这些幻想。为什么不看看书呢? 你说要看什么书;家里没有的,我可以从学校里检来,写信上海去寄来。"

她的回答尤其出乎焕之的意料:"看书? 多么闲适的事! 可惜现在我没有这福分! 小东西在里面(她慈爱地一笑,用手指指着腹部)像练武功似的,一会儿一拳,一会儿又是一脚,我这身体迟早会给他搞得破裂的;我的心思却又早已破裂,想起这个,马上不着不落地想到那个,结果是一个都想不清。你看,叫我看书,还不是让书来看我这副讨厌脸相罢了?"

焕之一时没有话说。他想她那种厌倦书籍的态度,哪里像几个月之前还嗜书如命的好学者。就说变更,也不至于这样快吧。他不转瞬地看着她,似乎要从她现在这躯壳里,找出从前的她来。

她好像看透了他的心思,又加上说:"照我现在的感觉,恐怕要同书籍长久地分手了!小东西一出生,什么都得给他操心。而这个心就是看书的那个心;移在这边,当然要放弃那边。哈!念书,念书,到此刻这个梦做完了。"她淡淡地笑着,似乎在嘲讽别人的可笑行径。她没想到为了做这个梦,自己曾付出多少的精勤奋励,作为代价,所以说着"做完了",很少惋惜留恋的意思。当然,自立的企图等等也不再来叩她的心门;几年来常常暗自矜夸的,全都消散得不留踪影了。

焕之忽然吃惊地喊出来,他那惶恐的神色有如失去了生命的依据似的:"你不能同书籍分手,你不能!你将来仍旧要在学校里任事,现在不过是请假……"

"你这样想么?我的教师生涯恐怕完毕了!干这个需要一种力量;现在我身体里是没有了,将来未必会重生吧。从前往往取笑前班的同学,学的是师范,做的是妻子。现在轮到自己了;我已做了你的妻子,还能做什么别的呢!"

这样,佩璋已变更得非常厉害,在焕之看来,几乎同以前是两个人。但若从她整个的生命看,却还是一贯的。她赋有女性的传统性格;环境的激刺与观感,引起了她自立的意志,服务的兴味,这当然十分绚烂,但究竟非由内发,坚牢的程度是很差的;所以仅仅由于生理的变化,就使她放了手,露出本来的面目。假如没有升学入师范的那个段落,那末她说这些话,表示这种态度,就不觉得她是变更了。

家务早已归政于老太太,老太太还是用她几十年来的老法子。佩璋常在焕之面前有不满的批评。焕之虽不斥责佩璋,却也不肯附和她的论调;他总是这样说:"妈妈有她的习惯与背景,我们应该了解她。"

一句比较严重的话,惟恐使佩璋难堪,没有说出来的是:"我们是幼辈,不应该寻瘢索斑批评长辈的行为!"

然而他对于家政未尝不失望。什么用适当的方法处理家务,使它事半而功倍;什么余下的工夫就阅读书报,接待友朋,搞一些轻松的玩艺,或者到风景佳胜的地方去散步:这些都像诱人的幻影一样,只在初结婚的一两个月里朦胧地望见了一点儿,以后就完全杳然。家庭里所见的是摘菜根,破鱼肚,洗衣服,淘饭米,以及佩璋渐渐消损的容颜,困疲偃卧的姿态等等,虽不至于发生恶感,可也并无佳趣。谈起快要加入这个家庭的小生命,当然感到新鲜温暖的意味;但一转念想到所付的代价,就只有暗自在心头叹气了。

他得到一个结论:他现在有了一个妻子,但失去了一个恋人,一个同志!幻灭的悲凉网住他的心,比较去年感觉学生倦怠玩忽的时候,别有一种难受的况味。

## 十九

　　学校里罢了课！实际上与放假没有什么差别，但从这两个字所含的不安静意义上，全镇的人心就起了异感。学校门前用木板搭了一个台，上头榆树榉树的浓荫覆盖着，太阳光又让重云遮了，气象就显得凄惨，像举行殡殓的场面。一棵树干上贴起五六尺长的一张白纸，墨汁淋漓地写着"救国演讲"几个大字。大家知道这是怎样一回事，互相传告，都跑来听；不多一会儿，就聚集了二三百人。

　　如果要赞颂报纸的功效，这就是个明显的证据：假若每天没有几十份上海报由航船带来，这个镇上的人就将同蒙在鼓里一样，不知道他们的国家正处于怎样的地位，遇到了怎样的事情。靠着几十份的上海报，他们知道欧洲发疯一般的大战争停止了；他们知道国际间的新局面将在凡尔赛和会中公开地决定了；他们知道中国的希望很大，列强对于中国的一切束缚，已由中国代表在和会中提出废除的要求了。这些消息构成个朦胧的佳境，闪现在大众面前；"佳境已经望见了，脚踏实地的时期当然不会远"。大众这样想着，似觉自己身上"中国人的负担"已轻了一半。但那个未来佳境究竟是朦胧的，随后传来的一些消息就把它打得粉碎。"公开决定"是做梦的话；谁有强力才配开口，开口才算一句话！"废除一切束缚"是这会儿还谈不到；再加上几重束缚，倒是颇有可能的事！世界有强权，没有公理啊！中国有卖国贼，没有政治家啊！这些怨愤凝结郁塞,终于爆发开来:这就是北京专科以上学生激烈的示威运动。他们打伤了高官,火烧了邸宅;他们成队地被捕,却一致表示刚强不屈的精神。一种感觉一时普遍于各地的民众:北京学生正代行了大众要行的事。各地的学生尤其激昂,他们罢了课,组织学生会,起来作大规模的宣传。于是工人罢工商人罢市的事情陆续发生,而执掌交通的铁路工人也有联合罢工的风说。这种情形在中国从来不曾有过;仿佛可以这样说,这是中国人意识到国家的第一遭,是大众的心凝集于一,对一件大事情表示反抗意志的新纪元。

　　这里镇上一般人虽然大都不知道距北京多少远,但怀着愤激心情的却居大多数。表示愤激就只有对着报叹气,或者傍着讲报的人击桌子;然而这的确是出于真诚的,并没一点儿虚假。向来主张多一事不如少一事的赵举人也在茶馆里发表议论:"这班家伙,只知道自肥;什么国利民福,梦也不曾做到!这回给学生处罚得好。如果打死一两个,那更好,好叫人家看看卖国贼作得作不得!"高小里经教职员议决,为同情于各地民众并鼓动爱国情绪起见,罢课三天。

　　天气异常闷热,人们呼吸有一种窒塞的感觉。泥地上是粘粘的。重云越叠越厚。可厌的梅雨期快开始了。几百个听众聚集在台前,脸色同天容一样阴沉;中间有几个艳装的浮浪女郎,平时惯在市街中嘻嘻哈哈经过的,这时也收起她们的笑,只互相依傍着轻轻说话。十几个学生各拿着一叠油印品分发给大众;大众接在手里看,是日本对中国提出的二十一条件的"节要"。那二十一条件的提出,使中国特地规定一个国耻日,逢到那一日各地开会纪念,表示知耻,并图奋发,到这时也有四年了。最近的外交纠纷,大部分也由于此;但它的内容是什么,大家似乎茫然。现在接在手里的正就是那东西,当然就专心一意看下去。一些不识字的人听别人喃喃念诵,也知道纸上写的就是那个怪物,便折起来藏在衣袋里;仿佛想道,总有一天剖开它的心肺来看!

　　一阵铃声响,蒋冰如上了台,开始演讲。他的演讲偏重在叙述,把这一次北京学生的所谓"五四运动"的远因近由顺次说明,不带感情,却有激动的力量。末了说:"现在,各地的工界、商界、学界牺牲了他们的工作、营业、学业,一致起来表示他们的意思了!那意思里包含多少条目,那些条目该是怎样的东西,我不说,我不用说,因为各位心里同别地的各界一样地明白不过。我们眼前的问题是:怎样贯彻我们的意思?贯彻我们的意思要怎样发挥我们的力量?"冰如说到这里就下台。台下没有带点儿浮嚣意味的拍手声,也没有这边一簇人那边一簇人随意谈说的絮语声,仅有个郁塞得快要爆裂开来的静默。

  第二个登台的是倪焕之。近来他的愤激似乎比任何人都厉害;他的身躯虽然在南方,他的心灵却飞驰到北京,参加学生的队伍,学生奔走,学生呼号,学生被监禁,受饥饿,他的心灵仿佛都有一份儿。他一方面愤恨执政的懦弱和卑污,列强的贪残和不义,一方面也痛惜同胞的昏顽和乏力。民族国家的事情,大家看得同别人家的事情一样,单让一些贪婪无耻的人,并不是由大家推选,却是自己厚着脸皮出来担当天下之重任的人,去包办,去作买卖,事情哪里会不糟!应该彻底改变过来,大家把民族国家的事情担上肩膀,才是真正的生路啊!——几年以来他那不爱看报、不高兴记忆一些武人的升沉成败的习性,到这时候他觉得应该修正了;必须明了现状,才不至于一概不管;武人的升沉成败里头就交织着民族国家的命运,又岂仅是武人的私事呢。——他恨不得接近所有的中国人,把这层意思告诉他们,让他们立刻觉悟过来。此刻登台演讲,台下虽然只有几百人,他却抱着面对全中国人那样的热情。他的呼吸很急促,胸膈间似乎有一股气尽往上涌,阻碍着他的说话,致使嘴里说的没有心里想的那么尽情通畅。他的眼里放射出激动而带惨厉的光;也可以说是哀求的表情,他哀求全中国人赶快觉悟;更可以说是哭泣的表情,他哭泣中国已经到了不自振作受强邻鄙视的地步。他的右手伸向前方,在空中舞动,帮助说话的力量;手掌张开,作待与人握手的姿势,意思仿佛是:"我们同命运的同国人啊,大家握起手来吧!"

他承接冰如的话，说国民团结起来，才能贯彻大家的意思。团结得越坚强，力量越大，才能外抗贪狠的列强，内制蠹国的蟊贼。他相信大家不觉醒不团结，由于不明白利害，没有人给他们苦口婆心地这么讲一番；如果有人给他们讲了，其中利害谁都明白了，还肯糊里糊涂过去么？此刻他自己担负的就是这么讲一番的重任，所以竭尽了可能的力量来说；口说似乎还不济事，只可惜没有法子掏出一颗心来给大众看。但是他并不失望，以为明天此刻，这台前的几百人必将成为负责的国民，救国运动的生力军了；因为他们听了他的话，回去总得凝着心儿想，尽想尽想，自然会把他没有讲清讲透的体会出来。他忘了站在台前的正就是前年疑忌学校、散布流言的人；这一刻，他只觉得凡是人同样有一种可塑性，觉悟不觉悟，只差在有没有人给讲说给开导罢了。

他点起脚，耸起身子，有一种兀然不动的气概；平时温和的神态不知退隐到哪里去了，换来了激昂与忧伤；声音里带着煽动的意味；他说："不要以为我们这里只是一个乡镇，同大局没有什么关系。假如全国的乡镇都觉悟过来，还有什么目的不能达到！他们当局的至少会敛迹点儿，会谨慎起来；因为不只几处通都大邑表示态度，连穷乡僻壤都跳出来了。贪狠的外国至少也会减损点儿不把中国放在眼里的恶习；因为乡镇里的人都知道起来抗争，可见中国不是几个官僚的中国了。在场的各位，不要把自己看轻，大家来担负救国的责任吧！不看见报上载着么？各地人民一致的第一步目标，就是要惩办一些媚外卖国的官僚。要注意，这只是第一步，不是最后一步；以后的目标，我们还有许多。不过这第一步必须首先做到，立刻做到。假若做不到呢？吓！我们不纳租税，我们采取直接的反抗行动！……"

忽然来了一阵密集的细雨，雨丝斜射在听众的头顶上，就有好些人用衣袖遮着头顶回身走。一阵并不高扬的嚣声从走散的人群中浮起，带着不平的调子说以下一些话："我们也来个罢市！""卖国贼真可恶，不知道他们具有什么样的心肝！""不纳租税倒是个办法，我们乡镇与都市同样有切实的力量!"匆匆地各自顺着回家的道路去了。

台上的焕之并不因听众走散了一部分而减少热情。雨来了,站在露天的急于躲避,也是人情之常,他完全原谅他们;不过这原谅的念头沉埋在意识的底里,没有明显地浮上来。在他自己,从树上滴下来的水点落在衣服上,头顶上,面颊上,睫毛上,湿和凉的感觉使他发生志士仁人甘冒苦难的那种心情;他仿佛嫌这阵雨还不够大,如果是狂暴的急雨还要好些,如果是鹅卵大的冰雹那就更好。他闭了闭眼,让睫毛上的水滴同颧颊上的水条合流,便提高嗓音继续说:"通常说'民气''民气',人民应当有一种气焰,一种气概。我国的人民,向来太没有气焰了,太没有气概了;强邻拿我们来宰割,我们由它,当局把我们当礼物,我们也由它!民气销亡了,销亡到不剩一丝一毫。然而不!现在各地人民一致起来救国,又悲壮,又热烈,足见民气到底还保存在我们这里。郁积得长久,发泄出来更加蓬勃而不可遏。我知道这一回的发泄,将为中国开一个新的局面……"

"焕之下来吧,雨越来越大,他们都散了。"蒋冰如仰起头说;粗大的水点滴在他那满呈感服神情的脸上,旧绉纱长衫的肩部和胸部,有好几处茶盏大的湿痕。

"他们都散了?"焕之不由自主地接了一句;才看见二三十个人的背影正在鞋底线一般粗的垂直的雨丝中踉跄奔去,台前朝着自己的脸一个也没有了。他按着淋湿的头发,舍不得似地慢慢跨下台来,连声嚷道:"可惜,可惜下雨了,下雨了,你还没有讲呢。"

他这话是对陆三复说的。这时陆三复站在校门的门限以内,垂直的雨丝就落不到他那身白帆布的新西服上;他心里正在感谢这一阵雨,临时取消了他这回并不喜爱的演讲。但是他却这样回答:"不要紧,讲的机会多着呢;不一定要今天在台上讲,往后不论街头巷口都可以讲,反正同样是发表我的意见。"

"不错,街头巷口都可以讲;等会儿雨停了,我们就分头出去!"焕之发见了新道路似地那样兴奋,全不顾湿衣衫贴着他的身体,摹写出胸部与胳臂的轮廓。他又说:"这里茶馆很不少,一天到晚有人在那里吃茶,正是演讲的好地方;我们也该到茶馆里去。"

冰如最恨茶馆,自从日本回来以后,一步也不曾踏进去过;现在听焕之这样说,依理当然赞同,但是总不愿意自己或自己的同伴有走进茶馆演讲救国题目这一回事,便催促焕之说:"我们到里边去,把湿衣服脱了吧。"

从树上滴下来的水点有黄豆一般大了,焕之仿佛觉得这才有点儿痛快;他望了望刚才曾经站满几百个听众现在却织满了雨丝的台前的空间,然后同冰如和三复回入校内。

焕之借穿了三复的旧衬衣,冰如把旧绉纱长衫脱了,一同坐在休憩室里。学校里似乎从来没有今天这样静寂;只听雨声像无数的蟹在那里吐泡沫,白铁水落笃洛洛地发出单调的音响。有如干过了一桩盛举,他们带着并不厉害的一种倦意,谈论经过的情形以及事后的种种。冰如说:"今天的情形似乎并不坏。这里的人有这么一种脾气,一味嘻嘻哈哈,任你说得喷出血来,总觉不关他们的事。我怕今天也会这样,给我们浇一勺冷水。可是不,他们今天都在那里听,听得很切心的样子。"

"他们接了二十一条,我们印刷的那张东西,都瞪着眼睛仔细看。而且个个带回去,没有一个把它随便丢了的。"陆三复这样说,现出得意的神情,仿佛他平时称赞某个运动家能跳多高能跑多快的时候一样。

"究竟同样是国民,国民的义愤大家都有的。"焕之这样解释,心里尽在想许许多多的人经过先觉者的开导,一个个昂首挺胸觉悟起来的可喜情形。谁是先觉者呢?他以为像他这样一个人,无论如何,总算得及格的国民。及格这就好;开导旁人的责任还赖得么?他击一下掌,叹息说:"唉!我们以前不对;专顾学校方面,却忘了其他的责任!"

"你这话怎么讲?"冰如仿佛能领悟焕之的意思,但是不太清楚。

"我们的眼界太窄了,只看见一个学校,一批学生;除此以外,似乎世界上再没有别的。我们有时也想到天下国家的大题目;但自己宽慰自己的念头马上就跟上来，以为我们正在造就健全完美的人，只待我们的工作完成，天下国家还有什么事解决不了的！好像天下国家是个静止的东西，呆呆地等在那里，等我们完成了工作，把它装潢好了，它才活动起来。这是多么可笑的一个观念！"

"确然有点儿可笑。天下国家哪里肯静止下来等你的！"几天来国内的空气激荡得厉害，蒋冰如自然也感觉震动；又听焕之这样说，对于他自己专办学校不问其他的信念，不禁爽然若失了。

焕之点了点头，接上说："真是有志气的人，就应该把眼光放宽大些。单看见一个学校，一批学生，不济事，还得睁着眼看社会大众。怎样使社会大众觉醒，与怎样把学校办好，把学生教好，同样是重要的任务。社会大众是已经担负了社会的责任的，学生是预备将来去担任。如果放弃了前一边，你就把学生教到无论怎样好，将来总会被拖累，一同陷在泥淖里完事。我现在相信，实际情形确是这样。"

"这使我想起年头在城里听到的许博士的议论了。"冰如脸上现出解悟的微笑，问焕之说："不是跟你谈过么？许博士说学校同社会脱不了干系；学校应该抱一种大愿，要同化社会，作到这一层，才是学校的成功；假如作不到，那就被社会所同化，教育等等只是好听的名词，效果等于零！我当时想这个话不免有点儿偏激；譬如修理旧房屋，逐渐逐渐把新材料换进去不行么？学校教育就是专制造新材料啊。但是现在我也这么想了，凡是材料就得从新制造，不然总修不成伟大坚固的建筑物。我们要直接地同化社会，要让社会大众都来当我们的学生！"

"今天我们开始了第一课了。情势很可以乐观。我们向来是不曾去做，并不是没有这个力量，'是不为也，非不能也'；既然检验出我们的偷懒，以后就不容再偷懒。"

"'是不为也，非不能也'。"冰如顺着焕之的口调沉吟着。

这时候雨停了，檐头还滴着残滴。天空依然堆着云，但发出银样的光亮。冰如和焕之不期然而然同时举头望天空，仿佛想这银样的光亮背后,就是照耀大千的太阳,一缕安慰的意念便萌生在他们心里。陆三复也有点儿高兴;雨停了,每天到田野间跑步的常课不至于间断了。

焕之回家,就穿着借来的旧衬衣,走进屋内,一种潮湿霉蒸的气味直刺鼻管(这房屋是一百年光景的建筑了),小孩的尿布同会场中挂的万国旗一样,交叉地挂了两竹竿。他不禁感叹着想:唉,新家庭的幻梦,与实际相差太远了!但是一种新生的兴奋主宰着他,使他这感叹只成为淡淡的,并不在乎的,他有满腔的话要告诉佩璋,便走进卧房。

小孩是男的,出世有五个多月了。最近十几天内,夜间只是不肯睡熟,才一朦胧,又张开小嘴啼哭起来。体温是正常,又没有别的现象,病似乎是没有的。只苦了抱着他睡的母亲;耐着性儿呜他,奶他,整个的心都放在希望他安眠上,自己就少有安眠的份儿。这会儿小孩却入睡了。轻轻把他放上床,她自己也感觉有点儿倦,随即躺在他旁边。渐渐地,眼皮阖上,深长的鼻息响起来了。

焕之看入睡的佩璋,双眼都阖成一线,一圈青晕围着,显出一些紫色的细筋;脸色苍白,不再有少女的光泽;口腔略微张开,嘴唇只带一点儿红意。他便又把近来抛撒不开的想头温理一过:才一年多呢,却像变化到十年以后去了,这中间真是命运在捣鬼!她这样牺牲太可怜了;你看这憔悴的颜色,而且,憔悴的又岂仅是颜色呢!

他顺次地想下去:"无论如何,我没有怨恨她的道理。她的性情,嗜好,虽然变更得不很可爱,可是变更的原因并不在她;她让生命历程中一个猛烈的暗浪给毁了!我应该抚摩她的创伤,安慰她的痛苦;就是最艰难的方法,我也得采取,只要于她有益。至于自己的欢乐,那无妨丢开不问;这当儿还要问,未免是自私的庸人了。"

他的眼光又移到依贴在母亲胸前的小孩。这会儿小孩睡得很浓,脸色是绝对地安静,与夜间那副哭相(大张着的嘴几乎占全脸的一半,横斜的皱纹构成可笑的错综)大不相同。肤色是嫩红。垛起的小嘴时时吸动,梦中一定在吃奶呢。他想:"这样一个小生命,犹如植物的嫩芽,将来材质怎样优美,姿态怎样可爱,是未可预料的。为了他,牺牲了一个母亲的志愿和舒适,不一定就不值得吧。"爱的意念驱遣他的手去抚摩孩子的脸,暂时忘了其他一切。

警觉的母亲便醒了,坐起身来,惺忪地望着焕之说:"你回来了?"

焕之坐下来,傍着她;这正是适宜于温存的时候,因为常会作梗的孩子暂时放松了他们;并且他有满腔的话要告诉她,并排坐着也畅适些。他说:"刚才回来。今天的讲演会,来听的人很不少。"

"唔。怎么,你穿了这样一件衣服?"

"刚才讲演的时候,衣服全淋湿了。这是借的陆先生的。"

"全淋湿了?身体受了湿气会不舒服的。湿衣服带回来了么?"

他稍微感到无聊,答了她的问,回到自己的头绪上去说:"今天来听的人都有很好的表示。他们愤懑,他们沉默;愤懑包蕴在沉默里,就不同于浮光掠影的忧时爱国了。他们听我们讲演,把每一个字都咽下去,都刻在心上。这在我是不曾料到的,我一向以为这个镇上的人未必能注重国家大事。——我们太不接近社会了,因而对社会发生这样的误解。告诉你,一个可喜的消息:从今以后,我们要把社会看得同学校一样重,我们不但教学生,并且要教社会!"他说得很兴奋,有如发见了什么准会成功的大计划似的,随后的工夫就只有照着做去罢了。当然,他所期望于她的是赞许他的大计划,或者加以批评,或者贡献些意见,使他的精神更为焕发,他的计划更为周妥。但是,完全不相应,她接上来的是一句不甚了解他意思的很随便的话:"难道你们预备给成人开补习班么?"

这太浅薄了,他所说的意思要比她所料度的深远得多;对于这样浅薄的料度,他起了强烈的反感。但是他抑制着反感,只摇着头说:"不。我们不只教大家认识几个字,懂得一点浅近的常识;我们要教大家了解更切要更深远的东西。"

"这样么?"她淡淡地看了他一眼,那神情是不想再寻根究柢,就这样不求甚解已经可以过去了。突然间她想起了什么,嫌厌的表情浮上憔悴的脸,起身到衣橱前,使气地把橱门开了。她要找一件东西,但是在久已懒得整理的乱衣堆里翻了一阵,竟没有找到。

他感伤地想:她竟不追问要教大家了解更切要更深远的东西是怎么一回事,这因为她是现在的她了!若在去年刚结婚的时候,这样一个又重要又有味的题目,硬叫她放手也不肯呢。然而一直讲下去与待她追问了再回答,效果是相同的,他便用恳求的声调说:"不妨等会儿找东西,听我把话讲完了。"

但是她已经从橱抽斗里找到她所要的东西了。是一双小鞋,黄缎的面,鞋头绣一个虎脸,有红的眉毛,黑瞳白镶边的眼睛,绿的扁鼻子,截齐的红胡须,耳朵是另外缀上的,用紫绫作材料,鞋后跟翘起一条黄缎制的尾巴,鞋里大概塞着棉絮一类的东西。她把小鞋授给他,带着鄙夷的脸色故意地问:"你看这个,漂亮不漂亮?"

"啊?这个蠢……"他接小鞋在手,同时把话咽下去。他看了这颜色不调式样拙劣的手工制品,不禁要批评它蠢俗不堪,但是他立刻猜想到这东西出自谁的手,故而说到半中便缩住了。他改为轻声问:"是母亲做的吧?"

"还有谁呢?我总不会做这样的东西!"

"请你说轻一点儿。她做给孩子穿的?"

他站起来走到房门口,眼光通过外房和中间,直望母亲的房门;心里惴惴地想,又有什么小纠纷待要排解了。

"自然算给孩子穿的。她拿给我有好几天了;因为是这副样子,我就搁在橱抽斗里。"

"现在怎样?"

他回身走近她,玩赏似地审视手中的母亲老年的手泽,蠢俗等等的想头是远离了,只觉得这上头有多量的慈爱与苦辛。

"她今天对我说:'五月快到了,从初一起一定要把我那双老虎鞋给孩子穿上,这是增强保健,避毒免灾的。'这样的鞋,穿在脚上才像个活怪呢!"

"我看穿穿也没有什么。"

"不,我不要他穿,宁可让他赤脚,不要他穿这样的怪东西!"她颇有点执拗的意味。在类乎此的无关宏旨的事情上,他领略这意味已经有好几回了。他的感情很激动,但并不含怒意,商请似地说:"只是不穿要使她老人家不快活。"

"但是穿了之后,那种活怪的模样,要使我不快活!"

他默然了。他的心绪麻乱起来,不清不楚地想:"老年人的思想和行为,常常遭到下一辈毫不客气的否认和讥评,这也就是这样的一幕。谁错了呢?可以说双方都没有错。然而悲哀是在老年人那一边了!"这只是一种解释而已,对于怎样应付眼前的事件,一时间他竟想不出来。

看了看她的严肃的脸,又看了看床上睡着的孩子,他的眼光终于怅然地落在手中小鞋的花花绿绿的老虎头上。

窗外又淅淅沥沥下起雨来了。

## 二十

"五四运动"犹如一声信号,把沉睡着的不清不醒的青年都惊醒了,起来擦着眼睛对自己审察一番。审察的结果,知道自己锢蔽得太深了,畏缩得太甚了,了解得太少了,历练得太浅了……虽然自己批判的字眼不常见于当时的刊物,不常用在大家的口头,但确然有一种自己批判的精神在青年的心胸间流荡着。革新自己吧,振作自己吧,长育自己吧,锻炼自己吧……差不多成为彼此默喻只不过没有喊出来的口号。而"觉悟"这个词儿,也就成为最繁用的了。

刊物是心与心的航线。当时一般青年感觉心里空虚,需要运载一些东西来容纳进去,于是读刊物;同时又感觉心里饱胀,仿佛有许多意思许多事情要向人家诉说,于是办刊物。在这样的情形之下,刊物就像春草一般萌生;名称里大概有一个"新"字,也可见一时人心的趋向了。

一切价值的重新估定,渐渐成为当时流行的观念。对于学术思想,对于风俗习惯,对于政治制度,都要把它们检验一下,重行排列它们的等第;而检验者就是觉悟青年的心。这好像是任何时候都可能发生的事,其实不然。一切既已排定了等第,人们就觉得再没什么可疑的,哪是甲等,哪是乙等,一直信奉下去,那倒是非常普通的事。若问甲等的是否真该甲等,乙等的是否非乙等不可,这常在人心经过了一阵震荡之后。明明是向来宝贵的东西,何以按诸实际,竟一点儿也不见稀奇?明明是相传有某种价值的东西,何以生活里撞见了它,竟成为不兑现的支票?疑问越多,震荡越厉害;枝枝节节地讨究太不痛快了,索性完全推翻,把一切重行检验一下吧。这才使既定的等第变更一番。而思想上的这种动态,通常就称为"解放"。

被重新估定而贬损了价值的,要算往常号称"国粹"的纲常礼教了。大家恍然想,那是蛮性的遗留,无形的桎梏,可以范铸成一个奴隶,一个顺民,一个庸庸碌碌之辈,却根本妨碍作一个堂堂正正的人!一向是让那些东西包围着,犹如鱼在水里,不知道水以外还有什么天地。现在,既已发见了"人"这个东西,赶快把妨碍作"人"的丢开了吧!连带地,常常被用来作为拥护纲常礼教的工具的那些学问,那些书本,也降到了很低的等第。崇圣卫道的老先生们翘起了胡须只是叹气,嘴里嘀咕着"洪水猛兽"等等古典的骂人话,但奈何不得青年们要求解放的精神。

西洋的学术思想一时成为新的嗜尚。在西洋,疯狂的大战新近停止,人心还在动荡之中,对于本土的思想既然发生了疑问,便换换口味来探究东方思想。而在我们这个国土里,也正不满意本土的思想,也正要换点儿新鲜的口味,那当然光顾到西洋思想了。至于西洋的学术,与其说是西洋的,不如说是世界的更见得妥当;因为它那种逻辑的组织,协同的钻研,是应用科目来区分而不是应用洲别国别来区分的。天文学该说是哪一洲哪一国的呢?人类学又该说是哪一洲哪一国的呢?惟有包孕极繁富,组织欠精密,特别看重师承传授的我国的学问,才加上国名而有"中国学"的名称。称为"中国学",就是表示这一大堆的学术材料尚未加以整理,尚未归入天文学人类学等等世界的学术里头去的意思。待整理过后,该归入天文学的归入天文学了,该归入人类学的归入人类学了,逐一归清,"中国学"不就等于零么?现在一般青年嗜好西洋学术,可以说是要观大全而不喜欢一偏,要寻系统而不细求枝节。他们想,"中国学"的研讨与整理,自有一班国学专家在。

从刊物上,从谈论间,从书铺的流水帐上,都可以看出哲学尤其风行。随着"人"的发见,这是当然的现象。一切根本的根本若不究诘一下,重新估定的评价能保没有虚妄么?万一有虚妄,立足点就此消失;这样的人生岂是觉悟的青年所能堪的?哲学,哲学,他们要你作照彻玄秘,启示究竟的明灯!

西洋文学也渐渐风行起来。大家购求原本或英文译本来读;也有人用差不多打定了根基的语体文从事翻译,给没有能力读外国文的人读。读文学侧重在思想方面的居多,专作文学研究的比较少。因此,近代的东西特别受欢迎,较古的东西便少有人过问。近代文学里的近代意味与异域情调,满足了青年的求知与嗜新两种欲望。

在政治方面,那么民治主义,所谓"德谟克拉西",几乎是一致的理想。名目是民国,但实际政治所表现的,不是君师主义,便是宰割主义;从最高的所谓全国中枢以至类乎割据的地方政府,没有不是轮替采用这两种主义,来涂饰外表,榨取实利的。而民治主义所标榜,是权利的平等,是意志的自由;这个"民"字,从理论上讲,又当然包容所有的人在内:这样一种公平正大的主义,在久已厌恶不良政治的人看来,真是值得梦寐求之的东西。

各派的社会主义也像佳境胜区一样,引起许多青年幽讨的兴趣。但不过是流连瞻仰而已,并没有凭行动来创造一种新境界的野心,争辩冲突的事情也就难得发生。相反两派的主张往往发表在一种刊物上,信念不同的两个人也会是很好的朋友,绝对不闹一次架。

取一个题目而集会结社的很多,大概不出"共同研究"的范围。其中也有关于行动的,那就是半工半读的同志组合。"劳动"两个字,这时候具有神圣的意义。自己动手洗一件衣服,或者煮一锅饭,好像做了圣贤工夫那样愉快,因为曾经用自己的力量劳动了。从此类推,举起锄头耕一块地,提一桶水泥修建房屋,也是青年乐为的事;只因环境上不方便,真这样做的非常少。

尊重体力劳动,自己处理一切生活,这近于托尔斯泰一派的思想。

同时,托尔斯泰的人道主义和无抵抗主义也被收受,作为立身处世的准绳。悲悯与宽容是一副眼镜的两片玻璃,具有这样圣者风度的青年,也不是难得遇见的。

以上所说的一切,被包在一个共名之内,叫做"新思潮"。统称这种新思潮的体和用,叫做"新文化运动"。"潮"的起点,"运动"的中心,是北京;冲荡开来,散布开来,中部的成都、长沙、上海,南部的广州,也呈显浩荡的壮观,表现活跃的力量。各地青年都往都市里跑,即使有顽强的阻力,也不惜忍受最大的牺牲,务必达到万流归海的目的。他们要在"潮"里头沐浴,要在"运动"中作亲身参加的一员。

他们前面透露一道光明;他们共同的信念是只要向前走去,接近那光明的时期决不远。他们觉得他们的生命特别有意义;因为这样认识了自己的使命,昂藏地向光明走去的人,似乎历史上不曾有过。

## 二十一

冬季的太阳淡淡地照在小站屋上；几株枯柳靠着栅栏挺起瘦长的身躯，影子印在地上却只是短短的一段。一趟火车刚到，汽机的"丝捧丝捧"声，站役的叫唤站名声，少数下车旅客的提认行李声招呼脚夫声，使这沉寂的小站添了些生气。车站背后躺着一条河流，水光雪亮，没入铅色的田地里。几处村舍正袅起炊烟。远山真像入睡似的，朦胧地像笼罩在一层雾縠里。同那些静境比较，那么车站是喧阗的世界了。

"乐山，你来了。欢迎！欢迎！"

倪焕之看见从火车上机敏地跳下个短小精悍的人，虽然分别有好几年了，却认得清是他所期待的客人，便激动地喊出来，用轻快的步子跑过去。

"啊，焕之！我如约来了。我们有五年不见了吧？那一年我从北京回来，我们在城里匆匆见了一面，一直到现在。我没有什么变更吧？"

好像被提醒了似的，焕之注意看乐山的神态，依然是广阔的前额，依然是敏锐的眼光，依然是经常抿紧表示意志坚强的嘴，只脸色比以前苍了些。他穿一件灰布的棉袍，也不加上马褂；脚上是黑皮鞋，油光转成泥土色，可见好久没擦了。不知为什么，焕之忽然感觉自己的青年气概几乎消尽了，他带着感慨的调子说："没有变更，没有变更，你还是个青年！"

这才彼此握手,握得那样热烈,那样牢固,不像是相见的礼数,简直是两个心灵互相融合的印证。

"你也没有变更,不过太像个典型的学校教师了。"乐山摇动着互相握住的手,无所容心地说。

火车开走了,隆隆的声音渐渐消逝,小车站又给沉寂统治了。

"我雇的船停在后面河埠头,我们就下船吧。"焕之说着,提起脚步在前头走。

乐山四望景物,小孩似地旋了个转身,说:"我的耳朵里像洗过的一样,清静极了,清静到觉着空虚。你在这样的地方,过的是隐士一般的生活吧?你看,田野这样平静,河流这样柔和,一簇一簇的村子里好像都住着'无怀葛天之民',隐士生活的条件完全具备了。"

隐士这个名词至少有点儿优美的意味,但是在焕之听来,却像玫瑰枝一样带着刺的。他谦逊似地回答:"哪里会过隐士一般的生活,差得远呢!"

两人来到河埠头,舟子阿土便到船头拄篙,预备给他们扶手。但是乐山不需要扶,脚下还有三级石级,一跳便到了船头。焕之在后,也就跨上了船。

王乐山是焕之在中学校里的同学,是离城二十里一个镇上的人。家里开酱园,还有一些田,很过得去。他在中学校里是运动的能手,跑跳的成绩都不坏;因为身材短小灵活,撑竿跳尤其擅长,高高地粘在竹竿头这么挪过去,人家说他真像一只猴子。与厨房或是教员捣乱,总有他的份。他捣乱不属于多所声张并无实际的那一派,他往往看中要害,简单地来一个动作或是发一句话,使身受者没法应付。他就是不爱读书,不爱做功课。但是在校末了的一年忽然一变,他喜欢看些子书,以及排满复汉的秘密刊物;运动是不大参加了,捣乱也停了手。这样,与焕之的意趣很相接近,彼此便亲密起来。

焕之经中学校长介绍,开始当教师的时候,乐山也受到同样的待遇。

乐山不是没有升学的力量，他任教职完全是为社会做一点事。但是三年小学教师的风味叫他尝够了；在焕之失望悲伤，但没有想法的当儿，他却丢了教职，一飞飞到北京，进了大学预科；到底他有飞的能力啊！两地远隔的朋友间的通信，照例是越到后来越稀，直到最近的二三年，焕之方面每年只有两三封去信了；但是信中也提到新近的工作与乐观的前途，而且不能算不详细。乐山方面的来信，当然，每年也只有两三封，他写得很简短，"知道什么什么，甚慰"之外，就只略叙近状而已。

最近，乐山为了学生会的什么事情，特地到上海。焕之从报上看见了，突然发生一种热望，要同乐山会会面，畅谈一阵。便照报上所载他的上海寓址寄了信去，请他到乡间来玩几天；如果实在不得空，今天来明天走也好，但千万不能拒却。焕之的心情，近来是在一种新的境界里。佩璋的全然变为家庭少奶奶，新家庭的终于成为把捉不住的幻梦，都使他非常失望。在学校里，由他从头教起，可以说是很少袭用旧法来教的，就是蒋冰如的儿子宜华，蒋老虎的儿子蒋华这一班学生，最近毕业了，平心静气地估量他们，与以前的或是其他学校的毕业生并没有显著的差异；这个失望当然也不怎么轻。但是，不知道是渐近壮年的关系呢，还是别的原因，像三四年前那种悲哀颓唐的心绪并不就此滋长起来；他只感到异样的寂寞，仿佛被关在一间空屋子里，有的是一双手，但是没丝毫可做的事情那样的寂寞。志同道合的蒋冰如，他的大儿子自华毕业一年了，留在家里补习，不曾升学，现在宜华又毕了业，冰如就一心在那里考虑上海哪一个中学校好，预备把他们送进去；对于学校里的事情，冰如似乎已经放松了好些。并且，冰如颇有出任乡董的意思；他以为要转移社会，这种可以拿到手的地位应该不客气地拿，有了地位，一切便利得多。这至少同焕之离开了些，所以更增加焕之的寂寞之感。凑巧旧同学王乐山南来的消息看在眼里，乐山所从来的地方又是"新思潮"的发源地北京，使他深切地怀念起乐山来；他想，若得乐山来谈谈，多少能消解些寂寞吧。便写了今天来明天走也好，但千万不能拒却那样恳切的信。

乐山的回信使焕之非常高兴,信中说好久不见,颇想谈谈,带便看看他新营的巢窟;多留不可能,但三四天是没有问题的。焕之便又去信,说明乘哪一趟火车来最为方便,到站以后,可以不劳寻问,因为自己准备雇了船到车站去接。

船慢慢地在清静的河道中行驶,乐山按焕之的探问,详细叙述"五四运动"灿烂的故事。他描摹当时的学生群众十分生动;提到其中的一小部分人,怀着牺牲一切的决心,希望警觉全国大众,他的话语颇能表达他们慷慨悲壮的气概;谈到腐败官僚被打被烧的情形,言辞间又带着鄙夷的讪笑。焕之虽然从报上知道了许多,哪里抵得上这一席话呢?他的寂寞心情似乎已经解慰了不少,假如说刚才的心是温的,那末,现在是渐渐热起来了。待乐山语气停顿的当儿,他问:"你怎么知道得这么仔细?一小部分人里头,也有个你在吧?"

乐山涎着脸儿笑了,从这笑里,焕之记起了当年喜欢捣乱的乐山的印象。"我没有在里头,没有在里头",是含糊的语调。他接着说:"'新文化运动'一起来,学生界的情形与前几年大不相同了。每个公寓聚集着一簇青年学生,开口是思想问题,人生观念,闭口是结个团体,办个刊物。捧角儿逛窑子的固然有,可是大家瞧不起他们,他们也就做贼似地偷偷掩掩不敢张扬。就是上海,也两样了。你想,上海的学生能有什么,洋行买办'刚白度',就是他们的最高理想!可是现在却不能一概而论。我在上海住的那个地方,是十几个学生共同租下来的,也仿佛是个公寓。他们分工作事,料理每天的洒扫饮食,不用一个仆役。这会儿寒假,他们在寓所里尽读些哲学和社会主义的书,几天必得读完一本,读完之后又得向大家报告读书心得。他们又到外边去学习德文法文,因为外国文中单懂一种英文不济事。像这班人,至少不是'刚白度'的希冀者。"

焕之听得入了神,眼睛向上转动,表示冥想正在驰骋,感奋地说:"这可以说是学生界的大进步,转向奋发努力那方面去了。"

"这么说总不至于全然不对吧。"乐山这句话又是含糊的语调。他忽然转换话题,"你喜欢听外面的事情,我再给你说一些。现在男女间关系自由得多了:大家谈解放解放,这一重束缚当然提前解放。"

"怎么?你说给我听听。"

"泛说没有什么意思,单说个小故事吧。有个大学生姓刘的(他的姓名早给报和杂志登熟了,大概你也知道),准备往美国留学,因为在上海等船没趣味,就到杭州玩西湖。有几个四川学生也是玩西湖的,看见旅馆牌子上题着他的姓名,就进去访问他,目的在交换思想。他们中间有个女郎,穿着粉红的衫儿,手里拿一朵三潭印月采来的荷花,面目很不错。那位大学生喜出望外,一意同女郎谈话,艺术美育等等说了一大堆。女郎的心被感动了,临走的时候,荷花留在大学生的房间里;据说这是有意的,她特地安排个再见的题目。果然,大学生体会到这层意思,他借送还荷花为由,到她旅馆里找她。不到三天,就是超乎朋友以上的情谊了。灵隐,天竺,九溪十八涧,六和塔下江边,常常可以看见他们的双影。这样,却把往美国去的船期错过了。两个人自问实在分撇不开,索性一同去吧,便搭下一趟的船动身。同船的人写信回来,他们两个在船里还有不少韵事呢。"

"这大概还是自由恋爱的开场呢。以后解放更彻底,各种方式的新恋爱故事一定更多。"

"我倒忘了,你不是恋爱结婚的么?现在很满意吧?我乐于看看你的新家庭。"

乐山无心的询问,在焕之听来却像有刺的,他勉强笑着说:"有什么满意不满意?并在一块儿就是了。新家庭呢,真像你来信所说的巢窟,是在里边存身,睡觉,同禽兽一样的巢窟而已。"

乐山有点奇怪,问道:"为什么说得这样平淡无奇?你前年告诉我婚事成功了的那封信里,不是每一个字都像含着笑意么?"

焕之与乐山虽然五年不相见,而且通信很稀,但彼此之间,隔阂是没有的;假若把失望的情形完全告诉乐山,在焕之也并不以为不适宜。不过另有一种不愿意详说的心情阻抑着他,使他只能概括地回答:"什么都是一样的,在远远望着的时候,看见灿烂耀目的光彩,待一接近,光彩不知在什么时候早就隐匿了。我回答你的就是这样一句话。"

"虽是这样说,不至于有什么不快意吧?"

"那是没有……"焕之略微感到恍忽,自己振作了一下,才说出这一句。

乐山用怜悯意味的眼光看焕之,举起右手拍拍焕之的肩,说:"那就好了。告诉你,恋爱不过是这么一回事。所以我永远不想闹恋爱。"乐山说这个话的神态与声调,给与焕之一种以前不曾有过的印象,他觉得他老练,坚定,过于他的年纪。

乐山望了一会儿两岸的景物,又长兄查问幼弟的功课似地问:"你们的革新教育搞得怎样了?"

"还是照告诉你的那样搞。"

"觉得有些意思吧?"

"不过如此——但是还好。"焕之不由自主地有点儿气馁,话便吞吞吐吐了。

"是教学生种地,做工,演戏,开会,那样地搞?"

"是呀。近来看杜威的演讲稿,有些意思同我们暗合;我们的校长蒋冰如曾带着玩笑说'英雄所见略同'呢。"

"杜威的演讲稿我倒没有细看,不过我觉得你们的方法太琐碎了,这也要学,那也要学,到底要叫学生成为怎么样的人呢!"

"我们的意思,这样学,那样学,无非借题发挥,根本意义却在培养学生处理事务、应付情势的一种能力。"

"意思自然很好;不过我是一个功利主义者,我还要问,你们的成效怎么样?"

乐山又这样进逼一步,使焕之像一个怯敌的斗士,只是图躲闪。"成效么?第一班用新方法教的学生最近毕业了,也看不出什么特殊的地方。

我想,待他们进了社会,参加了各种业务,才看得出到底与寻常学生有没有不同;现在还没遇到试验的机会。"

"你这样想么?"乐山似乎很诧异焕之的幻想的期望。他又说:"我现在就可以武断地说,但八九成是不会错的。他们进了社会,参加了各种业务,结果是同样地让社会给吞没了,一毫也看不出什么特殊的地方。要知道社会是个有组织的东西,而你们教给学生的只是比较好看的枝节;给了这一点儿,就希望他们有所表现,不能说不是一种奢望。"

那些无理的反对和任情的讥评,焕之听得多了;而针锋相对,本乎理性的批评,这还是第一遭听到。在感情上,他不愿意相信这个批评是真实的,但一半儿的心却不由自主地向它点头。他怅然说:"你说是奢望,我但愿它不至于十二分渺茫!"

"即使渺茫,你们总算做了有趣的事了。人家养鸟儿种花儿玩,你们玩得别致,拿一些学生代替鸟儿花儿。"

"你竟说这是玩戏么?"

"老实说,我看你们所做的,不过是隐逸生涯中的一种新鲜玩戏。"乐山说着,从衣袋里取出一本英文的小书,预备翻开来看。焕之却又把近来想起的要兼教社会的意思告诉他,联带说一些拟想中的方案,说得非常恳切,期望他尽量批评。

乐山沉着地回答道:"我还是说刚才说的一句话,社会是个有组织的东西。听你所说,好像预备赤手空拳打天下似的,这终归于徒劳。要转移社会,要改造社会,非得有组织地干不可!"

"怎样才是有组织地干?"

"那就不止一句两句了……"乐山用手指弹着英文小本子,暂时陷入沉思。既而用悬恿的语气说:"我看你不要干这教书事业吧,到外边去走走,像一只鸟一样,往天空里飞。"同时他的手在空间画了一条弧线,表示鸟怎样地飞。

"就丢了这教师生涯吧。"焕之心里一动,虽然感觉实现这一层是很渺茫的。他还不至像以前那样厌恨教师生涯,但是对于比这更有意义的一件不可知的东西,他朦胧地憧憬着了。

这时候河道走完了,船入一个广阔的湖,湖面白茫茫一片。焕之凝睇默想道:"此时的心情,正像这湖面了。但愿跟在后头的,不是生活史上的一张白页!"

## 二十二

　　一九二五年五月三十一日，天气异常闷郁。时时有一阵急雨洒下来，像那无情的罪恶的枪弹。东方大都市上海，前一天正演过暴露了人类兽性、剥除了文明面具的活剧；现在一切都沉默着，高大的西式建筑矗立半空，冷酷地俯视着前一天血流尸横的马路，仿佛在那里想：过去了，这一切，像马路上的雨水一样，流入沟里，就永不回转地过去了！

　　倪焕之从女学校里出来是正午十二点。他大概有一个月光景没剃胡须了，嘴唇周围和下巴下黑丛丛的，这就减少了温和，增添了劲悍的意味。他脸上现出一种好奇的踊跃的神采，清湛的眼光里透露出坚决的意志，脉管里的血似乎在激烈地奔流。他感到勇敢的战士第一次临阵时所感到的一切。

　　本来想带一把伞，但是一转念便不带了；他想并不是去干什么悠闲的事，如访朋友赴宴会之类，身上湿点儿有什么要紧；而且，正惟淋得越湿，多尝些不好的味道，越适合于此时的心情。如果雨点换了枪弹那就更合适，——这样的意念，他也联带想起来了。

　　他急步往北走，像战士赶赴他的阵地；身上的布长衫全沾湿了，脸上也得时时用手去擦，一方手巾早已不济事；但是他眉头也不皱，好像无所觉知似的。这时候，他心里净是愤怒与斗争的感情，此外什么都不想起，他不想起留在乡镇的母亲、妻、子，他不想起居留了几年犹如第二故乡的那个乡镇,他不想起虽然观念有点改变但仍觉得是最值得执着的教育事业。

来到恶魔曾在那里开血宴的那条马路上,预料的而又像是不可能的一种景象便显现在他眼前。一簇一簇的青年男女和青布短服的工人在两旁行人道上攒聚着,这时候雨下得很大,他们都在雨里直淋。每天傍晚时候,如果天气不坏,这两旁行人道上拥挤着的是艳装浓抹的妇女与闲散无愁的男子,他们互相欣赏,互相引诱,来解慰眼睛的乃至眼睛以外的饥渴;他们还审视店家玻璃橱里的陈列品,打算怎样把自己的服用起居点缀得更为漂亮,更为动人。现在,时间是午后,天气是大雨,行人道上却攒聚着另外一些人物。他们为什么而来,这一层,焕之知道得清楚。

那些攒聚着的人物并不是固定的,时时在那里分散,分散了重又聚集;分散的是水一般往各家店铺里流,不知从什么地方来的人立刻填补了原来的阵势。焕之知道他们在做些什么,便也跑进一家店铺。认清楚这家是纸店,是跑进去以后的事了。几个伙计靠在柜台上,露出谨愿的惊愕的表情;他们已经有一种预感,知道一幕悲壮的活剧就将在眼前上演。

焕之开口演讲了。满腔的血差不多都涌到了喉际,声音抖动而凄厉,他恨不得把这颗心拿给听众看。他讲到民族的命运,他讲到群众的力量,他讲到反抗的必要。每一句话背后,同样的基调是"咱们一伙儿"!既是一伙儿,拿出手来牵连在一起吧!拿出心来融合在一起吧!

谨愿的店伙的脸变得严肃了。但他们没有话说,只是点头。

焕之跨出这家纸店,几句带着尖刺似的话直刺他的耳朵:"中国人不会齐心呀!如果齐心,吓,怕什么!"

焕之向声音传来的方向看,是个三十左右的男子,青布的短衫露着胸,苍暗的肤色标明他是在露天出卖劳力的,眼睛里射出英雄的光芒。

"不错呀!"焕之虔敬地朝那个男子点头,心里像默祷神祇似地想,"露胸的朋友,你伟大,你刚强!喊出这样简要精炼的话来,你是具有解放的优先权的! 你不要失望,从今以后,中国人要齐心了!"

那个男子并不睬理别人的同情于他,岸然走了过去。焕之感觉依依不舍,回转头,再在他那湿透的青布衫的背影上印上感动的一瞥。

忽然"叮呤呤"的铃声在马路中间乱响,四五辆脚踏车从西朝东冲破了急雨,飞驰而去。小纸片从驾车者手里分散开来,成百成百地和着雨丝飞舞,成百成百地沾湿了落在地上。这是命令,是集合的命令,是发动的命令! 攒聚在行人道上的一簇一簇的人立刻活动起来;从横街里小衖里涌出来的学生和工人立刻分布在马路各处;"援助工人""援助被捕学生""收回租界""打倒帝国主义"等等的标语小传单开始散发,并且贴在两旁商店的大玻璃上;每一个街角,每一家大店铺前,都有人在那里开始演讲,立刻有一群市民攒聚着听;口号的呼声,这里起,那里应,把隆隆的电车声压低了,像沉在深谷的底里。郁怒的神色浮上所有的人的脸;大家的心像是在烈火上面的水锅子里,沸腾,沸腾,全都想念着同一的事。

有好几批"三道头"和"印捕",拔出手枪,举起木棍,来驱散聚集在那里的群众,撕去新贴上去的标语。但他们只是徒劳罢了,刚驱散面前的一群,背后早又聚成拥挤的一堆,刚撕去一张标语转身要走,原地方早又加倍奉敬,贴上了两张。武力压不住群众的沸腾的心!

于是使用另外一种驱散的方法,救火用的橡皮管接上自来水管,向密集的群众喷射。但是有什么用! 群众本已在雨中直淋,那气概是枪弹都不怕,与雨水同样的自来水又算得什么!"打倒帝国主义"的呼声春雷一般从四面轰起来,盖过了一切的声音。一家百货公司屋顶花园的高塔上忽然散下无数传单来,飘飘扬扬,播送得很远;鼓掌声和呼喊声突然涌起来,给这一种壮观助威。

这时候,焕之疯狂似地只顾演讲,也不理会面前听的是一个人或是多数人,也不理会与他做同样工作的进行得怎样了;他讲到民族的命运,他讲到群众的力量,他讲到反抗的必要,讲完了,换个地方,又从头讲起。

他曾站上油绿的邮政筒,又曾站上一家银楼用大方石铺砌的窗台;完全不出于考虑,下意识支配着他这样做。

鼓掌声和呼喊声却惊醒了他。他从沉醉于演讲的状态中抬起头来,看见各色纸片纷纷地从高空飞下。一阵强烈的激动打击他的心,他感觉要哭。但是他立刻想:为什么要哭?弱虫才哭!于是他脸上露出坚毅的微笑。

三点钟将近,两旁店铺的玻璃窗上早贴满了各种的标语和传单;每一个市民至少受到了一两回临时教育,演讲就此停止;满街飞舞的是传单,震荡远近的是"打倒帝国主义"的呼声,焕之也提高了声音狂呼,字字挟着重实的力量。

擎着手枪怒目瞪人的"三道头"和"印捕""华捕"又冲到群众面前示威,想收最后的效果;马路上暂时沉寂一下。但随即有一个尖锐的声音,冲破了急雨和闷郁的空气:"打倒帝国主义!"

焕之赶紧看,是学校里的密司殷,她站在马路中间,截短的头发湿得尽滴水,青衫黑裙亮亮地反射水光,两臂高举,仰首向天,像个勇武的女神。

"打倒帝国主义!"像潮水的涌起,像火山的爆发,群众立刻齐声响应。焕之当然也有他的一声,同时禁不住滴了两点眼泪。

"叮呤呤"的脚踏车又飞驰而过,新的命令传来了:"包围总商会!"总商会在市北一所神庙内,群众便像长江大河一般,滚滚地向北流去;让各级巡捕在散满了传单的马路上从容自在地布起防线来。

神庙的戏台刚好作主席台;台前挤满了气势旺盛的群众,头上下雨全不当一回事,像坐在会议厅内一样,他们轮流发表意见,接着是辩论,是决定目前的办法。

最重要的办法决定下来了:请总商会宣布罢市;不宣布罢市,在场的人死也不退出!一阵热烈的掌声,表示出于衷心地赞同这个办法。

女学生们担任守卫的职务,把守一重一重的门户;在要求未达到以前,参加的人只准进,不准出!

商会中人物正在一个小阁里静静地开会,起初不知道群众为什么而来,渐渐地听出群众的要求了,听见热烈的掌声了;终于陈述意见的代表也来了。但是商会中人物决断不下,秩序是不应该搅乱的,营业是各家血本攸关的,贸贸然罢市,行么?

然而一阵阵猛烈的呼噪像巨浪迭起,一个比一个高,真有惊心动魄的力量。在这些巨浪中间,跳出些浮出些白沫来,那就是"请总商会会长出来答复!派代表去请"!小阁里的人物都听明白。

沉默着,互相看望尴尬的脸,这表示内心在交战。继之是切切细语,各露出踌躇不安的神色,这是商量应付目前的困难。决定了!会长透了口气站起来,向戏台所在踉跄跑去。

当会长宣布同意罢市的时候,呼喊的浪头几乎上冲到天了:"明天罢市!明天罢市!明天罢市呀!"

这声音里透露出格外的兴奋;"咱们一伙儿"的范围,现在就等于全上海市民了,工、商、学界已经团结在一起!

女学生的防线撤除了;群众陆续散去;戏台前的空地上留着成千成万的泥脚印,天色是渐近黄昏了,还下着细雨。

焕之差不多末了一个离开那神庙。他一直挤在许多人体中间,听别人的议论,也简短地发表自己的意见,听别人的呼噪,也亢奋地加入自己的声音;他审视一张张紧张强毅的脸;他鄙夷地但是谅解地端相商会会长不得已而为之的神色:完全是奇异的境界,但是他不觉得不习惯,好像早已在这样的境界里处得熟了。他一路走,带着一部分成功的喜悦;在许许多多艰难困苦的阶段里,今天算是升上一级了。跟在后头展开的局面该于民族前途有好处吧?群众的力量从此该团结起来吧?……一步一步踏着路上的泥浆,他考虑着这些问题。

焕之开始到上海任教师,离开了乡间的学校和家庭,还只是这一年春天的事。

　　蒋冰如出任乡董已有四年,忙的是给人家排难解纷,到城里开会,访问某人某人那些事;校长名义虽然依旧担任,却三天两天才到一回校。这在焕之,觉得非常寂寞;并且还看出像冰如那样出任乡董,存心原很好,希望也颇奢,但实际上只是给人家当了善意或恶意的工具,要想使社会受到一点儿有意义的影响,那简直没有这回事。曾经把这层意思向冰如说起。冰如说他自己也知道,不过特殊的机会总会到来吧,遇到了机会,就可以把先前的意旨一点儿一点儿展布开来。这样,他采取"守株待兔"的态度,还是当他的乡董。焕之想:一个佩璋,早先是同志,但同志的佩璋很快就失去了,惟有妻子的佩璋留着。现在,同志的冰如也将渐渐失去了么?如果失去了,何等寂寞啊!

　　王乐山的"组织说"时时在他心头闪现。望着农场里的花木蔬果,对着戏台上的童话表演,他总想到"隐士生涯""梦幻境界"等等案语。就靠这一些,要去同有组织的社会抵抗,与单枪匹马却想冲入严整的敌阵,有什么两样?教育该有更深的根柢吧?单单培养学生处理事物应付情势的一种能力,未必便是根柢。那末,根柢到底是什么呢?

　　几次的军阀内战引导他往实际方面去思索。最近江浙战争,又耳闻目睹了不少颠沛流离的惨事;他自己也因为怕有败兵到来骚扰,两次雇了船,载着一家人,往偏僻的乡村躲避;结果败兵没有来,而精神上的震撼却是难以计算的损失。怎样才可以消弭内战呢?呼吁么?那些军阀口头上也会主张和平,但逢到利害关头,要动手就动手,再也不给你理睬。抵抗?他们手里有的是卖命的兵,而你仅有空空的一双手,怎么抵抗得来?难道竟绝无法想么?不,他相信中国人总能在艰难困苦的环境中开辟一条生路,人人走上那一条路,达到终点时,就得到完全解放。

　　在辛亥年成过功而近来颇有新生气象的那个党,渐渐成为他注意考察的对象。乐山说要有组织,他们不就是实做乐山的话么?后来读到他们的第一次代表大会宣言了,那宣言给与他许多解释,回答他许多疑问;

所谓生路,他断定这一条就是。十余年前发生过深厚兴味的"革命"二字,现在又在他脑里生根,形成固定的观念。他已经知道民族困厄的症结,他已经认清敌人肆毒的机构,他能分辨今后的革命与辛亥那一回名目虽同,而意义互异,从前是忽略了根本意义的,所以像朝露一样一会儿就消亡了,如今已经捉住了那根本,应该会结美满的果。

同时他就发现了教育的更深的根柢:为教育而教育,只是毫无意义的玄语;目前的教育应该从革命出发。教育者如果不知革命,一切努力全是徒劳;而革命者不顾教育,也将空洞地少所凭借。十年以来,自己是以教育者自许的;要求得到一点实在的成绩,从今起做个革命的教育者吧。

他连忙把这一层意思写信告诉乐山,像小孩得到了心爱的玩物,连忙高兴地跑去告诉父母一样。这时候,乐山住在上海有两年了,回信说,所述革命与教育的关系,也颇有理由。用到"也"字,就同上峰的批语用"尚"字相仿,有未见十分完善的意思。同信中又说,既然如此,到外边转转吧,这将增长不少的了解与认识。以下便提起上海有个女子中学,如果愿意,就请担任那里的教职;这样,依然不失教育者的本分。

他对于"也"字并不措意,只觉得得到乐山的赞同是可慰的事。而到外边转转的话,使他血脉的跳动加强了。不是乡间的学生无妨抛弃,而是他自己还得去学习,去阅历;从增进效率这一点着想,抛弃了乡间的学生又有什么要紧呢?像清晨树上的鸟儿一样,扑着翅膀,他准备飞了。

佩璋自然颇恋恋,说了"结婚以后,还不曾分离过呢"这样的惜别的话。他用爱抚的神态回答她,说现在彼此渐渐解除了青年的娇痴性习,算来别离滋味也未必怎样难尝;况且上海那么近,铁道水程,朝发夕至,不是可以常常回来么?佩璋听了,也就同意;她当然不自觉察,她那惜别的话正是题中应有之义,而发于内心的热情,仅占极少的成分而已。

第二个舍不得他的是蒋冰如。但是经他开诚布公陈说一番之后,冰如就说:"你还有教育以外的大志,就不好拖住你了。那方面的一切,我也很想知道，希望你做我的见识的泉源。"接着说两个儿子在上海，请就近照顾；他马上要写信，叫他们逢星期可以到女学校去。最后约定在上海会面的时期，说并不太远，就在清明前后他去看儿子的时候；他常常要去看儿子（这是几年来的惯例），因而彼此常常可以会面，与同在一校实在无多差别。这样，以劝留为开端，却转成了欢送的文章。

母亲是没有说什么，虽然想着暮年别子，留下个不可意的媳妇在身边，感到一种特殊的悲凉。

这一回乘船往火车站去的途中，心情与跟着金树伯初到乡间时又自不同。对于前途怀着无限的希望，是相同的；但这一回具有鹰隼一般的雄心，不像那一回仿佛旅人朝着家乡走，心中平和恬静。他爱听奔驰而过的风声，他爱看一个吞没一个的浪头，而仿佛沉在甜美的梦里的村舍、竹树、小溪流，他都觉得没有什么兴味。

女学校是初中，但是课程中间有特异的"社会问题"一目。他骤然看见呆了一下，像有好些理由可以说它不适当似的；但是一转念便领悟了，这没有错，完全可以同意。在两班学生的国文之外，他就兼教了"社会问题"。

到上海的"五卅惨案"发生时，他已习惯于他的新生活；青年女学生那种天真活泼，又因环境的关系，没有那些女性的可厌的娇柔，这在他都是新的认识。蒋冰如已来过两次，都作竟日之谈；从前是不觉得，现在却觉得冰如颇带点儿乡村的土气息了。

## 二十三

　　工厂罢了工。庞大的厂屋关上黑铁板的窗，叫人联想到害疮毒的人身上贴的膏药；烟囱矗立在高头，不吐出一丝一缕的烟，像绝了气的僵尸。商店罢了市。排门不卸，只开着很狭的一扇门，像在过清冷的元旦节，又像家家都有丧事似的。学校罢了课。学生蜂一样蚁一样分散开来，聚集拢来，干他们新到手的实际工作；手不停，口不停，为着唯一的事，那心情与伏在战壕中应敌的战士相同。

　　全上海的市民陷入又强又深的忿恨中。临时产生的小报成为朝晨的新嗜好。恐怖的事实续有发生，威吓的手段一套又一套地使用；读着这些新闻，各人心里的忿恨更强更深了。戏馆里停了锣鼓，游戏场索性关上了大门，表示眼前无暇顾及娱乐事情了，因为有重要超过娱乐事情万倍的事情担负在肩上。

　　街上不再见电车往来。电车是都市的脉搏，现在却停顿了。往来各口岸的轮船抛着锚只是不开。轮船是都市的消化器官和排泄器官，现在却阻塞了。血流停顿，出纳阻塞，不是死象是什么？那班吸血者几十年惨淡经营造成的这个有世界意义的现代都市上海，顿时变成了死的上海。

　　然而死了的仅是都会这个怪物而已。——这就是说，不死的，乃至蓬蓬勃勃有春草怒生似的气势的，正在这死骸里激剧地增长，那是爱民族愿为民族而献身的心！

焕之怀着那样一颗心,在荒凉的马路上走着。仲夏的太阳光已有叫人发汗的力量。他本可以坐人力车,但是想着酱赤的背心上汗水像小蛇一般蜿蜒流下来的景象,就宁可烦劳自己的一双脚,不愿去牵累别人的一双。反射青光的电车轨道尽向后面溜走,而前面却尽在那里伸长,仿佛是地球的腰环,没有尽头的。行人极少,平时常见的载货载人的独轮小车一辆也不见,偶然有一辆摩托车寂寞地驶过,就像洒过一个大胡椒瓶,不过飞入牙齿喉舌间的,不是胡椒而是灰沙。

他带着不自意识的游戏心情,两脚轮替地踏着一条电车轨道走,同时想着淹没了全上海的这一回大风潮:

"这一回,比较'五四',气势更来得汹涌。但'五四'却是这一回的源头。有了那时候的觉醒,现在才能认定路子,朝前走去。范围自然更广大了,质量自然更结实了。工人群众那种就是牺牲一年半载也心甘情愿的精神,从前是没有的;那种认识了自身的力量与组织的必要,纷纷加入严正的队伍的事实,从前也没有。"

一个印象浮现在他脑里:几百个青布短服的朋友聚集在一片广场上,闲了下来的手齐握着仇恨的拳头。他们依次地走向一间小屋,那是低得可以摸着檐头的小屋,领取实在不够维持的维持费。吃饱一个人还很勉强,何况有爷娘,有妻子。但是他们丝毫不露愁怨的神色,他们知道临到身上来的是斗争,斗争中间大家应该耐点儿苦,为的是最后的胜利。他们摊开手掌,接受一枚双银毫的当儿,用感动的眼光瞪着那亮亮的小东西,仿佛说:为了民族的前途,决不嫌你来得这样孤单!

近来他常常跑到一些工业区,以上的印象是他很受感动而且非常佩服的。什么一种力量约束他们,使他们的步伐那样严肃而有力呢?同伴的互相制约,宣传者的从事激励,当然都是原因。但重要的原因决不在此。那不比随便说说,如爱国呀齐心呀一类的事;那须得牺牲一家老小的本来就吃不饱的口粮,须得大家瘪起肚皮来,——哪里是当玩耍的?如果没有更重要的原因,没有潜藏在他们心里以至每一个细胞里的能动的原因，即使有外面种种的约束，这种情况怕也不会实现吧。

他的步子踏得加重；两手捏得紧紧，就像那些仇恨的拳头；身上的长衫仿佛卸下了，穿的是同那班朋友一样的青布短服。他的想头却从青布短服的朋友类推到另外的一批：

几年的乡居，对于向来不甚亲切的农民，他有了不少了解。从外表看，平静的田野，幽雅的村舍，好像乡间完全是烦恼飞不到的地方。但是你如果略微看得透些，就知道其间包藏的忧伤困苦，正不亚于共骂为"万恶"的都市。农业技术老守着古昔传下来的，对于一年比一年繁盛的害虫，除了叹息天不肯照应，没有其他办法。田主的剥削，胥吏的敲诈，坏和狠都达到想象不到的程度，农民们只好特别廉价卖掉仅有的收获去缴租，自己日后反而用高价籴每天的饭米；或则出了四分五分的利息，向人家借了现钱去缴租，抵押品是相依为命的手下的田地，清偿期是明年新谷登场的时候。这真像负了重载还逐渐压上大石头，今年不跌倒，明年后年总会跌倒的。所有跌倒的，有一条公认的出路，到城里去，或者到上海去。他们以为那些地方多余的是工作，随地散布的是金钱，带一双手去，总可以取得些工钱，维持自己的希望并不怎么奢的生命。这真是极端空想的幻梦！他们哪里知道都市地方正有大多数人被挤得站不住脚呢！——还有北部农民的状况，虽然不曾目睹，耳闻的却也不少。农民无异田主的奴隶；田主修寨筑堡，要了农民的力气，还要他们供给购备材料的钱。官府的捐税，军队的征发，好像强烈的毒箭，一枝枝都直接射着在农民身上。又有土匪，辛辛苦苦种下来的，说不定因一场混战踏得精光，说不定将来动手收获的并不是原来耕种的那双手。他们那种和平的心性改变了，改变得痛恨那祖宗相传世世依靠为生的农作；因为担任了农作就像刻上了"人间的罪犯"的记号，就将有百种的灾害降到身上来！他们愿意丢开农作，抛弃家乡，到外面去当兵，作人家争权称霸的工具；虽说把生命抵押出去，但临阵溃散是通常的事，这中间就颇有希望；何况当农民是吃人家的苦，当了兵就有叫人家吃苦的资格，一转身之间，情势悬殊,又何乐而不为?因此,连年内战,不缺乏的是兵,要多少有多少,纵使第一回的饷款也不足额定的数目,还是有人争着去当兵。

他这样想的时候,仿佛看见一大批状貌谨愿,额角上肩背上历历刻着人间苦辛的农民,他们擎起两臂,摇动着,招引着,有如沉溺在波浪中的人。"这样地普遍于这个国土里么?"他挣脱迷梦似地定睛细认,原来是马路旁边晒在太阳光中的几丛野草。

"在这一回的浪潮中,农民为什么不起来呢?他们太分散了。又该恨到中国的文字。这样难认难记的文字,惟有没事做的人才能够学,终年辛苦的农民就只好永没有传达消息的工具;少了这一种工具,对于外间的消息当然隔膜了。但是他们未必就输于工人。工人从事斗争,有内在的能动的原因,那种原因,在农民心里不见得就没有吧。从生活里深深咀嚼着痛苦过去的,想望光明的意愿常常很坚强,趋赴光明的力量常常很伟大;这无待教诲,也没法教诲,发动力就在于生活本身。"

对于日来说教似的自己的演讲,他不禁怀疑起来了。以前在小学里教课,说教的态度原是很淡的,一切待学生自动,他从旁辅导而已。现在对着工人,他的热诚是再也不能加强的了,却用了教训孩子似的态度。他以为他们知道得太少了,什么都得从头来,自学辅导的方法弛缓不过,不适于应急之用,于是像倾注液体一样,把自己的意见尽量向他们的瓶子里倒。眼前引起的疑问是:他们果真知道得太少么?他们的心意果真像空空的一张白纸或者浑沌的一块石头么?自己比他们究竟多知道一些么?自己告诉他们的究竟有些儿益处么?……

他摇头,强固地摇头,他用摇头回答自己。他想,惟有他们做了真正有价值的工作,产生了生活必需的东西;现在说他们知道得太少,那末谁是知道得多的?他们没有空闲工夫,把自己天花乱坠地向人家宣传,他们缺少了宣传的工具——文字,这是真的;实在呢,他们比一个读饱了书的人,知道的决不会少到怎样地步,而且所知的内容决不浮泛,决不朦胧。如果说,属于读饱了书的人一边的定然高贵,深至,而属于其他一边的只能卑下,浅薄,那是自以为高贵深至的人的夸耀罢了,并不是世间的真实。

他的鼻际"嗤"的一声,不自觉地嘲笑自己的浅陋,仿佛觉得自己的躯干忽然缩拢来,越缩越小,同时意想着正要去会见的那些青布短服的朋友,只觉得他们非常伟大。

"我,算得什么!至多是读饱了书的人一边的角色,何况又没有读饱了书!"

几句话像天空的鹰隼一样,突然劲健地掠过他的胸次:"中国人不会齐心呀!如果齐心,吓,怕什么!"

"这不是永不能忘的那日子的下一天,在枪弹一般的急雨中,在攒聚着群众的马路旁,遇见的那个三十左右的男子的话么?换了名人或博士,不,就是中学生或小学生,至少就得来一篇论文;淹博的,'西儒''先贤'写上一大串,简陋的,也不免查几回《辞源》。但是实际的意义,能比那个男子的话高明了多少?还不是半斤八两?如果有什么需要审慎瞻顾之处,就连这点儿意思都不能表达清楚。总之,像那个男子一类的人,他们没学会博雅的考据,精密的修辞,他们没学会拿一点点意思这样拉,那样拉,拉成可以叫人吃惊的一大篇,这是无可辩护的。另一类人却学会了他们没学会的,能够把同样一个意思,装饰成不知多少同等好看的花样。那就是'有教育程度',那就是受外国人尊重的'高等华人'!——什么高等!浮而不实的东西!"

几乎连学校里一班颇为活跃的女学生,连那天在马路中振臂高呼、引起群众潮水一般的热情的密司殷,他都认为卑卑不足道,无非是浮而不实的东西。他把脚步跨得很急,像赶路回乡的游子;时时抬起头来向前边看,眼光带着海船上水手眺望陆地的神情;额上渗出些汗滴,在上唇一抹短髭上,也缀着好几滴汗。

"去还是要去,不过得改变态度。我不能教训他们,我的话在他们全是多余的。——固然不能说满腔热诚是假的,但发表意思总该有些用处,单单热诚是不济事的。——反而我得向他们学习。学习他们那种朴实,那种劲健,那种不待多说而用行为来表现的活力。用他们的眼光看世界,世界将另外成个样子吧? 看见了那另外的样子,该于我有好处,至少可以证明路向没有错,更增前进的勇气。"

他设想自己是一条鱼,沉没在"他们"的海水中间,彻头彻尾沾着"他们"的气分;而"他们"也是鱼,同他友好地结队游泳:他感觉这有人间难得的欢快。他又设想自己是一只鸟,现在正在飞行的途中,阴沉的树林和雾翳的地面早已消失在视力之外了;前边是光明的晴空,万古煊耀的太阳显出欢迎的笑脸,而他飞行的终点正就是这个太阳! 他自己也不明白,为什么今天的感情特别激越,心思特别开展;他觉得一种变动已经在身体的微妙的部分发生,虽然身体依旧是从前的身体。

在前面马路的右方,矗立着三座四层的厂屋;水泥的墙壁承受阳光,反射出惨白色,所有黑铁板窗都紧紧地关上,好像中间禁锢着不知多少死囚。

厂屋那边是黄浪滚滚的黄浦江。这时候正上潮,江面鼓动,鼓动,似乎要涨上天去。数十枝桅樯簇聚在一处,徐徐摆动;桅索繁密地斜曳地下垂。对岸的建筑物显得很小,有如小孩玩弄的房屋模型。上头是淡蓝的天。如果是心情悠闲的人,对于这一幅简笔的"江潮图",一定感到诗趣,说不定会像艺术家似地深深吟味起来。他这时候的心情却绝对不悠闲,所以看在眼里也无所谓诗趣。

大约有一二百工人聚集在厂屋前的场地上。他们排列整齐,像军队操练似的。小小的旗子在他们中间飘动。直射的阳光照着他们的全身。

一会儿,每个人的右手轰然齐举,望过去像掀起一方大黄石。同时又听到坚实而雄壮的呼声:"坚持到底!"

他开始跑步,向那边奔去;一个久客在外的游子望见了自己家屋的屋标,常常会那样奔跑。自己像鱼呀,像鸟呀,这一类想头主宰着他,他所感受的超乎喜悦以上了。

## 二十四

下年秋天一个阴沉的下午,焕之接到了佩璋的一封信。在上海是会忘了节季的,只看学校里的凉棚由工人拆除了,就知道这是秋天。课室内教师的演讲声,空落落地,像从一个洞穴内发出。时时听见一两声笑声或呼唤声,仿佛与这秋气弥漫的环境很不调和似的,那是没有课的学生在宿舍里消磨她们的时光。

究竟是有过每三天通一回信的故事的,现在并没变更得太多,大约隔十来天彼此就写封信。缠绵的情话当然删除了,那是青年时期浪漫的玩意儿,而现在已经跨出了这个时期。家庭前途的计划也不谈了,现实的状况已经明显地摆在面前,还计划些什么?何况焕之方面已经看不起这个题目了。于是,剩下来的就只有互相报告十天内的情况,又平凡,又朴素,正像感情并不坏的中年夫妇所常做的。不过焕之的信里,有时也叙述近来所萦想的所努力的一件事;为了邮局里驻有检查邮件的专员,叙述不能十分清楚,但是够了,佩璋能从简略的叙述里知道他所指的一切。

佩璋的信是这样的:

> 焕之如晤:
> 来信读悉。所述各节,无可訾议,人而有志,固宜如是。惟须处之以谨慎,有如经商,非能计其必赢,万勿轻于投资,否则徒耗资

本,无益事功,殊无谓也。秋风渐厉,一切望加意珍卫,言不尽意,幸能体会。("渐厉""加意"旁边都打着双圈)盘儿习课,极不费力。构造短文,文法无误,且能仿一段而成多段。自然科最所深嗜。采集牵牛花子一大包,谓明年将使庭中有一牵牛花之屏风。经过田野,则时时观察稻实之成长情形。此儿将来成就如何固未可言,——殆非庸碌人也。彼每日往还,仍由我伴行。在小学见群儿奔跃呼笑之状,不禁头晕。回忆昔年,亦尝于此中讨生活,今乃望而却步,可笑又复可念。母亲安健,我亦无恙,可以告慰。

璋手启

　　看完了这封信,似乎吃了不新鲜的水果,焕之觉得有一种腐烂的滋味。"非能计其必赢,万勿轻于投资",真是经商的人还不至于这样懦怯,难道经商以上的人需要这种规劝么?从目前的情势看,革命成功固然是可以预料的事,但从事革命的人决不因预料可以成功才来从事革命。假如大家怀着那种商人心理,非到一定能成功时决不肯动一动,那就只有一辈子陷在奴隶的境界里,革命的旗帜是永远竖不起来的。但是他随即客观地想:像佩璋那样,完全处在时代的空气以外,采取旁观态度是当然的;她又不愿意违反丈夫的意旨,所以说出了这奖赞而带规劝的话。他复校似地重读这封信的前半部分时,谅解的心情胜过了批评的意念,就觉得腐烂的滋味减淡不少了。

　　说是谅解,自然不就是满意。他对于佩璋简直有很多不满意处,不过像好朋友的债务一样,一向懒得去清理,因为清理过后,或许会因实际的利害观念,破坏了彼此的友谊,而那友谊是并不愿意它破坏的。他把制造这些不满意的责任归到命运,命运太快地让孩子闯进他们的家庭里来了。孩子一来,就夺去了她的志气,占有了她的心思和能力!看她每天伴着孩子往还,毫不感觉厌倦,又体味着孩子的一切嗜好与行动,她竟像是为孩子而生活似的。

"如果到这时候还没有孩子,情形或许会完全不同。她既有向往教育革新的意愿,未必不能彻悟到教育以外的改革吧。那末她现在应该是:头发截到齐耳根,布料的长袍紧裹着身体,脸上泛着兴奋的红色,走起路来,步子成一种有味的韵律;写起信来,是简捷的白话,决不会什么什么'也'地纠缠不清……"

他似乎感到一阵羞愧,把眼睛闭了一闭;专从这些表面上着想,不是太浮浅太无聊了么?于是他更端地想:

"如果……她现在应该有一种昂首不羁的精神,一种什么困苦都吃得消的活力,应该是突破纪录的女性的新典型,像眼前的几个女子那样。她能出入地狱似的贫民窟,眉头也不皱一皱;她能参加各种盛大的集会,发表摄住大众心魂的意见。我与她,夫妻而兼同志,那是何等的骄傲,何等的欢欣!"

然而真实的现在的她立刻涌现于脑际:皮肤宽松而多脂,脸上敷点儿朱,不及真血色来得活泼,前刘海,挂在后脑的长圆髻;牵着孩子,讲些花鸟虫鱼的故事给他听;还同老太太或是邻舍不要不紧地谈些柴米的价钱,时令的变迁,以及镇上的新闻,等等;完全是家庭少奶奶的标本。

他爽然若失了。从窗洞望出去,露出在人家屋顶上的长方形的一块天,堆叠着灰白的云,好像专照人间暗淡心情的一面镜子。他不要看那块天,无聊地再看搁在桌子上的佩璋的信。"殆非庸碌人也",仿佛初次看到这一句,他把头枕在椅子的靠背上,又引起漫想的藤蔓:

"不是庸碌人,当然好;在数量这么多的人类中间,加上一个庸碌人,又有什么意思!不过我也不希望他成英雄,成豪杰。英雄豪杰高高地显露出来,是要许多人堆砌在他脚底下作基础的。这是永久的真实;就是在最远的将来,如果有英雄豪杰的话,这个现象还是不会改变。我怎能希望儿子脚底下叠着许多人,他自己却高高地显出在他们上头呢?我只希望他接受我的旗。展开在我们前头的,好像不怎么远,说不定却是很长的一条路;一个人跑不完很长的一条路,就得轮替着跑。我只希望他能在我跑到精疲力尽的时候,跳过来接了我手里的旗,就头也不回地往前飞跑!"

这些想头无异浓酽的酒,把暂时的无聊排解开了。有如其他作客的父亲一样,他忽然怀念起家里的盘儿来。他想到他的可爱的小手,想到他的一旋身跑开来的活泼的姿态,想到他的清脆可听的爱娇的语音,尤其想到他的一双与父亲一般无二的清湛的眼睛。

房门被推了进来。他回头看,站起来欢迎说:"你来了,我没料到。来得正好,此刻没有事,正想有个人谈谈。"

轻轻走进来的是蒋冰如,满脸风尘色;呢帽子压在眉梢,肩膀有点儿耸起,更露出一种寒冷相。他疲惫地在一把椅子上坐下,说:"刚从他们大学里来;黄包车,电车,又是黄包车,坐得我累死了。"

他透了一口气,接着说:"决定明天把他们带回去了。看这种情形,纵使风潮暂时平息下来,也不过是歇歇气,酝酿第二回的风潮,万不会好好儿上什么课的!"

"为了这事,你特地到上海来么?"焕之坐在原来的椅子里,仿佛不相信地瞪着冰如的脸。

"不是么?你知道我在乡间每天看报多么着急?这个学校多少学生被逮捕了,那个学校多少学生被开除了;于是,这个学校闹风潮了,那个学校闹风潮了。我那两个是不会混在里头的,我知道得清楚;但是,这样乱糟糟的局面,谁说得定不会被牵累?我再也耐不住,马上赶了来。他们对我说,风潮似乎可以平息了,下星期大约要上课。我想,上课是名儿,再来个更激烈的风潮是实际;索性回去温习温习吧。所以明天带他们回去。"

焕之带点儿神秘意味笑着,点头说:"再来个更激烈的风潮,倒是很可能的事情。一班学校当局,这时候已经宣告破产,再也抓不住学生的心;学生跑在前头,面对着光明,学校当局却落在后头,落得很远很远,专想抛出绳子去系住学生的脚。重重实实地摔几跤,正是他们应得的报酬！"

"依你的意思，学校当局应该怎么样才对呢？"冰如脱了帽，搔着额角，显露一种迷惑的神情。

"应该领导学生呀！教育者的责任本来是领导学生。学生向前跑，路子并没有错；教育者应该跑在他们前头，同时鼓励他们。"

"这是无论如何办不到的。对于学校当局，谁都能加以责备，又况是这样的政局。我觉得他们那样谨慎小心，实在很可以原谅。"

"我觉得最不可以原谅的，正是他们的谨慎小心。他们接受了青年的期望与托付，结果却抛撇了青年！"

"还有一层，"冰如似乎捉住了一个重要意思，抢着说，"学生搁下了功课，专管政治方面的事情，我觉得也不是个道理。"

焕之兴奋地笑着说："大学教授不肯搁下他们三块钱四块钱一点钟的收益，富商老板不肯搁下他们'日进斗金'的营业，就只好让学生来搁下他们的功课了。还有工人，农民，倒也不惜搁下他们的本务，来从事伟大的事业。一些不负责任的批评者却说美国学生怎么样，法国学生怎么样，总之与中国学生完全不一样，好像中国学生因为与外国学生不一样，就将不成其为学生似的。他们哪里能了解中国现代学生的思想！哪里能认识中国现代学生的心！"

冰如不说话，心里想现在焕之越发激进了，来上海还不到两年，像他所说的"向前跑"真跑得很远。自己与他的距离虽然还没到不能了解他的程度，但感情上总嫌他作的是偏锋文章。

焕之看冰如不响，就接着自己的话说下去，面目上现出生动的神采："中国现代学生有一颗伟大的心。比较'五四'时期，他们有了明确的思想。他们不甘于说说想想便罢，他们愿意做一块寻常的石子，堆砌在崇高的建筑里，不被知名，却尽了他们的本分。'往南方去！往南方去！'近年来成了学生界的口号。长江里每一条上水轮船，总有一大批青年男女搭乘，他们起初躺着，蜷着，像害了病似的，待一过侦查的界线，这个也跳起来,那个也跳起来,一问彼此是同道,便高唱《革命歌》,精神活跃,竟像是另外一批人。你想,这是怎样的一种情景!"

冰如微觉感动,诚挚地说:"这在报上也约略可以见到。"

"我看不要叫自华宜华回去吧。时代的浪潮,躲避是不见得有好处的。让他们接触,让他们历练,我以为才是正当办法。"焕之想着这两个秀美可爱的青年,心里浮起代他们争取自由的怜悯心情。

"话是不错。不过我好像总有点儿不放心。有如那个时行的名词,我恐怕要成'时代落伍者'吧。"冰如用自己嘲讽的调子,来掩饰不愿采用焕之的意见的痕迹。

外面一阵铃声过后,少女的笑语声,步履的杂沓声,便接连而起;末了一堂功课完毕了。焕之望了望窗外的天,亲切地说:"我们还是喝酒去吧。"

他们两个在上海遇见,常到一家绍酒店喝酒。那酒店虽然在热闹的马路旁,但规模不大,生意不怎么兴盛,常到的只是几个经济的酒客;在楼上靠壁坐下,徐徐喝酒,正适宜于友好的谈话。

在初明的昏黄的电灯光下,他们两个各自执一把酒壶,谈了一阵,便端起酒杯呷一口。话题当然脱不了时局,攻战的情势,民众的向背,在叙述中间夹杂着议论。随后焕之谈到了在这地方努力的人,感情渐趋兴奋;虽然声音并不高,却个个字挟着活力,像平静的小溪涧中,喷溢着一股沸滚的泉水。

他起先描摹集会的情形:大概是里衖中的屋子,床铺,桌子,以及一切杂具,挤得少有空隙,但聚集着十几个人;他们并不是来消闲,图舒服,谈闲天,屋子尽管局促也不觉得什么。他们剖析最近的局势,规定当前的工作,又传观一些秘密书报。他们的面目是严肃的,但严肃中间透露出希望的光辉;他们的心情是沉着的,但沉着中间激荡着强烈的脉搏。尤其有味的,残留着的浊气,以及几个人吐出来的卷烟的烟气,使屋内显得朦胧,由于灯光的照耀,在朦胧中特别清楚地现出几个神情激昂的脸相来,或者从朦胧得几乎看不清的角落里,爆出来一篇切实有力的说辞来;这些都叫人想到以前读过的描写俄国革命党人的小说中的情景。集会散了,各自走出,"明儿见"也不说一声;他们的心互相联系着,默默走散中间,自有超乎寻常的亲热,通俗的客套是无所用之的。

随后他又提出一个人来说:"王乐山,不是曾经给你谈起过?他可以算得艰苦卓绝富有胆力的一个。在这样非常严重的局势中,他行所无事地干他的事。被捕,刑讯,杀头,他都看得淡然;如果碰上了,他便无所憾惜地停手;不碰上呢,他还是要干他的。一个盛大的集会中,他在台上这么说:'革命者不怕侦探。革命者自会战胜侦探的一切。此刻在场的许多人中间,说不定就坐着一两个侦探!侦探先生呀,我关照你们,你们不能妨害我们一丝一毫!'这几句说得大家有点儿愕然;但看他的神态却像一座屹然的山,是谁也推不动的,因此大家反而增强了勇敢的情绪。他是第二期的肺病患者,人家说他的病可厌,应当设法休养。你知道他怎么说?他说:'我脑子里从来不曾想到休养这两个字。一边干事业,一边肺病从第二期而第三期,而毁掉我的生命;我的生命毁掉了,许多人将被激动而加倍努力于事业:这是我现在想到的。'你看,这样的人物怎么样?"

灯光底下,焕之带着酒意的脸显得苍然发红;语声越到后来越沉郁;酒杯是安闲地搁在桌子上了。

冰如咽了一口气,仿佛把听到的一切都郑重地咽了下去似的,感动地说:"实在可以佩服!这样的人物,不待演说,不待作论文,他本身就是最有效力的宣传品。"凝想了一会儿,呷了一口酒,他又肯定地说:"事情的确是应该干的;除了这样干,哪里来第二条路?——可惜我作不来什么,参加同不参加一样!"

焕之的眼光在冰如酡然的脸上转了个圈儿,心里混和着惋惜与谅解,想道:"他衰老了!"

## 二十五

局势的开展非常快,使一班须得去应付它的人忙不过来。每个人每天有好几个集会,跑了这里又要跑那里,商议的结果要分头去计划,去执行;心思和体力尽情消磨,全不当一回事。应该感到疲倦了吧?不,决不。大家仿佛艺术家似的,一锥一凿辛苦经营的伟大雕像快要成功了,在最后的努力里,锥与凿不停地挥舞着,雕刻着,手腕是无所谓疲倦的;想到揭开幕布,出于己手的伟大雕像便将显露在万众眼前的时候,引起最高度的兴奋,更增添不少精力。

教育这个项目当然是不容轻易忽略的。为谋变更以后,能够从容应付这个项目起见,先组织了一个会。倪焕之是现任教师,虽然他的观念已变,不再说"一切的希望悬于教育",但对于未来的教育却热切地憧憬着;谁也知道这个会里少不了他。

集会已经有好几次了,对于每次的决议,焕之觉得满意的多。不论在制度上,在方法上,会众都根据另一种理论(就是与快要断命的现状所根据的理论不相同的那一种)来持论立说;向来对现状不满意的各点,自然不会再容纳在新的决议里。这些新的决议实行的时候,焕之想,教育该会显出它的真正的功能吧。

这一天集会散了,他与王乐山同行,天快黑了,料峭的春风颇有寒意,他抱着一腔向往光明的热情,拉住乐山的胳臂谈刚才没谈完的题目。他说:"这个乡村教育问题,我想是非常深广非常切要的。农民不难明了自己的地位与使命,但必须得到一点儿启发,还有农业技术的改进,更须有详细的指导;这种责任都归于乡村教育。这个工夫做得好,才像大建筑一样,打下了很深的基础,无论如何总不会坍败。"

王乐山沉静地点头。他近来越来越冷峻,好像不知道灿烂的一幕就将开始似的,使焕之觉得奇怪,可又不敢动问。他呷嘴说:"只是没有这样多相当的人才。局势开展得这样快,就见得不论哪一方面都缺少人;多数人又喜欢往热闹的场合去工作;乡村教育的事冷僻寂寞,只有十分彻悟的人才愿意干。自然,新局面一开展,放个风声出去,说现在要招人担任乡村教育,应征的人一定会像苍蝇一样聚拢来;但是,聚拢来的要得要不得,却成问题。"

"这当然不能让任何人滥竽充数。我们所不满意的现状里,并不是绝对没有乡村教育。他们教农民识几个字,懂得一点儿类乎迷信的社会教条;实际是教他们成为更有用更驯良的奴隶!那样的乡村教育,我们既然绝对排斥,哪里可以让一个滥竽的人担任其事?"

"看来师范学校的学生也不见得都行吧?"

"这是一班主持师范教育的人该死的罪孽。他们把师范学校设置在都市里,一切设施全以都市为本位;虽然一部分师范生是从乡村出来的,结果也就忘了乡村。比较好点儿的师范学校,它们的附属小学往往是一般小学校里最前进的,教育上的新方法,新理论,都肯下工夫去试验,去实践。但是他们总免不了犯一种很不轻的毛病,就是把他们的学童看作属于都市的,而且是都市里比较优裕的阶级的。师范生在试教的时期,所接触的是这样被看待的学童,待回到乡村去,教育纯粹的乡村儿童,除了格格不相入哪还有别的?至于乡村的成人教育,那些主持师范教育的人连梦也没有做到;如果责备他们,他们一定会叫冤枉。"

"这样说来,开办多数的乡村师范,也是眼前切要的事情。"

"自然罗,至少与政治工作人员训练所同样切要。"

"你来一个详细的计划吧!"乐山说着,眼光射到路旁边新设置的铁丝网。一排店屋被拦在铁丝网外面,只留极窄的一个缺口,让行人往来。天色已经昏黑,晕黄的电灯光照着从缺口间憧憧往来的人影,历乱,促迫,颇呈鬼趣。

"活见鬼!他们以为这样做,就把掠夺到手的一切保护好了!"焕之不能像乐山一样无所激动,他恨外国人表示敌意,又笑他们看见新局面挟着山崩潮涌的气势到来,到底也会心虚胆怯;每遇见横街当路的铁丝网以及军舰载来的服装各异的兵士,他总禁不住要这样说。

"站在他们的地位,不这样做又怎样做呢?难道诺诺连声,把掠夺到手的一切奉还我们么?如果这样,世间还会有冲突斗争的事么?惟其一面要掠夺,一面要抵抗,各不相下,冲突斗争于是发生。谁的力量充实,强大,胜利就属于谁。"说的是关于冲突斗争的话,乐山却像谈家常琐事,毫不动声色。

"从现在的情势看,胜利多半属于我们这一面;长江上游的外交新故事,就是胜利的序幕。"焕之依然那么单纯,这时候让多量的乐观占据着他的心,相信光明境界立刻就会涌现无异于相信十足兑现的钞票。他又得意地说:"他们外国人私下里一定在心惊肉跳呢;派兵士,拦铁丝网,就因为禁不起恐怖,用来壮壮自己的胆的。你想,他们谁不知道这时候的上海市民,每一个都怀着准备飞跃的雄心,每一个都蓄着新发于硎的活力,只待那伟大戏剧的开幕铃一响,就将一齐冲上舞台,用开创新纪录的精神活动起来。这在他们的经验里是找不到先例的,要想象也没有能力;惟有神秘地感觉恐怖,是他们做得到的。"

"你看过钱塘江的潮水么?"

"没有。还是十年以前到过一趟杭州,在六和塔下望钱塘江,江流缓缓的,不是涨潮的时候。"

"去年秋季,我到海宁看过潮。起初江流也是缓缓的,而且很浅,仿佛可以见底似的。不知道怎么,忽然听到一种隆隆隆的轻声,像是很远地方有个工厂,正开动着机器。人家说那就是潮水的声音,距离还远,大概有百把里路。不到十分钟,那声音就变得非常宏大,仿佛包笼着宇宙,吞吐着大气,来喝破这平静悠闲境界的沉寂局面,为那奔腾汹涌的怒潮作先驱。可是,潮头还没一点儿踪影。看潮的人都默然了;激动鼓膜同时又震荡心房的雷一般的巨声有韵律地响着,大家感觉自然力的伟大与个人的貌小;那声音领导着一个完全不同的世界,它不顾一切,它要激荡一切,这样想时,极度紧张的神秘情绪便塞满各人的胸膛。这正好比此刻上海人的心情。不论是谁,只要此刻在上海,就听到了那雷一般的巨声,因而怀着极度紧张的神秘情绪。预备冲上舞台的,怀着鬼胎,设法壮壮自己的胆的,在这一点上,差不多是一个样。"

"你好闲暇,描写看潮水,竟像他们文学家不要不紧写小品文。"

"当时一个同去的朋友问我:'这潮水尚未到来,巨声笼罩天地的境界,有什么可以比拟?'我说,古人的《观潮记》全是废话,惟有大革命前夕足以象征地比拟。刚才偶然想起这句话,就说给你听听。"

随后两人都默然,各自踏着印在马路上的自己的淡淡的影子走去。忽然乐山自言自语说:"我这颗头颅,不知道在哪一天给人家砍去。"

是何等突兀的一句话!与前面的话毫不接榫。而且是在这晚上说,在焕之想来,简直全无意义。他疑怪地带笑问:"你说笑话吧?"

"不,我向来不爱说笑话。"乐山回答,还是他那种带点儿冷峻意味的调子。

"那末,在今天,你作这样想头,不是过虑么?"

"你以为今天快到结笔完篇的时候了么?如果这样想,你错了。"

"结笔完篇的时候当然还没到,但是至少已经写了大半篇。若就上海一地方而论,不能不说立刻可以告个相当的段落。"

"大半篇哩,相当的段落哩,都没说着事情的实际。告诉你,快要到来的一幕开场的时候,才是真正的开端呢!要写这篇文章需要担保品,担保品就是头颅。"

"不至于这样吧?"焕之怅然说。他有如得到了一件宝物,却有人说这件宝物恐怕是破碎的,脏污的,因而引起将信将疑的惆怅。

"不至于?看将来的事实吧!——再见,我拐弯走了。"

虽患肺病却依然短小精悍的背影,一忽儿就在杂沓的人众车辆中消失了。

这一夜焕之睡在床上,总抛撇不开乐山那句突兀的话。那句话幻成许多朦胧的与期望完全相背的景象,使焕之嗅到失望和哀伤的腐烂一般的气息。从那些景象里,他看见各种的心,又看见各种的血;心与心互相击撞,像古代战争时所用的擂石,血与血互相激荡,像两股碰在一块儿的壮流。随后,腐烂的心固然腐烂了,生动的心也疲于冲突,软铺铺的,像一堆朽肉;污浊的血固然污浊了,清新的血也渐变陈旧,红殷殷的,像一派死水。于是,什么都没有,空虚统治了一切。

他模糊地想,自己给迷梦弄昏乱了,起来开亮电灯清醒一会儿吧。但是身躯好像被缚住了,再也坐不起来。想要翻身朝外,也办不到,只把原来靠里床的右腿搁到左腿上,便又云里雾里般想:

"这一件,我亲眼看见的……那一件,我也亲眼看见的……成立!产生!万岁!决定!这样干!一伙儿!这些声音至今还在耳朵里响,难道是虚幻的不成?不,不,决不虚幻,千真万真。"

但是他心头仿佛翻过书本的另外一页来:

"这样变化,据一些显露的端倪来推测,也颇有可能吧。……丢过来的是什么?嗐!是腐烂的心!……咦!污浊的血沾了我的衣裳!……那不是乐山的头颅是什么?"

他看见乐山的头颅像球场中的皮球一样,跳到这里又窜到那里;眼睛突出着,眉毛斜挂着,切断的地方一抹红,是红丝绒的座垫。既而知道没有看得真。乐山不是肺病第二期么?这是乐山的肺腐烂了涌上来的血。但是随即又大彻大悟地想,哪有这回事,自己一定在做梦;停住吧,不要做梦吧。这想念倏地消逝,他又看见新年市场中小贩手里的气球似的东西,这边一簇,那边一簇,在空中浮动。定睛细认,眼睛突出着,眉毛斜挂着,原来个个都是乐山的头颅……

"军队已经到了龙华!啊,龙华!你们起来呀,这哪里是沉沉春睡的时候!"滞白的晨光封闭着的宿舍里,像九天鸣鹤一般嘹亮地喊出来的,是密司殷的声音。她一夜没睡熟,看见窗上有点儿曙色的时候,便溜到外边去,迎候从望平街过来的报贩。

一阵洋溢着欢喜、热诚以及生命的活力的呼声立即涌起来接应:"来了么?啊,我们的军队终于来了!"

接着便是一阵匆忙而带着飞跃意味的响动;女学生们起来穿衣服,开箱笼,嘴里哼着"起来"的歌儿,每一个字都像在那里鹘落鹘落跳。有几个拉开窗帘,推开窗子仰望;啊!畅好的天气,初升的太阳放射出新鲜的红光。

焕之就被这一阵响动闹醒,觉得头脑有点儿晕眩。待听清楚女学生们的呼喊时,一阵震动像电流一般通过全身,他就觉得从来没有这样兴奋过,也从来没有这样清醒过;那兴奋和清醒的程度不能用语言文字来表达,除了自身感受,再没别的办法可以领略它的深浅。昨夜的荒唐可笑的幻梦,终于是幻梦罢了;好久好久抛撒不开,也只有昏迷中才会这样;在清醒的此刻,只要脑筋有一丝的精力,就会去想别的切实紧要的题目,哪里肯无端去寻那些无聊的梦思!这样想着,他霍地站起身来,披上一件短棉袄,犹如战士临阵时披上他的铁甲。

若说这当儿还能够心定神宁,那除非是槁木死灰似的废物;再不然,就是具有大勇的英雄。在两者都不是的焕之,此刻只想往外跑;他知道像钱塘潮一样壮大雄伟的活剧即刻就要开幕,他愿意当一个表演者同时做一个观览者;表演兼观览时的心情,是怎样激动怎样畅快的味道,他没法预料,急于要去亲尝。但是另外一个意念拖住了他:局势已经发展到这样,乡村师范的详细规划不是很急需了么?花费半天的工夫,把它写好了,再到外边去,才是正经呢。

然而,他又怎能够坐定下来写乡村师范的计划呢?女学生们取出买来了几天的饼干,糖果,以及毛巾、牙刷之类,一份份地分配着,用女性特有的细心这样包,那样扎,预备去慰劳她们所谓"我们的军队";近乎忘形的笑语声纷然而起,使他的心痒痒的,似乎要大笑,又似乎要哭,结果只好走出房间,参加她们的工作。

一个女学生说:"一声也不响,拿一份东西授给一个兵士,这有什么意思?我们应该说些话才对。"

另一个女学生毫不思索地接上说:"可说的话多得很,运货车也装不完呢。'你们是革命的前锋!''你们是解放之神!''你们一年多的成绩,永远刻在全国民众的心上!''你们的牺牲精神,展开中国新历史的首页!'……"

"我要这样对他们说:'兵,中国已经有了几千年;但是为民众的属于民众的兵,你们是破天荒!不为民众的不属于民众的兵,不是奴隶,便是娄罗;惟有你们,都不是!为了这个,我们敬你们,爱你们,赠你们一份聊表微意的东西。'"

"好!这样说再好不过了;你就作我们全体的代表!"大家齐声喊说,手里的工作格外来得勤奋有劲了。

"我是一句话也不想说。"

大家回过脸来看说这句话的密司殷;天真而强毅的表情洋溢在她的眉眼唇吻间,足见她的话比这样那样说含有更深的意义。几个人便问:"为什么一句话也不想说?"

"不说的说,亲切得多呢。我只想给他们每人亲一个嘴!"

"哈哈!"大家笑起来了。但是笑声像夏天的雨脚一样随即收住了;她们从她那比恋爱时候更为辉耀的眼光里,比高呼狂喊更为激动的带抖的声音里,体会到她的全部心情,因而受了传染似地,自己的嘴唇也起了与兵士们亲一亲的强烈欲望。

"唉!真该给他们每人亲一个嘴。"焕之感叹着说,冲破了暂时的静寂;他的感动,是到了若在前几年便会簌簌下泪那样的深度了。

慰劳品分配完毕是九点多钟。焕之回到房里,重又想那时时在脑里旋转的乡村师范的题目。他想到农民的政治认识,他想到农村的经济压迫,他想到改进农业技术,他想到使用机器;乡村师范,正如一帖期望能收百效的药,哪一方面应该清,哪一方面应该补,必须十分审慎斟酌,才能面面见功。他几次提笔预备写上纸面,但几次都缩住了,以为还没想得充分周妥。旗呀,枪呀,火呀,血呀的一些影子,又时时在他心门口闪现着,引诱着,仿佛还在那样轻轻地呼唤:"出来吧!出来吧!今天此刻,亏你还坐得住!出来吧!出来吧!"

写成一张纸的时候,已经是十二点了,匆匆吃过午饭,一双脚再也不肯往房里走,他便跑出了学校。电车已经停开,因为电车工人有他们的集会。几个邮差骑着脚踏车飞驰而过,不再带着装载信件的皮包或麻布袋,手里都提一个包扎得很方正的纸包,是预备去亲手赠与的慰劳品。

他觉得马路间弥漫着异样的空气。很沉静,然而是暴风雨立刻要到来以前那一刹那的沉静;很平安,然而是大地震立刻要爆发以前那一刹那的平安。每个人的眼里都闪着狂人一样的光,每个人的脸上都现出神经末梢都被激动了的神色;虽然有的是欢喜,有的是忧愁,有的是兴奋,有的是恐慌,他们的情绪并不一致。昨天乐山说的钱塘潮的比喻倏地浮上心头,他自语道:"他们听着那笼罩宇宙吞吐大气的巨声,一时间都自失在神秘的诧愕里了。啊!伟大的声音!表现'力'的声音!"

突然间,一阵连珠一般的爆竹声冲破了沉静平安的空气;马路两旁的人都仰起了头。焕之对准大众视线集注的所在看去,原来是一家广东菜馆,正在挂起那面崭新的旗帜;旗幅张开来,青呀,白呀,尤其是占着大部分的红呀,鲜明地强烈地印入大众的眼,每个人的两手不禁飞跃一般拍起来。

"中国万岁啊!革命万岁啊!"正像钱塘江的潮头一经冲到,顿时成为无一处不跃动无一处不激荡的天地;沉静和平安从此退位,得不到人家一些儿怜惜或眷恋。涨满这条马路的空间的,是拍掌和欢呼的声音。

一手按着腰间的手枪的"三道头"以及肩上直挂着短枪的"印捕"眼光光地看着这批类乎疯狂的市民,仿佛要想加以干涉,表示他们的威严;然而他们也聪明,知道如果加以干涉,无非是自讨没趣,故而只作没看见,没听见,依然木偶似地站在路中心。

焕之觉得自己的身体似乎被一种力量举起,升在高空中;同时一颗心化为不知多少颗,藏在那些拍掌欢呼的人们腔子里的全都是。因为升在高空中,他想,从此要飞翔了!因为自家的心就是人们的心,他想,从此会博大了!他不想流泪,他不去体会这一刻的感情应该怎样描写;他只像瞻礼神圣一样,重又虔诚地看一眼那面青呀白呀尤其是占着大部分的红呀的崭新的旗帜。

他觉得双腿增添了不少活力,便急步往北跑。这家那家的楼头相继伸出那面动人的旗帜来,每一面伸出来,引起一阵热烈的掌声和欢呼。

"砰!……砰!……砰!"

"听!火车站的枪声!"

路人侧着耳听,显出好奇而又不当一回事的神色,有如七月十四日听法国公园里燃放声如放炮的焰火。

"劳动的朋友们!你们开始使用你们的武装了!在火车站的一部分敌人部队,只供你们新发于硎的一试而已。你们还要……"焕之这样想,步子更大更急,直奔火车站而去。

## 二十六

　　大海的浪潮涌起,会使海面改观。然而岂止海面呢?潮从通海的江河冲进来,江河里的大船巨舶便失了魂似地颠簸起来;又从江河折入弯曲的小河,小河里的水藻以及沿岸的草木也就失去了它们的平静,浮呀,沉呀,动呀,荡呀,好久好久,还是不见停息。

　　那壮大的潮头还没冲到上海的时候,好比弯曲小河的乡镇间已经感到了时代的脉搏,失去了它的平静;用前面叙过的话来说,就是听到了隆隆隆的潮声了。

　　镇上人中间,对于这个不平静最敏感的,你道是谁?

　　就是那年新年里,在训练灯会里"采茶姑娘"的所在的门口,穿着玄色花缎的皮袍子,两个袖口翻转来,露出柔软洁白的羊毛,两手撑在腰间,右手里拿一朵粉红的绢花,右腿伸前半步,胸膛挺挺的,站成个又威风又闲雅的姿势的,那个蒋老虎——蒋士镳。十年的岁月,只在他的胖圆脸的额上淡淡地刻了几条皱纹;眼睛还是像老虎眼一样,有摄住别人的光芒,胸膛也还是挺挺的。他懂得外面万马奔腾地冲过来的是什么样一种势力,他又明白自己是什么样一等人,自己在社会间处什么样一个地位。一向处在占便宜的一面,假如从今世运转变,自己处处都得吃亏,那是多么懊恼的事?然而他只把忧虑隐藏在心里,不愿意挂到嘴唇边来唱。唱是徒然表示自己心虚没用而已,再没有其他意义;以强者自负的他,关于这一层当然清楚。但是到底"言为心声",他在儿子面前吐露了似乎事不干己的一句感叹话:"革命到来的时候,不知道要搅成怎么样一个局面呢!"

他的儿子蒋华嗤的一笑,笑中间含着复杂的意味,耸一耸肩说:"所有土豪劣绅都要打倒,不容他们再来贻害社会!"

这句话恰是针锋相对;他又怜悯地看了父亲一眼,意思仿佛是眼前的一个就是要被打倒的,然而,可怜不足惜!

"都要打倒?你怎么知道?"

"报上不是登着么?像广东,像湖南,像湖北,都一样,重的枪毙,轻的游街示众。我们的计划,也就是要这么来!"蒋华的两颊都红了起来,这不是羞愧或害怕,而是夸耀的光彩;他说到"来"字,右手握着拳头向空中突地一击,表示他的决心。

"你们的计划?你们有什么计划?"蒋老虎虽然这样问,心里已经明白了一大半;原来这孩子近来鬼鬼祟祟忙着的是这些事;看他不出,他倒会走最时髦最便宜的路!同时心里的忧虑也就减轻了一大半;正要想找路子,探门径,可不知道近在眼前,就在自己家里。

"在这时候明说也没有什么要紧了。我们党部里计划待军事势力一到,就做出些痛快的事情来,给民众看看。"

"也要拿几个人枪毙,几个人游街?"

"唔!即使不这样,也就差不多。"蒋华的答语偏偏这样含糊。

"我,该不在其内吧?"蒋老虎一副情急的神态,两颗圆眼珠瞪着儿子,简直是他生平第一遭;也可以说,正因为对手是儿子,他才毫不隐藏,表露出生平第一遭的窘态来。

在同伴中以直爽著名的蒋华忽然感觉口齿间不大顺适,吞吐地回答:"他们对于你也说了好些闲话呢。说你……"

"不用细说了,"蒋老虎止住了蒋华讷讷不吐的话,同时一缕希望飞快地扩大,用带有感情的声调接上说,"中国需要革命,我十二分相信。民国元年,我也加入过国民党。现在还是要加入,你就给我介绍一下吧。"

蒋华心头水泡似地浮起"觉悟""合作""顺我者来"一些词语,看看魁伟而略见苍老的父亲的体态,实在也不像个应该打倒的家伙,便一口应承说:"我这里有空白表格,填写了就可以去提出;待我解释一下,谅来一定通过。"

"你怎么解释呢?"蒋老虎还有点儿不放心。

"我只消说一句话,今是昨非,谁都相信有这回事吧?况且,革命不是几个人专利的,谁有热心,谁就可以革命!"

"这解释好!"蒋老虎从来不曾像这样亲切地称赞过他的儿子;在平时,他觉得儿子泼而不悍,勇而不狠,同自己比起来,有如小巫之与大巫,是值不得称赞的。

自得地点了点头之后,蒋老虎关心地问:"你们大概都是些年青小伙子吧?"

"不是年青小伙子也不会来。都是当年高等里的同学。"

"你们对于镇上的事情不会太熟悉。"

蒋华像被星卜先生说中了过去的事一样,眨着眼说:"可不是!昨天讨论农民运动的问题,关于田亩,搅了半天,简直搅不清楚。还有商市的各项捐税也不明白,预备到了公开的时候去实地调查。"

"这许多,我都清楚,我都明白。你要知道,你爸爸自从懂事到今朝,没有吃过人家什么亏,就因为有这一点儿知识。"

"现在你加入了,就像有了个军师,一切事情便当得多。"先前是想父亲可怜不足惜,此刻却一变而为钦敬,在蒋华并不以为矛盾。他的忠于团体的诚意是千真万真的;得到父亲这样一个军师,他的高兴不亚于通过了十个快意的议案。"我马上拿表格来。今天晚上就有集会,可以提出。"

蒋老虎止住了他儿子问:"不是有什么书么?拿几本来,待我看看。"

"因为检查得严,没有从上海带来。这不要紧,公开以后自然会堂而皇之大批大批地运来，那时候看不迟——也非常近了。"

蒋华说罢要走，又记起了一桩，回转头说："只有那份《遗嘱》，我们抄在那里。字数不多，读熟很容易。不过，要当主席才用得到背诵呢。"

蒋老虎第一次参加集会的时候，怀着一种平时不大有的严正心情；但是看到一同开会的十几个，都是冒冒失失的小伙子，有几个还离不大开父母似的，严正心情便松弛了。中间有高等里的体育教员陆三复，他当年扭住了蒋华，不让上他的课，最近却不念旧恶，经蒋华的介绍加入了；此刻他抿紧嘴唇，脸红红地坐在角落里，望着这位久已闻名、多少有点儿可怕的新同志。

议题是继续上一次集会所讨论的，公开出去的时候，做哪一些表显力量的工作？有人就说东栅头的三官堂，平时很有些人去烧香许愿，是迷信，决不容于革命的时代，应该立刻把它封掉。有人主张立刻宣布减租，农民的背上负着多重的压迫，即使完全免租，未必就便宜了他们。有人说至少要弄几个恶劣腐败的人游游街，才好让民众知道新势力对于这批人是毫不容情的。

蒋老虎待再没有人发表主张了，才像佛事中的老和尚一般，稳重地，不带感情地说："各位的意思都很好，我觉得都可以办，并且应该办。不过事情要分别个先后；该在后的先办了，一定是遗漏了该在先的，这就不十分妥当。譬如，我们这里只有十几个人，一朝公开出去，说我们就是新势力，谁来信服我们？在这一点上，我们不要先下些工夫么？"

"这倒可以不必，"耸起一头乱发的主席接上说，"我们并非假冒，上级机关是知道的，还不够证明么？"

"并非假冒，当然。贴几张上级机关的告示，来证明我们的地位，我也知道有这么个办法。然而不辛辣，不刺激。我的意思，新势力到来了，要用快刀利斧那样的气势，劈开民众的脑子，让他们把那强烈的印象装进去，这才有我们施为的余地，这才可以把一切事情干得彻底。"蒋老虎耐着性儿解说，像开导一班顽劣的手下人。

"那末,爸爸,你看该怎样下工夫,说出来就是。"蒋华爽直地说。

在集会中间忽然来了"爸爸",大家感到滑稽,脸上浮着笑意;有几个忍不住,出声笑了。

"我的意思,该有一两个人迎上去,同快到上海的军队接洽,要他们务必到我们镇上来;即使不能来大队,一连一排也好;如果他们一定不肯来,就说我们这里土匪多,治安要紧,不可不来。革命军!大家想象如同天神一般的,现在却同我们并排站在民众面前,这是多么强烈的一个印象!"

"这意见好!"大家喃喃地说,表示佩服,就算表决通过了这一项。

"还有,"蒋老虎并不显露他的得意,眼光打一个圈儿看着会众说,"这里的几十名警察,也得先同他们接洽。并不是说怕他们不利于我们,在这个局势之下,他们也不敢;我是要他们亲热地站到我们这边来,加强我们的力量。"

大家又不加思索地表示赞同。在前一些时,这班青年神往于摧毁一切旧势力,曾经像幻梦一般想象到奔进警察局,夺取警察手里的枪械的伟举;此刻却看见了另外一个幻象,自己握着平时在桥头巷口懒懒地靠着的警察的手,彼此互称"同志"。

蒋老虎见自己已经有催眠家一样的神通,又用更忠实的调子说:"警察那方面,我可以负全部责任。他们都相信我,我说现在应该起来革命,他们没有一个肯干反革命的。此外,我看还得介绍一些人吧。"

"这里有革命性的人太少了,尽是些腐败不堪、土劣队里的家伙,哪里要得!果真有革命性的人,当然越多越好;我们决不取那种深闭固拒的封建思想!"主席说明人数不多的缘故,含着无限感慨。

"不见得太少吧,"蒋老虎略一沉思说,"据我观察,土劣队里的家伙大都是自以为上流阶级的人物;而下层阶级里,我知道,有革命性的实在不少。他们尝到种种的痛苦,懂得解放的意义比什么人都清楚,他们愿意作革命的急先锋!"他说到末了,声音转为激越,神色也颇飞扬,正像一个在行的煽动家。

"蒋同志说得痛快,革命的急先锋,惟有下层阶级才配当!"一个戴眼镜的高个儿青年接上喊说;在这一群里,他是理论的运输者,平日跑上海跑什么地方都由他担任。

"那末,我们决定从下层阶级里征求同志,借以加强革命的力量。"主席嘱咐似地说。旁边执着铅笔,来不及似地急忙书写的一个,就把这一句也记了下来。

"这一层,我也可以负点儿责任;待我介绍出来,让大家通过。"蒋老虎的语气到此一顿,继续说,"说到这里,应该先办的事情似乎差不多了。接着就可以谈谈我们对于本镇的施为。我以为,做事要集中,擒贼要擒王;东一拳,西一掌,是没有什么意思的,认定了本镇腐败势力的中心,一古脑儿把它铲除,才是合理的办法。"

戴眼镜的高个儿抢着说:"前回我们已经讨论过,本镇腐败势力的中心是我们的校长蒋冰如。他什么都要把持,高等校长是他,乡董是他,商会会长又是他。他简直是本镇的皇帝。革命爆发起来,第一炮当然要瞄准皇帝!"

不知道主席想起了怎样一个意思,略带羞惭地向陆三复说:"我们现在与他没关系了,你陆先生却还在校里当教师。"

"那没有什么,"陆三复慌张地摇着头,"我同你们一样,为公就顾不得私。"羞红从脸颊飞涨到颈际,右颊的瘢痕仿佛更突起了。

"蒋冰如拿学校当他的私产!"愤愤地说这句话的是一个自命爱好艺术、近来却又看不起艺术的青年。"去年我去找他,说.学校里的艺术功课让我担任吧,报酬倒不在乎。一套的敷衍话,说再好也没有,可惜没有空缺。徐佑甫那种老腐败,至今还留在那里。刘慰亭的英文,英国人听起来简直是外国文,他却一年年地用下去,只因为他们俩关点儿亲。这些都是学阀的行径,已经够得上被打倒的资格!"

"再说他当乡董,"蒋华暴躁地接着说,"人家女人要求离婚,他却判断说能不离最好,这明明是受了那男人的好处,故而靠着乡董的威势,来压迫可怜的女人!"

"他的儿子自华宜华眼里看不起人,遇见了我们同学,似理不理的,仿佛说:'我们是上海的大学生,你们是什么!'也是一对要不得的宝贝!"这语音来从陆三复的右边。主席斜过眼光去,看见一双燃烧着妒恨之火的眼睛。

蒋老虎宽容地笑着说:"儿子是另外的问题。学校里用人不当,劝女人家最好不要离婚,也还是小节,都可以原谅。我们应该从大体上着想,他到底是不是腐败势力的中心;如果是,就不客气地打倒他!"

他这是欲擒故纵的章法。那高个儿不耐再听下去,抬起右臂嚷道:"这是不待讨论的问题!几年以来,镇上一切事情都归他,什么狗头绅士狗头财主都推尊他作挡箭牌,他又有许多田,开着几家铺子,是个该死的资本家。他要不是腐败势力的中心,那就可以说我们镇上是进步到不需要革命了!"

"那末,毫不客气,打倒他!"蒋老虎的笔法至此归到本旨;他微微一笑,然后同一班青年商量打倒的步骤。

听到了远远的潮声而心头不平静的,镇上还有许多,那大概是有点儿资产的人。几回的内战使他们有了丰富的经验,一听见军队快到,就理箱子,卷铺盖,往上海跑;到得上海,不管一百块一间楼面,十块二十块宿一宵旅馆,总之是得庆更生;待传说打仗结束了,重又扶老携幼,拖箱带笼回转来。他们想,现在又得温一下旧课了。他们又从报纸上知道一些远地的情形,疑信参半,要在想象中构成一种实况又不可能;这就比以前几回更多恐怖的成分,因而觉得上海之行更不可免。几天里头,为了送上海去的人到火车站,所有船只被雇一空,谁要雇乘须得在几天以前预定。

金树伯是决定夫妇两个跑上海了;依据情理,当然要去问一声他妹妹,要不要带着孩子和老太太一齐走。佩璋回答说,焕之来信没有谈到这一点;老太太不用问,可以断定她不肯走的,单是自己和孩子走又决没有这个道理;还是不要多事吧,反正家里也没有什么引人家馋涎的东西。树伯总算尽了心,也不再劝驾,说声"回来时再见"便分别了。

树伯又跑到冰如那里,却真有结伴的意思。不料冰如的回答完全出乎他的意料。冰如说:"以前几回你们避到上海去,我还相当赞同。惟有这一回,我绝对反对你们走;简直是自扰,没有一点儿意义!"

"为什么呢?这一回比前几回又不同啊!"

"正因为不同,所以没有逃避的必要。是革命军,不比军阀的队伍,哪里会扰民?至于党人,现在虽还不知道在本镇的是谁,然而你只要看焕之,像焕之那样的人,难道是肯扰民的?不要劳神白花钱吧,坐在家里等着看新局面就是了。"

"但是报上明明记载着,他们所到的地方,拥护什么呀,打倒什么呀,骚扰得厉害。"

"他们拥护的是农工。农工一向被人家无理地踩在脚底下,既然是革命,拥护他们的利益是应该的。他们打倒的是土豪劣绅,为害地方的蟊贼。我们自问既非土豪,又非劣绅,拳头总打不到我们身上。譬如蒋士镳,平时欺侮良善,横行乡里,那倒要当心点儿,他就有戴起纸帽子游街的资格。"

"你得想想你自己的地位,"树伯这样说时,心头浮起一句记不清出处的成语,"彼可取而代也"。

冰如无所容心地笑问:"你说我的乡董的地位么?这又不是什么有权有利的职务,无非为地方上尽点儿义务罢了。况且,我也不一定要把持这个地位;革命家跑在我前头,我很愿意让他们干。"

他又说:"可是现在职务还在肩上,我总不肯随便。我以为在这个时期里,一班盗匪流氓乘机闹乱子,倒是要防备的;所以我召集今天的防务会议。不料他们都跑走了,只到了四个人;像你,要走还没走,也没有到。

我们四个只好去同警察所长商量,请他吩咐弟兄们,要加紧防卫,尤其是夜间。"

树伯似乎只听到冰如的一句话,因而跑上海的意念更为坚决。"不是他们都跑走了么?难道他们全是庸人自扰,没有一点儿意义?我决定明天一早走,再见吧!"

## 二十七

  高个儿到上海接洽的结果,并没有邀到一连或一排的革命军一同回来。刚才赶到的军事长官说,那个乡镇偏僻,军事上不见重要,这里上海又这样乱糟糟,没有派部队到那里去的道理。火车是不通了,高个儿搭了邮局特雇的"脚划船"回镇;搭这种船是要躺着不动的,他就把当天的一捆新闻纸权作枕头,那上面刊载着火光呀,枪声呀,青天白日呀,工人奋斗呀,等等特刻大号字的惊人消息。一百多里的水程,射箭一般的"脚划船"行来,晚上九点左右也就到了。蒋老虎陆三复以及一班青年见回来的光是个高个儿,不免失望。然而不要紧,还可以"收之桑榆",警察方面早已接洽停当,每一个人的胳臂上将缠起"青白"的符记,表示他们是能动的而非被动的力量。高个儿描摹在上海的所见所闻给大家听,说民众那样壮烈伟大,恐怕是历史上的破天荒。这引得大家跃跃欲试,恨不得自己手里立刻来一支枪。

  一捆新闻纸当晚分散开来,识字的不识字的接到了占命的灵签似的,都睁着眼睛看。一个人愕然喊一声:"来了!"这"来了!"就像一种毒药,立刻渗入各人的每个细胞,在里边起作用。那种感觉也不是惊恐,也不是怅惘,而是面对着不可抗拒的伟大力量的战栗。自己就要同那伟大力量打交道了么?想来是个不可思议,而且也无可奈何。有些人是前几天就买好了腌鱼咸菜,预备到必要时,像蛹儿一样让自己关在茧子似的家里,这会儿暗自思量,大概是关起来的时候了。

下一天天刚亮时,乡镇的上空停着一层牛乳色的云,云底下吹动着峭寒的风,感到"来了!"的人们半夜不眠,这时候正沉入浓睡。忽然一阵海啸似的喊声涌起来:"各家的人起来啊!革命势力到来了!起来开民众大会!民众大会!会场在高等门前的空场上!各家的人起来啊!起来啊!"

浓睡的人们起初以为是出林的乌鸦的噪声,渐渐清醒,辨明白"起来啊!""到来了!"的声音,才知道不对;同时"来了!"的毒素在身体里强烈地作用着,竟像大寒天裸体跑到风雪中,浑身筋骨尽在收拢来那样地直凛。买好腌鱼咸菜的,当然把被头裹得紧一点儿,算是增了一层自卫的内壳。此外的人虽然凛,也想看看"未见之奇",便慌忙地穿衣起身。

开出门来,谁都一呆,心里默念:"啊!这,蒋老虎!"这一呆并非真的呆,而是杂糅着庆幸和失望的心情。庆幸的是准备受拘束,却知道实际上并没多大拘束,失望的是怀着热心看好戏,却看到个扫边老生,两种心情相矛盾,可又搅在一起,因而心灵的活动似乎暂时停顿了。怎么蒋老虎也在里头?看他挺胸凸肚,一手执着司的克,这边一挥,那边一指,一副不可一世的气概,他还是一伙里的头脑呢!再看这一伙人,穿长衣服,学生模样的,穿短衣服,工人或"白相人"模样的,有的指得出他们的名字,有的好生面熟,就是不太面熟的,也断得定是本镇人;他们这样历乱地走过,时时把嘴张得像鳜鱼的一样,高声呼喊,得意扬扬的脸上,都流露凶悍之气,很像一群半狂人的行列。咦!还有警察。平时调班,"替拖替拖"往来的,不就是这几个么?——不是吧?这一群不是所谓"来了!"的吧?然而他们明明在那里喊,告诉人家他们正是所谓"来了!"的,并且他们都有符记,警察缀在制服的袖管上,其余的人缀在衣襟上。

观看的人们虽然这么想,可是没有一个挂到唇嘴边来议论的;为要看个究竟,渐渐跟上去,跟上去,使这个行列增长声势;女人蓬着头发也来了,小孩子衣服还没扣好也来了。受了呼喊声的感染,这批跟随者也不自主地呼喊起来,有声无字地,一例是:"啊!……啊!……啊!"

在一路的墙壁上,一般人初次看到闻名已久的"标语",原来是红绿黄白各色的纸条儿,上面写着或还像样或很不堪的字。句子就是在报上看熟了的那些,倒也并不觉得突兀。不过中间有几条,却是为本镇特制的,就是"打倒把持一切的蒋冰如!""打倒土豪劣绅蒋冰如!""勾结蒋冰如的一班人都该打倒,他们是土劣的走狗!"

有些人想:"土豪劣绅,原来就是蒋冰如那样的人。他自以为到过东洋,看别人家总是一知半解,不及他;土劣的可恶大概就在这等地方。他出来当乡董,同以前的乡董没有什么两样,并没使出他的全知全解来,遇有事情找到他,他既不肯得罪这边,也不愿碰伤那边,这种优柔的态度,一定又是土劣的一项资格。"

另外一些人这样想:"编一本戏,写一部小说,其间生,旦,净,丑,忠臣,义士,坏蛋,傻子,须色色俱全。大概革命也是差不多的一回事,土豪劣绅是革命中少不得的一种角色。轮到本镇,蒋冰如就被选出来,扮演这个角色。"

到底哪些人想得对,自然谁也没有作答复。行列来到高等门前的空场时,一共足有七八百人,轰然的声音把藏在榆树榉树叶丛中飞飞跳跳的麻雀吓得飞一个空。场上先有十来个警察在那里,还有四五个佩有符记的人,其中一个是陆三复;他穿起第一天上身的中山服,夸耀地四顾,有如小孩吃喜酒穿了新衣裳。场中心叠起几只美孚牌煤油的木箱子,算是演说台。台左竖起一面早在大众心中可是第一次映入大众眼中的旗子,一阵风吹过,舞动的夺目的红色给与大众一种说不出的强烈印象。

起先是高个儿跨上木箱子,宣布说,从今天起,"我们的势力"到了这里了。为什么要到来呢?到来了又怎样呢?他接讲了无时不涌在喉咙口的熟极而流的理论。从理论又转到实际,结句说:"我们要把本镇彻底改造过,使它成个全新的革命的镇!"

"彻底改造本镇呀!"蒋华擎起他的帽子直喊。他见大众忘了似地,没有接应,又用更高的声音提示说:"喂!口号!"

"彻底改造本镇呀!"错杂在群众中间,佩有符记的人这才聚精会神地喊出口号来。

"啊!……啊!……啊!"其他一部分人受催眠似地附和着喊,竟把这个民众大会点缀得颇有空前壮烈的气势。

"我有提案!"

大众看爬上木箱子开口的,是个塌鼻子的青年,虽然知道他是本镇人,但是不清楚他姓什么,喧声便错落地静下来。他就是那个自命爱好艺术、近来却又看不起艺术的青年。他两臂前屈,两个拳头矗在距太阳穴四五寸的空间,急促地说:"要彻底改造本镇,必须肃清一切腐败势力,打倒一批土豪劣绅!本镇腐败势力的中心,土豪劣绅的魁首,是哪一个,也不待我说,你们大家都知道,是蒋冰如!他把持一切,垄断一切,本镇多多少少的被压迫者,全吃他的亏!所以我在民众大会里提议,我们第一个打倒他!从今天起,再不让他过问镇上一丝一毫的事!以前他种种罪恶,待党部里仔细查明,然后同他算帐!"

"打倒蒋冰如啊!赞成!赞成!打倒蒋冰如啊!"应声比先前来得格外快,而且更响。

"啊!……啊!……啊!"

提案算是通过了。依一班青年的意思,还有把蒋冰如拖到民众大会上来,宣布他是土豪劣绅,以及封闭他的铺子,没收他的田产,等等节目,仿佛这些都是题中应有之义,短少了这些就不像个样儿。由于蒋老虎的主张,这些节目从略了。他说,打倒蒋冰如的目的,在从全镇人的心目中取消他一切行动的可能;还有呢,叫做"杀鸡给猢狲看",好让与蒋冰如臭味相同的人物知趣点儿,不敢出来阻挠革命的行动。要达到这两个目的,在民众大会上宣布出来也就够了,何况还有标语。过于此,就不免是"已甚",似乎不必。几天来时时集会,蒋老虎已从青年中间取得了无条件的信仰,所以这个应该被骂为"温情的"的主张,居然也得到全体的同意。

　　蒋老虎站在木箱子左侧拂动的旗子底下，镇上有数的几个人物这时候正在他心头闪过，他逐一给他们一句鄙夷的斥骂："这比蒋冰如还差得远！"于是抬眼望照在淡淡的朝阳中一律带着苍白色的群众的脸，成功的喜悦像一口甜浆，直灌到他的心窝，他想："你们完全属于我了！"

　　刘慰亭也是给街上的呼喊声催醒的一个。醒来之后本想不去管它，重复入睡；但是这颗心再也安定不下来，仿佛小孩听到门外在那里敲锣鼓，演猴子戏似的。破一回例，起个早起，出去看看吧，他这样想时，就爬起来。

　　起初也无非寻常的好奇和诧愕而已，待看到花花绿绿的标语中间特殊的几条，他一想不对，在自己大门前观看不很妥当，就回进来关上大门，从后门出去抄小路，一口气跑到冰如家里。

　　冰如家并不贴近市街，还没知道镇上已经涌起了猛烈的浪潮；冰如是给慰亭催促起身的。

　　"你走吧！"慰亭气咻咻的，许多话凝结为一句话，喷吐似地说出来。

　　"什么？"冰如全然不明白。

　　"土豪劣绅！他们说你是！标语贴满街！现在开民众大会去了！说不定马上就要打到你这里来！"慰亭一句紧一句地说。

　　"土豪劣绅！我？"冰如像突然跌在冰冷的河里，四肢浮浮的，完全失了气力；头脑也有点儿昏，思想仿佛一圈一圈飞散的烟，凝不成个固定的形式。

　　"是呀，他们说你是！蒋老虎也在里头呢，看样子他还是头脑！你走吧，先往随便哪一处乡间去躲一躲。吃眼前亏是犯不着的！"

　　"哪里！没有的事！他怎么会是头脑，他连参加在里头也不配！"冰如这才冒起怒火来，他为革命抱不平，比较为自己不平的更多。

　　"但是他明明在里头，拿着司的克指挥一群人！有好几个是我们从前的学生，蒋老虎的儿子蒋华也在里头！"

"他会革起命来,我当然是土豪劣绅了!"冰如说不出地悲愤,他已经看见了革命前途的影子。"可是我决不走!我老等在家里,等他来抄我的家,捉我去戴高帽子游街,甚而至于把我枪毙!"

慰亭代冰如担着深切的忧愁自去。后来他遇见往民众大会观看的人,听到算帐的话,重又悄悄地从小路赶到冰如家里。"真的可以走了!"他转述他所听到的。

"要算帐!"冰如立刻要奔出去似的,"我现在就同他们去算!"

慰亭很不满意冰如的不知变通;但一把拖住了他,坚劝说:"他们正像刚才旺起来的火,你何苦,你何苦自己投进去呢?"

"唉!"一腔冤苦循着血脉周布到全身,冰如突然怀念起倪焕之来,"怎能立刻遇见他,谈一谈这时候不知道是什么味道的心绪呢!"

## 二十八

上海开了个全新的局面。华界和租界成为两个国度似的,要越过那国界一般的铁丝网有各色各样的麻烦;有时竟通不过去,那些武装外国人也不给你说明什么理由。在所谓"华界"里,充满了给时代潮流激荡得近乎疯狂的人,武装的,蓝布衫裤的,学生打扮的,女子剪了发的,在无论哪条路上,你总可以看见一大群。最有奇趣的要算是同军阀残部战斗而得胜了的工人。他们把所有战利品全都带在身上,有的交叉背着三支枪,有的齐腰挂着红缨的大刀(是从所谓大刀队那里拿来的,有好些革命者的项颈,尝过这种大刀的锋刃的滋味呢),有的耸起肩膀抬着一支手机关枪,有的束一条挂刺刀的皮带(这是最寒俭的了);那些武器由那些人各色各样的服装衬托着,就觉得有完全不同于平常军队的一种气氛。就是只束一条挂刺刀的皮带的,脸上也显露非常光荣的神采,开口总是高声,步子也格外轻快。

旗子到处飞扬,标语的纸条几乎遮没了所有的墙壁。成群的队伍时时经过,呼喊着,歌唱着,去参加同业的集会或者什么什么几色人的联欢大会。一切业务都在暂时停顿的状态中。这好比一场大火方才熄灭,各人震荡的心魂不能立刻安定下来,于是把手里的业务搁在一旁,却去回想当时的惶恐情形,并预计将来的复兴状况。这时候的上海人这样想,以前的一切过去了,像消散的烟雾一般过去了;此后新来的,等它慢慢地表现出来吧。这中间当然搀杂着希望和疑惧,欢欣和反抗;但是,以前的一切过去了,这个观念在各个心里却是一致的。

倪焕之是好几天没有充分地睡一觉,安适地吃一顿了;为了许多的事纷至沓来,一一要解决,要应付,把新来的能力表现出来,他虽然不想去参与别的事,只愿在教育方面尽力,可是各种集会必得去参加,也就够他忙的了。他带着好几天前草就的乡村师范的计划,从这个集会里出来,又参加到那个集会里去,却始终没有机会提出他的计划。

对于教育方面,也不是绝不理会;但忙着的是接收这个学校,清查那个学校的事。从前当校长充什么主任的,这时候大都列名在学阀一览表里,他们不是潜伏在租界里闳奥的处所,便是先已到别处游历去了;学校里只留下几个科任教员或事务员之类,除了双手拿学校奉献再没有其他手笔;所以接收和清查的事一点儿困难也没有。随后便是派校长(用委员会名义的便是委员长),指定职员之类的措施,同政治上的变更差不多是同样的步骤。

这一晚,焕之回学校,很高兴能捉住王乐山,与他同行。王乐山的忙碌比焕之更甚,谁要同他从从容容谈一席话几乎是不可能的事;此刻居然有一段时间与他同行,可以谈谈最近的观感,在焕之真是高度的欣慰。夜很深了,寂静的街上只有他们两人的脚声;渐渐转得明亮的街灯照着他们,画在地上的影子渐渐短了,又渐渐长了,时而在前了,又时而在后了,刻刻在那里变幻。桥头或十字路口,本来是警察的岗位,现在却站着带着战利品的工人,两个一岗,沉默地,森严地,执行他们新担在身上的重大而又有趣的职务。

"乐山,有些话想同你谈谈,几天来一直没有机会,只得咽住在喉咙口。"焕之吞吞吐吐地开头说,声音散在空间,阴沉沉的。

"哈,没有机会,"乐山带笑说,"照这几天的情形看,我们要聚几个朋友谈谈闲天,好像永远没有机会的了。我的药都没有工夫调来吃。这身体也是贱的,这样朝不睡,夜少眠,过度地使用它,又不给它吃药,倒也不觉得什么,并没比以前更坏些。"

"这是你把所有的精神都提了起来,兴奋过度了的缘故。但是身体终究是血肉做的,你总得好好地保养它。"焕之这样说,心里想到目前人才的急需和寥落,以及乐山的第二期肺病,珍重爱惜的意思充塞满腔,便对乐山那依然短小精悍的身影深深地瞥了一眼。

"你预备同我谈些什么?"乐山撇开关于身体的谈论。他有点儿懊悔,无意间说起身体,却引起了焕之老太太似的劝慰口吻。他不愿意受这样的劝慰。他以为一个人的身体是值不得想一想的事,何时死亡,何时毁灭,由它去就是;谁要特地保养身体,一定是闲得没法消遣了。

"我觉得现实的境界与想望中的境界不一样,而且差得远。这几天我时时刻刻想着的就是这个意思,我要告诉你。"焕之扼要地吐露他的意思,声音沉着而恳挚。

"你想望过一个如何如何美妙庄严的境界了么?"乐山回问,是老教师面对天真的小学生的声调。

"当然咯!"焕之的答应带点儿诧异,这诧异里包含着"你难道不么?"

"我可不曾想望过!"乐山似乎已经听见了焕之含意未伸的疑问。"我知道人总是人,这一批人搞不好,换一批人会突然好起来,那是忘掉了历史的妄想。存这种妄想的人有他应得的报酬,就是失望的苦闷。莫非你已经陷在失望的苦闷里了?"

"不,我没有失望!"自信刚强的程度比以前有进步、对于最近看到的一切也觉得有不少满意之处的焕之,听到失望两字,当然坚定地否认。"不过我以为我们应该表现得比现状更好些,我们应该推动历史的轮子,让它转得比平常快。"同时他用右手向空间推动。

"这就对了。我们能够做的,只有推动历史的轮子,让它转得比平常快。我们努力呀!"乐山说到末了一句,不再是冷然的口吻,脚步也踏得重实点儿。

"就像对于教育方面的措置,我以为应该取个较好的办法。从前的教育不对，没有意义，不错呀；但是我们得把对的有意义的教育给与学生。改善功课呀，注重训练呀，以及其他的什么什么，都是首先要讨究的题目。"

"我想学校功课要在社会科学和生物学人类学方面特别注重，才有意义，"乐山独语似地说，随着又说，"啊，我打断你的话了。且不说我的意思，你说下去吧。"

"现在完全不讨究这些，"焕之承接他自己的头绪说，似乎没有听到乐山的插语，"学生们停了课，也不打算几时给他们开学，却只顾把这个学校接收下来，把那个学校受领下来，像腐败长官一到任，就派手下人去接管厘卡税局一样，这算什么办法？"

"先生，你要知道这也是必要的手续呢。"

"是必要的手续，我当然知道。但是在办了手续之后，还有怎样的方针，不是一次也不曾详细讨论过么？唉，还有些很丑的现象呢！"焕之的声音里不免带着气愤，同时他感到发泄了郁积以后的畅快。

"你说哪些是很丑的现象？"乐山明明知道焕之所指的是什么，但是故意问；这种近乎游戏的心情，在他算是精神劳动以后的消遣。

"你同我一样，每一件都看在眼里，而且，照你的思想和见解，你决不会不知道哪些是很丑的现象。你果真不知道么？还是——"

"我知道，"乐山感动地回答，对于刚才的近乎游戏的心情，仿佛觉得有点儿抱歉，"告诉你，推动历史的轮子的热望，我自问不比你差，事情投进你的眼里，你以为看不惯的，一定也逃不了我的眼睛的检察。"

"那就不用说了。总之，那种图谋钻营、纯为个己的情形，常使我忽然呆住，发生疑念，这是不是在现在的时代？要是在已经过去的旧时代，那倒十分配合。但事实告诉我，这明明是在现在的伟大的新时代！"

乐山默然了。他想得很深，想到局势推移的倾向，想到人才缺乏的可虑，想到已经过去的旧时代未必真成过去。悲观在他心里是扎不下根的；然而像寡援的将军深入了敌阵那样的焦虑，这会儿又强烈地沸腾起来。但是他不愿意把这种焦虑说给焕之听。他看焕之,像焕之自己所说的,终究是个简单而偏于感情的人,如果说给他听,无非使他增加些发生愤慨的材料而已,这又有什么意思?

"我几次提出我的乡村师范的计划,"焕之见乐山不开口,又倾吐他发泄未尽的愤慨,"你是竭力怂恿我草拟这个计划的,他们大多数却说这是比较可以从缓的事。我们是中国,是农民支撑起来的中国,却说乡村教育不妨从缓,那还有什么应该从速举办的事!大家袖手谈闲天看白云就是了,还要革什么命!"

"你们谈教育的不是有这样说法么?勉强灌注的知识并不真切,须要自身体验得来的才真切,所以孩子要弄火就让他弄火,要玩刀就让他玩刀。现在有些事情做得错误,正可比之于孩子的弄火和玩刀;待烫痛了手,割破了指头的时候,该会得到些真切的知识。从这样想,也不是没有意义。"

"但是有早知道火会烫手、刀会割破指头的人在里头呢。陪着大家一同去干那初步的自身体验,岂不是白吃苦头,毫无意义。"

"那末你的意思怎样?你要叫早知道火会烫手、刀会割破指头的人从集团里退出,站在一旁么?"乐山的语音颇严峻。

"那并不。"焕之像被慑伏了似地回答。

"唔,并不。那还好。"乐山舒了一口气,又说,"谁要站在一旁,谁就失去了权利,他只能对着历史的轮子呆看,看它这样转,那样转,转得慢,转得快,但是不能用自己的手去推动它!以我想,这样的人绝对无聊。"

焕之似乎已从乐山方面得到了好些慰藉;与乐山那石头一般的精神相形之下,见得自己终于脆弱,因而自己勉励自己,应该更求刚强,徒然的烦愁要尽力排斥。他想了一阵,捉住乐山的手掌,紧紧地捏着,说:"佛说我不入地狱谁入地狱,这句话有意思呢。"

"佛也许一辈子是地狱里的住民,因为他愿意与一切众生负同样的罪孽，受同样的命运！"是乐山毅然的声口。

焕之觉得手心里热烘烘的，他并非捏着一个人的手掌，简直是捏着一颗炽炭一般的心。

## 二十九

十几天后的一个晚上,焕之独个儿坐在一条不很热闹的街上的一家小酒店里。酒是喝过七八碗了,桌面上豆壳熏鱼骨之类积了一大堆,他还是叫伙计烫酒。半身的影子映在灰尘封满的墙壁上,兀然悄然,像所有的天涯孤客的剪影。这样的生活,十几年前他当教员当得不乐意时是过过的,以后就从不曾独个儿上酒店;现在,他回到十几年前来了!

这几天里的经历,他觉得太变幻了,太不可思议了。仿佛漫天张挂着一幅无形的宣告书,上面写着:"人是比兽类更为兽性的东西!一切的美名佳号都是骗骗你们傻子的!你们要推进历史的轮子么?——多荒唐的梦想!残暴、愚妄、卑鄙、妥协,这些才是世间真正的主宰!"他从这地方抬起头来看,是这么几句,换个地方再抬起头来看,还是这么几句;看得长久点儿,那无形的宣告书就会像大枭鸟似地张开翅膀扑下来,直压到他头顶上,使他眼前完全漆黑,同时似乎听见带笑带讽的魔鬼的呼号:"死!死!死!"

认为圣诗一般的,他时时歌颂着的那句"咱们一伙儿",他想,还不是等于狗屁!既然是一伙儿,怎么会分成两批,一批举着枪,架着炮,如临大敌,一批却挺着身躯,作他们同伙的枪靶?他忘不了横七竖八躺在街上、后来甚至于用大车装运的那些尸首,其中几个溢出脑浆,露出肚肠的,尤其离不开眼前,看到什么地方,总见那几个可怕又可怜的形相好似画幅里的主要题材,而什么地方就是用来衬托的背景。

　　自从那晚同归叙谈,捏住乐山的手掌作别以后,他再不曾会见过乐山。他无论如何料不到,那回分别乃是最后的诀别! 消息传来,乐山是被装在盛米的麻布袋里,始而用乱刀周围刺戳,直到热血差不多流完了的时候,才被投在什么河里的。他听到这个消息,要勉强表现刚强也办不到了,竟然发声而号。他痛苦地回想乐山那预言似的关于头颅的话。又自为宽解地想,乐山对于这一死,大概不以为冤苦吧。乐山把个己的生命看得很轻,被乱刀刺死与被病菌害死,在他没有多大分别。自身不以为冤苦的死,后死者似乎也可以少解悲怀吧。但是,这个有石头一般精神的乐山,他早认为寻常交谊以上的唯一的朋友;这样的朋友的死别,到底不是随便找点儿勉强的理由,就可以消解悲怀的。他无时不想哭,心头沸腾着火样的恨,手心常常捏紧,仿佛还感到乐山的手掌的热。

　　密司殷是被拘起来了,他听到她很吃点儿苦,是刑罚以外的侮辱,是兽性的人对于女性的残酷的玩弄! 但正因为她是女性,还没被装入麻布袋投到河里;有好几个人垂涎她的美艳的丰姿,她的生命就在他们的均势之下保留下来。他痛心地仇恨那班人,他们不为人类顾全面子,务欲表现彻底的恶,岂仅是密司殷一个人的罪人呢!

　　此外他又看到间隙与私仇正像燎原的火,这里那里都在蔓延开来,谁碰到它就是死亡。人生如露如电的偈语,到处可以找到证明的事实;朝游市廛夕登鬼录的记载,占满了日报的篇幅。恐怖像日暮的乌鸦,展开了乌黑的翅膀,横空而飞,越聚越多,几乎成为布满空际的云层。哪一天才会消散呢? 其期遥遥,也许宇宙将永远属于它!

　　他自然是无所事事了;乡村师范计划的草稿纸藏在衣袋里,渐渐磨损,终于扔在抽斗角里。以无所事事之身,却给愤恨呀,仇怨呀,悲伤呀,恐怖呀,各色各样的燃料煎熬着,这种生活真是他有生以来未曾经历的新境界。种种心情轮替地涌上心头,只有失望还没轮到。他未尝不这样想:"完了,什么事情都完了!"但是他立刻就想到,在诀别唯一的朋友乐山的那个晚上,曾经坚定地立誓似地对他说:"我没有失望!"乐山听了这句话离开了人世,自己忍心欺骗他么?于是竭力把"什么事情都完了"这个意念撇开。同时记起乐山前些时说的现在还正是开始的话,好像又是个不该失望的理由。然而今后的希望到底在什么地方呢,他完全茫然。前途是一片浓重的云雾,谁知道往前走会碰到什么!

这惟有皈依酒了。酒,欢快的人喝了更增欢快,寻常的人喝了得到消遣,而烦闷的人喝了,也可以接近安慰和兴奋的道路。不等到天黑,就往这家小酒店跑,在壁角里的座头坐下,一声不响喝他的闷酒:他这样消遣,一连有四五天了。

邻座是四个小商人模样的人物,也已经喝了不少酒,兴致却正勃勃,"五啊!""对啊!"在那里猜拳。忘形的笑浮在每个人的红脸上,一挥手,一顾盼,姿势都像舞台上的角色。后来他们改换题目,矜夸地,肉麻地,谈到法租界的春妇。一个卷着舌头大声说:"好一身白肉,粉嫩,而且香!"其余三个便哄然接应:"我们去尝尝!去尝尝!"

焕之憎厌地瞪了他们一眼,对着酒杯咕噜说:"你们这班蠢然无知的东西!这样的局面,你们还是嘻嘻哈哈的,不知道动动天君!难道要等刀架在脖子上,火烧到皮肤上,才肯睁开你们的醉眼么?"

"嘻!"他失笑了。酒力在身体里起作用,还没到完全麻醉的程度,这时候的神经特别敏感,他忽然批判到自己,依旧对着酒杯咕噜说:"我同他们两样的地方在哪里?他们来这里喝酒,我也来这里喝酒;他们不动天君,我虽动也动不出个所以然;所不同者,他们嘻嘻哈哈,我却默默不响罢了。如果他们回过来责问我,我没有话可以回答。"

他喝了一口酒之后,又觉得这样的想头类乎庄子那套浮滑的话,怎么会钻进自己的脑子里来的。这几天来差不多读熟了的日本文评家片上伸氏的几句话,这时候就像电流一般通过他的意识界:

> 现在世界人类都站在大的经验面前。面前或许就横着破坏和

失败。而且那破坏和失败的痛苦之大，也许竟是我们的祖先也不曾经受过的那样大。但是我们所担心的却不在这痛苦，而在受了这大痛苦还是真心求真理的心，在我们的内心里怎样地燃烧着。

这是片上伸氏来到中国时在北京的演讲辞，当时登在报上，焕之把它节录在笔记簿里。最近检出来看，这一小节勖励的话仿佛就是对他说的，因此他念着它，把它消化在肚里。

痛苦不是我们所担心的，惟具有大勇的人才够得上这一句。我要刚强，我要实做这一句！愤恨，仇怨，悲伤，恐怖，你们都是鬼，你们再不要用你们的魔法来围困我，缠扰我，我对你们将全不担心，你们虽有魔法也是徒然！

他把半杯残酒用力泼在地上，好像这残酒就是他所不屑担心的魔鬼。随着又斟满了一杯，高高一举，好像与别人同饮祝杯似的，然后咽嘟咽嘟一口气喝干了，喃喃自念：

"真心求真理的心，在我的内心里，是比以前更旺地燃烧着！你是江河一样浩荡的水也好，你是漫没全世界的洪水也好，总之灭不了我内心里燃烧着的东西！"他笑了，近乎浮肿的红脸上现出孩子一般纯真的神采，好像一点儿不曾尝过变幻的世味似的。

但当放下空杯的时候，他脸上纯真的神采立刻消隐了；他感到一阵突然的袭击，空杯里有个人脸，阴郁地含着冷笑，那是乐山！于是思念像一群小蛇似地往四处乱钻，想到乐山少年时代的情形，想到乐山近几年来的思想，想到乐山的每一句话，想到乐山的第二期肺病；"他那短小精悍的身体，谁都以为是结核菌的俘虏了，哪知竟断送于乱刀！刀从这边刺进去，那边刺进去，红血像橡树胶一样流出来，那麻布袋该染得通红了吧？他的身体又成个什么样子？当他透最后一口气的时候，他转的是什么念头?"仿佛胸膈间有一件东西尽往上涌,要把胸膛喉咙胀破似的,他的眼光便移到灰尘满封的墙上。啊!墙上有图画,横七竖八的尸体,死白的脑浆胶粘着殷红的血汁,断了的肠子拌和着街上的灰沙,各个尸体的口腔都大张着,像在作沉默的永久的呼号。他恐怖地闭上眼睛,想"他们在呼号些什么?"却禁不住"哇"的一声哭出来了。哭开了头反而什么都不想,只觉得现在这境界就是最合适最痛快的境界,哭呀,哭呀,直哭到永劫的尽头,那最好。他猝倒似地靠身在墙上,眼泪陆续地淌,倒垂下来的蓬乱的头发完全掩没了眉额,哭声是质直的长号。

"怎么,哭起来了?"四个小商人模样的人物正戴起帽子要走,预备去尝法租界的"好一身白肉",听到哭声,一齐住了脚回头看。

"酒装在坛子里是好好的,装到肚子里就作怪了。本来,不会吃酒装什么腔,吃什么酒!"就是那个标榜"好一身白肉"的这么说,现在他的声音更模糊了,但他自以为说得极有风趣,接着便哈哈地笑。

"想来是他的妍头丢了他了。"一个瘦脸的看焕之三十多的年纪,面目也还端正,衣著又并不褴褛,以为除了被妍头抛弃,决不至于伤心到酒醉号哭;他也非常满意自己的猜测,说罢,狂吸手中只剩小半截的卷烟。

"妍头丢了你,再去妍一个就是。伏在壁角里哭,岂不成个没出息的小弟弟?"第三个这样劝慰,但并不走近焕之,只望着他带玩笑地说。

这些话,焕之丝毫没有听见;他忘却了一切,他消融在自己的哭声里。

伙计走过来,并不惊异地自语:"唔,这位先生吃醉了。"又向四个也已吃到可以啼哭的程度的顾客说:"他今天多吃了两三碗,醉了。前几天没多吃,都是好好的。"

"我原说,酒装在坛子里是好好的,为什么不把多吃的两三碗留在坛子里呢?哈!哈!哈!走吧,走吧,法租界的铁门快要关了。"

四个人便摇晃着由酒精主宰的身体下楼而去。

"先生,醒醒吧!喂,先生!"伙计推动焕之的身躯。

"你告诉我,什么时候会见到光明?"这完全出于下意识,说了还是哭。

"现在快九点了,"伙计以为他问的是时刻,"应该回去了。这几天夜里,早点儿回去睡觉为妙。"

"你说是不是有命运这个东西?"

"算命么?"伙计皱了皱眉头,但是他有的是招呼醉人的经验,便用大人哄小孩的声调说,"有的,有的,城隍庙里多得很,都挂起招牌,你要请教哪一个由你挑。要现在就去么?那末,醒醒吧!"

"有的么?你说有的么?哇……哇……我也相信有的。它高兴时,突然向你袭击,就叫你从高高的九天掉到十八层地狱!"

"你说什么?我不明白。"伙计不免感到烦恼,更重地推动他。

"我要脱离它的掌握,我要依旧超升起来,能不能呢?能不能呢?"

伙计见他醉到这样,知道非用点儿力气不能叫他醒过来了;便抱起他的身躯,让他离开坐椅,四无依傍地站着。

他的双脚支持着全身的重量,同时感觉身躯一挺,他才回复了意识,虽然头脑里是昏腾得厉害。他的眼睛开始有着落地看四周围,从泪光中辨清楚这是酒店,于是记起号哭以前的一切来了。长号便转成间歇的呜咽,这是余势了,犹如从大雨到小雨,中间总得经过残点滴溚的一个阶段。

"先生,回去吧,如果懒得走,我给你去雇辆车。"伙计亲切地说。

"不,哪里!我能走回去,不用车。"他的手抖抖地掏出一把小银元付酒钱。

在街上是脚不点地地飞跑,身躯摇晃异常,可是没有跌倒。也没有走错路,径进寓所,摸到自己的床铺倒头便睡。女子中学是消灭了,像被大浪潮冲去的海边的小草一样;因而他与一个同事租住人家的一间楼面,作为暂时的寓所。那同事看他回来,闻到触鼻欲呕的一阵酒气。

半夜里他醒来,口舌非常干燥,像长了一层硬壳;头里剧痛,说不来怎么个痛法；身体彻骨地冷，盖着一条棉被好像没有盖什么；四肢都发酸，这样屈，那样伸，总是不舒服。同事听见他转侧，问他为什么睡不着。他颤声回答："我病了！"

## 三十

早上,那同事起来摸焕之的前额,是烫手的高度的热。他连声叫唤"给我喝水",喝了两满杯还是喊嘴里干。腹部鼓鼓的,时时作响;起来了好几回,希望大便,却闭结着排泄不出来。神色见得很困顿;咻咻地,张着嘴尽是喘气。这分明是大病的排场,那同事就替他去请医生。

下午医生来了。做了应有的一切手续,医生冷峻地宣告说:"大概是肠窒扶斯,明天热度还要高呢。"写好药方便匆匆去了。

肠窒扶斯!焕之在半昏沉中听到这个名词,犹如半空中打下个霹雳;他仿佛看见墨黑的死神已经站在前面了。对于自己的死亡,近十年来他没有想到过,即使恐怖占领了大地的最近时期,他也不相信自己会遇到什么危险;有如生活在大陆上的人,不去想那大陆的边缘是怎么样的。此刻,却已经临到沿海的危崖,掉下去就是神秘莫测的大海。他梦呓似地说:"肠窒扶斯!我就要结果在肠窒扶斯吧?三十五不到的年纪,一点儿事业没成功,这就可以死么?唉,死吧,死吧!脆弱的能力,浮动的感情,不中用,完全不中用!一个个希望抓到手里,一个个失掉了,再活三十年,还不是那样?同我一样的人,当然也没有一个中用!成功,是不配我们受领的奖品;将来自有与我们全然两样的人,让他们去受领吧!啊,你肠窒扶斯!"

他牵肠挂肚地怀念着佩璋;又好像她就在这里,但是只见个背影,绝不回过头来。

"啊,佩璋!我了解你,原谅你!回过头来呀,我要看看你当年乌亮亮的一对眼瞳!为什么还不回过来呢?我离开了你,你寂寞得苦;现在,我在你身边了!盘儿功课好,我喜欢他。但是尤其要紧的是精神好,能力好。要刚强!要深至!莫像我,我不行,完全不行!母亲呀,你老了,笑笑吧,莫皱紧了眉头。为了你的可怜的儿子,你就笑笑吧!啊,你肠窒扶斯!"

那同事在旁边听他一半清楚一半模糊的话,实在有点儿窘,而且怕,只好推动他说,想写封快信到他家里去,请他夫人出来担任看护,比较周妥得多。他仿佛要坐起来的样子,急急驳正说:"快信太慢,在这个时期,尤其慢。你替我打个电报吧,叫她今天就来!"

那同事暗地摇摇头,他那镇上哪里通电报,足见他昏迷得厉害了。且不管他,便写了封信出去投寄快邮。又知道他的妻兄住在英租界的某旅馆里,顺便也去通知了一声。

下一天上午十点光景,树伯来了。他走近病人床前呼唤:"焕之,焕之,你病了么?我来了。"

"你?你是谁?"焕之抬起上眼皮,似乎很沉重,瞪着眼睛说,"喔,你是乐山。你来得好极了,我们一同去开会。"

那同事悄然向树伯说:"你看,病到这样地步了!昨夜吃下的药不见效,热度像医生所说,比昨天更高了。"他又想唤醒焕之,说:"喂,是你令亲金树伯金先生来了!"

"啊?你说有命运这个东西么?"又是全不接榫的吃语。

"唉!"树伯焦心地叹着气,两个手指头在架着金丝边眼镜的鼻梁部分尽是摩擦,像要摩平那些皱纹似的。"今天还是请昨天那个医生吧。"他说着,环视室内。真是很可怜的一间屋子:两个床铺,一横一竖摆着,便占去了全面积的三分之一。沿窗一张方桌子,两个粗制的圆凳子。桌面乱堆着书籍、报纸、笔、砚、板刷、热水瓶之类,几乎没有空处,各样东西上都布着一层煤灰和尘沙。沿窗左角,孤零零地摆个便桶。右角呢,一个白皮箱,上面驮着一个柳条箱,红皮带歪斜地解开着。此外再没有别的东西。树伯看着,颇感觉凄凉;在这样的环境中生病,就不是重病也得迟几天痊愈。他又想焕之本不该离开了家庭和乡间的学校来到上海,如果境况能好点儿,自然向好的方面迁调,现在却弄成失业飘零,那远不如安分地守在乡间好了。而况这个病是著名的恶症,看它来势又并不轻,说不定会发生变故;那更不堪设想了,老母,弱妻,幼子,家里空无所有,怎么得了!他不禁起了亲情以外的难以排遣的忧虑。

医生重行诊察过后,炫能地说:"不是我昨天说的么?今天热度又升高半度了。明天还要升高呢。"

"不至于发生变故吧?"树伯轻声问,神色惶急,失掉了他平时闲适的风度。

"现在还说不定,要一礼拜才有数。先生,是肠窒扶斯呢!最好能与旁人隔绝,否则或者要传染开来。"医生说了职务上照例的话,又开了药方自去。

树伯迁延到夜间八点钟,向那同事表示歉意,说:"租界的铁门关得早,现在只好回去,明天再来。留先生独个儿陪着病人,真是说不尽地抱歉,也说不尽地感激!好在舍妹那边既然有快信去,后天总可以到来。那就有她照顾一切了。"

"有我在这里,先生放心回去。传染的话,虽然有这个道理,但我是不怕的。"那同事想到两年来的友谊以及最近时期的相依飘零,涌起一种侠义的心情,故而负责地这样说。

"难得,难得!"树伯好像做了坏事似的,头也不回,便跑下黑暗的扶梯。

焕之是完全昏迷了,呓语渐稀,只作闷得透不过气来似的呻吟。脸异样地红;眼睛闭起;嘴唇干到发黑,时时翕张着。身体常想牵动,然而力气衰弱,有牵动之势而牵动不来,盖在身上的一条棉被竟少有皱痕。

但是他看见了许多景象,这些景象好像出现在空空的舞台上,又好像出现在深秋时候布满了灰色云层的天空中,没有装饰意味的背景,也没有像戏剧那样的把故事贯穿起来的线索。

他看见许多小脸相,奸诈,浮滑,粗暴,完全是小流氓的模型。倏地转动了,转得非常快。被围在中心的是个可怜的苍蝇。看那苍蝇的面目,原来是他自己。再看那些急急转动马上要把苍蝇擒住的,原来是一群蜘蛛。

他看见一群小仙人,穿着彩色的舞衣,正像学校游艺会中时常见到的。他们爱娇,活泼,敏慧,没有一处不可爱。他们飞升了,升到月亮旁边,随手摘取晶莹的葡萄来吃。那葡萄就是星星。再看小仙人们的面目,是蒋华、蒋自华、蒋宜华等等,个个可以叫出他们的姓名。

他看见一个穿着青布衫露着胸的人物,非常面善,但记不清他是谁。他举起铁椎,打一块烧红的铁,火花四飞,红光照亮他的脸,美妙庄严。一会儿他放下铁椎仰天大笑,嘴里唱着歌,仿佛是"我们的……我们的……"忽然射来一道电光,就见电影的字幕似地现出几个字:"有屈你,这时候没有你的份!"天坍山崩似的大灾祸跟着降临,尘沙迷目,巨石击撞,毒火乱飞。经过很久很久的时候,眼前才觉清楚些儿。那露胸的人物被压在乱石底下,像一堆烧残的枯炭;白烟袅袅处,是还没烧完的他那件青布衫的一角。

他看见头颅的跳舞。从每个头颅的颈际流下红血,成为通红的舞衣。还有饰物呢,环绕着颈际的,纠缠在眉间耳边的,是肚肠。跳舞的似乎越聚越多了,再没有回旋进退的余地;舞衣联成汹涌的红海,无数头颅就在红波上面浮动。不知道怎么一来,红海没有了,头颅没有了,眼前一片黑。

他看见母亲,佩璋,蒋冰如,王乐山,徐佑甫,陆三复,金树伯,刘慰亭,他们在开个庆祝宴,王乐山是其中被庆祝者。好像是宴罢余兴的样子,乐山起来表演一套小玩意儿。他解开衣服似地拉开自己的胸膛,取出一颗心来,让大家传观。大家看时,是鲜红的活跃的一颗心;试把它敲一敲,却比钢铁还要刚强。他又摘下自己的头颅,满不在乎地抛出去。

接着他的动作更离奇了,他把自己的身体撕碎,分给每人一份,分下来刚好,不多也不少。受领他的赠品的都感服赞叹,像面对着圣灵。

他看见个女子,全身赤裸,手足都被捆住。旁边一个青年正在解他的漂亮西装。他的脸抬起来时,比最丑恶的春画里的男子还要丑恶。

他看见一盏走马灯,比平常的大得多,剪纸的各色人物有真人一般大,灯额上题着两个大字,"循环",转动的风轮上也有两个大字,"命运"。

他看见佩璋站在洒着急雨的马路中间。群众围绕着她,静候她的号令。她的截短的头发湿透了,尽滴水,青衫黑裙亮亮地反射着水光。她喊出她的号令,同时高举两臂,仰首向天,像个勇武的女神。

他看见无尽的长路上站着个孩子,是盘儿。那边一个人手执着旗子跑来,神色非常困疲,细看是自己。盘儿已作预备出发的姿势,蹲着身,左手点地,右手反伸在后面,等接旗子。待旗子一到手,他就像离弦的箭一样发脚,绝不回顾因困疲而倒下来的父亲。不多一会儿,他的小身躯只像一点黑点儿了。在无尽的长路上,他前进,他飞跑……

佩璋独自赶到上海,没有送着焕之的死,焕之在这天上午就绝了气。她的悲痛自不待说。由树伯主持,又有那个同事帮助料理,成了个简单凄凉的殡殓。树伯看伤心的妹妹决不宜独自携柩回去,便决定带了夫人伴行,好在时势的激浪已经过去,就此回到家乡去住,也不见得会遇到什么可怕事情了。

设奠的一天,蒋冰如来吊,对于泪痕狼藉的佩璋和骤然像加了十年年纪的老太太,说了从衷心里发出的劝慰话。佩璋虽然哀哭,但并不昏沉,她的心头萌生着长征战士整装待发的勇气,她对冰如说:"盘儿快十岁了,无妨离开我。我要出去做点儿事;为自己,为社会,为家庭,我都应该做点儿事。我觉悟以前的不对,一生下孩子就躲在家里。但是追悔也无益。好在我的生命还在,就此开头还不迟。前年焕之说要往外面飞翔,我此刻就燃烧着与他同样的心情!"

老太太的泪泉差不多枯竭了,凄然的老眼疑惑地望着媳妇。盘儿也想着父亲流泪,又想象不出母亲要到哪里去,他的身体软软地贴在母亲膝上。

　　在旁的树伯当然不相信她的话,他始终以为女子只配看家;但从另外一方面着想,觉得也不必特别提出反对的意见。

　　冰如叹了口气,意思是她到底是躲在家里的少奶奶,不知道世路艰难,丈夫死了,便想独力承当丈夫的负担。但是在原则上,他是赞成她的。他对她点头说:"好的呀!如有机会,当然不妨出去做点儿事。"

　　"一个人总得有点儿事做才过得去。"这时候他说到他自己了。那一班同他为难的青年,现在固然不知奔窜到哪里去了,但与青年们同伙的蒋士镳独能站定脚跟,而且居然成为全镇的中心;在蒋士镳,似乎不再有同他为难的意思,然而他总觉得这个世居的乡镇于他不合适。什么校长呀,乡董呀,会长呀,从前想起来都是津津有味的,现在却连想都不愿意想起。可是,悠长的岁月,未尽的生命,就在家里袖着双手消磨过去么?向来不曾闲过的他,无论如何忍不住那可怕的寂寞。于是在茫茫的未来生涯中,他开辟出一条新的道路。他看看佩璋又看看树伯说:"没有事做,那死样的寂寞真受不住。我决定在南村起房子。那地方风景好,又是空地,一切规划可以称心。房子要朴而不陋,风雅宜人。自己住家以外,还可以分给投契的亲友。这就约略成个'新村'。中间要有一个会场,只要一个大茅亭就行。每隔几天我在里边开一回讲,招集四近的人来听。别的都不讲,单讲卫生的道理,治家的道理。世界无论变到怎么样,身体总得保卫,家事总得治理。人家听了我的,多少有点儿好处。而且,大概不会有人来禁止我的。"

　　他望着焕之的灵座,又说:"焕之若在,他一定不赞同我的计划,他要说这是退缩的思想。但在我,眼前唯有这一条新的道路了!"

1928年11月15日写毕

# 稻 草 人

# 小白船

一条小溪是各种可爱的东西的家。小红花站在那儿,只顾微笑,有时还跳起好看的舞来。绿色的草上缀着露珠,好像仙人的衣服,耀得人眼花。水面上铺着青色的萍叶,蠹起一朵朵黄色的萍花,好像热带地方的睡莲——可以说是小人国里的睡莲。小鱼儿成群地来来往往,细得像绣花针,只有两颗大眼珠闪闪发光。青蛙老瞪着眼睛,不知守在那儿干什么,也许在等待他的好朋友。

水面上有极轻微的声音,是鱼儿在奏乐,他们会用他们的特别的方法,奏出奇妙的音乐来:"泼剌……泼剌……"好听极了。他们邀小红花跟他们一起跳舞;绿萍要炫耀自己的美丽的衣服,也跟了上来。小人国里的睡莲高兴得轻轻地抖动,青蛙看呆了,不知不觉随口唱起歌儿来。

小溪上的一切东西更加有趣更加可爱了。

小溪的右岸停着一条小小的船。这是一条很可爱的小船,船身是白的,它的舵和桨,它的帆,也都是白的;形状像一支梭子,又狭又长。胖子是不配乘这条船的。胖子一跨上船,船身一侧,就掉进水里去了。老人也不配乘这条船。老人脸色黝黑,额角上布满了皱纹,坐在小船上,被美丽的白色一衬托,老人会羞得没处躲藏了。这条小船只配给活泼美丽的小孩儿乘。

真的有两个孩子向溪边走来了。一个是男孩儿,穿着白色的衣服,脸色红得像个苹果。一个是女孩儿,穿着很淡的天蓝色的衣服,脸色也很红润,而且更加细嫩。他们俩手牵着手,用轻快的步子穿过了小树林,来到小溪边上,跨上了小白船。小白船稳稳地载着他们两个,略微摆了两下,好像有点儿骄傲。

男孩儿说:"咱们在这儿坐一会儿吧。"

"好,咱们看看小鱼儿。"女孩儿靠船舷回答。

小鱼儿依旧奏他们的音乐,青蛙依旧唱他的歌。男孩儿摘了一朵萍花,插在女孩儿的辫子上。他看着笑了起来,说:"你真像个新娘子了。"

女孩儿好像没听见,她拉了拉男孩儿的衣袖,说:"咱们来唱《鱼儿歌》,咱们一同唱。"

他们唱起歌儿来:

鱼儿来,鱼儿来,
我们没有网,我们没有钩儿。
我们唱好听的歌,
愿意跟你们一块儿玩儿。

鱼儿来,鱼儿来,
我们没有网,我们没有钩儿。
我们采好看的花,
愿意跟你们一块儿玩儿。

鱼儿来,鱼儿来,
我们没有网,我们没有钩儿。
我们有快乐的一切,
愿意跟你们一块儿玩儿。

歌还没唱完,刮起大风来了,小溪两岸的花和草,跳舞的拍子越来越快了,水面上也起了波纹。男孩儿张起帆来,要乘风航行。女孩儿掌着舵,手按在舵把上,像个老船工。只见两岸的景物飞快地往后退,小白船像一条飞鱼,在小溪上一直向前飞。

风真急呀,两岸的景色都看不清楚了,只见一抹一抹的黑影向后闪过。船底下的水声盖过了一切声音。帆盛满了风,好像弥勒佛的大肚子。小白船不知要飞到哪儿去!两个孩子着慌了,航行了这许多时候,不知到了什么地方。要让小白船停住,可是又办不到,小白船飞得正欢哩。

女孩儿哭了,她想起她的妈妈,想起她的小床,想起她的小黄猫,今天恐怕都见不着了。虽然有亲爱的小朋友跟她在一起,可是妈妈,小床,小黄猫,她都舍不得呀。

男孩儿给她理好被风吹散的头发,又用手盛她流下来的眼泪。他说:"不要哭吧,好妹妹,一滴眼泪就像一滴甘露,你得爱惜呀。大风总有停止的时候,就像巨浪总有平静的时候一个样。"

女孩儿靠在他的肩膀上,哭个不停,好像一位悲伤的仙女。

男孩儿想办法让船停住。他叫女孩儿靠紧船舷,自己站了起来,左手拉住帆绳的活扣,右手拿着桨;他很快地抽开活扣,用桨顶住岸边。帆落下来了,小白船不再向前飞了。看看岸上,却是一片没有人的旷野。

两个孩子上了岸。风还像发了狂似的,大树摇得都有点儿累了。女孩儿才揩干眼泪,看看四面没有人,也没有房屋,眼泪又像泉水一样涌出来了。男孩儿安慰她说:"没有房屋,咱们有小白船呢。没有人,咱们两个在一起,不也很快活吗?咱们一同玩儿去吧!"

女孩儿跟着他一直向前走。风吹在身上有点儿冷,他们紧紧靠在一起,互相用手搂住腰。走了几百步远,他们看见一棵野柿子,树上熟透的柿子好像无数的玛瑙球,有的落在地上。女孩儿拾起一个,掰开来一尝,甜极了,她就叫男孩儿也拾来吃。

他们俩坐在地上吃柿子,把一切都忘记了,忽然从矮树丛里跑出一只小白兔来,到了他们跟前就伏着不动了。女孩儿把他抱在怀里,抚摩他的柔软的毛。男孩儿笑着说:"咱们又有了一个同伴,更不寂寞了。"他掰开一个柿子喂给小白兔吃,红色的果浆涂了小白兔一脸。

远远的有个人跑来了,身子特别高,脸长得很可怕。他看见小白兔在他们身边,就板起了脸,说他们偷了他的小白兔。

男孩子急忙辩白说:"他是自己跑来的。我们喜欢他。一切可爱的东西,我们都爱。"

那个人点点头说:"既然这样,我也不怪你们。把小白兔还给我就是了。"

女孩儿舍不得,把小白兔抱得更紧了,脸贴着他的白毛,好像要哭出来了。那个人全不理会,伸手就把小白兔夺走了。

这时候,风渐渐缓和了。男孩儿想,既然遇到了人,为什么不问一问呢。他就问那个人,这儿离家有多远,该从哪条河走。

那个人说:"你们家离这儿二十多里呢,河水曲折,你们一定认不得回去的路了。我可以送你们回去。"

女孩子快活极了,她想,这个人长得可怕,心肠原来很慈善,就央告说:"咱们快上船吧,妈妈和小黄猫都在等着我们呢!"

那个人说:"这可不成。我送你们回去,你们用什么酬谢我呢?"

男孩子说:"我送给你一幅美丽的图画。"

女孩子说:"我送给你一束波斯菊,红的白的都有,真好看呢!"

那个人摇头说:"我什么也不要。我有三个问题,你们能回答出来,我就送你们回去;要是答不出来,我抱着小白兔就管自走了。你们愿意吗?"

"愿意。"他们一同回答。

那个人说:"第一个问题,鸟儿为什么要唱歌?"

"他们要唱给爱他们的人听。"女孩儿抢先回答。

那个人点点头说:"算你答得不错。第二个问题,花儿为什么香?"

男孩儿回答说:"香就是善,花是善的标志。"

那个人拍手说:"有意思。第三个问题是,为什么你们乘的是小白船?"

女孩儿举起右手,好像在课堂上回答老师似的:"因为我们纯洁,只有小白船才配让我们乘。"

那个人大笑起来,他说:"好,我送你们回去。"

两个孩子高兴极了。他们互相抱着,亲了一亲,就跑回小白船。

仍旧是女孩儿掌舵,男孩儿和那个人各划一支桨。女孩子看着两岸的红树、草屋、田地,都像神仙的世界,更使她满意的是那只小白兔没有离开她,这时候就在她的脚边。她伸手采了一支蓼花让他咬,逗着他玩儿。

男孩儿说:"没有这场大风,就没有此刻的快乐。"

女孩儿说:"要是咱们不能回答他的问题,此刻还有快乐吗?",

那个人划着桨,看着他们微笑,只不开口。

等到小白船回到原来停泊的地方,小红花和绿叶早已停止了跳舞,萍叶盖着睡熟了的小鱼儿,只有青蛙还在不停地唱歌。

1921年11月15日写毕

## 傻子

　　傻子姓什么,叫什么,没有一个人知道。

　　他一生下来就睡在育婴堂墙上的大抽屉里。小朋友看见过那个大抽屉吗?特别深,特别宽,好像一口小棺材。孩子生下来了,做父母的没法养活他,就把他送进那个大抽屉里。这种事儿总是在半夜里干的,所以别人谁也不知道。第二天,育婴堂里的人看见抽屉里有孩子,就收下来养着,让乳娘喂给他奶吃。不是母亲的奶哪里会有甜味呢?傻子就是吃这种没有甜味的奶长大的。

　　长到两岁光景,他还是又瘦又小,脸上倒有了一些老年人的皱纹。他只能发出"唔哑唔哑"的声音,不会说话,不会叫人——有谁跟他亲热,让他叫呢?他也不会笑。

　　有一天,乳娘高兴了,抱着他逗他玩。乳娘把一颗粽子糖含在嘴里,让他用小嘴去接。乳娘按着他的小脑袋,把他的小嘴凑近自己的嘴。他还没接着粽子糖,才长出来的锋利的门牙却咬破了乳娘的嘴唇。胭脂似的血渗出来了,乳娘觉得很痛,在他的小脑袋上重重地打了两下,狠狠地骂他:"你这个傻子!""傻子"这个名字从那个时候就开始用了。

　　傻子六岁上出了育婴堂,一个木匠把他领去做徒弟。他举起斧头,胳膊摇摇晃晃,砍下去只能削去木头的一层皮。他使锯子,常常推不动拉不动,弄得面红耳赤。师傅总是先打他几下,才肯帮他教他。他从来不哭,似乎不觉得痛。举得起斧头他就砍,推得动锯子他就锯。邻居看他这样,都说他真是个傻子。

有一夜天很冷,傻子和师兄两个还在做夜工。富翁家里要赶造一间有五层复壁的暖室,师傅吩咐他们说:"今天夜里把木板全都锯好,明天一早要带到富翁家里去用的。你们锯完了才可以睡觉。今天夜里要是锯不完,明天我给你们厉害看!"师傅说完,自己去睡了。

傻子听师傅已经睡熟,悄悄地对师兄说:"天这么冷,你又累了,不如去睡吧!"

师兄说:"我的眼睛早就睁不开了。可是木头没锯完,明天怎么对师傅说呢?"

"有我呢,"傻子拍着胸脯说,"你不用管,这些木头都归我来锯,锯到天亮包你锯完。你的夹被不够暖和,我反正不睡,你把我的破棉絮拿去盖吧。"

师兄把傻子的破棉絮铺在地上,再铺上自己的夹被。他躺在上面,骨碌一卷,就进了他的舒适安乐的王国。

傻子见师兄肯听他的话,感到非常满足;自己的破棉絮又让师兄卷成了一个舒适安乐的王国,这有多好呀!他就不停手地锯起木板来。他的手快要冻僵了,几乎感觉不出拿的是什么。风从窗缝里吹进来,细小的煤油灯火摇摇晃晃的,使他很难看清木头上弹着的墨线。他什么也不管,只管一推一拉地锯木板,简直像一台锯木板的机器。

天亮了,亮得太早了。傻子整整锯了一夜,还有两根木头没锯完。师傅醒来听到锯木头的声音,跑来一看,只有傻子一个人在那里锯,还有一个徒弟却裹在破棉絮里睡大觉。他气极了,跳过去拉开破棉絮就要打。傻子急忙说:"不是他要睡觉,是我叫他睡的。师傅,您不能打他。"

师傅一听越发火了。他想:耽误了富翁家的活儿,挨罚是免不了了,都是傻子闯的祸。他举起木尺,使劲朝傻子的脑袋上打,嘴里狠狠地骂:"你这个傻子,教别人偷懒,坏了我的事儿,实在可恶之极!"

傻子还被师傅罚掉了两顿饭。到了吃饭的时候,别人三口饭一口菜,狼吞虎咽,他只好站在一旁看。

有一天,傻子从人家做完工回来,天色已经黑了。他慢慢地走着,忽然踩着一件东西,拾起来一看,是一个小口袋,沉甸甸的;凑在路灯下一解开来,好耀眼,是十来个雪白光亮的小圆饼儿。傻子不懂得这就是银元。

傻子站在路灯下想:"这些又白又亮的东西,我没有一点儿用处,带了回去,今夜还是吃两碗饭,盖一条破棉絮。师傅倒是挺喜欢这东西的,不知道为了什么?"

他想来想去,实在想不明白。又想:"管它呢,反正没有用,扔掉算了。"他正要把口袋朝垃圾桶里扔,一转念:"这袋东西总是谁丢失的。那个人要是跟师傅一样,也挺喜欢这东西,丢失了一定非常伤心。我把它扔进了垃圾桶,那个人找不着,不要哭得死去活来吗?"傻子想到这儿,决定等候那个人来找。

做夜市的小贩回去了,喝醉的酒客让人扶着回去了,巡查的警察走过了,店铺的门都关上了,街上空荡荡的,只有路灯放着静寂的光。傻子总不见有人来找这一口袋东西。他觉得很奇怪:也许是路灯丢失的吧,要不,大家都睡了,它干吗老瞪着一只眼睛不肯睡呢?

那边有脚步声来了,是急促的轻轻的脚步声。傻子想:一定是那个人来找丢失的东西了。借着灯光望去,是一位老太太,眼眶里含着泪花。她一边走一边看着地面,没瞧见站在一旁的傻子。

"老太太,"傻子迎上去,"你是找一口袋又白又亮的东西吗?在这里!"

"快给我吧,阿弥陀佛!"老太太笑了,干瘪的脸笑得真难看。

师傅不见傻子回来,一点儿不放在心上,以为他掉在河里淹死了,或者让骗子给拐走了。傻子摸进门去,屋子里一片漆黑,师傅师兄都早就睡着了,鼾声像打雷一个样。傻子摸到了自己的破棉絮,一骨碌钻了进去。

第二天天亮,师兄才发觉傻子躺在身旁,就推醒了他,问他昨夜上哪里去了。傻子把经过讲了一遍,师兄从被窝里伸出一只手,指着他的额角说:"你这个傻子!"

又一天,傻子做工的那户人家上梁,照例有糕和馒头分给工人。傻子分得了两块糕两个馒头。

在回去的路上,傻子遇见一群难民。最可怜的是那些妇女和赤条条的孩子:有的妇女把孩子背在背上,裹在又破又脏的衣服里;有的妇女把孩子抱在胸前喂奶。难民们痛苦地叫唤着,好像一群荒地里的乌鸦。

傻子觉得很奇怪,难民的眼光集中在他手里的糕和馒头上。他想:"他们想吃吗?他们未必知道糕是甜的,馒头是咸的。让他们尝一尝吧,反正我回去还有我分内的两碗饭呢。"

傻子把糕和馒头都送给了难民。难民没想到会有这样的好东西送给他们吃。他们不再叫唤,把糕和馒头掰成许多小块,大人小孩都分配到了。他们细细地嚼,舍不得马上咽下肚里,像吃山珍海味那样有滋有味的。傻子在一旁看着,觉得非常有趣。

邻居早就知道傻子有好吃的东西带回来,没等傻子走到门口就拦住他说:"上梁的糕和馒头,分一半给我吃。"

傻子摊开一双空手,笑着说:"你为什么不早跟我说呢?真对不起,我把糕和馒头都给了难民了。"

邻居板起脸,吐了口唾沫,拉长了声音说:"你……你这个傻子!"

这一天,所有的工厂都停了工,所有的店铺都歇了业,因为国王要在广场上演说,老百姓都得去听。国王非常勇武,常常带兵攻打邻国,没有一回不打胜仗的。可是新近他打了败仗——头一回被邻国打败了。

傻子跟着大家来到广场上。广场已经站满了人,好像数不清的蚂蚁。

傻子慢慢地向前挤,挤到了演说台下。他抬起头来,看见国王满面怒容,眼睛似乎要射出火来,两撇翘起的胡子好像枪尖一般。他正在演说:

"……从未有过的耻辱!从未有过的这样大的耻辱!咱们只能打胜仗,怎么能让人家给打败呢?可恨的敌人呀,我要把他们全都杀死,一个也不剩。恨不得这时候就有一个敌人站在这里,让我一刀砍下他的脑袋,才解我心头之恨!……"

广场上没有别的声音,只有国王一个人在吼叫。傻子非常可怜国王,看他这样恼怒,恐怕立刻会昏倒。可是眼前又没有可以让他砍脑袋的敌人,有什么方法消解他的恼怒呢?傻子一转念,方法有了,他高声喊:

"国王,不必等敌人了!你要杀一个人解解气,就把我杀了吧!"

"傻子!傻子!"广场上的人都喊起来,那声音就跟呼叱猪狗一个样。大家都说从来没见过这样傻的傻子,竟敢打断国王的庄严的演说。

谁也没想到国王的怒容消失了,眼睛突然发出慈爱的光。他满脸堆笑地对傻子说:"谢谢你教训了我!我要把敌人全都杀死;你非但宽恕他们,还愿意代他们死。我实在不如你。以后我再也不打仗了。"

国王请傻子一同进宫里去喝酒。他听说傻子是个木匠,就请傻子雕一座高大的牌楼,作为永远不再打仗的纪念。

傻子就动手雕牌楼,他雕得非常精致。牌楼上有许多和平之神,手里捧着各种乐器,许多野兽安静地伏在他们脚下,听他们演奏。还有各种茂盛的树木花草,好像都在欢乐地随风摇摆。

牌楼完工了。行揭幕礼的那一天,国王亲手把一个大花圈挂在牌楼正中。全国的百姓都来庆祝,大家向傻子欢呼,把傻子抬了起来,把鲜花洒在他的身上。

走过牌楼跟前的人总要指指点点地说:"这是傻子的成绩。"

1921年11月16日写毕

# 燕子

　　一丛棠棣花在柳树下开得多美丽呀,仿佛天空的繁星放出闪闪的光。顽皮的风推着,摇着,棠棣花怕羞,轻轻地摆动腰肢。风觉得有趣,推着,摇着,再也不肯罢休。棠棣花的腰肢摆动得真有点儿累了。

　　花丛旁边躺着一只可怜的小东西。他张开嫩黄的小嘴,等待妈妈爱抚的接吻。可是妈妈在哪里呢?他悲哀地叫着。他的蓝色的羽毛闪着光,项颈前围着红色的围巾,真是个美丽的小东西。他背部的羽毛沾着些儿血,原来他受伤了。

　　清早醒来,他唱罢了晨歌,亲过了妈妈的嘴,笑着对妈妈说:"我要去看看春天的景致,听邻家的哥哥姐姐们的歌唱。妈妈,让我出去玩一会儿吧。"

　　妈妈答应了,亲着他的嫩黄的嘴说:"好好儿去吧,我的宝贝。"

　　他于是离开了家,到处游逛。他听到泉水在细语,看到杜鹃花在浅笑,在幽静的小山上,他唱了几支歌,在清澈的小溪边,他洗了一回澡。他觉得累了,想休息一会儿,就停在柳树的丫枝上。

　　不知道什么地方飞来一颗泥弹,正打中了他的背。他一阵痛,就从柳树上掉下来,躺在棠棣花旁边。他用小嘴修剔背上的羽毛,沾着了湿漉漉的什么东西,一看,红的,这不是血么!他觉得痛得受不了了,就哀哭一般地叫起来:"妈妈,你在哪里呀?你的宝贝受伤了!妈妈,你在哪里呀!"

但是,妈妈哪里听得见呢?

柳树听见他哀叫,安慰他说:"可怜的小东西,你吃苦了。你的妈妈在哪里?可惜我的手臂够不着你,不能扶你起来。"

池塘里的水听见他哀叫,安慰他说:"可怜的小朋友,你吃苦了。你的妈妈在哪里?可惜我不得自由,不能到岸上把你背上的血洗去。"

蜜蜂飞过,听见他哀叫,安慰他说:"可怜的小朋友,你吃苦了。你的妈妈在哪里?可惜我的翅膀太单薄,不能抱着你把你送回家去。"

棠棣花早就听到他在哀叫,而且听得最真切,因为贴近他的身旁。她十分可怜他,甜蜜地安慰他说:"美丽的小东西,妈妈总会来的,不要哭。你可以在我这里休息一会儿,我盖着你,保护你。你好好儿休息吧。"

听了许多安慰他的话,他似乎痛得轻了些。他心里想:"他们多么关心我呀。可是妈妈在等我呢,我不回去,妈妈一定着急了。"

这一天,青子正好放假。她来到野外,采了些野花,预备送给她的小朋友玉儿。她穿着湖色的衫子,两条小胳膊露在外面,又细又软的头发披在肩上,时时被风吹得飘起来。看她的步子这样轻松,就知道她心里装满了快乐。

她手里已经有了红的花和白的花,待看到粉红的棠棣花,她也想采一点儿。正要采的时候,一声哀苦的叫唤使她住了手,原来一只可爱的小燕子躺在那里。啊,闪着光的羽毛上沾着血呢!

她放下手中的花,把小燕子捧了起来;取出雪白的手绢给他擦去背上的血。她轻轻地抚摩着他的羽毛,用右颊亲着他,温柔地说:"可怜的小宝贝,你吃苦了。是谁欺侮了你?是谁欺侮了你?现在你的痛苦过去了。我给你睡又软和又温暖的床,给你吃又甜又香的食品。我做你的亲爱的伴侣。你跟我回家去吧,小宝贝。"

小燕子睡在她的手掌上,又温暖又软和,感到非常舒适。可是他又叫了,不是为了痛,只是为了想念妈妈。"妈妈,我遇见了一位可爱的小姑娘。她喜欢我,带我到她家里去了。你到她家里来看我吧,我很平安,但是你要马上来呀!"

柳树、池塘里的水、蜜蜂、棠棣花全都放心了,一同对小燕子说:"青子是一位仁慈的小姑娘。她能体会我们的心愿。你跟她去吧。你的妈妈找到这里来,我们会告诉她的。再会了,幸福的小燕子!"

青子把小燕子带到家里,先去告诉了玉儿,顺便把采到的野花送给了她。玉儿听了非常喜欢,说她们俩一定要好好儿调养小燕子,使他恢复活泼可爱的原样儿。她们俩于是有新鲜的事儿干了。

青子调了些很好的东西给小燕子吃;玉儿采来柔软的草铺在一个匣子里,做小燕子的巢。小燕子吃饱了,因为才受过伤,有点儿疲倦,昏昏沉沉地想睡了。青子和玉儿看护着他,轻轻地唱着催眠曲:"小宝贝睡呀!猫来,打他,狗来,骂他,小宝贝睡呀!"小燕子听着歌声,渐渐熟睡了。

小燕子一觉醒来,只见两个笑脸紧贴着,都在看着他呢。他回想自己受伤以后的事儿,心里说:"妈妈,你怎么还不来呢?你一定在找我,我却在这里等你。小姑娘待我很好,她们为什么不把你也接来呢?"他一边想,一边滴下眼泪来了。

青子看了觉得很难受,用手绢轻轻地按住自己的眼睛。她说:"小宝贝,暂且忍耐一会儿。现在还没法找到你的妈妈。暂时把我这里当做你的家吧,好好儿静养,把你的伤快点儿养好。我们一定想办法寻找你的妈妈。"

小燕子只是掉眼泪。

玉儿对他说:"你最喜欢唱歌,一定也喜欢听歌。我唱一支歌给你解闷儿吧。"

玉儿就唱起来:

树上的红从哪里来?

山头的绿从哪里来?
红襟的小宝贝呀,
是你带来了春天的消息。

溪上的绿波从哪里来?
田野的泥香从哪里来?
红襟的小宝贝呀,
是你带来了春天的消息。

醉人的暖风从哪里来?
迷人的烟景从哪里来?
红襟的小宝贝呀,
是你带来了春天的消息。

玉儿唱着,青子和着,歌声格外好听。她们把脸贴着匣子低声问:"你该快活了吧?我们的歌声跟你相比怎么样?"

小燕子本来喜欢唱歌,听她们这样说,禁不住要试一试。他就唱起来:

亲爱的妈妈你在哪里?
亲爱的妈妈你在哪里?
你的宝贝在这里呀,
谁给你传个消息?

你在山上找我么?
你在水边找我么?
你的宝贝在这里呀,

谁给你传个消息?

我在这里等你呢!
我在这里等你呢!
我要睡在你怀里呀,
谁帮我传个消息?

青子忽然拍着玉儿的肩膀说:"想着了,我们何不在报上登个广告呢。"

玉儿马上拿来了铅笔和纸,嚷嚷说:"我来写,我来写。"她就动笔写起来:

> 亲爱的妈妈,孩儿中了一颗泥弹,受了轻微的伤。青子小姑娘留我住在她家里,现在一切都安适。你不要惊慌,一丝儿惊慌也用不着。可是孩儿盼望妈妈立刻来看我。尽你翅膀的力量——但是不要太累了,快来,快来!你亲爱的小宝贝。

青子笑着对小燕子说:"玉儿姑娘代你写得很好。明天你妈妈看报,看见了这个广告,一定会尽快飞来接你。现在你可以宽心了。"

小燕子不再掉泪了。青子和玉儿伴着他,给他讲黄金洞里的小女王的故事。晚上点起了灯,她们又在金色的灯光下唱那些神仙们爱唱的歌,直到他进了梦乡。小燕子梦见同他的妈妈去访问竹鸡的家,小竹鸡取出松子来款待他,他好不快活。

第二天上午,小燕子的妈妈急急忙忙飞来了。她一看见她的宝贝,就张开翅膀抱住他说:"寻得我心都碎了!伤在什么地方?我的宝贝……"

小燕子快乐得直流泪。他张开了黄的小嘴,不住地亲他妈妈。他说:"妈妈来了,一切都好了!伤口已经结拢,而且丝毫不觉得痛了。"

"你真幸运。"妈妈说,"大家都这样关心你,爱护你。"

小燕子撒娇说:"是呀,我遇到的全是好意。要不是大家这样爱护,我的伤不会好得这样快。"

"咱们回家去吧。"妈妈快乐地说。

青子和玉儿掉泪了,她们舍不得小燕子回去,又不忍叫小燕子不要回去。

小燕子安慰她们说:"好姑娘,好姑娘,不要哭,我天天来看望你们。我有新鲜的歌,一定来唱给你们听,我有好东西,一定给你们送来,因为你们待我太好了。"

小燕子跟着妈妈回家去了。他每天来看望青子和玉儿,唱一回歌,扑着翅膀跳一回舞。每年春天,他从南方回来,总带些红的白的珊瑚和美丽的贝壳,送给青子和玉儿玩。

青子和玉儿看见他来了,就拿出当时那个匣子说:"你又回来了,这是你的旧居,来歇一歇吧。"

1921年11月17日写毕

# 一粒种子

世界上有一粒种子，像核桃那样大，绿色的外皮非常可爱。凡是看见它的人，没一个不喜欢它。听说，要是把它种在土里，就能够钻出碧玉一般的芽来。开的花呢，当然更美丽，不论是玫瑰花，牡丹花，菊花，都比不上它；并且有浓郁的香气，不论是芝兰，桂花，玉簪，都比不上它。可是从来没人种过它，自然也就没人见过它的美丽的花，闻过它的花的香气。

国王听说有这样一粒种子，欢喜得只是笑。白花花的胡子密得像树林，盖住他的嘴，现在树林里露出一个洞——因为嘴笑得合不上了。他说："我的园里，什么花都有了。北方冰雪底下开的小白花，我派专使去移了来。南方热带，像盘子那样大的莲花也有人送来进贡。但是，这些都是世界上平常的花，我弄得到，人家也弄得到，又有什么希奇？现在好了，有这样一粒种子，只有一粒。等它钻出芽来，开出花来，世界上就没有第二棵。这才显得我最尊贵，最有权力。哈！哈！哈！……"

国王就叫人把这粒种子取来，种在一个白玉盆里。土是御花园里的，筛了又筛，总怕它还不够细。浇的水是用金缸盛着的，滤了又滤，总怕它还不够干净。每天早晨，国王亲自把这个盆从暖房里搬出来，摆在殿前的丹陛上，晚上还是亲自搬回去。天气一冷，暖房里还要生上火炉，热烘烘的。

国王睡里梦里,也想看盆里钻出碧玉一般的芽来,醒着的时候更不必说了,老坐在盆旁边等着。但是哪里有碧玉一般的芽呢?只有一个白玉的盆,盛着灰黑的泥。

时间像逃跑一般过去,转眼就是两年。春天,草发芽的时候,国王在盆旁边祝福说:"草都发芽了,你也跟着来吧!"秋天,许多种子发芽的时候,国王又在盆旁边祝福说:"第二批芽又出来了,你该跟着来了!"但是一点儿效果也没有。于是国王生气了,他说:"这是死的种子,又臭又难看,我要它干么!"他就把种子从泥里挖出来,还是从前的样子,像核桃那样大,皮绿油油的。他越看越生气,就使劲往池子里一扔。

种子从国王的池里,跟着流水,流到乡间的小河里。渔夫在河里打鱼,一扯网,把种子捞上来。他觉得这是一粒希奇的种子,就高声叫卖。

富翁听见了,欢喜得直笑,眼睛眯到一块儿,胖胖的脸活像个打足了气的皮球。他说:"我的屋里,什么贵重的东西都有了。鸡子那么大的金刚钻,核桃那么大的珍珠,都出大价钱弄到了手。可是,这又算什么呢!有的不只我一个人,并且,张口金银珠宝,闭口金银珠宝,也真有点儿俗气。现在呢,有这么一粒种子——只有一粒!这要开出花来,不但可以显得我高雅,并且可以把世界上的富翁都盖过去。哈!哈!哈!……"

富翁就到渔夫那里把种子买了来,种在一个白金缸里。他特意雇了四个有名的花匠,专门经管这一粒种子。这四个花匠是由三百多人里用考试的办法选出来的。考试的题目特别难,一切种植名花的秘诀,都问到了,他们都答得头头是道。考取以后,给他们很高的工钱,另外还有安家费,为的是让他们能安心工作。这四个人确是尽心尽力,轮班在白金缸旁边看着,一分一秒也不断人。他们把本领都用出来,用上好的土,上好的肥料,按时候浇水,按时候晒,总之,凡是他们能做的他们都做了。

富翁想:"这样经心照看,种子发芽一定加倍地快。到开花的时候,我就大宴宾客。那些跟我差不多的富翁都请到,让他们看看我这天地间没第二份的美丽的奇花,让他们佩服我最阔气,我最优越。"他这么想,越想越着急,过一会儿就到白金缸旁边看看。但是哪里有碧玉一般的芽呢?只有一个白金的缸,盛着灰黑的泥。

时间像逃跑一般过去,转眼又是两年。春天,快到请客的时候,他在缸旁边祝福说:"我就要请客了,你帮帮忙,快点儿发芽开花吧!"秋天,快到宴客的时候,他又在缸旁边祝福说:"我又要请客了,你帮帮忙,快点儿发芽开花吧!"但是一点儿效果也没有。于是富翁生气了,他说:"这是死的种子,又臭又难看,我要它干么!"他就把种子从泥里挖出来,还是从前的样子,像核桃那样大,皮绿油油的。他越看越生气,就使劲往墙外边一扔。

种子跳过墙,掉在一个商店门口。商人拾起来,高兴极了,他说:"希奇的种子掉在我的门口,我一定要发财了。"他就把种子种在商店旁边。他盼着种子快发芽开花,每天开店的时候去看一回,收店的时候还要去看一回。一年很快过去了,并没看见碧玉一般的芽钻出来。商人生气了,说:"我真是个傻子,以为是什么希奇的种子!原来是死的,又臭又难看。现在明白了,不为它这个坏东西耗费精神了。"他就把种子挖出来,往街上一扔。

种子在街上躺了半天,让清道夫跟脏土一块儿扫在垃圾车里,倒在军营旁边。一个兵士拾起来,很高兴地说:"希奇的种子让我拾着了,我一定是要升官了。"他就把种子种在军营旁边。他盼着种子快发芽开花,下操的时候就蹲在旁边看着,怀里抱着短枪。别的兵士问他蹲在那里干什么,他瞒着不说。

一年多过去了,还没见碧玉一般的芽钻出来。兵士生气了,他说:"我真是个傻子,以为是什么希奇的种子!原来是死的,又臭又难看。现在明白了,不为它这个坏东西耗费精神了。"他就把种子挖出来,用全身的力气,往很远的地方一扔。

种子飞起来,像坐了飞机。飞呀,飞呀,飞呀,最后掉下来,正是一片碧绿的麦田。

麦田里有个年轻的农夫,皮肤晒得像酱的颜色,红里透黑,胳膊上的筋肉一块块地凸起来,像雕刻的大力士。他手里拿着一把曲颈锄,正在刨松田地里的土。他锄一会儿,抬起头来四外看看,嘴边透出和平的微笑。

他看见种子掉下来,说:"吓,真是一粒可爱的种子!种上它。"就用锄刨了一个坑,把种子埋在里边。

他照常工作,该耕就耕,该锄就锄,该浇就浇——自然,种那粒种子的地方也一样,耕,锄,浇,样样都做到了。

没几天,在埋那粒种子的地方,碧绿的像小指那样粗的嫩芽钻出来了。又过几天,拔干,抽枝,一棵活像碧玉雕成的小树站在田地里了。梢上很快长了花苞,起初只有核桃那样大,长啊,长啊,像橘子了,像苹果了,像柚子了,终于长到西瓜那样大,开花了:瓣是红的,数不清有多少层,蕊是金黄的,数不清有多少根。由花瓣上,由花蕊里,一种新奇的浓郁的香味放出来,不管是谁,走近了,沾在身上就永远不散。

年轻的农夫还是照常工作,在田地里来来往往。从这棵希奇的花旁边走过的时候,他稍微站一会儿,看看花,看看叶,嘴边透出和平的微笑。

乡村的人都来看这希奇的花。回去的时候,脸上都挂着和平的微笑,满身都沾上了浓郁的香味。

1921年11月20日写毕

# 地球

很久很久以前,大地光滑浑圆,跟皮球一个样儿。

为什么后来会有高高的山,山下有平地,更有凹下去的盛满了水的海呢?

当初,人们生活在地球上,大家都很安乐。饿了,他们采树上的鲜果吃。鲜果好看极了,拿在手里就让人忘了饥饿;味道又香又甜,吃到嘴里有没法形容的快活。

人们闲着没事做,到处开唱歌会跳舞会。不光人们,鸟呀,树林呀,风呀,泉水呀,也一同唱歌;野兽呀,大树呀,草呀,星星呀,也跟着跳舞。

人们热闹极了,开心极了;他们不懂得忧愁,从来不啼哭。他们疲倦了就躺在地面上,月亮像一位和善的老太太,用银色的光辉照在他们的脸上。你可以看到他们做着梦,还在开心地笑呢!

忽然从云端里吹来几阵风,把树上的叶子全给吹了下来。人们开始吃惊了,害怕了,他们看到所有的树都只剩下光干,连一个果子也没有了,肚子要是饿起来,这日子怎么过呢?

唱歌会停止了,跳舞会停止了,大家喊道:

"困难的日子到了!困难的日子到了!你们没瞧见吗,树上连一个果子也没有了?"

"咱们吃什么呢?咱们吃什么呢?肚子饿起来,咱们怎么办?"

"大家快想办法呀！大家快想办法呀！挨饿可不是好受的。"

聪明的人想出办法来了。他们说："靠果子过日子是靠不住的。咱们会有东西吃的，咱们耕种，咱们收割，咱们把收割下来的东西储藏起来，要吃的时候就拿出来吃，咱们就不会挨饿了。现在只要大家都来耕种。"

大家听了一齐拍手欢呼。他们说："咱们得救了！咱们不怕挨饿了！大家都来耕种呀！"

他们一边高呼，一边举起锄头，就在自己站着的地方耕种。但是有些柔弱的人，他们拿不动锄头，只好站在一旁呆看。想到自己不久就要挨饿了，他们要求耕种的人说："你们种出了东西来，分点儿给我们吃吧。咱们是好朋友，你们应该可怜我们，我们拿不动锄头呀。"

拿锄头的人想，分点儿给他们，这还不容易。种出来的东西多了，吃不完堆积起来有什么用呢？他们很痛快地答应了。到了收获的季节，稻呀麦呀，都分给他们每人一份，跟拿锄头耕种的人一样多。

耕种的时候总要拣去一些僵土和石块。大家看那些柔弱的人站的地方反正空着，就把拣出来的僵土石块往那里扔。僵土和石块堆高一点儿，那些柔弱的人就往高里站一点儿。他们好像泛在水缸里的泡沫，水尽管一桶一桶往缸里倒，泡沫总浮在水面上。

拿锄头的人仍旧把耕种出来的东西分给柔弱的人吃，仍旧每人一份。可是要分给他们，不像先前那样便当了，要背着稻呀麦呀，爬上土石堆。土石堆越来越高，稻呀麦呀见得越来越重，压得他们背都弯了，胸口几乎碰着了膝盖。他们像拉风箱似地喘着气，一步一步往土石堆上爬，汗跟泉水一般从每一个汗毛孔里流出来。他们唱着歌，忘记了劳累。他们是这样唱的：

> 他们是我们的好朋友，我们的好朋友。
> 他们拿不动锄头，我们拿得动锄头。
> 分给他们一份稻，分给他们一份麦。

反正我们有力气,应该帮助好朋友。

柔弱的人接了礼物,懒懒地吃;才吃完一份,第二份又送来了,送第三份第四份的人背着东西,正跟牛马一样爬上来呢。他们向下望,土石堆上已经给踏出了一条路,背着东西的人脚尖接着脚跟,一摇一晃地在向上爬,真有点儿傻劲。他们看着,又白又瘦的脸上现出冷淡的微笑。

可是不好了,拿锄头的人耕种的地方,有几处忽然积了许多水,不能耕种了。水是从哪里来的呢?聪明的人考查出来了,他们说:"你们看柔弱的人站着的土石堆,让咱们踩得往下凹的那条路上,不是涓涓不绝地有水在流下来么?水冲在石头上,不是激起了浪花么?水就是从土石堆上流下来的。如果追根究柢,那么咱们的身体就是最初的泉源;咱们把东西送上去的时候,每一个汗毛孔就是一个泉眼。"

聪明的人说的不错,但是有水的地方不能耕种了,怎么办呢?只好大家挤紧一点儿,在还没被水淹的地方耕种。

过了一年又一年,拿锄头的人努力耕种,不断地把东西送上土石堆去。他们的汗水渗进土里,胶住了石块。汗水富有滋养料,土石堆上于是长出了青青的草,绿油油的树。柔弱的人闲着没事干,眯起深陷的眼睛看着。他们赞美说:"这里应当叫做山。你们看,山上的景致多么好,美丽极了。"

山的周围,僵土石块越堆越多,山就越来越高,爬上去送东西越来越吃力,他们的汗水流得更多了。汗水不停地从山上流下来,地面积水的范围自然越来越扩大,可以耕种的地方自然越来越少了。拿锄头的人只好挤得更紧了。

到了后来,拿锄头的人实在觉得不能再往山上送东西了,再送就会耽误了耕种的季节。他们同柔弱的人商量说:"我们实在没有工夫再给你们送东西了,这山路太长了。你们自己下山来取吧,反正你们闲着没事干。"

柔弱的人摇摇头,他们有气无力地说:"我们这样柔弱,哪能背东西上山呢?你们要可怜我们,帮忙帮到底。咱们是最好最好的好朋友呢!"

拿锄头的人看他们满脸愁容,眼角上似乎挂着泪水,心就软了,对他们说:"既然这样,仍旧照老样子,东西由我们送上山来。我们有一天力气就耕种一天,帮助你们一天。你们放心吧,不用犯愁,没事儿就望望山景吧!"

可是耕种的地方越来越少,拿锄头的人挤得越来越紧,种出来的东西却不会因此而增多。有的人上山去送东西,回来的时候疲乏不堪,又错过了耕种的季节,原先归他们耕种的地方就此荒芜了。别人只好把自己份内的东西省出一部分来分给他们,使他们不至于挨饿。

情形看来越来越糟,大家的土地都有点儿荒芜的样子,但是大家还凑出东西来送上山去,分给柔弱的人的东西还跟分给大家的一样多。本来吃不饱,又要背着沉重的东西爬这样陡的山路,他们累极了,身上瘦得只剩了一层皮,脸上全是皱纹,背给压弯了,声音也变得又沙又哑。要是说他们曾经是唱歌的好手,跳舞的好手,还有谁相信呢?

有的人因为又饿又累,病倒了,几乎死掉。他们的慈祥的母亲忍不住哭了,眼泪像线一样直往下流,流向水淹的地方。水淹的地方不断地扩大,起风的时候,涌起的波浪像山一样高。

慈祥的母亲望着汹涌的波涛说:"这里应当叫做海。海里的水是咸的,都是我的眼泪和孩子的汗水。"

所以即使天朗气清,你到海边去,总可以听到波浪在呜咽着,在诉说悲哀。

前面说的就是地球上怎么会有山有海有平地的故事。你要是问,山上的那些柔弱的人现在到哪里去了呢?我可以告诉你,他们太柔弱了,子子孙孙一代一代传下来,身子越来越小,现在已经小到咱们的目力没法看清的程度。其实小草的根,大树的皮,都是他们寄居的地方。他们再这样一代小于一代,总有一天会从地球上消失的。

1921年12月25日写毕

## 芳儿的梦

芳儿看姊姊采了许多许多凤仙花,白的,红的,绯色的,撒锦的,用细线把花扎起来,扎成了一个又大又圆的球。姊姊把大花球挂在窗前,看着它只是笑。大花球摇摇晃晃,花瓣儿微微抖动,好像害羞似的。芳儿想:"这个花球跟学生们踢的皮球差不多大,挂在窗前干什么呢?凤仙的枝上要是能开这样大的花球就好了,我就可以把它当皮球踢了。姊姊只是看着它笑,难道花球会飞到天上去吗?"

芳儿正想着出神,姊姊问她说:"明天妈妈生日,你送什么东西给她做礼物呢?你看我这花球多么好!花是我种的,也是我采的。我把它扎成了这样一个花球。妈妈看了,一定说我能干,说我爱她。"

芳儿想:"姊姊有礼物,我自然也要送给妈妈一件礼物。我的礼物一定要比她的好。送一只小猎狗吧?不行,小猎狗是妈妈给我的,怎么能送还给妈妈呢?送积木吧?不行。积木是舅舅给的,还是妈妈给带回来的呢,怎么能送给妈妈呢?送一朵大理花吧?也不行。姊姊送了凤仙花球,我也送花,不是跟姊姊的礼物相重了吗?"

芳儿心里不自在起来。他不看姊姊扎的花球了,低着头坐在小椅子上默默地想。他想到树林里的香草,山坡上的小石子儿,溪边的翠鸟,小河里的金鱼;他想到家里所有的一切东西,街上所有的一切东西,野外所有的一切东西,想来想去都不合适,都不配送给妈妈做生日的礼物。

他要找一件非常稀罕的,独一无二的东西,拿来送给妈妈。这样才能让妈妈得到连做梦也想不到的欢喜,才能表达对妈妈的比海还深的爱。

但是这件东西在哪里呢?

月亮升起来得真早啊,她躲在屋角后边偷偷地瞧着芳儿呢。院子的一个角落亮起来了,缠绕在篱笆上的茑萝也发出光彩了。白天看那茑萝,就像姊姊的新衣裳似的,嫩绿的底子绣上了许多小红花;现在颜色变了,都涂上了一层银色的光。

芳儿感觉到月亮在偷看他,不由得抬起头来。他说:"月亮姊姊,你来得好早。我要送一件东西给妈妈,做她生日的礼物。这件东西要非常美丽,非常难得,要让妈妈能得到连做梦也想不到的欢喜,要能表达我对妈妈的比海还深的爱。聪明的月亮姊姊,你一定知道这是一件什么东西,请告诉我吧!"

月亮只是对着芳儿微笑。她越走越近了,全身射出活泼的光。

月亮身边浮着些儿淡淡的微云,他们穿着又轻又白的衣裳,飘呀飘呀,好像跳舞的女郎。他们怕月亮寂寞,所以陪着她;他们怕月亮力乏,所以托着她。

芳儿把他的心事告诉给云,恳求他们说:"云哥哥,你们伴着月亮出来玩儿吗?我要送一件东西给妈妈,做她生日的礼物。这件东西要非常美丽,非常难得,要让妈妈能得到连做梦也想不到的欢喜,要能表达我对妈妈的比海还深的爱。聪明的云哥哥,你们一定知道这是一件什么东西,请告诉我吧!"

云哥哥们只是拥着月亮姊姊,在深蓝色的天幕上一边跳舞,一边前进。

芳儿想,他们玩儿得太高兴了,高兴得没听到他在说话。他就把小椅子搬到了院子里,索性坐下来看他们跳舞。起先,月亮姊姊跳的是节奏很快的小步舞,云哥哥们紧紧地追随着,又轻又白的衣裳都飘了起来，更加好看了。后来，月亮姊姊好像疲倦了，在中天站住了。云哥哥们围绕着她，缓慢地兜着圈子，衣裳渐渐垂下来了。

芳儿趁这个时候，把他的心事又说了一遍，恳求月亮姊姊和云哥哥们给他指点。他留心看天上，月亮姊姊和云哥哥们真个听见了他的话了。月亮姊姊堆着笑脸，看着身边；云哥哥们从宽大的白衣袖里伸出手来，指着身边。他们身边有无数灿烂的星星，原来他们指的就是星星。

芳儿快活极了，他明白了："这才是最美妙的礼物呢。月亮姊姊和云哥哥们真聪明呀！姊姊送给妈妈一个花球，我送给妈妈一个星星串成的项链。明天，我要把星星项链亲手挂在妈妈的脖子上，让无数耀眼的光从妈妈身上射出来，不是非常美丽吗？人家的妈妈戴珍珠串成的项链，戴宝石串成的项链，都是人间有的东西。我送给妈妈的，却是一个星星串成的项链，不是非常稀罕吗？我把这样的一个项链挂在妈妈的脖子上，妈妈自然欢喜得连做梦也想不到。别人当然想不到送这样的礼物，只有我送这样的礼物，因为我爱妈妈爱得比海还深。"

芳儿谢谢月亮姊姊，谢谢云哥哥们，对他们说："祝愿你们永远美丽，永远快乐，永远笑，永远跳舞，永远帮助我，告诉我我所想不到的一切事儿。"

这时候，芳儿的姊姊也到院子里来乘凉了。她端一张藤椅，坐在芳儿旁边，脸上还带着笑。她正在想，凤仙花球多么美丽，妈妈见了会怎样欢喜。

芳儿拿姊姊的手轻轻地贴在自己的脸上，看着姊姊说："我已经想到了送给妈妈的礼物。好极了，比你的凤仙花球好几百倍。我现在不告诉你。"

"什么好东西？好弟弟，快说给我听吧。"

"我不说，明天你看就是了。这个东西近在眼前，远在天边，没有什么比它更美丽的了，谁都不曾有过。"

芳儿不说,姊姊只好猜。她猜了许许多多东西,香草,小石子儿,翠鸟,金鱼,家里所有的一切东西,街上所有的一切东西,野外所有的一切东西,她都猜遍了。芳儿只是笑,只是摇头。姊姊急了,双手合十,央求他说:"拜拜你,好弟弟,你告诉了我吧。我一定不告诉别人。夜晚睡了,我连枕头也不告诉。好弟弟,快说吧!"

芳儿说:"你一定要我说,得先依我一件事儿。咱们俩先跳一回儿绳。跳过绳,我再告诉你。"

姊姊就和芳儿一同跳起绳来。月亮从头顶上射下来,院子里一片银光,他们俩全身浴在银光里,两个短短的影子在地上舞动,姊姊的头发飘了起来,影子更加好看了。他们先把绳子向前摔,再把绳子向后摔,最后俩人并排一起跳。四只小小的脚像燕子点水似的,刚着地又离开了地面。绳子在脚底下一闪而过,几乎分辨不清。他们俩好像被包在一个透明的大圆球里。

姊姊喘息了,芳儿也满脸是汗,他们才停了下来。芳儿坐在小椅子上用手拭脸上的汗。姊姊催他说:"我依了你了,现在你好说了,究竟是什么东西?"

芳儿凑在姊姊的耳边说:"我的礼物是星星串成的项链。"

芳儿睡在雪白的罗帐里,睡得很熟,脸上好像在笑,呼吸很均匀。他应当有一个可爱的梦。

他起来了,是月亮姊姊催他起来的。月亮姊姊穿了一身淡蓝色的衣裳,笑的时候露出银色的牙齿。芳儿觉得她可爱极了,就投到了她的怀里。月亮姊姊拍拍他的背,对他说:"你忘记了要送给妈妈的礼物了吗?跟着我去吧,我带你去取。"

芳儿非常感激月亮姊姊,催她快点儿动身。月亮姊姊牵着芳儿的手,一同轻轻地飘起来了。虽然离开了地面在空中迈步,芳儿觉得两只脚仍旧像踏在地面上似的。向下边望,地面上的一切都睡着了,盖着一条无边无际的银被。再看月亮姊姊,她那淡蓝色的衣裳被风吹得飘了起来,真是一位仙女。

芳儿的步子越迈越快,好像不费一点儿力气。星星就在他身边了,一颗颗都像荔枝那么大,光亮耀得他眼睛都花了。他已经来到星星的群中,前后左右都是星星;他好像走进了一座结满果子的树林,只要一伸手,就可以摘到;再看看自己,自己被星星照得通身透亮。他快乐极了,就动手摘起星星来。

星星轻得几乎没有分量,摘起来挺容易,他一连摘了几百颗,用衣裳兜着,快要兜满了。月亮姊姊送给他一条美丽的丝绳,还帮他把一颗颗星星贯串起来,串成项链。

这样美丽的项链,世界上从来没有过,现在却在芳儿手里。他要把这样一条项链送给妈妈,作为妈妈生日的礼物。

芳儿心里想的,就是要让妈妈得到连做梦也想不到的欢喜,就是要表达他对妈妈的比海还深的爱。他捧着星星项链,飞奔回家,刚跨进门,他就大声喊:"妈妈!妈妈!您在哪里。我送给您一件礼物,最最美丽的礼物,最最稀罕的礼物。"

妈妈跑出来,把芳儿抱在怀里。芳儿举起双臂,把星星项链挂在妈妈的脖子上。无法形容的透亮的光,从妈妈身上射出来,妈妈就成了一位仙女了。芳儿自己不也成了个小仙人了吗?看着妈妈脸上的慈祥的笑,芳儿快活得手舞足蹈起来。

芳儿的手和腿一动,他的梦就醒了。妈妈正伏在他的枕头旁边,脸上的慈祥的笑,正跟芳儿在梦中看到的一个模样。

1921年12月26日写毕

## 新的表

咱们都看见过钟,看见过表。咱们都懂得钟和表在提醒咱们:现在是什么时间了,你应当起床了;现在是什么时间了,你应当干活了;现在是什么时间了,你应当休息了。咱们按照钟表提醒咱们的去做,一切都井井有条,不必匆忙,也不会耽误事儿。

愚儿有一个关于表的故事。他不懂得使用表,耽误了许多事儿,闹出了许多笑话。现在就把他的故事讲给大家听。

愚儿才八九岁。他有个坏毛病,老是什么事儿也不干,不声不响;东边一靠,靠个大半天;西边一站,站个三小时。父亲母亲以为他早就上学去了,后来却看见他不声不响地站在大门口。有时候他在桌子上玩弄唾沫,玩儿得连睡觉都忘了,要母亲催他他才上床。这样的事儿发生了不知多少回了。

他的毛病老改不掉,而且越来越厉害。有一回到学校去,半路上看见鞋店的工人正在扎鞋底,他站在一旁整整看了一天,连吃饭都忘了。父亲母亲不见他回家,派人四处去找,才把他拉了回家。父亲就跟母亲商量说:"太不像话了,这样下去,他不但书念不好,将来离开了我们,连饭也想不到吃,岂不要饿死吗?得想个办法才好。最最要紧的是要让他知道什么时间该做什么事儿。你看有什么办法呢?"

母亲说:"我有个办法。他有这个坏毛病,根子就在他不懂得时间,不知道什么时间应当做什么事儿。我们教给他懂得了时间，他就知道到了什么时间应当做什么事儿了。让人懂得时间的最好的东西就是钟表，咱们给他买一只表吧。"

父亲听母亲说得很有道理，就买了一只表给愚儿。这是一只非常美丽的表，表壳好像是银的，能照得见面孔；表面是白瓷的，画着乌黑的字；两支针有长有短，闪闪发光。样子跟一块圆饼干差不多，愚儿拿在手里，觉得轻巧可爱——虽然不能送到嘴里去吃。

父亲叮嘱愚儿说："你不懂得时间，天天耽误了该做的事儿。现在给你这只表，它可以告诉你现在是什么时间。你应当按照它告诉你的时间做你应该做的事儿。你看，到了这个时间，就应该上学；到了这个时间，就应该回家；到这个时间，应该开始温习功课；到这个时间，应该上床睡觉。你好好记着，就不会再犯过去的老毛病了。"

父亲指给愚儿看的，是表面上写着"6""4""5""9"这几个字的地方。愚儿记住了，牢牢地记在心里。他把表捧在手里，眼睛盯住了表面，看见一支针指在"7"字上，马上背着书包出了门。他一路走一路看着表，还没走到学校，那支针已经指在"9"字上了。他转身就跑，到家里连忙往床上一躺，书包还挂在背上哩。他一只手举着表，仰着脑袋看着，那支针真奇怪，虽然看不出它在移动，却不断地变换位置，像变魔术似的。

那支针又指在"4"字上了，他想父亲叮嘱过，到针指在"4"字上就应该回家。但是他已经在家里了，而且躺在床上了，教他再回到哪里去呢？难道把父亲的话记错了？他翻来覆去地想，想了十遍二十遍，一点儿也没记错，父亲确实是这样说的，针指到"4"字上，就应该回家。一定是这只表在作怪了。他立刻下了床，跑到父亲的工作室里。

父亲见了他很奇怪，问他："你的老毛病还没改好。我已经给了你一只表，教你看着表做事。怎么这时候还在家里？你已经忘了我说的话吗？"

愚儿说："不，不，我没有忘记，这只表在作怪呢！我看针指在这里，马上去学校,这不是你告诉我的吗?还没走到学校,针已经指到这里了,我马上跑回家睡觉,这不也是你告诉我的吗?可是现在,针又指到我应当回家的地方了——而且过了。我现在已经在家里了,教我再回到哪里去呢?要不是这只表作怪,一定是你的话说错了。"

父亲听了哈哈大笑:"原来你没弄明白,你要看那支短针指在什么地方,就按照我说的,去做什么事儿。方才你弄错了,看了长针了。去吧,不要再耽误事儿了。"

愚儿点点头,表示他全明白了。他赶到学校,学校还没上课,早操已经过了。老师教训他说:"你真个不想长进吗?有的日子你贪懒,索性不来上学。今天来了,又来得这样晚。你从没做过早操,这样不注意锻炼,难道身体不是你自己的吗?"

愚儿想,他今天出来得很早,只因为看错了表,把事儿耽搁了。但是他不敢跟老师说明,怕同学们笑他。他坐在课堂里,时时刻刻看着手里的表,比看课本用心一百倍。那短针越来越靠近"9"字了,最后真到了"9"上。他想这一回准错不了,是睡觉的时间了,赶快回家吧。

愚儿向老师请假,说马上要回家。老师问他为什么,他说要回家去睡觉。老师着急地问:"你不舒服吗?身上发冷吗?……"他只是摇头。老师生气了:"没有什么不舒服,哪里有这时候就回家去睡觉的道理!不准回去!"

愚儿急得哭了,眼泪像雨点一样往下掉。同学们看了都笑起来,有几个轻轻地说:"他要回家吃奶了。他的母亲已经解开了衣襟在等他了。"

愚儿听同学这样说,哭得更厉害了。老师以为他发了疯,或者心里有什么别扭的事儿,一定要他说出来。他抹着眼泪,呜呜咽咽地说:"父亲给我买了一只表,告诉我说,那支短针指到什么地方,就应当按时做什么事儿。父亲说,短针指在'9'字上,就应当睡觉。现在已经指到'9'字了,所以我要请假回家。我不愿意违背父亲的话。老师要是不信,请您看看我的表。"他拿出表来给老师看,那支短针已经过了"9"字了。

老师听了哈哈大笑,对他说:"原来你没有明白,让我来告诉你。那支短针一天要绕两个圈子哩:从半夜到中午绕一圈,从中午到半夜又绕一圈,所以短针在上午和晚上,各有一次指在'9'字上。你父亲说的应当睡觉的时间,是晚上短针指在'9'字上的时间,不是现在。"

"原来还有这样一个道理。"愚儿点点头,表示这一回他都明白了。同学们又大笑一场,下了课,有几个在背后说他傻成这样,哪里配用什么表。他只当作没听见,一个人站在墙角里,偷偷地看着手里的表,生怕又耽误了时间。

这一天下午,短针指在"4"字上,他就赶紧回家;指在"5"字上,他就拿出课本来温习;指在"9"字上,他就对父亲母亲说:"上床的时间到了,我要睡觉了。"

父亲母亲心里十分欢喜,称赞他说:"这一回好了,你的毛病让表给治好了。今后你照表告诉你的时间做事儿,一定能很快上进。现在,你先睡吧。"

愚儿很高兴,躺在床上只是笑。笑呀笑呀,他就睡着了,表还握在他的手心里。

第二天他醒来,窗子上已经阳光耀眼。他想起了手中的表,不知道该不该起床了。还差得很远呢,那支短针正指在"3"字上,还要转过两个字,才指到"6"字上。他就躺在床上等,准备等它转到"6"字才起身。

表又作怪了,短针老指在"3"字上,好像这个"3"字有什么魔力,把它吸住了。他老看着表,觉得肚子越来越饿。但是短针还没有转到应该下床的时间,他只好等着。他想短针总会转过去的。

母亲不见他起身,来到床前看他,只见他睁大了眼睛,老对着表看。母亲催他:"快起来吧,时间不早了,到学校又晚了。"他却回答说:"不能起来,不能起来。我做什么都得遵守时间。"

母亲听了很奇怪,以为他还在说梦话。可是他眼睛睁得大大的,看着手里的表,明明早就醒了,就对他说:"你要遵守时间,更应当赶快起来,要不,第二堂课你也赶不上了。"

愚儿不回答,仍旧看着手中的表。母亲问了一遍又一遍,他才回答说:"您看,那支短针还没指到'6'字上。要指到'6'字上我才可以起身,这是父亲告诉我的。"

母亲接过表一看,短针真个还指在"3"字上,不由得大笑起来,对愚儿说:"原来你没弄明白,表的机关停了,要上紧了弦,它再能转。你要是不上弦,就是等上一千年,短针也转不到'6'字上。"

母亲给表上足了弦,把两支针的位置旋准了,把表交给愚儿。愚儿看着表只顾点头,表示这一回他真个明白了。他赶紧下了床,收拾停当了,跑到学校里。这时候,第一堂课已经上了一半了。

从此以后,愚儿真个全都明白了。他能自己上弦,自己校正快慢,对准时间。他能够按着表告诉他的时间,做完这件事儿又做那件事儿,什么都井井有条了。

1921年12月27日写毕

# 梧桐子

　　许多梧桐子,他们真快活呢。他们穿着碧绿的新衣,都站在窗沿上游戏。周围张着绿绸似的帷幕。一阵风吹来,绿绸似的帷幕飘动起来,像幽静的庭院。从帷幕的缝里,他们可以看见深蓝的天,看见天空中飞过的鸟儿,看见像仙人的衣裳似的白云;晚上,他们可以看见永远笑嘻嘻的月亮,看见俏皮的眨着眼睛的星星,看见白玉的桥一般的银河,看见提着灯游行的萤火虫。他们看得高兴极了,轻轻地唱起歌来。这时候,隔壁的柿子也唱了,下面的秋海棠也唱了,石阶底下的蟋蟀也唱了。唱歌的时候有别人来应和,这是多么有趣呀,所以梧桐子们都很快活。

　　有一颗梧桐子,他不但喜欢看一切美丽的东西,唱种种快活的歌儿,他还想离开窗沿,出去游戏。他羡慕鸟儿,羡慕白云,羡慕萤火虫。他想,要是能跟他们一个样到处飞,一定可以看到更多的美丽的东西,唱出更多的快活的歌儿。离开窗沿并不难办,只要一飞就飞出去了。他于是跟母亲说:"我要出去游戏,到处飞行,像鸟儿那样,像白云那样,像萤火虫那样,我就可以看到更多的美丽的东西,唱出更多的快活的歌儿。回来的时候,我把看到的一切都讲给您听,给您唱许多许多快活的歌儿。"

　　他的母亲摇了摇头,身子也摆了几摆,和蔼地对他说:"你应该出去旅行,哪有不让你去的道理呢?可是现在,你的身体还不够强壮,再等些时候吧!"

他听了不再作声，心里可不大高兴。他觉得自己已经很胖很结实了。一定是母亲不放他走，什么身体不够强壮，不过是推托的话罢了。他决定不告诉母亲，自个儿偷偷地飞开去。可是飞到了外边，会不会遇上什么困难呢？独自旅行，能不能找到同伴呢？一想到这些，都教他担心害怕。他于是对哥哥们弟弟们说："你们羡慕鸟儿吗？羡慕白云吗？羡慕萤火虫吗？你们想看到更美丽的东西吗？想唱出更快活的歌儿吗？这些都是做得到的，只要你们跟我走。我们就可以跟鸟儿一个样，跟白云一个样，跟萤火虫一个样，到处旅行。"

哥哥弟弟的性情都跟他差不多，谁不喜欢出去旅行，看看广阔的世界？他们都拍着手喊起来："咱们快走吧！咱们快走吧！"

他们换上了褐色的旅行服，站在窗沿下准备着。这时候，绿绸似的帷幕变成黄锦似的了，而且少了许多，变得稀稀朗朗的，因为太阳不太热了。风从稀朗的帷幕间吹来，梧桐子们借着风的力量，都想离开窗沿。大家把身子摇了几摇，还站在窗沿上。只有一颗，就是最先想到要离开的一颗，独自一个飞走了。他多么高兴呀，自以为领了头，带着哥哥们弟弟们到广阔的世界里去旅行了。

他头也不回，只顾往前飞，一会儿高一会儿低。后来，他觉得有点儿力乏了，才回过头去招呼哥哥们弟弟们。啊呀，不好了，他们都飞到哪儿去了呢？他心里一慌，身子就笔直往下掉；头脑里迷迷糊糊的，不知落在了什么地方。

他渐渐清醒过来，看看周围，原来他落在田边上，一个十五六岁的姑娘正在栽菜秧。他才想起了哥哥弟弟，他们不知道在什么时候离开了他。现在要找他们，实在太不容易了。要是找不着他们，独自一个去旅行，他可有点儿不敢。他们总在附近吧，还是飞起来找一找吧。哪儿知道他一动也不能动。他着急了，急得流出了眼泪来，向周围看看，只有一位姑娘。他想，那位姑娘也许能帮他点儿忙吧！

他带着哭声说："姑娘，您看见我的哥哥弟弟了吗？他们到哪里去了？

请你告诉我,可爱的姑娘。"

　　姑娘只管栽她的菜秧,好像没听见他的话。栽完了六畦,她穿上放在田边的青布衫,两只手扣着纽扣,忽然看见了落在地上的梧桐子,就把他拾了起来。

　　他在姑娘的手心里,手心又柔软又暖和,真舒服极了。他不再哭了,心里想:"这位姑娘真可爱,她一定知道我的哥哥弟弟在哪里,一定会把我送到他们身边去的。"

　　姑娘回到自己家里,把他放在靠窗的桌子上。他以为来到哥哥们弟弟们中间了,急忙向周围看,却一个也没有。他又犯愁了,高声喊:"姑娘,我不要留在这里,我要找我的哥哥们弟弟们。请您赶快把我送到他们身边去吧!"

　　姑娘不理睬他,管自掸去衣裳上的尘土,然后走到窗前,把他拣了起来,用手指捻着玩儿。他好像在摇篮里似的,身子摇来摇去,觉得很舒服。姑娘捻了一会儿,把他扔起来,用手接住,接了又扔,扔了又接。他一忽儿升起来,一忽儿往下落,又快又稳,也非常有趣。可是一想起哥哥弟弟,不知道他们现在在哪儿,心里又很不自在。

　　姑娘听见她母亲在叫唤了,把他放在靠窗的桌子上就走了。他想:姑娘一走,他更没有希望了。当初站在家里的窗沿上,以为一离开家,要到哪里就哪里,自由极了。哪里想到现在自己做不得主,一动也不能动,不要说到处旅行了,就是想回家去看看母亲,打听一下哥哥们弟弟们的消息,也办不到。他无法可想,只好对着淡淡的阳光叹气。他懊悔没听母亲的话,母亲早跟他说了:"等你身体强壮了,你就可以离开家了。"身体强壮了,一定可以自由自在地到处飞了;可是现在,懊悔也来不及了。

　　窗外飞来一只麻雀,落在桌子上,侧着脑袋对他看了又看,两只小脚跳跃着,"居且居且"的叫了。他想,麻雀或者知道哥哥们弟弟们的消息,就求他说:"麻雀哥哥,您看见了我的哥哥弟弟吗?他们到哪里去了呢?请您告诉我,可爱的麻雀哥哥。"

麻雀侧着脑袋,又看了看他,跳跃着,又"居且居且"叫了,似乎没听见他的话。麻雀听了一会儿,一口衔住了他,向窗外飞去。

他在麻雀的嘴里,周身觉得很潮润,麻雀用舌头舔他,好像给他挠痒痒似的。他本来很渴了,身上又有点儿痒,所以感到很舒服。他想:"麻雀哥哥真可爱,他一定知道我的哥哥弟弟在哪里,一定会把我送到他们身边去的。"

不知道为什么,麻雀一张嘴,他就从半空里掉了下来。"不好了,又往下掉了,这一回可比前一回高得多,落到地上一定没有命了。我的母亲……"他还没想完,身子已经着地了,他吓得失去了知觉。

其实他好好的,正好落在又松又软的泥里。下了几天春雨,刮了几天春风,他醒过来了。看看自己身上,褐色的旅行服已经不在身上了,换上了一身绿色的新衣,比先前的更加鲜艳。看看周围的邻居,都是些小草,也穿着可爱的绿色的新衣。有了这许多新朋友,他不再觉得寂寞了,可是想起母亲,想起哥哥弟弟,不知道他们怎样了,心里就不大愉快。

他慢慢地长大了,周围的小草们本来跟他一般高,现在只能盖没他的脚背。他的身子很挺拔,站得笔直,真是个漂亮的小伙子。小草们都很羡慕他,跟他非常亲热。他们说:"你是我们的领袖。你跳舞的时候,我们也跳;你唱歌的时候,我们也唱。可惜我们的身子太柔弱,姿势不如你好看;我们的嗓门也太细,声音不如你好听。这有什么要紧呢?我们中间有了个你,你是我们的领袖。"

他感谢小草们的好意,愿意尽力保护他们。刮狂风的时候,下暴雨的时候,他遮掩着小草们。

有一天,一只燕子飞来,歇在他的肩膀上。燕子本是当邮差的,所以他心里很高兴,就写了一封信交给燕子。他说:"燕子哥哥,好心的邮差,我有一封信,是写给母亲和哥哥们弟弟们的。可是我不知道他们在什么地方。请您帮我打听吧;打听到了,就把我这封信给他们看,让他们都能看到。最好能带个回音给我。谢谢您,好心的燕子哥哥。"

燕子一口答应,把信带走了。没过一天,燕子背了一大口袋信回来了,对他说:"你的信来了。他们都给你写了回信哩。"

他快活得不知道说什么好,只是嘻嘻地笑。先拆开母亲的信,他看信上说:"得到了你的消息,我很快活。我现在很好。你的哥哥弟弟跟你一个样,也到别处去了。他们常常有信来。现在告诉你一件事儿,你一定会喜欢的,就是你又要有许多小弟弟了。"

他又拆开哥哥们弟弟们的回信。下面就是他们信上的话:

"那一天你太性急,独自一个先走了。没隔多久,我也离开了母亲,现在住在一个花园里。"

"我离开了母亲,落在人家的屋檐上。修房子的工匠把我扫了下来,我就在院子里住下了。"

"最有趣的是我到过一位小姑娘的嘴里,才停留了一分钟。"

"我的新衣服绿得美丽极了,你的是什么颜色的?"

"我将来也会有孩子的。希望有一天,你来看看你的侄子们。"

他看完信,心就安了。母亲和哥哥弟弟,他们都很好,用不着老挂念他们,只要隔几天写封信去问一问就好了。燕子天天来问他有没有信要送。

他很快活,至今还笔挺地站在那儿,身子只顾往高里长。

1921年12月28日写毕

# 大嗓门

一处地方,有许多家工厂。工厂的屋顶上都竖起几个烟囱,又浓又黑的烟从烟囱里冒出来,好像魔鬼的头发,越拖越长,越长越乱。有时候,这一个魔鬼的头发和那一个魔鬼的头发纠缠在一起,解也解不开了。街上的孩子都喊道:"你们看,魔鬼打架了。"好容易来了一个和事老,含着一口和平的气轻轻地对它们吹,它们的头发才慢慢地解开。

工厂还有一支气笛,家家都有。他的职司是专门张着嘴喊,十里以内都能听见,所以大家管他叫"大嗓门"。早上天还没有亮,他尽他的职,呜呜地叫唤起来。许多男的女的老的少的听见了,就三脚两步赶到工厂里去。晚上天黑以后,他又尽他的职,又呜呜地叫喊。许多男的女的老的少的,才从工厂里出来,没精打采地走回家去。大家都说:"大嗓门一叫唤,咱们就不能不听从呀。他一叫唤,咱们不能不赶快跑到工厂里去;等到他再叫唤,咱们才可以回家。要是他不叫唤,咱们休想随便出进,工厂的大门关着,怎么进得去呢?怎么出得来呢?"

一个婴儿,他身子贴在母亲怀里,小嘴衔着母亲的奶头。他睡在床上,多么温暖,多么舒服。吸着甜蜜的奶汁,他睡的很甜蜜。"呜呜呜……"大嗓门在叫唤了。婴儿嘴里的乳头不见了。他伸出小手到处摸,越来越冷,于是哭起来了。哭到太阳来探望他的时候,他四处寻找,哪里有母亲的影子呢。

这样的事儿，婴儿天天遇到。他留心查察，母亲的奶头到底什么时候逃走的。他查察出来了，只听得大嗓门呜呜地一声叫唤，母亲的奶头就逃走了。他想："大嗓门要是不叫唤，母亲的奶头一定不会逃走了。得跟大嗓门去商量，请他不要再叫唤，那就好了。"想停当了，他就去找大嗓门。

一个女郎，她跟一个少年很要好，每天夜里睡在一起，他们互相拥抱着，心里充满了快乐。"呜呜呜……"大嗓门在叫唤了，女郎身边的少年不见了。这时候还四面漆黑，她两只手满床乱摸，哪儿有她心爱的少年呢？她觉得非常寂寞，呜呜咽咽地哭了。哭到起早的鸟儿唱着歌儿来安慰她的时候，她找遍了屋里，又找遍了田野和山林，哪里有少年的影子呢？

这样的事儿，女郎天天遇到。她留心查察，少年到底什么时候失去的。她查察出来了，只听得大嗓门呜呜地一声叫唤，怀里的少年又溜掉了。她想："大嗓门要是不叫喊，少年一定不会失去的。得跟大嗓门去商量，请他不要再叫唤，那就好了。"想停当了，她就去找大嗓门。

还有一个眼睛瞎了的老婆婆，她跟她老伴睡在一起。年纪大了，夜里常常要醒，她就跟老伴聊天，不觉得冷清。老伴讲外边的景致给她听，什么地方的树绿了，什么地方的花开了，她好像眼睛没瞎一个样，什么都能看见。"呜呜呜……"大嗓门在叫唤了。老伴的声音忽然听不见了。她以为老伴睡着了，提高了嗓门喊，叫他醒一醒。可是哪里有回音呢？她很害怕，觉得夜特别长。瞎了的眼睛虽然没有多少眼泪，也一滴一滴流个不停。追赶麻雀的孩子们闯进屋里来了，她才停住了哭，请孩子们帮她找一找，她的老伴躲在哪里。孩子们连地板缝都找遍了，哪里有他的老伴呢？

这样的事儿，老婆婆天天遇到。她留心查察，老伴到底是什么时候溜走的。她查察出来了，只听得大嗓门呜呜地一声叫唤，老伴就急急忙忙溜走了。老婆婆想："大嗓门要是不叫唤,老伴一定不会溜走的。得跟大嗓门去商量,请他不要叫唤,那就好了。"想停当了,她就去找大嗓门。

婴儿、女郎和老婆婆走在一条路上。他们都说是去找大嗓门的,就手拉着手,结伴同行,一边走一边说话。

婴儿说："我不敢睡熟,只怕母亲的奶头逃走,紧紧地含住不放,但是办不到。想来大嗓门一定有什么糖呀花生呀在逗引我的母亲。要不,为什么他一叫唤母亲就走了呢?他把我的母亲叫走了,我可苦了。我得跟他商量去。"

女郎说："我那少年爱着我呢,他无时无刻不想我。他说只有我在他身边,他才能好好地休息。为什么不能让他跟我在一起多休息一会儿呢?大嗓门一叫唤,他就掉了魂似的,急急忙忙走了。想来大嗓门一定有什么魔法,要不我那少年怎么肯离开我呢?我也得跟大嗓门商量去。"

瞎了眼睛的老婆婆说："我睡不着,我的老伴也睡不着。两个人谈谈说说,夜就过得快一点儿。可是他老说到半中间就匆匆忙忙溜走了。等我唤他,他已经跑出好几里路去了。想来大嗓门有老酒请他去喝吧。要不,他怎么肯扔下我走呢?我眼睛瞎了,一个人耽在家里很害怕。我得跟大嗓门商量去。"

三个人一边走一边说,不知不觉来到大嗓门脚下。大嗓门站得很高很高,差不多跟烟囱一样高,张开了大嘴向着天,等时刻一到他就叫唤,他非常尽责。

婴儿抬头一看,先就胆小了,这样高,怎么能上去跟他说话呢?瞎了眼睛的老婆婆只是叫苦,她从来没练过跳高。幸亏姑娘的身子又轻又灵活,她一手抱起婴儿,一手拉着老婆婆,像云一样飘了起来。一点儿不费事,三个人一同来到大嗓门跟前。

三个人把自己的心愿都说给大嗓门听了,最后一同说："请您从此闭嘴吧,不要再呜呜呜地叫唤了。我们不愿意失掉我们离不开的人。"

大嗓门听了他们的话,觉得他们真是可怜。他笑着说:"我的嘴一直是张着的,不能听了你们的要求,就闭拢来。我先前不知道我一叫唤,就把你们害苦了。听了你们的话,我以后不愿意再尽我的职司了,我不叫唤了,你们放心回去吧。"

三个人听大嗓门这样说,都高兴极了,反而觉得不大可信,一同问:"您说的是真的吗?"

"哪能骗你们,"大嗓门说,"以后每天天大亮了,母亲的奶头还在你小弟弟的嘴里,少年还在你姑娘的怀里,老伴还在你老太太的身边。放心回去吧,我的小弟弟,我的好姑娘,我的老太太。"

婴儿跟大嗓门亲了个嘴,女郎绕着大嗓门跳了一会舞,老婆婆跟大嗓门握了握手。他们十分感谢大嗓门,高高兴兴回去了。他们一路走一路唱:

  我要喝甜蜜的奶汁,
    睡在母亲的怀里。
  我要永远这样,
    现在有希望了。

  我要每天夜晚抱着少年,
    让他在我的怀里休息。
  我要永远这样,
    现在有希望了。

  我要老伴伴着我,
    在无论什么时候。
  我要永远这样,

现在有希望了。

天亮了,太阳照着大嗓门的张大的嘴,大嗓门默默地不作一声。走过的人们对他说:"你失职了。你还没有叫唤呢,赶快叫唤吧!"

大嗓门张开大嘴向着天,不理睬他们。那魔鬼的头发被剪断了,烟囱里不再冒出烟来,它们不能再玩儿打架的把戏了。

婴儿含着母亲的乳头,靠在母亲的怀里,睡得很香甜,小脸儿上全是笑意。

女郎抱着她心爱的少年,一声不响,让他得到充分的休息。

瞎眼睛的老婆婆睡在她老伴身边,两个人有说有笑,像新娘子新郎官一样快乐。

大嗓门真个从此不叫唤了。

1921年12月30日写毕

原题为《大喉咙》

# 旅行家

在很远很远的一个星球上,住着一位大旅行家。土星,木星,天王星,海王星,他都游历过了,回家休息了一年,觉得太闷气,又想出门游历。他就提起提包,离开了家。到什么地方去呢?总要找个有趣的地方才好呀。听说地球上有许许多多人,那些人都很聪明,想出了种种聪明的办法,造成了种种聪明的器具,过着很好的生活:他想,地球一定是个有趣的地方,不能不去看看。他就决定游历地球。

旅行家先寄了一封信到地球上,告诉地球上的人说,他要到地球游历。地球上的人立刻忙起来了,决定用最隆重的仪式来欢迎旅行家,因为他从很远很远的星球上来,是个应当尊敬的客人。他们决定在东海边上,搭起一座很大很大的牌楼,上面插满了各种颜色的鲜花,衬着碧绿的树叶。这里就算地球的大门,让客人从这里进来。凡是能奏乐的都聚集在那里,组成了极大的乐队,等这位贵宾一到,就奏起最好听的曲子来。

旅行家乘了一艘又轻又快的飞艇,离开了他的星球,向地球前进。经过了不可估量的时间和空间,看到了不知多少星星的真面目,他才穿过云层,来到地球的大门前,东海边上。地球上欢迎的人一齐欢呼起来,乐队就奏起最好听的曲子,把东海的波涛声也给盖住了。牌楼上的花儿好像含着笑,还轻轻地抖动着,似乎花儿也知道,它们是来欢迎尊贵的客人的。

旅行家非常快活,他想,地球上的确很有趣,这班人多么可亲可爱,又多么聪明。开过了欢迎大会,地球上的人把旅行家请进一家最讲究的旅馆。他们又推举出一个人来陪伴旅行家。这个人懂得地球上的一切事物,让旅行家在游历的时候可以随时询问。

吃饭的时候,旅行家吃的是最上等的菜,味道鲜美,分量又多,还没吃完,他的胃已经撑饱了;看看旁边陪他的人,还张大了嘴,不断地往下装。他想这一定有缘故,大概地球上好吃的东西生产得太多,不吃掉,地球上就没处存放了。所以他们尽量吃,把胃给撑大了。他没有受过这种训练,胃还很小,只好不再吃了,就站起来出去散步。陪伴他的人在后边跟着他。

出了旅馆,拐了两个弯,旅行家走进一条狭窄的小巷。两旁的人家也在吃饭。他们没有什么菜,摆在他们面前的只有一小碟子咸豆。旅行家觉得有点儿奇怪,难道他们的胃特别小吗?难道他们不爱吃那些味道鲜美的菜吗?想来想去想不明白,他只好问了:"咱们刚才吃的东西那么多,味道那么好,为什么他们只吃一小碟子咸豆呢?"

陪伴的人脸上露出惊奇的神色。他想,这个从遥远的星球上来的客人真有点儿傻气,但是一想到他终究是一位贵宾,就恭恭敬敬地回答说:"他们跟我们不同。你初来这儿,自然不明白,住在这条小巷子里的人都很穷。"

"什么叫做'穷'?穷了就只要吃一小碟子咸豆就够了?想来穷就是胃长得特别小的意思吧?"

"不,不。穷就是没有钱。在我们地球上,有了钱才能换东西。穷人没有钱,即使有,也很少,他们只能换到很少的质地很差的东西。"

"我更不明白了,钱又是什么东西呢?"

陪伴的人从口袋里掏出一个金元来,给旅行家看。旅行家接过金元,看了这一面,又看那一面,翻过来又翻过去。这确实是个可爱的玩意儿,又光亮又轻巧,但是他有点儿不相信。

"这是小孩儿玩儿的东西,真有趣。可是我不信,用这个可以换别的东西。"

"你不信,我换给你看。你想要什么东西?"

旅行家想了想,别的都用不着,乘了这么一趟飞艇,汗衫有点儿脏了,得换一件了。他就说:"我现在需要一件汗衫。"

陪伴的人带着他走出狭窄的小巷子,来到繁华的大街上。在一家商店里,陪伴的人把金元交给商店里的人,商店里的人就拿出一件漂亮的汗衫来。

陪伴的人说:"您看,汗衫不就换来了吗?这是我们地球上最有名的汗衫,用中国出产的蚕丝织的,您看多么轻,多么软,拿在手里几乎没有分量,可以一把捏在手心里。穿在身上,光彩华丽,妙不可言。"

这件汗衫实在好,旅行家看了心里自然欢喜。但是他立刻又产生了怀疑,因为他看到对面来了一个人,拉着一辆大货车,弯着腰,身子成了钩子似的,走一步停一步。这个人穿着一件破衣服,不但汗透了,还沾满了尘土。旅行家就问:"这个人的衣服脏成这个样子,为什么不去换一件新的呢?"

陪伴的人说:"他也是个穷人,哪里有钱去换漂亮的汗衫呢?"

旅行家又问:"我还是弄不明白,为什么东西一定要用钱去换?谁需要什么,爽爽快快地拣来就用,不是很方便吗?"

"我们地球上向来是这样的,我也不知道究竟为了什么。总之,没有钱就不能拿一丁点儿东西。"

"要是拿了呢?"

"不给钱拿人家的东西,就成了强盗,成了贼,就有官吏把他们关起来。关强盗和贼的地方叫做监牢。我们地球上有许多监牢,里面关了很多强盗和贼。过些天,我可以带您去参观。"

"把他们关起来,不是很费事吗?他们被关在里边,不能自由活动,不是很痛苦吗？你们为什么不给他们一些钱，让他们去换他们需要的东西呢？这样一来，官吏也用不着了，监牢也用不着了，不是省了许多事儿吗？"

"各人的钱，各人自己用，谁也不愿意白白地送给别人。刚才我给您换汗衫的钱，不是我自己的，是公家供给的，因为您是我们的贵宾。您吃饭，住旅馆，还有您需要的一切东西，都由公家付钱，因为您是我们的贵宾。"

"这又是什么缘故呢？谁有多余的钱，分一点给没有钱的人，让他们也能换到需要的东西，岂不大家都很舒服了吗？"

陪伴的人忍不住笑了，他说："谁的钱有多余，不是可以留在那儿，等到要用的时候用吗？何必白白地分给别人呢？你对我们地球上的情形真个弄不明白吗？"

"原来是这样，我明白了。"

陪伴的人带着旅行家继续往前走。有一家商店，放满了大大小小的各式各样的箱子。旅行家又问："这是什么东西？是拿来玩的，还是有什么用处？"

"用处可大哩！一切有用的东西都可以藏在里面。"

"我又不明白了。你方才说，需要什么东西可以用钱去换，那么只要有了钱就好了，要用什么都可以立刻换到，何必要把东西收藏起来呢？"

"你又不了解我们地球上的人的想法了。现在不用的东西，收藏在箱子里，等到要用的时候拿出来用，不就把钱省下来了吗？即使自己不用，可以留给子孙用，省下的钱，也可以留给子孙买别的东西。这就是要把东西收藏起来的道理。"

旅行家点点头，懂了。但是他的心情不像来到地球之前那样高兴了。他想，地球上的情形并不十分有趣，传说未免有点儿靠不住，看起来地球上的人不见得很聪明，要不，他们怎么想出用钱来换东西的笨法子来呢？怎么会为了收藏东西，造出箱子这样的笨家伙来呢？为什么有的人可以吃得胃发胀,大多数人只能吃一小碟子咸豆呢?为什么有的人可以穿上中国蚕丝织的汗衫,大多数只能穿又破又脏的衣服呢?他越想越乏味,没有兴致再参观了,恨不得立刻乘上飞艇,回到自己的星球上去。

但是他又想,地球上的人待他很好,口口声声称他为"贵宾",要是能够想点儿办法帮助他们,也好报答他们的好意。他就到处去考察,把地球上的情形全弄明白了,才回到自己的星球去,临走的时候,他说:"我还要到地球来的。谢谢你们盛情接待我,我再来的时候,要带一件很好的礼物来送给你们。"

果然没隔多久,旅行家又来了,仍旧乘了飞艇来的。东海边上,地球的大门口,欢呼的声音,奏乐的声音,比前一回更加热烈。大家都要看一看旅行家带来的是什么礼物,欢迎的人多得站也站不了,有的几乎被挤到海里去。

旅行家把礼物拿出来了,是一张机器的图样。他对欢迎他的人说:"我教你们造一种机器,这种机器可以耕田种地,还可以制造各种器具。造起来很容易,使用又很方便。你们愿意试一试吗?"

"愿意!愿意!"大家喊起来,声音像潮水一个样。

旅行家来到铁工厂里,教工人照他的图样造成了许多架机器;他让地球上的人把这些机器安放在田里,安放在市场里。大家争先恐后,要看一看旅行家的机器是怎么使用的,田里市场里都挤满了人。

旅行家把谷种放在机器里,一按机关,这机器就飞快地开动了,不到半分钟,一亩田就播上了种。他又按另一个机关,这机器就开进树林,不到半分钟,就制造出许多精致的桌子椅子。

旅行家对大家说:"不论要它做什么事,制造什么东西,都是这个样子。"

大家看呆了,好像见了魔术师一个样。

一个乡下姑娘拿着一绞丝,她想,机器一定能把我的丝制成一件美丽的衣服。她向旅行家提出了她的要求。旅行家把丝放在机器里,按了另一个机关,一件美丽的衣服立刻制成了,又轻又软,光彩鲜艳,跟用中国蚕丝织的没有什么两样。乡下姑娘自然快活非常,大家跟她一个样,也嘻嘻哈哈地笑起来。他们只顾唱:

咱们的新生活来到了!
咱们的新生活来到了!

旅行家跟大家讲,要机器做什么,就按哪一个机关。大家都学会了。

需要钢琴的女郎走到机器旁边,一按机关,就得到了一架钢琴。她用钢琴弹了一支优美的曲子。

需要漂亮衣服的少年走到机器旁边,一按机关,就得到了一套漂亮的衣服。他穿上衣服就去游山玩水了。

需要美味的食品的老爷爷,走到机器旁边,一按机关,就得到了一份美味食品,自己去享用了。

需要好玩儿的玩具的小妹妹,走到机器旁边,一按机关,就得到了好些玩具,自己去玩儿了。

随便什么人走到机器旁边,只要按一下机关,都能得到他们需要的东西。

地球上的人渐渐忘记了换东西用的钱,忘记了收藏东西用的箱子了。

1922年1月4日写毕

# 富翁

有一处地方,孩子还睡在摇篮里,长辈就要教训他们说:"孩子,你们要克勤克俭过日子,专心一意想法子弄到钱。钱越多越好,装满你的钱袋,装满你的箱子,装满你的仓库,你就成为富翁了。世界上最尊贵的是富翁,他们有一切的权力。世界上最舒泰的也是富翁,他们什么事都不必做,需要什么,花钱去买就是了。孩子,你开头要勤俭,待你成了富翁,你就有福了!"凡是拿这一番话来教训孩子的,大家一致称赞,说是好长辈。

孩子们从开始啼哭开始吃奶的时候起就接受这样的教训,所以他们都信奉这样的教训,遵照教训实行非常坚决,也非常顺当,就跟饿了一定要吃饭渴了一定要喝水一个样儿。所以在那个地方,富翁就非常之多。那些富翁回想起长辈的教训,觉得实在有道理,眼前的事实证明,一切权力都掌握在他们手里了:他们要又高又大的房子,自然有人来给他们造;他们想到哪儿去,自然有人抬着轿子拉着车子把他们送去。他们什么事都不用做,只要花几个钱,想吃什么就吃什么,想穿什么就穿什么,想怎样玩儿就怎样玩儿。他们尊贵到极点,舒泰到极点,一天到晚嘻嘻哈哈,过着幸福的生活。他们聚集在一起,互相称作同伴。他们笑脸对着笑脸,笑口对着笑口,今天跳舞,明天聚餐,快乐得似痴如醉,时常齐声高唱快乐的歌:

哈哈哈，咱们都有钱！
哈哈哈，快活如神仙！
有钱什么不用干，
逍遥自在多清闲。
有钱什么都能买，
极乐世界在眼前。
咱们是富翁，咱们都有钱！
哈哈哈，咱们快活如神仙！

富翁什么事儿也不用干，他们要吃什么穿什么用什么，只要拿出钱去就成。生产那一切东西，自然都由还没有成为富翁的人担任。那些还没有成为富翁的人整天辛辛苦苦工作，他们望着富翁，羡慕得不得了。他们想："富翁的确尊贵，的确舒泰，我还得加倍努力，尽快赶上他们的地位！"他们躺在摇篮里的时候，长辈就是这样教训他们的。所以他们认为，富翁过的就是好日子，只有成了富翁，他们才能过上好日子。

有一天，一个石匠为了给富翁造房子，到山里去开石头，忽然发现了一个非常之大的宝库，有几百亩宽，几百丈深，全是黄澄澄的金子。他快活极了，心想这样的好运道竟让他给碰上了，谁能料到成为富翁就在今天！他赶紧跑回去，召唤全家老幼，力气大的挑箩筐，力气小的提篮子，一同到山里去采掘金子。从清早直忙到天黑，全家老小都累坏了，算一算挖到的金子，已经超过了最富的富翁。石匠心里想："现在我是最富的富翁了。尊贵的舒泰的生活，从明天就要开始。明天我就不用做工了，好不快活！"

第二天，石匠不再去采掘金子，因为他已经成了第一富翁了。消息传到别人的耳朵里，谁不知道这是成为富翁的最便当的方法。于是大家都放下自己的工作，全都扶老携幼到山里去采掘金子。大家顾不得疲乏，直到挖到的金子超过了第一富翁才肯停手。大家都藏足了金子,都自以为是"第一富翁",可是矿里的金子还只减少了十分之二三。

才几天工夫,那个地方的人都成了富翁。富翁照例用不着做工,这是何等幸福呀!可是从来没有见过的奇怪的事儿发生了。那些新成为富翁的人想:自己既然成了富翁,不可不买几身华丽的衣服,把自己打扮成富翁的样子。他们就带着满口袋的金子去服装铺买衣服。那些衣服是多么讲究呀,从前只能站在玻璃窗外边向里面看一两眼,如今可要迈着大步踱进去,随心所欲地挑选几身中意的绸袍缎褂,好不威风。他们越想越得意,谁知道走到服装铺门口,服装铺歇业了,不再出卖衣服了。原来服装铺的老板也挖到了不少金子,新近成了富翁。他一家老小都穿上了本来预备出卖的华丽衣服,正打算唤来一班轿夫,全家人坐了轿子,去剧场看戏呢。

成了富翁,买不着富翁穿的衣服,大家心里都很失望;一连走了几家服装铺,情形都一样,老板都成了富翁,不愿意再做生意了。富翁们想,服装铺全歇业了,买现成衣服是没有希望了,不如到纺织厂去,剪些称心如意的好料子,让裁缝连夜给做。他们就一同奔向纺织厂。谁知道纺织厂门前静悄悄的,看门的人不知道哪里去了,往日轰隆轰隆的机器声也听不见了。高大的烟囱,向来一口一口地喷出浓烟,把天空都染黑了;现在却可以望见明净的天空,烟囱口上还歇着无数麻雀。他们买不着料子,只好去找裁缝商量,请他帮忙想办法,只要弄得到华丽的衣服,不论要多少金子,他们都愿意出。裁缝笑着说:"我跟你们一样,正想弄几身新衣服穿呢。至于金子,谁还稀罕它!我也成了富翁了,我的钱袋里箱子里仓库里,金子都装得满满的了。"

到这个时候他们才相信,华丽的衣服是穿不成了。成了富翁,不能打扮得像个富翁,心里当然不痛快。可是满钱袋满箱子满仓库都是黄澄澄的金子,看着也可爱,他们都安慰自己说:"新衣服虽然穿不成,可是咱们有这么多金子,究竟都成为富翁了。"

他们完全没有料到,更加严重的恐慌跟着来到,使所有的富翁不但再也笑不出来,连哭也没有力气哭了。他们家里积蓄的粮食不久就吃完了,照过去的惯例,只要带着一口袋钱到粮食店去买就是了。谁知道竟然有这样意想不到的事儿,粮食店的老板正带着金子,也要到别处去购买粮食,因为他家的粮食也吃完了。大家说:"咱们一块儿走吧。"可是走了好几家粮食店,情形都一样。结伴同行的越来越多,他们带着很重的金子,走到东又走到西,大家喘着气,浑身冒汗,衣服湿透了,还没找到一家开业的粮食店。

忽然有个富翁说:"只有去找农夫!"大家听了好像大梦初醒,齐声喊起来:"是呀,去找农夫!粮食是农夫种出来的,咱们去找农夫,才真正找到了根本上,一定可以买到粮食了。咱们去吧!咱们快去吧!"大家喊着,两条腿都使劲奔跑,因为他们都相信,找到了农夫,粮食就到手了。

他们跑到乡间,找着了农夫,就对他说:"好农夫,我们要买粮食。不论多少金子,我们都愿意给,只要你说出个数目来。"

农夫笑了笑,摇摇头说:"我跟你们一样,正要找农夫买粮食呢。我如今不是农夫了,不种粮食了。我也是富翁,我有的是金子!"

农夫说完,就跟着大家一同走。要买粮食的人越聚越多,他们来来回回好几趟,仔仔细细地找,即使一支绣花针也该找到了,却找不到一个出卖粮食的农夫。

大家相信粮食是没有希望的了,不如去找点儿杂粮吧,肚子饿可不是要的。他们就四散地向田间奔去。在田亩间,直立的是玉蜀黍秆,贴着地面蔓生的是甘薯,栽种得没有一点儿空隙。可是农夫都成了富翁,他们有的是金子,都预备过尊贵的舒泰的生活,已经有好些天没去浇水锄草除虫了,那些杂粮枯的枯,烂的烂,蛀的蛀,再也找不到一点儿新鲜的可以充饥的东西了。大家这才真的着急了,泪珠像雨一般地往下掉。然而摸着口袋里又硬又凉又光滑的金子,他们忍住眼泪,勉强笑了笑,互相安慰说:"虽然找不到粮食,虽然肚子饿得难受,但是咱们有的是金子,咱们到底都成了富翁了。"

　　所有的富翁都饿得不成样子了。他们头枕着装满金子的口袋,手里拿着小块的金子想送进嘴里去啃,可是他们全身一点劲儿也没有,再也不能动弹了。他们的喉咙里却还能发出又轻又细的蚊子般的声音,他们还在念诵自幼听惯的长辈的教训:"待你成了富翁,你就有福了!"

1922年1月9日写毕

## 鲤鱼的遇险

清澈见底的小河是鲤鱼们的家。白天,金粉似的太阳光洒在河面上,又细又软的波纹好像一层薄薄的轻纱。在这层轻纱下面,鲤鱼们过着十分安逸的日子。夜晚,湛蓝的天空笼罩着河面,小河里的一切都睡着了。鲤鱼们也睡着了,连梦儿也十分甜蜜,有银盘似的月亮和宝石似的星星在天空里守着它们。

鲤鱼们从来没遇到过可怕的事儿,它们不懂得害怕,不懂得防备,不懂得逃避。它们慢慢地游来游去,非常轻松,非常快活。有时候大家争夺一片浮萍,都划动鳍,甩动尾巴往上窜,抢在头里那一条衔住浮萍,掉头往河底一钻;别的鲤鱼都头碰在一起。"泼剌"一声,河面上掀起一朵浪花。一会儿,声音息了,浪花散了,河面又恢复了平静。鲤鱼过的就是这样平静的生活。如果你站在岸上,一定不会觉察它们,就跟河里没有它们一个样。

鲤鱼的好朋友是雪白的天鹅和五彩的鸳鸯。它们都能游水,像小船一样浮在河面上。每年秋天,它们从北方飞来,来到小河里探望鲤鱼们,把它们的有趣的旅行讲给鲤鱼们听。鲤鱼们把它们新学会的舞蹈演给天鹅和鸳鸯看。它们高兴极了,每天的生活都是新鲜的,都有非常浓的趣味。因此鲤鱼们都抱着一种信念:凡是太阳月亮和星星照到的地方,都跟它们的小河一样平静,都有要好的朋友,都有新鲜的生活,都充满着非常浓的趣味。

　　大鲤鱼把它的信念告诉小鲤鱼,鲤鱼哥哥也这样告诉鲤鱼弟弟,鲤鱼姊姊也这样告诉鲤鱼妹妹。大家都说:"这话不错,咱们这条河的确如此。咱们这条河有太阳月亮星星照着,因而可以相信,凡是太阳月亮星星照到的地方,都跟咱们这条河一个样。世界多么快活呀!咱们真幸福,生活在这样快活的世界上。"这几句话差不多成了鲤鱼赞美世界的歌儿了。每当太阳快落下去,微风轻轻吹过,河面上好像天国一般的时候,每当月亮才升起来,星星照耀,朦胧的夜色好像仙境一般的时候,鲤鱼们就唱起这首赞美的歌儿来,庆祝它们的幸福生活。

　　这一天跟平常没有什么两样,河面上来了一条小船。鲤鱼们一点儿不奇怪,常常有孩子们的游船在这里经过。那些男孩子女孩子看见了鲤鱼们,总要把美丽的小脸靠在船舷上,挥着小手招呼它们,带着笑说:"鲤鱼们,快来快来,给你们馒头吃,给你们饼干吃。好吃的东西多着呢,鲤鱼们,快来快来!"鲤鱼们就游到水面上来,和男孩子女孩子一同玩儿。

　　鲤鱼们看到小船,以为孩子们又来了,照旧快快活活地游到水面上来。可是这一回,小船上没有男孩子也没有女孩子;摇橹的是一个从来没见过的人,船舷上歇着十几头黑色的鸬鹚,正仰起脑袋望天呢。鲤鱼们想,鸬鹚虽然不是老朋友,可是鸬鹚的同类——鸳鸯和天鹅都是我们最要好的朋友,咱们跟鸬鹚一定也可以成为朋友的;朋友们第一次经过这里,理当好好款待。

　　鲤鱼们这样想着,就用欢迎的口气说:"不相识的朋友们,你们难得到这里来,歇一会儿再走吧。我们跟天鹅和鸳鸯都是老朋友,我们相信,你们不久也会成为我们的老朋友的。未来的老朋友,请到水面上来谈谈心吧,不要老歇在船舷上。"鲤鱼的邀请是非常恳切的,它们都仰着脸,等候客人们下水。

船舷上的鸬鹚不再看天了。它们听见了鲤鱼们的邀请，向河里看了看，都扑着翅膀，"扑通……扑通……"跳下水来。看见鲤鱼，它们就一口衔住，跳上船去，吐在一只木桶里。十几只鸬鹚一忽儿上一忽儿下，小河上起了一阵从未有过的骚扰。鲤鱼们才感到害怕，才没命地逃，才钻进河底的烂泥里。那些突然变脸的陌生客人，把它们吓得浑身发抖。

不一会儿，小船摇走了，水声跟着水花一同消失了。吓坏了的鲤鱼们才悄悄地从烂泥里游出来。小河恢复了往日的平静，但是恐惧和忧虑充满了鲤鱼们的心。看看许多同伴被那些突然变脸的陌生客人给劫走了，大家忍不住流泪了。陌生朋友还会再来，还会把同伴劫走，谁都处在危险之中，而且时刻处在危险之中。谁想得到这些天鹅和鸳鸯的同类竟是强盗。世界上竟有这样教人没法预料的事儿！鲤鱼们于是产生了一种新的信念：它们的小河现在变了，变得地狱一样可怕。凡是太阳月亮和星星照到的地方，看起来虽然又平静又美丽，实际上都跟它们住的小河一个样，都是可怕的地狱。

大鲤鱼把这个新的信念告诉小鲤鱼，鲤鱼哥哥也这样告诉鲤鱼弟弟，鲤鱼姊姊也是这样告诉鲤鱼妹妹。大家都说："这话不错，咱们这条河现在变了。不然，咱们这样恳切地欢迎客人，怎么客人反倒把咱们的同伴劫走了呢！咱们这条河也变了，说不定别的地方早就变了，整个世界早就变了。咱们造了什么孽，碰上了这个可怕的时代！"这几句话差不多成了鲤鱼追念过去的美好的生活的挽歌。

木桶里的鲤鱼们怎么样了呢？木桶里只有薄薄的一片水，鲤鱼们只能半边身子沾着水。它们被鸬鹚一口衔住就吓掉了魂，还不知道被扔进了木桶里。后来有几条醒过来了，觉得朝上的半边身子干得难受。它们只好用一只眼睛朝天看，看到的世界全变了样。它们划动鳍甩动尾巴，可是丝毫没有用，半边身子老贴着桶底。它们不知道今天怎么会弄成这个样子，也不知道如今到了什么地方。它们能看到的只是木板的墙，还有跟自己一样躺着没法动弹的同伴。它们互相问:"你知道吗,咱们如今在什么地方?"

大家的回答全一样:"我也不明白。我只看到木板的墙,只看到跟你一样动不了身子的同伴。"

"这真是个奇怪地方,"一条鲤鱼叹了口气说,"周围都是墙,又不给咱们足够的水。咱们连动一动身子也办不到,恐怕连性命都要保不住了。咱们再也回不了家,见不着咱们的同伴了。"

一条小鲤鱼闭了闭眼睛,它那只朝着天的眼睛又干又涩。它说:"我还想不清楚,咱们怎么会到这个奇怪的地方来的!咱们不是做梦吧?"

一条细长的鲤鱼用尾巴拍了拍桶底,用干渴得发沙的声音说:"我想起来了,你们难道都不记得了吗?咱们的小河上来了一条小船,船舷上歇着许多穿黑衣服的客人,跟天鹅和鸳鸯一样也长着翅膀。咱们不是还欢迎他们来着。他们就跳到水里来了。我分明记得一位客人看准我就是一口,后来怎么样,我就不清楚了。我想,一定是那些穿黑衣服的客人把咱们请到这儿来的。"

那条小鲤鱼接嘴说:"这样说来,咱们一定在做梦。天下哪会有这样的事儿,咱们欢迎客人,客人却把咱们送到这样的鬼地方来了。"

另外一条鲤鱼悲哀地说:"不管做梦不做梦,咱们现在都干得难受。要挪动一下身子吧,鳍和尾巴都不管用。咱们总得想个办法,来解除咱们的痛苦。"

鲤鱼们于是想起办法来。有的说:"只要打破这木板墙就成了!"有的说:"只要从河里打点儿水来就成了!"有的说:"咱们还是忍耐一下吧,痛苦也许就会过去。"办法提出了三个,可是三个办法都立刻让同伴们驳倒了。"身子都动弹不了,能打得破木板墙吗?""打点儿水来固然好,可是谁去打呢?""忍耐可不是办法。没有水,躺在这儿只有等死!"

大家再也想不出别的办法,只有躺着叹气,连划动鳍甩动尾巴的力气也没有了。贴着桶底的那只眼睛只看见一片黑暗,朝天的那只只能看

到可恶的木板墙和可怜的命运相同的同伴。它们又谈论起来:

"客人来到咱们家,咱们没有一次不是这样欢迎的。谁想得到这一回上了大当!"

"这不能怪咱们。那些穿黑衣服的强盗不是也长着翅膀吗?咱们以为他们跟天鹅鸳鸯一样和善,一样会接受咱们的好意。谁知道他们竟这样坏!"

"把咱们留在这里,他们有什么好处呢?大家客客气气,亲亲热热,岂不好吗?"

"世界上会有这样的事,真是世界的耻辱!咱们先前赞美世界,说世界上充满了快乐。现在咱们懂得了,世界实在包含着悲哀和痛苦。咱们应当诅咒这个世界。"

"应当诅咒!不要说咱们只是小小的鲤鱼,不要说咱们的喉咙已经干得发沙了。咱们的声音一定能激励所有的狂风,把世界上的悲哀和痛苦一齐吹散。"

"对,对,咱们还有力气诅咒,咱们就诅咒吧!诅咒这木板墙,挡着咱们不让咱们看见外边的木板墙!诅咒那些穿黑衣服的强盗吧,不领受咱们的好意而欺骗咱们的强盗!咱们更要诅咒这个世界,诅咒这个有木板墙和黑衣服强盗的世界!"

它们一齐诅咒。诅咒的声音中含着叹息,含着极深的痛苦和悲哀。

不知过了多少时候,很奇怪,鲤鱼们的身上反而觉得潮润了点儿。难道那些强盗悔悟了,觉得自己做错了事,特地打了水来救助它们了?难道木板墙破了,外边的水渗进来了?大家正在议论纷纷,一条聪明的小鲤鱼看出来了。它说:"强盗怎么会来救助咱们呢?木板墙自己怎么会破呢?咱们还没干死,是咱们自己救了自己。大家没觉察吗,沾湿咱们的就是咱们自己的泪水呀!泪水从咱们的心底里,曲曲折折地流到咱们的眼睛里,一滴一滴流出来,千滴万滴,积在自己躺着的这个地方,沾湿了咱们的身子,挽救了咱们快要干死的性命!"

听小鲤鱼这样说,大家都立刻分辨出来了,沾湿自己的身子的确实是自己的泪水,心里都激动极了。它们想,在这个应当诅咒的世界里,居然能够靠自己的泪水来挽救自己,这就不能说在这个世界里已经没有快乐的幼芽了。这样一想,大家心就软了,泪水像泉水一样从它们的眼睛里涌出来。

说也奇怪,鲤鱼们可以活动了,本来只好侧着身子躺着,现在可以竖起身子来游了。木桶里的水越来越多,那水是从鲤鱼们心底里流出来的泪水。

鲤鱼们的泪水不停地流,流满了木桶;从木桶里溢出来,流在船舱里。不一会儿,船舱里的泪水也满了,木桶就浮了起来。小船稍稍一侧,木桶就汆到了小河上。

鲤鱼们有了水,起劲地游起来,可是游来游去,总让木板墙给挡住了。怎么办呢?有了水还得不到自由吗?一条鲤鱼使劲一跳,跳出了木板墙;四面一看,又细又软的波纹好像一层薄薄的轻纱,不就是可爱的家了吗?它快活极了,高兴地喊:"你们跳呀,跳出可恶的木板墙就是咱们的家!我已经到了家了!"

大家听到呼唤,用尽所有的力气跳出了木板墙。木桶空了,浮在河面上不知漂到哪儿去了。

留在家里的鲤鱼们都来迎接遇难的同伴,流了许多激动的泪水。天鹅和鸳鸯恰好从北方飞来,好朋友相见,不免又流了许多激动的泪水。所以小河永远没有干涸的日子。

1922年1月14日写毕

# 眼泪

在地球上，在太阳、月亮和星星照到的地方，有一个人无休无歇地在寻找一件丢失的东西。他各处地方都找遍了：草根底下，排水沟里，在马路上飞扬的尘土中，从各个方向吹来的风中，他全都找过，但是全都没有他要寻找的东西。他叹息了，比松林的叹息还要悲哀："我要寻找的东西在哪里呢？到底在哪里呢？"

快活人听见了，走过来问他："你丢失了珍珠么？为什么在草根底下寻找？你丢失了水银么？为什么在排水沟里寻找？你丢失了贵重的丹砂么？为什么在尘土中寻找？你丢失了异国的香粉么？为什么向风中寻找？"

他摇摇头，又叹了一口气说："都不是，我没丢失那些东西。"

"那么你一定是个傻子，"快活人满脸堆着笑说，"除了那些东西，还有什么值得寻找的呢？你还是早点儿回家休息吧，不要为无关紧要的东西白费精神了。"

他回答说："我要找的不是什么无关紧要的东西，跟你所说的那些东西都不能相比。我天天寻找，各处都找遍了，还没找到一点儿踪影。我告诉你吧，我要找的是眼泪！"

快活人听了大笑起来，笑声连续不断，好容易才忍住了对他说："眼泪？为了寻找眼泪，你弄得这样苦恼。我是从来不流眼泪的，也不知道眼泪是从身体的哪个部分流出来的。可是我见过一些痴呆的人，他们的眼眶里曾经流过眼泪。我可以告诉你,他们的眼泪滴在什么地方,好让你到那些地方去寻找。"

"你要眼泪,可以到火车站到轮船码头去找。那些地方有许多男的女的老的少的,他们的心好像让什么给压着了。他们互相叮咛,话好像说不完似的,他们梦想每一秒钟都是无穷无尽的永久。他们手紧握着手,胳膊勾住胳膊,嘴唇凑着嘴唇,好像胶在一起,再也不能分开了。忽然'呜呜——'汽笛叫了,叮咛被打断了,梦想被惊醒了,胶在一起的不得不分开了。他们的眼泪就像泉水一般涌出来。我看了觉得非常可笑。你只要到那些地方去找,准能找到他们的眼泪。"

"我要找的不是那种眼泪,"他回答说,"那种爱恋的眼泪既然流了那么多,要找就不难了。如果我要那种眼泪,早就到火车站和轮船码头去了。"

快活人点头说:"你不要那种眼泪,那还有,你可以到摇篮里或者母亲的怀里去找。那些婴儿真好玩极了:嫩红的脸蛋儿,淡黄的头发又细又软,乌黑的眼珠闪闪发亮……他们忽然'哇……'哭起来,一会儿又停住了。他们的眼泪虽然不及刚才说的那些人多,想来也可以满足你的要求了。你快去找吧。"

"我要找的也不是那种眼泪,"他回答说,"那种幼稚的眼泪差不多家家都有,没有什么难找的。如果我要那种眼泪,早就到摇篮里和母亲的怀里去找了。"

快活人说:"婴儿的你也不要,还有呢,你可以到戏院的舞台上去找。那里常常演一些悲剧给人们看,都根本没有那回事,编得又不合情理。演到女人死了丈夫,大将兵败自杀,或者男女相爱却不得不分离,演员们以为演到了最悲伤的时刻了,就大声哀号,或者低声啜泣。不管是真是假,他们既然哭了,我想多少总有几滴眼泪吧。你快到那里去找吧。"

"我要的更不是那种眼泪,"他回答说,"那种眼泪不是真诚的,而是虚假的。我要的眼泪,在戏院里是找不着的。"

快活人想不出话说了,睁大眼睛看了他好一会儿才问:"你究竟要哪一种眼泪呢?我相信除了我说的,更没有别的眼泪了。你知道世界上还有别的眼泪吗?"

他回答说:"有的,我确实知道世界上还有一种眼泪。那就是我要找的,同情的眼泪!"

快活人觉得奇怪极了,眯着眼睛想了一会儿,摇了摇头说:"这不可能,什么'同情的眼泪',我从来没听说过这个奇怪的名称。我想象不出谁会掉那种眼泪,也想象不出为什么要掉那种眼泪。你既然这样说,能不能把你知道的详详细细地告诉我呢?"

他说:"你愿意知道,我自然愿意告诉你。同情的眼泪是为别人的痛苦而掉的,并不因为自己的愿望遭到了破灭;看别人受痛苦就像自己受到痛苦一个样,眼泪就自然而然掉下来了,并不像婴儿那样无缘无故地啼哭。这种眼泪是十分真挚的,没有一丝一毫虚情假意。至于谁会掉这种同情的眼泪,我不知道。所以我走遍了各处地方,留心观察所有的人的眼睛,看同情的眼泪到底丢失在哪里了。丢失的东西总可以找到的。所以我到处寻找,如果找到了就捡起来送还给他们。流这种眼泪的人,我相信一定有的,只是我还没遇到,所以我还不能休息,还要不停地寻找。"

快活人听了摇着头说:"我真的不明白,谁要是掉这样的眼泪,不是比我告诉你的那些人更痴更呆了吗?人是最最聪明的,决不会痴呆到那种地步。我不信你的话。"

他很怜悯快活人,轻轻叹了口气,对快活人说:"你就是丢失了这种眼泪的人!请你跟我一同去寻找吧,也许碰巧能把你丢失的东西找回来,那该多好呀!"

快活人觉得很不中听,对他说:"我从来不掉眼泪,所以从来没丢失过眼泪。对于我来说,眼泪毫无用处。我不愿意跟着你去干这种毫无益处的事儿。再见吧,我要唱歌去了,跳舞去了,我要寻找的是快活!"

快活人转过身去走了,留下一串笑声,笑他愚蠢,笑他固执。

看着快活人越去越远,他又惋惜地叹了一口气,转身向人多的地方走去。

　　他来到一条马路边上。汽车呜呜地叫着,跑得比风还快。行路的人看前顾后,非常惊惶,只怕被汽车撞倒。运煤的大车慢吞吞的,拉车的骡子瘦得只剩下包在骨头上的一层皮,又脏又黑的毛全让汗水给沾湿了。它们好像就要跌倒了,还半闭着眼睛,一步挨一步地向前走。赶车的人脸上沾满了煤屑,眼睛仿佛睁不开似的,只露出红得可怕的嘴唇。人力车夫的胳膊像翅膀一般张开着,双手使劲按住车把,两条腿飞一样地奔跑,脚跟几乎踢着自己的屁股。风刮起一阵阵灰沙,扑向他们的鼻孔里嘴里。他们呼呼地喘着气,好像拉风箱似的;浑身的汗哪有工夫揩,只好由它洒在路上。

　　他站在路边想,这里应当有同情的眼泪了。他仔细寻找,竟一滴也没找着。看那些行路的人,赶车的人,拉车的人,还有那骡子,他们的眼眶都不像掉过眼泪,甚至不像会掉眼泪似的。他失望了,离开了马路边上。

　　他来到一座会场门口。成千上万的人挨挨挤挤的,在那里等候一个人。他听旁边有人在谈论那个人的历史:那个人打过几回大仗,指挥他的军队杀死了无数敌兵,草地上,壕沟里,到处都是仰着的趴着的尸体。房屋毁坏了,花园荒废了,学校里没有读书声了,工厂里没有机器声了,因为都遭到了那个人的炮火的轰击。男人们少了胳膊断了腿;女人们有的伏在丈夫的坟上呼号,有的捧着儿子的照相哭泣:受的都是那个人的恩赐。现在仗打完了,那个人得胜归来,要从这里经过。

　　他站在门口想,这里应当有同情的眼泪了。正在这时候,那个人到了,所有的脸都现出异常敬慕的表情。大家跳跃起来,仿佛一群青蛙。欢呼的声音如同潮水一般,抛起来的帽子在空中飞舞。所有的人都如醉似狂,把那个人拥进会场。欢迎会就要开始,大家的脸上只有笑,只有兴奋,都不像掉过眼泪,甚至不像会掉眼泪似的。他失望了,离开了会场门口。

　　他来到一所大工厂里。无数男工女工在这里工作。机器的声音把他们的耳朵都震聋了，机油的气味塞满了他们的鼻孔。他们强打起精神，努力使自己的动作跟上机器的转动。他们的脸又白又瘦，跟死人差不了多少；有的趴在机器旁边，吃自己带来的粗劣的食物。几个女工对着食物发呆，她们正在想孩子留在家里不知哭成什么样儿了，忽然像从梦中惊觉似的，把食物草草吃完，又去做她们的工作。直到黄昏时分，工厂才放工。大街上很热闹，幸福的人正要去寻找各种娱乐。从工厂出来的工人杂在他们中间，显得很不调和。

　　他跟着工人一路走一路想，这里应当有同情的眼泪了。大街上的人正同河水一样，一个人就像一滴水，加了进去就一同向前流，谁也顾不上谁，彼此并未察觉。他们的眼眶都像一向干涸的枯井，从来不曾掉过眼泪，也很难预料今后会不会掉眼泪。他又失望了，离开了灯火辉煌的大街。

　　在城市里，他找来找去没找着同情的眼泪，心里又忧愁又烦闷，也就没有了主意，随着两条腿来到了乡间。

　　有一所草屋，前面一片空地，长着四五棵杨树。明亮的阳光照在杨树上，使绿叶显得格外鲜嫩。这家农户大概有什么喜事，正在准备酒席。一个妇人正在杨树底下宰鸡。竹笼子里关着十来只鸡，妇人从竹笼中取出一只，左手握住鸡的翅膀和冠子，右手拔去它脖子上的羽毛，拿起一把刀就把鸡的脖子割破了。那鸡两只脚挺了挺，想挣脱，可是怎么挣得脱呢？鲜红的血从伤口流出来，流在一个碗里。等血流完，妇人就把它扔在一旁，它略微扭了几扭，就不再动弹了。妇人已经从竹笼中取出了第二只鸡，拔去了脖子上的羽毛。

　　正在这时候，草屋里冲出一个孩子来，红红的面庞，转动着一双乌黑的眼珠。他跑到妇人身旁，看看地上刚被杀死的鸡，看看竹笼里受惊的鸡，再看妇人手里，那把刀已经挨着鸡的脖子。孩子再也受不了了，一把拉住妇人拿着刀的右手,喉间迸出哭声,眼泪成串地往下掉,就像泉水一个样。

寻找眼泪的人如同得到了宝贝一样,他高声喊起来:"我找着了,没想到竟在这里找着了!"他简直不敢相信,以为自己在梦中。可是这明明是真的眼泪,一颗一颗,仿佛明亮的珍珠。他走上前去,捧着双手,凑到孩子的眼睛跟前。不多一会儿,他的双手捧满了珍珠一般的眼泪。

他想:"许多人丢失的东西,现在让我给找着了。把这同情的眼泪送还给他们是我的责任。"

他第一个要找的就是快活人,因为快活人不相信自己丢失了这样宝贵的一件东西,所以要先给快活人送去。他还要走遍各处,把这件宝贵的礼物——把同情的眼泪送给所有的人。他大概就要来到读者跟前了,请你们做好准备,受领他的礼物吧。

1922年3月19日写毕

# 画眉

一个黄金的鸟笼里，养着一只画眉。明亮的阳光照在笼栏上，放出耀眼的光辉，赛过国王的宫殿。盛水的罐儿是碧玉做的，把里边的清水照得像雨后的荷塘。鸟食罐儿是玛瑙做的，颜色跟栗子一模一样。还有架在笼里的三根横棍，预备画眉站在上面的，是象牙做的。盖在顶上的笼罩，预备晚上罩在笼子外边的，是最细的丝织成的缎子做的。

那画眉，全身的羽毛油光光的，一根不缺，也没一根不顺溜。这是因为它吃得讲究，每天还要洗两回澡。它舒服极了，每逢吃饱了，洗干净了，就在笼子里跳来跳去。跳累了，就站在象牙的横棍上歇一会儿，或者这一根，或者那一根。这时候，它用嘴刷刷这根羽毛，刷刷那根羽毛，接着，抖一抖身子，拍一拍翅膀，很灵敏地四外看一看，就又跳来跳去了。

它叫的声音温柔、宛转，花样多，能让听的人听得出了神，像喝酒喝到半醉的样子。养它的是个阔公子哥儿，爱它简直爱得要命。它喝的水，哥儿要亲自到山泉那儿去取，并且要过滤。吃的栗子，哥儿要亲手拣，粒粒要肥要圆，并且要用水洗过。哥儿为什么要这样费心呢？为什么要给画眉预备这样华丽的笼子呢？因为哥儿爱听画眉唱歌，只要画眉一唱，哥儿就快活得没法说。

说到画眉呢，它也知道哥儿待它好，最爱听它唱歌，它就接连不断地唱歌给哥儿听，哪怕唱累了，还是唱。它不明白张开嘴叫几声有什么好听,猜不透哥儿是什么心。可是它知道,哥儿确是最爱听它唱,那就为哥儿唱吧。哥儿又常跟同伴的姊妹兄弟们说:"我的画眉好极了,唱得太好听,你们来听听。"姊妹兄弟们来了,围着看,围着听,都很高兴,都说了很多赞美的话。画眉想:"我实在觉不出来自己的叫声有什么好听,为什么他们也一样地爱听呢?"但是这些人是哥儿约来的,应酬不好,哥儿就要伤心,那就为哥儿唱吧。

日子一天天过去,它的生活总是照常,样样都很好。它接连不断地唱,为哥儿,为哥儿的姊妹兄弟们,不过始终不明白自己唱的有什么意义,有什么趣味。

画眉很纳闷,总想找个机会弄明白。有一天,哥儿给它加食添水,忘记关笼门,就走开了。画眉走到笼门,往外望一望,一跳,就跳到外边,又一飞,就飞到屋顶上。它四外看看,新奇,美丽。深蓝的天空,飘着小白帆似的云。葱绿的柳梢摇摇摆摆,不知谁家的院里,杏花开得像一团火。往远处看,山腰围着淡淡的烟,好像一个刚醒的人,还在睡眼朦胧。它越看越高兴,由这边跳到那边,又由那边跳到这边,然后站住,又看了老半天。

它的心飘起来了,忘了鸟笼,也忘了以前的生活,一兴奋,就飞起来,开始它也不知道是往哪里的远方飞。它飞过绿的草原,飞过满盖黄沙的旷野,飞过波浪拍天的长江,飞过浊流滚滚的黄河,才想休息一会儿。它收拢翅膀,往下落,正好落在一个大城市的城楼上。下边是街市,行人,车马,拥拥挤挤,看得十分清楚。

希奇的景象由远处过来了。街道上,一个人半躺在一个左右有两个轮子的木槽子里,另一个人在前边拉着飞跑。还不只一个,这一个刚过去,后边又过来一长串。画眉想:"那些半躺在木槽子里的人大概没有腿吧?要不,为什么一定要旁人拉着才能走呢?"它就仔细看半躺在上边的人,原来下半身蒙着很精致的花毛毯,就在毛毯下边,露出擦得放光的最时兴的黑皮鞋。"那么,可见也是有腿了。为什么要别人拉着走呢?这样,一百个人里不就有五十个是废物了吗?"它越想越不明白。

"或者那些拉着别人跑的人以为这件事很有意思吧?"可是细看看又不对。那些人脸涨得通红,汗直往下滴,背上热气腾腾的,像刚揭开盖的蒸笼。身子斜向前,迈着大步,像正在逃命的鸵鸟,这只脚还没完全着地,那只脚早扔了出去。"为什么这样急呢?这是到哪里去呢?"画眉想不明白。这时候,它看见半躺在上边的人用手往左一指,前边跑的人就立刻一顿,接着身子一扭,轮子、槽子,连上边半躺着的人,就一齐往左一转,又一直往前跑。它明白了,"原来飞跑的人是为别人跑。难怪他们没有笑容,也不唱赞美跑的歌,因为他们并不觉得跑是有意义有趣味的"。

它很烦闷,想起一个人当了别人的两条腿,心里不痛快,就很感慨地唱起来。它用歌声可怜那些不幸的人,可怜他们的劳力只为了一个别人,他们做的事没有一些儿意义,没有一些儿趣味。

它不忍再看那些不幸的人,想换个地方歇一会儿,一飞就飞到一座楼房的绿漆栏杆上。栏杆对面是一个大房间,隔着窗户往里看,许多阔气的人正围着桌子吃饭。桌上铺的布白得像雪。刀子,叉子,玻璃酒杯,大大小小的花瓷盘子,都放出晃眼的光。中间是一个大花瓶,里边插着各种颜色的鲜花。围着桌子的人呢,个个红光满面,眼眯着,正在品评酒的滋味。楼下传来声音。它赶紧往楼下看,情形完全变了:一条长木板上,刀旁边,一条没头没尾的鱼,一小堆切成丝的肉,几只去了壳的大虾,还有一些切得七零八碎的鸡鸭。木板旁边,水缸,脏水桶,盘、碗、碟、匙,各种瓶子,煤,劈柴,堆得乱七八糟,遍地都是。屋里有几个人,上身光着,满身油腻,正在弥漫的油烟和蒸气里忙忙碌碌。一个人脸冲着火,用锅炒什么。油一下锅,锅边上就冒起一团火,把他的脸和胳膊烤得通红。菜炒好了,倒在花瓷盘子里,一个穿白衣服的人接过去,上楼去了。不一会儿,就由楼上传出欢笑的声音,刀子和叉子的光又在桌面上闪晃起来。

画眉就想:"楼下那些人大概是有病吧?要不,为什么一天到晚在火旁边烤着呢。他们站在那里忙忙碌碌,是因为觉得很有意义很有趣味吗?"可是细看看,都不大对。"要是受了寒,为什么不到家里蒙上被躺着?要是觉得有意义,有趣味,为什么脸上一点儿笑容也没有?菜做熟了为什么不自己吃?对了,他们是听了穿白衣服的人的吩咐,才皱着眉,慌手慌脚地洗这个炒那个的。他们忙碌,不是自己要这样,是因为别人要吃才这样。"

它很烦闷,想起一个人成了别人的做菜机器,心里不痛快,就很感慨地唱起来。它用歌声可怜那些不幸的人,可怜他们的劳力只为一些别人,他们做的事没有一些儿意义,没有一些儿趣味。

它不忍再看那些不幸的人,想换个地方歇一会儿,一展翅就飞起来。飞过一条弯弯曲曲的僻静的胡同,从那里悠悠荡荡地传出三弦和一个女孩子歌唱的声音。它收拢翅膀,落在一个屋顶上。屋顶上有个玻璃天窗,它从那里往下看,一把椅子,上边坐着个黑大汉,弹着三弦,一个十三四岁的女孩子站在旁边唱。它就想:"这回可看到幸福的人了!他们正奏乐唱歌,当然知道音乐的趣味了。我倒要看看他们快乐到什么样子。"它就一面听,一面仔细看。

没想到完全不是那么回事,它又想错了。那个女孩子唱,越唱越紧,越唱越高,脸涨红了,拔那个顶高的声音的时候,眉皱了好几回,额上的青筋也胀粗了,胸一起一伏,几乎接不上气。调门好容易一点点地溜下来,可是唱词太繁杂,字像流水一样往外滚,连喘口气也为难,后来嗓子都有点儿哑了。三弦和歌唱的声音停住,那个黑大汉眉一皱,眼一瞪,大声说:"唱成这样,凭什么跟人家要钱!再唱一遍!"女孩子低着头,眼里水汪汪的,又随着三弦的声音唱起来。这回像是更小心了,声音有些颤。

画眉这才明白了:"原来她唱也是为别人。要是她可以自己作主张,她早就到房里去休息了。可是办不到,为了别人爱听,为了挣别人的钱,她不能不硬着头皮练习。那个弹三弦的人呢,也一样是为别人才弹,才逼着女孩子随着唱。什么意义,什么趣味,他们真是连做梦也没想到。"

它很烦闷，想起一个人成了别人的乐器，心里很不痛快，就感慨地唱起来。它用歌声可怜那些不幸的人，可怜他们的劳力只为一些别人，他们做的事没有一些儿意义，没有一些儿趣味。

画眉决定不回去了，虽然那个鸟笼华丽得像宫殿，它也不愿意再住在里边了。它觉悟了，因为见了许多不幸的人，知道自己以前的生活也是很可怜的。没意义的唱歌，没趣味的唱歌，本来是不必唱的。为什么要为哥儿唱，为哥儿的姊妹兄弟们唱呢？当初糊里糊涂的，以为这种生活还可以，现在见了那些跟自己一样可怜的人，就越想越伤心。它忍不住，哭了，眼泪滴滴嗒嗒的，简直成了特别爱感伤的杜鹃了。

它开始飞，往荒凉空旷的地方飞。晚上，它住在乱树林子里；白天，它高兴飞就飞，高兴唱就唱。饿了，就随便找些野草的果实吃。脏了，就到溪水里去洗澡。四外不再有笼子的栏杆围住它，它愿意怎么样就怎么样。有时候，它也遇见一些不幸的东西，它伤心，它就用歌声来破除愁闷。说也奇怪，这么一唱，心里就痛快了，愁闷像清晨的烟雾，一下子就散了。要是不唱，就憋得难受。从这以后，它知道什么是歌唱的意义和趣味了。

世界上，到处有不幸的东西，不幸的事儿——都市，山野，小屋子里，高楼大厦里。画眉有时候遇见，就免不了伤一回心，也就免不了很感慨地唱一回歌。它唱，是为自己，是为值得自己关心的一切不幸的东西，不幸的事儿。它永远不再为某一个人或某几个人的高兴而唱了。

画眉唱，它的歌声穿过云层，随着微风，在各处飘荡。工厂里的工人，田地上的农夫，织布的女人，奔跑的车夫，掉了牙的老牛，皮包骨的瘦马，场上表演的猴子，空中传信的鸽子……听见画眉的歌声，都心满意足，忘了身上的劳累，忘了心里的愁苦，一齐仰起头，嘴角上挂着微笑，说："歌声真好听！画眉真可爱！"

1922年3月24日写毕

原题为《画眉鸟》

## 玫瑰和金鱼

含苞的玫瑰开放了,仿佛从睡梦中醒过来。她张开眼睛看自己,鲜红的衣服,嫩黄的胸饰,多么美丽。再看看周围,金色的暖和的阳光照出了一切东西的喜悦。柳枝迎风摇摆,是女郎在舞蹈。白云在蓝天里飘浮,是仙人的轻舟。黄莺哥在唱,唱春天的快乐。桃花妹在笑,笑春天的欢愉。凡是映到她眼睛里的,无不可爱,无不美好。

玫瑰回想她醒过来以前的情形:栽培她的是一位青年,碧绿的瓷盆是她的家。青年筛取匀净的泥土,垫在她的脚下;汲取清凉的泉水,让她喝个够。狂风的早晨,急雨的深夜,总把她搬到房里,放下竹帘护着她。风停了,雨过了,重新把她搬到院子里,让她在温暖的阳光下舒畅地呼吸清新的空气。想到这些,她非常感激那位青年。她像唱歌似的说:"青年真爱我!青年真爱我!让我玩赏美丽的春景。我尝到的一切快乐,全是青年的赏赐。他不为别的,单只为爱我。"

老桑树在一旁听见了,叹口气说:"小孩子,全不懂世事,在那里说痴话!"他脸上皱纹很深,还长着不少疙瘩,真是丑极了。玫瑰可不服他的话,她偏过脑袋,抿着嘴不作声。

老桑树发出干枯的声音说:你是个小孩子,没有经过什么事儿,难怪你不信我的话。我经历了许多世事。从我的经历,老实告诉你,你说的全是痴话。让我把我的故事讲给你听吧。我和你一样,受人家栽培,受人家灌溉。我抽出挺长的枝条,发出又肥又绿的叶子,在园林里也算是极快乐极得意的一个。照你的意思,人家这样爱护我,单只为了爱我。谁知道完全不对,人家并不曾爱我,只因为我的叶子有用,可以喂他们的蚕,所以他们肯那么费力。现在我老了,我的叶子又薄又小,他们用不着了,他们就不来理我了。小孩子,我告诉你,世界上没有不望报酬的赏赐,也没有单只为了爱的爱护。"

玫瑰依旧不相信,她想青年这样爱护她,总是单只为了爱她。她笑着回答老桑树说:"老桑伯伯,你的遭遇的确可怜。幸而我遇到的青年不是这等负心的人,请你不必为我忧虑。"

老桑树见她终于不相信,也不再说什么。他身体微微地摇了几摇,表示他的愤慨。

水面的冰融解了。金鱼好像长久被关在屋子里,突然门窗大开,觉得异样的畅快。他游到水面上,穿过新绿的水草,越显得他色彩美丽。头顶上的树枝已经有些绿意了。吹来的风已经很柔和了。隔年的邻居,麻雀啦,燕子啦,已经叫得很热闹了。凡是映到他眼睛里的,无不可爱,无不美好。

金鱼回想他先前的生活:喂养他的是一位女郎;碧玉凿成的水缸是他的家。女郎剥着馒头的细屑喂他,还叫丫头捞了河里的小虫来喂他。夏天,阳光太强烈,就在缸面盖上竹帘,防他受热。秋天,寒冷的西风刮起来了,就在缸边护上稻草,防他受寒。女郎还时时在旁边守护着,不让猫儿吓他,不让老鹰欺侮他。想起这些,他非常感激那位女郎。他像唱歌似地说:"女郎真爱我!女郎真爱我,使我生活非常舒适。我享受到的一切安乐,全是女郎的赏赐。她不为别的,单只为爱我。"

老母羊在一旁听见了,笑着说:"小东西,全不懂世事,在那里说痴话!"她的瘦脸带着固有的笑容,全身的白毛脏得发黑了,还卷成了一团一团。金鱼可不甘心受她嘲笑。他眼睛突得更出了,瞪了老母羊两下。

老母羊发出带沙的声音,慈祥地说:"你还是个小东西,事儿经得太少了,难怪你不服气。我经历了许多世事,从我的经历,老实告诉你,你说的全是痴话。让我把我的故事讲给你听吧。我和你一样,受人家饲养,受人家爱护。我有过绿草平铺的院子,也有过暖和的清洁的屋子,在牧场上也算是极舒服极满意的一个。照你的意思,人家这样爱护我,单只为了爱我。谁知道完全不对!人家并不曾爱我,只因为我的乳汁有用,可以喂他们的孩子,所以他们肯那么费心。现在我老了,我没有乳汁供给他们的孩子了,他们就不管我了。小东西,我告诉你,世界上没有不望报酬的赏赐,也没有单只为了爱的爱护。"

金鱼依旧不领悟,眼睛还是瞪着,怒气没有全消。他想女郎这样爱护他,总是单只为了爱他。他很不高兴地回答老母羊说:"老羊太太,你的遭遇的确可怜。但是世间的事儿不是一个版子印出来的。幸而我遇到的女郎不是这等负心的人,请你不必为我忧虑。"

老母羊见他终于不领悟,就闭上了嘴。她鼻孔里吁吁地呼气,表示她的怜悯。

青年和女郎互相恋爱了,彼此占有了对方的心。他们俩每天午后在花园里见面,肩并肩坐在花坛旁边的一条凉椅上。甜蜜的话比鸟儿唱的还要好听,欢悦的笑容比夜晚的月亮还要好看。假若有一天不见面,大家好像失掉了灵魂,一切都不舒服。所以没有一天午后,花园里没有他们俩的踪影。

这一天早上,青年走到院子里,搔着脑袋只是凝想。他想:"女郎这样爱我,这是可以欣慰的。要是能设法使她更加爱我,不是更好么?知心的话差不多说完了,爱抚也不再有什么新鲜味儿,除了把我尽心栽培的东西送给她,再没有什么可靠的增进爱情的办法了。"他因此想到了玫瑰。他看玫瑰红得这样鲜艳,正配女郎的美丽的脸色;花瓣包着花蕊好像害羞似的,正配她的少女的情态。把玫瑰送给她,一定会使她十分喜欢,因而增进相爱的程度。他想定了,微笑着,对玫瑰点了点头。

玫瑰见青年这样,也笑着,对青年点了点头。她回过头来,看着老桑树,现出骄傲的神色,说:"你没瞧见吗,他是这样地爱我,单只为了爱我!"

女郎这时候也起身了,她掠着蓬松的头发,倚着碧玉水缸只是沉思。她想:"青年这样爱我,这是可以欣慰的。要是能设法使他更加爱我,不是更好么?甜蜜的话差不多说完了,偎抱也不再有什么新鲜味儿,除了把我专心饲养的东西送给他,再没有什么可靠的增进爱情的办法了。"她因此想到了金鱼。她看金鱼活泼泼地,正像青年一样惹人喜欢。她想把金鱼送给他,一定会使他十分高兴;自己这样经心养护的金鱼,正可以表现自己的深情厚谊,因而增进相爱的程度。她想定了,将右手的小指含在嘴里,对着金鱼微微一笑。

金鱼见女郎这样,快乐得如梭子一般游来游去。他抬起了头,望着老母羊,现出得意的神色,说:"你没瞧见吗,她是这样地爱我,单只为了爱我!"

青年拿起一把剪刀,把玫瑰剪了下来,带到花园里去会见他的女郎。

女郎把金鱼捞了起来,盛在一个小玻璃缸里,带到花园里去会见她的青年。

他们俩见面了。青年举起手里的玫瑰,直举到女郎面前,笑着说:"亲爱的,我送给你一朵可爱的花。这朵花是我一年的心力的成绩。愿你永远跟花一样美丽,愿你永远记着我的情意。"女郎也举起手里的玻璃缸,直举到青年面前,温柔地说:"亲爱的,我送给你一尾可爱的小东西。这小东西是我朝夕爱护着的。愿你永远跟他一样的活泼,愿你永远记着我的情意。"

他们俩彼此交换了手里的东西。女郎吻着青年送给她的玫瑰,青年隔着玻璃缸吻着女郎送给他的金鱼,都说:"这是心爱的人送给我的,吻着珍贵的礼物,就仿佛吻着心爱的人。"果然,他们俩的爱情又增进了一步。一样的一句平常说惯了的话,听着觉得格外新鲜,格外甜蜜;一样的一副平常见惯了的笑脸,对着觉得特别可爱,特别欢欣。他们不但互相占有了彼此的心,而且几乎融成一个心了。

玫瑰哪里料得到有这么一剪刀呢?突然一阵剧痛,使她周身麻木。等到她慢慢恢复知觉,已经在女郎的手里了。她回想刚才的遭遇,一缕悲哀钻心,几乎要哭出来。可是她觉得全身干燥,泪泉不知什么时候已经枯涸了。女郎回到屋里,把她插在一个玛瑙的花瓶里。她没有经过忧患,离开了家使她伤心,青年的爱落空了,叫她怎么忍受得了。她憔悴地低了头,不到晚上,她就死了。女郎说:"玫瑰干枯了,看着真叫人讨厌。明天下午,青年一定有更美丽的花送给我的。"她叫丫头把干枯的玫瑰扔在垃圾堆上。

金鱼也没有料得到有这么一番颠簸。从住惯了的碧玉缸中,随着水流进了一个狭窄不堪的玻璃缸里,他闷得发晕。等他神志渐渐清醒,看见青年的嘴唇正贴在玻璃缸外面。他想躲避,可是退向后,尾巴碰着了玻璃,转过身来,肚子又碰着了玻璃,竟动弹不得,只好抬起了头叹气。青年回到屋里,把玻璃缸摆在书桌上。金鱼是自在惯了,新居可这样狭窄,女郎的爱又落空了,叫他怎么忍受得了。他瞪着悲哀的眼睛只哈气,不到晚上,他就死了。青年说:"金鱼死了,把他扔了吧。明天下午,女郎一定有更可爱的东西送给我的。"青年就把死去的金鱼扔掉了,就扔在干枯的玫瑰旁边。

过了几天,玫瑰和金鱼都腐烂了,发出触鼻的臭气。不论什么花,不论什么鱼,都是这样下场,值不得人们注意。青年和女郎当然不会注意,他们俩自有别的新鲜的礼物互相赠送,为了增进他们的爱情。

只有老桑树临风发出沙沙的声音,老母羊望着天空咩咩地长鸣,为玫瑰和金鱼唱悲哀的悼歌。

1922年3月26日写毕

## 花园外

春风吹来了,细细的柳条不知什么时候染上了嫩黄色,甚至已经有了点儿绿意。风轻轻吹过,把柳条的下垂的梢头一顺地托了起来,一会儿又一齐垂了下来,仿佛梳得很齐的女孩子的柔软的头发。

一道小溪在两行柳树之间流过。不知谁把小溪斟得满满的,碧清的水几乎跟岸相平。又细又匀的美丽的波纹好像刻在水面上似的,看不出向前推移的痕迹。柳树的倒影因而显得格外清楚。水的气息,泥土的气息,使人一嗅到就想起春天已经来了。温和的阳光笼罩在小溪上,好像使每一块石子每一粒泥砂都有了欢乐的生命,更不用说那些小鱼小虾了。

小溪旁边,柳树底下,各种华丽的车辆都朝着一个方向跑。有马拉的,轮子滑过地面没有一丝儿声音;白铜的轮辐耀人眼睛,乌漆的车厢亮得能照见人,巨大的玻璃窗透明得好像没有一个样。有人拉的,也轻快非常;洁白的坐褥,织着花纹的车毯,车杠上那个玩具似的手揿喇叭,都是精美不过的。还有用机器开动的,仿佛神奇的野兽,宽阔的身躯,一对睁圆的眼睛,滚一般地飞奔而来,刚到跟前,一转眼又不见了,还隐隐地听得它怪声怪气地吼叫。

坐在各种车辆里的人心里装满了快乐。快乐原来也是有重量的,你看,拉车的马出汗了,拉车的人喘气了,连机器也发出轧轧的疲倦的声音。

坐在车上的人毫不察觉，他们怀着满心的快乐，用欢愉的眼光欣赏着柔软的柳条和恬静的溪水，又掀起鼻孔深深地吸气，仔细品尝春天的芳香。你看那位胖胖的先生，宽弛的双腮在抖动着。你看那位老太太，眯着周围满是皱纹的眼睛，张大了她那干瘪的嘴。那些年轻的女郎挥舞着手帕，唱起歌儿来了。那些小孩儿又是笑又是闹，张开双臂想跳下车来。这时候，拉车的马汗出得更多了，拉车的人气喘得更急了，连机器的轧轧声也显得更加疲倦了。

那些心里装满了快乐的人要到哪里去呢？原来前面小溪拐弯的地方有一座花园。春风吹来，睡着的花园才醒过来，还带点儿倦意，发出带着甜味的芳香。小鸟儿们已经热闹地唱起来，招引那些心里装满了快乐还要寻找快乐的人。他们知道花园是快乐的银行，自然都要奔向花园，犹如每一滴水喜欢奔向大海一个样。

长儿站在花园门口不止一天了。邻家的伯母跟他讲起过这座花园，他猜想花园的大门里边一定就是神仙的境界，总想进去逛逛。他跟父亲很不容易见面：早上他起床的时候，父亲还睡得正酣；等他跟小伙伴们玩了一阵回家，父亲已经不知上哪儿去了，直到晚上他眼皮发沉了还不见回来。所以他只好跟母亲说。母亲老给人家洗衣服，青布围裙老是湿漉漉的，十个手指让水泡得又白又肿。她听长儿说要去逛花园，就发怒说："花园？你配逛花园？"她不往下说了，继续搓手中的衣服，肥皂沫不断地向四周飞溅。

长儿不敢再说什么，可是他实在不明白母亲的话：为什么他不配逛花园？那么谁才配逛花园呢？邻家的伯母从来没有说过。长儿以为除了邻家的伯母，再没有懂得道理的人了。她没有说过，别人也不会知道。长儿只好把疑问默默地藏在心里，只好睡他的觉，做他的梦……

他的一双脚仿佛有魔法似的，不知不觉，把他的身子载到了花园门口。又阔又大的门敞开着，望进去只见密密层层的深绿的浅绿的树。他跟树林之间没有东西挡着,也不见别的人。他飞奔过去,跑得比平时快,跳得比平时高。忽然,他的身子让什么给绊住了,再使劲也摆脱不了。只听得有人大喝一声:"跟谁一块儿来的?"他才发觉身后站着一个大汉,他的肩膀就让这个大汉给抓住了。那只又粗又大的手,好像给他捆上了几根绳子,捆得他胳膊都发麻了。

长儿心里害怕,不知道怎样回答才好,瞪大了一双眼睛。大汉摇晃着他的肩膀说:"我在问你呢,你是跟谁一块儿来的?"长儿说:"我……我自己一个人来的。"大汉听着笑了一笑,脸色显得更加可怕。他说:"既然一个人来的,买了票子再进去!"

"我不要买票子,只到花园里去逛逛。"长儿一边说,一边想脱身跑。大汉发怒了,眼睛射出凶光,原先只鼻子发红,现在整个脸都涨红了。他大声说:"小流氓,不出钱想逛花园,快给我滚!"大汉使劲一推,长儿摇摇晃晃倒退了几步,一跤坐在地上,两手向后撑住了身子。坐在门口歇息的车夫看着都狂笑起来。

长儿听见笑声才发觉花园门口停着这许多车辆,坐着这许多人。他难为情极了,慢慢地爬起来,装作没事儿一个样,看到别人都不注意他了,才飞快地溜走了。回到家里,母亲还在洗他的衣服,长儿也不跟母亲说什么。

仙境似的花园系着长儿的心。长儿老呆在家里,实在太乏味,又出门去逛。他没打算到哪里去,可是两条腿不向往日捉迷藏的树林走去,也不向往日滚铁环的空场走去,偏偏又来到了花园门口。长儿在这儿吃过亏,不敢再一直往里飞奔,那个大汉坐在门旁的小屋里呢。他在门外悄悄地走来走去,有时候躲在人力车背后,有时候爬上马车背面的小凳子,有时候放大了胆,走到花园门口向里张望。马车和人力车一辆接一辆离去,到最后一辆也不剩了。天已经黑下来了,花园里已经什么也望不见了。大汉的屋里放出一星灯光。这时候,长儿只好回家去了。第二天,长儿又来了;在花园门口走来走去,好像这成了他日常的功课。

一辆马车停在花园门口。马夫跳下车来,拉开了车厢的门,一位先生,一位夫人,扶着两个孩子从车厢里走出来了。长儿只顾看那两个孩子,别的人他好像都没瞧见。那两个孩子的衣服闪烁发光,袜子长过了膝盖,黑得发亮的鞋子着地有声。他们的脸蛋多么红呀!他们的头发梳得多么光呀。他们走进花园去了,一跳一跳的,多么自在呀!大汉哪儿去了呢?为什么不来抓住他们呢?他们走进了密密层层的树林,再也看不见了。他们到树林里去干什么呢?

长儿这么想着,奇怪极了,他觉得自己也到了树林里。多么高兴呀,想望了许久,如今如愿了。他在树荫下奔来奔去。树林好像没有尽头,大树一棵挨着一棵,好像顶天的柱子。树枝上有许多松鼠在跳来跳去。还有许多红脸的猴子,跟耍把戏的人牵着的一个样,有的坐在树枝上,有的挂在树枝上。更奇怪的是往常在水果铺里看到的各种果子,红的,黄的,紫的,挂满了枝头。水果铺大概就是到这里来采的。长儿想:我为什么不采几个尝尝呢?他正要举起手来,身子不知让什么给撞了一下,一辆人力车刚好停在他身旁。他才从梦中惊醒,原来他站在花园门口,并没走进花园一步。

长儿呆呆地望着花园的大门,忽然眼前一亮,出现了一件可爱的东西。那是一束鲜红的花,从花园的大门里飞出来了,近了,近了,来到了他的身边。他看到花瓣都在抖动,还闻到一种奇妙的香味。可是才一刹那,那束鲜红的花就飞走了,远了,远了,终于看不见了。长儿想:"这鲜红的花是花园里最好的东西了,我要带点儿回去才好。刚才没把它抓住,真是太可惜了!不要紧,花园里一定多的是。我要采一束插在母亲的床头,她一天到晚洗衣服,从没看过花。再采一束,跟小伙伴们演戏的时候好扎在帽沿上扮英雄。还要采一束种在自家门前,让它永远永远开着……"

长儿这么想着,奇怪极了,他觉得自己已经进了花园,站在花坛旁边。鲜红的花堆得山一样高,只看见一片红色。他发现所有的花都在笑,默默地对着他笑。从笑着的花上淌下一滴一滴又香又甜的蜜,流到地面都凝成一颗一颗红色的香糖。他的舌尖好像已经尝到了甜味。他想拾一颗糖送进嘴里,再一看,这不是糖,而是鲜红的果子。果子也好,他拾了一满怀。又想到花儿不能不采,他放下果子去采花。一支半开的,正好插在母亲床头,他采了搂在怀里;一支比较小,正好扎在帽沿上,他采了插在口袋里。一支挺茂盛,正好种在自家门前。他举起手正要采,忽然"嘟嘟"一声,汽车的吼叫把他给唤醒了。原来他还在花园门口,并没走进花园一步。

　　长儿多么懊恼呀,香糖不见了,果子不见了,只有舌尖上好像还留着甜味。他向花园的大门里望去,依旧是密密层层的深绿间着浅绿的树林。他听到树林里传出美妙的音乐:鼓的声音挺清脆,好像打滚似的;喇叭的声音挺宏亮,好像长鸣似的;长笛的声音最尖锐,率领着其他的乐器,还有叮叮咚咚敲击铜器和铁器的声音。可能有一支乐队在树林里为游客们演奏。乐队一定穿着一色的号衣;吹喇叭的,面颊一定鼓得圆圆的,像生气的河豚;吹长笛的眯着眼睛,像要睡着似的;……

　　长儿这么想着,奇怪极了,他觉得自己站在树林里的一座亭子旁边,身子倚在栏杆上,滋滋味味地听乐队演奏。乐队穿着一色的蓝号衣,胸前和肩膀上都绣着美丽的图案。乐器都发出灿烂的金光,把演奏的人的脸蛋和衣服都耀得闪闪烁烁的。他们奏了一曲小调,又奏了一曲山歌。长儿高兴地大声唱起来,乐队就跟着他唱的调儿演奏。他高声唱:"开步走,开步走……"乐队就走出亭子,排着整齐的队伍,跟着他在草地上齐步向前走。他举起双臂,指挥乐队向左转,没防着自己让什么给撞了一下,身子打了个旋,才发觉撞他的是两个孩子。原来他还在花园门口,并没走进花园一步。

　　撞他的孩子就是先前进去的那两个。他们游罢花园出来了,双手捧着许多糖果。他们撞了长儿好像没事儿似的,高傲地跟父母跨上了马车。只听得一声鞭响,车轮就缓缓地转动起来。长儿呆呆地望着远去的马车,又回过头来看看花园的大门。他似乎进去逛过了,但是仍旧不知道花园里的情景,虽然只隔着一道围墙,而且花园的大门还敞开着呢!

1922年3月27日写毕<br>原题为《花园之外》

## 祥哥的胡琴

一条碧清的小溪边,有一所又小又破的屋子。墙壁早就穿了许多窟窿,风和太阳光月亮光可以从这些窟窿自由出进。柱子好像酥糖一样又粗又松,因为早有蛀虫在那里居住。铺在屋面上的稻草早成了灰白色,从各方吹来的风和从云端里落下来的雨,把原先的金黄色都洗掉了。屋子的倒影映在小溪里,快乐的鱼儿都可以看见。月明之夜,屋子的影子站在小溪边上,半夜醒来的小鸟儿都可以看见。

这所又小又破的屋子里,住着祥儿和他的母亲。祥儿的父亲临死的时候,什么事儿也没嘱咐,只指着挂在墙上的胡琴断断续续地说:"阿祥,我没有什么可以传给你,只有这把胡琴。你收下吧!"祥儿不懂他父亲说这话是什么意思,他的母亲却伤心得哭不出声音来了。就在这时候,他的父亲咽气了。

这把胡琴是祥儿的父亲时常拉着玩儿的。本来青色的竹竿,因为手经常把握,变得红润了;涂松香的地方经常被弓摩擦,成了很深的沟;绷着的蛇皮也褪了色。繁星满天的夏天的夜晚,清风吹来的秋天的夜晚,他父亲就拿这把胡琴拉几支曲子。在种田累了的时候,在割草乏了的时候,他父亲也要拿这把胡琴拉几支曲子,正像别的农人在休息的时候一定要吸几筒旱烟一个样。就是极冷的冬天,白雪像棉絮一般盖在屋面上,鸟儿们紧紧地挤成一团,也可以听见从屋子里传出来的胡琴的声音。

父亲的棺材被抬出去了，胡琴还挂在墙上。风从墙壁的窟窿吹进来，只见胡琴在轻轻地左右摇摆。阳光和月光射进来，胡琴的影子映在墙上，像一把舀水的勺子。祥儿看着觉得很有趣，胡琴好像充满了神秘的味道。

母亲织了一会儿草席，指着墙上的胡琴说："阿祥，爸爸把这东西传给了你，你要像爸爸一样会拉，我才喜欢呢！"祥儿不大明白母亲的话，只是对着墙上的胡琴发呆。吃饭的时候，母亲又指着墙上的胡琴说："阿祥，爸爸把这东西传给了你，你要像爸爸一样会拉，我才喜欢呢！"祥儿还是对着胡琴发呆。早上，祥儿在母亲的怀里醒来，母亲又教训他说："阿祥，爸爸把墙上那东西传给了你，你要像爸爸一样会拉，我才喜欢呢！"

直到祥儿满了四岁，母亲从墙上取下胡琴来，交在他手里。母亲说："现在你可以拉这个东西了。我希望听到你拉出好听的调子来，跟你爸爸拉的一个样。"

祥儿双手握着胡琴。这是天天见面的老朋友，可是怎么拉法，他一点儿不懂。他移动了一下胡琴的弓，胡琴发出锯木头一般的声音。他把弓来回地拉，跟木匠师傅锯木头一个样。母亲看着他，脸上现出笑容，她称赞说："我的儿子真聪明！"

拉动胡琴上的弓，成了祥儿每天的功课。他不但在家做这功课，走到小溪边，走到街道上，也一样做他的功课。打鱼的老汉正在溪边下网，讥笑他说："跟锯木头一个样，拉得比你爸爸还好听哩！"蹲在埠头洗衣服的老太太也讥笑他说："叫化子胡琴，也算接过了你爸爸的手艺么？"街道上的孩子们追赶着他说："难听死了，难听死了，不如把胡琴送给我们玩吧！"祥儿不管他们说些什么，只顾一边拉一边走。

祥儿走到没有人的地方，周围都是高山，山下都是树林，他拉动弓，自己听着胡琴发出来的声音，觉得很快活。忽然听到有个声音在唤他："小弟弟，想拉好听的调子么？我可以教你。"祥儿四面找，一个人也没有。

是谁在说话呢? 正在疑惑,那个声音又说:"小弟弟,我在这里。你低下头来就看见我了。"祥儿低下头看,原来是一道清澈的泉水,活泼泼地流着,唱着幽静的曲调。水底有许多五色的石子,又圆又光滑,可爱极了。

祥儿高兴地回答说:"泉水哥哥,你肯教我,我非常感激。"泉水说:"你听着我的曲调,把胡琴和着我的调子拉吧。"祥儿侧着耳朵听,很能懂得泉水用它的曲子讲的什么话,就拉动弓和着,胡琴不再发出锯木头的声音了。胡琴的声音紧跟着泉水的曲调,后来竟合成一体,分不出哪是泉水的哪是胡琴的了。祥哥和泉水都高兴极了,只顾演奏,忘记了一切。后来泉水疲倦了,对祥儿说:"小弟弟,你拉得很好了。我想休息一会儿,明天再见吧。"泉水的调子越来越轻,最后它睡着了。祥儿离开了泉水,向前走去。

祥儿拉着新学会的曲调,引起周围的山都发出回声,成为很复杂的调子。他自己听着也很快活。忽然又听到有个声音在唤他:"小弟弟,还想学一种好听的调子么? 我可以教你。"他四面找,一个人也没有,难道泉水睡醒了,追上来了? 正在疑惑,那个声音又说:"小弟弟,我在这里。你抬起头就看见我了。"祥儿抬起头看,原来是一阵纱一般的风,轻轻地吹着,唱着柔和的曲调。小草们野花们都一边听一边点头。

祥儿高兴地回答说:"风哥哥,你肯教我,我非常感激。"风说:"你听着我的曲调,把胡琴和着我的调子拉吧。"祥儿侧着耳朵听,很能理解风用它的曲子说的什么话,就拉动弓和着,比任何人做任何事儿都用心。胡琴的声音紧跟着风的曲调,后来竟成了一体,分不出哪是风的哪是胡琴的了。祥哥和风都很高兴,一会儿快,一会儿慢,一会儿高,一会儿低,只顾演奏。小草和野花都听得入了迷,好像喝醉了似的都垂下了头。后来风要走了,对祥儿说:"小弟弟,你又学会了一种好听的调子了。我现在要到别处去了,有机会再见吧。"风说完就飘走了。祥儿跟风告了别,又向前走去。

祥儿轮流拉着新学会的曲调,一会儿拉泉水的,一会儿拉风的,不知不觉走进了树林。拉泉水的调子,他就想起了活泼的泉水哥哥;拉风的调子,他就想起了轻柔的风哥哥。忽然又听到一个声音在唤他:"小弟弟,再多学一种好听的曲调,不是更好么?我可以教你。"他四面找,一个人也没有。奇怪极了,除了泉水和风,又有谁自己愿意当他的音乐教师呢?正在疑惑,那个声音又说:"小弟弟,我在这里。你向绿叶深处仔细找,就看见我了。"祥儿向绿叶深处仔细找,原来是一只美丽的小鸟儿。小鸟儿机灵地从这根树枝飞到那根树枝,一边跳舞,一边唱着优美的曲调。绿叶围成的空间成了小鸟儿的舞台。

  祥儿高兴地回答说:"小鸟儿哥哥,你肯教我,我非常感激。"小鸟儿说:"你听着我的曲调,把胡琴和着我的调子拉吧。"祥儿侧着耳朵听,很能理解小鸟儿用它的曲子说的什么话,就拉动弓和着。他的手腕越发灵活了,轻重快慢都能随他的心意。胡琴的声音紧跟着小鸟儿的曲调,后来竟合成一体,分不出哪是小鸟儿的哪是胡琴的了。祥儿和小鸟儿都开心极了,大家眼睛对着眼睛,微微地笑了。后来小鸟儿唱得口都渴了,对祥儿说:"你学会的好听的调子越来越多了。我现在渴了,要到溪边去喝点儿水,顺便洗个澡。咱们以后再见吧。"小鸟儿说完,就飞出树林去了。

  祥儿的胡琴拉得越来越好,拉出来的调子越来越奇妙。他的调子不是泉水的,不是风的,也不是小鸟儿的,他把三种曲调融合在一起,产生了新的曲调,好像把几种颜色调和在一起,成了新的颜色一个样。他常常去看泉水,看泉水睡醒了没有。泉水对他说:"你的曲调比我的好听多了。拉一曲给我听,催我睡着吧!"他常常去看风,跟风谈心。风对他说:"你的曲调胜过了我的。拉一曲给我听,让我高兴高兴吧!"他常常去看小鸟儿跳舞,听小鸟儿唱歌。小鸟儿对他说:"现在你可以教我了。拉一曲给我听,让我学会你的新曲子吧。"祥儿听他们这样说,心里快乐极了,就尽量把自己新编的曲调拉给他们听。泉水听着,安静地睡着了;风听着,微微地笑了;小鸟儿一边听,一边跟他学。

祥儿跟大自然的一切做朋友,经常把自己编的曲调拉给它们听。它们个个欢喜祥儿,都把自己的曲调演奏给祥儿听。祥儿的胡琴变得越来越奇妙,他能拉许许多多自己编的新鲜曲子。母亲早就快活得不得了,她对祥儿说:"你拉胡琴,拉得跟你爸爸一样好了。我非常欢喜。你可以带着爸爸传给你的胡琴,把你自己编的曲子,拉给世界上所有的人听了。"祥儿听母亲这样说,就带着胡琴,离开了小溪边的这所破屋子。

都市里有一所音乐厅,建筑十分华丽,台阶和柱子都是大理石的,舞台上有丝织的帷幕,有用鲜花作的屏障,还有许多金色的装饰品,教人看着眼睛发花。大音乐家都在这里演奏过;演奏的时候音乐厅里坐满了人,男的女的,神态都很高雅,服饰都很华贵。他们闭着眼睛,轻轻地点着头,表示只有他们能够欣赏这样高超的乐曲。一曲完了,他们拍起手掌,轻轻地,很沉着,表示他们从乐曲中得到了快乐。演奏的音乐家的名声就越发增高了。

祥儿来到都市里,音乐厅也请他去拉胡琴。几天之前,街上已经贴满了彩画的大广告。广告上写着:"奇妙的调子,新鲜的趣味,田野的音乐家。"这些字写得离奇古怪,格外引人注目。到了祥儿演奏的那一天,音乐厅里坐得满满的,自然都是经常来的老听客。他们都望着台上,张开了嘴,好像等着吃什么好东西似的。

祥儿走上台来了。他仍旧穿着他那半旧的青布衫,提着父亲传给他的那把胡琴。他向听众深深地鞠躬,听众们却在那里皱眉头。"咱们见过几百位上千位音乐家,哪里见过这样的乡下人!这把胡琴难看极了,就跟乞丐手里拿的一个样。"听众们正在这样想,祥儿把弓拉动了,琴弦发出的声音在音乐厅中流动。大家开头还很安静,可以听得十分清楚。可是才一会儿,听众说起话来了,开头还很轻,后来越急越响,好像潮水似的。祥儿的胡琴拉得越急越响,嘈杂的人声紧紧追了上来,而且盖过了胡琴的声音。隐隐约约听得他们在说:"从来没听过这样的曲子!""乏味透了!""不知从哪儿来的乞丐!""是个骗子!冒充音乐家的骗子!""把咱们的耳朵都弄脏了,非赶快回去洗一洗不可!"

听众们都站起来,纷纷走出音乐厅,都去洗他们的耳朵了。老绅士的胡子翘了起来,贵夫人搽着一层粉的脸也涨得通红,公子小姐都在喃喃地咒骂,表示无法忍住他们的愤怒。最后只剩下祥儿一个人站在台上。他再也拉不下去了,提着父亲传给他的那把胡琴,走出了音乐厅,回过头来,对这座大理石的建筑微微一笑。

祥儿回到小溪边,回到自己的又破又小的屋子里,母亲问他:"我教你带爸爸传给你的胡琴,把你自己编的曲子拉给世界上所有的人听,你怎么这样快就回来了?"祥儿回答说:"人家不要听我的曲子,所以我回来了。"母亲笑着,把他的脑袋搂在怀里,对他说:"人家不要听你的,我要听。你不要再出去了,在家里拉给我听吧。听了你的胡琴,我织起草席来更有劲了。"母亲吻着祥儿的双颊,好像他还是个小娃娃。

胡琴的声音常常从又破又小的屋子里传出来。在繁星满天的夏夜,在清风吹来的秋晚,在白雪铺满大地的冬天,在到处开满鲜花的春朝,近的远的村落都可以听到胡琴的声音。泉水玎玎琮琮,风时徐时疾,小鸟儿啾啾唧唧,都跟胡琴的声音相和:田野就成了一个没有围墙的大音乐厅。

祥儿的胡琴带领大自然的一切奏起乐来,那美妙的声音,好像轻纱一般盖在人们的身上。又倦又乏的农夫恢复了精神,又困又累的磨坊工人又来了劲头,被火红的铁屑灼伤的小铁匠忘记了痛,死掉了儿子的老母亲得到了安慰……所有的人都感到甜美,感到舒适。他们异口同声地说:"感谢祥哥的胡琴。"而这祥哥的胡琴,正是大理石音乐厅里的听众们所不愿意听的。

1922年4月3日写毕

# 瞎子和聋子

　　一处地方住着两个残废的人。大家说他们俩很可怜,他们俩也自以为很可怜,一心想找一位医生给他们俩治疗。要是能遇见一位仙人,给他们俩吃几颗仙丹,一下子就把毛病治好了,那就更遂他们俩的心愿了。

　　他们俩一个是瞎子,一个是聋子。

　　瞎子从小就瞎了,没见过一丝儿光亮。妈妈怎样笑的,小猫小狗怎样跑的,月亮怎样明亮,花儿怎样鲜艳,他全不知道。他是原先有眼球后来瘪了的,还是原来就没有眼球的,大家没法知道;只见他两条眉毛底下乌溜溜的两个圆坑,陷得很深,要是他朝天躺着,可以倒两杯水在里头。

　　聋子从小就聋了,没听过一丝儿声音。妈妈哼的催眠曲,小朋友唱的儿歌,鸟儿怎样叫的,风怎样嗖哨的,他全不知道。他的容貌同平常人一样,可是人家同他谈话,他就露出破绽来了。他看见人家的嘴朝着他动,就把耳朵凑过去,右边的耳朵听不见,转过头来用左边的耳朵听,还是听不见。这当儿他的嘴不自觉地张开了,眼梢起了无数皱纹,脸上似笑非笑的,显出一副尴尬模样。

　　瞎子听人家说,世间最可爱的是光亮;靠着光亮,人们可以看见种种可爱的事物。他十分羡慕有眼球的人,更加怨恨自己的残疾。他说:"我要是能看见一丝儿光亮,我就有福了。我听人说青蛙有眼睛,能看见妈妈和弟兄姊妹,又能看见天上的云和山上的树。又听人说飞蛾有眼睛,能在黑夜里找到路,飞向远处的灯光。我是世间最苦的一个了,不如一只青蛙一只飞蛾。天呵,我能看见一丝儿光亮么?"

聋子看人家常常侧着耳朵听,猜想世间最可爱的一定是声音;听到了声音,就是听到了一切事物发自心底的话。他十分羡慕耳朵不聋的人,更加怨恨自己的残疾。他说:"我要是能听见一丝儿声音,我就有福了。我料想蝴蝶能听见菜花在招呼他们,能听见蔷薇在轻轻地笑。又料想小鱼能听见小溪的独唱,能听见水草和浮萍的合奏。我是世间最苦的一个了,不如一只蝴蝶一条小鱼。天呵,我能听见一丝儿声音么?"聋子从小没听过别人说的话,他说话不是向别人学的,所以声音跟人家不同,粗心听只是"哑哑哑……"的,正像一个哑巴。

瞎子最细心,他听得见蜗牛的脚步声和蚂蚁的对话。聋子说话虽然极不清楚,瞎子却能听得明白。他竭力劝慰聋子,他认为耳朵聋算不得什么痛苦。跟聋子说话,用嘴是不成的,只有对他作手势才能使他明白。瞎子就作种种手势:他指指心头,把两手团紧,然后摇摇右手,表示"不要忧愁"。他指指耳朵,然后连连摇手,表示"耳朵聋无关紧要"。他指指鼻尖,又指指耳朵,同时点点头,表示"我能听见声音"。他用手指向四周指指点点,然后指指耳朵摇摇手,表示"周围的声音并没有什么好听"。他指指自己深陷的眼眶,又指指心头,然后把两手团紧,表示"我没有眼球,才是最伤心的事"。他用手向周围乱指,又指指自己的眼眶,摇摇手,然后把两只手掌摊向外边,表示"一切事物都看不见,真教我痛苦失望"!

聋子看惯了人家的手势,瞎子的意思他全明白。他回答说:"你不必伤心,少了两个眼球有什么要紧?我是有眼球的,什么都能看见。但是这有什么好处呢?送到眼睛里来的都是些乱七八糟的事物。我想,声音是从一切事物的心底发出来的。我就是听不见声音,连自己说的话也听不见,怎么能叫我不伤心呢?"

瞎子听了,就作种种手势来回答,表示的意思是:"我以为光亮能照出一切东西的真相,我单单看不见光亮,连自己的手指头也看不见,怎么能教我不伤心呢?"

聋子说:"我要听见声音,并不稀罕什么光亮,偏偏耳朵聋了。你要看见光亮,并不稀罕什么声音,偏偏眼睛瞎了。假如把咱们俩的残疾对调一下,岂不是彼此都舒服,同平常人一样快乐了么?"

瞎子听了连连点头,脸上现出笑意,双手合拢来,作出拜佛的样子,表示"假若办得到,真要念一声'阿弥陀佛'了"。

聋子说:"只要咱们到处探访,总会如咱们的愿,找到对调的方法。咱们一同上路吧。"

瞎子点点头,就拉住聋子的手。他们俩商量停当,由聋子引路,牵着瞎子走;瞎子呢,把听到的一切做手势告诉聋子。

他们俩走到一位医生那里,同声说:"我们一个是聋子,一个是瞎子。现在打算对调一下:聋子愿意成为瞎子,瞎子愿意成为聋子。相信您一定能为我们尽力。我们的愿望如果能实现,我们一定真心诚意地感激您这位有本领的医生。"

医生摇摇头回答他们说:"我没有学过这样的本领,也没有听见过你们这样的请求。请你们去找别人吧。"

他们俩很失望,出了医生的家。门外有一个老太婆看着他们可怜,对他们说:"你们到这里来,找错人了。从这里往西,有一座树林,树林里有一所古寺,寺里住着一位老和尚。他很有些法术,或者能够答应你们的要求。你们去找他吧。"

他们俩听了很高兴,谢了老太婆,一直向西走。前面果然有一座树林,郁郁葱葱,似乎没有尽头。走进树林,果然有一所古寺,黄色的围墙已经转成灰色了。走进寺里,看见大殿里坐着一位老和尚,脸皱得像风干的枣子,胡子白得像雪。他们俩同声请求说:"我们一个是聋子,一个是瞎子。现在打算对调一下:聋子愿意成为瞎子,瞎子愿意成为聋子。

相信您一定能为我们尽力。我们的愿望如果能实现,我们一定真心诚意地感激您这位大慈大悲的老和尚。"

老和尚也摇摇头回绝了。他说:"这不是一件容易的事儿。我的法术满足不了你们的要求。请你们回去吧。"

他们俩哪里肯走,只当老和尚不肯出力,仍旧苦苦哀求。老和尚很感动,和蔼地说:"我真干不了这个。我可以指点你们一个去处,能让你们的愿望得到实现。你们再往西走,走完树林有一个市集,市集的南头有一座古老的风车。那风车能够帮助你们,你们找他去吧。"

他们俩非常高兴,谢了老和尚,出了寺门再往西走,越走树林越密,一丝天光也漏不下来。瞎子不觉得什么,聋子可辛苦极了,他睁大了眼睛,一只手拉住瞎子,一只手摸索着前进,才不至于撞在树上。他们俩走呀走呀,走得浑身是汗,脚也痛了,才走出了树林。对调残疾的心是那样的殷切,所以他们一点儿不觉得痛苦。

树林尽头果然是个市集,市集南头果然有一座风车。风车的翼子很旧很旧了,沾满了尘土,还破了好几处。一阵风吹过,翼子懒懒地转动,好像一位只能勉强行动的老年人。

他们俩虔诚地同声请求说:"我们一个是聋子,一个是瞎子。现在打算对调一下:聋子愿意成为瞎子,瞎子愿意成为聋子。相信您一定能给我们尽力。我们的愿望如果能实现,我们一定真心诚意地感激您神异的老风车。"

风车一边转动一边发出沙沙的声音,正像一台破旧的留声机。他说:"你们的要求我可以照办,可是我要劝告你们,还是不要对调的好。无论什么人总觉得自己最苦,人家都比他快活。可是到了人家的境地,仍然觉得世界上最苦的是他自己。你们何必对调呢?"

瞎子用手势把风车的话告诉了聋子,他们俩随即同声说:"我们一个听得见,可是不爱听,只巴望能看;一个看得见,可是不爱看,只巴望能听。我们确信我们巴望的是好的,对调之后决不会反悔。你使我们眼睛瞎的能尝到看的滋味,耳朵聋的能尝到听的滋味,就是治好了我们的残疾,真是功德无量。请不要为我们顾虑,快给我们对调吧!"

风车哈哈大笑说:"我好意关照你们,你们偏偏不信。要是我不给你们对调,好像我不肯帮助你们似的。可是我得说明在前,我只能给你们对调,可没有本领再调回来。如果对调之后你们觉得更不满意,又想调回来,我就不能帮助你们了。"

瞎子毅然回答说:"我的希望是看见光亮,光亮能照出一切事物的真相。只要能看见一丝儿光亮,我就有福了,哪儿会反悔呢?"

聋子也毅然回答说:"我的希望是听见声音,声音是从一切事物的心底发出来的。我只要能听见一丝儿声音,我就有福了,哪儿会反悔呢?"

风车把翼子顿了几顿,仿佛一位老人在点头。他说:"你们的意志非常坚决,我一定满足你们的请求。你们站得近一些,待我扇三下,你们就对调了。"

瞎子和聋子心里十分高兴,他们俩飞快地跑到风车跟前。"呼,呼,呼",风车的翼子转了三下,他们俩立刻对调了。瞎子的眼眶里忽然突起两颗眼球,他只觉得一闪,描摹不来的一闪,他看得见光亮了,看得见一切事物了;同时,他再也听不见声音了。聋子的耳朵仿佛忽然打开了门,他只觉得一响,描摹不来的一响,他听得见声音了,听得见一切事物心底的话了;同时,他再也看不见光亮了。

从此以后,咱们为了说起来方便,就管原来的瞎子叫"新聋子",管原来的聋子叫"新瞎子"。现在是新聋子牵着新瞎子,新瞎子做种种手势向新聋子示意了。他们俩跟风车道了谢,向市集走去。

说也奇怪,市集中的人好像都知道他们俩对调了,瞎子变成了聋子,聋子变成了瞎子。他们俩走到哪儿,哪儿就引起一阵纷扰。

新聋子看得见这些人的形状了,这在他是新鲜事儿,所以看得格外仔细。这些人对他们俩指指点点,脸上现出轻蔑的笑;嘴唇都在动,他虽然听不见,可是根据先前的经验,知道说的都是些嘲弄他们俩的话。他想:"没想到世界上有这样叫人受不了的笑容!他们这样笑,无非表示他们是健全的人,幸福的人,所以值得骄傲。难道我们这样的残废的人,不幸的人,就应该感到羞耻么?看见这样的笑容真教我懊悔,尤其是我初有眼球就看见这样的笑容!"他拉着新瞎子就跑,只想赶快离开。

这时候,新瞎子已经听见这些人在说些什么了,这在他是新鲜事儿,所以听得格外用心。这些人用俏皮的声调取笑他们俩说:"真是奇闻,瞎子变成聋子,聋子变成瞎子,可是总逃不了是个残疾!你看,一个牵着一个,攒着眉头,侧着耳朵!多丑啊!"新瞎子虽然看不见这些人的表情,可是根据先前的经验,知道周围都是奚落的脸色。他想:"没想到世界上有这样教人受不了的话。他们这样说,无非表示他们是健全的人,幸福的人,所以值得骄傲。难道我们这样的残废的人,不幸的人,就应该感到羞耻么?听见这样的话真教我懊悔,尤其是我刚能辨别声音就听见这样的话!"他推着新聋子,要他快点儿跑。

他们俩一个推一个拉,跑得马一样快。

一种疲劳到极点的声音使新瞎子停住了脚步。他听见有好多人在喘息,而且都是老年人。吁吁的呼气,好像一下一下地在挤许多已经破了的皮球,还夹着彼此响应的痰嗽声。他又听见沉重的脚步声,听见担子在晃动,听见有人在搬运砖瓦,但是都不及那喘息声刺耳,使得他浑身感到难受。他再不愿听见那种声音,但是他已经不是聋子了!

新瞎子一站住,新聋子也站住了。他看见许多老年人在一片尘土飞扬的砖瓦场上干活。他们挑着很重的砖瓦,背都弯得像个钩子;由于拼命使劲,枯瘦的脸涨成酱色,汗水满身,好像涂了油;脚几乎移不动了,挺一挺,抖几抖,才能向前移一步。这种景象使新聋子笼罩在悲哀的气氛中。他觉得新生的眼球有点儿潮润,他想这大概就是常听人家说的流起眼泪来了。一阵又酸又麻的感觉从他心里一直透到眼睛和鼻子之间,非常难受。他再不愿看见那种景象,但是他已经不是瞎子了!

结果还是一个拉着,一个推着,逃难似的跑开了。

新聋子失望地长叹一声说:"我新得到的眼球已经看见了两种很不舒服的事物!"他问新瞎子:"你的运气怎么样?可曾听见什么可爱的声音?"

新瞎子指指耳朵,伸出两个指头,皱着眉摇摇头,表示"自从打开了耳朵的锁,已经听见了两种不愉快的声音了"。

新聋子说:"我早就告诉过你,世界上没有什么好听的声音。现在你相信了么?"

新瞎子又作了几个手势,表示"我也早就告诉过你,世界上没有什么好看的事物。现在你相信了么"?

"不要互相责备吧。咱们的快乐就在咱们的希望里边。咱们再往前走,希望你能听见可爱的声音,我能看见可爱的事物。"

听了新聋子的话,新瞎子点头赞成。他们俩又提起轻快的脚步向前走。

忽然一片可怕的红色把新聋子吓呆了。他辨不清是什么东西,只觉得自己心里的血就要从嘴里喷出来似的。他脑子里模模糊糊的,两只脚仿佛被钉住了,一点儿移动不得。等到稍稍清醒的时候,他才看清楚那是一头猪,侧躺在一条肮脏的板凳上,血正从它的胸口流出来。屠夫从它胸口拔出亮晃晃的尖刀。新聋子感觉浑身非常难受,好像有许多尖刀在刺他。又看见好些半爿的猪挂在一根横木上,猪嘴里的牙齿露在外边,好像要咬人的样子,眼睛半开半闭,似乎在那里偷偷地看人。新聋子害怕极了,脑子里又模糊起来。他双手掩住了眼睛大喊:"我不要再看了!"

这时候,新瞎子突然听见一声惨叫,那声音尖锐极了,他感觉他的心好像中了一支冷箭似的。歇了一会儿,他听见一连串号哭似的声音,听着直觉得浑身发抖。接着,他又听见血喷出来的声音,血流到一个瓦钵里的声音。猪的叫声越来越微弱了,只剩下垂死的喘息了。新瞎子听得害怕极了,几乎吓破了胆。他双手掩住了耳朵大喊:"我不要再听了!"

一个喊"不要再看",一个喊"不要再听",正在同一个时候。

听了新聋子的喊声,新瞎子就作手势把自己的心思告诉新聋子。

新聋子吃惊地说:"你也不要再听了么?那么,咱们不是就没有希望,得不到快乐了么?"

新瞎子点点头,表示"的确是这样"。

他们俩凄惨地站在那里。新聋子掩住了刚能看见的眼睛,新瞎子掩住了刚能听见的耳朵。两个人都不敢放手,永远不敢放手,因为神异的风车不能帮助他们恢复原状了。

1922年4月10日写毕

## 克宜的经历

克宜是个农家的孩子。他帮父母种田,举得起小小的锄头,认得清稻和麦的种类,辨得出泥土和肥料的性质。什么鸟儿是帮助农人扑捉害虫的,什么风是吹醒一切睡着的花草的,他完全明白。早晨下田,他第一个跟起早的太阳打招呼。夜晚上床,月亮陪伴着他,轻轻地把柔美的梦覆盖他的全身。他没有什么不快乐的念头,从来不知道不快乐是什么滋味。

从都市里回来的人告诉克宜的父母说:"都市里真快乐,快乐的生活是咱们想象不到的。这一回我看了一遍,好像做了个美丽的历乱的梦,讲不出是什么样的快乐,但是的确快乐极了。咱们都老了,不一定要住在那样快乐的地方。咱们的儿子年纪都还很轻,不可不叫他们到那里去住住。不然,咱们不把幸福指点给他们,实在有点儿对不起他们。"

克宜的父母听了这样话,心里很感动。他们对克宜说:"邻家伯伯从都市回来,说那里快乐得说也说不明白。你是个年轻的孩子,应当到那里去住住,享受点儿快乐。我们因为爱你,知道了幸福在哪里,总要给你指点明白。"

克宜很孝顺,父母的嘱咐,他没有不听从的。这一回,父母要他到都市里去,他自然很顺从地答应了。

父母又说:"既然你很愿意去,你就放下手里的锄头,早点儿动身吧。"

克宜放下锄头,辞别了父母,离开了自己家的田地,走了几步,觉得有点儿舍不得,又回了转来。他跟田里的庄稼说了些告辞的话,又跟鸟儿合唱了几支离别的歌。他向风说:"您不怕走远路,送我一程吧!"他对太阳说:"隔几天我再跟您请早安吧。您回去的时候遇见月亮,请您叮嘱她不要记挂我,不要过分伤心。"

跟所有的朋友一一告了别,克宜才转身向前走。风听他的话,跟随着他,一阵又一阵,带着田野里的花香。他觉得好像还在田里耕作。

克宜走了一程,觉得有点儿疲倦,坐在一棵大树底下休息。风还一阵一阵地送来花香。他渐渐地朦胧了,忽然一阵又轻又脆的扑翅膀的声音惊醒了他,就在他头顶上。他抬头一看,原来一只蜻蜓撞在蜘蛛网上给网住了。

他仔细听,那蜻蜓正在哀求他帮助呢:"善良的青年人,您救救我吧。我被网住了半天了,再不想法逃脱,坐在网中央的那个魔王就要把我给吃了。善良的青年人,只要您一举手,我就有命了。快救救我吧!"

克宜听了,觉得蜻蜓很可怜,就拾起一根树枝,举起来轻轻一拨,蜻蜓就脱离了罗网。

蜻蜓拿出一个小圆筒似的镜子来,对克宜说:"这镜子同我们蜻蜓的眼睛一个样,可以看见人的眼睛看不见的事物。你要知道一切事物将来会是什么样子,用这镜子一照就成了。你救了我的命,我把这镜子送给您作为报答。"

蜻蜓说完,扑着翅膀飞走了。克宜藏好了镜子,他不再休息,一口气跑进了都市,在一家店铺里当学徒。

在店铺里,克宜认识了许多许多东西,都是以前没见过的。一个方匣子,上面有几支针自己会转动,隔一会儿会自己发出钟声来。他听人说这叫做"钟",又听人说敲五下六下的时候是早晨,晚上敲十二下的时候是半夜。许多垂垂下挂的灯,不用添油,不用点火。他听人说这叫做"电灯",到晚上自然会亮,到天晓自然会灭。街上一个人坐在有两个轮子的东西上,这东西有两根长柄,由另一个人拖着飞跑。他知道了,这叫做"人力车"。一个又矮又阔的怪物,到晚上,怪物的巨大的眼睛放出耀眼的光,载着几个人飞驰而过。他知道了,这叫做"摩托车"。一所玻璃的小屋子,里面挤满了人,不用人拖,不用牛拉,跟又矮又阔的怪物一样,也能自己飞跑。他知道了,这叫做"电车"。

但是他看不见他的老朋友。田里的庄稼,发散着香气的泥土,会飞会唱的鸟儿,送来花香的风,在城市里,他统统找不到。虽然新鲜的东西是那样有趣,但是他真挚地记挂着他的老朋友们。

第二天早上,他在床上醒来,一向的习惯,张开眼睛总是很明亮,可是为什么只看到漆黑的一片呢?天还没有亮吗?醒得太早了吗?他疑惑极了,走到窗边向外面张望,街上也很暗,电灯还没有熄灭,放出惨淡的光。他以为还在夜里,可是钟敲起来了,一下,两下,……六下,不明明是早晨了吗?

早晨的太阳哪里去了,为什么不来跟他打招呼呢?起了床就应该作事儿,现在作什么事儿呢?他感到一种忍受不了的沉闷和压迫,很不舒适。但是黑暗包围着他。怎么才能打破这黑暗的包围,畅快地透一口气呢?

他要漱口,不知道哪儿有水;他要洗脸,不知道哪儿有脸盆和毛巾。他只好默默地坐在大海似的黑暗中,细细辨别那刚尝到的不愉快的滋味。钟敲了七下,又敲了八下,才有一些淡淡的光从窗口透进来。一切全都沉寂,只听得那个钟"的搭的搭",响个没有完。

他回想在家的时候,这会儿满耳朵都是高兴的声音。晨风在村中在田里低唱,鸟儿成群地唱着迎接太阳的颂歌,在田间劳动的同伴互相问答,间着水车旋转的咿呀声,锄头着地的砰砰声。村里的鸡此起彼伏啼个不止,黄牛也偶然仰天长鸣一声……想起这些,他更耐不住这里的寂寞凄凉,屋里屋外都冷清清的,有点儿像坟墓。他无可奈何,取出蜻蜓送给他的镜子来摆弄,看看它究竟有什么神异。

他拿起镜子,看师傅和师兄弟的床。他们的帐子都掩着,都还没做完他们的梦。他想用镜子照一照他们,看他们在镜子里会出现什么形象,倒是一件有趣的事儿。他就揭开一位师傅的帐子,把镜子凑在眼睛上一照。怕极了!怕极了!那位师傅只剩下皮包骨头,脸上全没血色,灰白得吓人。这不是跟死人一个样吗?他不敢再看,立刻放下帐子。他想,再照照别的人看,或者会有好看的形象。他就拣了一位肥胖的师兄,揭开他的帐子,把镜子凑在眼睛上一照。怕极了,怕极了,那个师兄也瘦得只剩皮包骨头,脸上毫无血色,灰白得吓人。这不是跟死人一个样吗?他不敢再看,立刻放下了帐子。

　　好奇心驱使着他,他用镜子照遍了所有睡着的人,都吓得他不敢再看。他想:"这里不是个好地方,我明明看到了他们将来会是什么样子了。还是早早离开的好。"他离开了那家店铺,进一所医院去当了练习生。

　　在医院里,克宜头一回看见害病的人,嗅到药水的气味。那一夜他值班,在一间病室里任看护。病室里有八张床,都躺着病人。夜已经很深了,钟已经敲过一下。窗外只有树叶被风吹动的声音,沙沙地使他感到害怕。室内充满了病人痛苦的呻吟:有的突然叫喊起来;有的声音颤抖,拖得很长;有的毫无力气,低声呼唤;也有不断喊妈的,可是没人答应。克宜听着,心里难受极了,从来没经历的凄惨把他包围住了。

　　听医院里的人说,病室里的八个人,有四个是从电车上摔下来受的伤,两个是开摩托车不小心,和别的车辆相撞受的伤。受伤最重的一个断了腿骨,医生给他接好了,用木板绑着,固定在一个坚固的架子上,防他受不住痛而牵动,挣脱了接笋。连连呼叫"妈,快来吧!妈,快来吧"的,正是这个病人。

　　克宜受不了这种凄惨的声音和景象,就取出蜻蜓送给他的神异的镜子来摆弄。电灯光照得室内一片惨白,有什么可照的东西呢?所有的就是这八个病人。他就拿起镜子凑在眼睛上,看这些病人。奇怪极了!奇怪极了!他们的腿和脚又细又小,就跟鸡的爪子一个样;放下镜子再看,他们跟平常人没有多大差别。

克宜又奇怪又疑惑。医生来检查病人了,后边跟着几个助手。克宜想,他们都是健全的人,用镜子照着看,想来不至于有什么变化。他暗地里取出镜子来凑在眼睛上。太奇怪了!太奇怪了!他们的腿和脚也又细又小,也像鸡的爪子似的,跟八个病人的丝毫没有两样。他想:"这里不是个好地方,我明明看到了他们将来的腿和脚。还是早早离开的好。"他就离开了那所医院,进一座剧院去当了职员。

夜戏开场了,喧闹的音乐,刺耳的歌唱,他听了觉得头脑发瓮。满院子的看客看得正起劲,个个现出高兴的笑容。男的吸着烟卷,女的扬着蘸透香水的手巾,也有吃东西的,谈话的,都表现出他们既舒适又悠闲。演员唱完一段,他们跟着一阵喝采,告诉别人他们是能够欣赏的行家。

克宜听着一阵阵的喝采声,耳朵里难受极了,嗅着人气混着烟味和香水味,鼻子也很不舒服。他的手心和额角有点儿焦热,身子也站不稳了。他想:"这里的工作大概太累了,不如取出神异的镜子来散散心吧!"他就把蜻蜓送给他的镜子,凑在眼睛上。

奇怪的景象在镜子里出现了。那些看客个个只剩皮包着骨头,脸上全没血色,灰白得吓人,腿和脚又细又小,像鸡的爪子似的,跟在医院看到的那些人一模一样。他们不能行走,不能劳动,得不到一切吃的东西,只好在那里等死。放下镜子再看,满院子都是高贵的舒适而悠闲的看客。

他不敢再看,立刻奔出了戏院。他想:"我为什么还不回去呢?明明看见了都市里的人们的将来的命运。"他连夜向自己的家乡奔去,不管路上怎样黑暗。

天刚刚亮,他跑到了自家的田地旁。晨风轻轻地吹,带着新鲜的花香。他欢呼着:"风,我的好朋友,你送我动身,又迎我回来了!"太阳从很远的地平线上露出第一缕光芒,使大地上的一切都饱含生意。他欢呼着:"太阳,我的好朋友,我又来向你问好了。月亮好么?她昨夜晚跟你谈起了我吗?"鸟儿们早已唱得很热闹了。他欢呼着:"鸟儿们,我的好朋友,你们唱吧,我又回到你们的队伍里来了!"田里的庄稼一齐向他点头。他感动得流下眼泪来,欢喜得话也说不成了,只是喃喃地说:"我的宝贝……我的宝贝……"

正要回家去看父母,他忽然想起了那神异的玩意儿:为什么不在这儿也照一照呢?他取出蜻蜓送给他的镜子,凑在眼睛上一看。他快乐得大声叫喊起来:"将来的田野,美丽极了,有趣极了,真会有这样的一天吗?"

1922年4月12日写毕

## 跛乞丐

街上那个跛乞丐,我们天天看见的,年纪已经很老了。蓬乱的苍白的头发盖没了额角和眉毛;两颗眼珠藏在低陷的眼眶里,放出暗淡的光;脸上的皮肤皱得厉害,颜色跟古铜一样。从破烂的衣领里,可以看见他的项颈,脉络突出,很像古老的柏树干。他的左脚老是蜷曲着,不能着地,靠一根树枝挟在左胳肢窝里,才撑住了身子,不至于跌倒。

他在街上经过,站在每家人家每家铺子的门前,发出可怜的沙哑的声音:"叨光一个吧,好心的先生太太们!"人们总是用很厌烦的口气说:"又来了,讨厌的老乞丐!"随手将一个小钱很不愿意地扔给他。小钱有时落在砖缝里,有时掉在阴沟边。他弯下了身子,张大了眼睛,寻找那跳跃出来的小钱。好久好久,捡到了,他就换过一家,重新发出可怜的沙哑的声音:"叨光一个吧,好心的先生太太们!"

独有街上的孩子们很喜欢他。他能够讲很多的有趣的故事,使他们不想踢毽子,不想捉迷藏,不想做一切别的玩意儿,只满心欢喜地看着他封满胡子的嘴,等候里边显现出美妙的境界和神奇的人物来。每当太阳快要下去月亮快要上来的时候,他总坐在一棵大榆树底下休息。不必摇铃,不必打钟,街上的孩子们自然会聚集拢来,围在他的身边。于是他开始讲故事了。

跛乞丐讲的故事,孩子们都记得很熟。关于他自己的故事,就是左脚为什么跛了,他也讲给孩子们听过。以下就是孩子们转讲给我的。

他的父亲是个棺材匠。他十三四岁的时候,父亲对他说:"你的年纪渐渐地大了,不可不学会一种职业。我看就学了我的本业,将来也当一个棺材匠吧。"

"不,不行。"他回答道,"我看见街上抬过棺材,人家总要吐一口唾沫。人家都不喜欢棺材这个东西。我要是当了棺材匠,就得一生陪着棺材挨骂,所以我不愿意。"

父亲大怒道:"你敢违抗我的话!我就是棺材匠,几时看见人家骂我讨厌我?"

"我,我就讨厌你,就要骂你。好好一个人,不做别的东西,去做一个个木匣子,把人一个个装在里边!"

父亲怒到极点,举起手里的斧头就向他的头上劈过来。幸亏他双手灵活,抢住了斧头的柄,嘴里喊道:"不要像劈木头一样劈你的儿子!我不是木头呀!"

父亲的手被挡住,狠劲也过去了,就说:"饶了你这条小命吧!可是,你不肯继承我的本业,也就不是我的儿子。今天就离开这里,不许你再跨进我的大门!"

他从此被赶出家门了。肚子渐渐有点饿了,他想,现在必须找一个职业了。但是做什么呢?一时拿不定主意。他就沿着街道走去,看有什么他愿意做的事情。

有个孩子趴在楼窗上,望着街那头的太阳,天真地说:"这是时候了,爸爸的心,爸爸的信,该在绿衣人的背包里吧。安慰人们的绿衣人呀,你快快来到我家的门前吧!"

他听了孩子的话,深深地点点头,仍旧朝前走去。

矮矮的竹篱内有一间书房,窗正开着。有个青年坐在里边,伏在桌子上写东西,忽然抬起头看看墙上的钟,满怀希望地说:"这是时候了,朋友的心,朋友的信,该在绿衣人的背包里吧。安慰人们的绿衣人呀,你快快来到我的竹篱外边吧!"

他听了青年的话,更深深地点点头,仍旧朝前走去。

路旁是一个公园,有个女郎坐在凉椅上,对着花坛里的花出神。树上的鸟儿一阵叫,把她惊醒了。她四围望望,自言自语说:"这是时候了,他的心,他的信,该在绿衣人的背包里吧。安慰人们的绿衣人呀,你快快来到我的家里吧!"她站起来,匆匆地走了。看她步子这样轻快,知道她的希望正火一般地燃烧呢。

听了女郎的话,他很高兴地拍着手道:"我已经选定了我的职业了!"

他奔到邮政局里,自称愿意当一个绿衣人。邮政局里允许了,给他一身绿衣服和一个绿背包。他穿上绿衣服,背上了绿背包,就跟每个在街上看见的绿衣人一模一样了。

他当绿衣人比别人走得快。他取了信连忙向背包里塞,背包胀得鼓鼓的,像胖子的肚子。他拔脚就跑,将每封信送到等候信的人的手里,还恳切地说:"你的安慰来了,你的希望来了,快拆开来看吧!"说罢,他又急忙跑到第二个等候信的人的面前。

人们都非常欢喜他。从他手里接到信,除了信里的安慰,还先从他的话里得到安慰,所以人们只希望接到他送来的信。人们又想,发出去的信由他投送,收信的人一样可以得到分外的安慰,所以都愿意把信交到他的手里。

他的背包跟不断打气的气球一样,越来越鼓了。别的绿衣人的背包跟乞丐的肚子一样,越来越瘦了。他背着沉重的背包,羊一般地飞跑,不怕疲倦,也不想休息。

街旁有一所屋子,藤萝挂满了门框,好像仙人住的山洞。他每回经过这家门前,总见一个姑娘站在那里,忧愁地问他:"你的背包里可有他的心?"他很不安地回答说:"很抱歉,没有他的信。"姑娘两手掩着脸,伤心地哭了。

姑娘盼望的是她情人的信,也是她情人的心。情人离开了她,去到什么地方,她不知道,也没有来过一封信。她天天在门前等着,等候这可爱的绿衣人经过。可是她终于伤心地哭了,两手掩着脸。

这一天他经过这家门前,姑娘照旧悲哀地问他。他又只好回答:"很抱歉,没有他的信。"姑娘好像要晕过去了,哭得只是呜咽。停了一会,才断断续续地说:"三年前的今天,他离开了我。整整的三年,没有一点儿信息,不知道他的心在哪里了!"说罢,更加呜咽不止。

他听了非常难过,就安慰姑娘说:"你不要哭,滴干了眼泪是不好的。我一定替你去找寻,把你要的他的心带给你。三天,不出三天!"

姑娘止住了啼哭,向他点点头表示感激,含着泪水的眼睛放出希望的光。

他就日夜不停地走,穿过了白天不见太阳、夜晚不见月亮的树林,经过了没有水也没有草的沙漠,爬过了有毒蛇猛兽的峻峭的山岭,才找到了姑娘的情人所在的地方。他告诉姑娘的情人,姑娘怎样地思念,怎样地哀伤,怎样地啼哭。姑娘的情人被感动了,立刻写了一封很长的信,极真挚的信,把整个心藏在里边了。写好之后,就交给他,托他送给那个姑娘。

他拿了信,爬过了有毒蛇猛兽的峻峭的山岭,经过了没有水也没有草的沙漠,穿过了白天不见太阳、夜晚不见月亮的树林,来到姑娘的门前——来回刚好是三天工夫。

姑娘已经在门前等候,看见了他连忙问:"我要的心,我要的心呢?"他不作声,就把信交给姑娘。姑娘马上拆开来看,越看越露出笑容,看到末了就快乐地说:"他爱我,他依然爱我呢!可爱的绿衣人,多谢你的帮助!"

"这算得什么呢?只要你得到安慰,我什么都愿意的。"他高兴地回答。

他回到邮政局里。邮政局里因为他三天没有到差,罚去他一个月的工钱。他依然羊一般地飞跑,把安慰送给人们。

在街上,他常常遇见一个孩子,拦住他说:"我有一封信,寄给去年的朋友小燕子,请你带了去吧!"他很不安地回答说:"很抱歉,我不晓得小燕子住在什么地方,没有法子替你带去。"那孩子呆呆地站着,现出失去了伴侣的苦闷的神色。

孩子的朋友小燕子去年住在孩子家里。他们俩一同在屋檐下歌唱,一同在草地上游戏,一刻也不分离。秋天到了,小燕子忧愁地对孩子说:"要跟你分别了,我的家族要迁居了。"孩子十分不愿意,但是没有法子,只得含着眼泪送走了她的朋友。小燕子去后,孩子十分想念,就写了一封信,希望最可爱的绿衣人能给她带去。可是她终于呆呆地站着,现出失去了伴侣的苦闷的神色。

这一天他送信,在街上经过,一个妇人拦住了他,对着他哭,伤心得连话也说不成了,拿着一封信向他的背包里乱塞。他一看,就是孩子天天拿着的那封信,上面很有些手指的污痕了。他问妇人说:"孩子怎么了?"妇人勉强抑住了哭,哀求他说:"我的孩子病了,昏倒在床上。她迷迷糊糊地说,一定要把她的这封信寄去。你给她带了去吧,可怜可怜我的孩子吧!"说罢,她的眼泪成串地往下掉。

他听了十分难过,就安慰妇人说:"你不要哭,回去陪着你的孩子吧。我一定替她去找寻小燕子,把她的信送到。你回去告诉她,叫她放心。"

妇人收住了眼泪,向他说了声"多谢",慈祥的脸上露出一丝笑容。

他就日夜不停地走,经过了树木长得很高很大的炎热的地方,渡过了风浪险恶的海洋,才寻到了小燕子所在的海岛。他把信交给小燕子,并且告诉他,孩子怎样想念他,怎样害了病。小燕子快活地扑着翅膀说:"我也给她写了一封信,没法寄,想念得快要生病呢。你既然来了,我的信就托你带去吧。"

他拿了小燕子的信,渡过了风浪险恶的海洋,经过了树木长得很高很大的炎热的地方,来到孩子的家里——来回一共是五天工夫。

孩子看见他,连忙问:"我的信,我的心寄去了么?"他把小燕子的信交给孩子,对孩子说:"这是你没想到的东西。"孩子连忙拆开来看,快活得只是乱跳,欢呼道:"他快来看我了!他快来看我了!可爱的绿衣人,多谢你的帮助!"

"这算得什么呢?只要你得到安慰,我什么都愿意的。"他高兴地回答。

他回到邮政局里。邮政局里因为他五天没有到差,罚去他两个月的工钱。

有一天,他送信经过街上,看见一个猎人抱着猎枪,坐在凉椅上打盹,身旁堆着好几头打死的野兽。忽然听见有个很弱很弱的声音在招呼他:"一封紧急的快信,烦你送一送吧!"他仔细一看,原来有一头野兔还没有死,血沾满了灰色的毛,凝成一团,样子很难看,眼睛已经睁不大开,前爪拿着一封信。

他问野兔:"你怎么啦?"野兔忍着痛回答说:"我中了枪弹,快要死了。我死算不了什么,就是不放心我的许多同伴。我们这几天开春季联欢会,聚集在一起,在山林里取乐。我刚才听这位打盹的先生说:'那边东西多,明天要约几个打猎的朋友,多多地打他一回。'我就想我的死不是值得害怕的事儿。我这封快信,就是要告诉我的同伴,不要只顾快乐;灾难快要到临,赶紧避开吧!"野兔的声音越来越弱,话才说完,四条腿轻轻地挺了几挺,就跟着他旁边的同伴一同长眠了。

他听着看着,心里很难过,不觉滴下眼泪来。他连忙拾起野兔的信,照着信封上写的地方奔去。越过了很深的山涧,爬上了很陡的崖石,钻进了很密的树林,他才到了野兔的同伴们聚集的地方。山羊,梅花鹿,野兔,松鼠,都在那里歌唱,都在那里跳舞;鲜美的果子堆得满地。

小兽们玩儿得正高兴,看见了他,觉得有点奇怪,都走近来打听。他把野兔的信交给小兽们。小兽们看了都非常惊慌,纷纷向密林中逃窜。正在这时候,起了一种嘈杂的声音。他才回转身,不知什么地方发来"砰"的一枪,一颗枪子打中他的左腿,他昏倒了。

他醒转来以后,用草叶裹了受伤的腿,一步一颠回到邮政局里。又是两天没有到差了,这是第三次犯过失,跛子又本来不适宜送信,邮政局就不要他了。

他再不能做什么事,就成了乞丐。

1922年4月14日写毕

# 快乐的人

世界上有快乐的人吗？谁是最快乐的人？

世界上有快乐的人的，他就是最快乐的人。现在告诉你们他的故事。

他很奇怪，讲出来或者不能使你们相信，但是他确实这样奇怪。他周身包围着一层极薄的幕，这是天生的，没有谁给他围上，他自己也不曾围上。这层幕很不容易说明白。假若说像玻璃，透明得跟没有东西一样倒是像了，但是这层幕没有玻璃那么厚。假若说像蛋壳，把他裹得严严的倒是像了，但是蛋壳并不透明。总之，这层幕轻到没有重量，薄到没有质地，密到没有空隙，明到没有障蔽。他被这么一件东西包围着，但是他自己不知道被这么一件东西包围着。

他在这层幕里过他的生活，觉得事事快乐，时时快乐。他隔着这层幕看环绕他的一切，又觉得处处快乐，样样快乐。

有一天，他坐在家里，忽然来了两个客人。这两个客人原来是两个骗子。他们打算弄些钱去喝酒取乐，就扮做募捐的样子，一直跑到他家里。因为他们知道，他自身围着一层幕，看不出他们的破绽。

两个客人开口向他募捐。他们的声音十分慈善，他们的话语十分恳切。他们说：受到旱灾的同胞饿得只剩薄皮包着骨头；受到水灾的同胞全身黄肿，到处都渗出水来；受到兵灾的同胞提着快要折断的手臂在哀哭,抱着快要死去的孩子在狂叫。他们说救济苦难的同胞是大家应当做的事,所以愿意尽一点微力,出来到处募捐。"

他听了两个客人的话,心里十分感动:受灾的同胞这样悲惨,这样痛苦,他觉得可怜;两位客人这样热心救人,他又很敬佩。他从口袋里取出一大块黄金交到客人的手里。两个客人诚恳地道了谢,就告别了。出了大门,两个人互相看看,脸上现出狡狯的笑容,一同去喝酒取乐了。

他捐了一大块黄金,觉得非常快乐。他闭着眼睛想:"这两位客人拿了我的黄金,飞一般地跑到受灾的同胞那边,把黄金分给他们。饿瘦了的立刻有得吃了,个个变得丰满而强健;浸肿了的立刻得到医治,个个变得活泼而精壮;快要折断的手臂接上了;快要死去的孩子救活了。这多么快活!"他又想:"我能得到这样的快活,都靠这两位客人。我会遇到这样好的客人,又多么快活!"他快活极了,对着镜子里的自己只是笑。

他的妻子在里屋,知道他又给骗子骗去了一大块黄金。她一直不满意他这样做,很想阻止他,但是看看他堆满了笑意的脸,不知为什么又没有勇气直说了,只在心里实在气不过的时候,冷讽热嘲地说他几句。他听妻子的话全然辨不出真味,因为他周身围着一层幕。

一大块的黄金无缘无故到了骗子的手里,他的妻子的心里该有多么难过。她想这一回一定要重重实实地骂他一顿,教训他以后不要再上骗子的当。她满脸怒容,从里屋赶出来。但是一看见他堆满笑意的脸,她的怒气就发不出来了,骂他的话也在喉咙口梗住了。她只得脸上露出冷笑,用奚落的口气说:"你做得天大的善事,人家一开口,大块的黄金就从口袋里摸出来。你真是世间唯一的好人!这样好事,以后尽可以多做些!做得越多,就见得你这个人越好!"

他看着妻子的笑脸,这么美丽,这么真诚,已经快乐得没法说了;又听她的话语这么恳切,这么富有同情,更快乐得如醉如痴,不知怎么才好。他的嘴笑得合不拢来,肥胖的脸上都起了皱纹;一连串笑声像是老鹳夜鸣。他好容易忍住了笑,说道:"我遇见的人没有一个不是好人,尤其是你,好到使我想不出适当的话来称赞,更觉得含有深浓无比的快活。我当然依你的话,以后要尽量多做好事。"他说着,带了几块更大的金子,向外面走去。

前面是一片田野,矮墩墩绿油油的,尽栽些桑树。他远远望去,看见有好些人在桑林中行动。原来这时候正是初夏天气,蚕快要做茧了,急等着桑叶吃。养蚕的人昼夜不停地采了桑叶去喂蚕。桑林不是那些人自己的,他们得给桑林的主人付了钱,才能动手采。他们又没有钱,只好把破棉衣当了,把缺了腿的桌子凳子卖了,凑成一笔钱来付给桑林的主人。所以每一片桑叶都染着钱的臭气。这种臭气弥漫在田野间,淹没了花的香气,泥土的甘芳。养蚕的人好几夜没有睡了,疲倦的脸上泛着灰色,眼睛网满了红丝。他们几乎要病倒了,还勉强支撑着,两手不停地摘采,不敢懈怠。这样困倦的人在桑林中行动,减损了阳光的明亮,草树的葱绿。

他走近桑林,一点也觉察不到采桑的人的困倦,也嗅不出遍布在桑林里的钱的臭气,因为他周身围着一层幕,虽然这幕是透明无质的。他只觉得满心的快乐。他想:"这景象多么悦目,多么叫人心醉呵!那些人真幸福!采桑喂蚕,正是太古时候的淳朴的生活。他们就过着这种淳朴的生活呢。"他一边想,一边停了脚步,看他们把一条一条的桑枝剪下来,盛满一筐,又换过一个空筐子。不可遏止的诗情像泉水一般涌出来了,他的诗道:

满野的绿云,满野的绿云,
人在绿云中行。
采了绿云喂蚕儿,喂蚕儿,
蚕儿吐丝鲜又新。

髻儿蓬松的姑娘们,姑娘们,

可不是脚踏绿云的仙人!
身躯健壮的,胳膊健壮的,
可不是太古时代的快活人!

他得意极了,反复吟唱自己的新诗,似乎鸟儿也和着他吟唱,泉水也跟着他赞美。若有人问:"快乐的天地在哪里?"他一定会跳跃着回答:"我们的天地就是快乐的天地。因为在这天地间,没有一个人、一块石头、一根草、一片叶子不快乐。"

他走过田野,来到都市里。最使他触目的,是一座五层楼房。机器的声响从里面传出来,雄壮而有韵律。原来这是一所纺纱厂,在里面工作的全是妇女。做妻子的,因为丈夫的力气已经用尽,还养不活一家老小;做女儿的,因为父亲找不到职业,一家人无法生活:她们只好进这个纺纱厂来做工。早上天还没亮,她们赶忙跑进厂去;傍晚太阳早回家了,她们才回家。她们中午吃的,是带进去的冷粥和硬烧饼。她们没有工夫梳头,没有工夫换衣服,没有工夫伸伸腰打个呵欠,就是生下了孩子,也没有工夫喂奶。她们聚集在一处工作,发出一种浓厚的混污的气息,凝成一种惨淡的颓丧的景象。这种气息,这种景象,充塞在厂房以内,笼罩在厂房之外,这座五层楼房,就仿佛埋在泥沙里,阴沟里。

他走进厂房,一点也觉察不到四围的混污和颓丧,因为他周身围着一层幕,虽然这幕是透明无质的。他只觉得眼前的一切都有趣味。他想:"这机器的发明真是人类的第一快乐的事呵!试看机器的工作,多么迅速,多么精巧!那些妇女也十分幸福,她们只作那最轻松的工作,管理机器。"他看着机器在转动,女工在工作,雪白的细纱不断地纺出来,诗情又潮水一般升起来了,他的诗道:

人的聪明,只要听机器的声音,

人的聪明,只要看机器在运行。
机器给我们东西,好的东西。
我们领受它的厚礼。

我赞美工作的女人,
洁白的棉纱围在周身,
虽然用的力量这么轻微,
人间已感激她们的力量的厚意。

他兴奋极了,反复吟唱自己的新诗,似乎机器也和着吟唱,女工们都点头赞叹。若有人问:"快乐的天地在哪里?"他必然会跳跃着回答:"这里也就是一个快乐的天地。因为在这里,没有一个人、一块铁、一缕纱、一条皮带不快乐。"

他走出纺纱厂,一大群人迎了上来,欢呼的声音像潮水一般,而且一齐向他行礼。这些人探知他带着很多的大块的黄金,想骗到手,大家分了买鸦片烟吸。他是不会知道底细的,他周身围着一层幕呢!

这些人中的一个代表温和地笑着,向他说:"天地是快乐的,人是快乐的,先生是这么相信,我们也这么相信。我们想,咱们在快乐的天地间,做快乐的人,真是最快乐不过的事。这可不能没有个纪念。我们打算造个快乐纪念塔,想来先生一定是赞成的。"

"赞成!赞成!"他高兴地喊着,就把带来的大块的黄金都交给了他们。他们欢呼了一阵,就走了,后来把黄金分了,大家买了鸦片烟拼命地吸。他呢,欢欢喜喜地回到家里,只是设想那快乐纪念塔怎么精美,怎么雄伟;落成的那一天怎么热闹,怎么快乐。这天夜里,他的妻子听见他在梦中发狂般地欢呼。

以上说的,是他一天的经历。他的快乐生活都是这么过的。

有一天，大家传说他死了，害的什么病，都不大清楚。后来有人说："他并不是害病死的。有一个恶神在地面游行，要使地面上没有一个快乐的人，忽然查出了他，就把他的透明无质的幕轻轻地刺破了。"

1922年5月24日写毕

## 小黄猫的恋爱故事

孩子很奇怪,这几天里那只小黄猫常常找不到。往日里,小黄猫跟孩子一天到晚在一起,追赶那才着地又滚开的皮球,戏弄那才歇下来又飞走了的蝴蝶,彼此十分快活。吃饭的时候,小黄猫跟孩子并排坐着,等候孩子夹些鱼骨头之类的东西送到他嘴里。睡觉的时候,小黄猫钻进孩子的被窝,蜷着身子睡在他的肩旁。他们两个从不分离,几乎在梦里也没有孤单的时刻。可是最近几天,小黄猫常常不顾孩子,独自走开了。孩子尝到了从未尝过的孤寂滋味,着急地要把小黄猫找回来。什么地方都找到了,在小黄猫常到的没生火的炉子旁边,在堆存旧东西的房间里,在破板壁的窟窿里,在院子角落里水缸的后边,都像找绣花针似的找过了,不见一丝儿踪影。

有一天,小黄猫自己懒洋洋地回来了。孩子非常快活,迎上去把他抱在怀里,呜他,吻他,比平时更加亲昵。但是孩子立刻觉察到小黄猫有点儿异样,对于这样亲热的欢迎,小黄猫没有一点儿快乐的表示,平时那样轻轻地吟哦,活泼地蹦跳,也都不来了,好像有什么心事似的。孩子一不当心,小黄猫又独自走开了。好几回了,小黄猫老是这样。

孩子哪里料得到他的好朋友小黄猫,那只眼睛发亮毛色美丽的小黄猫,为什么跟他疏远,不再跟他一起玩儿呢?原来小黄猫在恋爱了。

事情是这样发生的。在一丛灌木的前面有一个清浅的池塘。树枝伸在水面上轻轻摇动,把池塘边装点得非常美丽。缠在树枝上的藤正开着蓝色的紫色的小花,清清楚楚映在池塘里。一头鹅儿在这图画似的池塘里游泳。葱绿的树枝遮住了阳光,鹅儿雪白的羽毛衬着碧清的水,有一种说不出的美。小黄猫正好来到池塘边散步,一看见鹅儿,爱情就火一般地燃烧起来了。

她确实是一只美丽的鹅儿,一身柔软的羽毛,戴着黄玉似的鹅冠,眼睛闪着金光,左顾右盼,好看极了。谁看见了都会爱她,何况是第一次看见她的小黄猫。他还是一只年轻的小黄猫呢。

小黄猫走近一点儿,用他的固有的柔和声音说:"白衣的小姑娘,你在水面上游泳,好快乐呀!"

"我很快乐!"鹅儿略微转过头来,眼睛半开半阖,越见得姿态优美。小黄猫快乐得闭上了眼睛,好像嘴里含着一块糖,仔细品尝她那姿态的滋味。

"你独自一个在这儿,不嫌寂寞么?"停了一会,小黄猫问。

"倒不觉得。不过谁要是愿意跟我做朋友,在一起玩儿,我也非常欢迎。"鹅儿回答得这样宛转,足见她是一位聪明的姑娘。

"我跟你做朋友,在一起玩儿吧!"小黄猫诚恳地说。

"如果你愿意,那太好了。"鹅儿回答。

从此他们之间的友谊就建立起来了。小黄猫时常到池塘边去访鹅儿。他们谈池上的风景,什么时候彩色的蝴蝶飞来了,什么时候新鲜的花朵开了。他们各自唱心爱的歌儿给对方听,还讲自己听到的许多故事。有时候鹅儿上岸来,跟小黄猫一同到灌木丛中,在绿荫下歇息。他们寻找藏在叶丛里的天牛,谁找到最美丽的谁赢。他们猜测从绿叶稀处飘过的浮云,什么时候过尽,什么时候再有云来。小黄猫因此就忘了往常一天到晚在一起玩儿的孩子了。

小黄猫虽然时常跟鹅儿一起玩儿,一起谈话,心里总觉得不宁贴,因为他有一句想说的最要紧的话还没有说出来,他有一个比一起玩儿进一步的希望还没有达到。"这怎么说呢?说了她将怎样呢?"他不断地想。忍着吧,实在忍不住,径直开口吧,又有点儿胆怯。因此他离开鹅儿回家的时候,惟有默默地沉思。孩子怎么会知道呢?他只觉得奇怪。

一天,小黄猫再也忍不住了,不管鹅儿将怎样回答他,他决意把要说的那句最要紧的话向鹅儿说出来。他准备了一篮青萍作为送给鹅儿的礼物,竹篮的柄儿上插了一束粉红的野蔷薇。他走在路上还鼓励自己要有勇气,不要临时说不出口。他又在河边上自己照了照,举起前爪把脸上的绒毛抚摩得十分光润,把胡须捻得向两边翘起。他想自己是一只漂亮的小黄猫了。

他走到池边,看见鹅儿正在池边散步,可爱的影子倒映在池塘里。他走近去,脸上表现出欢悦的笑容,对鹅儿说:"白衣的小姑娘,你已经来了,等得我心焦了吧?"他不等她回答又说:"今天带了一些毫不足贵的东西送给小姑娘,我的意思是真诚的,请你收下吧。"说着把篮子授给鹅儿。鹅儿一看是她爱吃的青萍和娇红的鲜花,十分喜爱,热诚地谢了他,把一束花儿插在胸前。小黄猫觉得她更加可爱了。他们就跟平日一样地玩儿起来。

小黄猫心里想:"勇气,勇气,不要胆怯!"经过几回自我鼓励,他终于把那句要说的最要紧的话说出来了。"白衣的小姑娘,可以不可以跟你说一句话……我就说了吧,就是我爱你,我爱你!"小黄猫心里慌张得很呢。

"你爱我么?"鹅儿惊奇地问。稍稍沉思了一会儿,她就恢复了温和安静的态度。她说:"你爱我,我非常感激。但是请你告诉我,你爱我什么呢?你必须明白告诉我,我才可以考虑能不能使你满足。"

小黄猫听了鹅儿的回答,快活得要飞起来了,正想贴近去跟她接个吻,可是马上想到了她提出的问题,"我爱她的什么呢?"一时想不清楚,又不好不回答,就说:"我爱你的洁白的羽毛,白得像雪一样的羽毛。"

"我给你洁白的羽毛,白得像雪一样的羽毛。"鹅儿把全身的羽毛褪下来了。一阵风轻轻吹过,羽毛飘了一地,鹅儿聚拢来都给了小黄猫。

"我爱你灵活美丽的眼睛,闪着金光的眼睛。"小黄猫又说。

"我给你灵活美丽的眼睛,闪着金光的眼睛。"鹅儿把一双眼珠取了出来,随即扔给了小黄猫。小黄猫敏捷地用前爪接住了。

"我爱你头顶的鹅冠,黄玉似的鹅冠。"小黄猫又说。

"我给你头顶的鹅冠,黄玉似的鹅冠。"鹅儿把鹅冠摘下来扔给小黄猫,正掉在小黄猫的脚边。

"我爱你可爱的嘴,能唱好听的歌的嘴。"小黄猫又说。

"我给你可爱的嘴,能唱好听的歌的嘴。"鹅儿的嘴又掉在小黄猫的脚边。

"我爱你玲珑的脚掌。"

鹅儿的脚掌也离开了鹅儿的身体。这时候,鹅儿只剩下一个剥光的身体了。

"我爱你又白又嫩的裸露的身体。"小黄猫又说。

"我给你又白又嫩的裸露的身体。"鹅儿的剥光的身体就滚到小黄猫跟前。

小黄猫悲伤极了,他的心几乎碎了。鹅儿一一满足他的要求,他所爱的全都到手了,哪里知道从此就不见了可爱的鹅儿!

"白衣的小姑娘,你在哪里呀?"小黄猫垂头丧气地走回家去。孩子抱着他跟他取笑的时候,只见他眼眶里满含眼泪。

第二天,小黄猫管不住自己,又走到池塘边,想再看看羽毛、眼睛、鹅冠等等东西。好不快活,只见鹅儿又在池塘里游泳了,清脆的鸣声,幽雅的姿态,跟从前没有一点儿不同。

小黄猫问鹅儿:"昨天你把一切东西都给了我,我说不出该怎样感激你。可是你自己藏到哪里去了呢,我的亲爱的小姑娘?"

"请你再不要说什么爱不爱吧。昨天的把戏已经玩过了,不必再玩了。以后咱们还是做朋友的好。"鹅儿很自然地更正对她的称呼。

"仅仅是朋友么?"小黄猫失望地问。

"昨天的把戏告诉咱们,咱们只能做朋友,要说到爱情,非常对不起,你不能得到我的爱。"

小黄猫终于失败了。

1922年5月27日写毕

## 稻草人

田野里白天的风景和情形，有诗人把它写成美妙的诗，有画家把它画成生动的画。到了夜间，诗人喝了酒，有些醉了；画家呢，正在抱着精致的乐器低低地唱，都没有工夫到田野里来。那么，还有谁把田野里夜间的风景和情形告诉人们呢？有，还有，就是稻草人。

基督教里的人说，人是上帝亲手造的。且不问这句话对不对，咱们可以套一句说，稻草人是农人亲手造的。他的骨架子是竹园里的细竹枝，他的肌肉、皮肤是隔年的黄稻草。破竹篮子、残荷叶都可以做他的帽子；帽子下面的脸平板板的，分不清哪里是鼻子，哪里是眼睛。他的手没有手指，却拿着一把破扇子——其实也不能算拿，不过用线拴住扇柄，挂在手上罢了。他的骨架子长得很，脚底下还有一段，农人把这一段插在田地中间的泥土里，他就整天整夜站在那里了。

稻草人非常尽责任。要是拿牛跟他比，牛比他懒怠多了，有时躺在地上，抬起头看天。要是拿狗跟他比，狗比他顽皮多了，有时到处乱跑，累得主人四外去找寻。他从来不嫌烦，像牛那样躺着看天；也从来不贪玩，像狗那样到处乱跑。他安安静静地看着田地，手里的扇子轻轻摇动，赶走那些飞来的小雀，他们是来吃新结的稻穗的。他不吃饭，也不睡觉，就是坐下歇一歇也不肯，总是直挺挺地站在那里。

这是当然的，田野里夜间的风景和情形，只有稻草人知道得最清楚，也知道得最多。他知道露水怎么样凝在草叶上，露水的味道怎么样香甜；他知道星星怎么样眨眼，月亮怎么样笑；他知道夜间的田野怎么样沉静，花草树木怎么样酣睡；他知道小虫们怎么样你找我、我找你，蝴蝶们怎么样恋爱：总之，夜间的一切他都知道得清清楚楚。

以下就讲讲稻草人在夜间遇见的几件事儿。

一个满天星斗的夜里，他看守着田地，手里的扇子轻轻摇动。新出的稻穗一个挨一个，星光射在上面，有些发亮，像顶着一层水珠；有一点儿风，就沙拉沙拉地响。稻草人看着，心里很高兴。他想，今年的收成一定可以使他的主人——一个可怜的老太太——笑一笑了。她以前哪里笑过呢？八九年前，她的丈夫死了。她想起来就哭，眼睛到现在还红着；而且成了毛病，动不动就流泪。她只有一个儿子，娘儿两个费苦力种这块田，足足有三年，才勉强把她丈夫的丧葬费还清。没想到儿子紧接着得了白喉，也死了。她当时昏过去了，后来就落了个心痛的毛病，常常犯。这回只剩她一个人了，老了，没有气力，还得用力耕种，又挨了三年，总算把儿子的丧葬费也还清了。可是接着两年闹水，稻子都淹了，不是烂了就是发了芽。她的眼泪流得更多了，眼睛受了伤，看东西模糊，稍微远一点儿就看不见。她的脸上满是皱纹，倒像个风干的桔子，哪里会露出笑容来呢！可是今年的稻子长得好，很壮实，雨水又不多，像是能丰收似的。所以稻草人替她高兴：想到收割的那一天，她看见收下的稻穗又大又饱满，这都是她自己的，总算没有白受累，脸上的皱纹一定会散开，露出安慰的满意的笑容吧。如果真有这一笑，在稻草人看来，那就比星星月亮的笑更可爱，更可珍贵，因为他爱他的主人。

稻草人正在想的时候，一个小蛾飞来，是灰褐色的小蛾。他立刻认出那小蛾是稻子的仇敌，也就是主人的仇敌。从他的职务想，从他对主人的感情想，都必须把那小蛾赶跑了才是。于是他手里的扇子摇动起来。可是扇子的风很有限，不能够教小蛾害怕。那小蛾飞了一会儿，落在一片稻叶上，简直像不觉得稻草人在那里驱逐他似的。稻草人见小蛾落下了,心里非常着急。可是他的身子跟树木一样,定在泥土里,想往前移动半步也做不到;扇子尽管摇动,那小蛾却依旧稳稳地歇着。他想到将来田里的情形,想到主人的眼泪和干瘪的脸,又想到主人的命运,心里就像刀割一样。但是那小蛾是歇定了,不管怎么赶,他就是不动。

星星结队归去,一切夜景都隐没的时候,那小蛾才飞走了。稻草人仔细看那片稻叶,果然,叶尖卷起来了,上面留着好些小蛾下的子。这使稻草人感到无限惊恐,心想祸事真个来了,越怕越躲不过。可怜的主人,她有的不过是两只模糊的眼睛;要告诉她,使她及早看见小蛾下的子,才有挽救呢。他这么想着,扇子摇得更勤了。扇子常常碰在身体上,发出啪啪的声音。他不会叫喊,这是唯一的警告主人的法子了。

老妇人到田里来了。她弯着腰,看看田里的水正合适,不必再从河里车水进来。又看看她手种的稻子,全很壮实;摸摸稻穗,沉甸甸的。再看看那稻草人,帽子依旧戴得很正;扇子依旧拿在手里,摇动着,发出啪啪的声音;并且依旧站得很好,直挺挺的,位置没有动,样子也跟以前一模一样。她看一切事情都很好,就走上田岸,预备回家去搓草绳。

稻草人看见主人就要走了,急得不得了,连忙摇动扇子,想靠着这急迫的声音把主人留住。这声音里仿佛说:"我的主人,你不要去呀!你不要以为田里的一切事情都很好,天大的祸事已经在田里留下根苗了。一旦发作起来,就要不可收拾,那时候,你就要流干了眼泪,揉碎了心;趁着现在赶早扑灭,还来得及。这儿,就在这一棵上,你看这棵稻子的叶尖呀!"他靠着扇子的声音反复地警告;可是老妇人哪里懂得,一步一步地走远了。他急得要命,还在使劲摇动扇子,直到主人的背影都望不见了,他才知道这警告是无效了。

除了稻草人以外,没有一个人为稻子发愁。他恨不得一下子跳过去,把那灾害的根苗扑灭了;又恨不得托风带个信,叫主人快快来铲除灾害。他的身体本来很瘦弱,现在怀着愁闷,更显得憔悴了,连站直的劲儿也不再有,只是斜着肩,弯着腰,好像害了病似的。

不到几天,在稻田里,蛾下的子变成的肉虫,到处都是了。夜深人静的时候,稻草人听见他们咬嚼稻叶的声音,也看见他们越吃越馋的嘴脸。渐渐地,一大片浓绿的稻全不见了,只剩下光秆儿。他痛心,不忍再看,想到主人今年的辛苦又只能换来眼泪和叹气,禁不住低头哭了。

这时候天气很凉了,又是在夜间的田野里,冷风吹得稻草人直打哆嗦;只因为他正在哭,没觉得。忽然传来一个女人的声音:"我当是谁呢,原来是你。"他吃了一惊,才觉得身上非常冷。但是有什么法子呢?他为了尽责任,而且行动不由自主,虽然冷,也只好站在那里。他看那个女人,原来是一个渔妇。田地的前面是一条河,那渔妇的船就停在河边,舱里露出一丝微弱的火光。她那时正在把撑起的鱼罾放到河底;鱼罾沉下去,她坐在岸上,等过一会儿把它拉起来。

舱里时常传出小孩子咳嗽的声音,又时常传出困乏的、细微的叫妈的声音。这使她很焦心,她用力拉罾,总像很不顺手,并且几乎回回是空的。舱里的孩子还在咳嗽还在喊,她就向舱里说:"你好好儿睡吧!等我得着鱼,明天给你煮粥吃。你老是叫我,叫得我心都乱了,怎么能得着鱼呢!"

孩子忍不住,还是喊:"妈呀,把我渴坏了!给我点儿茶喝!"接着又是一阵咳嗽。

"这里哪来的茶!你老实一会儿吧,我的祖宗!"

"我渴死了!"孩子竟大声哭起来。在空旷的夜间的田野里,这哭声显得格外凄惨。

渔妇无可奈何,放下拉罾的绳子,上了船,进了舱,拿起一个碗,从河里舀了一碗水,转身给孩子喝。孩子一口气把水喝下去,他实在渴极了。可是碗刚放下,他又咳嗽起来;而且更厉害了,后来就只剩下喘气。

渔妇不能多管孩子,又上岸去拉她的罾。好久好久,舱里没有声音了,她的罾也不知又空了几回,才得着一条鲫鱼,有七八寸长。这是头一次收获,她很小心地把鱼从罾里取出来,放在一个木桶里,接着又把罾放下去。这个盛鱼的木桶就在稻草人的脚旁边。

这时候稻草人更加伤心了。他可怜那个病孩子,渴到那样,想一口茶喝都办不到;病到那样,还不能跟母亲一起睡觉。他又可怜那个渔妇,在这寒冷的深夜里打算明天的粥,所以不得不硬着心肠把生病的孩子扔下不管。他恨不得自己去作柴,给孩子煮茶喝;恨不得自己去作被褥,给孩子一些温暖;又恨不得夺下小肉虫的赃物,给渔妇煮粥吃。如果他能走,他一定立刻照着他的心愿做;但是不幸,他的身体跟树木一个样,定在泥土里,连半步也不能动。他没有法子,越想越伤心,哭得更痛心了。忽然啪的一声,他吓了一跳,停住哭,看出了什么事情,原来是鲫鱼被扔在木桶里。

这木桶里的水很少,鲫鱼躺在桶底上,只有靠下的一面能够沾一些潮润。鲫鱼很难受,想逃开,就用力向上跳。跳了好几回,都被高高的桶框挡住,依旧掉在桶底上,身体摔得很疼。鲫鱼的向上的一只眼睛看见稻草人,就哀求说:"我的朋友,你暂且放下手里的扇子,救救我吧!我离开我的水里的家,就只有死了。好心的朋友,救救我吧!"

听见鲫鱼这样恳切的哀求,稻草人非常心酸;但是他只能用力摇动自己的头。他的意思是说:"请你原谅我,我是个柔弱无能的人哪!我的心不但愿意救你,并且愿意救那个捕你的妇人和她的孩子,除了你、渔妇和孩子,还有一切受苦受难的。可是我跟树木一样,定在泥土里,连半步也不能自由移动,我怎么能照我的心愿去做呢!请你原谅我,我是个柔弱无能的人哪!"

鲫鱼不懂稻草人的意思,只看见他连连摇头,愤怒就像火一般地烧起来了。"这又是什么难事!你竟没有一点儿人心,只是摇头!原来我错了,自己的困难,为什么求别人呢!我应该自己干,想法子,不成,也不过一死罢了,这又算得了什么!"鲫鱼大声喊着,又用力向上跳,这回用了十二分力,连尾巴和胸鳍的尖端都挺了起来。

稻草人见鲫鱼误解了他的意思,又没有方法向鲫鱼说明,心里很悲痛，就一面叹气一面哭。过了一会儿，他抬头看看，渔妇睡着了，一只手还拿着拉罾的绳；这是因为她太累了，虽然想着明天的粥，也终于支持不住了。桶里的鲫鱼呢？跳跃的声音听不见了，尾巴好像还在断断续续地拨动。稻草人想，这一夜是许多痛心的事都凑在一块儿了，真是个悲哀的夜！可是看那些吃稻叶的小强盗，他们高兴得很，吃饱了，正在光秆儿上跳舞呢。稻子的收成算完了，主人的衰老的力量又白费了，世界上还有比这更可怜的吗！

夜更暗了，连星星都显得无光。稻草人忽然觉得由侧面田岸上走来一个黑影，近了，仔细一看，原来是个女人，穿着肥大的短袄，头发很乱。她站住，望望停在河边的渔船；一转身，向着河岸走去；不多几步，又直挺挺地站在那里。稻草人觉得很奇怪，就留心看着她。

一种非常悲伤的声音从她的嘴里发出来，微弱，断断续续，只有听惯了夜间一切细小声音的稻草人才听得出。那声音说："我不是一条牛，也不是一口猪，怎么能让你随便卖给人家！我要跑，不能等着明天真个被你卖给人家。你有一点儿钱，不是赌两场输了就是喝几天黄汤花了，管什么用！你为什么一定要逼我？……只有死，除了死没有别的路！死了，到地下找我的孩子去吧！"这些话又哪里成话呢，哭得抽抽嗒嗒的，声音都被搅乱了。

稻草人非常心惊，又是一件惨痛的事情让他遇见了。她要寻死呢！他着急，想救她，自己也不知道为什么。他又摇起扇子来，想叫醒那个沉睡的渔妇。但是办不到，那渔妇睡得跟死了似的，一动也不动。他恨自己，不该像树木一样定在泥土里，连半步也不能动。见死不救不是罪恶吗？自己就正在犯着这种罪恶。这真是比死还难受的痛苦哇！"天哪，快亮吧！农人们快起来吧！鸟儿快飞去报信吧！风快吹散她寻死的念头吧！"他这样默默地祈祷；可是四围还是黑洞洞的，也没有一丝儿声音。他心碎了，怕看又不能不看，就胆怯地死盯着站在河边的黑影。

那女人沉默着站了一会儿，身子往前探了几探。稻草人知道可怕的时候到了,手里的扇子拍得更响。可是她并没跳,又直挺挺地站在那里。

又过了好大一会儿,她忽然举起胳膊,身体像倒下一样,向河里奔去。稻草人看见这样,没等到听见她掉在水里的声音,就昏过去了。

第二天早晨,农人从河岸经过,发现河里死尸,消息立刻传出去。左近的男男女女都跑来看。嘈杂的人声惊醒了酣睡的渔妇,她看那木桶里的鲫鱼,已经僵僵地死了。她提了木桶走回船舱;生病的孩子醒了,脸显得更瘦了,咳嗽也更加厉害。那老农妇也随着大家到河边来看;走过自己的稻田,顺便看了一眼。没想到才几天工夫,完了,稻叶稻穗都没有了,只留下直僵僵的光秆儿。她急得跺脚,捶胸,放声大哭。大家跑过来问她劝她,看见稻草人倒在田地中间。

1922年6月7日写毕

# 隔　　膜

## 这也是一个人

伊生在农家,没有享过"呼婢唤女""傅粉施朱"的福气,也没有受过"三从四德""自由平等"的教训,简直是很简单的一个动物。伊自出母胎,生长到会说话会行动的时候,就帮着父母拾些稻稿,挑些野菜。到了十五岁,伊父母便把伊嫁了。因为伊早晚总是别人家的人,多留一年,便多破费一年的穿吃零用,倒不如早早把伊嫁了,免得白掷了自己的心思财力,替人家长财产。伊夫家呢,本来田务忙碌,要雇人帮助,如今把伊娶了,即不能省一个帮佣,也抵得半条耕牛。伊嫁了不上一年,就生了个孩子,伊也莫名其妙,只觉得自己睡在母亲怀里还是昨天的事,如今自己是抱孩儿的人了。伊的孩子没有摇篮睡,没有柔软的衣服穿,没有清气阳光充足的地方住,连睡在伊的怀里也只有晚上睡觉的时候才得享受,白天只睡在黑蛾蛾的屋角里。不到半岁,他就死了。伊哭得不可开交,只觉以前从没这么伤心过。伊婆婆说伊不会领小孩,好好一个孙儿被伊糟蹋死了,实在可恨。伊公公说伊命硬,招不牢子息,怎绝了他一门的嗣。伊丈夫却没别的话说,止说要是在赌场里百战百胜,便死十个儿子也不关他事。伊听了也不去想这些话是什么意思,只是朝晚地哭。

有一天伊发见了新奇的事了:开开板箱,那嫁时的几件青布大袄不知哪里去了。后来伊丈夫喝醉了,自己说是他当掉的。冬天来得很快。几阵西风吹得人彻骨地冷。伊大着胆央求丈夫把青布袄赎回来,却吃了两个巴掌。原来伊吃丈夫的巴掌早经习以为常，唯一的了局便是哭。这一天伊又哭了。伊婆婆喊道："再哭？一家人家给你哭完了！"伊听了更不住地哭。婆婆动了怒，拉起捣衣的杵在伊背上抽了几下。伊丈夫还加上两巴掌。

　　这一番伊吃得苦太重了。想到明天，后天，……将来，不由得害怕起来。第二天朝晨，天还没亮透，伊轻轻地走了出来，私幸伊丈夫还没醒。西风像刀，吹到脸上很痛，但是伊觉得比吃丈夫的巴掌痛得轻些，就也满足了。一口气跑了十几里路，到了一条河边，才停了脚步。这条河里是有航船经过的。

　　等了好久，航船经过了，伊就上了船，那些乘客好似个个会催眠术的，一见了伊，便知道是在家里受了气，私自逃走的。他们对伊说道："总是你自己没长进，才使家里人和你生气。即使他们委屈了你，你是年幼小娘，总该忍耐一二。这么使性子，碰不起，苦还有得吃！况且如今逃了出去，靠傍谁呢？不如乘原船回去罢。"伊听了不答应，只低着头不响。众客便有些不耐烦。一个道："不知伊想的什么心思，论不定还约下了汉子同走！"众人便哗笑起来。伊也不去管他们。

　　伊进了城，寻到一家荐头。荐头把伊荐到一家人家当佣妇。伊的新生活从此开始了：虽也是一天到晚地操作，却没下田耕作这么费力，又没人说伊，骂伊，打伊，便觉得眼前的境地非常舒服，永远不愿更换。伊唯一的不快，就是夜半梦醒时思念伊已死的孩子。

　　一天，伊到市上买东西，遇见一个人，心里就老大不自在，这个人是村里的邻居。不到三天，就发生影响了：伊公公已寻了来。开口便嚷道："你会逃，如今寻到了，可再能逃？你若是乖觉的，快跟我回去！"伊听了不敢开口，奔到里面，伏在主妇的背后，只是发呆。主妇便唤伊公公进来对他说："你媳妇为我家帮佣，此刻约期还没满，怎能去？"伊公公无可辩论，只得狠狠地叮嘱伊道："期满了赶紧归家！倘若再逃，我家也不要你了，你逃到哪里，就在哪里卖掉你，或是打折你的腿！"

　　伊觉得这舒服的境地，转眼就成空虚的，非常舍不得。想到将来……更害怕起来。这几天里眼睛就肿了,饭就吃不下了,事也就做不动了。主人知道伊的情况,心想如今的法律,请求离婚,并不繁难,便问伊道:"可情愿和夫家断绝?"伊答道:"哪有不愿?"主人便代伊草了个呈子,把种种以往的事实,和如今的心愿,都叙述明白,预备呈请县长替伊作主。主妇却说道:"替伊请求离婚,固然很好,但伊不一定永久做我家帮佣的。一旦伊离开了我家,又没别人家雇伊,那时候伊便怎样?论情呢,母家原该收留伊,但是伊的母家可能办到?"主人听了主妇的话,把一腔侠情冷了下来,只说一声:"无可奈何!"

隔几天,伊父亲来了,是伊公公叫他来的。主妇问他:"可有救你女儿的法子?"他答道:"既做人家的媳妇,要打要骂,概由人家,我怎能作得主?我如今单是传伊公公的话,叫伊回去罢了。"但是伊仗着主妇的回护,没有跟伊父亲同走。

后来伊家公婆托邻居进城的带个口信,说伊丈夫正害病,要伊回去服侍。伊心里只是怕回,主妇就替伊回绝了。

过了四天,伊父亲又来了。对伊说:"你的丈夫害病死了,再不回去,我可担当不起。你须得跟我走!"主妇也说:"这一番你只得回去了。否则你家的人就会打到这里来。"伊见眼前的人没一个不叫伊回去,心想这一番必然应该回去了。但总是害怕,总是不愿意。

伊到了家里,见丈夫直僵僵地躺在床上,心里很有些儿悲伤。但也想,他是骂伊打伊的。伊公婆也不叫伊哭,也不叫伊服孝,却领伊到一家人家,受了二十千钱,把伊卖了。伊的父亲,公公,婆婆,都以为这个办法是应当的,他们心里原有个成例:田不种了,便卖耕牛。伊是一条牛——一样地不该有自己的主见——如今用不着了,便该卖掉。把伊的身价充伊丈夫的殓费,便是伊最后的义务。

1919年2月14日写毕<br>收入作者编的集子时曾改名《一生》

# 春游

　　这一天是很好的天气,缓和的东南风一阵阵送过来,野花都微微颠头。河面承着天空的青翠和太阳的光亮,差不多成了一片白银的广场,镶嵌着许多碧玉——因为绉着又细又软的波纹。湖旁的田里,麦已长得有二三寸了。几个农夫农妇靠着河边,把船里载来的肥料运到储蓄肥料的潭里。他们只顾工作,都默不作声,仿佛只有一个人在那里似的,又仿佛是几件机械在那里动。湖的那一岸,一带的山又清秀,又静穆。这一幅画图是天然的,然而没有人赞它好,只有树上的小鸟从这枝飞到那枝,侧着头,望一会野景,便清清脆脆地叫几声,唱他们赞美春景的歌。

　　一男一女从田岸上远远走来。他们俩三十左右年纪。那男子深目、高颊,两额瘦削,很表示一种固执自尊的态度。那女子的容貌很是普通,什么地方都可寻到伊的模型,伊是和顺而且柔弱。他们俩随意说笑,玩赏那春景,非常快活;但是伊更快活的便是依着伊的丈夫出游——这是难得的事。他们俩走到湖边,足力微觉乏了,看地上绿草干净得很,就坐下来歇息。

　　伊的生活很简单,又很不自然。伊幼年的时候所看惯的,是家里和亲戚家的几位太太奶奶小姐们,她们没理想,没作为,衣食居息,奉行故事,伊就得了榜样。伊嫁了丈夫,生活史上便起了个变更,伊觉得丈夫是人类里最高贵的,自己应当服从他——因为他爱着伊。他是个文士,主撰一种女子杂志，做些社论，总带着"夫妇之义，犹君臣也"这句话的色彩。还编了什么《香奁杂缀》《美人谱》……载在他杂志上，自以为"惊才绝艳"。这些文字里的话头伊也听得懂，非但懂，而且佩服，而且确信。伊丈夫快乐的时候，便是伊快乐的时候。有时伊丈夫不快乐，伊便耽了心，想出种种方法引他丢掉那烦恼。不一会，目的果达，伊也快乐了。这一天，伊丈夫携伊野游，一路谈笑，非常高兴，所以伊也高兴得了不得。

伊坐在草地上，伊丈夫指点着四围景物告诉伊说，这是什么山，这是什么树。伊却不去留心丈夫那些话，心中突呈一种奇异的感想，自己也不晓得是什么，不过晓得这感想超出以前所历的快乐之上。伊望着湖面，空阔光明，波澜微绉，那可爱的纹，决非人工可以织得成的。伊望着山，一派清气，像要渡湖送过来。山影倒入湖里，娟媚而且庄严，像那司美术的神在那里凌波游戏。这个当儿，伊把已往的生活忘了，伊把当年几位太太奶奶小姐们的榜样，和盘踞脑海里的丈夫的威仪言论都忘了。伊把自己也忘了，伊只觉得眼前的景物自然，活泼，高洁，自己早和这自然，活泼，高洁融和了。伊那感想深印脑筋，容貌上便显出一种快乐刚毅的神采——从前不曾有的。伊的丈夫还当伊因跟着自己出游所以快活，实则此刻是不然了。

春游的事情过去了。伊的生活依然如故，没有变更。然而伊那感想永永牢记。根据着伊那感想，也不能说伊的生活没有变更。

1919年3月19日写毕

## 两封回信

　　他寻常写封信,右手握着笔,便快快地移动,——头微微地侧着,有时舌端舔着上唇——从头至尾,决没有一刻停留,下一会思索的工夫。现在这封信,他觉得关系的重大,什么都比不上。自己是怎么一种心情,要借这封信去传达?是怎么一种言语,应该显露在这封信上?他自己简直糊糊涂涂,弄不明白。他早上晚上睡在床上的时候,脑子里的想念和大海里的波浪一般,继续不断,而且同时并作。他总希望有一个波平浪息的时候,这变动迁流的海,顿时化为智慧的泉源,能够去解决他那糊涂不明白的疑问;可是永永做不到。他自己想,不写这封信吧;但是又觉得有一种伟大而不可抵抗的力促迫着他,仿佛说:"你要使你的灵魂有归宿,你要认识生命的真意义,非写这一封信不可。"他屡次被这个使令催促着,自觉拗它不过,这一天硬着头皮,决定写这一封信,但是他那疑问终竟还没解决。写是决定写了,然而写什么呢?因此他寻常写信很迅速的惯技,此刻竟有了例外。

　　暖烘烘的阳光从半开的窗帘里射进来,熏得他有些醉了。窗外墙上,开满了红蔷薇,微风吹着,时有二三花片寂寂地落下。蜂儿从花心里飞出来,发出一种催眠的声音——这是唯一的声音了,此外只有他自己能够听得脉搏的跳动。他这时候什么都像在梦里,环绕他的四周,他也辨不出是美丽,是闲适,或者是无聊,是沉寂;他只对于将要写的这一封信的受信人艳羡,爱慕,想象,猜度……总而言之,种种心绪都集中在伊身上了。

他那紊乱茫昧的思念,实在不容易抽出一个头绪来;蜂儿催眠的声音越来越响,仿佛有意来扰乱他的思路。映到他眼睛里,只有一幅印着美丽的小花的信笺,承着太阳,反射出光彩的白,像是个晴光万里的大海。但是他没有指南针,打从哪个方向去呢?

他知道涵青失败的事实:原来涵青先曾写信给伊。后来得伊一封回信,大略的意思是"你情愿爱护我,珍惜我,永永不改,直到有生命的最后一刻,可是我不是笼子里的画眉,花盆里的蕙兰。你的见解错了!"涵青就此绝望了。

他想涵青这样的爱慕,是世俗的,卑下的,不光明的,不人道的,这封回信正是他最适宜接受的一种教训。他又想他若去信,也要得到类似的回信么?这个怎么担当得起?同时那伟大而不可抵抗的力又在那里鼓舞着他道,"你岂是和涵青一样的心思?你要使你的灵魂有归宿,你要认识生命的真意义,非写这一封信不可"。他才迷迷糊糊地自信,以为失败是决不会逢到的,只须写就这封信,便是成功的第一阶级。但是怎么写呢?写什么呢?

蜂儿催眠的声音依旧响着。蔷薇枝上飞来了几只小鸟。它们修剔着自己的羽毛,相对叫一会。这声音清脆美妙,合着自然的呼吸,又表出玄秘的恋爱。叫了一会,有一只回头看一看他的伴侣,自己先飞到别枝上去。其余几只也就振翅跟着。花枝受了震动,花片零零乱乱地落下来。他依旧握着笔,对着信笺出神,益发觉得沉沉如醉。那思想的引导者——理智——深深潜伏,绝对不能做他的帮助。可是那伟大而不可抵抗的力独给他充量的帮助,非但促迫他,鼓舞他,而且指导他了。他辨认那印着美丽的小花的信笺,仿佛有许多真挚的情思,华妙的辞令在上边。他那握着笔的右手快快地移动了;和他平时的神态一样,头微微地侧着,舌端舔着上唇。

三天之后,他得到回信了。这封回信,他十二分的热望着;但是又很惧怕接着它,因而懊悔,不该冒昧去信。然而回信终竟来了。里面大概说:"你的见解错了!你看我做超人,我自知并不是超人,而且谁都不是超人。我只是和一切人类平等的一个'人'罢了。你要求超人容留你的灵魂,我既不是超人,怎能容留你的灵魂?"

1920年5月16日写毕<br>原题《你的见解错了》

# 欢迎

搬运行李货物的工人,露出他们筋肉坟起的手腕,推着小铁轮的车子,像机器一般地向月台走来,那铁轮碾地的声音高亢而烦躁,引起人不快的感觉。旅客都守着他们自己的东西,站在月台的边沿;他们一会儿弯着身子,侧着头,向西面眺望,目力尽处,那平行的铁轨交于一点,成为一线,这时候还不见有火车来;一会儿又收转身子,很注意地看着自己摆在地上的东西。有几个客人提了提箱,在密排着的人丛中挤向前去,因此这个人阵就起了轻微而不停的波动。

对面的月台上,一样有许多人站着,都是来候他们的亲戚朋友从将到的这一趟车里下来的。

"杜威是哪一国人?"一个绅士模样的人——目眶深陷,脸皮带着青色,两颊和口的四围满被着乌黑的短胡,——向他一同站着的七个人中一个少年问道。

"他是美国人。"那少年随口回答。他那平滑的脸上微微露出轻视的笑。

其余六个人都是绅士模样,齐现出和那少年同样的微笑。那发问的人听了少年的回答非常满意,捻着他颔下的短胡出神。

汽笛的声音听见了。车轮和铁轨磨擦的声音也听见了。浓黑的烟在西面一线的轨道上涌起来了。两面月台上排着的人顿时波浪一般地移动,混乱的噪音笼罩着车站的全部。

　　火车停在两个月台的中间,车厢里走下许多旅客。他们携着行李,同着伴侣,都急急欲赶出车站,趋他们的目的地;或者因为坐车倦了,赶紧要出站舒一舒腿力,透一透气;有几个预知有人来等候的,便停着步,向人丛里搜寻他们的亲戚朋友。这时候杜威先生和两个同伴也从车上下来,正在寻人。刚才谈话的那个少年和他七个同伴便迎上去。少年向杜威先生说了几句欢迎的话,说的是中国话,他的脸微微红着。其外七个人很局促的站着,脸也微微红着。杜威先生答了几句,由他的一位同伴译给他们听。他们并不注意听,只依旧红着了脸。

　　上车的客都上了;下车的客都散了。汽笛响了响,车轮又徐徐转动,载着列车往东去了。车站上一切清静,微风吹着丛开的羊肠菊摇动,小工也喝茶去了,——和平常日子每回车过之后没什么两样。

　　一个园里的一个厅,壁上挂着黝暗的对联画幅;玻璃书橱里藏着一部《图书集成》,纸色如新,可以见得从没有人翻过;居中一张大红木炕床;两旁四只茶几,陈设在六把椅子之间,那椅子深而且大,可以容三个人并坐;靠墙桌子上,陈列着几件古铜尊彝,上边点缀着翠绿的斑。已经斜了的阳光透不到深邃的厅里,便觉这个厅幽寂,沉郁,像什么地方的一个古物陈列所。

　　一个人在这巨大的炕床上躺着,眼睛欲阖未阖,只剩一线,一定忘了他到这里来的原由了。他的国货草帽摆在炕几上,马褂全卸了纽扣。深黄的面色,眼眶和口的四围有很深的皱纹,是他的特征。

　　刚才在车站欢迎杜威先生的少年,寻寻觅觅的模样,闯进厅来,见了炕床上躺着的人,便喊道:"子兄,只你一个人在这里么?"

　　"来了么?"躺着的人闻声,突然竖了起来,搓着眼睛说。

　　少年就坐在六把椅子的第一把里,不住的扇着扇子,一面喘着气。随后取出烟匣,燃了一支香烟吸着,才答道:"没有哩。"

"他们到哪里去了?"那人重又坐下,扣着他马褂的纽扣。

"我们迎了杜威先生,他要看看这里的公共事业。我们想学校医院,各地都有,算不得特色,就引他去看清节堂。"

"他看了说些什么?"那人听了很感兴味,所以用极沉着的声音发问,两目直注少年,眼眶的皱纹更为显著。

"我们对他说:'这里的妇女,进来之后,永不出去。这都是本邑几位前辈先生的苦心孤诣,才成就了这一桩善举。'他听了一位先生的翻译,很注意又很慈悯地问道:'他们既然永远住在这里,他们的儿女怎样呢?'我们回答:'都带进来住。'他益发注意,声音更为悱恻动人,问道:'那么他们儿女的教育怎样呢?'亏得逊老心思灵捷,回答说:'有个为他们特设的学校。'其实只有个私塾,教学生念《学》《庸》呢……"

那人带着笑容连连点头,口的四围的皱纹也更加显著起来。停了一会,又问道:"他们现在在哪里?"

"他们又引他去看普济堂了。我因为要到这里来招呼欢迎的人,所以先来,那知只遇着你一个。"

"他明天演讲,不知讲些什么?"那人自言自语。

"大约不过自动主义罢了。"少年也自言自语。香烟的灰积了一寸光景,经了震动,寂寂地落在少年的雪青熟罗衫上。

天色晚了,厅里聚了五六十人,彼此不能够细认面目。不知哪一个人说了一声"来了!"大家就赶忙走到对面一个戏厅里去。那戏厅一共三间,许多人分为两起,站立在旁边两间预备着一排排的座位的前面。

正中一间,靠近戏台,横摆着一张大菜桌,桌上铺着台毯,供着三瓶花。居中和戏台同一方向,摆一把可容三人的大红木椅子。左右两旁,各设两个座位,椅子却比较小了,两横头各设两椅——和数十人将要坐的同一式样,是广漆的单靠。

戏厅里时时闻得陈腐东西的臭气,还可听得像蚁一般细碎的说话声。

皮鞋着地的声音从回廊里送来，大家便噤住了声，齐回转头去看。

杜威先生和他的同伴走了进来。

大家站得非常恭敬，头也不回转去了，气息也不使他发声，但斜睨着这位奇异的来客，不能了解的来客，显出一种好奇，猜测，懔栗的态度。

杜威先生停了步，那双深沉的眼睛看着大众，不晓得他们是什么一回事。他觉得站在人丛里没意思，便和同伴退到古物陈列所里，靠近墙壁，看挂着的书画。大家待他转了身，全身方才轻松了好些，无数的目光也跟着送出那戏厅，脚还站着不动。

又隔了二十分钟，才有人请杜威先生坐在戏台前大红木椅子里。两旁和两横头的座位，自然是先生的同伴和几个绅士模样的人坐了。大众也朝着戏台坐了。

问题发生了，谁致欢迎词呢？大家用极细的语音交头接耳，推了半响，方才由坐在横头的一个绅士起立，用中国话说了几句普通的颂扬语，声音低而细，或者他旁边的人可以听见。他说完了，也没有人译给他们所欢迎的人听。

杜威先生知是欢迎的话，便发出恳挚的语音作答。他的大意是"我知你们这里是历史上文化先进的地方，所以很愿意到这里来。你们能根据了这一点，使文化永永持续，进步，才是你们的光荣，也是我的私愿"。

照相师在外面喃喃地说："日光快没了，要拍照须得赶紧。"

大家便拥着杜威先生到园庭里，排着高低簇齐的五排。照相师手忙脚乱对了光，胡乱开了镜头。这算留了个永久的纪念了。

1920年7月2日写毕

## 伊和他

温和慈爱的灯光照在伊丰满浑圆的脸上。伊的灵活有光的眼直注在小孩——伊右手围住他的小腿,左手指抚摩他柔软的短发——的全身,自顶至踵无不周遍,伊的心神渗透了他全身了。他有柔滑如脂的皮肤,嫩藕似的臂腕,肥美鲜红的双颐,澄清晶莹的眼睛,微低的鼻,小小的口;他刚满两岁。伊抱他在怀里,伊就抱住了全世界,认识了全生命了。

他经伊抚摩头发,回头看着伊,他脸上显呈出来的意象,仿佛一朵将开的花。他就回转身来跪在伊怀里,举起两只小手捧着伊丰满的面庞,还将自己的面庞凑上去偎贴着,叫道:"妈!"小手不住的在伊脸上轻轻的摩着,拍着。这是何等的爱,何等的自然,何等的无思虑,何等的妙美难言!

钟摆的声音格外清脆,发出一种均匀的调子,给人家一个记号,指示那生命经历的"真时",不绝的在那里变化长进。伊和他正是这个记号所要指示的,他们的生命,他们的爱,他们爱的生命,正在那里绵延的迅速的进化哩。

他的小眼睛忽然被桌上一个镇纸的玻璃球吸住了,他的面庞便离开了伊的,重又回转身去,取球在手里。"红的……花!白的……花!"他指着球里嵌着的花纹,相着伊又相着花纹,全神贯注的,十分喜悦的告诉伊。他的小灵魂真个开了花了。

"你喜欢这花呀。"伊很真诚的吻他的肩,紧紧的依贴着不动。

他将球旋转着,他小眼睛里的花刻刻有个新的姿态。他的小口开了,嘻嘻的笑个不住。伊仍旧伏着看他,仍旧不动。

"天上……红的……云,白的……云,红的……星,白的……星,"他说着,一臂直伸,指着窗前,身体望侧里倾斜,"妈!那边去。"伊就站了起来,抱他到窗前。一天的月光正和大地接吻;温和到极点,慈爱到极点。不可言说。

"天上有亮么?"伊发柔和美妙的声音问。

"那边,亮。一个……星。两个……星。四个星。六个星。十一个星。两个星……"

一只恋月的小鸟展开双翅在空碧的海里浮着,离开月儿远了,又折回来浮近去,尽量呼吸那大自然的恩惠。

那小鸟又印入了他澄清晶莹的小眼睛里了。他格外的兴奋,举起他握球的小手,"一个……蜻蜓。……来!……捉它!"就将球掷去。那球抛起不到五寸就下坠,打着在伊左眼的上角,从伊的臂上滚到地上。

伊受了剧烈的痛,有几秒钟功夫伊全不感觉什么。后来才感痛,不可忍的痛。伊的眼睛张不开了,但能见无量数的金星在前面飞舞。眼泪汩汩的涌出来,两颊都湿了;伊的面庞伏在他小胸口,仰不起来。

这个时候,他脸面的肌肉都紧张起来;转动灵活的小眼睛竟呆了,端相着伊,表显一种恐惧、懊悔、乞恕的神情,——因为他听见玻璃球着额发出的沉重的声音——仿佛他震荡的小灵魂在那里说道:"怎么样!没有这回事吧!"

伊痛得不堪,泪珠伴着痛滴个不休;面庞还是伏在他的小胸口。他慢慢的将小手扳起伊的面庞。伊虽仍旧是痛,却不忍不随着小手的力仰起来。

伊的面庞变了:左眼的上角高起了一大块,红而近紫;眼泪满面,照着月光有反射的光。伊究竟忍不住这个痛,不知不觉举起左手按那高起的一块。

他看着,上下唇紧阖并为一线,向两边延长,动了几动,终于忍不住,大张他的小口,哇的哭了出来。红苹果似的两颐,被他澄清晶莹的泉源里的水洗得通湿。

伊赶忙吻他的额,脸上现出美丽的感动的心底的笑,和月一样的笑。这时候,伊的感觉在痛以上了……

1920年8月12日写毕

# 母

　　弱小的菊科的花开出来使人全不经意,却颤颤地冷冷地铺满了庭阶。无力的晚阳照在那些花的上面,着实有些儿寒意。原来秋已来了。

　　我们看那些学生一个个挟着书包,从竹篱外走出门去。竹篱上爬满了茑萝,绿的叶有些儿枯黄了,小的红花此时已皱了拢来。那些学生往往停了步,采些花儿叶儿拿在手中,一边玩弄,一边慢慢地出去。

　　学生们都去了,我们就移了椅子在廊下坐着谈天。那些阶前的秋花值不得做我们的谈资,不知如何却谈到了儿童问题。一位姓文的是个寓于情绪而又偏于直觉的,伊常常有说不出的忧愁,又常常有莫可名的喜悦。伊刚才二十三岁,对于这个问题颇有一种预测而坚定的主张。伊说:"儿童是家庭的安慰者。人生垂老,倘若没有膝下的子女,一生算什么呢?往后靠着谁呢?"一位姓简的是个持独身主义的,伊很有刚毅的性质;听了文君的话表示很不屑的神情,说道:"自己的事业便是唯一的安慰。虽然垂老,依旧有事业,就继续不绝的有安慰。儿童算什么呢!"

　　这个当儿,我的注意力却被一位姓梅的吸引着。伊听了两人的话,眉目间的忧思格外深浓了——伊平时也常露不欢喜的样子。伊的眼睛望下直注,但并不是看伊的手指和伊的裙子,也不是在那里观赏阶前的花;伊直内观到心里最深奥的地方,灵魂最系恋的东西。伊二十五岁,是今年暑假后才来的,和我们是新交。我们看伊不大喜欢说笑,就难得和伊攀谈,所知于伊的也因此不多了。伊教授学生非常认真,伊的沉着的读音,清亮的讲解,隔三个教室都听得见。但一出教室,伊对学生仿佛不相识似的,不像我们常常牵着他们一大群,说着,笑着,唱着,互倾自然的童稚的恋爱;伊只坐在休憩室里默想。

我被好奇心驱策着,便问伊道:"你是已有子女的人了,请问对于文简二君刚才所说持什么见解?"

伊定一定神,像是特别记忆伊刚才所想,怕他乘机脱逃似的;才很不经意的答道:"我不望他们来安慰我,也不想靠他们,然而他们是可爱的,所以他们是必需的。"

文君便接着说道:"你不该离开了他们到这里来。我若是你,一定不这样干。"

梅君听了这句话,很忧愁而兴奋地说道:"谁愿意这样干!并且谁也不曾教我这样干!然而有个不可抗的势力使我不得不这样干!"伊的声音像琴弦一般抖动了。"我几曾离开过他们!上半年我在本地任事,每晚看他们的笑靥,日间空一点钟没课,还抽身去抚抱他们一回。谁知这就是我的错处,人家说我太恋家了。如今我来到这里,一个留在家里,一个寄养在人家吃奶,他们在那里是怎样情境,我一些也不晓得。我梦也做够了,醒的时候——像现在——也差不多是梦了,然而只来得一个月呢。我想到下一个月,再下一个月,明年,后年,我真怕!我真不能想了!"

简君虽曾说"儿童算什么呢!"却也发一声同情的叹息。我和文君自然更为感动,所以再也说不出什么。

风也不起,蟋蟀也不叫,花间小虫跳跃的微声也没有,晚阳本来是无声的,我们四个人真坐在寂静的空间里。

秋节到了,学校里放假,梅君趁了航船归去——伊天天在那里计算盼望的居然到了。我知伊的心一定比伊的身体先到家里,伊的灵魂一定先在那里抚抱伊的儿女,当伊在航船上的时候。

隔了一天,伊来了。伊的眉目间更加上几分忧愁的记号,伊的默默失神,不大说话,也更加厉害了。论理伊记挂伊的儿女,回去看了一趟,当伊抱他们在怀里的时候,那种双方感受的灵的安慰,便该改变了伊的眉目。然而伊适得其反。这不是一个疑问,又足以引起我的同情心好奇心么?

天上洒了一会断断续续的雨,就黑了下来。桐树的叶发出吹动的干枯的声响,只有蟋蟀很没气力的接应着。室内点上了灯,我们蒙那晕圆的光怀抱着,觉得它是比较的亲切有味。

梅君坐在一张藤榻上,呆呆地出神,眼角还渗出些晶莹的眼泪。文君熬不住,就直捷问伊道:"你的儿女在家里一定很安好。他们见你到家,不知怎样的依恋你呢。"

梅君的泪离开了伊的眼眶了;继续还有得渗出来,但也留不住。伊发出凄惨的声音回答道:"归去使我伤心罢了!出来更使我伤心,然而此刻又在这里了!"

"你遭到了什么了?"文君接着问。我和简君的注意力也都集中于伊。

"我那还没断奶的孩子,寄养在人家的,他先前是又白又肥,小拳头竟像半个玉斫的球,如今却变了,皮肤里显出灰白的颜色,眼睛低陷下去,两颊也瘦削了一半。他不是我初来时那个模样了!

"这也不能怪人家。他们有自己的孩子。母亲的奶自然是孩子的权利,我儿却去分人家的孩子的权利。他们的孩子也换了模样了,和我儿正在同一的命运里。

"我去看他,他只是对我哭。我抱他在怀里,许多无形而锐利的箭攒集在我的心里。想给他吃一顿充量的奶吧,我自己一滴也没有了。想给他换个人家吧,我又何忍再去分别一家的孩子的权利!我真没法,只足足哭了两点钟。他们说:'常常给他吃些糕饼作为补充品。'我也说:'以后更多给他吃些糕饼吧。'其实这句话是我的下意识了。"

我和文简二君的情绪都紧张了起来。我自己觉得脉搏快了好些。但除了梅君颤动而变常的语音,室内更没别的声响。

"我如梦如醉的离开了他。"伊揩着眼泪,继续说,"我真忍心! 家里的大女儿又哭着向我说道:'你要走开去,何不带了我同去? 你今来了,不放你去了。'我没有话答伊,只有哭,只有醉梦一般的哭。"

"欲就此留在家里吧,我还有别的责任。想起再来,又怎忍再来! 后来我的脑子不能想了,我的脚载着我的身体走上了航船。两岸的景物什么都没看见,同船有几个男,几个女,几个老的,几个少的,也没有觉察。直到刚才一阵沙沙的雨打在桐叶上,方始提醒了我,知道我又在这里了……"

伊说不出别的了。我们也没有话说,只嘘着气,瞪着目,各自辨那描写不出的感觉。

窗外桐叶吹动的干枯的声响,依旧只有蟋蟀很没气力的接应着。

1920 年 10 月 2 日写毕

# 一个朋友

我有一位朋友,他的儿子今天结婚。我去扰了他的喜酒,喝的醉了。不,我没有喝的醉!

他家里的酒真好,是陈了三十年的花雕,呷在嘴里滋味浓厚而微涩,——这个要内行家才能扼要地辨别出来——委实是好酒。

他们玩的把戏真有趣,真有趣!那一对小新人面对面站着,在一阵沸天震地的拍手声里,他们俩鞠上三个大躬。他们俩都有迷惘的,惊恐的,瞪视的眼光,好像已被猫儿威吓住的老鼠。……不像,像屠夫刀下的牺牛。我想:你们怕和陌生的人面对面站着么?何不啼着,哭着,娇央着,婉求着你们的爹爹妈妈,给你们换个熟识的知心的人站在对面呢?

我想的晚了,他们俩的躬已鞠过了,我又何必去想它。

那些宾客议论真多。做了乌鸦,总要呀呀地叫,不然,就不成其为乌鸦了。他们有几个人称赞我那位朋友有福分,今天已经喝他令郎的喜酒了。有几个满口地说些"珠璧交辉""鸾凤和鸣"的成语。还有几个被挤在一群宾客的背后,从人丛的缝里端相那一对小新人,似羡似叹地说:"这是稀有的事!"

我没有开口。

那几个说我那位朋友有福分的,他们的话若是有理,今天的新人何不先结了婚再喝奶汁？那几个熟读《成语辞典》的，只是搬弄矿物动物的名词，不知他们究竟比拟些什么？

"这是稀有的事！"这句话却有些意思。

然而也不见得是稀有。"稀有"两字不妥。哈！哈！我错认在这里批改学生的文稿了。

我那位朋友结婚的时候，我也去扰他的喜酒，也喝的烂醉，今天一样的醉。这是十四年前的事——或者是十三年？记不清楚了。当时行礼的景象，宾客的谈话，却还印在我的脑子里，一切和今天差不多，今天竟把当年的故事重新搬演一回。我去道贺作宾客，也算是个配角呢。

我记得那位朋友结婚之后，我曾问他：

"可有什么新的感觉？"

他的答语很有趣：

"我吃，喝，玩耍，都依旧；快意的地方依旧，不如意的地方也依旧，只有卧榻上多了一个人，是我新鲜的境遇。"

我又问他：

"你那新夫人的性情和思想如何？"

他的答语更有趣：

"我不是伊，怎能知道那些呢？"

他自然不知道。他除了唯一的感觉"新鲜的境遇"而外，哪里还知道别的。我真傻了，将那些去问他。当时我便转了词锋道：

"伊快乐么？"

"伊快乐呀。伊理妆的时候，微微地，浅浅地对着镜里的伊笑。伊见我进内室，故意将脸儿转向别的地方，两颗乌黑的，灵活的，动人的眼睛却暗地偷觑着我；那时伊颧颊间总含着无限的庆幸，满足，恋爱的意思。伊和女伴商量修饰，议论风生，足以使大家心折。伊又喜欢'叉麻雀'，下半天和上半夜的工夫都消磨在这一件事上。你道伊还有不快乐的一秒么？"

后来他们夫妻俩有了小孩子了,便是今天的新郎。他们俩欢喜非常,但是说不出为什么欢喜。——我又傻了,觉得欢喜,欢喜就是了,要说出什么来?这个欢喜,还普及到他们俩的族人和戚友,因为这事也满足了彼等对于他们俩的期望。然而他们俩先前并没有什么预计。论到这事,谁有预计?哪一家列过预算表?原来我喝的醉了!

他们俩生了儿子,生活上丝毫没变更。他吃,喝,玩耍,依然如故。伊对着镜里的伊笑,偷觑着他得意,谈论修饰,"叉麻雀",也依然如故。

小孩子吃的,是一个卖了儿子,夺了儿子的权利换饭吃的妇人的奶汁。他醒的时候,睡眠的时候,都在伊的怀抱里。不到几个月,他小小的面庞儿会笑了,小手似乎会招人了。

他们俩看了,觉得他很好玩,是以前不曾有过的新鲜玩意儿。一个便从乳母手中抱过来和他接个吻,一个不住地摩抚他的小面庞。他觉得小身体没有平常抱的那样舒服,不由得哭了起来。他们俩没趣,更没法止住他的哭,便叫乳母快快抱去。

"我们不要看他的哭脸!"

那小孩子到了七八岁,他们俩便送他进个学校。他学些什么,他们俩总不问。受教育原是孩子的事,哪用父母过问呢!

今天的新郎还兼个高等小学肄业生的头衔!他的同学有许多也来道喜。他们活动的天性没有一处地方一刻功夫不流露,刚才竟把礼堂当做球场踢起球来,然而对于那做新郎的同学,总现出凝视猜想的神情,好像他满身都被着神秘似的。

我想今天最乐意的要算我那位朋友了。他非但说话,便咳一声嗽也柔和到十二分;弯了腰,执了壶,替宾客斟酒,几乎要把酒杯敬到嘴边来。他听了人家的祝贺语,眉花眼笑地答谢道:

"我什么福分?不过干了今天这一桩事,我对小儿总算尽了责任了。将来把这份微薄的家产交付给他,教他好好地守着,我便无愧祖先。"

我忽然想起,假如我那位朋友死了,我替他撰《家传》,应当怎样地叙述?有了,简简括括只要一句话:"他无意中生了个儿子,还把儿子按在自己的模型里。"呀!诔墓之文哪有这种体例!原来我喝的醉了……

1920年12月14日写毕

# 阿菊

　　一天早上，阿菊被他的父亲送进一个光明空阔透气的地方。他仿佛从一个世界投入别一个世界里。他的家里只有一张桌子和两条破坏的长凳，已使他的小身躯回旋不得；半截的板门撑起，微弱的光线从街上透进来，——因为对面是典当里库房的高墙，——使他从不曾看清他母亲的面庞；门外墙角是行人的小便处，时常有人在那里图一己的苟且的便当，使他习惯了不良空气的呼吸。现在这个境界在哪里呢？他真投入了别一个世界了！

　　阿菊的父亲是给人家做零雇的仆役的。人家有喜事丧事，雇他去上宾客们的菜，伺候宾客们的茶水烟火；此外他还当码头上起货落货的脚夫。人家干喜庆哀吊的事，酒是一种普遍而无限量施与的东西，所以他尽有尽量一醉的机会；否则也要靠着酱园里的酒缸盖，喝上两三个铜子麦烧，每喝一口总是时距很长，分量很少，像是舍不得喝的样子，直到酱园收夜市，店门快关了，才无可奈何地喝干了酒，一摇一摆地回家去。那时阿菊早睡的很熟了。

　　阿菊的母亲是搓草绳的。伊的眼皮翻了出来，常常分泌眼泪，眼球全网着红丝，——这个是他们家里的传染病，阿菊父子也是这样，不过较轻些。伊从起身到睡眠总坐在一条破长凳上，两手像机器似地工作。除了伊的两手，伊的身躯动也不动，眼睛瞬也不瞬；伊不像有思想，不像有忧乐，似乎伊的入世只为着那几捆草绳而来的。当阿菊初生时，他尖着小嘴衔着伊的奶头，小手没意识地抓着，可爱的光辉的小眼睛向伊的面庞端相着；对于那些，伊似乎全无知觉，只照常搓伊的草绳。他吸了一会奶，便被弃在一个几乎站不住的草槀里。他咿呀欲达意吧，号哭欲起来吧，伊总不去理会他，竟同没什么在旁边一样，柔和的催眠声，甜蜜的抚慰语，在伊的声带和脑子里是没有种子的。他到了四岁，还是吸伊淡薄的奶汁，因为这样可以省却两小碗粥；还是躺在那个破草槀里，仰看黑暗的尘垢的屋板，因为此外更没别的可以容他的地方。

阿菊今年是八岁了。除了一间屋子和门前的一段街道，他没有境遇；除了行人的歌声，小贩的叫卖声，母亲的咳嗽声，和自己的学语声，啼哭声，他没有听闻；除了母亲，他没有伴侣——父亲只伴他睡眠；他只有个很狭窄的世界。今天他才从这很窄狭的世界投入别一个宽阔的世界里。

一位女教师抚着他的肩，慈爱地轻婉地问道：“你知道你自己的名字么？”他从没经过被询问，这是骤然闯进他生命里的不速之客，竟使他全然无法应付。他红丝网满的眼睛瞪住了，本来滑润的泪泉里不绝地涌出眼泪来。那位女教师也不再问，但携着他的手走到运动场里。他的小手感觉着温的柔的爱的接触，是他从没尝过的，引起了他的怅惘，恐怖，疑虑，使他的脚步格外地迟缓，似乎他在那里猜想道："人和人的爱情这么浓郁么？"

运动场里没有一件静止的凝滞的东西：十几株绿树经了风微微地舞着，无数雀儿很天真地在树上飞跃歌唱；秋千往还着，浪木震荡着，皮球腾跃着，铁环旋转着，做那些东西的动原的小儿们更没一个不活泼快乐，正在创造他们新的生命。阿菊随着那位女教师走，他那看惯了黑暗的眼睛经辉耀的壮丽的光明照映着，几乎张不开来。他勉强定睛看去，才见那些和他一样而从没亲近过的孩子们。他自知将要加入他们的群里，心里便突突地跳的快起来，脚下没有劲了，就站住在场角一株碧桃树下。女教师含笑问道："你不要同他们一起玩耍么？"他并不回答；他那平淡的紧张的小面庞只现出一种对于他的新境遇觉得生疏淡漠的神情。他的视官不能应接这许多活动不息的物象，他的听官不能应接这许多繁复愉快的音波，他的主宰此刻退居于绝无能力的地位了。女教师见他不答也不动，便轻轻地抚他的背说道："你就站在这里看他们玩耍吧"。伊姗姗地走入场中，给伊的小友做伴侣去了。

　　一个小皮球流星似地飞到他的头上来，打着头顶又弹了出去，才把他迷惘的主宰唤醒，使他回复他微弱的能力。于是他觉得那温的柔的爱的接触没有了；四顾自己的周围，那携着自己的手的人在哪里呢？打在头顶的又是什么东西？母亲的手掌么？没有这么轻。桌子的角么？没有这么软。这件东西真奇怪，可怕。他那怯弱的心里想，这里不是安稳的地方，是神秘的地方；心里想着，两脚尽往后退，直到背心靠住了墙才止。他回转身来，抚摩那淡青色的墙壁，额角也抵住在上边，像要将小身躯钻进去。然而墙壁是砖砌的，哪解得爱护他，哪里肯放开他坚硬的冰冷的怀抱容纳他，使他避免惊恐，安定心魂呢？

　　阿菊坐在课室里了。全室二十几个孩子，都不过五六岁，今天他加入他们的群里，仿佛平坂浅冈的丛山间插一座魁伟的雄峰。他以前只有他家里的破草蕈破长凳是他的座位，如今他有了新的座位，依然照他旧的姿势坐着，在一室里就呈个特异的色彩。他的上半身全拥在桌子上，胸膛磕着桌沿，使他的呼吸增加速度；两脚蜷了起来，尘泥满封的鞋子压在和他并坐的孩子的花衫上边。那位女教师见他这样，先坐给他看，给他一一说明，更指着全室的孩子教他学无论哪一个都好。他看了别人的榜样，勉强将两脚垂下，踏着了地，但不到一分钟又不知不觉地蜷了起来。他的胸膛也很不自然地离开了桌沿；一会儿身躯侧向右面，靠了并坐的孩子。那个孩子嚷道："你不要来挤我！"他才醒悟，恐惧，现出怅惘的愕顾。一阵率性的附和的喧笑声发出来,各人的耳鼓都感到剧烈的震动。这个在他的经验里直是个可怕的怪物,他的上半身不由得又全拥在桌子上。

女教师拿出许多耍孩儿来,全室孩子的注意力便一齐集注在教师的桌子上。那些耍孩儿或裸体,或穿红色的背心遮着胸腹,嫩红的小臂和小腿却全然赤露;将他们睡倒了,一放手便跟着站起来,左右摇动了几回,照旧站得挺直。真是可爱的东西!在阿菊看了更是大扩眼界。他那简单的粗莽的欲望指挥着他的手前伸,想去取得他们,可是伸到了充分地直,还搭不到教师的桌子;同时那怯懦的心又牵着他的手似乎不好意思地缩了下去。女教师已暗地窥见了他,便笑着对他道:"你将这几个可爱的小朋友数一数。"他迟疑了好一会,经过了两三回催促,才含糊地仅可听闻地数道:"一、二、三、六、五、八、四……"女教师微微摇着头,转问靠近伊桌子的一个女孩子。那女孩子扳着小指,发出尖脆的声音数了,竟没弄错数序。几个孩子跟着伊的尾声喊道:"伊数得对。"女教师温颜附和道:"果然伊数得对。我给你们各人一个去玩耍吧。"

阿菊取耍孩儿在手,这是他希望而又不敢希望的,几乎不自信是真实的事。他只对着耍孩儿呆看,这是他唯一的玩弄的方法。

"你们可知那些可爱的小朋友住在哪里?"女教师很真诚地发问。

"他们住在屋子里。"群儿作谐和的语调回答。

"屋子里怎么进去?"

"有门的。"

"门比他们的身躯高呢,低呢,阔呢,狭呢?"伊非常悦乐,笑容含优美的画意,语调即自然的音乐。

"阔,高,"有几个说,"自然比他们阔,高。"在那些声音里,露出一个单调的无力的"低"字的音来,这是阿菊回答的。

"门怎么开法?"

"执这个东西。"群儿齐指室门的拉手。

"请你开给我们看。"伊指一个梳着双辫的女孩子说。

那女孩子很喜欢受这使命,伊走到门首,执着拉手往身边拉。但是全无影响。

一部分孩子见他们的同伴不成功,都自告奋勇道:"我能开。这么一旋就开了。"

女教师便指一个男孩去。他执着拉手一旋,再往身边拉,门果真开了。伊和群儿都拍手庆贺他的成功。伊更发清朗的语音向群儿道:"我们开门先要这么一旋。"说罢,教大家依次去试。

这事轮到阿菊,就觉得是一种最艰难的功课。他拉了一会拉手,不成,又狠命地把他旋转,也不成,便用力向外推,然而何曾推开了一丝半缝。他窘极了,脸皮红到发际,眼泪含在眶里,呼吸也喘起来了,不由得弃了拉手在门上乱敲。但是外面哪里有应门的人等着呢?

那位女教师按着钢琴,先奏了一曲,便向群儿——他们环成一个圆圈站在乐舞室里了——说:"我们要唱那《蝴蝶之歌》哩。"他们笑颜齐开了,双臂都平举着,有几个已作蝶翅蹁跹的姿势。琴声再作,那美妙的愉悦的人心之花宇宙之魂的歌声也随之而发:

飞,飞,飞,飞到花园里。
这里的景致真美丽。
有红花铺的床供我们睡眠;
有绿草织的毯供我们游戏。
飞呀,飞呀,我们飞得高,飞得高。
飞呀,飞呀,我们飞得低,飞得低。
我们飞作一团,不要分离。
你看花在笑我们了,笑得脸儿更红了。
哈!哈!哈!

> 花呀,你来和我们一起儿飞!
> 来呀,和我们一起儿飞!

阿菊站在群儿的圈子里,听不出他们唱些什么,但觉自顶至踵受着感动,一种微妙的醉心的感动。他的呼吸和琴声歌声应和着,引起一种不可描写的快慰,适意,超过他从前唯一的悦乐——衔着他母亲的奶头睡眠。于是他的手舞动起来,嘴里也高高低低地唱起来;这个舞动呈个触目的拙劣的姿势,没有别的孩子那么纯熟灵活;歌呢,既没词句,又没节奏,自然在大众的歌声里被挤了出来。然而这个与他何涉呢?他总以为是舞了,唱了。刚才的窘急,惶恐,怯懦……他完全和它们疏远了。只可惜他领略歌和舞这么晚,况且他能将以后的全生活沉浸在那些里边么!

阿菊第一天进学校的故事,要算他生活史里最重要的一页了。然而他放学归家,回到他旧的狭窄的世界的时候,他母亲和平日一样,只顾搓伊的草绳,并不看他一眼,问他一声。他自去蹲在黑暗的墙角旁边,玩弄他在学校里偷摘的一根绿草。论不定因这绿草引起了他纷乱的模糊的如梦的记忆,使那些窘急,惶恐,怯懦,感动,快慰,适意……立刻一齐重新闯进他的生命里。晚上他父亲喝醉了人家的残酒归来,摸到板铺的卧榻倒身便睡;他早上曾经送他的儿子进学校,进别一个世界,是忘记得干干净净了。

1920年12月20日写毕<br>原题《低能儿》

# 萌芽

他们俩现在一同过结婚生活了。他们脱去一切不自然不平等的习惯,只从两个成熟的家庭里分裂出来,好像生物的两性细胞各从本体分裂出来,结合而成一个新的生命;他们互相了解,互相慕悦,互视为爱的宗教的教主。

有一个问题使他们俩下了一番讨究的工夫:对于那不可预料的事情,儿女的闯入世界,应当怎样处置?

他说:"儿女在我们直是不需要的东西,因为我觉得并不缺少他们。"

伊真诚地表示同情说:"可不是么?况且我们又不是教育专家,更没有教育他们的时间;养而不教,不是我们愿意的行径,要教又如何能教?"

他忽然想起了别一方面,注视着伊说道:"倘若你我有了儿女,势必将一切幸福付与他们,自己却退居于幸福之幕后。这个未免有些不愿意。"

"我也不愿意。"伊现出美妙的微笑,然而接着引起了浮荡无着的忧虑,"但这事是不可预料的呵!倘若他突然闯入我们的境遇里,又怎样呢?"

"这是没有的事,"他坚定地安慰伊,"究竟不是神支配我们的。"他嘴里说时,心里还想:"这个事在伊是很危险的。人类物质文明发达,机体里自然的能力却慢慢地退化了下来。一个成熟的果子,一条长足的胎牛,他们脱离母体,两方面何等地安全。在人类里却已演过了无量数的悲剧。我们怎当得起这等预经暗示的惊恐呢?"

伊只是咀嚼他说的"究竟不是神支配我们的"这句话……

伊忽然精神不健旺起来了;似乎全身的骨骼支不住伊的躯体,只想躺着睡眠。人家叫伊一声或是咳一声嗽,伊也嫌麻烦。爱吃的东西怎么都变了味了?并没有醉酒怎么只想作呕?伊是在报馆里编辑新闻的,这个不健旺很不宜于伊的职业。然而还算不得什么病,所以伊依旧做伊的事。这个,但是,更加增进伊的困倦和厌烦的程度。

伊说:"难道那突然闯入我们境遇里的事来了么?"伊便连带想起:"我先前没有注意那波浪式的生理状态的出轨,从现状想去,难道竟是这一回事的朕兆么?这个将要打破我们一切的计划,愉悦,安全,给我们增加许多义务,忧虑,痛苦,多么可怕!"

他说:"事情不见得这么不巧吧。我祝望你所猜想的仅仅是一个猜想!"他心里起一种不安的感觉,但是不很强烈。

伊沉思了一会道:"果是这么一回事,我们便仗着药物的力量使他化为无事。你以为何如?"

他还没有回答,伊愁容忽散,发出虔敬的忏悔的语音道:"愿我的良心恕我的罪恶!更愿我仅有这一次罪恶!新生的萌芽寓有你我的生命,也即寓有人类的生命。我们爱人类,——自己也在内,就应当爱这萌芽。他若是来了,我们既以血液栽培他,自当诚意地将护他,使他抽出挺拔的枝条,开出美丽的花来。"母性的爱充满伊的眉宇,慈祥而悦乐,不可描写,虽然伊为母与否还不曾确定。那先前种种忧虑,此刻退出了伊的思想范围了。

他全身沐浴在一种不可名言的感动里,说不出什么,只紧紧地握住伊的手……

胎儿第一回的震动将伊的猜想证实了。不可避免的事情真来了。伊不觉得惶恐,只觉对于伊自己有一种新鲜的爱;因为伊的生命里包含着一个新的生命,一枝射向无尽的箭。

人家说:"这个应该略为加以束缚;否则发育过大了,到成熟的时候脱离母体,难免有危险。"但是伊哪里有这般忍心。伊想:"发育得越大不是更好的事么?我正希望他这样呢。硬去束缚他是何等残酷的事!只须想自己,一经束缚,呼吸不得舒畅了,肢体不得自由了,多少难堪!我怎能以难堪的加于生命里的新生命呢!……危险呢?那是没有的事。"伊这个论断仅仅本于爱情和意志,并没有什么证据。

什么刺激性的东西伊都不敢吃。但并不因为医生的劝告,卫生学说的诏示曾经这么说,所以如此;伊明知小口开始吃第一口东西的时候还没到哩。伊认为伊所包含的生命是完美的,健全的,刺激性的东西或者要损伤他的完美和健全。为了职务,游览,或是家事劳倦了,伊体内便起一阵震动,这个仿佛是催伊休息的钟声。伊想:"他是困乏了,我该给他充分的休息。"然而真个劳倦的哪里是这个"他"呢。

伊感觉小足踢腹壁了——或者是小臂在那里伸缩——有时从此至彼竟有四五寸距离。伊又陶醉似地安慰自己:"他真长得完全了,多活泼,多精神呀!"同时更有一种奇异的心思不绝地侵入伊的脑海。"我有怎样一种能力,能使他五官,四肢,脏腑,血液,完全无缺呢?而且他有心灵,是什么时候赋给他的呢?白天么?梦中么?刚有朕兆的时候么?小足小臂舞动的时候么?这是一个大神秘,不可思议。惟其如此,越是欣欣地,急急地,要欢迎那大神秘的产物。"伊更想,"我的环境将变了;将有一个新生的人伴我,做我的继承者。这也是神秘的事呀!"

他那先前预料以为必然会有的惊恐,现在却绝不相扰;他只抱着和伊相同的信仰,以为危险是没有的事。他也涵濡在欢迎的诚意里。事情到或然或否之间,只有信仰是唯一的安慰和鼓动。

　　伊经过了乏极的睡眠醒来,眼皮似乎很重,只能张开一线。看护妇抱一个新生的婴儿给伊看。那婴儿鲜红的脸庞上有极柔软的短黄毛,乌黑的眼珠作无目的的瞪视。伊忽有感动,晶莹的泪珠从伊的眼眶里渗了出来。

1921年1月8日写毕

# 恐怖的夜

天上没有一点星,浓厚的乌云一块一块地堆着,只有堆得稀薄的地方漏些滞暗的光。颤动而疾驰的电光像马鞭子似地抽过,也仿佛有紧张而有力的声音,一切景物都显得光明和晃动。但这不过是一闪的时间,鞭子过了,他们又归于黑暗和沉寂了。

电光越抽越急,结果却使一切分外黑暗,分外沉寂。滞暗的光慢慢地给添上的乌云补没,天上更没一丝儿缝,似乎大气也沉重了好些。蝉声不知为什么停了,更没别的声息。

我站在我家门前这黑暗的空间里。一盏煤油灯藏在门背后,不使透出光到街上,因为怕惹起行人的注意和惊异。期待的心使我异常烦躁;汗珠不绝地渗出来,单衫和皮肤早已粘着了。"我弟的船此刻在哪里了?进了港么?还在江中么?……今天也许不来么?没有来得及搭火车吧?……这不见得会吧?"循环不歇地占据我的脑海的,无非是这些悬猜,疑虑,自慰的念头。

偶然有一个提着灯笼的行人,他的脚步声,衣裳窸窣声,灯笼动荡声,打破了这个无边的沉寂。他不知我站在那里,只是俯首走过,靠着灯笼昏淡的一圈光引导他的先路,一会儿,他的脚步声也听不见了。于是一切和先前一样。

"我回进去坐坐吧,他还有一刻才到呢。……不,他的船也许因舟人的努力或是水势的顺流,再摇一两橹,就到对面的水埠了。我待听得下篙的声音,便走下水埠,喊一声'弟弟',这是何等的快慰。我怎肯抛弃这个快慰的机会呢?我必须在这里等他。"我这样想,就依旧站着。

时间的脚步虽然静默,我却觉得他是很迟缓的,因此引起了嫌恶的意思。越是嫌恶越使我心地烦躁。鞭不光明的长空我不想看了,无边的沉寂里自然没什么可听的;还是背诵些诗句吧,然而一时竟想不起来。我才感觉那孤独的无事的闷郁,此时已深深地射中我的心胸了。这个感觉是说不出地难堪,我便希望再有一个提着灯笼的行人走过,做我暂时的伴侣。但是期待第二个行人,又是增进烦闷的引火线。

忽然有胡琴的声音了,想是沿河乘凉的人拉的。那声音从水面扩散开来,格外地清脆响亮。我的寂寞的耳官自然很欢迎它。

胡琴响了一会,干燥而粗野的喉咙里跟着发出歌声来,抑扬徐疾不尽和弦音一致,词句也不很清楚。忽然间翻入高调,喉咙竭力提高,却发不出声音。于是琴弦上骤然截止的散音一响,就没有声音了。接着便是一阵男女宏细诸声混合的狂笑。在这闷沉的天幕底下,那些声浪似乎凝聚了起来,隔了好一会,还在耳际荡漾。

怕要下大雨了;云堆得愈厚,使我几乎看不出对面的水埠;电光越长越细越快,一条一条地钻入云的深处。摇橹声,下篙声,还全然没有消息呢。

一个落伍的蜻蜓,它的膜质的翅触着墙上,发出干脆而微弱的声音。这也足以略慰我的寂寞。我便想:"今夜竟没见一个萤虫。""倘若有了蜻蜓的膜翅,"我又想,"更借了萤虫的光明,飞升起来,寻见我弟的归舟,一路照他到家,岂不比独自站在这里有味而多情?……人不如虫呀!……但是,生物进化的过程里,人却居优异的地位。……《进化论》对于生物之起源的解释,总不能使人满意。……达尔文的胡子真长真浓,吃喝的时候一定很累赘。……我的胡子生到了颈部,留起来不是和他一个样子么?……"

联想很可以拿蔓草来比喻:蔓草托根在这里,能够爬过破墙,纠结着邻园灌木的干本,末端却伏在树下的乱草里;你要去寻它的根本何在,或是怎样蔓延开来的,是一件极难的事。人心一时联想起的种种也就是这个样子,从"蜻蜓"竟蔓延到"我的胡子"。街上有脚声了,我所期待的第二个行人来了,才将我联想的藤截断。

脚声到我的前面,那人便站住了,发出冷峭的声音问道:"是谁?"我辨不清那人的面目,但听得出是住在我家后屋的漆匠阿喜的声音,便答道:"是我。"

"先生,原来是你。这个时候,你在这里做什么?"他很以为奇怪。

"我候我的弟弟,他从车站乘舟归来,想来快要到了。"

"他决不会来了。今天开出去的航船没有到车站,半途折回,五点钟时候就停泊在码头了。"他个个字音都含有断定的意味。

"我们是雇舟去候的,他不坐航船。"我的语音不由得艰涩而颤动,因为阿喜的话违反我的期望。我竟没觉察他那句话里还有别的意思。

阿喜发出迟疑的轻微的语音:"便是雇舟去接,也不见得一定会来。吾听人说,车站附近一带的火车轨道已被拆断了。"

他的声音虽然低微,却深深刺入我的脑海;我的血管突然紧张,血液流动就加增了速度。"你这话确么?为的什么事?"我仅能勉强作简短的问话。

"听说是车站东面的兵和车站西面的兵有了什么不合意的地方,便面对面迎拢来,预备开火。但是彼此又互相畏忌,怕火车载着他们真个碰了面,所以西面的兵便将轨道拆断了,——这或者正中东面的兵的心怀。这个消息一定是确的,因为本镇的水师船,今天午前一齐受着上官的命令调了出去,邮船又没有到,便是两个最可靠的证据。"阿喜的语音低到几乎听不见,又很有几个字变了音,可知他的心里正含着强烈的惊恐呢。他嘴里讲兵的事情,或者他的幻想里觉得有无数的兵举起了枪围绕着他;他怕说话被他们听见了,劳他们动怒和放枪,所以只用最低的声音说。

　　我听了,脑子里一阵纷乱,装满了深刻而说不出的懊丧。今晚我妻必有信来,现在伊这封信不知搁在哪里了!我的弟弟虽是十八岁的年纪,若是归家不得,流寓在绝不熟识的地方,必然会急得哭起来。我这里和他消息不通,只是期待和挂牵,又怎样呢!包围我四周的空气,我顿时觉得完全是恐怖的东西。满天浓黑的,是焚烧的烟么?又长又细又快的光,是枪弹的历程么?全市沉寂,他们在衔枚疾走,预备掩袭么?都相像,十分相像。我只希求是在一个梦里,因为我怕。

　　阿喜见我没有回进屋去的意思,便道:"你还要等一会吧?明天再会。"

　　我的下意识命令我的口答他:"我想再等一会,他也许会来的。"

　　阿喜进去了,黑暗沉寂的空间里,依旧只我一个人站着,似乎一切没有变化。然而我的情绪是变了,剧变了,外界的景物哪得不跟着变化呢?

　　这时候的感觉和情绪不是事后内省可以记录出来的,还是留下几分之一的空页罢。但是,我也可以粗略地说一说:我很愤怨地诅咒那乌云和电光,你们为什么骄我,傲我,欺弄我!这时我不复感觉什么寂寞和孤独的闷郁,我只是恐怖,但还杂着怜悯的心。我已忘了站在什么地方,和站在那里做什么了。

　　急迫的橹声起在右面的河面,使我一切思虑都暂停,直奔对面的水埠,跨下石级,站定在齐河面的一级上。向右望去,一条船的黑影,依稀可以辨认了。斜方体的灯光从船侧窗框里射出来,映在水里,给一枝橹搅得落花似的零乱。河水动荡的声音,成一种短促的节奏;橹偶然触着河底的石头,发出重浊的音。"为什么还不停橹,预备下篙泊岸呢?"我正这么想,方形的灯光已到我面前,——瞥见舱里坐满了人,一瞬间便过去了。"原来不是他,我何曾料到还要担当这一个失望呢!"我呆呆地望着去舟,灯光,波纹,很觉得恋恋。一会儿,船身模糊了,不可辨了;灯光微弱了,没有了;橹声呢,先是渐渐地轻微,终于听不见了。

　　船从车站来,是三十四里的水程。照每天车到的时刻,我弟若是登舟,此刻应当到了。"轨道真个拆断了么?他真个被强迫地流寓在中途么?六七分是这等情形了。"但我的意志不愿意情形是这样;我的独断的假定承认阿喜听得的是谣言,——惟其如此,才可以有一丝的希望。

　　我依旧站在齐河面的石级上,屡屡向右面望去,只见两列黑影似的房屋中间一条河,河面发暗淡静定的光。胡琴声和歌声又作了,但唱的不是先前那一个人,声音清越而哀厉;琴声也圆转应节到十分。中间还夹着小孩子的号哭。

　　街上有两个人的脚步声和谈话声了。一个语声含糊,可以辨知是老人,一个语声清而响,是个壮年。他们的步调散乱而迟缓,想是从酒店里出来的。那老人道:"……想是确的了。"

　　"他们都这么传说,不见得是谣传罢。况且水师的枪船一齐调出去了。"那壮年回答。

　　"本镇的现状何等危险!若是游民无赖乘机骚动,谁能去对付呢?"他们正走到我的门前,所以老人的话可以听得很清楚。

　　"还有呢。他们开了火,不能没有胜败。败兵逃散,到此地很便当,只有三十四里路,这更将不堪设想呢!"

　　老人深长地叹了一口气:"世界越来越不像了!他们手里拿着家伙,就要强制他人的命运……"他们渐渐地走远,字音不复可辨。脚声和语声终于听不见了。

　　我想这个拆断轨道的恶消息传遍全镇,全镇的人一定要震动着和刚才两人同样的惶恐的心;此刻他们在屋子里,酒店里,场上,或者正在谈同样的话呢。而且哪里止一个镇。我们的邻镇,较远的邻镇,一定也正被较强烈的或是较微淡的恐怖笼罩着。一块小石投在小河里,海水都受着波动,虽然人的肉眼看不见。这一个消息,他们两面预备开火,怎不摇撼了凡是人类的心呢。

粗而稀的雨点下来了，河面发出一种鱼儿跳跃似的声音。急骤的风从北面吹来，河水汩汩地流动。我不能再站在石级上，急急跨上水埠，回到门前的檐下。风吹着我，汗立时干了，皮肤还很有些凉意。

不到两分钟，河面有拄篙声和人语声了。听去知那条船进行很徐缓。我也不顾雨点，重又奔下水埠；望见右面来一条船，船头上一个舟子撑着篙子。我便高声喊道："弟弟，来了么？"

那舟子熟识我的声音，很劳倦而埋怨似地答道："现在总算到了。我们这船险些儿和别的船一样，给他们捉去运子弹呢。幸而停泊得远了些。"

"哥哥，"弟弟的声音从舱里发出，他随即站到船头，这时船将近水埠了，"你在那里等我？"他这句短语，充满了定心，喜悦，感慰的意思。舱里的灯光只照在他的背上，使我不能细认分别了两年的他的面庞。但见舱里坐着老的，少的，男的，女的，六七个人。

船到了水埠，舟子跨上石级，将船缆系在埠侧的木桩上。他便搁上了跳板。

弟弟回转身，向舱里诸人说道："我的家里已到了。你们此刻去寻房屋决难寻到，宿在船中，河面又有可怕的蚊虫，且在我家住一夜吧。"他又向我说明道："舱里一家人，他们是逃难来的。他们雇不到船，和我商量，搭了我的船。他们要在镇上租一间或两间屋暂住，但镇上没有一个他们熟识的人。我想要寻房屋也得到了明天再说，今天且留他们住在我们家里，想你一定赞同我的意思。"

我看见了弟弟比两年前高大了些的形体，听见了弟弟亲爱的呼声，紧张的惶惧已宽弛了好些。现在他这么说，我既赞叹他处事的得当，又对于舱里不相识的一家人起了无限的同情。我便催促道："雨点越来越密了，你和舱里诸位快上岸罢。今夜诸位一准留在我们家里。"

惊魂未定的一家人听了我们兄弟的话，说不出什么来，却一个一个跨上船头。舟子回船点了个灯笼，他又先跳上水埠照着我们。

弟弟上了水埠，执着我的手不放，我觉得彼此的手都有些欣慰的颤动。接着上来的是两位妇人，他们都抱着孩子，还有一个近十岁的男儿，一位老翁，一位老太太。

雨点急而大了，河面上，屋面上，发出爽利，洪大，激击的声音。卷过来的风声里，夹着延长不断的轻雷。我们一群人举手遮着头面，冒着雨，急急的两三步就奔过了街到门前。我取出门后的煤油灯，才得清清楚楚地审视弟弟的面目。他比先前更精神了：颧颊很丰腴的，而且非常红润，眼睛里有晶莹的光，短短的发修剪得极齐整；他很是可爱。

我们齐到客室里，两个舟子带着弟弟的行李和老翁一家人的几个包裹跟进来，一一摆在地上。

那个男儿用疑问的语气向那位老太太道："这里安逸么？他们不打到这里来么？"他只是向窗外眺望，又凝神地听那急雨声。

我们让老翁一家人都坐了。老太太强抑着自己的惊恐，安慰那男儿道："好孩子，这里离他们远，安逸了。这是这两位先生的家里，今夜他们留我们住在这里了。"

我这才回忆阿喜传来的消息，不由得脱口而出道："轨道究竟没拆断。"

弟弟不待我说完，接着说道："我乘的是最后一趟车，此刻就不能通行哩。我下船的时候，见他们正在做那破坏的工作。"

"车站那里，究竟是怎样情形？"我舒了一舒气，就这样问。

"使我们心都碎了！"那老翁气吁吁地攒着眉，很可怜的样子答我，"我们一望野里，尽是圆锥形的帐幕，数也数不清。可怕的兵，他们都在搬运泥土和石头。有的说他们人数有五千，有的说还不止呢。谣言刻刻传来，说：'东面来了对方面的兵了，数目比现在这里的要加倍呢！'或是说：'他们快要开火了，一炮可以打五十里路远！''船被他们捉完了，铁路轨道快要拆断了，我们只得在这里等候子弹！'"

老太太发出沉默的叹息。两位妇人目注于地，现出困顿，怅惘，惊惧的神情。他们怀里的孩子都睁着小眼睛,看他们新到的境界,口里还咿呀发声,像是互相告语的样子。那个男儿,想来他还不很深信老太太的话,弱小的心依旧在那里惶恐,只是呆着出神,伏在老太太的膝上不动。

老翁继续说:"昨天各店家就没有开市,街上冷清清的;偶然有几个行人,都是失了魂碎了胆似的。警察敲了一家一家的门来关照,说:'这几夜你们须得睡在平屋里,最好是地上,不要睡在楼上。他们一开火,那子弹是没有眼睛的!'这个景象和警告,何等可怕!我们深信已坠入失望之渊,没有什么能够援救我们。只有那冷酷,生疏,不可测的死,他正在那里等待着。"

"死可怕不可怕,大家没尝过,也许是甜的,乐的,很有趣味的。但我们既是活着,就有爱生的惰性,很不愿意去亲近那不可测的死。这个惰性指挥着我们去找寻求生的方法,只要得生什么都愿意。最后就取了这唯一的方法,就是姑且一逃。"

"机警的人家,早一两天就行了我们采取的方法。我们主意定得晚,乘火车是无分了,被什么命令禁止了;又没有一条船可以雇到,他们被捉的被捉,否则也逃得全无影踪。但我们想,或者航船还有开来,万一得幸免被捉。我们便离了家,丢了所有的一切,直到航船埠头。"

"埠头哪有什么航船,只有赤热的太阳照着静定的河水——我们的汗流成泉了,气都不舒了,心不能想了,这不是暇豫的闲游呀!"

"回我们的家么?家固然可爱,舍不得,最好回去。但是哪里敢!哪里去呢?我们老小七个谁都不知道。我糊糊涂涂地想,还是走向江边,看有无过路的船搭趁。我就搬着劳倦的两条腿,引着他们走,他们只是跟着我。他们的心比我还柔弱,哪里担当得起那些呢!"

"刺入皮肤似的阳光射在我孙儿红嫩的脸上,使我感到深烈的心底的痛。野里一无遮盖,也遇不到一个耕作的农人。我们在这广大而寂寥的虚空里行动,更有一种异样的害怕。后来我妻走不动了,媳妇们抱着孩子,自然更易困乏;她们的泪珠混和着汗水滴下。我只是心里难过,没什么可以安慰他们的法子——我也需要人家仁爱慈善的安慰呢。"

"我们坐在焦热的地上休息，大家呆着不做声。我那大孙儿，他先看见小港里令弟的船，便指着告我。令弟真是个仁慈的青年，他不仅容留我们的身体，并且安慰我们的心。世上有像他这样的人，我更信人生确有可爱。……孙儿呀！你们好好儿睡吧。且莫问明天，今夜的安适总是真实的，决没什么来扰你们的小灵魂。……可爱的孙儿……"

老翁感动极了，轮流看着他三个孙儿，干枯微皱的脸上现出薄醉似的笑。

窗外的风雨依然逞他们的威势，声音里满含着繁喧的寂寞，郁结的悲哀。

1921年1月25日写毕

# 苦菜

我家屋后有一亩多空地，泥土里时常翻出屋脊的碎屑，墙砖的小块来，表明那里从前也建造过房屋。短而肥的菊科的野草是独蒙天择适存在那里的，托根在瓦砾砖块之间，居然将铅色的地铺得碧绿。许多顽皮的小孩子常聚在那里踢铁球，——因为那里僻静，可以避他们父母和先生的眼——将父母给他们买点心的钱赌输赢，他们玩得高兴时，便将手里的铁球或拾起小砖投那后屋的檐头和屋面的小雀练眼功。檐头和小雀都没中，却碎了后窗的玻璃。这也不止一次了。

我想空地废弃，未免可惜，顽皮孩子虽不觉得可恶，究竟没什么可爱，何必准备着游戏场供他们玩耍；便唤个竹匠编成竹篱，将那片空地围起来，这样觉得比以前安静严密了。我更向熟识的农人说起："我要雇一个人在那里种菜，兼做些杂事，看有相当的人可以荐来试试。"

我待雇到了人，让他做主任，我自己做他的副手。劳动是人生的真义，从此可得精神的真实的愉快；那片空地便是我新生活的泉源，我只是热烈而深切地期望着。

农人福堂因此被荐到我家来了。他的紫赤的皮肤，粗糙而有坚皮的手，茸茸的发，直视的不动的眼睛，口四围短而黄的胡子，都和别的农人没甚分别；但是他还有一种悒郁的神情，将农人固有的特征，浑朴无虑的态度笼罩住。

"你种什么东西都会？"我问他。

"我从小就种田，米麦菜豆都种过，都会。"他的语音很诚恳，兼欲将他自己的经历称述得详细而动听，但是他仅能说这么一句。

"那很好，我屋后那片空地将由你去种。"

他去察看了他新的工作地，回我道："那里可以划做二十畦。赶紧下秧，二十天之后，每畦可出一担菜。今年天气暖，还来得及种第二批哩。"他说时面作笑容，似乎表示这对主人有莫大的利益。我也想："土地真足赞颂呀，生生不息，取之无尽。于此使我更信pantheism了。"

我们最先的工作是剔去瓦砾砖块。福堂带来一柄四齿耙，五斤多重，他举起来高出头顶一尺光景，用力往下垦，四齿齐没入泥里。他那执柄端的左手向上一提，再举起耙来，泥土便松了一方，砖瓦的小块一一显露。力是何等地可贵，他潜藏着时，什么都不与相关，但是使用出来，可以使什么都变更。他工作了两点多钟，空地的六分之一翻松了，坐在阶上吸着黄烟休息。

我的希望艳羡的心情，在他下第一耙的时候已欲迸溢而出，人生真实的愉快的滋味，这回我可要尝一尝了。他一停手，我急急地执着耙的柄，学着他那姿势和动作工作起来。但是那柄耙似乎不服从我的样子：我举它起来时，它在空中只是前后左右地摇晃；着地时他的四齿入土仅一寸光景；我再用力将它举起，平而结实的泥土上只有四个掘松的痕迹。我绝不灰心，这样总比以前松了些，我更下第二耙，第三耙……奇怪，那柄耙的重量为什么一回一回地增加！不到二十耙，我再也不能举起了。一缕焦烘烘的热从背脊散向全身，似乎每一个细胞都在燃烧着。呼吸是急促了，外面的空气钻入似地进我的鼻管，几乎容受不得。两手失了正确的知觉，还像执着那柄耙，——虽然已放在地上——握不紧拳来。

福堂将烟管在石阶上敲去里面的烟灰，说道："这个不是先生做得来的,你还是检砖瓦吧。去了砖瓦,待我先耙成几畦,打好了潭,你就可以下菜秧了。"

我既自认是他的副手,我应当服从他的指挥,况且检砖瓦一样是一种劳动。那句"就可以下菜秧"又何等地可喜,何等地足以勖勉我。我就佝偻着身子,两手不停地拾起砖瓦,投在粗竹丝编的大畚箕里。他继续他先前的工作,手里那柄耙一上一下,着地的声音沉重而调匀,竟像一架机器。

我踏在已检去砖瓦的松软的泥土上,鞋帮没了一半,似乎踏着鹅绒的毯子。泥土的气息一阵一阵透入鼻管,引起一种新鲜而快适的感觉。蚯蚓很安适地蛰伏着,这回经了翻动,它们只向泥土深处乱钻;但是到后半段身体还赤露着的时候,他们就不再钻了。菊科的野草连根带叶地杂在泥里,正好用作绿肥:他们现在是遭逢了"人为淘汰"了。

我不觉得时间在那里移换;我没有一切思虑和情绪。我化了,力就是我,我就是力。力的我的发展就是"真时",就是思虑和情绪,更何用觉知辨认呢? 这等心境,只容体会,不可言说。

"先生,你可以歇歇了。"福堂停着工作在那里唤我,我才回复了平时的心境。腰部酸痛了,两腿战战的不能再站了,脑际也昏晕而作响。我便退到阶前,背靠着门坐下,闭着眼睛养神。这时我才感觉那从未感受的健康的疲倦。


两天之后,二十个畦都已下了菜秧。我看福堂造畦,心里很佩服他。他不用尺量,只将耙轻轻地耙剔,自然成了极正确的长方形的畦;而且各个畦的面积都相等呢。他又提起石潭槌来在畦上打成一个一个的潭,距离也无不相等,每畦恰是一百个。至于下秧是我的工作了:将菜秧放入潭里,拨些松泥掩没了根部,就完事了;但在我这不能算是轻易的事。插满了一畦,我又提一桶水来灌溉。那些菜秧自离母土,至少已经一天,应是饥渴了。

我站在畦间的沟里四望，嫩绿的叶一顺地偃在畦上，好似一幅图案画，心中起一种不可名言的快感。我以前几曾真将劳力成就过一件事物？现在那些菜，却受了我劳力的滋养了。据福堂说，隔上两三天，他们吸足了水，就能复原竖起来。此后加上粪肥，便轰轰地生长，每天要换一个样子呢。

　　菜园里更没有繁重的工作了。每天晨晚由福堂浇一回水，有时他蹲在畦间捉食叶的小虫。我家事务简单，他往往大半天闲着，于是只是坐在廊下吸烟，一管完了又一管，他那副幽郁的神情和烟管里嘴里缭绕的烟气总将他密密地笼罩住。

　　我天天去看手种的菜，距下秧的时候已是十五六天了，叶柄还是细细的，叶瓣也没有长大许多，更有呈露淡黄色的，这个很引起我的疑惑。福堂懒懒地向我说："这个大约因为这里是生地的缘故。但二十天之后，三棵一斤总有的。"他这句话，超过预料的成熟期有半个月，成色又打了三折，不由我不动摇对于他的坚信。这里是生地，他来时不是不晓得。他从小就种田，根据他的经验推测种植的成绩，也不至相差到三分之二。他究竟为了什么呢？

　　我细看叶瓣，几乎瓣瓣有小孔，前几天固然也有发现，但如今更是普遍而稠密了；有些瓣子上多孔通连，成为曲线描绘的大窟窿。我满腔的惋惜，不禁责备福堂道："你捕虫太不留心了，菜竟被吃到这般地步。"

　　"这个不容易呀！"他勉强笑着，翻转一瓣叶子，就见一黑色的幼虫坠下，他检寻了一会，"在这里了。"从泥上拾起那条虫，掷在脚下踏烂了。有时一坠下去就寻不见，只得舍了它，一会儿又在那里大吃了。

　　我想他时间尽多，慢慢地细细地捉虫，一定不至于此；又不是十亩八亩一个人照顾不周。以我主观的意见替他想，他过的是最有意思最有趣味的生活，就应当勤于他的职务，视为唯一的嗜好。何以他喜欢吸黄烟胜于农作？何以他绝不负职务上的责任，对于菜的不发育和被侵害又全无同情心呢？

我再四推想，断定他是"怠业"了。他于种植的技术，一定有许多不够精明之处；于他现在的职务，又一定没有做得周到完密；否则成绩何至于这么坏？但是为了什么呢？

福堂依他的老例，坐在廊下吸烟，我乘着没事，问他家里的状况。他就告诉我以下的话：

"我家里有四亩田，是爷传下来的。我种这四亩田，到今二十多年了。我八岁上爷就死了。我听你先生说，种田最有滋味，这话不大对。……滋味呢，固然有的，但是苦，苦到说不出！我夜夜做梦，梦我不种田了。真有这一天，我才乐呢。

"我终年种田，只有一个念头刻刻迫着我，就是'还租'。租固然是应当还的，但我要吃，我要穿，我也想乐乐，一还租，那些就办不到了，没有了。只有四亩田，哪里能料理这许多呢！

"我二十岁上生了个女儿，这是天帮我的，我妻就去当人家的乳母，伊一个人倒可抵六七亩田呢。伊到今共生了六胎，二三四五全是女，都送给人家养去，第六胎是个男。伊生了这个男孩，照例出去当乳母，由大女儿看守着他，时时调些米浆给他吃。

"他生了不满四个月，身上有些发烧，不住地啼哭。我不懂为什么，教大女儿好好抱着他，多给他吃些米浆。但是他的啼哭总不肯停，夜里也没一刻安静，声音慢慢地变得低而沙了。这么过了三天，他就死了。待我入城唤他母亲，伊到家时，他的小眼睛已闭得紧紧了……"

福堂不会将更哀伤的话讲述他的不幸了。但是足够了，这等没有修辞工夫的话，时时可以从不幸的人们口里听见，里面深深地含着普遍而摧心的悲哀，使我只是瞪视着庭中的落叶，一缕奇异而深刻的悲绪，彷徨惆怅，无有着处。

福堂再装上一管烟,却不燃着吸,继续说:

"伊从此变了个模样了。伊不常归家,到了家只是哭,和我吵闹。这也不能怪伊,伊和我一样地舍不得这个儿子。但是我向谁去哭,和谁去吵闹?

"今春将大女儿嫁了,实在算不得嫁,给夫家领了去就是了。但我的肩上总算轻了些。

"家里只我一个人。

"先生,你若是不嫌我,我愿意长在这里,四亩种不得的田,我将转给他人去承种了。"

我才明白,他厌恶种田,我却仍使他做老本行,这便是不期然而然怠业的缘故。

我所知于人生的,究竟简单而浅薄,于此更加自信。我和福堂做同一的事务,感受的滋味却绝对相反,我真高出于他么?倘若我和他易地以处,还没他这般忍耐,耐了二十年才决然舍去呢。偶然当一柄耙,种几棵菜,就自以为得到了真实的愉快,认识了生命的真际,还不是些虚浮的幻想么?

从"种田的厌恶种田便致怠业",推衍出"作工或教书的厌恶作工或教书便致怠业",更可归纳成一个公式:"凡从事×的厌恶×便致怠业"。人们在无穷尽的道路中,频频被不期然而然的怠业羁绊住两条腿,不能迈步前进,是何等地不幸和可耻!

×决无可以厌恶的地方,可厌恶的乃是纠缠着×的附生物。去掉这附生物,才是治病除根的法子。

艺术的生活……

那些弯远而僭越的忧虑,一霎时在我心里风轮似地环转。我就觉这个所谓"现在的我",是个悲哀,怅惘,虚幻,惭愧……的集合体。

又隔了二十多天,园里的菜真离了土了,叶瓣是薄薄的,一手可以将叶柄捏拢来;平均四棵重一斤。煮熟了尝新,味道是苦的。

以后我吃味道不好的菜蔬和果子,或者遇见粗制的器物,就联想到我家园里的苦菜,同时那些骛远而僭越的忧虑便在我心里风轮似地环转。

1921年2月6日写毕

# 隔膜

我的耳际只有风声,水声,仅仅张得几页帆呢。从舱侧玻璃窗中外望,只见枯黄而将有绿意的岸滩,滩上种着豆和麦的田畦,远处的村屋、竹园、丛林,一棵两棵枯死的树干,更远处刻刻变幻的白云和深蓝的天,都相随着向我的后面奔去。好顺风呀!使我感到一种强烈的快慰。但是为了什么呢?我自己也不能述说。我将要到的地方是我所切盼的么?不是。那里有什么事情我将要去做么?有什么人我必欲会见么?没有。那么为什么快慰呢?我哪里能够解答。虽然,这很大的顺风总该受我的感谢。

照这样大的风,一点钟时候我的船可以进城了。我一登岸,就将遇见许多亲戚朋友,我的脑子将想出许多不同的意思,预备应对;我的口将开始工作,尽他传达意思的职务。现在耳目所接触——风声水声和两岸景物——何等地寂静、闲适;但这个不过是给我个休息罢了,繁扰纷纭就跟着在背后。正像看影戏的时候,忽然放出几个大字,"休息十分钟",于是看客或闭目养神,或吸烟默想,略舒那注意于幻景的劳倦。然而一霎时灯光齐灭,白布上人物重又出现,你就不得不用你的心思目力去应付它了。

我想我遇见了许多亲戚朋友将听见些什么话?我因为有以往的经验,就可以推测将来的遭逢而为预言。以下的话一定会听见,会重复地听见:"今天来顺风么?你那条路程遇顺风也还便利,逆风可就累事了,六点钟还不够吧?……有几天耽搁?想来这时候没事,可以多盘桓几天,我们难得叙首呢。……府上都安好?令郎会走了?话都会说了?一定聪慧可喜呢。……"我懒得再想下去,便是想到登岸的时候也想不完。我一登岸,唯一的事务就是答复这等问题。我便要说以下的话:"今天刚遇顺风。我那条路程最怕是遇着逆风,六点钟还不够呢。……我大约有一星期耽搁,我们可以畅叙呢。……舍下都安好。小儿会走了,话说得很完全,总算是个聪慧的孩子。……"

我忽然起一个奇异的思想:他们的问题既是差不多的,我对于他们的答语也几乎是同一的,何不彼此将要说的话收在蓄音片上,彼此递寄,省得屡次复述呢?这固然是一劳永逸的办法,但是问题的次序若有颠倒,答语的片子就不容易制了。其实印好许多同样的书信,也就有蓄音片的功用——所欠缺的也只在不能预决问话的次序。然则彼此会面真有意义,大家运用着脑子,按照着次序一问一答,没有答非所问的弊病,就算情意格外浓厚。但是脑子太省力了。我刚才说"我的脑子将想出许多不同的意思",其实那些意思以前就想好,不用再想了,而且一辈子可以应用;脑子的任务,只在待他人问我某一句话时,命令我的口传达某一个现成的意思出去就是了。我若取笑自己,我就是较进步的一张蓄音片,或是一封印刷的书信。我做这等器物已是屡次不一次了。

果然,不出我所料,我登岸不满五点钟,已听了五回蓄音器,我的答片也开了五回。

现在我坐在一家亲戚的书斋里,悬空的煤油灯照得全室雪亮,连墙角挂着的那幅山水上的密行题识都看得清楚。那位主人和我对面坐着,我却不敢正视他,——恐怕他也是这样——只是相着那副小篆的对联作无意识的赏鉴;因为彼此的片子都开完了,没有了,倘若目光互对而没有话讲,就有一种说不出的不好意思,很是难受,不相正视是希望躲避幸免的意思。然而眼珠真不容易驾驭,偶不留意就射到他的脸上,看见乌黑的胡须,高起的颧颊,和很大的眼珠。不好了,赶紧回到对联上,无聊地想那"两汉"两字结构最好,作者的印泥鲜明净细,倒是上品呢。

我如漂流在无人的孤岛,我如坠入于寂寞的永劫,那种孤凄彷徨的感觉,超于痛苦以上,透入我的每一个细胞,使我神思昏乱,对于一切都疏远,淡漠。我的躯体渐渐地拘挛起来,似乎受了束缚。然而灯光是雪亮,果盘里梨和橘子放出引人食欲的香气,茶杯里有上升的水汽,我和他对面坐在一个极漂亮的书斋里,这分明是很优厚的款待呀!

他灵机忽动,想起了谈资了,他右手的大拇指和食指拈着胡须说道:"你们学校里的毕业生有几成是升学的?"他发这个端使我安慰和感激,不至再默默地相对了,而且这是个新鲜而可发挥的问题。我便策励自己,若能努力和他酬对,未始不可得些趣味。于是答道:"我那地方究竟是个乡村,小学毕了业的就要挑个职业做终身的依托,升入中学的不到十分之二呢。"完了,应答的话尽于此了。我便大失所望,当初不料这个问题仅有一问一答。

他似乎凝想的样子,但从他恍若初醒的神情答个"是"字来推测,知他的神思并不属于所发的问题。"是"字的音波扩散以后,室内依然是寂寞,那种超于痛苦的感觉又向我压迫,尽管紧拢来。我竭力想和他抵抗,最好灵机一动,也找出些谈资来。然而我和醉人一般,散乱而麻木的脑子里哪里能够想出一句话呢?那句话我虽然还没想出,但必然是字典上所有的几个字,喉咙里能发的几个音拼缀而成的,这是可以预言的。这原是很平常,很习惯,算不得什么的事,每一小时里不知要拼缀几千百回,然而在此地此时,竟艰难到极点,好奇怪呀!

我还得奖赞自己,那艰难到极点的事我竟做成功了,我从虚空的波浪似的脑海里捉住了一句具体的话。我的两眼正对着他的面庞,表示我的诚意,问道:"两位令郎都进了工业学校,那里的功课还不错么?"这句话其实是从刚才的一问一答联想起来的,但平时是思此便及彼,现在却是既断而复续了。

"那里的功课大概还不错。我所以送儿子们进那个学校,因为毕了业一定有事务派任,觉得比别处稳妥些。但是我现在担任他们的费用是万分竭力的了。买西文书籍一年要花六七十元,应用的仪器不可不买,一枝什么尺便需要二十元,放假时来回的川资又需百元,……需……元,……需……元……"我的注意力终于松散,所以对于他的报销账渐渐地模糊了。

这是我问他的,很诚意地问他的,然而听他的答语便觉得淡漠无味,终至于充耳不闻。莫怪我刚才答他时,他表现出恍若初醒的神情答我个"是"字。

我现在又在一位朋友家里的餐室里了,连我一共是七个客,都在那里无意识地乱转。圆桌子上铺着白布,深蓝色边的盆子里盛着色泽不同的各种食品,银酒杯和银碟子在灯光底下发出僵冷的明亮。仆人执着酒壶,跟在主人背后。主人走到一个位子前,拿起酒杯,待仆人斟满了酒,很恭敬的样子,双手举杯过额,向一客道,"某某兄",就将杯子放在桌上。那位"某某兄"遥对着主人一揖。主人拿起桌上摆着的筷子,双手举过了额,重又放在原处。"某某兄"又是一揖。末了主人将椅子略动一动,便和"某某兄"深深地对揖。这才算完了一幕。

轮到第七幕,我登场了。我曾看过傀儡戏,一个活人扯动傀儡身上的线,那傀儡就会拂袖,捋须,抬头,顿足,做种种动作。现在我化为傀儡了,无形的线牵着我,不由我不俯首,作揖,再作揖,三作揖。主人说:"你我至熟,不客气,请坐在这里。"然则第一幕登场的那位"某某兄"是他最不相熟的朋友了。

众人齐入了座。主人举起酒杯,表现出无限恭敬和欢迎的笑容向客人道:"春夜大家没事,喝杯酒叙叙,那是很有趣的。"客人都擎起酒杯,先道了谢,然后对于主人的话一致表示同情。我自然不能独居例外。

才开始喝第一口酒。大家的嘴唇都作收敛的样子,且发出唼喋的声音,可以知喝下的量不多。举筷取食物也有一定的步骤,送到嘴里咀嚼时异常轻缓。这是上流人文雅安闲的态度呀。

谈话开端了,枝枝节节蔓延开来,我在旁边静听,只不开口,竟不能回溯怎样地推衍出那些话来的。越听下去,我越觉得模糊,几乎不辨他们所谈的话含的什么意思,只能辨知高低宏细的种种声浪里,充满着颂扬,谦抑,羡慕,鄙夷……总之,一切和我生疏。我真佩服他们,他们不尽是素稔的——从彼此互问姓字可以知道,——偶然会合在一起,就有这许多话好讲。教我哪里能够?但我得到一种幽默的启示,觉察他们都是预先制好的蓄音片,所以到处可开,没有阻滞。倘若我也预制些片子,此刻一样可以应用得当行出色,那时候我就要佩服自己了。

我想他们各有各的心,为什么深深地掩藏着,专用蓄音片说话?这个不可解。

他们的话只是不断,那些高低宏细的声浪又不是乐音,哪里能耐久听。我觉得无聊了,我虽然在众人聚居的餐室里,我只是孤独。我就想起日间江中的风声,水声,多么爽快。倘若此刻逃出这餐室,回到我的舟中,再听那爽快的音调,这样的孤独我却很愿意。但是怎么能逃,岂不要辜负了主人的情意?而且入席还不到一刻钟呢,计算起来,再隔两点钟或者有散席的希望。照他们这样迟迟地举杯举筷,只顾开他们的蓄音片,怕还要延长哩。我没有别的盼望,只盼时间开快步,赶快过了这两点钟。

那主人最是烦劳了:他要轮流和客人谈话,不欲冷落了一个人,脸儿笑着向这个,口里发出沉着恭敬的语音问那个,接着又表示深挚的同情于第三个的话。——"是"字的声音差不多每秒内可以听见,似乎一室的人互相了解,融为一体了。——他又要指挥仆人为客人斟酒,又要监视上菜的仆人,使他当心,不要沾污了客人的衣服,又要称述某菜滋味还不恶,引起客人的食欲。我觉察他在这八面兼顾的忙迫中,微微地露出一种恍忽不安的神情。更看别人,奇怪,和主人一样,他们满脸的笑容里都隐藏着恍忽不安的分子。他们为了什么呢?难道我合了"戴蓝眼镜的看出来一切都作蓝色"这句话么?席间惟有我不开口,主人也忘了我了。一会儿他忽然忆起,很抱歉地向我道:"兄是能饮的,何不多干几杯?"我也将酒食之事忘了,承他提醒,便干了一杯。

第二天早上,我坐在一家茶馆里。这里的茶客,我大都认识的。我和他们招呼,他们也若有意若无意地和我招呼。人吐出的气和烟袋里人口里散出的烟弥漫一室,望去一切模糊,仿佛是个浓雾的海面。多我一个人投入这个海里,本来是极微细的事,什么都不会变更。

那些茶客的状态动作各各不同。有几个执着烟袋,只顾吸烟,每一管总要深深地咽入胃底。有几个手支着头,只是凝想。有一个人,尖瘦的颧颊,狡猾的眼睛,踱来踱去找人讲他昨夜的赌博。他走到一桌旁边,那桌的人就现出似乎谛听的样子,间或插一两句话。待他转脸向别桌时,那人就回复他先前的模样,别桌的人代替着他现出似乎谛听的样子,间或插一两句话了。

一种宏大而粗俗的语声起在茶室的那一角,"他现在卸了公务,逍遥自在,要玩耍几时才回乡呢"。坐在那一角的许多人哄然大笑。说的人更为得意,续说道:"他的公馆在仁济丙舍,前天许多人乘了车马去拜会他呢。"混杂的笑声更大了,玻璃窗都受震动。我才知那人说的是刚死的警察厅长。

我欲探求他们每天聚集在这里的缘故,竟不可得。他们欲会见某某么?不是,因为我没见两个人在那里倾心地谈话。他们欲讨论某个问题么?不是,因为我听他们的谈话,不必辨个是非,不要什么解答,无结果就是他们的结果了。讪笑,诽谤,滑稽,疏远,是这里的空气的性质。

这里也有热情的希望的笑容透露在一个人脸上,当他问又一个人道:"你成了局么?"

"成了。"这是个随意的很不关心的答复。问的人顿时敛了笑容,四周环顾,现出和那人似乎并不相识的样子。

有几个人吐畅了痰,吸足了烟,喝饱了茶,坐得懒了,便站起来拂去袖子上的烟灰,悄悄地自去了,也没什么留恋的意思。

我只是不明白……

1921年2月27日写毕

# 阿凤

杨家娘,我的同居的佣妇,受了主人的使命入城送礼物去,要隔两天才回来。我家的佣妇很艳羡的样子自语道:"伊好幸运,可以趁此看看城里的景致了。"我无意中听见了这句话,就想,这两天里交幸运的不是杨家娘,却是阿凤,伊的童养媳。

阿凤今年是十二岁,伊以往的简短而平凡的历史我曾听杨家娘讲过。伊本是渔家的孩子,生出来就和入网的鱼儿睡在一个舱里。后来伊父死了,渔船就换了他的棺材。伊母改嫁了一个铁路上的脚夫。脚夫的职业是不稳定的,哪里能带着个女孩子南北迁徙,况且伊是个消费者。经村人关说,伊就给杨家娘领养——那时伊是六岁。杨家娘有个儿子,今年二十四岁了。当时伊想将来总要给他娶妻,现在就替他整备着,岂不便宜省事。阿凤就此换了个母亲了。

现在伊跟着杨家娘同佣于我的同居。伊的职务是汲水,买零星东西,抱主人五岁的女孩子。伊的面庞有坚结的肌肉,皮色红润,现出活泼的笑意。但是若有杨家娘在旁,笑容就收敛了,因为伊有切实的经验,这个时候或者就有沉重的手掌打到头上来。哪得不小心防着呢?

杨家娘藏着满腔的不如意,说出来的话几乎句句是诅咒。阿凤就是伊诅咒的对象。若是阿凤吃饭慢了些,伊就说:"你是死人,牙关咬紧了么!"若是走得太匆忙,脚着地发出蹋蹋的声音,伊又说:"你赶去寻死么!"但是依我猜想,伊这些诅咒并不含有怨怒阿凤的意思;因为伊说的时候态度很平易,说过之后便若无其事,照常工作,算买东西的账,间或凑主人的趣说几句拙劣的笑话——然而也类乎诅咒。伊的粗糙沉重的手掌时时要打到阿凤头上,情形正和诅咒相同。当阿凤抱着的主人的女孩子偶然啼哭时,杨家娘的手掌便很顺手地打到阿凤头上。阿凤汲水满桶,提着走时泼水于地,这又当然有取得手掌的资格了。工作暇时,杨家娘替阿凤梳头,头发因好久没梳,乱了,便将木梳下锄似地在头上乱锄。阿凤受了痛楚,自然要流许多眼泪,但不哭,待杨家娘一转身,伊的红润的面庞又现出笑容了。

  阿凤的受骂受打同吃喝睡觉一样地平常,但有一次,最深印于我的心曲,至今还不能忘。那一天饭后,杨家娘正在拭一个洋瓷的锅子,伊的手一松,锅子落了地。伊很惊慌的样子取了起来,细察四周,自慰道:"没有坏!"那时阿凤在旁边洗衣服,抵抗的意念忽然在伊无思虑的脑子里抽出一丝芽来,伊绝不改变工作的态度,但低语道:"若是我脱了手,又要打了。"这句话声音虽低,已足以招致杨家娘的手掌。"拍!拍!"……每打一下,阿凤的牙一咬紧,眼睛一紧闭——再张开时泪如泉涌了。伊这个态度,有忍受的,坚强的,英勇的表情。伊举湿手抚痛处,水滴淋漓,从发际下垂被于面,和眼泪混合。但是伊不敢哭。我的三岁的儿子恰站在我的椅子前,他的小眼睛本来是很灵活的,现在瞪视着他们俩,脸皮紧张,现出恐惧欲逃的神情。他就回转身来,两臂支在我的膝上;上唇内敛,下唇渐渐地突出。"拍!拍!"的声音送到他耳管里还是不断,他终于忍不住,上下唇大开,哭了——我从他这哭声里领略人类的同情心的滋味——便将面庞伏在我的膝上。后来阿凤晒衣服去,杨家娘便笑道:"囝囝,累你哭了,这算什么呢?"阿凤晒了衣服回来,便抱主人的女孩子,见杨家娘不在,又很起劲地唱学生所唱的《青蛙歌》了。

  杨家娘这等举动似乎可以称为"什么狂"。我所知于伊的一些事实,是伊自述的，或者是伊成为"什么狂"的原因。伊的儿子学习木工，但是他爱好骨牌和黄酒胜于刀锯斧凿。有一回，他输了钱拿不出，因此和人家厮打，给警察拘了去。警察要他孝敬些小费，他当然不能应命，便将他重重地打了一顿。伊又急又气，只得将自己积蓄的工资充警局的罚款，赎出伊受伤的儿子。调理了好多时，他的伤痊愈了，伊再三叮嘱他，此后好好儿作工，不要赌。谁知不到三天，人家来告诉伊，他又在赌场里了。伊便赶到赌场里，将他拖了出来，对他大哭。过了几天，同样的报告又来了；并且此后屡有传来。伊刚听报告时，总是剧烈地愤怒；但一见他竟说不出一句斥责的话，有时还很愿意地给他几百文，教他买些荤菜吃。——这一些事实，或许就是激成"什么狂"的原因。

杨家娘既然受了使命出去，伊的职务自然由阿凤代理。阿凤做一切事务比平日真诚而迅速，没有平日的疏忽，懈缓，过误。伊似乎乐于做事，以做事为生命的样子。不到下午三点钟，一天的事务完了，只等晚上做晚饭了。伊就抱着主人的女孩子，唱《睡歌》给伊听。字句和音节的错误不一而足，然而从伊清脆的喉咙里发出连缀的许多声音，随意地抑扬徐疾，也就有一种自然的美。主人的女孩子微微地笑，要伊再唱。伊兴奋极了，索性慈母似地拍着女孩子的身体，提高了喉咙唱起来，和学生起劲时忽然作不规则的高唱一样。

伊从没尝过这个趣味呢。平日伊虽然不在杨家娘跟前，因为声音是可以传送的，一高唱或者就有手掌跟在背后，所以只是轻轻地唱。现在伊才得尝新鲜的趣味。

唱了一会，伊乐极了，歌声和笑声融合，到末了只余忘形的天真的笑声，杨家娘的诅咒和手掌，勉强做粗重工作的劳苦，伊都疏远了，遗忘了。伊只觉伊的生命自由，快乐，而且是永远的，所以发出心底的超于音乐的赞歌，忘形的天真的笑声。

一只纯白的小猫伏在伊的旁边。伊的青布围裙轻轻动荡，猫的小爪似伸似缩地想将他攫住,但是终于没有捉着。伊故意提起围裙,小猫便站了起来,高举前足;一会儿因后足不能持久,点一点地,然后再举。猫的面庞本来有笑的表情,这一只猫的面庞白皙而丰腴,更觉得娇婉优美。他软软地花着眼睛看着伊,似乎有求爱的意思。伊几曾被求爱,又几曾施爱?但是,现在猫求伊的爱,伊也爱猫,被阻遏着的人类心里的活泉毕竟涌溢了。伊平日常常见猫,然而不相干,从今天此刻才和猫成为真的伴侣。

伊就放下女孩子,教伊站在椅旁。伊将围裙的带子的一端拖在地上,引小猫来攫取。小猫伏地不动,蓄了一会势,突前攫那带子。伊急急奔逃,环走室中,小猫跳跃着跟在背后,终不能攫得。那小猫的姿态活泼生动,类乎舞蹈,又含有无限的娇意。伊看了说不出地愉快,更欲将他引逗,两脚不住地狂奔,笑着喊道:"来呀!来呀!"汗珠被于面庞,和平日的眼泪一样地多;气息吁吁地发喘,仿佛平日汲水乏了的模样,然而伊哪里肯停呢?

这个当儿,伊不但忘了诅咒,手掌和劳苦,伊连自己都忘了。世界的精魂若是"爱""生趣""愉快",伊就是全世界。

1921年3月1日写毕

# 绿衣

潮水似的狂风在空际涌过,震得我室的窗棂楞楞地响。灯光似乎含着烦闷的样子,放不出光明来,只是昏晕和无力。钟摆声冷峭而急促,我的耳朵听着,引起彷徨不安的感觉。它告诉我:"你所期待的时刻快到了!……正到了!……已过了!"它不顾我的失望,只是滴答滴答地赶它无穷的路程。

我室墙外是一条又长又暗的衖,一屋里各家的人都从那里出进,差不多是一条里,不过上面有屋面罢了。我坐在室内,听惯了衖里各种声音,是谁走过,是从什么东西发出来的,都能很清楚地辨别,不致错误。今夜已听许多声音经过了:提高了干燥的喉咙,发出撕裂似的声音,唱《黄金台》又转唱《牧羊卷》的——腔调自然不合传习的节拍——是住在后屋的漆匠阿喜。隔了一会,又听同样的声气和句调在衖里经过,我却知他不是阿喜,是阿喜的兄弟阿和;阿喜走路时脚尖着力,阿和却是脚跟着力,因而作突突的声音,从这一点我就将他们俩分别出来了。脚声懒懒的,而且常伴着痰嗽声的,是被公推为痰王的许老三。从他的脚声痰嗽声入我耳管,由远而近,更由近而远,终于听不见,足足要两分钟。后来有絮絮的对语声,充满了怨恨和悲伤,听不清说些什么,知是同居的佣妇翁妈和林家娘,她们一个讲伊的媳妇,一个讲伊的婆,她们都自认为世上最不幸的人,以怨诽和诅咒为生活。与对语声同时听见的,是延长而有高低的呜呜声,这是从那条肥大的雄的黄狗叫做兴旺的喉间发出的。接着便是他一阵含怒的吠声,和翁妈很顺便的咒骂:"你这杀千刀的狗!"那些声音过后,衖里寂静了好久,只听见窗外的风声和窗的震动声。……衖里又有轻快的脚声了,一定是个孩子,许家的二官呢,还是金家的康官?定是康官,那脚声里含有快乐活泼的意思呢。但是我所期待的声音何以不来?凡不是我所期待的,偏偏一种一种地闯入我的听觉。

我所期待的,是一种沉重而紧急的脚声,很快地在墙外经过,接着我的室门呀地开了,一个人发出自然的关照的声音:"先生,邮件来了。"这时候那个穿着绿色的邮差制服,肩上背一个包,里面很饱满的样子,一手提着玻璃灯,一手拿着一大束邮件的人,就让我满意地看见了。他瘦削的两颊在灯光里显出苍白的颜色,长及肩的头发从帽沿下茸茸地分披开来,圆而大的眼睛不停地检视他手里的邮件。这个容貌若在别的地方,多少要引起人家的不快,但在我这个当儿遇见他,只觉得他没一处不可爱。今夜我从天上收了最末了的光的时候起就急切地等着,他只是个不来。每天邮船到镇,因风的顺逆,有些早晚,但是现在已经超过来得最晚的那几次的时刻了。他今夜将来得更晚么?或者竟不来了么?

我随便检一本书来看,想将我不安的心潮平静下来,然而没有什么效验,送到我眼睛里的,只有一行一行的黑痕,几行间总夹着一个短行,愈使我心异常烦躁。翻转一页吧,依旧是这样,哪里可以寻出个头绪来看下去呢?我就将书扔在一旁,握了笔蘸了好一会墨,相着铺在桌上的那方白纸,想随意写几个字。但是写什么呢?

我觉得和世界隔绝了,那种心底的孤寂,失望,怅惘,几乎使我不信我和世界是真实的。和我隔离的人们,在我室以外的地方,我本来没有直接的方法可以证明他们的确实存在,除了根据着我热烈的信仰。从他们那里,天天有个消息传来,更使我的信仰坚强而永恒。于是我自知我的心和世界的心团结在一起,而且刻刻在那里起交流的作用,我的生命真实而有意义呀!但是,现在,从他们那里来的消息是阻隔了,杳沉了。

我那唯一的热烈的信仰摇动了，倘若设想他们是虚幻，是"无"，也不是不可辩护的。他们既是虚幻，是"无"，一切和我绝缘，我不是被围在一个大虚空里么？我的情绪更从哪里去求着落，我的意志更从哪里去求趋向，我虽欲强证我的生命真实而有意义，也有些不可能了。

  那个每天传来的消息势力真伟大，他能给我们安慰，保证，勖勉，鼓励……总之，他能使我们快乐长进。我想起我家的佣妇方妈的故事了：有一夜，邮差来的时候，他从包里拿出寄给我的信件，还问我这里可有个方老太太，伊有一封信呢。我没有想起伊，答说没有，并且一屋子里连姓方的人家都没有，因为我从没见伊接过他方的来信。这个时候，惶急而希望的神情突然表现在伊的脸上，伊发颤动迟疑的声音道："是我儿的么？"我才醒悟，接那封信一看，果然是吴镇来的，便道："正是你儿子的。"伊的声音更强涩，说出每一个字都有几秒时的间歇，道："请先生给我看一看。"我拆开那劣制的信封，抽出一张薄而皱的笺纸，上面横七竖八地写着六行字；意思是说半年来在行里很安好，请母亲不要悬念，并问母亲身体可安健；句子不很通顺，还有十六七个别字，我猜想了一会，才能明白地了解。我就讲给伊听。伊凝神听着，惶急的神情渐渐转换为慈爱喜悦的笑容。伊的上下唇阖着，似乎正将伊儿子传来的话细细咀嚼，咽入心的深处。这种滋味，决不是甘甜鲜美等形容字可以形容得来的；这个我从伊的笑容——难得呈露于伊脸上的——推测而知。伊极郑重地接我手里的信，伊儿子的信，看了又看，其实是颠倒着，却比识字的人看书还要注意而真诚。本来不识字有什么要紧呢？伊只知这是伊儿子写的，每一笔都是伊儿子精力的宣泄，里面更含着他真挚亲爱的心，看着这张纸，就仿佛见了重于生命的晨夕想望的儿子，而且己心和儿子的心粘合了，融和了，更何必管文字形体的识不识呢？伊看了一会，将信笺折叠端正，插入信封，自去藏在卧室里。伊回出来做一切杂作，比平日轻松敏捷；脸上发出一种喜悦安慰的光，也是平日所没有的。这就是传来的消息势力伟大的证据。

我平日对于方妈这一桩细小的故事本不注意,因有今夜的失望,才觉这是一桩微妙的事,才重新咀嚼里面所含的意味。这个又好似给我一面镜子,使我照出我每天迎入绿衣的那个人,细读他给我的种种消息之后,也有同样的欣慰的神情。不过这是陶然如醉的境地,当时自己不能知觉罢了。我每天得到这个,似乎很平淡,没甚希罕,今夜却使我对于伊那夜的幸福生羡生妒。倘若今夜那绿衣的人依旧推开我的室门,喊一声"先生,邮件来了",我此刻不是很幸福的人么?

　　他若是来了,我此刻不是读信看书报,便是作寄人的信,正游心于极乐之天呢。读的写的是文字,这不过是工具罢了,我拿来应用,心里必不觉得有文字;我将与世界的人们为灵的会晤,我将给他们以灵的答话,我和他们且将没有分别,只是一体。我于是扩大了,超升了,虽然在狂风孤灯的夜间,破窗暗壁的室中,我总是个光明的,真实的,快乐的我。

　　他竟不来!我的心如一个人伸出两手求他人把握,筋骨都酸痛了,而没有一只手来相接触。又如漂流孤岛,长呼求援,喉咙几乎破了,只听得唯一的,静默的,自己的呼声,而没有有望的答音。那些都可以使人发生一种想念,以为环绕着自己的该是虚空梦幻,怪异莫测,而己身已沉沦其中。现在的我不就是这样么?

　　盼望和沉思,终于转为玄秘。灯光,桌上陈列的东西,室内灯光以外的阴影,风声,窗的震动声,钟摆声,和自己的呼吸声,一切都退出我的脑子以外。我目无所见,耳无所闻,甚且心无所思。也是个陶然如醉的境地,但和我平日所遇的不同。

1921年3月11日写毕

## 小病

伊的身躯受不起风。昨天我们到学校,从田亩间走,如狂的南风吹得伊的面庞发红。今天傍晚,伊忽然觉得寒冷,周身都像收缩拢来,脑子又岑岑地发胀。伊就睡在床上,裹了两条被仿佛一层薄布,原来冷在身体的内部。隔了两点多钟,冷势退了,却换来了焦热。鼻孔里呼出的气好似炉火旁的炭气;额角的血脉跳动得迅速而显著;面庞呈鲜红的颜色。

虽然伊是小病,但不由我不彷徨,忧虑。活泼,恬静的河流好比我们的生命,一个激越的波浪便足以引起心的不安。这剧冷和剧热岂是伊所能堪!一个寒噤,一回抖颤,一个过速的脉跳,一次沉重的呼吸,都不是伊平日的习惯,如今为何忽然会集于伊身?我欲为伊立刻驱除这些,但有什么法子呢?我也自慰,这是小病,明晨热退——而且是可以断言的——便一切都复旧了。然而何以处现在?现在伊的痛苦是真实的,我不能为伊驱除,这自慰的思想不终竟是空虚的么?

现在伊热极了,只盖一条被,而且褪到胸口。头枕着右臂,散乱的头发堆在枕上。眼皮掩没了眼珠,成很细的两线。奇异的红从面庞通到耳后。我抚伊的额,只觉触手的热。

一样的灯光,一样的居室器物,但绝对不同的是此刻的情绪,这是描写不出的。衖里每天听惯而又很欢迎的脚步声来了,我室的门呀地开了,那绿衣人给我许多邮件,我就伏在伊床前的桌上阅看。那有平日看得精细,那有陶醉似的境地遇到,那些邮件仿佛笼着一重烟雾。

大略看完了,我便看伊。伊已入睡了,有极轻微的齁声可以听见。我愿伊这睡眠是甜蜜的,身体上一切不舒服的感觉全无所觉察。又愿伊在这睡眠期间出一身汗,退净了热,待醒时全体舒适,和平日早晨醒来时一样。这些决不是虚空的愿望,我是这样坚信着。因为这些愿望,我屡屡看伊,坐在伊的床沿,更不作别的思想。

"你不要去!"伊突然这样呼唤。我所坚信的愿望竟成虚空,伊的睡眠这么短。

"我在这里,不去。"我安慰伊。

"小说……不要给他们做……你不要去!"

我听伊的话没来由,推伊,知伊并不曾醒,由于热极,神经昏乱了,所以呓语起来。震荡的心使我不能思想,不知如何是好,只对伊呆看。

"什么?"隔了一会,我才不觉地这么问。

"改小说呀。你在那里给人家改小说呀。"

"我没有改小说,我坐在这里。"

"你苦极了,这么深夜,还手不停地写。"伊阖着的眼里泪珠像泉水一般涌出来,从颊上流到耳际。伊的面庞呈现非常痛苦的表情,但伊还是睡着。

这时候我的感觉异乎平常:伊醒时的鼓励,安慰,乃至极寻常的一言一笑,何尝不使我的灵魂欣悦振奋,得所寄托?但现在这呓语,这眼泪,更超出了醒时的一切,是爱的表现,自然的而且热烈的,使我心的感动达到不可形容的程度。

伊哭泣不止,阖着的眼徐徐张开来。我为伊揩了眼泪,扶伊坐起,道:"你清醒吧。现在刚才入夜,我坐在你的旁边,并不改什么小说。"

伊虽然坐了起来,依旧是很坚信的样子,流泪说道:"我看你伏在桌子上,右手很快地移动呢。这不是太苦了么?"

"你看桌子上有没有纸,笔,砚台?"

伊怅怅地望着桌子,果然没有笔,纸,砚台。但伊热极的脑子还不很清楚,只觉伊刚才所见的剧烈地感动伊的心,回思还有余哀,泪珠如急雨初过,犹留残滴。

1921年3月26日写毕

# 疑

近来伊的身体不很旺健。伊是非常爱惜自己的身体的,因为这是生命的表现,自我发展的工具。伊每一回对镜时,见自己的面庞比前瘦了,更瘦了;以前红润的颜色不复可见,只满被着苍白。伊每行动一会便觉气喘,吸入的气和呼出的气在肺管里乱挤。什么轻便的动作总引起伊的困乏,便是躺着休息时,也觉周身包围着一种不可名言的不适。

伊于是恐惧起来,这是什么朕兆呢?可怕而剧烈的病么?伊天天能够起来,也吃少量的食品,除了面无神采,气喘,周身不适以外,一切和常人差不多,不见得是什么剧烈的病。隐伏而惨酷的病么?伊以为这倒有些像。有些人照旧吃喝戏耍,而内部主要的脏腑已腐败不堪,一朝发觉,什么法子都不能挽救了。伊想倘若自己现在的情形正是这样,这是何等地可怕!要解决这个疑惑,只有到医生那里去。但是,倘若医生证实这个猜想,说内部的脏腑确然在那里逐渐腐烂,那时候将怎样呢!不要去吧,任身体之自然吧,也不行。果真有什么病潜伏在里面,还是医生或者有医治的法子。不过惊怖的心不将减损医药的效力么?

一种茫昧的意志使伊竟到了医生那里。医生说:"你营养排泄一切和常人一样,足证别的内脏没什么病。我看你身体这么衰弱,更兼气喘,或者肺脏里有些儿毛病?"

"肺脏!"伊如堕失望之渊,半晌说不下去,"……还来得及医治么?"

"这是我的猜想,并非断言。肺脏的病到了外面有征象的时候,已是无可为力了。而当病原潜伏时,平常竟无法觉察,我们医生也须用一种试验的法子。用药品注入皮肤,一两天后,如果那里红肿而作脓,便是确有病原潜伏在肺部的表示。这还不过是病的最初期,赶紧医治,可以不致蔓延。你为决疑起见,不妨先试验一下。"

世上的医生往往是很冷酷的样子,他们能治人身体的疾病,却不解安慰人心魂的惶惧。他们看人的身体等于一件无机的东西,要穿凿便穿凿,要解剖便解剖,竟不管这种举动将要碎身受者和旁观者之心。试听那位医生对伊说的话,他将一件极重要极酷惨的事看得多么平淡。他对于伊的惊惶疑惧多么没有同情!他只是随意说了这些话,在伊却像上了更艰难更可怕的一课。

伊想这么一个试验法虽然便捷,但是实在悲惨。倘若一经试验,皮肤上真个红肿而作起脓来,这就是一个确实的回音:"你的病根是种下了!"医生虽然说,这不过是最初期,可以仗医药的力量不使蔓延,但是那些已经占有地位的细小的病菌,却无法使它们死灭;自己的身体里藏着这种危险东西,还有什么生趣?伊又想伊的父亲母亲都是患肺病死的,自己该是个极易染肺病的人,倘若大胆地请医生一试,十之八九是要有反应的。这个死刑的预告,哪里担当得起!不要请他试吧,只当没有这回事吧,这又哪里可以!虚空的疑虑和真实的惶惧,同样可以使人彷徨无据,意兴索然。然则姑且一试吧。也许没有肺病,不起反应,那些衰弱的现象仅仅是衰弱的缘故。果真如此,自己就会有新鲜的朝气,更生的希望,热烈地活跃在心头。此后将身体的衰弱慢慢地治好了,自己便是个健康而快乐的人。这个莫大的安慰也须一试之后方可得到,姑且冒一回险去换取这个安慰吧。反应呢?只凭独断,判定他是不会起的……

伊循环往复地这么想,一会儿欲奋一奋勇气,一会儿勇气又给恐惧心战胜了。到末了伊想,不请他试,就只有恐惧,一试或者可以得到解放。伊无可奈何地决定请他一试,伊的喉间随着发出抖颤的一句话:"请你给我试验一下吧。"

医生取出一柄锋利的小刀,在伊的左臂上划了四条血痕,伊不敢看,身体上有一种寒噤似的感觉。医生取出三种药水,逐一滴在伤处,只留着末一条血痕不滴。伊惊怯地偷看臂上,鲜红的血已和淡黄的药水混和了,还慢慢地渗入皮肤里去呢。

现在是已成事实了,药水注入了皮肤,伊又害怕起来。倘若肺部果有病原伏着,臂上就要明明白白地宣告出来,这是身体永不会健康的宣告;于是就有荒凉枯寂的坟墓,灰败无光的白骨,历历呈现在自己的幻想里,这是自己的结局,多么可怕!伊便祝祷这些药水和清水一般,或者已失了药性,不会起什么作用。更愿这几条血痕同猫儿抓破的或是剖果品时小刀割破的一样,不几日脱了痂,皮肤完好,再没什么别的现象。伊只怕药水和皮肤没有灵魂,不能领受而且允许伊的祝祷。

伊为了要取得安慰,要从惶惧里解放出来,才大着胆冒着险请医生一试。哪知一试之后,安慰既没有得到,惶惧的质素却更为浓厚,自己被它包围得更为紧密了。医生对伊说:"平常一昼夜之后,要起反应就起了。但也有例外,有些伏着病根的人要四天之后才起反应呢。"伊想这一昼夜怎么过,而且也许要四天!

伊回到家里,只对左臂呆看。但是看见些什么呢?雪白的纱布裹着伤处,两条橡皮膏将纱布粘着。伤痕是怎样了,全然看不见,只觉得微微有些儿痛。痛了,是发肿作脓的先导么?一昼夜之后,揭开来看时,大约要看见热红浓白的四个疮了。一缕失望的悲哀周布到全身,苍白的面庞便现出淡红的颜色。这又很像呀,许多患肺病的人不是都有这个现象么?

伊便想起伊的表妹,前年同伊分别时,伊是很健全的,伊在高等小学校读书,活泼而快乐。半年以后,他们家里写信来,说伊患了肺病,现在正在多方医治呢。这个消息传来,当时使伊非常惊异,后来就渐渐地不把这件事放在心上了。隔了三四个月,他们家里又有信来,说伊死了,那时伊就很恐怖地想,这个病怎么竟医不好,十四岁的女孩子就死了。

伊又想起一个朋友,是在学校里教体操的,身躯高大而强健,精神发皇和身躯相称。后来分别了一年,彼此未通消息。忽然有人来说,伊已死了。什么病呢？说是肺病。当时觉得非常奇怪,竟至描写不出,像这样的精神体魄,怎么也会染了肺病。但是这种心情不久也就淡薄了。

伊在顷刻之间,从亲戚朋友中想起了十几个患肺病而死的,他们默默地患病,猝然地死,仿佛是走的同一的路。伊虽然因为当时年岁尚幼,不能知父母的病状死状,但听人家的述说,他们也未能外此。他们染了隐伏而惨酷的病,先前并不知道,后来外面的征象呈露了,医生也加以证实了,这个死刑的宣告,一定引起他们深刻酷烈的悲哀。然而旁人哪里知道呢？一个人间最可哀伤的音信传来,也不过引起暂时的悲感和惊异："可惜呀,这么一个人！"时移情换,连这句话也不说了。原来不曾知道他们的悲哀,自然不能对他们有深挚的同情。现在呢,虽然伊自己有病与否还没证实,但是他们所尝的滋味便是自己此刻所尝的滋味,所以十分了解他们,对他们发生一种深挚的同情,低弱的脉搏仿佛为他们作挽歌,疲倦的眼腔里为他们流哀伤甚于得到他们死信时的泪。但是他们去了,谁更对自己抱同情,流泪,作挽歌呢？

伊更看和自己同处的人,都是极亲爱的,他们时常给伊安慰,说这是没有的事。然而这种安慰总觉和自己隔膜一层,所以只增伤感,无济于事。他们没有和自己同样的感觉,哪里能够知道自己恐惧惊惶的痛苦呢？伊更想或者快要与他们别离了,便觉灵魂都麻木了。

四天之后,伊揭开纱布来看,已揭过几十回了,——四条殷红的痂平平地横在皮肤上。这真是个从未经过的安慰。伊看着窗前经雨的小草,梅树上才透出的一粒粒的叶芽,和墙上光明的太阳,都含有新生的深意。伊就流出欣悦感慰的泪来。

1921年4月10日写毕

## 潜隐的爱

命运和愚蠢使伊成为一个没人关心的人。伊仿佛阶前一个小的水泡,浮着也好,灭了也好,谁还加以注意呢?伊有小而瘦的脸庞,皮肤带着青色;眼睛圆睁,看外物时常呈怅惘的神情;微带红色的发生得非常之浓,挽成发髻,臃肿而散乱,更增全体的丑陋。

伊从小时就许配陈家第二个儿子。十一二岁的时候,邻家的妇女或是自己的母亲同伊戏言道:"陈家来迎你了,你快去打扮齐整做新娘子吧。"伊的蒙昧的心灵里就有一缕不知为什么的羞愧使伊涨红了脸,咬着舌端低下头来。从此伊知道陈家是自己将来的世界,但是为什么要加入这个世界,这个世界是怎么情况,伊全然没有本领去推想。

伊十七岁的时候,命运判定,那个将来的世界来到面前了。伊就认识伊的丈夫,公公,婆婆,和寡居的嫂嫂,——认识各人的面貌罢了,并非认识各人的心,——他们也都认识了伊;此外一切如故。村镇人家的妇女大都做一种工作:剖麻至细,将两端接着,用指头捻合成极长的麻线,预备织麻布。伊跟着婆婆嫂嫂做这种工作,他们默默地各自坐着,只有一只左手和右手的两个指头是常动的,无论是光明的朝阳,和爽的好风,清丽的鸟声,都不能引他们抬一抬头。

不幸伊的丈夫又踏上了他哥哥的足迹。原来他的哥哥娶了亲不到半年便患肺病,病了三四个月便死,现在他正遇到绝对相同的情形。这就非常可疑,这种毒虫何以必发生于娶亲之后?然而他的父母何尝疑到自己对于儿子的举措有无过误呢?他们只是哭泣,只是叹息,以为命运见欺,无可奈何。但仍有可以自慰的,三儿四儿年纪已不小,就可以给他们娶亲了。娶了亲生个孙儿,那是极快极容易的事,他们俩想到此,不由得收泪而作甜蜜的遐想。那位寡嫂引起了自己摧心的伤感,暗地落了无量的泪,但也减退了对于婶子的无名的嫉妒,心想现在你与我是命运相同的人了。

伊失了一个丈夫,也觉得十分悲伤,学着别人家伤逝的模样晨晚号哭;更起一种异样的感觉,以前好像一切都有归宿,现在自己的归宿是什么呢?伊的脸庞从此瘦起来,且转为黄色,更由黄而青。伊本来不大会说话的,现在更不常说话,况且同谁去说呢?伊到水埠上去洗衣服经过街上时,仿佛有一种凄苦悲哀的空气围绕着伊的全身,邻人从背后指着伊互相告语道:"这就是陈家的二奶奶,可怜才十八九岁呢!"

伊从此止有个狭小的世界,就是自己。公公婆婆本来为儿子而娶伊的,现在儿子已死,照例给伊吃饭就是了;嫂嫂本来对于伊抱着无名的嫉妒,现在仍旧不能因境遇相同而互相接近;于是伊分外地孤独。

风痧的病忽然来找伊,伊年轻而无知,怎能知道应该怎样地医治和调理?咳嗽的声音几乎没有一刻工夫间断,而且转哑了;青苍的两颊给体热烧得通红,显出粒粒鲜红的点子;伊还是照常操作。家里的人也不教伊去歇歇,也不教伊到医生那里去诊治,吃一些药,也不教伊避风。伊实在支撑不住,回到冷寂阴暗的卧室里,躺在床上,这么就过了三四天。这三四天里,竟没一个人走进去问伊好不好,或是给伊一点茶水,只有屋漏里透下来一线的阳光来而复去,告诉伊又经一度昏晓了。

伊家的右面原有一所空屋,近来有人家迁入居住了,这在伊也并不关心。有一天,一个佣妇抱着一个三四岁的孩子走进来,伊的眼光突然一亮,心里起一种愉快的感觉。那孩子的面庞红润而肥嫩,笑的时候现出浅浅的两个涡儿;柔美的发覆到额上,修剪得很齐;眉毛淡淡的;眼珠乌黑,活泼而有晶莹的光;小嘴略为低陷,四围凹凸的曲线显出异常的美;真是个可爱的孩子。伊的婆婆问那个佣妇,佣妇说:"我们是新搬来的,小弟弟喜欢出来玩耍,故到此望望。"

伊就这样想:这孩子多么有趣,简直和洋货店里摆着的洋娃娃一样。伊看了又看,只觉以前从没有经过这样的快活。那佣妇立了一会,抱着孩子自去。伊怅怅地望着,心想他们去了——何不再立一刻?实在舍不得。但是惧怯惯了的口里竟说不出留住他们的半个字。

幸而伊的怅然失望不到几天就得到了安慰,那个孩子又牵着佣妇的手来了,此后并且时常来玩耍,或是坐在廊下弄花草,或是佣妇抱着孩子看婆媳三个绩麻,口里还唱着《村歌》教他。这里常常和小孩说笑戏耍的是婆婆和长媳,二奶奶照旧守着伊的沉默,只是出神地相着他,独自领略那得到安慰的甜蜜的滋味。

但是伊又有新的想念了:伊妒忌那个佣妇常常抱着那孩子,有时脸偎着脸很久,有时可爱的小嘴吻着伊干黄的脸皮。这些是何等的快活,安得也这么乐一乐呢?倘若可以得到,只须乐一乐,便什么都不要了,死也情愿了。伊更如梦似地想,倘若那个佣妇被辞退了,自己去接伊的任,或者可以邀他们的允许。然而这个希望太过分了,只要抱一抱,于愿已足,再不要想别的吧。

伊常常这样想,成为伊新添的功课。这实在是极困难的功课:从没和他说笑过,玩耍过,哪里就可以抱他?人家素来不放伊在眼里,什么事都没有伊的分,又怎能去抱邻家的孩子?热烈的希望鞭策着伊去搜寻成功的方法,竟没一丝儿眉目,不觉忧虑起来。在伊简单的心里,这是第一回的忧虑呢。

孩子仍然来玩耍,他带着有机关的小猎狗,彩色的积木,尺多长的洋娃娃一起来。他将积木在椅子上搭起一座桥。他抿着小嘴,眼睛专注于椅上的建筑物,厚而白的小手很灵活地搬动,这是一幅难以描绘的美妙的画。后来桥工完成,居然是一座整齐的桥,他拍手笑说道:"可好玩?"大家赞道:"小弟弟真聪明!"他也不理会他们,教佣妇旋转那小猎狗的机关。佣妇替他旋了,他就放在桥堍,要猎狗奔上桥去。手一放,猎狗前后颠动,将桥撞坍了。他又哈哈地笑起来。于是捉住那猎狗,亲着他的嘴说道:"你撞痛了,你和洋娃娃一同去睡罢。"便将猎狗和洋娃娃并头横放在椅子上。

二奶奶手里绩麻,眼睛只注着他的全身,觉得爱他的心几乎要迸裂出来了,要不抱他一抱或者就会生病;但仍旧没有妥善的方法。忧虑进而为惶急,眼眶里就渗出泪来。这只有伊自己知道呢,他人对伊向来不关心,所以伊心里藏着唯一的希望,忧虑,惶急,眼眶里含着爱的泪,都没有察觉。

这一天是燠热的天气,陈旧的屋子里一切都潮润,地上更是泼了油似的。下午的时候,邻家那个孩子又来了,他手里牵着一条线,佣妇跟在背后,手中拿着一方红纸,那条线就穿在这纸上,他们算是放风筝呢。他在屋内环绕地奔走,佣妇手中的红纸已脱了手,那张纸起初飘飘地吹起,后来落了地,再也不会升起来了。他着了急,奔得更快,脚下一滑,全身磕在地上,正在二奶奶的旁边。这时候伊简直没有一些思想,迅速地停了手中的工作,站起来,将他抱起,——都是直觉的冲动的动作。他受了痛,哇地哭了,脸庞紧紧伏在伊的肩上。伊心里这才有想念:他这一跤使伊异常痛惜,比发风痧的时候对于自己的痛惜还强烈。柔而湿的小脸庞贴在伊的颊上,伊满身感到一种甜美的舒适,每一个细胞的内心都舒适。伊忽然想:"每一刻都想望的小宝贝现在不是给我抱着么?这是真的么?不是梦里么?"哇哇的哭声,颊上的感觉,都证明这是千真万真的,于是将颊部凑过去贴得越紧。伊入世将近二十年,这一刻才尝到世间真实的快乐,觉得生活有浓厚的滋味。伊的生命里有一种新生的势力剧烈地燃烧着,"现在自己的归宿是什么?"此刻是不成问题了。伊那丑陋的脸上现出心醉魂怡的笑,表示伊对于一切人们的骄傲。

艰难的功课现在给伊战胜了,晨夕梦想而不可得的一抱,忽然机会凑巧,竟给伊满足了欲望。伊的怯懦的心从此强固了好些,方信这个希望并不是遥远而达不到的。抱一抱邻家的孩子,本来不是什么大不了事,便是天天去抱他一抱,婆婆未必就说,嫂嫂未必就笑,那个佣妇或且因为替了伊的劳力,还要感激不尽呢。然而怯懦的心使伊看得这一事非常之困难,仿佛骆驼要穿过针孔一样。但现在经事实证明,困难已成过去,伊就时常抱那个孩子。那个孩子也不觉得不习惯,虽然不特别和伊亲爱;他和佣妇抱着时一个样子。但是,这在伊已十二分满足了。当肥白的小手抚伊的额角,温软的小脸庞亲伊的颧颊时,伊觉得自己和他已合而为一,邀游于别一个新的世界,那个世界是亲爱和快活造成的;而眼前的婆婆嫂嫂,自己冷寂阴暗的卧室,使自己两手作酸的绩麻工作,这些事物造成的旧世界早已见弃于自己,而且是毁灭了,没有了。

这一天伊没有工作,就抱着那孩子到附近田野里去游玩,同他坐在草地上,唱些很拙朴的歌给他听。他坐了一会站起来,看青苍的天上浮着些小绵羊似的云,小鸟飞来飞去好像有人在那里掷小砖块,"居即"一声,就不见了;他面上现出又静默又美妙的神情,不知他小心灵里起了什么玄想?他又看数十条麦陇一顺地弯曲,直到河岸,都似乎突突地浮动,河中小船经过,不见船身,只见几个船夫在麦陇尽处移动。这都引起他活动的天性,他就奔驰跳跃,发出快活优美的声音喊道:"几个人过去了,他们身体一摇一摇的,在那里牵磨呢。……去了,远了,看他们回来不回来。"

伊赶忙起来牵住他的手说道:"我来抱你吧,你的腿累了。"他不肯让伊抱,只是跳跃着看小船上的几个人。伊和婉地劝道:"便是不抱,也须好好儿慢慢儿走,再不要跳了。"他依了伊的话,嘴里还嚷着:"不见了!不见了!"伊便携着他的手缓缓而行,心里感着不可说的安慰。

回去的时候,伊买了些糖果纳入他的袋里,教他慢慢地吃。伊这样做已有好几回了。伊所有的钱便是绩麻的工资,数目微少,不够买一件衣服或是一些首饰,所以只藏在床角,时常拿出来数数,好像数数便是那些钱的唯一的效用。近来伊发明了钱的用途了。伊想倘若买些东西给他吃,才表示伊爱他的真心,他也必然喜欢的。伊从没吃过糖果,也不知道糖果是什么滋味,看人家都买了给孩子们吃,伊就学着他们的样。伊认那些糖果就是自己的劳力,将劳力赠与他,实在是无上的快乐,而且这才觉得每天的工作确有甜美的意味。总之,伊的外形虽然并没变更,别人看伊依然是愚蠢和不幸,但是伊内面的生活变化了,伊的近二十年的往迹对于伊的束缚,悉数解放了,伊是幸福,快慰,真实,和光明了。

那个孩子忽然一连六七天没有来,这使伊十二分懊丧,好似失掉了一件最宝贵的东西似的。为了什么缘故呢?他父母不许他来么?那佣妇不在家么?他病了么?伊不敢再往下想,伊很悔恨这第三个疑问忽然闯入脑子里。倘若果真是这样,那种担心和忧愁不将碎伊的心么?伊工作全然没有精神,晚上睡眠也不很安稳,刚才朦胧入睡,忽然身体仿佛跌入万丈的深渊,一跳便又醒了。醒了便尽想:那孩子的一个笑脸,一回跳跃,一句简短而可爱的话,一个灵活而异样的姿势,都反复温习,觉得样样含有甜蜜的意味;但现在是和他分别了多日了。回想之外,更引起了缠绵深挚的相思。消息不通,猜度的思想往往带着恐怖同来,这更使伊心中历乱,觉得是有生以来第一回尝到的不快。伊常常盼望佣妇到来,好问个究竟,却又杳无踪影。有了空工夫,便到门前去等候,希望有些儿消息。伊望着那家的墙门,心里念着里面的他,伊的眼睛本来是怅惘的神情,现在又加上了凝想和失望的愁容,竟有些像神经病者,往往引起行人不很深切的注意。然而那个墙门里那有什么消息安慰伊呢?

伊分别那孩子的第十天,那个佣妇才独自到伊家里来。伊的婆婆便问道:"小弟弟为什么不一同来?"那佣妇坐定,嘘着气说道:"这几天我们一家慌忙得够了,小弟弟生病呢。"二奶奶听到这句话,头脑如突受打击,岑岑地发涨;"怎么!"两字同时不知不觉地发于伊的喉间。那佣妇只顾继续说:"他发热,又咳嗽,不想吃东西,只要昏昏地睡。我和男女主人轮流守着他呢。幸而现在好了,最厉害的是开头四五天。"佣妇说完了,自和二奶奶的婆婆讲别的话。二奶奶因此定了心,不可堪的恐怖好像急雨忽来,难以躲避,幸而片刻之间,雨点全收,依旧日朗天青。但是,伊总是异常想念他,不知他病后什么样子。还是从前那样快活么?正想念着做他新伴侣的伊么?最好见他一面,才得安慰久别和悬系的心。然而他住在他的家里,一道砖墙便阻隔了两地相思的人。这又使伊彷徨踌躇,劳心焦思,竭尽伊可能的力量只是筹想,希望得到一个满足欲望的法子。

  一带破砖墙旁边开着一丛茶蘼花,白得像一个一个小雪团,他们是从不会引人注意的,寂寂地开了,又寂寂地谢了,就算度过了他们的芳春。偏偏那位二奶奶寻着他们,非常地欣赏,心里如得了宝贝似的,只是突突地跳。伊端相了一会,挑半开和全开的采了十几朵,花枝上尖利的刺触着伊的手指,伊感觉细碎的痛,这实在不是很容易的工作。这一把花又怎么拿回去呢?需要的心过于切迫,伊就不管这些,拿着花回到自己的门前等着。不一会,邻家那佣妇从市上买了东西回来,伊就迎上去央求伊道:"这一把花请你带给你们小弟弟,让他供在花瓶里玩吧。我刻刻想念他,没有别的东西可以引他欢喜,这个花还白还干净。"伊自觉有满腔的相思话要向伊倾吐,或者可以从伊转达给他,但是说出来时,仅仅是这样浮浅的两句,再要增加一字竟想不出了。

  伊不料那佣妇发出个可惊可喜的回答,使伊几乎不相信自己的耳朵,更疑自己是在迷乱颠倒的睡梦里。那佣妇极随便的样子说道:"你想念他,何不跟我去看看他。"这是伊全然不曾希冀的,竟是可能的么?突然的兴奋和过分的快慰充满伊的脑海,伊再不思量别的,只移动两足,跟着那佣妇走进怅望了好几天的墙门。

  这是一间光明洁净的儿童室:玻璃橱里陈着洋娃娃和小猎狗等玩

具,桌子和椅子都是小样而精致;花瓶里插着绚红的玫瑰花,衬着许多鲜嫩的绿草;墙上彩色画都画一些天真的儿童;一张洁白的小床安放在室中,略偏于后方,那孩子睡在床上,他的母亲坐在床沿陪着他。他的母亲是个活泼而和婉的女子,脸上含着笑的表情,现在因为儿子生了病,忧愁和疲倦使伊的眼眶略为低陷,脸色也微微带些惨白。

孩子的母亲听了佣妇的述说,便向二奶奶道:"我很感激你,常常带着小儿玩耍,还买东西给他。他病了,你刻刻想念着他,更见你爱他的心。他现在是好了,你看,不过没有以前那样又胖又好看了。"伊说着,抱他在怀里,意思是教二奶奶看。

二奶奶默默地不开口,也不看伊所入的是怎样光明洁净的一间房间,也不审视伊的邻居是怎样一个人,伊那好像受电磁力吸引的两眼早已从床上寻见了他。他脸上的红润几乎全退了,眼睛似乎大了些,不十分有神,皮肤也宽弛了许多;他躺着,一手玩弄那被角。伊心里感觉一种不可名状的惋惜,虽然这一回见面足以安慰伊多日的相思。这种惋惜萦绕不去,伊就不能再想别的,孩子的母亲的话也没有听清楚;及见那母亲抱起孩子,知道是教自己看了,急忙之际,便随口说道:"这一把花我给他的。"那母亲非常感激,笑着谢道:"这一定使他喜欢,他的喜欢便是你我的快慰。请你插在花瓶里和玫瑰一起供着吧。"

荼蘼花插入了花瓶,二奶奶的心灵就好像留居此室。伊本欲托花儿的笑靥安慰孩子的小灵魂,使他回复以前的活泼和快乐……现在是如愿以偿了。

孩子睡在母亲的怀里,小手弄伊的嘴唇,嘻嘻的笑容依然是天真而可爱。母亲吻着他的两颊,微微合眼,表出静穆深挚的爱。他小臂举起,钩住伊的项颈,他们俩互相抱着,默默地停了一会,伊唱道:"你是我的心!你是我的心!"声音清婉而微颤。他也学着唱道:"你是我的心!你是我的心!"

二奶奶坐在旁边看得呆了,全身像偶像一般,连眼皮也不动一动。

然而伊比以前更了解了,彻底地了解了,这就是所谓"爱",自己也曾亲切地尝过的。更看四围,何等地光明,何等地洁净,而己身就在这光明和洁净里。

1921年4月19日写毕

## 一课

上课的钟声叫他随着许多同学走进教室里，这个他是习惯了，不用思虑，纯由两条腿做主宰。他是个活动的孩子，两颗乌黑的眼珠流转不停，表示他在那里不绝地想他爱想的念头。他手里拿着一个盛烟卷的小匣子，里面有几张嫩绿的桑叶，有许多细小而灰白色的蚕附着在上面呢。他不将匣子摆在书桌上，两个膝盖便是他的第二张桌子。他开了匣盖，眼睛极自然地俯视，心魂便随着眼睛加入小蚕的群里，仿佛他也是一条小蚕：他踏在光洁鲜绿的地毯上，尝那甘美香嫩的食品，何等地快乐啊！那些同伴极和气的样子，穿了灰白色的舞衣，做各种婉娈优美的舞蹈，何等地可亲啊！

许多同学，也有和他同一情形，看匣子里的小生命的；也有彼此笑语，忘形而发出大声的；也有离了坐位，起来徘徊眺望的。总之，全室的儿童没有一个不动，没有一个不专注心灵在某一件事。倘若有大绘画家，大音乐家，大文学家，或用彩色，或用声音，或用文字，把他们此刻的心灵表现出来，没有不成绝妙的艺术，而且可以通用一个题目，叫做"动的生命"。然而他哪里觉察环绕他的是这么一种现象，而自己也是动的生命的一个呢？他自己是变更了，不是他平日的自己，只是一条小蚕。

冷峻的面容，沉重的脚步声，一阵历乱的脚步声，触着桌椅声，身躯轻轻地移动声——忽然全归于寂静，这使他由小蚕回复到自己。他看见那位方先生——教理科的——来了,才极随便地从抽屉中取出一本完整洁白的理科教科书,摊在书桌上。那个储藏着小生命的匣子,现在是不能拿在手中了。他乘抽屉没关上,便极敏捷地将匣子放在里面。这等动作,他有积年的经验,所以决不会使别人觉察。

他手里不拿什么东西了,他连绵的深沉的思虑却开始了。他预算摘到的嫩桑叶可以供给那些小蚕吃到明天。便想:"明天必得去采,同王复一块儿去采。"他立时想起了卢元,他的最亲爱的小友,和王复一样,平时他们三个一同出进,一同玩耍,连一歌一笑都互相应和。他想,"那位陆先生为什么定要卢元买这本英文书?他和我合用一本书,而且考问的时候他都能答出来,那就好了。"

一种又重又高的语音振动着室内的空气,传散开来:"天空的星,分做两种:位置固定,并且能够发光的,叫做恒星;旋转不定,又不能发光的,叫做行星……"

这语音虽然高,送到他的耳朵里便化而为低——距离非常近呢。只有模模糊糊断断续续的几个声音"星……恒星……光……行星"他可以听见。他也不想听明白那些,只继续他的沉思。"先生越要他买,他只是答应,略微点一点头,偏偏不买。我也曾劝他,'你买了吧,省得陆先生天天寻着你发怒',他也只点一点头。那一天,陆先生的话真使我不懂,什么叫'没有书求什么学'?什么叫'不配'?我从没见卢元动过怒,他听到这几句话的时候却怒了。他的面庞红得像醉汉,发鬓的近旁青筋胀了起来,眼睛里淌下泪来。他挺直了身躯,很响地说:'我没书,不配在这里求学,我明白了!但是我还是要求学,世界上总有一个容许我求学的地方!'当时大家都呆了,陆先生也呆了。"

"……轨道……不会差错……周而复始……地球……"那些语音又轻轻地激动他的鼓膜。

"不料他竟实行了他的话。第二天他就没来,一连几天没来。我到他家里去看他,他母亲说他跟了一个亲戚到上海去了。我不知道他现在做什么,不知道他为什么肯离开他母亲。"他这么想,回头望卢元的书桌,上面积着薄薄的一层灰尘,还有几个纸团儿,几张干枯的小桑叶,是别的同学随手丢在那里的。

他又从干桑叶想到明天要去采桑:"我明天一早起来,看了王复,采了桑,畅畅地游玩一会,然后到校,大约还不至于烦级任先生在缺席簿上我的名字底下做个符号。但是哪里去采呢?乱砖墙旁桑树上的叶小而薄,不好。还是眠羊泾旁的桑叶好。我们一准到那里去采。那条眠羊泾可爱呀!"

"……热的泉源……动植物……生活……没有他……试想……怎样?"方先生讲得非常得意,冷峻的面庞现出不自然的笑,那"怎样"两字说得何等地摇曳尽致。停了一会,有几个学生发出不经意的游戏的回答:"死了!""活不成了!""他是我们的大火炉!"语音杂乱,室内的空气微觉激荡,不稳定。

他才四顾室内,知先生在那里发问,就跟着他人随便说了一句"活不成了!"他的心却仍在那条眠羊泾。"一条小船,在泾上慢慢地划着,这是神仙的乐趣。那一天可巧逢到一条没人的小船停在那里,我们跳上船去,撑动篙子,碧绿的两岸就摇摇地向后移动,我们都拍手欢呼。我看见船舷旁一群小鱼钻来钻去,活动得像梭子一般,便伸手下去一把,却捉住了水草,那些鱼儿不知道哪里去了。卢元也学着我伸下手去,落水重了些,溅得我满脸的水。这引得大家都笑起来,说我是个冒雨的失败的渔夫。最不幸的是在这个当儿看见级任先生在岸上匆匆地走来。他赶到我们船旁,勉强露出笑容,叫我们好好儿上岸吧。我们全身的,从头发以至脚趾的兴致都消散了,就移船近岸,一个一个跨上去。不好了!我们一跨上岸他的面容就变了。他责备我们不该把生命看得这么轻;又责备我们不懂危险,竟和危险去亲近。我们……"

"……北极……南极……轴……"梦幻似的声音,有时他约略听见。忽然有繁杂的细语声打断了他的沉思。他看许多同学都望着右面的窗,轻轻地指点告语。他跟着他们望去,见一个白的蝴蝶飞舞窗外,两翅鼓动得极快,全身几乎成为圆形。一会儿,那蝴蝶扑到玻璃上,似乎要飞进来的样子,但是和玻璃碰着,身体向后倒退,还落了些翅上的白鳞粉。他就想:"那蝴蝶飞不进来了!这一间宽大冷静的屋子里,倘若放许多蝴蝶进来,白的、黄的,斑斓的都有,飞满一屋,倒也好玩,坐在这里才觉得有趣。我们何不开了窗放他进来。"他这么想,嘴里不知不觉地说出"开窗!"两个字来。就有几个同学和他唱同调,也极自然地吐露出"开窗!"两个字。

方先生梦幻似的声音忽然全灭,严厉的面容对着全室的学生,居然聚集了他们的注意力,使他们放弃了那蝴蝶。方先生才斥责道:"一个蝴蝶,有什么好看!让他在那里飞就是了。我们且讲那经度……距离……多少度。"

以下的话,他又听不清楚了。他俯首假做看书,却偷眼看窗外的蝴蝶。哪知那蝴蝶早已退出了他眼光以外。他立时起了深密的相思:"那蝴蝶不知道哪里去了?倘若飞到小桥旁的田里,那里有刚开的深紫的豆花,发出清美的香气,可以陪伴他在风里飞舞。他倘若沿着眠羊泾再往前飞,一棵临溪的杨树下正开着一丛野蔷薇,在那里可以得到甘甜的蜜。不知道他还回到这里来望我么?"他只是望着右面的窗,等待那倦游归来的蝴蝶。梦幻似的声音,一室内的人物,于他都无所觉。时间的脚步本来是沉默的,不断如流地过去,更不能使他有一些儿辨知。

窗外的树经风力吹着,似乎点头似乎招手地舞动,那种鲜绿的舞衣,优美的姿势,竟转移了他心的深处的相思。那些树还似乎正唱一种甜美的催眠歌,使他全身软软的,感到不可说的舒适。他更听得小鸟复音的合唱,蜂儿沉着而低微的祈祷。忽然一种怀疑——人类普遍的玄秘的怀疑——侵入他的心里:"空气传声音,先生讲过了,但是声音是什么?空气传了声音来,我的耳朵又何以能听得见?"

他便想到一个大玻璃球,里面有一只可爱的小钟。"陈列室里那个东西,先生说是试验空气传声的道理的;用抽气机把里面的空气抽去了,即将球摇动,使钟杵动荡,也不会听见小钟的声音。不知道可真是这样?抽气机我也看见,两片圆玻璃装在木架子上,但是不曾见他怎样抽空气。先生总对我们说:'一切仪器不要将手去触着,只许用眼睛看!'眼睛怎能代替耳朵,看出声音的道理来?"

　　他不再往下想,只凝神听窗外自然的音乐,那种醉心的快感,决不是平时听到风琴发出滞重单调的声音的时候所能感到的。每天放学的时候,他常常走到田野里领受自然的恩惠。他和自然原已纠结得很牢固了,那人为的风琴哪有这等吸引力去解开他们的纠结呢?

　　"……"他没有一切思虑,情绪……他的境界不可说。

　　室内动的生命重又表现出外显的活动来,豪放快活的歌声告诉他已退了课。他急急开抽屉,取出那小匣子来,看他的伴侣。小蚕也是自然啊!所以他仍然和自然牢固地纠结着。

1921年4月30日写毕

# 四三集(节选)

# 自序

　　印在这本集子里的几篇东西，同以前的东西一样，都是由杂志的编者逼出来的。信来了不止一封，看过之后，记在心上，好比一笔债务，总得还清了才安心。于是提起笔来写作，虽然说不愿意拆烂污，"半生不熟"和"草率将事"的毛病总不能免。很想望有这么一个境界：不受别人的催逼，待一篇小说自自然然地结胎，发育，成形，然后从从容容地把它写出来。述样写成的小说，别人看来怎样且不说，大概能使自己满意一点儿吧。可是，既已处在非催逼不可的时代，这种境界就只能想望，无由实现。应该修炼的是虽然受着催逼，仍然能够自自然然地，从从容容地写出至少能使自己满意的东西来。这套功夫现在还不成，以后拟加紧修炼。

　　这本集子的编排改变了以前习用的"编年"的办法。新办法是"以类相从"，把大略有关联的几篇排在一起，以期增强读者的观感。——真是"大略"而已，要严格寻求所谓"类"是很难的，小说集子不同于"分类活叶文选"。其中多数是最近一年间的习作。然而也有八九年前的旧稿，就是那篇《冥世别》。以前编集的当儿，那篇东西漏了网，未免有点儿"敝帚自珍"的心情，觉得可惜。直到去年，才从一个纸包里检到了原稿，现在就把它收在这里。有少数几篇是童话，在《新少年》登载过。童话本是儿童阅读的小说，《文学概论》的编者固然要严定区别，但是实际上未尝不可以与小说"并家"。我这样想,就把几篇童话收在这里。

编一本集子,必须定个名字,以便称说。定名字很不容易,于是想到取巧的办法:这本集子是四十三岁这一年出版的,就叫它《四三集》吧。四十三岁是"中国算法",扣实足算,四十二岁还不到一点。然而"户口调查表"上是照"中国算法"填的,其他需要填具年龄的场合也一向这么填,因此,现在不作更改。

末了,对于"催逼"我出版这本集子的赵家璧先生敬致感谢。

1936年8月

# 多收了三五斗

万盛米行的河埠头,横七竖八停泊着乡村里出来的敞口船。船里装载的是新米,把船身压得很低。齐船舷的菜叶和垃圾给白腻的泡沫包围着,一漾一漾地,填没了这船和那船之间的空隙。

河埠上去是仅容两三个人并排走的街道。万盛米行就在街道的那一边。朝晨的太阳光从破了的明瓦天棚斜射下来,光柱子落在柜台外面晃动着的几顶旧毡帽上。

那些戴旧毡帽的大清早摇船出来,到了埠头,气也不透一口,便来到柜台前面占卜他们的命运。

"糙米五块,谷三块。"米行里的先生有气没力地回答他们。

"什么!"旧毡帽朋友几乎不相信自己的耳朵。美满的希望突然一沉,一会儿大家都呆了。

"在六月里,你们不是卖十三块么?"

"十五块也卖过,不要说十三块。"

"哪里有跌得这样厉害的!"

"现在是什么时候,你们不知道么?各处的米像潮水一般涌来,过几天还要跌呢!"

刚才出力摇船犹如赛龙船似的一股劲儿,现在在每个人的身体里松懈下来了。今年天照应,雨水调匀,小虫子也不来作梗,一亩田多收这么三五斗,谁都以为该得透一透气了。哪里知道临到最后的占卜,却得到比往年更坏的课兆!

"还是不要粜的好,我们摇回去放在家里吧!"从简单的心里喷出了这样的愤激的话。

"嗤,"先生冷笑着,"你们不粜,人家就饿死了么?各处地方多的是洋米,洋面,头几批还没有吃完,外洋大轮船又有几批运来了。"

洋米,洋面,外洋大轮船,那是遥远的事情,仿佛可以不管。而不粜那已经送到河埠头来的米,却只能作为一句愤激的话说说罢了。怎么能够不粜呢?田主方面的租是要缴的,为了雇帮工,买肥料,吃饱肚皮,借下的债是要还的。

"我们摇到范墓去粜吧。"在范墓,或许有比较好的命运等候着他们,有人这么想。

但是,先生又来了一个"嗤",捻着稀微的短髭说道:"不要说范墓,就是摇到城里去也一样,我们同行公议,这两天的价钱是糙米五块,谷三块。"

"到范墓去粜没有好处,"同伴间也提出了驳议,"这里到范墓要过两个局子,知道他们捐我们多少钱! 就说依他们捐,哪里来的现洋钱?"

"先生,能不能抬高一点?"差不多是哀求的声气。

"抬高一点,说说倒是很容易的一句话。我们这米行是拿本钱来开的,你们要知道,抬高一点,就是说替你们白当差,这样的傻事谁肯干?"

"这个价钱实在太低了,我们做梦也没想到。去年的粜价是七块半,今年的米价又卖到十三块,不,你先生说的,十五块也卖过;我们想,今年总该比七块半多一点吧。哪里知道只有五块!"

"先生,就是去年的老价钱,七块半吧。"

"先生,种田人可怜,你们行行好心,少赚一点吧。"

另一位先生听得厌烦,把嘴里的香烟屁股扔到街心,睁大了眼睛说:"你们嫌价钱低,不要粜好了。是你们自己来的,并没有请你们来。只管多罗嗦做什么！我们有的是洋钱，不买你们的，有别人的好买。你们看，船埠头又有两只船停在那里了。"

三四顶旧毡帽从石级下升上来，旧毡帽下面是表现着希望的酱赤的颜面。他们随即加入先到的一群。斜伸下来的光柱子落在他们的破布袄的肩背上。

"听听看，今年什么价钱。"

"比去年都不如，只有五块钱！"伴着一副懊丧到无可奈何的神色。

"什么！"希望犹如肥皂泡，一会儿又迸裂了三四个。

希望的肥皂泡虽然迸裂了，载在敞口船里的米可总得粜出；而且命里注定，只有卖给这一家万盛米行。米行里有的是洋钱，而破布袄的空口袋里正需要着洋钱。

在米质好和坏的辩论之中，在斛子浅和满的争持之下，结果船埠头的敞口船真个敞口朝天了；船身浮起了好些，填没了这船那船之间的空隙的菜叶和垃圾就看不见了。旧毡帽朋友把自己种出来的米送进了万盛米行的廒间，换到手的是或多或少的一叠钞票。

"先生，给现洋钱，袁世凯，不行么？"白白的米换不到白白的现洋钱，好像又被他们打了个折扣，怪不舒服。

"乡下曲辫子！"夹着一枝水笔的手按在算盘珠上，鄙夷不屑的眼光从眼镜上边射出来，"一块钱钞票就作一块钱用，谁好少作你们一个铜板。我们这里没有现洋钱，只有钞票。"

"那末，换中国银行的吧。"从花纹上辨认，知道手里的钞票不是中国银行的。

"吓！"声音很严厉，左手的食指强硬地指着，"这是中央银行的，你们不要，可是要想吃官司？"

不要这钞票就得吃官司，这个道理弄不明白。但是谁也不想弄明白；大家看了看钞票上的人像，又彼此交换了将信将疑的一眼，便把钞票塞进破布袄的空口袋或者缠着裤腰的空褡裢。

一批人咕噜着离开了万盛米行,另一批人又从船埠头跨上来。同样地,在柜台前迸裂了希望的肥皂泡,赶走了入秋以来望着沉重的稻穗所感到的快乐。同样地,把万分舍不得的白白的米送进万盛的廒间,换了并非白白的现洋钱的钞票。

街道上见得热闹起来了。

旧毡帽朋友今天上镇来,原来有很多的计划的。洋肥皂用完了,须得买十块八块回去。洋火也要带几匣。洋油向挑着担子到村里去的小贩买,十个铜板只有这么一小瓢,太吃亏了;如果几家人家合买一听分来用,就便宜得多。陈列在橱窗里的花花绿绿的洋布听说只要八分半一尺,女人早已眼红了好久,今天桼米就嚷着要一同出来,自己几尺,阿大几尺,阿二几尺,都有了预算。有些女人的预算里还有一面蛋圆的洋镜,一方雪白的毛巾,或者一顶结得很好看的绒绳的小团帽。难得今年天照应,一亩田多收这三五斗,把一向捏得紧紧的手稍微放松一点,谁说不应该?缴租,还债,解会钱,大概能够对付过去吧;对付过去之外,大概还有多余吧。在这样的心境之下,有些人甚至想买一个热水瓶。这东西实在怪,不用生火,热水冲下去,等会儿倒出来照旧是烫的;比起稻柴做成的茶壶窠来,真是一个在天上,一个在地下。

他们咕噜着离开万盛米行的时候,犹如走出一个一向于己不利的赌场——这回又输了!输多少呢?他们不知道。总之,袋里的一叠钞票没有半张或者一角是自己的了。还要添补上不知在哪里的多少张钞票给人家,人家才会满意,这要等人家说了才知道。

输是输定了,马上开船回去未必就会好多少;镇上走一转,买点东西回去,也不过在输账上加上一笔,况且有些东西实在等着要用。于是街道上见得热闹起来了。

他们三个一群,五个一簇,拖着短短的身影,在狭窄的街道上走。嘴里还是咕噜着,复算刚才得到的代价,咒骂那黑良心的米行。女人臂弯里钩着篮子,或者一只手牵着小孩,眼光只是向两旁的店家直溜。小孩给赛璐珞的洋团团,老虎,狗,以及红红绿绿的洋铁铜鼓,洋铁喇叭勾引住了,赖在那里不肯走开。

"小弟弟,好玩呢,洋铜鼓,洋喇叭,买一个去。"故意作一种引诱的声调。接着是——冬,冬,冬,——叭,叭,叭。

当,当,当,——"洋瓷面盆刮刮叫,四角一只真公道,乡亲,带一只去吧"。

"喂,乡亲,这里有各色花洋布,特别大减价,八分五一尺,足尺加三,要不要剪些回去?"

万源祥大利老福兴几家的店伙特别卖力,不惜工本叫着"乡亲",同时拉拉扯扯地牵住"乡亲"的布袂;他们知道惟有今天,"乡亲"的口袋是充实的,这是不容放过的好机会。

在节约预算的踌躇之后,"乡亲"把刚到手的钞票一张两张地交到店伙手里了。洋火,洋肥皂之类必需用,不能不买,只好少买一点。整听的洋油价钱太"咬手",不买吧,还是十个铜板一小瓢向小贩零沽。衣料呢,预备剪两件的就剪了一件,预备娘儿俩一同剪的就单剪了儿子的。蛋圆的洋镜拿到了手里又放进了橱窗。绒绳的帽子套在小孩头上试戴,刚刚合式,给爷老子一句"不要买吧",便又脱了下来。想买热水瓶的简直不敢问一声价。说不定要一块块半吧。如果不管三七二十一买了回去,别的不说,几个白头发的老太公老太婆就要一阵阵地骂:"这样的年时,你们贪安逸,花了一块块半买这些东西来用,永世不得翻身是应该的!你们看,我们这么一把年纪,谁用过这些东西来!"这罗嗦也就够受了。有几个女人拗不过孩子的欲望,便给他们买了最便宜的小洋团团。小洋团团的腿臂可以转动,要他坐就坐,要他站就站,要他举手就举手;这不但使拿不到手的别的孩子眼睛里几乎冒火,就是大人看了也觉得怪有兴趣。

"乡亲"还沽了一点酒,向熟肉店里买了一点肉,回到停泊在万盛米行船埠头的自家的船上,又从船梢头拿出盛着咸菜和豆腐汤之类的碗碟来，便坐在船头开始喝酒。女人在船梢头煮饭。一会儿，这条船也冒烟，那条船也冒烟，个个人淌着眼泪。小孩在舱口朝天的空舱里跌跤打滚，又捞起浮在河面的脏东西来玩，惟有他们有说不出的快乐。

酒到了肚里，话就多起来。相识的，不相识的，落在同一的命运里，又在同一的河面上喝酒，你端起酒碗来说几句，我放下筷子来接几声，中听的，喊声"对"，不中听，骂一顿：大家觉得正需要这样的发泄。

"五块钱一担，真是碰见了鬼！"

"去年是水灾，收成不好，亏本。今年算是好年时，收成好，还是亏本！"

"今年亏本比去年都厉害；去年还粜七块半呢。"

"又得把自己吃的米粜出去了。唉，种田人吃不到自己种出来的米！"

"为什么要粜出去呢，你这死鬼！我一定要留在家里，给老婆吃，给儿子吃。我不缴租，宁可跑去吃官司，让他们关起来！"

"也只得不缴租呀。缴租立刻借新债。借了四分钱五分钱的债去缴租，贪图些什么，难道贪图明年背着更重的债！"

"田真个种不得了！"

"退了租逃荒去吧。我看逃荒的倒是满写意的。"

"逃荒去，债也赖了，会钱也不用解了，好计策，我们一块儿去！"

"谁出来当头脑？他们逃荒的有几个头脑，男男女女，老老小小，都听头脑的话。"

"我看，到上海去做工也不坏。我们村里的小王，不是么? 在上海什么厂里做工，听说一个月工钱有十五块。十五块，照今天的价钱，就是三担米呢！"

"你翻什么隔年旧历本！上海东洋人打仗，好多的厂关了门，小王在那里做叫化子了，你还不知道？"

路路断绝。一时大家沉默了。酱赤的脸受着太阳光又加上酒力，个个难看不过，好像就会有殷红的血从皮肤里迸出来似的。

"我们年年种田,到底替谁种的?"一个人呷了一口酒,幽幽地提出疑问。

就有另一个人指着万盛的半新不旧的金字招牌说:"近在眼前,就是替他们种的。我们吃辛吃苦,赔重利钱借债,种了出来,他们嘴唇皮一动,说'五块钱一担!'就把我们的油水一古脑儿吞了去!"

"要是让我们自己定价钱,那就好了。凭良心说,八块钱一担,我也不想多要。"

"你这囚犯,在那里做什么梦!你不听见么?他们米行是拿本钱来开的,不肯替我们白当差。"

"那末,我们的田也是拿本钱来种的,为什么要替他们白当差!为什么要替田主白当差!"

"我刚才在廒间里这么想:现在让你们沾便宜,米放在这里;往后没得吃,就来吃你们的!"故意把声音压得很低,网着红丝的眼睛向岸上斜溜。

"真个没得吃的时候,什么地方有米,拿点来吃是不犯王法的!"理直气壮的声口。

"今年春天,丰桥地方不是闹过抢米么?"

"保卫团开了枪,打死两个人。"

"今天在这里的,说不定也会吃枪,谁知道!"

散乱的谈话当然没有什么议决案。酒喝干了,饭吃过了,大家开船回自己的乡村。船埠头便冷清清地荡漾着暗绿色的脏水。

第二天又有一批敞口船来到这里停泊。镇上便表演着同样的故事。这种故事也正在各处市镇上表演着,真是平常而又平常的。

"谷贱伤农"的古语成为都市间报上的时行标题。

地主感觉收租棘手,便开会,发通电,大意说:今年收成特丰,粮食过剩,粮价低落,农民不堪其苦,应请共筹救济的方案。

金融界本来在那里要做买卖,便提出了救济的方案:(一)由各大银行钱庄筹集资本,向各地收买粮米,指定适当地点屯积,到来年青黄不接的当儿陆续售出,使米价保持平衡;(二)提倡粮米抵押,使米商不至群相采购,造成无期的屯积;(三)由金融界负责募款,购屯粮米,到出售后结算,依盈亏的比例分别发还。

工业界是不声不响。米价低落,工人的"米贴"之类可以免除,在他们是有利的。

社会科学家在各种杂志上发表论文,从统计,从学理,提出粮食过剩之说简直是笑话;"谷贱伤农"也未必然,谷即使不贱,在帝国主义和封建势力双重压迫之下,农也得伤。

这些都是都市里的事情,在"乡亲"是一点也不知道。他们有的粜了自己吃的米,卖了可怜的耕牛,或者借了四分钱五分钱的债缴租;有的挺身而出,被关在拘押所里,两角三角地,忍痛缴纳自己的饭钱;有的沉溺在赌博里,希望骨牌骰子有灵,一场赢它十块八块;有的求人去说好话,向田主退租,准备做一个干干净净的穷光蛋;有的溜之大吉,悄悄地爬上开往上海的四等车。

1933年7月1日发表

# 丁祭

"明年是丁丑,菊翁,轮到你老先生重游泮宫了。"

菊翁听到这个话,右手三个指头抖抖地捻那下巴底下一撮花白胡须,眼光垂下来看了看,同时两条鼻涕在鼻管口露一露脸就缩了进去,他似笑非笑地说:"不错,明年是丁丑了,只是我身体不好,知道活不活得到明年!"

坐在这明伦堂上的人都有胡须,白的,黑的,或是花白的,看见菊翁捻胡须,大家好像感受了催眠术,各自把右手伸到嘴旁边:有的效学菊翁的手法,有的专捻上唇的两边,保持"大学眼药"的派头,有的因为胡须短到无可捻,就用两个指头摘那胡须根。

"那里,那里。"大家给菊翁安慰。

一个干而瘦的黑胡须接着说:"明年菊翁重游泮官,我们要敬他一杯酒。我看,就在这明伦堂摆酒最好。"

于是大家看明伦堂,眼睛的溜溜旋转起来。白垩的屏门转了色,像给煤烟熏过了似的。悬空的几根柱子寂寞地站在那里,黑漆剥落了大部分。挨着横梁挂着"状元""进士""举人"之类的匾额,有好几块歪斜了,说不定就要掉下来。墙上新近刷过一层粉,但是粉底下还露出潦潦草草用墨笔写的"打倒""革命"那些字的痕迹。前面没有窗子,风卷着棉絮似的雪花直吹到老人们坐着的地方。庭中的柏树上,雪渐渐积起来。一只乌鸦冒冒失失地飞来,停在一棵柏树上叫了几声,又一溜烟飞去了。随即来了六七只麻雀,缩紧了脖子啾啾地叫。

大家看得好像很满意,一窝蜂地说:"砚翁的话不错,当然明伦堂最好,当然明伦堂最好。"

干而瘦的黑胡须起劲起来,尖着嗓门说:"这里新修理呢。要不是东洋领事提出意见,恐怕到今朝还是破败不堪,那几家穷人家的锅灶和铺盖还是摆在我们旁边呢。"

"那东洋领事怎么说?"一个圆脸发红的白胡须问,发音含含糊糊地。

"有一天,东洋领事到这里玩儿,说这里是圣人的地方,太破败了,应该修理修理,穷人家应该赶出去,怎么好让他们住在这里。这个话不错呀,我们这方面就——照办了。"

"在这件事情上,砚翁也费了不少的心呢。"

砚翁没听清楚这个话是谁说的,也就并不对着谁,只是说:"哪里,哪里。"

圆脸发红的白胡须想了一想,又含含糊糊地说:"东洋人倒也知道敬重孔夫子。"

"他们讲王道,当然敬重孔夫子。听说他们国度里像我们中国一样,各处都有圣庙呢。"

"各位看过今天的《地方日报》吗?"一个长着几根黄黄的鼠须的向大家看了一周,不等回答,就接下去说,"报上载着,北京的宋哲元宋委员长,今天也要亲自去祭圣庙呢。他是个武官,能够敬重孔夫子,难得之至。"

"也并不难得,现在的武官很有几个敬重孔夫子的,像……"

另一个抢出来说:"那末我们也不算背时了,哈哈。当初革命军来了,以为全是洪水猛兽一般的家伙,原来倒不少我辈中人。"

"革命,革命,最要紧的革心。革心是什么?就是孔门正心诚意的工夫。现在的人这颗心太坏了，坏得缺了一角，坏得歪到了胛肢窝去。要是不讲革心，真是不堪设想，不堪设想。"

戴着缎帽子，皮帽子，乌绒帽子的许多脑袋颠动起来，一窝蜂地说："不错，不错。"

"所以，"菊翁得意地说，"我在教两个小孙读《大学》。既然进了学堂，教科书不能不读，但是教科书什么东西！猫开口了，羊说话了，好好的人不做，倒去效学畜生！我的小辈总巴望他们像个人，所以要他们读《大学》，让他们懂得一点正心诚意的工夫。"

又是一阵"不错"之后，鼠须故意咳一声嗽，说："说起人心坏，现在的人心的确坏。各位可知道，昨天西乡种田人闹事为的什么？唉，岂有此理！有一批种田人弄到了几个钱，预备先还几成租。另一批人可没有钱，就聚众强制他们，教他们不要还。这才闹起来的。而且这班闹事的并不是无赖的小伙子，都是做婆婆做奶奶的老太婆。她们非但不还租，还向乡长要饭吃。人心坏到……"他仿佛再不能说下去了。

砚翁两颗眼珠突了出来，在瘦脸上显得特别大，他愤激地说："这简直适用《维持治安紧急办法》就是了！现在中央不是颁布了《维持治安紧急办法》吗？一句老话：'赋从租出，租由佃完。'种田人抗拒还租，国家的赋税哪里来？我们的吃用哪里来？岂不是扰乱治安？"

鼠须端起茶碗来喝了一口，茶冰冷了，激痛了蛀牙，他就把茶吐还茶碗里。但是嘴里经这么一润，他的气愤似乎松了一点，他又报告说："昨天下午四点钟，有一队弟兄们下乡去了。但愿把那批老太婆像湖蟹一样一串串地牵回来。"

"这几天，北京的学生子正像湖蟹一样一串串地牵连在那里呢。你想，一逮逮了一百多。"

"他们实在罪有应得。无端起来胡闹，东喊一阵，西跑一阵，弄得人心惶惶，不是扰乱治安是什么？他们开口救国，闭口救国，嗤，国家是你们学生的吗？我前几天看报，看见中央颁布了《维持治安紧急办法》，我就知道,他们倒楣的日子快要到了。"

"咏翁,听说令坦在北平不肯回来,有这个话吗?"

咏翁梳理着灰白色的络腮胡,点点头说:"有的。亲翁写了好几封信去,教他不要读什么书了,回家来还有口饭吃。可是他回信总说不愿意回来。还说到乡下去宣传,吃了许多苦,可是很乐意,很有长进。又据小女说,他还写了什么文章登在报上呢。这样的一个人,说不定逮住的一百多个里头就有他。我为小女打算,恐怕还是同律师商量商量,提出离婚的好。"

"离婚?"菊翁对咏翁的络腮胡看了一眼,脸上现出一副尴尬的神色,但一会儿也就变得若无其事,话也不说下去了。

"啊,洛翁来了。"

大家向庭中看,一个青布长衫的用人扶着脸皱得像干枣子可是不长胡须的洛翁在走过来。黑布阳伞上几乎铺满了雪。

"洛翁来了,我们可以祭了。"

大家站起来,嘴里施施地作响。

"洛翁。"一阵招呼之后,大家挤在一起,连同洛翁和青布长衫的用人,缓缓地沿着回廊,向大成殿而去。

"翁,走好。"

"坐了一会,脚都冻僵了。"

"这样大雪,怎么好祭呢?"

"就是下铁片,也得要祭啊。"

"翁,当心脚下,水。"

"翁,把皮袍子拉一把吧。"

"……"

大成殿里蝙蝠粪的臭气使诸翁都用手掩着鼻子,但一会儿手又放了下来,很恭敬地垂着。大家在"正位"以及"四配""十哲"的供桌上检阅。

"怎么三牲都这样小?"

"小猪在广东算是名品,小牛又是最滋补的东西,现在孔夫子也时髦,讲卫生了,哈哈。"

"实在经费不够,"砚翁转一个身,当众说明,"只好买得小一点。现在什么东西都贵。"

"豆腐也涨价了,本来两个铜板一块,现在涨到三个。"

"都是那辅币害人。一分以下只有半分,半分是十五文。豆腐要涨价,呆子也会想,涨到了一分吧。其实一分的辅币还没有一个铜板那么大。"

"别的不用说,今天我们分'胙肉'要吃亏了。"鼠须望着插在烛台上的蜡烛,上了心事似的。

"你老先生没有关系,因为你是念佛吃素的了。"

"我的儿子媳妇并没有念佛吃素呀。"鼠须说了之后,忽然发现了补偿的办法,他自言自语说:"等会儿我要拿这个顶大的蜡烛头。"

"蜡烛头吗?我也准备拿一个。"

"我们从小到老,一直要拿祭过圣人的蜡烛头。到底有没有灵验,可不知道。"

"怎么没有灵验呢?简直灵验极了。那一年我的内姨的弟媳妇做产,三天三夜生不出,新法收生婆也束了手。他们知道舍间有祭过圣人的蜡烛头,要了去点起来,不到一个时辰,就生出来了,而且是个男。你说灵验不灵验?"

"当然灵验,当然灵验。"大家一窝蜂地给他批准。

这时候所有的蜡烛由砚翁的用人点了起来,黄黄的小火焰这里那里跳动着。诸翁硬硬头皮走出大成殿,各就其位,让棉花团似的雪停在他们的帽子上,围巾上,大衣上,马褂上。洛翁就了正位,雪打着他的脸,脸上的皱纹似乎更多了。青布长衫的用人暂时退到东庑的檐下,他倒得以乘此避雪。

诸翁于是表演年年做惯的一套:上香,读祝文,三献爵,进退拜跪,好像道士打醮。老脸上经受了风雪,大都显得通红。

有十几个小学生在西庑下观看,嘻嘻哈哈地说:"一个老头子跪了下去站不起来了,一个老头子的棉鞋浸在泥浆里他都没有知道……"

从庭中望到开直窗子的大成殿,里面是空洞洞的一片黑。

大约延续了一个钟头不到一点,焚帛,送神,祭事才算完毕。诸翁一边拍去身上的雪,一边喘吁吁地赶紧往殿里跑。大家看见蜡烛头就拔下来,"咈",吹熄了,珍重地执在手里。

鼠须果然拿到了孔子面前顶大的一个,可是拔的时候没有留心,蜡烛油淌下来,把他的手心烫得辣辣地痛。

1936年3月发表

# 一篇宣言

校长先生接到了一个电报。依习惯先看末尾，写着"教厅哿"三字，是教育厅来的。眼光像闪电一般射到电文的开头，又像蚂蚁那么爬，爬过这些蓝色复写的文字。原来并不是什么严重的事情，这才定了心。

电文的意思不过是你们那里有一班教职员最近发布一篇宣言，那篇宣言是谁的手笔，望调查清楚，立即电复。

"宣言确曾在报纸上看见过，谁的手笔可不知道，"校长先生想，"他们干这件事情仿佛只瞒着我一个人，各校教职员签名的有五六十个，我校的二十几个同事，除掉一个公民教员，都在里头了。直到报上把那篇宣言登了出来，他们还是若无其事，不对我提起一声。我说：'今天你们发表了一篇宣言？'张先生正在我的对面，他眼睛看着墙壁，说：'不错，我们发表了一篇宣言。这样乌烟瘴气，喉咙口忍不住了，说了这一番话，才觉得爽快一点。'其余几个人好像没听见我的话，顾自看他们的教本，批他们的笔记，还有一两个装作忽然想起了什么事情的样子，匆匆走开了。总之，他们不愿意同我谈到那篇宣言，我不是瞎子，我看得明白，我为什么定要同他们多谈呢！"

但是，教育厅的电报执在手里，那边在等着电复，现在是不得不再同他们谈一谈了。私下打听也未尝不可，可是所费的时间多。去问别的学校参加签名的教职员，又当然不及问自己的同事来得直捷痛快。自己的同事有二十几个，问谁呢？那几个假作没听见的有点讨厌，不去问他们。还是张先生，他虽然眼睛看着墙壁，对于人家的询问总算给了个睬。只要他说一声，那篇宣言是谁写的，把那人的姓名回复教育厅，一件公务就办了了。

于是美术教员张先生被请到校长办公室。校长先生让他坐下，就提出简单的问话："你们的宣言由谁起的草？我要知道这个，请你告诉我。"

"王咏沂王先生起的草。"张先生毫不迟疑地说。

"王先生起的草？我可没有料到！"校长先生立刻感到这件公务并不怎样轻松，仿佛有一条拖泥带水的长鞭子抽过来，缠着他的身体，一时未必容易把它解脱。

"虽然由王先生起草，意思却是共同决定的，"张先生说着，用手指梳理他的留得很长的头发，"那天大家聚在一起商量，一个说，这一层应得提一提，另一个说，那一层也得说一说。大家斟酌过后，凑齐了一串的意思。记不清是谁提议道：'就请王咏沂先生把这一串意思写下来吧，他是国文教师，笔下来得。'王先生当仁不让，回来就起草了那篇宣言。"

校长先生一个手指敲着桌面，搭，搭，搭，搭，眼睛直望着章炳麟写的一副篆字对子，自言自语说："事情只怕有点不妙。"说了这句随即缩住，脸上现出后悔的神色。但是经过了半分钟光景的踌躇，眼光终于移到张先生脸上，轻轻地说："教育厅刚才来了电报，叫我调查起草人呢。"

"调查起草人，这是什么意思？"

"谁知道什么意思？总之不会因为那篇宣言写得太好，要请起草人去当总秘书，这是一定的。王先生当时不担任起草也罢了，旁的学校也有国文教师，何必他老先生出手？"

"担任起草并没有错儿呀。"

校长先生对这个离开学生生活不久的美术家看了一眼，叹息说："张先生，你的想头太天真了。你多担任几年教师，想头就会跟此刻不同。你说没有错儿，依我想，他们在调查，保证有错儿，只不知是重是轻。即使很轻,偏偏落在我们学校里,你想,岂不是麻烦的事情?"

"这样吗?"美术教师感觉怅惘,又有点愤愤,一时说不出什么。

"既然是王先生起的草,我不能不据实回复,不过总得告诉他一声。"校长先生重又自言自语。随即按电铃招来一个校工,叫他去请王先生。

王先生来了。坐定下来,依习惯摘着胡须根,油亮的袖底几乎涂满了红墨水迹。听完了校长先生的叙述,他有点激动,两颊发红,可是沉静地说:"这确是我起的草,请校长回复教育厅就是了。我想,这里头并没有什么大逆不道的话。要维护领土的完整,要保持主权的独立,无非这一点意思。只要是中国人,只要是有心肝的中国人,醒里梦里谁不想着这一点意思?"

张先生接上说:"前几天北平二十多个大学教授发表一篇简单明了的宣言,意思也是这样。用一句老话,可以说人同此心。"

"大学教授可以说的话,在中学教员嘴里也许就不配说了,所以最好还是……"校长先生觉得这样说下去未免多事,就换个头绪说,"那篇宣言既然是王先生起的草,对于教育厅方面,我不能不据实回复。你王先生也谅解这一层,自然再好没有。不过为减轻责任起见,不妨说明意思是共同的,只是由一个人执笔罢了。"校长先生的声调显得非常关切,怜悯的眼光透过大圆眼镜落在王先生不很自在的脸上,好像面对着一个淘气而不见得可厌的孩子。

"这样也好。"王先生接着说,就同张先生退出了校长办公室。

校长先生把复电打出以后,当天晚上,又接到教育厅的电报,叫把王咏沂所教两班学生的作文本子快邮寄去。"果然不出所料。"这样的一念闪过校长先生的心头,缠在身上的无形的鞭子仿佛更收紧了许多。这不比平常的抽查成绩,显然是祸事临头的预兆。如果祸事像一群陨石,不只打着一个人,却落在多数人头上,那真不堪设想。天气本来已经寒冷,这当儿尤其觉得凛冽,好像换穿了单衣似的。

两班学生的作文本子由王先生收了来,校长先生就留住王先生,请他陪同做一夜的夜工。

王先生泰然说:"校长的意思是把这些本子复看一遍吗?我想不用了。对于批改的工作,我自己有数,不至于马虎的。"

"不是这么说。王先生,你想,如果这些本子里有什么不妥当的话语,事情不是很糟吗,尤其对于你?"

"不妥当的话?"王先生笑了,"我自问是个最妥当的人,我们的学生也被管教得妥当不过,不妥当的话怎么会像蛀虫一样钻进这些本子里去呢?"

"什么事情总得谨慎,谨慎是不嫌多余的。"校长先生有点儿窘,但是越想越觉得他的主张非贯彻不可,于是说,"我以校长的名义,请你为学校着想,帮同我复看一遍吧。"

这就没有什么说的了。王先生和校长先生直看了一夜的作文本子,天刚发亮,早起的麻雀在檐头唧唧叫着的时候,他们才把这辛苦的工作做完。眼睛虽然离开了本子,还只见歪歪斜斜的字迹,像垃圾箱上面的苍蝇,像傍晚天空的乌鸦,飞舞着,回旋着。王先生担任的是初读,读过一本,递给校长先生去复读。校长先生读得尤其当心,一个词儿,一句句子,都得细细咀嚼,辨出它含在骨子里的滋味。那滋味确是妥当的,王道的,才放过了,再辨另外的词儿和句子。可是辨了一夜的结果,只发见在《秋天的郊野》那个题目之下,有七个学生提起农人割稻,用着"镰刀"两个字。校长先生认为不很妥当,把七个"镰"字都涂去了。

"大概没有什么毛病了吧?"校长先生打着呵欠说,同时捻灭了悬空的电灯。

王先生非常疲倦,又生气,早知道仅仅涂去七个"镰"字,一分钟工夫就够了,何必消磨整个的寒夜?他似理不理地说:"校长亲自看过,大概没有什么毛病了。"

校长先生把书记员从热被窝里叫起来,叫他把两班学生的作文本子分包封固,立刻派人去等候邮局开门,快邮寄出。

教育厅来了两个电报的消息在全校教职员间传播着,各人心头仿佛沾着了湿泥,很讨厌,可是粘粘地剔不去。教员预备室里的谈话就集中在这上头。

"起草了一篇宣言,就要看他批改的作文本子,傻子也揣得透,那篇宣言有问题了。"

"有什么问题呢?里头说的只是顶起码的话,报上在说,别地方的教育界在说,北平的学生也在说,难道我们就不能说?"

"不看见昨天的报吗?上海的学生也在那里发表意见,和我们的宣言差不了多少。"

"问题大概就在这里。学生闹的事情,教职员怎么可以附和在一起呢?北平的学生该打该抓,我们发表宣言,就该受侦察了。"

"这样说起来,教职员要和学生对立才是呢。"

"哈哈,这原是现在的真理!如果不和学生对立,也就做不成教职员。我们能够在这里吃一碗饭,多少总得站在和学生对立的阵线上——并不是拆自己的衙门,真理是这样,不说也还是这样。"

"那末,我们根本就不应该发表宣言?"

"这个得分开来说。我们有双重的人格,一个中国人,又是一个教职员。在中国人的立场上,人家听不听且不问,这一番话非说不可。至于教职员,好比编配在队伍里的兵士,惟有绝对地服从,不能够自由说一句话。谁曾看见第几连第几排的兵士发表过什么宣言?"

"我们各自签上名,并没有写什么学校的教职员,正是站在中国人的立场上。"

"人家把我们移到了教职员的立场上去呢?"

"那只有受处分的份儿了。"

谈话中止了,墙上时计的的搭声突然显得响亮起来。种种微妙的思想像蚯蚓一般在各人心里钻动,钻动,画成种种模糊的总之不见可爱的图画。

"如果处分落在王先生一个人身上呢?"美术教员张先生环视着各人的脸,热切地问。

"我们替他辩白,他没有错儿。"

"况且是大家的公意,他不过动手写了下来罢了,即使有错儿,也该大家有份。"

"为什么要自己承认有错儿呢?"

"我们可以联合所有签名的人一同去见厅长,对他说,我们无非爱国的意思,难道现在已经到了不准爱国的时候吗?……"

这当儿,校长先生的身影镶嵌到映在地板上的斜方门框里,时计的的搭声重又显得响亮起来。

过了两天,教育厅的第三个电报又来了。校长先生慌张地拆开来看。看完之后,缠在身上的无形的鞭子似乎抽回去了,他长长地吐了一口舒畅的气。

电报的内容是这样:查阅王咏沂批改的作文本子,还没有什么不妥当,除立即解除教职外,不再给他旁的处分。

校长先生省得口说麻烦,就把这电报送给王先生看。王先生只觉身子往下一沉,模模糊糊之中,他看见东北无家可归的同胞,他看见黄河流域长江流域饥寒交迫的灾民,他看见大都市中成群结队的失业大众,而他自己的形象就隐隐约约在这些活动图画里面出现,这一幅里有,那一幅里也有。等到清醒过来的时候,他悄悄地带了行李,头也不回地走出校门,坐上一辆人力车,直奔火车站。火车站上挤满了好几趟车的旅客,大家在那里说,上海学生闹事,只怕火车不会开来了。虽然这么说,大家还是等着,时时走到月台沿边去,冒着刮面的冷风,望那平指的扬旗。王先生加入这批旅客中间,手指摘着胡须根,也就怅怅地等着。

学校的教员预备室里传到王先生走了的消息的时候,大家有一种反胃似的感觉,同时朦朦胧胧浮起这么一个想头:"如果那篇宣言由我起的草呢?"

1936年4月15日发表

# 英文教授

## 一

院长分配给董无垢的是西洋哲学,心理学,伦理学这些科目。这些科目还没有人担任下来。由一位哈佛的哲学硕士去担任,院长以为再适宜也没有了。

但是董无垢劈口就回绝:"我不能够担任这几个科目。"

"为什么?"院长仿佛听到了惊人的语言,眼睛睁得很大,牙齿咬住了下唇皮。

"为的我不懂得这几个科目。"他咳了声嗽,又修正地说:"说得确切一点,我不适宜教这几个科目。在八九年以前,我是教过的。可是,现在,我的认识转变了。我觉得这些学问好比照在池塘上的月光,印在墙上的花木的影子,看看固然教人眼花缭乱,实际却空无所有。院长先生,你大概知道我是皈依了佛法的吧?"

院长确然知道。校长把董无垢的名字交代下来的时候曾经说:"他是我的老朋友,也是一位最热心最认真的教授,可惜他近年来信奉了佛法,吃素,每天念佛,竟像个迷信很深的老太婆。"

"知道的。"院长用手掌在脸上擦了一周,又说:"还是像八九年以前那样教教这些科目,不行吗?"

"不行,"董无垢坚决地回答,宛如办理一桩关系重大的交涉,"我不能够站到讲台上,滔滔不绝地尽说一些违心之论。我不能够抛开了课程的规定,不顾一切地发挥自己的意见。我并且知道,我的意见和现在的教育旨趣是不相容的。所以,我希望我所教的功课不要触着思想方面。"

"那末……"院长不再说下去,把疑问的语句藏在两道锋利的眼光里,仿佛说:"那末不要当什么教授岂不很好吗?"

"如果容许我拣择的话,我愿意教一点英文。"

"英文,英文。"院长嘴里念着,心头在那里盘算。班次,钟点,薪水数目,担任教师,这几个项目像机器上的齿轮一般辘辘地转动,答复的话语就产生出来了。

"英文也可以。不过只有一班一年级了。每星期四点钟,每点钟四块钱,一个月只有六十四块钱呢。"

"够了,够了,"董无垢满足地说,"而且我最欢喜从一年级教起。"

"好像太那个了。"对于校长的老朋友仅仅分配一班英文,院长觉得非常抱歉。

"没有关系,"英文教授用恳挚的声调安慰那院长,"不过我还有个小要求,请不要把我的功课排在上午十点以前。因为十点以前我有自己的功课。"

开学以后,这位英文教授就搬到蜂房似的大学里去住。他选中一间最僻静的房间,在校园的东北角,隔壁是植物标本储藏室。除了一年级的学生,还有一个职司打扫的校工,一个给他送素菜的厨役以外,谁也不会意识到他的存在。他的房门老是关得紧紧地,只有一棵冬青树从玻璃窗间窥看他,熟悉他在房间里的生活。

每天上午八点半,他自己的功课开始了。

西墙下的桌子上,香炉里烧着檀香,乳白色的烟缕时而屈曲时而笔直地升了起来。一个棕制的蒲团放在桌子前面。他先是凝着神,合着掌,嘴里念着什么。那是无声的念,只有他意念中的耳朵才听得见。然后拜下去,整个身躯像青蛙一般伏在蒲团上,所不同的只是他并不抬起头。他的动作非常熟练,犹如一个从小受了戒的和尚。这样拜伏了几回之后,他把蒲团挪开,让一把椅子占据那位置。于是他坐下来,脸还是朝西,默念着那些念得烂熟了的辞句。

这当儿他沉入一种麻醉似的境界。从运动场送来的呼喊声音,从学生宿舍传出的歌唱,弦乐,以及男女的欢笑,从围墙外面一阵阵滚过的汽车的喘息,他都听而不闻。他只用意念中的耳朵听着自己默念的辞句。同时他忘了学校,忘了课程,忘了延长到三年多的失业,忘了母亲和妻子的逝世,一句话,他简直忘了自己和世界。他动员了所有职司思维的神经细胞来建造《阿弥陀经》所说的国土:"有七宝池,八功德水充满其中。池底纯以金沙布地。四边阶道,金银琉璃玻璃合成。上有楼阁,亦以金银琉璃玻璃砗磲赤珠玛瑙而严饰之。池中莲华大如车轮,青色青光,黄色黄光,赤色赤光,白色白光,微妙香洁……"渐渐地,他意念中的眼睛仿佛看见这样的国土涌现了,不过有点模糊,像放映得太久了的电影片。于是他更加凝神,希望这国土显得十分鲜明,比得上初次放映的"考贝"。

大约经过一点钟光景,他自己有数,把那些无声的辞句念完了,这才站起来。挪开椅子,换上蒲团,又像开头一样拜伏。轻快地虔敬地扑上去,前额触着蒲团的边缘。这样拜下又站起,站起又拜下,连续了好几回,他自己的功课才算完毕。于是他带着快适的笑容,回到人间的国土。

对于教英文,他反对时下流行的所谓直接教授。他说:"我们读英文,注重在理解,注重在看得懂英文的书。一句英国话,意思和情调跟怎样一句中国话相当,这是最要弄清楚的。要弄清楚这些,只有磨细了心思去查字典,去读文法。工夫用得深,自然不愁不理解。那直接教授,有什么道理呢!初中学生跑进英文教室,就听不见一句中国话,只见教师指着门说door,指着书本说book,指着他自己的鼻子说I。他们以为这就是'置之庄岳之间'的办法,成绩一定可观。哪里知道中国孩子到底不是英国孩子,他们跑出英文教室,说的听的依然句句是中国话。这只是

'一暴十寒'的办法罢了,对于理解的工夫却完全抛荒。所以教授方法越新鲜,学生程度越不堪。并且,中国人说英国话,即使说得和英国人丝毫无二,又有什么用处?去做'刚白度',去当外交官,当然用得着。但是我们并不需要这么多的'刚白度'和外交官!"

第一回上课的时候,他把这些意思向一年级生宣告了,接上说:"我不预备在教室里说上一大篇英国话,叫你们听得糊里糊涂,似懂非懂。我要教你们认认真真读书,教你们彻底地用你们的脑子去理解。为求毫无障碍起见,我愿意用中国话给你们解释。"

大学生对于用什么话解释本来没有成见,何况中国话听起来到底比英国话顺耳,也就不声不响,算是默认了他的主张。他们觉得有兴味的并不在此,而在这位英文教授的打扮。头发修得短短地,是"和尚头",不是"圆顶",太阳穴的部分错杂着一簇一簇的白发。身上穿一件灰布大褂,尺寸和身材不相称,前胸后背以及胳肢窝下都有很大的折皱,又太短了,裤管露出了两三寸。鞋是布制的,黑布面,蓝布底,沾上了灰尘,像一个店司所穿的鞋。这样打扮完全不像一位英文教授。他们以为英文教授该有个油光光的西式头,该有一身熨得笔挺的西服,至少至少,也得穿一双五块钱六块钱的皮鞋。

为了交练习簿和询问书上的疑难,学生发现了这位英文教授房间里的香气。闻到这香气,仿佛觉得身在寺院里,不然就是走进了觉林功德林之类的素菜馆。后来他们又注意到他不参加任何集会以及终日把房门关上。他在房间里做些什么呢?

一天早上,一个好事的学生伴着那棵冬青树窥看他的私生活。啊,圆圆的脑袋,半闭的眼睛,只见翕张不出声音的嘴巴,一个指头对着一个指头合拢来的手掌,宽大的灰布大褂,徐徐上升的香炉里的烟缕,简直是个和尚!那个学生隐藏不住他的新奇发现,不到几天工夫,连别级的学生都知道了:一年级的姓董的英文教授简直是个和尚。

上英文课的时候,黑板上渐渐有歪斜的"和尚"字样出现,或者用漫画的笔法,粗大的一条弧线勾勒成一个和尚头,在那中央夸张地画着三行香疤。英文教授看见了只是笑一笑,一边用粉刷擦去这些并无恶意的讽刺字画,一边和平地说:"我教你们英文,你们只要问得益不得益,不用问什么和尚不和尚。况且我并不是和尚,你们看,我身上不穿什么僧衣,头顶上也没有你们所画的香疤。"

这个话引得学生轻松地笑了。

"先生念的什么经呢?《心经》还是《金刚经》?"

"翻开你们的书吧。我们不应该浪费时间谈到功课以外的事情。"

有几个知道一点佛学名词的学生,为了好奇,在功课以外的时间到他房间里去访问。他给他们每人倒一杯茶,殷勤地接待着。

"先生修的是净土吧?"

"不错,是净土。"

"净土也是一种乌托邦,它给与人精神上的安慰。这个说法,先生以为对不对?"

"这叫做唯心净土,我们所不取。我们相信极乐国土真实存在,修行的结果真实能够往生彼土。"

"什么动机使先生发生这个信仰呢?"

"这个问题叫我难以回答,因为它太复杂了。可是未尝不能够简单地回答。现在心理学里不是有所谓本能吗?人人都有发生这个信仰的本能,我不过顺着本能而行罢了。"

"照这样说,我们也有这样的本能了,为什么我们不发生这个信仰呢?"

"那是'缘'还没有到。'缘'到了的时候,你们就发生这个信仰了。"

"印光法师,"另一个学生接着问,"大概先生知道的吧?"

"他是最可尊敬的一位大师,光明无比的指导者!"

"我们看过他的《文钞》。"

"你们也看过印光法师的《文钞》,难得难得!"

"在他的《文钞》里,文章实在不少,可是似乎光说一件事情,就是教人家怎样地死。临命终时,这个心不可散乱,要好好地念佛哩,送终的人要诚心帮助念佛,见着断气也不可放声啼哭哩,翻来复去,无非这些意思。我们觉得除了年力衰老的人,谁也不会想到死,而他专心教人准备一个死。这不免使我们诧异。"

"也不只印光法师一个人这样说,许多古德都是这样教人的。你们要知道,死是个最紧要的关口,如果走错了路头,永远不得超升。所以不能不在生前准备,以免临时失措。你们要知道,有两句最警切的话,叫做'人身难得,佛法难闻!'"

这个回答使发问的不甚了了。那学生正在考虑继续下去的问话,第三个学生抢着机会先开口了。

"先生对于杀生,想来是戒除的吧?"

英文教授点头。

"是绝对的戒除吗?"

"可以说绝对的戒除。"

"一个苍蝇,一个蚊子,也不肯弄死吗?"

"苍蝇和蚊子也是生命,怎么可以把它们弄死!"

"但是苍蝇会带来虎列拉,蚊子会带来疟疾,我们不去扑灭它们,它们就要扑灭我们了。"

"我们可以把吃的东西保藏得周妥一点。我们可以挥扇子或拂尘,请它们不要和我们接触。到了晚上,我们睡在蚊帐里,疟疾的忧虑也就可以解除了。"

"照先生的说法,我们并不能绝对安全。在有些地方,我们是防护不到的。或者没有力量防护,譬如说,人穷,用不起蚊帐。对于危害广大生命的东西,我们以为必须扑灭得干干净净。惟有这样才是最深的慈悲。"

"你们这样想吗?"

"甚至血肉横飞的战争,我们以为有时也是无比的慈悲行径。那些贪鄙的野心家,那些残酷的魔王,要吸人家的血滋养他们的身体,要用人家的骨头填充他们的屋基。对于他们,如果也讲戒杀,他们就来得正好,我们客气,他们福气。他们是志得意满了,我们的血和骨头却都成了牺牲!这惟有给他们一个严厉的惩罚,一个无情的抗争。直到把他们扑灭得干干净净,世界上开始有了安全的日子,广大生命才得欣欣向荣,像春天原野上的花草。先生,你说这种行径不是最深的慈悲吗?"

"在从前我也这样想过。"英文教授仰望着屋角,沉入回忆里头。

"我们常常想,一个笃信戒杀的人应该是最坚强地反抗强暴的人。因为强暴所表现的是各式各样的残杀,不反抗强暴,就无从贯彻他的戒杀的信念。"

"现在可不作这样想了。"英文教授自顾自说。

"为什么?"

"'以眼还眼,以牙还牙',这样'还'下去是没有了局的。"

"先生,我们倒要听听先生对于我们那强盗似的邻舍的感想。他侵占我们的土地,残杀我们的同胞,我们现在还算有着命,而他的欲望简直要吸干我们最后的一滴血!对于他,先生也像许多人一样,觉得非常愤恨,非给他一个无情的抗争,同他拼一个你死我活不可吗?"

"不。"

"不?"发问的不胜诧异,"怎么能不呢?"

"我只是可怜他。他的孽太重了。如果我们以杀抗杀,那就是自己造孽,岂不同他一样地可怜?"

"原来你也是一个阿Q呀!"发问的把这句话截留在喉咙口没有说出来,只是望着那圆圆的脑袋发愣。

好奇的探试是没有"再来一回"的兴味的。这几个学生辞了出来,以后就不再去访问这位英文教授。别的学生连佛学名词都不知道,当然引不起什么好奇心。黑板上的并无恶意的讽刺字画似乎涂得厌了,渐渐地绝了迹。大家对于和尚不和尚差不多完全忘怀。只有那棵冬青树还像先前一样,耸起高高的身子,从玻璃窗间窥看这位英文教授的私生活。

他蜷伏在大学的一个角落里像地板底下的老鼠,人只见地板,不知道底下躲着老鼠。

## 二

董无垢刚从外国回来的时候,和现在的董无垢竟像是两个人。那时候他年轻,无垢走到哪里,人家总觉得他带来一股青春的光辉。西服笔挺,应合着时行和时令。一头头发,销磨半点二十分钟不在乎,总之要教它成为一件惬心贵当的艺术品,能以参加美容术的赛会。他在大学教课,本着他的素习,预备绝不马虎,讲解非常认真。"懂了吗?不明白尽管问。我可以针对着不明白的处所给你们解释。"这样的话几乎每一课要说几遍。他不像那些出门不认货的大学教授,他愿意把自己所知道的移植到学生的头脑里,让它深深地生根。逢到周末,他坐了三点钟的火车回家去看他的母亲。他爱他母亲像个小孩子,依贴在她身边,望着她的笑脸,谈一些无关紧要的家常话,吃一点精致的点心和饭菜,觉得这个世界美满极了。多年的出洋留学,只有看不见母亲使他受了许多苦楚,因而周末的回家给他最大的快乐,决不肯轻易放弃一回。他母亲是念佛的,每天早上点上三炷香,做半点钟的功课。他当然觉得好笑,对一个虚幻的观念,锲而不舍地倾注着虔诚,算什么呢?然而他绝不让这个意思在脸色上表示出来。既然老人家乐此不疲,他就帮助她移正椅子,或者点起香来。

他有一些嗜好。抽香烟不用中国货,因为质地太坏,有碍卫生。喝酒却喜欢中国的花雕,兴致好的时候,两斤还不醉。他又常常和一班年龄相仿的朋友上新世界、大世界那些地方去。那时候跳舞场还没有流行,要看女人,那些地方顶方便。他看女人注重在屁股,他说丰满的屁股是女性的象征,那些平塌塌的简直可以说没有屁股,也就没有女性可言。朋友们说他这种说法是"屁股哲学",大家传为笑柄。

虽然喜欢看女人,他可不曾干过放浪的事情。他懂得卫生,知道放浪的结果不免要去请教某一科的专门医生。他需要一个如意的女子,和他共同生活,做他的"另外的半个"。他规定了一些条件,除了"女性的象征"以外,脸蛋要是圆圆的,知识程度要能够同他谈谈哲学上的问题,还有其他的四五项。依据了这些条件随处留心,他只觉得女子太多而合格的太少,少到一个都没有。朋友们自告奋勇地说:"我给你作媒。"但是听了他的条件之后马上摇头,连声说:"难,难,难。"

由一个朋友介绍,他认识了一家人家。那人家有一位小姐,脸蛋是瘦长的,"女性的象征"若有若无,知识程度是看《玉梨魂》还不能十分了了,总之完全不合格。他当然毫不在意,既经朋友介绍,就当作疏远的亲戚家一样,隔两三个星期去访问一次。但是那位小姐的母亲款待他非常殷勤。他来了,特地弄起菜来,知道他喝酒,为他打了上好的花雕。并且关心到他的寒暖,问他可需要什么。体贴入微,俨然一位丈母。那小姐呢,见了他就像一个顽皮的孩子,偎依着他,要他讲外国的风景习俗,大学里一切琐屑而有趣的事情……什么都好,只要是他嘴里漏出来的她总爱听。她常常不让他走,他帽子拿在手里了,还要想出题目来绊住他,拖延一个半个钟头。他这才感到有点尴尬,自己心里盘算,往后还是不去为妙。然而消息传来,那小姐已经有了表示,要不嫁他为妻,宁可当一辈子的老姑娘,不然就是自杀。他听了十二分踌躇,甚至破例地缺了两天的课,来研究牺牲自己还是牺牲那位小姐的问题。"牺牲了别人满足自己,这样的人太自私了,我情愿牺牲自己!"当第一道晨光踅进窗子来的时候,他决定了。决定之后,事情就非常简单。母亲方面只要儿子乐意,无不竭诚赞同。委了一位媒人到那人家去说合,那人家欢天喜地,惟命是从。初春的某一天,一品香张起了盛大的婚宴,他开始得到了"另外的半个"。

假想往往和事实不符。他本来准备着牺牲,可是结婚之后,他只觉得尝到了许多的欢乐。牺牲了什么呢?实在指说不出。新娘的娇羞是有味的。像丈母一样弄了酒菜供他享用,也有味。乃至唱一些闺中熟习的弹词小曲,绣一些枕头或者台布上的小花样,他在一旁听着看着,也觉得有无比的甜美,为意料所不及。

逢到周末,他还是坐了三点钟的火车去看母亲,有时是夫妇两个同去,有时他一个人去。在大学教课还是那样认真。新世界、大世界那些地方还是要去,然而并不妨碍他对于新娘的怜惜。平静的满足的生活继续下去,宛如一道流动不息的小溪:他自己这么想,人家也代他这么想。

像火山的爆发,"五卅"事件突然发生了。

外国巡捕向徒手的群众开枪。死尸横七竖八躺在最繁华的南京路上。血淋淋的受伤的人做了囚车里的囚徒。从抛球场到跑马厅一带成为阴森森的刀光枪影的区域。

这一天天气有点闷热。他从大学回来,正在庭心里透透气,看看新近出土的牵牛花的子叶,忽然那个在一家书局里当职员的邻舍从矮花墙外喊住他,告诉他这个惊天动地的消息。

"有这样的事情!有这样的事情!"他连声叫唤,跑进室中立即坐下,拿起钢笔来给一家英文报馆写信。他根据"人道"和"公理"来讲,他说这种残杀太违背人道了,太没有公理了,一个文明人不能不提出严重的抗议。

第二天看报纸,那封信没有登出来。

第三天也没有登出来。却看见了全市罢市罢工罢课的消息。这使他异常兴奋,笔头上的抗议都不让露脸,应该给它个更严重的行动上的抗议。群众的力量多么强大啊,眼见上海市就要表现出一个空前的英勇姿态!

大学里罢了课,师生聚集在一起开会。除了怎样和各学校各界取得联络外,又讨论到怎样支持罢工的问题。

"最要紧的是维持罢工工人的生活!"激昂的声音从大会堂的左南角

散播开来,"我提议:我们教职员先捐一个月的全薪,以后看情形,再商量怎么样捐。各位同学呢,大家量力而行,能捐多少就捐多少。"

"好!赞成!赞成!好!好!"喊声和拍掌声几乎把大会堂的屋顶都掀了起来。

大家回头向左南角,只见站起在那里的,眼睛里含着激动的泪,举过了头顶的手掌还没有放下,是董无垢教授。

虽然有一些教职员不满意他的提议,但是只能在私室里头对着见解相同的人谈谈,若在大庭广众间,还得违心地说:"董先生的提议最扼要,大家能够这样干,就是三年五年的罢工也支持得下。"因为这样,他被推为学校的代表,去和他校以及各界的代表合力工作,共同推进这个伟大的运动。

他在编辑股里工作。编辑股编印一些小册子,有中文的,有外国文的,把惨案的真相详尽地记载下来,还加上简要的阐明,惨案的原因是什么,要怎样才能保障以后不再有同样的惨案发生。此外又出版一份小型的日报,把最近的事态以及运动的路向报告出去,俨然成为全上海民众公共的喉舌。有一天,他给这份日报写一篇短论,一口气写下去非常顺利,到末了,他怀着一种尝尝新鲜滋味的心情,第一回使用了"打倒帝国主义"的语句。

"这里不能使用这样的语句!"另一个编辑员,一个国家主义者,看见了这篇短论的校样,捉到一条刺毛虫似地嚷起来。

"为什么不能使用这样的语句?"执笔的董无垢惊慌地问,以为那个共事者发见了理论上的错误或者语文上的毛病。

"你说'打倒帝国主义'。哪里有什么帝国主义?这只是共产党的胡说八道!我们又不是共产党,为什么要效学他们的口头禅?"

"没有帝国主义吗?"董无垢的额角暴起了青筋,郁结的声音带点儿颤抖,"老先生,没有帝国主义,也就没有五卅惨案了。它表演活生生的一幕给你看,你一眼不眨地看了,倒说并没有它,我佩服你的宽大的度量!"

"怎么?"另一个编辑员感到受了侮辱,站起来,卷起他那纺绸短衫的袖管。

"至于你说这是什么党的胡说八道,我可不能同意!你不是闭着眼睛的,许多的刊物上印着这句话,全上海路旁里口的标语上写着这句话,你都没有看见吗?难道他们全是盲目的家伙,全是学嘴学舌的鹦鹉?"

"我不同你辩论,总之,在我们这份报纸上,不能印上这句话!"一边说着,一边用拳头敲着桌子。

"非用这句话不可!"董无垢也站起来,用拳头敲着桌子,敲得比那个人更响。"我署我自己的名字,我负责任!"

暂时的沉默。

其他三四个编辑员知道将会有一场打架在这屋子里表演了。他们不要看这种乏味的表演,一致站在董无垢这方面说话:"我们以为董先生的文章没有错儿。打倒帝国主义,非但嘴里要说,笔头要写,还得用行动去实现它呢!"

"好!"那个人有点窘,但眼睛睁得更大了,宛如魁星。"你们既是一伙儿,我就辞职,我再不问编辑股的事情!"这样说着,他披上长衫愤愤地走了。

胜利属于董无垢,使他起了穷究奥妙的欲望。他搜集许多流行的关于政治经济的书籍杂志来看,仿佛走进了应接不暇的名胜区域,每跨一步总要点头叫绝,赞叹地说"生平初见"。五卅运动因为联合阵线的分化,渐渐成为强弩之末,他固然非常愤慨。但他以为这本是一个长期的斗争,一下子就有多大的成功,未免太廉价了,一个努力的人不应该想望这样的廉价。因此他毫不灰心。由那个当书局职员的邻舍的介绍,他加入了当时还不能公开的一个政治团体。

他把自己的客室作为所属的那个区分部的会场。每逢会期,他提早吃晚饭。一会儿赴会的从前门或者从后门来了,其中有工人,有商店公司的职员,有小学教师,也有和他同行的大学教授。他接待他们胜似亲兄弟,亲兄弟不过由自然支配,会合在一起罢了,而聚集在这里的却是意志相同的伙伴。他一个一个同他们握手,紧紧地,殷勤恳挚地,使有几个工人觉得不好意思,一时间手足无所措。

周末还是坐了三点钟的火车回去看母亲。香烟还是抽,不过换了中国货,他说"美丽牌"也还可以。酒是难得喝了,新世界、大世界那些地方竟绝迹不去,他说一个人没有这么许多闲工夫。闺房之乐也比从前领略得少一点。他的夫人问他:"你近来常是忙忙碌碌的,看书哩,看人哩,开会哩,到底为的什么?"他亲爱地回答说:"你不懂得的,不用问吧。总之,你丈夫干的决不是坏事情,我的好人儿呀!"

他痛恨那些镇守上海的军阀的爪牙,不亚于帝国主义。大刀队哩,侦缉队哩,把人命当儿戏的事情,几乎每月每星期都有。如果不凑巧,他被抓去尝尝刀片或者枪弹的滋味,也不足为奇。但是他并不胆怯,他相信若是大家胆怯的话,那班残酷的禽兽将永远没有在世界上消灭的一天。恨着他们必须和他们拼,必须迎头冲上去。

他欣羡极了革命发源地的广州,只恨自己离不开上海,不然总得跑去看一趟。谁动身到那边去了,他热烈地欢送着,轮船开行了几百丈远,他还是挥着帽子。谁从那边回来了,他的欢迎更为热烈,热烈之中又带着虔敬,好比佛教信徒对于一个朝山进香回来的同伴。听说那边民众怎样地兴奋,军官怎样地受着训练,他简直五体投地,相信"新中国"必然会花一样地开出来,因为那边埋着的种子已经生了根,发了芽。甚至那非常单调的"打倒列强"的歌,他也说它活泼,雄壮,足以激动人的革命情绪。

北伐军出发了,他的心神依着军队的路线在地图上活跃。一路民众欢欣鼓舞的情形,和军队像一家人那样的热烈真挚的表示,他读到报纸上关于这些的记载,总觉得许多同胞太可爱了,太可敬了。在武汉,革命外交竟然成功,更使他兴奋到极点。至少帝国主义伸到中国来的根枝已经动摇了,大家再加努力,不愁不能把它掘起来。

他看见了最近的将来的景象:被压迫的许多许多人都站了起来,从千斤重的石头底下,从胳膊粗的铁链底下。大家抬起了头,挺起了胸膛,在从未呼吸过的自由空气中呼吸着。快活的歌声海潮一般涌起来,唱了一曲又是一曲。再不见一个蓬首垢面的囚徒似的人物。个个康健,结实,乐观,精进,做着分内的工作,取得分内的享受。

他仿佛坐着急行的火车,那景象犹如迎面驶来的前途的山河树林,越来越近,越来越近,眼见得没有多久自己就将冲进那景象中去了。因为军事势力不久就要来到上海,同其他地方一样很快地取得胜利,那是没有问题的事情。

为了防备军阀爪牙的临危乱噬,上海的一部分加盟员也准备了武装,以便和军事势力策应。枪械和子弹须得保藏在妥适的处所。有人说,董无垢家里最是妥适不过了,类似小洋房的房子,陈设相当体面,而且谁都知道,屋主人是一位大学教授,放在他那里,比藏在保险库里还要安全,没有人疑心。董无垢说:"好,放在我家里就是了!"于是牺牲了三张沙发,让他们把那些危险东西塞在弹簧和麻丝中间。

一天早上,藏东西的跑来取东西了,一个个起劲非常,眉梢眼角飞扬着英勇的神采。他自愧不会干这一套,只能殷勤叮咛地对他们致珍重的意思。他的心跳动得异常厉害,不是为害怕,是为过度的高兴。一个全新的场面立刻要展开来了,他不能不高兴,他怀着并不输于他们的热情。

本来只能遮遮掩掩张在屋子里的那面旗子,在大建筑的屋顶,在街市的店铺门前,堂而皇之挂起来了。上海的阳光照耀着它们,上海的风吹拂着它们,飘飘扬扬,显出说不尽的美丽可爱的姿态。

这以后若干天,董无垢宛如掉在一个热闹而多变化的梦里。他挤在汗臭满身的人群中间,参加了好些个盛大的集会。他跑遍租界的各处,观察了帝国主义爪牙的色厉内荏的窘态。他巡行沪西沪北以及浦西的工业区域,领略了那些准备站起来的男女的狂热情形。他破例地向母亲请了假,有两个周末没有坐了三点钟的火车回去看她。

忽然青天里起了霹雳,他听说游行的群众遭到了射击,死伤的比"五卅"惨案还要多,还要惨,地点并不在帝国主义统治着的租界,而在飘扬着那面新旗子的"中国地界"。

"不能有这样的事情!不能有这样的事情!"他失了魂似地连声嚷着,立即跑到出事地点去作实地调查。

事情并不假。武装兵士布了岗位,不许行人在马路中间来往。行人只能从人行道上匆匆走过,停步就要受干涉。马路中间像暴风刚才吹过一样,寂静,凄凉。尸体躺在那里,显出无比的丑恶姿态,猪肝色的血凝积在他们身边,叫人不敢看。也不知道一共有几个。

贴近他所走的人行道躺着一个,他给了他比较仔细的一瞥。肚肠从腰间淌出来,青布短衫给打破了,血肉模糊中伸出几根断了的肋骨,眼睛半开半闭,嘴巴张开,露出两排惨白的牙齿。他认识这个尸体,那一天早上跑来取东西的一些人中间,他是顶起劲的一个。

突然间他把眼睛闭得紧紧,急急地跑了二十来步才再张开来。他的头脑仿佛给一股铁索绞了一下,只觉什么也想不清楚。全新的场面原来这样吗?以前预想的景象岂不是一个荒唐的梦?应该站起来的不得站起来,应该打倒的怎么能打倒?那些尸体生前即使是神仙,又何尝料到将要横倒在这样的射击之下?……他糊里糊涂想着这些,跑到家里就躺在床上。他的夫人问他怎样不舒服,是不是要生病了。他颓然说:"我难过得很,可是描摹不来。病是不会生的,不过比生病还凶!"

他也想同"五卅"惨案那时候一样,给报馆写一封信,提出严重的抗议。然而他奇怪自己,无论如何提不起这一股勇气来,想想那支笔,似乎有石担那么重。

第二天,他看报纸,看见了一大批未死的罪人的名字。

他跑出去,无目的地跨上一辆电车,也没有看清楚是第几路。在那电车的角落里,泰然坐着一个淡灰纺绸长衫的青年人,使他大大地吃了一惊。他挨过去,坐在那青年的身旁,关切地低声问:"怎么你还在坐电车?"

"我常常坐电车。"一副满不在乎的神气。

"看见了今天的报纸吗?"

"看见了。"伴着一个平静的微笑。

"我诚意劝你,你应该当心一点。"

"谢谢你的诚意!"

下一天,报纸上登载一段新闻:华界租界的警察巡捕包围一幢房屋,一个人从晒台上倒翻下来,落在后门外头,顿时咽了气。附载一幅访员特摄的死者的相片,摄得很清楚,一望而知就是昨天电车里遇见的那个青年。

"哎呦!"董无垢神经错乱地叫起来,用两只手按住了发青的脸。

## 三

他头脑里空空洞洞地,从前装过的许多东西,仿佛生了翅膀飞走得干干净净。他宛如从海船上掉到海里的孤客,海船早已飞快地往前去了,他生命固然还存在,但四围只见茫茫的大海,不知道该往哪方面游去才有登岸的希望。他昏乱,他疲倦,他喝着多量的酒,可是昏乱和疲倦更见厉害。他的夫人很为他忧愁,用种种的柔情蜜意给他抚慰,然而没有效果,也弄不清楚他的昏乱和疲倦究竟为了什么。他没有意兴再往大学教课,这就请了假,带着夫人回到本乡去。

他在本乡不去看望亲戚朋友,他愿意在僻静的小巷里走走,或者在不像样的小茶馆里吃一碗茶。没有一个人认识他,没有一个人同他招呼,他以为这样比较安舒一点。可是这并不能填充他空虚的心。在自己和人群之间筑起一道无形的墙,那不可堪的寂寞更使他感到心的空虚。

每天早上,老太太还是点上三炷香,做半点钟的功课。平和而沉静的声调展开一个神异的境界,仿佛一张软和的眠床,叫他感觉舒服,几乎要入睡。看看母亲的神色，那样安祥，那样愉快，烦恼呀空虚呀那些讨厌的小虫子大概飞不进她的意识界吧。渐渐地，他癖好母亲的功课了，只觉陪她半点钟是每天的快适，在这个当儿，他忘了许许多多的事情，又似乎捉住了一些什么。

"也许有点儿道理吧。"这样的一念突然萌生，他就去访问一位父执。这位父执是卸任的教育厅长，对于佛学，据说有着很深的根柢。

他是抱着试探的态度去的。如果讲得中听，固然可以听进去，就是讲得不中听，随便听听也并不碍事。

"啊，难得，难得！"老先生捻着颔下的长须，笑迷迷地说，"这是生死大事，你居然想到来问老夫，有缘呀有缘！"

老先生一口气讲了一点多钟，讲得非常恳切。最后说："这并不是一种知识，并不是摆在口头，写在纸上，预备装点门面的东西。同儒家的修省工夫一样，必须身体力行才行。不然，你来问我是多事，我讲给你听也只是无谓的饶舌。"

"我从来没有受过这样深切的教训！"董无垢讷讷然说，眼睛里闪耀着望见了希望的光辉。在国内，在国外，听讲的回数计算不清，教师也遇见了不知多少，可是总没有这位老先生的讲说那样一句句深入人心，叫人悦服。"这真把握了生命的精微！以前我弄过一些哲学心理学，现在看起来，都只是浮泛的研究，好比肥皂泡，一触就破，没有核心，对于人毫无用处。您的教训才叫人真实地受用！"

他屡次去亲近这位父执，从他那里请教修持的法门。回家时候带着一些经典，耐着性儿看下去，仿佛一片模糊，但又仿佛有点儿懂。终于在一个清爽的早晨，他露出孩子似的天真的笑脸，对他母亲和夫人说："我也要像妈妈一样念佛了。"

"这是再好没有的事情。"母亲并不觉得惊奇。

他的夫人却非常骇怪，睁大了眼睛看着他，一句话也说不出来。她不明白什么原因使他转变成这样，一个出洋留学生竟会相信念佛！

他检出一些恋爱小说和裸体画片来,预备送给朋友,自己书室里是不应该保藏这类秽亵东西了。转念一想,这个办法不妥当,自己以为要不得的东西怎么可以送给别人呢?于是完全"付之一炬",连霭理斯的一大部《性心理学》也不能幸免。

他开始戒酒,戒香烟。喝酒要特地陈设起场面来,没有场面,自然喝不成酒。抽香烟的事情可太方便了,拿起一支,划一根火柴,这就成了。有许多次,他照平时的习惯,伸手到桌子上去开香烟罐。但随即想起桌子上没有香烟罐了,重又缩了回来。又有许多次,觉得无聊,很想买一罐来抽抽。但强制力随即管束自己说:"这一点小嗜好都戒不来,还说什么修持呢!"

当然他也开始戒荤。他的母亲虽然念佛,但并不吃长斋,他夫人是爱鱼虾如命的,因此不能拒绝荤腥进门。他就定下折衷的办法:不是他家动手杀死的不妨进门。肉店早已杀了猪,肉是可以买的。市场上有杀死了拔光了毛的鸡鸭,也可以买。鱼虾必须买死了的,因为那是尸体而不是生命了。他夫人和用人通同作弊,常常买了活生生的鱼,在门外弄死了然后拿进来。他自己呢,吃饭时候不免有把筷子插到荤菜碗里去的事情,省悟之后马上抽回,换了筷子再吃。但是不到十天工夫,他居然说闻到荤腥的气味就恶心了。于是老太太跟着他吃素,少奶奶间几天弄一两样荤菜。

他拒绝了丝织品的衣服,因为丝织品是牺牲了无量数小生命的成绩,不忍穿。毛织品也是从生物身上取来的东西,虽然不须杀生,总觉得也有点儿不忍穿。皮鞋是不用说了,从动物身上剥下一张皮来是多么残酷的事情啊!在这样的见地之下,西服就只好搁在衣箱里,布衣布鞋都是特制起来。谁骤然看见他,准会疑心他穿了素。他夫人对他全身相了一下,带着顽皮神情说:"你不彻底!你不彻底!"他疑惑地相自己的全身,问她说:"怎么不彻底?"她从他衣袋里抽出一个皮夹子来,举得高高地说:"这不是皮制的吗?"他就把那皮夹子扔在抽屉里,另外用一方布手帕,包着皮夹子里的一切东西,带在身边。

他遵照父执的指导,做功课时间比他母亲来得长。又特别严谨,脸一定要朝着西方,拜伏一定要遵守规定的格式。默默地念着那些辞句,他的心重又充实起来了。烦恼化成淡淡的影子,既而连淡淡的影子也消逝净尽,只感到无上的欢畅。于是他修持得更加虔诚,几乎把整个生命交付在这上头。

大学的当局有了变更,他没接到下学期的聘书。这并不引起他的懊恼,那种肥皂泡似的功课本来就不想教了。他在一家书局里找到了一个位置,看看稿子,修改一点外来的译件。依然带着夫人住上海。每星期六,赶下午五点的火车回本乡,星期日再出来。他没有过从很密的朋友。报纸不过偶尔看看,好比看古代或是异国的故事,漠不关心。他又像三四年以前一样:平静的满足的生活继续下去,宛如一道流动不息的小溪。

一年以后,他母亲去世了。他当然伤心,可是并不太伤心。病榻上的老太太念着佛,他应用他所受的教养陪她念着佛,命令他夫人也念着佛。老太太咽气的时候,他不哭,也不露出一点儿悲怆的脸色,还是平静地念着佛。他知道老太太这一去决不堕入苦趣,她将往生到那个极乐国土。

"一·二八"的炮火毁了他的寓所。停战以后跑回去看,什么也没有了,烧的烧了,烧剩的由人家检去了。他夫人泪眼模糊地翻掘碎砖和焦炭,发见了一只白地青花的瓷杯子,是她平日喝茶用的。她捧着杯子开始号咷大哭。他给她解劝,说一切器用无非身外之物,犯不着这样依恋不舍。然而没有用,她还是号咷大哭。以后看见杯子就哭,渐渐引起了咳嗽的毛病。

那家书局也毁了,他失了业。

他不愁也不怨,过着艰窘的生活,看护着夫人的病体。那年霜降节将近,她支持不住了。他就教她念佛,自己也陪着她念佛。她渐渐地闭上了眼睛。他不哭,也不露出一点悲怆的脸色,还是平静地念着佛。他知道要去的总得去,何况她所去的地方,他母亲也在那里,她将永远陪伴着她。

孤身无事的他正可以多做一些修持的工夫,所以他处之恬然。向亲戚家借贷一点,俭约的生活足够维持了,也就不再去竭力谋干什么。他差不多和这个世界脱离了关系,独自生活在另外一个世界里。

直到最近,一个哈佛的同学接任了一所大学的校长,忽然想到了他,说:"老董太困顿了,应该请他教一点功课。"

他才重理旧业,踏上了大学教室的讲台。

然而,他蜷伏在大学的一个角落里像地板底下的老鼠,人只见地板,不知道底下躲着老鼠。

1936年7月发表

## 寒假的一天

我醒了。窗上才有朦胧的光,远处的鸡一声接一声啼着,很低沉,像在空罐子里。

弟弟的身躯转动了一下。

"弟弟,你醒了吗?"

"我醒了一会了。不知道雪还下不下。如果还在下,那雪兵要胖得不认得了。"

我听说,一个翻身爬起来,披了件小棉袄就去开窗。

庭心里阴沉沉地发白。

"雪已经停了。"我可惜地说。

"我们去看看那雪兵吧。"弟弟也就推开棉被,坐了起来。

草草地穿着停当,我们两个开了后门,探出头去。

"呀,倒了!"我们齐声喊。

雪兵的形体毫不留存。只见一堆乱雪,凹凹凸凸,像个大馒头,刚才经受巨兽的齿牙。

弟弟几乎哭出来。我也很难过。

一件心爱的玩具不得到手,一处好玩的地方去不成功,都不值得伤心。惟有费了一番心思制作出来的美术品,忽然给破坏了,而且破坏得干干净净,再也认不出当时的心思和技巧:这才是世间最伤心的事情,永远忘不了的。

"怎么会倒了的呢!谁把他推倒的呢!"弟弟恨恨地说,两颗眼珠瞪视着那堆乱雪。

"我看出来了,"我说,"这么宽大的皮鞋,鞋后跟一块马蹄铁,除了巡警还有谁。一定是查夜的巡警把他推倒的。"

弟弟细认雪上的鞋印,一边骂:"该死的巡警,你不向他行个礼,倒把他推倒,真是岂有此理!"

进早餐的时候,爸爸大概看出了我们两个的懊恼脸色,关心地问我们为了什么。

我就把刚才发现的不快事件告诉爸爸,并且说:"这是很有精神的一个雪兵。你昨天早些回来就看得见了。今天本来想等你起来了请你去看,知道谁早给查夜的巡警推倒了!"

"就只为这件事情吗?"爸爸的眼光好比一双慈爱的手,抚摩了我又抚摩弟弟,"这有什么懊恼的?雪还积在那里,你们再去塑一个雪兵就是了。"

"不要吧。"妈妈这么说,大概想起了昨天替我们做的烘干洗净等等工作。

于是爸爸转换口气说:"要不然到公园去走一趟也好。前几年没下这样大雪,这里公园的雪景,你们还不曾看见过呢。"

"好的,我们到公园去。"弟弟给新的希望打动了。

我在昨天就想到公园里去看看。公园里有两座土山,有曲折的小溪流,有一簇簇的树木,有宽阔的平地,盖上厚厚的雪,一定很好看。我同样地说:"好的,我们到公园去!"

进罢早餐,我们两个出门了。

踏着很少残破的雪地,悉刹悉刹。一步一个鞋印,再一步又是一个鞋印,非常有趣。

经过了两条胡同,来到大街上,可不同了。早起的行人把大街上的白雪踏成了乌黑的冰屑,湿漉漉地,东一堆,西一堆。人力车的轮子和人力车夫的脚冲过的时候,带起稀烂的冰屑,向人家身上直溅。而且滑得很,一不留心就会跌跤。我和弟弟只得手挽着手走,时时在店铺的檐下站住,相度前进的路线。

大街上比平日热闹一点。

农人的担子里装满了冻僵的菜和萝卜。渔婆的水桶里挤满了大大小小的鱼。他们停歇的地方就有男的女的围着。论价钱,争斤两,闹成一片。

肉铺的横竿上挂着剃得很白净的半爿猪。还有猪的心,肺,大肠,小肠等等东西陪衬在旁边,点点滴滴滴着红水。重大而光亮的肉斧在砧桩上楞起。散乱的铜子刹郎郎地往钱桶撒去。

糕饼铺把黄白年糕特别堆叠在柜台上,像书局里减折发卖的廉价书。

南货铺站着十来个主顾。一斤白糖。三斤笋干。两包栗子。四百文香菌。……三四个伙友应接不暇,不知道对付了那一个好。

绸缎布匹铺特别清静。大廉价的彩旗退了色,懒懒地飘着,似乎要睡去。几个伙友尽有工夫打呵欠,抽香烟,或者一个字一个字诵读不知道是当天还是隔天的报纸。

行人手里大都提一只篮子,盛着他们所需要的东西。篮子盛满了,另外一只手就捏一只鸡,提一条鱼,或者请一副香烛。

也有一点东西不带的人,皱着眉头,急急忙忙走着,脚下也没有心思看顾,一步步都踏着了泥浆。另外一些人把整个头颅藏在皮帽子和大衣的高领子里,光露出两只眼睛,骨溜溜地,观赏朝市的景色。这边看一看,那边站一站,好像什么都引得起他们的兴趣。待走到茶馆门首,身子往里一闪,不见了。

零零落落传来一些声音:姜姜姜地响了一阵,突然来一声喤——,一会儿又听得吉刮吉刮,仿佛燃放边炮。

"这是什么?"弟弟拉动我的手。

我想了一想,说:"他们打年锣鼓呢。按照阴历,今天是小年夜。"

"我们看去。"弟弟感到了兴趣。

可是走到发声的地方,打锣鼓的几个孩子恰正放手,他们一溜烟跑到里面去了。那是一家酒店,大铜锣,小铜锣,大钹儿,小钹儿,都给搁在酒坛头上。

我们两个不禁对着这些从未入手的锣鼓家伙出神。我想,如果拿在手里,当当当菱菱菱地敲打起来,那多少有趣呢。

忽然街上行人用惊奇的口气互相谈论起来。

"看,这一批什么人!"

"看他们的打扮,大概是学生。"

"手里拿着小旗子呢。"

"写的什么呀?"

"喔,宣传什么的。"

我回头看,只见一二十个穿着藏青呢衣服的人急匆匆跑过来。泥浆沾满了他们的裤管。他们的脸色显出疲劳,眼睛大都有一点发红,似乎好几夜没有睡好了。

"他们作救国运动的。"弟弟看了尖角的小白旗子就明白了。

我们学校里每天早上有时事报告,先生把报纸上看来的收音机里听来的说给我们听。爸爸每天吃过晚饭,也常常说到这一些。大学生成群结队到南京去呀,铁路给拆断了,许多旅客和货物拥挤在各处车站上行动不得呀,大学生自己修铁路,自己开火车,到了儿还是被解回去呀,他们预备散到各地去,把万万千千的心团结成一颗心呀:关于这些,我们记得很清楚,仿佛还是昨天的事情。

这当儿宣传队停步了,一字儿排开,开始他们的宣传工作。

小白旗子挥动了一阵,一个高个儿站到酒店对面一家饭馆子的阶石上,激昂地喊着"亲爱的同胞",就此演说下去。

这高个儿浓眉毛,宽阔的前额。一会儿仰起了脸,像在那里祈祷,一会儿停了言语,悲愤地望着当街的听众。他的两只手常常举起,作种种姿势,帮助言语的力量。

"弟弟,"我高兴地拍着弟弟的肩膀,"你认得吗?这是何家的表哥!"

"就是他吗?"

我想了一想,我们搬到这里之后,还不曾见过表哥的面呢。他比从前高了许多,脸孔也改了一点儿样。莫怪弟弟认不真了。

弟弟又说:"我们去招呼他,好不好?"

"等他说完了,"我拉住弟弟的手,"我们再去招呼他。现在我们听他的演说。"

演说延长了十五分钟的样子。他说到国势的危险,敌人的野心和阴谋,坚决抵抗的可能和必需,大家一致起来的力强无比。

听众起初还是咿咿嘈嘈地,随后越来越静默,只有表哥的声音在空中流荡,显得很响亮。时时有停步的人。人圈子渐渐扩大起来,挤住了通过的人力车。店铺里的人点起了脚,侧转了头,眼光集中到表哥的身上。

当演说完了的时候,我们想挤前去招呼表哥。可是表哥依然直立在饭馆子的阶石上,两手支在腰间,热切地望着听众,似乎还有话说的样子。

听众遇到这个空隙,就你一句我一声地开口了。

"他们真热心!这样冷的雪天,又是大年小夜,不坐在家里乐一会儿,倒跑出来宣传。"

"他的话是不错的!照现在的样子总不成,人家进一步,我们退十步,退到了着墙碰壁,再往那里退!"

"不过救国的事情太大了,我们怎么担当得起!"

"你没听他说吗?大家拿出力量来,比什么东西都强,任他来的是什么,都不用害怕!"

"谁不肯拿出力量来！孙子才不肯拿出力量来！要是真的那个的话，不说别的，连性命都可以奉送！"

"你要吃年夜饭呢，不要性命不性命地乱说！舌头是毒的，随口说说有时真会说着。"

"没关系。我不开玩笑，是规规矩矩的话！"

"亲爱的同胞！"表哥又开口了。"我们能够到这里来和各位谈话，并不是容易的事情！"

"我们不坐轮船，火车。我们用自己的两条腿，沿着公路跑。为的是要到各个乡镇去，和乡镇里的同胞见面，谈话。风雪，寒冷，还有饥饿，这几天受得够了。可是我们非常兴奋，快活。因为遇见的同胞都赞成我们的话，像亲兄弟一样欢迎我们，让我们休息，喝茶，吃东西，并且给我们一颗又热烈又坦白的心！"

"今天早上，我们五点钟起身。在寒冷的黑暗中，在积雪的道路上，一口气跑了二十里，来到这里的城外。却遇到阻障了！遇到阻障原在我们意料之中，但是没有想到竟会用类乎拆断铁路的办法——关城门！"

"关城门？"听众诧异地说，这中间有我的一声。

"我们望见城楼耸起在空中，我们望见城楼底下的城门明明开了的。不知道谁报了信，不知道谁下了命令，待我们跑到离城门五六十步的地位，城门突然关上了！把我们看做盗匪！把我们看做敌寇！"

"我们遏制了心头的愤怒，高声说明我们的来意，教把城门开了。但是没有人答话，死板板的两扇城门给我们个不理睬！"

"我们不由得向挤在我们后面的同胞诉说：'这里是中国的地方。中国还没有亡，为什么不许中国人进中国的城！为什么不许中国人救自己的国！'"

"许多同胞有呼喊的，有流泪的。大家说：'我们一同来把它撞开！'"

"城门外不是有两条石头吗？我们和许多同胞就抬起石头，'一，二，三，撞！''一，二，三，撞！'可是只把城门撞得震天价响，还是不能把它弄开。"

"这当儿,我们有五个勇敢的同学却去想别的法子。他们凭着平日的锻炼,一个肩膀上站一个,爬进了城墙,拔去了门闩。我们这才能欢呼一声,跑进中国人的城,来到这里,和各位谈话。亲爱的同胞!请想想,不是很不容易的吗?"

"有这样的事情!"

"我们倒不知道!"

"岂有此理!"

"关城门!——乌龟缩头的办法!"

听众都对这批大学生表同情。就说我吧,也仿佛觉得被关在城外的就是我自己。

表哥回到队伍里去了。换上一个非常清秀的人,也用"亲爱的同胞"开场,继续演说。

这是招呼表哥的机会了。我们推动人家的胳臂,挤开人家的背心。可是前后左右都在压迫过来,几乎使我们透不过气。脚下淌着泥水也顾不得了,只好硬着头皮直踏下去。

我们两个挤,挤,挤,离开表哥不过十来步了,若是清静的时候,早就可以面对面招呼起来。忽然听众间起了一阵骚动,那清秀的人的声音立刻显得低沉下去。只听得"保安队!保安队!"这样纷纷地嚷着。

我点起脚来看。

保安队二十多人,由一个队长带领着。束着子弹带。盒子炮挂在腰间。达,达,达,泥浆直溅。他们赶走了拥塞在那里的人力车,立定,向左转,少息,和大学生的队伍正相对面。

保安队带来了不少的新听众。人圈子围得更紧。这使我们再不能推挤人家,移动一步。

听众见保安队没有什么动静,也就静了下来。残雨似的人声渐渐收歇。清秀的人的声音重又管领了这个闹市。他从拿出力量来这一点发挥。他渐渐说到军人方面。那一种仗毫无道理,不必去打。那一种仗才有价值,非打不可。

从保安队那边传来了激动的声音:"你们的话,我们爱听!我们弟兄中间有好些个,四年前的一·二八,在上海打过仗呢!"

啊,我永忘不了这回一·二八!……我们离开了家,住在旅馆里。……早上,轰隆隆,晚上,轰隆隆,天天听炮声。……飞机像一群蜻蜓,飞来飞去。……妈妈做了棉背心,给打仗的兵士穿。……爸爸忙得很,天天跑出跑进。……仗打完了,我们回家去看,只见烧了个精光。……爸爸在上海没有事情做了,我们才搬到这里来。……我永忘不了这回一·二八!……这队伍里就有当时打过仗的兵士……

我的脑子里正闪过这些想头,只听第二个保安队开口了:"我们中间还有东北人,我就是一个。东北人听你们的话,最能够知道斤两。你们的话不错呀,要不然,我们一辈子回不得老家!"

我又点起脚来看。

东北人和别地人没有什么两样,只他的脸色更激昂一点。

第三个却气愤地说:"回老家!我是不作这个梦了!人家不过热心,爱国,就被关起城门来拒绝,派了队伍来监视。你若是要动手夺回老家,该受什么样的处罚!"

"立正!向右转!开步走!"

不知道为什么,队长忽然喊着口令,把保安队带走了。

"拥护参加一·二八的兵士啊!"

"拥护夺回老家的兵士啊!"

"军民联合起来,一致对外啊!"

一片呼声沸腾起来。手臂的林子在空中摇动。小白旗子矗得更高,拂拂地顺着冷风直飘。

"你怎么了?"我看见弟弟眼睛里有着水光,亮晶晶地。

"没有什么,"弟弟说,低下了头,"不知道什么缘故,我觉得心里酸溜溜地。"

我也觉得心里酸溜溜地,但决不是哀伤的酸。

这当儿,人群中起了一种呼叱似的喊声:"让开点!让开点!"

我回转头,从人头和人头之间望过去,只见在保安队走去的反对方面排着一队巡警,不知道几时来的,人数比保安队多上一倍的样子。几个巡警离开了队伍,扬起了藤条,在人群中间推撞,呼叱,替一个挂斜皮带的开道。

斜皮带通过了才开又合的人群,来到大学生的队伍前,自己说明是公安局长。于是听众纷纷移动,把他作为中心,团团围住。

公安局长脸孔涨得通红,言语不很自然。他问大学生谁是领袖,谁是负责的人,为什么干捣乱行为,为什么说捣乱的话。

一个大学生严肃地回答他:"我们没有领袖!我们个个都是负责的人!我们撞城门,爬城墙,是有的,可是要问为什么把城门关起来!我们说的话,这里许多同胞都听在耳朵里,你可以问他们,有没有一句甚至一个字是捣乱的话!"

听众一个都不响,大家把眼光注射到公安局长的身上。

公安局长大概觉得窘了,一只手拨弄着制服的纽扣,他喃喃地说:"谁关城门!……没有关城门!"

"没有关?此刻满城都知道这事情了,你会不知道?太把我们当做小孩子了!而且,也损害你局长的尊严!"

"哈哈哈哈——"听众齐声笑起来。

"总而言之,"公安局长动怒了,"我不准你们在城里宣传,你们得立刻出城去!"

"抱歉得很,我们不能依你的话。我们有我们的计划,预备在这里耽搁两天。只要有人听我们的,我们还是要宣传。因为我们至少有救国的自由!"

"我们要听你们的!"听众中间迸出爽脆的一声。

"这里有好几处闹市地方，"另一个声音继续着喊，"你们一处一处去宣传啊！"

"你们到城隍庙去啊！"弟弟也提高了小喉咙喊出来，身躯跳了几跳，"城隍庙地方大，人多！"

弟弟从清早起就对巡警抱着反感，这样喊了出来，报了深仇似地，显出痛快的神色。

"不错，你们到城隍庙去啊！"许许多多的喉咙涌出同一的喊声。

公安局长回转身，嘴里嘟囔着什么，态度十分狼狈。开道的几个巡警也不扬起藤条来了，只把公安局长围在中间，一同挤出了人群。

一些人乐意做向导。大学生的队伍跟着他们，向城隍庙涌去。公安局长不知道哪里去了。巡警的队伍可并不撤退。见大学生走了，他们也就跟了上去。

我顿了一顿，立即牵着弟弟的手，三脚两步往前赶。赶过了大皮鞋铁塌铁塌的巡警的队伍，赶过了兴致勃勃的长袍短服的市民，赶过了沉默前进的藏青呢衣服的人物，我才仰起了头热情地喊："表哥！表哥！"

表哥沉吟了一下，这才拍拍我的肩膀，笑着说："明华，想不到是你！呀，你弟弟也在这里！"

弟弟叫了一声"表哥"，仿佛有点儿生分，也就不说什么，只是努力地移动他的两条腿，以免落后。

"我们听了你的演说，"我说，"完完全全，从开头听起。也听了你那位同学的演说。"

"你觉得怎样？"

"同刚才许多人说的一样，觉得你们的话不错。还有一层。平日听先生同爸爸讲一些时事，说救国运动怎样怎样遇到阻碍，我总有点儿不相信。今天可亲眼看见了。那个公安局长，听他的言语，看他的脸色，好像救国运动就是他的仇敌！"

"但是你也亲眼看见了许多听众激昂慷慨的情形。这几天里，我们遇见的听众差不多都是这样。因此知道,虽然有种种的阻碍,救国运动是扑灭不了的!"

"我想城门一定是那公安局长关的。"弟弟自言自语。

"也不必去推测是谁关的,"表哥接上说,"总之有人要拒绝我们就是了。"

我看过一些外国影片:军队出发的当儿,军人的亲属伴着队伍前进。絮絮叨叨地谈着话,旁若无人地表现各自的感情。现在我跟着表哥他们的队伍在大街上走,步子急促而有节拍,同样地谈着话。我觉得自己就是影片中的人物了,有一种说不出来的快感。

我问:"表哥,你什么时候到我们家里去?"

"这一回不能去了,"表哥抱歉地说,"我们出来时候约定的,共同过团体生活,谁也不能离开了队伍干自己的私事。"

我感觉很失望。心头模糊地想,这个能言舌辩多见多闻的表哥如果来到家里,就可以问他种种的事情,那多少快乐呢!

"你们今晚上住在哪里?"我又问。

"现在还不知道,要等我们的交际员去想法。"表哥笑了一笑,又说:"说不定住在公安局!"

我对于这种泰然的态度非常地佩服。

在城隍庙又听了两位大学生的演说。没有出什么事。巡警的队伍只做了另一个队伍的陪客。

义务向导又要把宣传队领到紫阳街去。我们不去了,和表哥握着手,彼此说了许多声的"再见"。

公园当然不去了。到得家里,我们两个争着告诉妈妈,说表哥到这里来了。

但是妈妈说她已经知道了。

"妈妈,你怎么会知道的?"弟弟惊异地问。

"啊,舅舅上城里来了?"我看见衣架上挂着一根手杖,很粗的藤茎,累累地突出一些节瘢,用熟了,发出乌亮的光,这是舅舅的东西。

"舅舅就为找你们表哥来的。"

于是妈妈告诉我们:舅舅接了表哥的信,说寒假不回家了,为的要去做宣传工作。舅舅认为这事情不妥当,有危险,马上打快信去,教表兄务必回家。等了几天,不见人到,也没有回音。舅舅才亲自动身,找到学校里。但是人已经出发了,他一路打听过来,知道表哥来在这里,也就追到这里。听说今天早上这里关了城门,不让宣传队进城,他非常着急,来了之后只转了一转,坐也没坐定,就慌忙地跑去了。

"你们想,"妈妈到了儿说,"做父母的对于儿子的爱护,真是什么都不怕牺牲的!舅舅这样的年纪,手头又有许多的事务忙不过来,但是为了儿子,就能不顾一切,冒着冷风冻雪,到各处去奔跑!"

"现在表哥在紫阳街,"弟弟感动地说,"舅舅如果跑得巧,也到紫阳街,就会遇见他了。"

"不过我知道,"我揣度地说,"就是遇见了,表哥也不肯跟了舅舅回去的。"我把表哥说的团体生活的话说给妈妈听,接着把刚才所看见所听见的一切说了个详细。

下午两点钟的时候,舅舅跑来了。酱色的脸上淌着汗,眼珠子突得特别出,我和弟弟叫他也没听见,只是喘吁吁地说:"他,他们这批学生,给宪兵看守起来了!"

"在那里?"我们娘三个差不多齐声喊出来。

"在崇德中学!"

舅舅顿了一顿,于是叙述他刚才的经历。

"我坐了一辆人力车,各处地跑。好容易遇见一队宣传的学生。一个一个细认,可没有阿良在里头。问了才知道,他们共有四队呢。跑了一阵又遇见一队,也没有阿良。这当儿宪兵来了,赶散了闲人,两个对付一个,拉着学生就跑。学生不肯服从,还要宣传,并且喊,骂。这就不客气了,枪柄重重地落在他们的肩背上,腿膀上。你们想,我看着多少难过？阿良一定在受同样的灾难啊！"

"他们竟敢打！"我说了这一声，上颚的牙齿不由得咬住了下唇皮。

"后来我打听明白，"舅舅继续说，"宪兵押着学生往崇德中学去的。我就赶到崇德。宪兵守着门。大批的人在那里看望。他们说押了进去四批了。我知道阿良在里头了，急于要看一看他，他给打得怎样了呢？可是宪兵拦住了我，不让我进去！"

"我说我有儿子在里头。唉，他们太不客气了，出口就骂：'你生得好儿子，专会捣乱，还有脸孔在这里叽叽咕咕缠个不休！'我只得忍住了气，告诉他们我预备把儿子领回去，切切实实教训他一顿，教他往后再不要捣乱。他们不听我说完就是摇头，说：'没有上头的命令，谁也不能放你进去，谁也见不着这批捣乱的家伙！'"

"我再想向他们请商，他们的枪柄举起来了，他们把我当做学生看待！我这副老骨头也去吃枪柄吗？太冤枉了，这才转身就走。你们想，我心里多少难过？明明找到了，只隔着几道墙，他在里边，我在外边，竟不容我见他的面……！"

舅舅再不能说下去了。他在室中绕了一个圈子，就像直栽下去似地坐到一把椅子里，两手扶着椅子的靠手，胸部一起一伏非常急促，宛如肺病的患者。他的眼睛瞪视着墙壁，仿佛墙壁上正开映一幕可怕的电影：捆绑，殴打，挣扎，抖动，乃至流血，昏倒……他终于闭上了眼睛，似乎这些景象太可怕了，他不愿而且不敢再看下去。

"事情弄到怎样才了局呢！"妈妈垂下了眼皮，凄然叹息。

"谁知道怎样了局！"舅舅幽幽地说，闭上的眼睛仅仅开了一线。"我早知道这事情不妥当，有危险。他偏不听我的话，一心要去干。谁真个愿意当亡国奴？谁不想烈烈轰轰干救国？可是也得看看风色。国没有救成，先去吃枪柄，受拘禁，这是什么样的算盘！"

椅子上有什么东西刺痛他似地，他忽然站了起来，重又在室中绕圈子，同时喃喃地说："你要宣传，回家来对我宣传好了。有什么说的尽说个畅,我总之竖起耳朵听你的。这样,既不会闯事,也过了你的宣传瘾。你为什么不这样做,定要跑到各处去宣传呢?"如果有人在隔壁听着,必然以为表哥就站在舅舅面前。

唉,舅舅太误会表哥他们了!他们那里为了什么宣传瘾?我就替他们辩护:"照舅舅的说法,就等于没有宣传呀。宣传是巴望大家真心真意地听,并且吃辛吃苦地干的,所以非各处去跑不可。"

"怎么,"舅舅站定在我面前,睁大了眼睛,"你倒同阿良是一路!"

"今天早上,我和弟弟遇见了表哥。"

"你们遇见了他!"舅舅的脸色显得又妒忌又惶惑,他焦躁地问:"你们看见他怎么一副形相?"

"他说来很有精神,很有道理。听的人满街,他们的心都给他说动了。舅舅,要是你也在场,一定会像许多人一样,不只是听了他的就完事。"

"坏就坏在这种地方呀!"舅舅顿着脚说。

"为什么?"弟弟仰望着舅舅的鼓着腮帮的酱色脸。

舅舅不回答,却转个身,走到妈妈面前关切地说:"我看两个外甥也不用进什么学校读什么书了。进了学校读了书,仿佛吃了教,自然会有那么一套。你不听见吗,明华的口气已经同阿良是一路了!"

我不知道舅舅什么心肠。同表哥一路不好吗?难道该同公安局长他们一路?他又说我们不用进学校读书了,真是奇怪的言语!我不禁有点恨他。

舅舅继续说:"这一回我若把阿良弄回去,再也不让他上学了。大学毕业虽然好听,有生发,冒了生命危险去挣它可犯不着,犯不着。我宁可前功尽弃,让他在家里帮我管管事情,做一个乡下平民。名誉上固然差一点儿,但儿子总是儿子,做爷娘的也不必提心吊胆了。"

"啊,我老昏了!"舅舅突然喊起来,一只手按住太阳穴。"为什么不找冯老先生想想法子呢?现在我就去,找冯老先生去!"

电灯亮了,爸爸已经回来,这时候舅舅重又来了。满脸的颓唐神色,上气不接下气地说:"又扑个空!扑个空!……拿了冯老先生的信赶到崇德,……去了!……给宪兵押上火车,递解回校去了!……还得赶到学校去找他!……这只得过了年再说了。……我的事务还没有料理清楚。……明天就是大年夜。……末班轮船早已开了,……此刻只得雇船回去!"

爸爸劝他不必着急,递解回校,这就不妨事了。又说表哥这样的历练,对于他自己也是有益的事情。

妈妈请他吃了晚饭再走。

"不吃了。我饱的很——急饱了!跑饱了!此刻马上开船,到家也得十二点了。"

舅舅说罢,提起那根藤手杖,转身就走。我们送他到门首。一会儿,他的背影在街灯的黄光的那边消失了。

檐头滴滴搭搭挂下融雪的水来。

1936年8月发表

# 未厌居习作

# 自序

我的散文曾经在十年前和俞平伯先生的散文合在一起,取名《剑鞘》,由朴社出版。以后写的,经过一番选剔,取名《脚步集》,由新中国书局出版。集子出版之后,自己看看,觉得像个样子的文篇不多,淘汰还不见得干净,引起深切的惭愧。最近两三年来,又写了一些散文。朋友劝说,不妨再来一本。我就把这些新作也选剔一番,再把《剑鞘》和《脚步集》里比较可观的几篇加进去,又补入当时搜寻不到的几篇,成为这一本集子。

我常常想,有志绘画的人无论爱好什么派头,或者预备开创什么派头,他总得从木炭习作入手。有志文艺的人也一样,自由自在写他的经验和意想就是他的木炭习作。无奈我们从前的国文教师不很留心这一层,所出题目往往教我们向自己的经验和意想以外去寻话说,这使我们在技术修练上吃了不小的亏。吃了亏只有想法补救,有什么经验就写,有什么意想就写,一方面可以给人家看看,一方面就好比学画的描画一个石膏人头。即使没有大的野心,不预备写什么传世的大作,这样修练也是有益的。能把自己的经验和意想畅畅快快地写出来,在日常生活上就有不少的便利。我是存着这种想头写这些散文的,所以给这一本集子取了个《习作》的名字。

1935年12月,叶绍钧

## 没有秋虫的地方

阶前看不见一茎绿草，窗外望不见一只蝴蝶，谁说是鹁鸪箱里的生活，鹁鸪未必这样趣味干燥呢。秋天来了，记忆就轻轻提示道："凄凄切切的秋虫又要响起来了。"可是一点影响也没有，邻舍儿啼人闹弦歌杂作的深夜，街上轮震石响邪许并起的清晨，无论你靠着枕儿听，凭着窗沿听，甚至贴着墙角听，总听不到一丝的秋虫的声息。并不是被那些欢乐的劳困的宏大的清亮的声音掩没了，以致听不出来，乃是这里本没有秋虫这东西。啊，不容留秋虫的地方！秋虫所不屑居留的地方！

若是在鄙野的乡间，这时令满耳朵是虫声了。白天与夜间一样地安闲；一切人物或动或静，都有自得之趣；嫩暖的阳光或者轻淡的云影覆盖在场上，到夜呢，明耀的星月或者徐缓的凉风看守着整夜，在这境界这时间唯一的足以感动心情的就是秋虫的合奏。它们高，低，宏，细，疾，徐，作，歇，仿佛曾经过乐师的精心训练，所以这样地无可批评，踌躇满志，其实它们每一个都是神妙的乐师，众妙毕集，各抒灵趣，那有不成两间绝响的呢。

虽然这些虫声会引起劳人的感叹，秋士的伤怀，独客的微喟，思妇的低泣；但是这正是无上的美的境界，绝好的自然诗篇，不独是旁人最欢喜吟味的，就是当境者也感受一种酸酸的麻麻的味道，这种味道在一方面是非常隽永的。

大概我们所蕲求的不在于某种味道，只要时时有点儿味道尝尝，就自诩为生活不空虚了。假若这味道是甜美的，我们固然含着笑意来体味它；若是酸苦的，我们也要皱着眉头辨尝它；这总比淡漠无味胜过百倍。我们以为最难堪而亟欲逃避的，唯有这一个淡漠无味！

　　所以心如槁木不如工愁多感，迷蒙的醒不如热烈的梦，一口苦水胜于一盏白汤，一场痛哭胜于哀乐两忘。但这里并不是说愉快乐观是要不得的，清健的醒是不须求的，甜汤是罪恶的，狂笑是魔道的。这里只说有味总比淡漠远胜罢了。

　　所以虫声终于是足系恋念的东西。又况劳人秋士独客思妇以外还有无量数的人，他们当然也是酷嗜味道的，当这凉意微逗的时候，谁能不忆起那美妙的秋之音乐？

　　可是没有，绝对没有！井底似的庭院，铅色的水门汀地，秋虫早已避去唯恐不速了。而我们没有它们的翅膀与大腿，不能飞又不能跳，还是死守在这里。想到"井底"与"铅色"，觉得象征的意味丰富极了。

1923年8月31日作

# 藕与莼菜

同朋友喝酒,嚼着薄片的雪藕,忽然怀念起故乡来了。若在故乡,每当新秋的早晨,门前经过许多的乡人:男的紫赤的臂膊和小腿肌肉突起,躯干高大且挺直,使人起康健的感觉;女的往往裹着白底青花的头布,虽然赤脚却穿短短的夏布裙,躯干固然不及男的这样高,但是别有一种康健的美的风致;他们各挑着一副担子,盛着鲜嫩玉色的长节的藕。在藕的家乡的池塘里,在城外曲曲弯弯的小河边,他们把这些藕一濯再濯,所以这样洁白了。仿佛他们以为这是供人体味的高品的东西,这是清晨的图画里的重要题材,假若满涂污泥,就把人家欣赏的浑凝之感打破了;这是一件罪过的事情,他们不愿意担在身上,故而先把它们濯得这样洁白了,才挑进城里来。他们想要休息的时候,就把竹扁担横在地上,自己坐在上面,随便拣择担里的过嫩的藕枪或是较老的藕朴,大口地嚼着解渴。过路的人便站住了,红衣衫的小姑娘拣一节,白头发的老公公买两节。清淡的甘美的滋味于是普遍于家家且人人了。这种情形,差不多是平常的日课,直要到叶落秋深的时候。

在这里,藕这东西几乎是珍品了。大概也是从我们的故乡运来的,但是数量不多,自有那些伺候豪华公子硕腹巨贾的帮闲茶房们把大部分抢去了;其余的便要供在大一点的水果铺子里,位置在金山苹果吕宋香芒之间,专待善价而沽。至于挑着担子在街上叫卖的,也并不是没有,但不是瘦得像乞丐的臂腿,便涩得像未熟的柿子,实在无从欣羡。因此,除了仅有的一回,我们今年竟不曾吃过藕。

这仅有的一回不是买来吃的,是邻舍送给我们吃的。他们也不是自己买的,是从故乡来的亲戚带来的。这藕离开它的家乡大约有好些时候了,所以不复呈玉样的颜色,却满被着许多锈斑。削去皮的时候,刀锋过处,很不顺爽。切成了片,送入口里嚼着,颇有点甘味,但没有一种鲜嫩的感觉,而且似乎含了满口的渣,第二片就不想吃了。只有孩子很高兴,他把这许多片嚼完,居然有半点钟工夫不再作别的要求。

因为想起藕又联想到莼菜。在故乡的春天,几乎天天吃莼菜。它本来没有味道,味道全在于好的汤。但这样嫩绿的颜色与丰富的诗意,无味之味真足令人心醉呢。在每条街旁的小河里,石埠头总歇着一两条篷船,满舱盛着莼菜,是从太湖里去捞来的。像这样地取求很便,当然能得日餐一碗了。

而在这里又不然;非上馆子,就难以吃到这东西。我们当然不上馆子,偶尔有一两回去扰朋友的酒席,恰又不是莼菜上市的时候,所以今年竟不曾吃过。直到最近,伯祥的杭州亲戚来了,送他几瓶装瓶的西湖莼菜,他送我一瓶,我才算也尝了新了。

向来不恋故乡的我,想到这里,觉得故乡可爱极了。我自己也不明白,为什么会起这么深浓的情绪?再一思索,实在很浅显的:因为在故乡有所恋,而所恋又只在故乡有,便萦着系着不能离舍了。譬如亲密的家人在那里,知心的朋友在那里,怎得不恋恋?怎得不怀念?但是仅仅为了爱故乡吗?不是的,不过在故乡的几个人把我们牵着罢了。若无所牵,更何所恋?像我现在,偶然被藕与莼菜所牵,所以就怀念起故乡来了。

所恋在那里,那里就是我们的故乡了。

1923 年 9 月 7 日作

## 看月

  住在上海的"弄堂房子"里的人对于月亮的圆缺隐现是不甚关心的。所谓"天井",不到一丈见方的面积。至少十六支光的电灯每间里总得挂一盏。环境限定,不容你有关心到月亮的便利。走到路上,还没"断黑"已经一连串地亮着街灯。有月亮吧,就像多了一盏街灯。没有月亮吧,犹如一盏街灯损坏了,不曾亮起来。谁留意这些呢?

  去年夏天,我曾经说过不大听到蝉声,现在说起月亮,我又觉得许久不看见月亮了。只记得某夜夜半醒来,对窗的收音机已经沉默了,隔壁的"麻将"也歇了手,各家的电灯都经熄灭,一道象牙色的光从南窗透进来,把窗棂印在我的被袱上。我略微感得惊异,随即想到原来是月亮光。好奇地要看看月亮本身,我向窗外望去。但是,一会儿,月亮被云遮没了。

  从北平来的人往往说在上海这地方怎么"待"得住。一切都这样紧张。空气是这样龌龊。走出去很难看见树木。诸如此类,他们可以举出一大堆。我想,月亮仿佛失去了这一点,也该是他们所认为在上海"待"不住的理由吧。若果如此,我倒并不同意在生活的诸般条件里列入必须看月亮一项,那是没有理由的。清旷的襟怀和高远的想象力未必定须由对月而养成。把仰望的双眼移注地面,同样可以收到修养上的效益,而且更见切实。可是,我并非反对看月亮,只是说即使不看也没有什么关系罢了。

　　最好的月色我也曾看过。那时在福州的乡下,地当闽江一折的那个角上。某夜,靠着楼栏直望,闽江正在上潮,受着月光,成为水银的洪流。江岸诸山略微笼罩着雾气,呈现新样的姿态,不复是平日看惯的那几座山了。月亮高高停在天空,非常舒泰的样子。从江岸直到我的楼下是一大片沙坪,月光照着,茫然一白,但带一点青的意味。不知什么地方送来晚香玉的香气。也许是月亮的香气吧,我这么想。我胸中不起一切杂念,大约历一刻钟之久,才回转身来看见蛎粉墙上印着我的身影,我于是重又意识到了我。

　　那样的月色如果能得再看几回,自然是愉悦的事情,虽然前面我说过"即使不看也没有什么关系"。

## 牵牛花

手种牵牛花，接连有三四年了。水门汀地没法下种，种在十来个瓦盆里。泥是今年又明年反复着用的，无从取得新的来加入。曾与铁路轨道旁边种地的那个北方人商量，愿出钱向他买一点，他不肯。

从城隍庙的花店里买了一包过磷酸骨粉，掺和在每一盆泥里，这算代替了新泥。

瓦盆排列在墙脚，从墙头垂下十条麻线，每两条距离七八寸，让牵牛的藤蔓缠绕上去。这是今年的新计划，往年是把瓦盆放在三尺光景高的木架子上的。这样，藤蔓很容易爬到了墙头；随后长出来的互相纠缠着，因自身的重量倒垂下来，但末梢的嫩条便又蛇头一般仰起向上伸，与别组的嫩条纠缠，待不胜重量时便重演那老把戏；因此墙头往往堆积着繁密的叶和花，与墙腰的部分不相称。今年从墙脚爬起，沿墙多了三尺光景的路程，或者会好一点；而且，这就将有一垛完全是叶和花的墙。

藤蔓从两瓣子叶中间引伸出来以后，不到一个月工夫，爬得最快的几株将要齐墙头了。每一个叶柄处生一个花蕾，像谷粒那样大，便转黄萎去。据几年来的经验，知道起头的一批花蕾是开不出来的；到后来发育更见旺盛，新的叶蔓比近根部的肥大，那时的花蕾才开得成。

今年的叶格外绿，绿得鲜明；又格外厚，仿佛丝绒裁剪成的。这自然是过磷酸骨粉的功效。他日花开，可以推知将比往年的盛大。

但兴趣并不专在看花。种了这小东西。庭中就成为系人心情的所在,早上才起,工毕回来,不觉总要在那里小立一会儿。那藤蔓缠着麻线卷上去,嫩绿的头看似静止的,并不动弹;实际却无时不回旋向上,在先朝这边,停一歇再看,它便朝那边了。前一晚只是绿豆般大一粒的嫩头,早起看时,便已透出二三寸长的新条,缀着一两张满被细白线毛的小叶子,叶炳处是仅能辨认形状的小花蕾,而末梢又有了绿豆般大一粒的嫩头。有时认着墙上的斑驳痕想,明天未必便爬到那里吧;但出乎意外,明晨已爬到了斑驳痕之上;好努力的一夜工夫!"生之力"不可得见;在这样小立静观的当儿,却默契了"生之力"了。渐渐地,浑忘意想,复何言说,只呆对着这一墙绿叶。

　　即使没有花,兴趣未尝短少;何况他日开花将比往年的盛大呢。

## 天井里的种植

搬到上海来十多年，一直住的弄堂房子。弄堂房子，内地人也许不明白是什么式样。那是各所一律的：前墙通连，隔墙公用；若干所房子成为一排；前后两排间的通路就叫做"弄堂"；若干条弄堂合起来总称什么里什么坊，表示那是某一个房主的房产。每一所房子开门进去是个小天井。天井，也许又有人不明白是什么。天井就是庭除；弄堂房子的庭除可真浅，只需三四步就跨过了，横里等于一所房子的阔，也不过五六步光景，如果从空中望下来，一定会觉得那个"井"字怪适当的。天井跨进去就是正间。正间背后横生着扶梯，通到楼上的正间以及后面的亭子间。因为房子并不宽，横生的扶梯够不到楼上的正间，碰到墙，转弯向前去，又是四五级，那才是楼板。到亭子间可不用加这四五级，所以亭子间比楼正间低。亭子间的下层是灶间；上层是晒台，从楼正间另一旁的扶梯走上去，近年来常常在文人笔下出现的亭子间就是这么局促闷损的居室。然而弄堂房子的结构确值得佩服；俗语说："麻雀虽小，五脏俱全"，弄堂房子就合着这样经济的条件。

住弄堂房子，非但栽不起深林丛树，就是几棵花草也没法种，因为天井里完全铺着水门汀。你要看花草只有种在盆里。盆里的泥往往是反复地种过了几种东西的，一点养料早被用完，又没处去取肥美的泥来加入，所以长出叶子来开出花朵来大都瘦小得可怜。有些人家嫌自己动手麻烦，又正有余多的钱足以对付小小的奢侈的开支，就同花园子约定，每个月送两回或者三回的盆景来；这样，家里就长年有及时的花草，过了时的自有花匠拿回去，真是毫不费事。然而这等人家的趣味大都在不缺少一种照例应有的点缀，自己的生活跟花草的生活却并没有多大的干系；只要看花匠拿回去的，不是干枯了叶子，就是折断了枝干，可见我这话没有冤枉了他们。再有些人家从小菜场买一点折枝截茎的花草，拿回来就插在花瓶里，不像日本人那样讲究什么"花道"，插成"乱柴把"或者"喜鹊窠"都不在乎；直到枯萎了，拔起来向垃圾桶一丢，就此完事。这除了"我家也有一点花草"以外，实在很少意味。

我们乐于亲近植物，趣味并不完全在看花。一条枝条伸出来，一张叶子展开来，你如果耐着性儿看，随时有新的色泽跟姿态勾引你的欢喜。到了秋天冬天，吹来几阵西风北风，树叶毫不留恋地掉将下来；这似乎最乏味了。然而你留心看时，就会发现枝条上旧时生着叶柄的处所，有很细小的一粒透漏出来，那就是来春新枝条的萌芽。春天的到来是可以预计的，所以你对着没有叶子的枝条也不至于感到寂寞，你有来春看新绿的希望。这固然不值一班珍赏家的一笑，在他们，树一定要寻求佳种，花一定要能够入谱，寻常的种类跟谱外的货色就不屑一看；但是，果能从花草方面得到真实的享受，做一个非珍赏家的"外行"又有什么关系。然而买一点折枝截茎的花草来插在花瓶里，那是无法得到这种享受的；叫花匠每个月送几回盆景来也不行，因为时间太短促，你不能读遍一种植物的生活史；自己动手弄盆栽当然比较好，可是植物入了盆犹如鸟儿进了笼，无论如何总显得拘束，滞钝，跟原来不一样。推究到底，只有把植物种在泥地里最好。可是哪里来泥地呢？弄堂房子的天井里有的是坚硬的水门汀！

把水门汀去掉；我时时这样想，并且告诉别人。关切我的人就提出了驳议。有两说：又不是自己的房产，给点缀花木犯不着，这是一说；谁知道这所房子住多少日子，何必种了花木让别人看，这是又一说。前者着眼在经济；后者只怕徒劳而得不到报酬。这种见识虽然不能叫我信服，可是究属好意；我对他们都致了感谢的意思。然而也并没有立刻动手。直到三年前的冬季，才真个把天井里的水门汀的两边凿去，只留当中一道，作为通路。水门汀下面满是砖砾，烦一个工人用了独轮车替我运开去。他就从不很近的田野里载回来泥土，倒在凿开的地方。来回四五趟，泥土同留着的水门汀一样平了。于是我买一些植物来种下，计蔷薇两棵，紫藤两棵，红梅一棵，芍药根一个。蔷薇跟紫藤都落了叶，但是生着叶柄的处所，萌芽的小粒已经透出来了，红梅满缀着花蕾，有几个已经展开了一两瓣；芍药根生着嫩红的新芽，像一个个笔尖，尤其可爱。我希望它们发育得壮健一点，特地从江湾买来一片豆饼，融化了，分配在各棵的根旁边；又听说芍药更需要肥料，先在安根处所的下面埋了一条猪的大肠。

不到两个月，一·二八战役起来了。停战以后，我回去捡残余的东西。天井完全给碎砖断枝掩没。只红梅的几条枝条伸了出来，还留着几个干枯的花萼；新叶全不见，大概是没有命了。当时心里充满着种种的愤恨，一瞥过后，就不再想到花呀草呀的事。后来回想起来，才觉得这回种植真是多此一举。既没有点缀人家的房产，也没有让别人看到什么，除了那棵红梅总算看到了半开以外，一点效果都没有得到，这才是确切的"犯不着"。然而当初提出驳议的人并不曾想到这一层。

去年秋季，我又搬家了。经朋友指点，来看这一所房子，才进里门，我就中了意，因为每所房子的天井都留着泥地，再不用你费事，只一条过路涂的水门汀。搬了进来之后，我就打算种点东西。一个卖花的由朋友家介绍过来了。我说要一棵垂杨，大约齐楼上的栏杆那么高。他说有，下礼拜早上送来。到了那礼拜天，一家人似乎有一位客人将要到来的样子，都起得很早。但是，报纸送来了，到小菜场去买菜的回来了，垂杨却没有消息。那卖花的"放生"了吧，不免感到失望。忽然，"树来了！树来了！"在弄堂里赛跑的孩子叫将起来。三个人扛着一棵绿叶蓬蓬的树，到门首停下；不待竖直，就认知这是杨树而并不是垂杨。为什么不带垂杨来呢？种活来得难哩，价钱贵得多哩，他们说出好些理由。不垂又有什么关系，具有生意跟韵致是一样的。就叫他们给我种在门侧；正是齐楼上的栏杆那么高。问多少价钱，两块四，我照给了。人家都说太贵，若在乡下，这样一棵杨树值不到两毛钱。我可不这么想。三个人的劳力，从江湾跑了十多里路来到我这里，并且有一棵绿叶蓬蓬的杨树，还不值这一点钱吗？就是普通的商品，譬如四毛钱买一双袜子，一块钱买三罐香烟，如果撇开了资本吸收利润这一点来说，付出的代价跟取得的享受总有点抵不过似的，因为每样物品都是最可贵的劳力的化身，而付出的代价怎样来的却未必每个人没有问题。

杨树离开了一会地土，种下去过了三四天，叶子转黄，都软软地倒垂了，但枝条还是绿的。半个月后就是小春天气，接连十几天的暖和，枝条上透出许多嫩芽来；这尤其叫人放心，现在吹过了几阵西风，节令已交小寒，这些嫩芽枯萎了。然而清明时节必将有一树新绿是无疑的。到了夏天，繁密的杨叶正好代替凉棚，遮护这小小的天井；那又合于家庭经济原理了。

杨树以外我又在天井里种了一棵夹竹桃，一棵绿梅，一条紫藤，一丛蔷薇，一个芍药根，以及叫不出名字来的两棵灌木，又有一棵小刺柏。是从前住在这里的人家留下来的。天井小，而我偏贪多；这几种东西长起来，必然彼此都不舒服。我说笑话，我安排下一个"物竞"的场所，任它们去争取"天择"吧。那棵绿梅花蕾很多，明后天有两三朵开了。

## 速写

密雨初收,海面漫着白色的雾气。时间是傍晚了。那些海岛化为淡淡的几搭影子。

十几条帆船系缆在石埠上,因波浪的激荡,时而贴近石埠,时而离得远些。客人的行李包裹都已放入船舱。船夫相对说笑,声音消散在苍茫之中;有几个在船艄睡觉,十分酣畅,仿佛全忘了等一会儿将有一番尽力挣扎的工作。

客人怀着游览以后的快感与不满或者朝过了圣地的虔敬的欢喜在石埠上等待,不免时时回头望那题着"南海圣境"的牌坊。牌坊可真恶俗,像上海、杭州大银楼的门面。

风紧,穿着单衫,颇有寒意。

"来了!"不知谁这样一声喊,石埠上与帆船上的人顿时动乱起来。我直望,白茫茫而外无所见。

在船舷与岸石击撞声中我们登了预定的帆船。站稳,手扶着夹持桅杆的木板。船夫匆忙地解缆,把舵,摇橹。那普陀的门户便向东旋转了。回看其他的船,有大半行在我们前头,相距十来丈远。

记起几年前的一个寒夜从江阴渡江,张着帆,风从侧面来,背风的一面船舷几乎没入水;渡客齐靠在受风的一面,两脚用力踏着舱板,仿佛觉得立刻会一脱脚横倒下来似的。两相比较,眼前这一点颠荡算不得什么了。

望见星儿般的几点光亮了,是开来的轮船上的电灯。定睛细认,我才看清了轮船的轮廓。我们这船并不准对着轮船行驶,欲取斜出的路径。

突然间船夫急促而力强地摇着橹;船尾好似增加了不少重量,致使船头昂起。这当儿船身轻捷地转了向,笔直前驶;轮船的左侧就在我们前面了。

当靠近轮船时,先已伸出的竹篙有如求援的手,嗒,一下,钩住了轮船的铁栏。船身便上下抛荡,像高速度的摩托车叠次经过陡峭的桥。左右两边是先到这里钩住了轮船的帆船,船舷和船舷相磨擦,相击撞;我想,我们这船会被挤得离开水面吧。

轮船并不停轮,伸出求援的手的帆船依附着它行进。它右侧的两扇铁门早经洞开,客人便攀援着铁栏或绳索慌乱地爬上去。行李包裹附着在肩背上或臂弯里,并没意义的叫喊声几乎弥漫于海天之间。

乘着轮船开行之势,我们这船与轮船并行了。昌群兄与小墨抢先爬了上去,混入纷乱的旅客中间。我提起小皮箱正想举足,一个浪头从两船间涌起,使船夫不得不让竹篙脱钩。船便离开了轮船。

"喂,喂。"我有点儿慌急。

嗒,一下,竹篙钩住了另一帆船的船尾,船夫指点我可从那里上轮船。

我跨上那帆船,蹒跚地走到它的左舷。浪头总想分开轮船与帆船的连接似的,又从两船间涌了起来。看船夫又将让竹篙脱钩,我只得奋力举一只脚踏上轮船的门限。不知谁伸给我一只手,我握住了,身子一腾跃,便离开了帆船。

门内是一个只排列坐椅的大统舱,电灯光耀得人目眩。

我立刻给热闷污臭的空气包围住了。

## "苏州光复"

革命，一般市民都不曾尝过它的味道。报纸上记载着什么什么地方都光复了，眼见苏州地方的革命必不可免，于是竭尽想象的能力，描绘那将要揭露的一幕。想象实在贫弱得很，无非开枪和放火，死亡和流离。避往乡间去吧，到上海去作几时寓公吧，这样想的，这样干的，颇有其人。

但也有对于尚未见面的革命感到亲热的。理由却很简单。革了命，上头不再有皇帝，谁都成为中国的主人，一切事情就办得好了。这类人中以青年学生为多。上课简直不当一回事；每天赶早跑火车站，等候上海来的报纸，看前一天又有哪些地方光复了。

一天早上，市民互相悄悄地说："来了！"什么东西来了呢？原来就是那引人忧虑又惹人喜爱的革命。它来得这么不声不响，真是出乎全城市民的意料之外。倒马桶的农人依然做他们的倾注涤荡的工作，小茶馆里依然坐着一边洗脸一边打呵欠的茶客，只站岗巡警的衣袖上多了一条白布。

有几处桥头巷口张贴着告示，大家才知道江苏巡抚程德全换称了都督。那一方印信据说是仓促间用砚台刻成的。

青年学生爽然了，革命绝对不能满足他们的浪漫的好奇心。但是对于开枪、放火、死亡、流离惴惴然的那些人却欣欣然了，他们逃过了并不等闲的一个劫运。

第二年,地方光复纪念日的晚上,举行提灯会。初等小学校的学童也跟在各团体会员、各学校学生的后面,擎起红红绿绿的纸灯笼,到都督府的堂上绕行一周;其时程都督坐在偏左的一把藤椅上,拈髯而笑。

在绕行一周的当儿,学童便唱那习熟了的歌词。各学校的歌词不尽相同,但大多数唱下录的两首:

苏州光复,直是苏人福。
…………
草木不伤,鸡犬不惊,军令何严肃?
我辈学生,千思万想,全靠程都督。

哥哥弟弟,大家在这里。
问今朝提灯欢祝,都为啥事体?
为我都督,保我苏州,永世勿忘记。
我辈学生,恭恭敬敬,大家行个礼。

可惜第一首的第二行再也想不起来了。这两首歌词虽然由学童唱出,虽然每一首有一句"我辈学生",而并非学童的"心声"是显然的。

革命什么,不去管它。蒙了"官办革命"的福,"草木不伤,鸡犬不惊",什么都得以保全,这是感激涕零,"永世"不能"忘记"的。于是借了学童的口吻,表达衷心的爱戴。此情此景,令人想起《豳风》《七月》的末了几句:

跻彼公堂,
称彼兕觥,
万寿无疆!

## "说书"

因为我是苏州人,望道先生要我谈谈苏州的"说书"。我从七八岁的时候起,私塾里放了学,常常跟着父亲去"听书"。到十三岁进了学校才间断,这几年间听的"书"真不少。"小书"像《珍珠塔》《描金凤》《三笑》《文武香球》,"大书"像《三国志》《金台传》《水浒》《英烈》,都不止听了一遍,最多的到三遍四遍。但是现在差不多忘记干净了,不要说"书"里的情节,就是几个主要人物的姓名也说不齐全了。

"小书"说的是才子佳人。"大书"说的是江湖好汉跟历史故事,这是大概的区别。"小书"在表白里夹着唱词,唱的时候说书人弹着三弦;如果是两个人,另外一个人就弹琵琶或者打铜丝琴。"大书"没有唱词,完全是表白。说"大书"的那把黑纸扇比较说"小书"的更为有用,几乎是一切"道具"的代替品,李逵手里的板斧,赵子龙手里的长枪,胡大海手托的千斤石,诸葛亮不离手的鹅毛扇,都是那把黑纸扇。

说"小书"的唱唱词据说依"中州韵"的,实际上十之八九是方音,往往ㄣㄥ不分,"真""庚"同韵。唱的调子有两派:一派叫做"马调";一派叫做"俞调"。"马调"质朴;"俞调"宛转。"马调"容易听清楚;"俞调"抑扬太多,唱得不好,把字音变了,就听不明白。"俞调"又比较是女性的,说书的如果是中年以上的人,勉强逼紧了喉咙,发出撕裂似的声音来,真叫人坐立不安,满身肉麻。

"小书"要说得细腻。《珍珠塔》里的陈翠娥私自把珍珠塔赠给方卿,不便明言,只说是干点心。她从闺房里取了珍珠塔走到楼梯边,心思不定,下了几级又回上去,上去了又跨下来,这样上下有好多回;后来把珍珠塔交到方卿手里了,再三叮嘱,叫他在路上要当心这干点心:这些情节在名手都有好几天可以说。于是听众异常兴奋,互相提示说,"看今天陈小姐下不下楼梯",或者说,"看今天叮嘱完了没有"。

"大书"比较"小书"尤其着重表演。说书人坐在椅子上,前面是一张半桌,偶然站起来也不很容易回旋,可是同戏子上了戏台一样,交战打擂台,都要把双方的姿势做给人家看。据内行家的意见,这些动作要做得沉着老到,一丝不乱,才是真功夫。说到这等情节自然很吃力,所以这等情节也就是"大书"的关子。譬如听《水浒》前十天半个月就传说"明天该是景阳冈打虎了",但是过了十天半个月,还只说到武松醉醺醺跑上冈子去。

说"大书"的又有一声"咆头",算是了不得的"力作"。那是非常之长的喊叫,舌头打着滚,声音从阔大转到尖锐,又从尖锐转到奔放,有本领的喊起来,大概占到一两分钟的时间;算是勇夫发威时候的吼声。张飞喝断灞陵桥就是这么一声"咆头"。听众听到了"咆头",散出书场去还觉得津津有味。无论"小书"和"大书",说起来都有"表"跟"白"的分别。"表"是用说书人的口气叙述;"白"是说书人代书中人说话。所以"表"的部分只是说书人自己的声口,而"白"的部分必须起角色,生旦净丑,男女老少,各如书中人的身份。起角色的时候大概贴旦丑角之类仍旧用苏白,正角色就得说"中州韵",那就是"苏州人说官话"了。

说书并不专说书中的事,往往在可以旁生枝节的地方加入许多"穿插"。"穿插"的来源无非《笑林广记》之类,能够自出心裁编排一两个"穿插"的自然是能手。关于性的笑话最受听众欢迎,所以这类的"穿插"差不多每回都可以听到。最后的警句说了出来之后,满堂听众个个哈哈大笑,一时合不拢嘴来。

书场设在茶馆里。除了苏州城里,各乡镇的茶馆也有书场。也不止苏州一地,大概整个吴方言区域全是这种说书人的说教地。这直到如今还是如此。听众是所谓绅士以及商人以及小部分的工人、农人。从前女人不上茶馆听书,现在可不同了。他们在书场里欣赏说书人的艺术,同时得到种种的人生经验:公子小姐的恋爱方式,何用式的阴谋诡诈,君师主义的社会观,因果报应的伦理观,江湖好汉的大块分金,大碗吃肉,超自然力的宰制人间,无法抵抗……也说不尽这许多,总之,那些人生经验是非现代的。

现在,书场又设到无线电播音室里去了。听众不用上茶馆,只要旋转那"开关",就可以听到叮叮咚咚的弦索声或者海瑞华太师等人的一声长嗽,非现代的人生经验却利用了现代的利器来传播,这真是时代的讽刺。

## "昆曲"

昆曲本是吴方言区域里的产物，现今还有人在那里传习。苏州地方，曲社有好几个，退休的官僚，现任的善堂董事，从课业练习簿的堆里溜出来的学校教员；专等冬季里开栈收租的中年田主少年田主，还有诸如此类的一些人，都是那几个曲社里的社员。北平并不属于吴方言区域，可是听说也有曲社，又有私家聘请了教师学习的，在太太们，能唱几句昆曲算是一种时髦。除了这些"爱美的"唱曲家偶尔登台串演以外，"职业的"演唱家只有一个班子，这是唯一的班子了，就是上海大千世界的仙霓社。逢到星期日，没有什么事情来逼迫，我也偶尔跑去，看他们演唱，消磨一个下午。

演唱昆曲是厅堂里的事情。地上铺了一方红地毯，就算是剧中的境界，唱的时候笛子是主要的乐器，声音当然不会怎么响，但是在一个厅堂里，也就各处听得见了。搬上旧式的戏台去，虽然在一个并不广大的戏院子里，就不及评剧那样容易叫全体观众听清，如果搬上新式的舞台去，那简直没有法子听，大概坐在第五六排的人就只看见演员拂袖按鬓了。我不曾做过考据工夫，不知道什么时候才有演唱昆曲的戏院子。从一些零星的记载上看来，似乎明朝时候只有绅富家里养着私家的戏班子。《桃花扇》里有陈定生一班文人向阮大铖借戏班子，要到鸡鸣埭上去吃酒，看他的《燕子笺》，也可以见得当时的戏不过是几十个人看看的东西罢了。我十几岁的时候,苏州城外有演唱评剧的戏院子两三家,演唱昆曲的戏院子是不常有的,偶尔开设起来,开锣不久,往往因为生意清淡就停闭了。

　　昆曲彻头彻尾是士大夫阶级的娱乐品,宴饮的当儿,叫养着的戏班子出来串演几出,自然是满写意的。而那些戏本子虽然也有幽期密约,劫盗篡夺,但是总之归结到教忠教孝,劝贞劝节,神佛有灵,人力微薄,这除了供给娱乐以外,对于士大夫阶级也尽了相当的使命。就文词而论,据内行家说,多用词藻故实是不算稀奇的,而像元曲那样亦文亦话,才是本色。然而就是像了元曲,又何尝能够句句同口语一般,听进耳朵就明白?况且昆曲的调子有非常迂缓的,一个字延长到了十几拍,那就无论如何讲究辨音,讲究发声跟收声,听的人总之难以听清楚那是什么字了。所以,听昆曲先得记熟曲文;自然,能够通晓曲文里的词藻跟故实那就尤其有味。这又岂是士大夫阶级以外的人所能办到的?当初编撰戏本子的人原来不曾为大众设想,他们只就自己的天地里选取一些材料,演成悲欢离合的故事,借此娱乐自己,教训同辈,或者发发牢骚。谁如果说昆曲太不顾到大众,谁就是认错了题目。

　　昆曲的串演,歌舞并重。舞的部分就是身体的各种动作跟姿势,唱到哪一个字,眼睛应该看哪里,手应该怎样,脚应该怎样,都由老师傅传授下来,世代遵守着。动作跟姿势大概重在对称,向左方做了这么一个舞态,接下来就向右方也做这么一个舞态,意思是使台下的看客得到同等的观赏。譬如《牡丹亭》里的《游园》一出,杜丽娘小姐跟春香丫头就是一对舞伴,自从闺中晓妆起,直到游罢回家止,没有一刻不是带唱带舞,而且没有一刻不是两个人互相对称的。这一点似乎比较评剧跟汉调来得高明。前年看见过一本《国剧身段谱》,详记评剧里各种角色的各种姿势,实在繁复非凡;可是我们去看评剧,就觉得演员很少有动作,如《李陵碑》里的杨老令公,直站在台边尽唱,两手插在袍甲里,偶尔伸出来挥动一下罢了。昆曲虽然注重动作跟姿势,也要演员能够体会才好,如果不知道所以然,只是死守着祖传表演,也就跟木人戏差不多。

昆曲跟评剧在本质上没有多大差别,然而后者比较适合于市民,而士大夫阶级已无法挽救他们的没落,所以昆曲的被淘汰是必然的。这个跟麻将代替了围棋,划拳代替了酒令,是同样的情形。虽然有曲社里的人在那里传习,然而可怜得很,有些人连曲文都解不通,字音都念不准,自以为风雅,实际却是薛蟠那样的哼哼,活受罪;等到一个时会到来,他们再没有哼哼的余闲,昆曲岂不将就此"绝响",这也没有什么可惜,昆曲原不过是士大夫阶级的娱乐品罢了。

有人说,有大学文科里的"曲学"一门在。大学文科里分门这样细,有了诗,还有词,有了词,还有曲,有了曲,还有散曲跟剧曲,有了剧曲,还有元曲研究跟传奇研究,我只有钦佩赞叹,别无话说。如果真是研究,把曲这样东西看做文学史里的一宗材料,还它一个本来面目,那自然是正当的事。但是人的癖性,往往会因为亲近了某一种东西,生出特别的爱好心情来,以为天下之道尽在于是。这样,就离开研究二字不止十里八里了。我又听说某一个大学里的"曲学"一门功课,教授先生在教室里简直就教唱昆曲,教台旁边坐着笛师,笛声嘘嘘地吹起来,教授先生跟学生就一同爱爱爱——地唱着。告诉我的那位先生说这太不成话了,言下颇有点愤慨。我说,那位教授先生大概还没有知道,仙霓社的台柱子,有名的巾生顾传玠,因为唱昆曲没有前途,从前年起丢掉本行,进某大学当学生去了。

这一回又是望道先生出的题目。真是"漫谈",对于昆曲一点也没有说出中肯的话。

## 几种赠品

两个月前,按到厦门寄来一封信。拆开来看,是不相识的广洽和尚写的;附带赠我一张弘一法师最近的相片。信上说我曾经写过那篇《两法师》,一定乐于得到弘一法师的相片。猜知人家欢喜什么,就教人家享有那种欢喜,遥远的阻隔不管,彼此还没有相识也不管,这种情谊是很可感的。我立刻写信回答广洽和尚;说是谢,太浮俗了,我表示了永远感激的意思。

相片是六寸头,并非"艺术照相";布局也平常,跟身旁放着茶几,茶几上供着花盆茶盅的那些相片差不多。寺院的石墙作为背景,正受阳光,显得很亮;靠左一个石库门,门开着,画面就有了乌黑的长方形。地上铺着石板,平,干净。近墙种一棵树,比石库门高一点,平行脉叶很阔大,不知道是什么;根旁用低低的石栏围成四方形,栏内透出些兰草似的东西。一张半桌放在树的前面,铺着桌布;陈设的是两叠经典,一个装着画佛的镜框子,以及一个花瓶,瓶里插着菊科的小花。这真所谓一副拍照的架子;依弘一法师的艺术眼光看来,也许会嫌得太呆板了;然而他对不论什么都欢喜满足,人家给他这样布置了,请他坐下来的时候,他大概连连地说"好的,好的"吧。他端坐在半桌的左边;披着袈裟,褶痕很明显,右手露出在袖外,拈着佛珠;脚上还是穿着行脚僧的那种布缕纽成的鞋。他现在不留胡须了,嘴略微右歪,眼睛细小,两条眉毛距离得很远；比较前几年，他显得老了，可是他的微笑里透露出更多的慈祥。相片上题着十个字"甲戌九月居晋水兰若造"，是他的亲笔；照相师给印在前方垂下来的桌布上，颇难看。然而，我想，他看见的时候，大概还是连连地说"好的，好的"吧。

收到照片以后不多几天，弘一法师托人带来两个瓷碟子，送给丏尊先生跟我。郑重地封裹着，一张纸里面又是一张纸；纸面写上嘱咐的话，请带来的人不要重压。贴着碟子有个条子："泉州土产瓷碟二个，绘画美丽，堪与和兰瓷媲美，以奉丏尊、圣陶二居士清赏。一音。"书法极随便，不像他写经语佛号的那些字幅的谨严，然而没有一笔败笔，通体秀美可爱。

瓷碟子的直径大约三寸。上质并不怎样好，涂上了釉，白里泛一点青；跟上海缸甏店里出卖的最便宜的碗碟差不多。中心画着折枝；三簇叶子像竹叶，另外几簇却又像蔷薇；花三朵，都只有阔大的五六瓣，说不来像什么；一只鸟把半朵花掩没了，全身轮廓作半月形，翅膀跟脚都没有画。叶子着的淡绿；花跟鸟头，淡朱；鸟身跟鸟是几乎辨不清的淡黄。从笔姿跟着色看，很像小学生的美术科的成绩。和兰瓷是怎样的，我没有见过；只觉得这碟子比较那些金边的画着工细的山水人物的可爱。可爱在哪里，贪省力的回答自然只消"古拙"二字；要说得精到一点，恐怕还有旁的道理呢。

前面说起照片，现在再来记述一张照片。贺昌群先生游罢华山，寄给我一张十二寸的放大片。前几年他在上海，亲手照的相我见过好些，这一张该是他的"得意之作"了。

这一张是直幅，左边峭壁，右边白云，把画面斜分作两半。一条栈道从左下角伸出来，那是在山壁上凿成的仅能通过一个人的窄路；靠右歪斜地立着木栏杆，有几个人扶着木栏杆向上走去。路一转往左，就只见深黑的一道裂缝；直到将近左上角，给略微突出的石壁遮没了。后面的石壁有三四处极大的凹陷，都作深黑，使人想那些也许是古怪的洞穴。

所有的石壁完全赤裸裸的,只后面的石壁的上部挺立着一丛柏树:枝条横生,疏疏落落地点缀着细叶,类似"国画"的笔法。右边半幅白云微微显出浓淡;右上角还有两搭极淡的山顶,这就不嫌寂寞,勾引人悠远的想象。——这里叫做长空栈,是华山有名的险峻处所。

最近接到金叶女士封寄的两颗红豆。附信的大意说,家乡寄来一些红豆,同学看见了一抢而光。这两颗还是偷偷地藏起来的,因为好玩,就寄来给我。过一些时,更要变得鲜红呢。从小读"红豆生南国"的诗,就知道红豆这个名称,可是没有见过实物。现在金叶女士教我长些见识,自然欢喜。

红豆作扁荷包形,跟大豆蚕豆绝不相像。皮朱红色,光泽;每面有不规则形的几搭略微显得淡些。一条洁白的脐生在荷包开口的部分,像小孩子的指甲。红豆向来被称为树而有这生在荚内的果实,大概是紫藤一般的藤本。豆粒很坚硬,听说可以久藏。如果拿来镶戒指,倒是别有意趣的。

这里记述了近来得到的几种赠品。比较起名画跟古董来,这些东西尤其可贵,因为这些东西浸渍着深厚的情谊。

# 三种船

　　一连三年没有回苏州去上坟了。今年秋天有一点空闲,就去上一趟坟。上坟的意思无非是送一点钱给看坟的坟客,让他们知道某家的坟还没有到可以盗卖的地步罢了。上我家的坟得坐船去。苏州人上坟本来大都坐船,天气好,逃出城圈子,在清气充塞的河面上畅快地呼吸一天半天,确是非常舒服的事情。这一趟我去,雇的是一条熟识的船。涂着的漆差不多剥落光了,窗框歪斜,平板破裂,一副残废的样子。问起船家,果然,这条船几年没有上岸了。今年夏季大旱,船只好胶住在浅浅的河浜里,哪里还有什么生意,更哪里来钱上岸修理。就是往年除了春季上坟,船也只有停在码头上迎晓风送夕阳的份儿,要想上岸,就好比叫花子做寿一样困难。因为时世变了,近地往来,有黄包车可以代步,远一点到各乡各镇去,都有了小轮船,不然,可以坐绍兴人的"当当船"也并不比小轮船慢,而且价钱都很便宜。如果没有上坟这一件事情,苏州城里的船只怕要劈做柴烧了吧。而上坟的事情大概是要衰落下去的,就像我,已经改变到三年上一趟坟了。

　　苏州城里的船叫做"快船",同别地的船比较起来,实在是并不快的。因为不预备经过什么长江大湖,所以吃水很浅,船底阔而平。除了船头是露天的以外,分做头舱、中舱跟艄篷三部分。头舱可以搭高来,让人站直不至于碰头顶。两旁边各有两把或者三把小巧的靠背交椅,又有小巧的茶几。前檐挂着红绿的明角灯,明角灯又挂着红绿的流苏。踏脚的是广漆的平板,普通六块,由横的直的木条承着。揭开平板,下面是船家的储藏库。中舱也铺着若干块平板,可是差不多密贴船底,所以从头舱到中舱得跨下一尺多。中舱两旁边是两排小方的窗子,上面的一排可以吊起来,第二排可以卸去,以便靠着船舷眺望。以前窗子都用明瓦,或者在拼凑的明瓦中间镶这么一小方玻璃,后来玻璃来得多了,就完全用玻璃。中舱同头舱艄篷分界处都有六扇书画小屏门,上面下面装在不同的几条槽里,要开要关,只须左右推移。书画大多是金漆的,无非"寒雨连江夜入吴""月落乌啼霜满天"以及梅兰竹菊之类。中舱靠后靠右搁着长板,供客憩坐。如果过夜,只要靠后多拼一两条长板,就可以摊被褥。靠左当窗放一张小方桌子,桌子旁边四张小方凳。如果在小方桌子上放上圆桌面,十来个人就可以聚餐。靠后靠右的长板以及头舱的平板都是座头,小方凳摆在角落里凑数。末了说到艄篷,那是船家整个的天地。艄篷同头舱一样,平板以下还有地位,放着锅灶碗橱以及铺盖衣箱种种东西。揭开一块平板,船家就蹲在那里切肉煮菜。此外是摇橹人站立着摇橹的地方。橹左右各一把,每把由两个人服事,一个当橹柄,一个当橹绳。船家如果有小孩子,走不来的躺在困桶里,放在翘起的后艄,能够走的就让他在那里爬,拦腰一条绳缚着,系在篷柱上,以防跌到河里去。后艄的一旁露出四条圆棍子,一顺地斜并着,原来大概是护船的武器,但后来转变为装饰品了。全船除着水的部分以外,窗门板柱都用广漆,所以没有他种船上常有的那种难受的桐油气味。广漆的东西容易揩干净,船旁边有的是水,只要船家不懒惰,船就随时可以明亮爽目。

　　从前,姑奶奶回娘家哩,老太太望小姐哩,坐轿子嫌得吃力,就唤一条快船坐了去。在船里坐得舒服,躺躺也不妨,又可以吃茶,吸水烟,甚而至于抽大烟,只是城里的河道非常脏,有人家倾弃的垃圾,有染坊里放出来的颜色水,淘米净菜洗衣服洗马桶又都在河旁边干,使河水的颜色跟气味变得没有适当的字眼可以形容。有时候还浮着肚皮胀得饱饱的死猫或者死狗的尸体。到了夏天,红里子白里子黄里子的西瓜皮更是洋洋大观。苏州城里河道多,有人就说是东方的威尼斯。威尼斯像这个样子,又何足羡慕呢?这些,在姑奶奶老太太之类是不管的,只要小天地里舒服,以外尽不妨马虎,而且习惯成自然,那就连抬起手来按住鼻子的力气也不用花。城外的河道宽阔清爽得多,到附近的各乡各镇去,或逢春秋好日子游山玩景,以及干那宗法社会里重要事项——上坟唤一条快船去当然最为开心。船家做的菜是菜馆里所比不上的,特称"船菜"。正式的船菜花样繁多,菜以外还有种种点心,一顿吃不完,非正式的烧几样也还是精,船家训练有素,出手总不脱船菜的风格。拆穿了说,船菜的所以好就在于只预备一席小镬小锅,做一样是一样,汤水不混合,材料不马虎,自然每样有它的真味,教人吃完了还觉得馋馋地。倘若船家进了菜馆里的厨房,大镬炒虾大锅煮鸡,那也一定会有坍台的时候的。话得说回头来,船菜既然好,坐在船里又安舒,可以看望,可以谈笑,也可以狎妓打牌,于是快船常有求过于供的情形。那时候,游手好闲的苏州人还没有识得"不景气"的字眼,脑子里也没有类似"不景气"的想头,快船就充当了适应时地的幸运儿。

除了做船菜,船家还有一种了不得的本领,就是相骂。相骂如果只会防御,不会进攻,那不算稀奇。三言两语就完,不会像藤蔓一样纠缠不休,也只能算次等角色。纯是常规的语法,不会应用修辞学上的种种变化,那就即使纠缠不休也没有什么精彩。船家跟人家相骂起来,对于这三层都能毫无遗憾,当行出色。船在狭窄的河道里行驶,前面有一条乡下人的柴船或者什么船冒冒失失地摇过来,看去也许会碰撞一下,船家就用相骂的口吻进攻了,"你瞎了眼睛吗?这样横冲直撞是不是去赶死?"诸如此类。对方如果有了反响,那就进展到纠缠不休的阶段,索性把摇橹挂篙的手停住了,反复再四地大骂,总之错失全在对方,所以自己的愤怒是不可遏制的。然而很少弄到动武,他们认为男人盘辫子女人扭胸脯并不属于相骂的范围。这当儿,你得欣赏他们的修辞的才能。要举例子，一时可记不起来，但是在听到他们那些话语的时候，你一定会想，从没有想到话语可以这么说的，然而唯有这么说，才可以包含怨恨，刻毒，傲慢，鄙薄，种种的成分。编辑人生地理教科书的学者只怕没有想到吧，苏州城里的河道养成了船家相骂的本领。

他们的摇船技术因为是在城里的河道训练成功的，所以长处在能小心谨慎，船跟船擦身而过，彼此不碰撞。到了城外去，遇到逆风固然也会拉纤。遇到顺风固然也会张一扇小巧的布篷，可是比起别种船上的驾驶人来，那就不成话了。他们敢于拉纤或者张篷的时候，风一定不很大，如果真个遇到大风，他们就小心谨慎地回复你，今天去不成。譬如我去上坟必须经过的石湖，虽然吴瞿安先生曾经作诗说"天风浪浪"，什么什么以及"群山为我皆低昂"，实在是一个并不怎么阔大的湖面，旁边只有一座很小的上方山，每年阴历八月十八，许多女巫都要上山去烧香的。船家一听说要过石湖就抬起头来看天，看有没有起风的意思。等到进了石湖，脸色不免紧张起来，说笑也都停止了。听得船头略微有汩汩的声音，就轻轻地互相警戒："浪头！浪头！"有一年我家去上坟，风在十点过后大起来，船家不好说回转去，就坚持着不过石湖。这一回难为了我们的腿，来回跑了二十里光景才上成了坟。

现在来说绍兴人的"当当船"。那种船上备着一面小锣，开船的时候就当当当当敲起来，算是信号，中途经过市镇，又当当当当敲起来，招呼乘客，因此得了这奇怪的名称。我小时候，苏州地方并没有那种船。什么时候开头有的，我也说不上来。直到我到甪直去当教师，才同那种船有了缘。船停泊在城外，据传闻，是同原有的航船有过一番斗争的。航船见它来抢生意，不免设法阻止。但是"当当船"的船夫只管硬干，你要阻止他们，他们就同你打。大概交过了几回手吧，航船夫知道自己不是那些绍兴人的敌手，也就只好用鄙夷的眼光看他们在水面上来去自由了。中间有没有立案呀登记呀那些手续，我可不清楚，总之那些绍兴人用腕力开辟了航路是事实。我们有一句话，"麻雀豆腐绍兴人"，意思是说有麻雀豆腐的地方也就有绍兴人,绍兴人跟麻雀豆腐一样普遍于各地。试把"当当船"跟航船比较就可以证明绍兴人是生存斗争里的好角色,他们跟麻雀豆腐一样普遍于各地,自有所以然的原因。这看了后文就知道,且让我先把"当当船"的体制叙述一番。

"当当船"属于"乌篷船"的系统,方头,翘尾巴,穹形篷,横里只够两个人并排坐,所以船身特别见得长。船旁涂着绿油,底部却涂红油,轻载的时候,一道红色露出水面,同绿色作强烈的对照。篷纯黑色。舵或者红或者绿,不用,就倒插在船艄,上面歪歪斜斜写着所经乡镇的名称,大多用白色。全船的材料很粗陋,制作也将就,只要河水不至于灌进船里就算数,横一条木条,竖一块木板,像破衣服上的补缀一样,那是不在乎的。我们上旁的船,总是从船头走进舱里去。上"当当船"可不然,我们常常踏在船边,从推开的两截穹形篷的中间,把身子挨到舱里去。这因为船头的舱门太小了,要进去必须弯曲了身子钻,不及从船边挨进舱去来得爽快。大家既然不欢喜钻舱门,船夫有人家托运的货品就堆在那里,索性把舱门堵塞了。可是踏上船边很要当心。西湖划子的活动不稳定,到过杭州的人一定有数,"当当船"比西湖划子大不了多少,它的活动不稳定也就跟西湖划子不相上下。你得迎着势,让重心落在踏着船边的那一只脚上,然后另外一只脚轻轻伸下去,点着舱里铺着的平板。进了舱你就得坐下来。两旁靠船边搁着又狭又薄的长板就是座位,这高出铺着的平板不过一尺光景,所以你坐下来就得耸起你的两个膝盖,如果对面也有人,那就实做"促膝"了。背心可以靠在船篷上,躯干最好不要挺直,挺直了头触着篷顶,你不免要起局促之感。先到的人大多坐在推开的两截穹形篷的空当里,这虽然是出入要道,时时有偏过身子让人家的麻烦,却是个优越的地位,透气,看得见沿途的景物,又可以轮流把两臂搁在船边,舒散舒散久坐的困倦。然而遇到风雨或者极冷的天气,船篷必得拉拢来,那地位也就无所谓优越,大家一律平等,埋没在含有恶浊气味的阴暗里。

"当当船"的船夫差不多没有四十以上的人，身体都强健，不懂得爱惜力气，一开船就拼命摇。五个人分两面站在高高翘起的船艄上，每人管一把橹，一手当橹柄，一手当橹绳。那橹很长，比较旁的船上的来得轻薄。当推出橹柄去的时候，他们的上身也冲了出去，似乎要跌到河里去的模样。接着把橹柄挽转来，他们的身子就往后顿，仿佛要坐下来一般。五把橹在水里这样强力地划动，船身就飞快地前进了。有时在船间加一把桨，一个人背心向前坐着，把它扳动，那自然又增加了速率，只听得河水活活地向后流去，奏着轻快的曲调。船夫一边摇船，一边随口唱绍兴戏，或者互相说笑，有猥亵的性谈，有绍兴风味的幽默谐语。因此，他们就忘记了疲劳，而旅客也得到了解闷的好资料。他们又欢喜同旁的船竞赛，看见前面有一条什么船，船家摇船似乎很努力，他们中间一个人发出号令说"追过它"，其余几个人立即同意，推呀挽呀分外用力，身子一会儿直冲出去，一会儿倒仰回来，好像忽然发了狂。不多时果然把前面的船追过了，他们才哈哈大笑，庆贺自己的胜利，同时回复到原先的速率。因为他们摇得快，比较性急的人都欢喜坐他们的船，譬如从苏州到甪直是四九路，同样地摇，航船要六个钟头，"当当船"只要四个钟头，早两个钟头上岸，即使不做什么事，身体究竟少受些拘束，何况船价同样是一百四十文，十四个铜板（这是十五年前的价钱，现在总得加多了）。

　　风顺，"当当船"当然也张风篷。风篷是破衣服，旧挽联，干面袋等等材料拼凑起来的，形式大多近乎正方。因为船身不大，就见得篷幅特别大，有点不相称。篷杆竖在船头舱门的地位，是一根并不怎么粗的竹头，风越大，篷杆越弯，把袋满了风的风篷挑出在船的一边。这当儿，船的前进自然更快，听着哗——的水声，仿佛坐了摩托船。但是胆子小一点的人就不免惊慌，因为船的两边不平，低的一边几乎齐了水面，波浪大，时时有水花从舱篷的缝里泼进来。如果坐在低的一边，身体被动地向后靠着，谁也会想到船一翻自己就最先落水。坐在高的一边更得费力气,要把两条腿伸直,两只脚踏紧在平板上,才不至于脱离座位,跌扑到对面的人的身上去。有时候风从横里来,他们也张风篷,一会儿篷在左边,一会儿调到右边,让船在河面上尽画着曲线。于是船的两边轮流地一高一低,旅客就好比在那里坐幼稚园里的跷跷板,"这生活可难受",有些人这样暗自叫苦。然而"当当船"很少失事,风势真个不对,那些船夫还有硬干的办法。有一回我到甪直去,风很大,饱满的风篷几乎蘸着水面,虽然天气不好,因为船行非常快,旅客都觉得高兴。后来进了吴淞江,那里江面很阔,船沿着"上风头"的一边前进。忽然呼呼地吹来更猛烈的几阵风,风篷着了湿重又离开水面。旅客连"哎哟"都喊不出来,只把两只手紧紧地支撑着舱篷或者坐身的木板。扑通,扑通,三四个船夫跳到水里去了。他们一齐扳住船的高起的一边,待留在船上的船夫把风篷落了下来,他们才水淋淋地爬上船艄,湿了的衣服也不脱,拿起橹来就拼命地摇。

　　说到航船,凡是摇船的跟坐船的差不多都有一种哲学,就是"反正总是一个到"主义。反正总是一个到,要紧做什么?到了也没有烧到眉毛上来的事,慢点也呒啥。所以,船夫大多衔着一根一尺多长的烟管,闭上眼睛,偶尔想到才吸一口,一管吸完了,慢吞吞捻了烟丝装上去,再吸第二管,正同"当当船"上相反,他们中间很少四十以下的人。烟吸畅了,才起来理一理篷索,泡一壶公众的茶。可不要当做就会开船了,他们还得坐下来谈闲天。直到专门给人家送信带东西的"担子"回了船,那才有点儿希望。好在坐船的客人也不要不紧,隔十多分钟二三十分钟来一个两个,下了船重又上岸,买点心哩,吃一开茶哩,又是十分一刻。有些人买了烧酒豆腐干花生米来,预备一路独酌。有些人并没有买什么,可是带了一张源源不绝的嘴,还没有坐定就乱攀谈,挑选相当的对手。在他们,迟一点到实在不算一回事,就是不到又何妨?坐惯了轮船火车的人去坐航船,先得做一番养性的功夫,不然这种阴阳怪气的旅行,至少会有三天的闷闷不乐。

航船比"当当船"大得多，船身开阔，舱篷作方形，木制，不像"当当船"那样只有用芦席，艄篷也宽大，雨落太阳晒，船夫都得到遮掩。头舱中舱是旅客的区域。头舱要盘膝而坐。中舱横搁着一条条的长板，坐在板上，小腿可以垂直。但是中舱有的时候要装货，豆饼菜油之类装满在长板下面，旅客也只得搁起了腿坐了。窗是一块块的板，要开就得卸去，不卸就得关上。通常两旁各开一扇，所以坐在舱里那种气味未免有点难受。坐得无聊，如果回转头去看艄篷里那几个老头子摇船，就会觉得自己的无聊才真是无聊。他们的一推一挽距离很小，仿佛全然不用力气，两只眼睛茫然望着岸边，这样地过了不知多少年月，把踏脚的板都踏出脚印来了，可是他们似乎没有什么无聊，每天还是走那老路，连一棵草一块石头都熟识了的路。两相比较，坐一趟船慢一点闷一点又算得什么。坐航船要快，只有巴望顺风。篷杆竖在头舱跟中舱的中间，一根又粗又长的木头。风篷极大，直拉到杆顶，有许多细竹头横张着，吃了风，巍然地推进，很有点气派。风最大的日子，苏州到甪直，三点半钟就吹到了。但是旅客到底是"反正总是一个到"主义者，虽然嘴里嚷着"今天难得"，另一方面却似乎嫌风太大船太快了，跨上岸去，脸上不免带一点怅然的神色。遇到顶头逆风航船就停班，不像"当当船"那样无论如何总得用力去拼。客人走到码头上，看见孤零零的一条船停在那里，半个人影也没有，知道是停班，就若无其事地回转身来。风总有停的日子，那就航船总有开的日子。忙于寄信的我可不能这样安静，每逢校工把发出的信退回来，说今天航船不开，就得担受整天的不舒服。

# 读书

听说读书,便引起反感。何以至此,却也有故。文人学士之流,心营他务,日不暇给,偏要搭起架子,感喟地说:"忙乱到这个样子,连读书的工夫都没有了。"或者要恬退一点,表示最低限度的愿望说:"别的都不想,只巴望能得安安逸逸读一点书。"这显见得他是天生的读书种子,做一点其实不相干的事便似乎冤了他,若说利用厚生的笨重工作,那是在娘胎里就没有梦见过,这般荒唐的骄傲意态,只有回答他一个不睬了事。衣锦的人必须昼行,为的是有人艳羡,有人称赞,衬托出他衣锦的了不得。现在回答他一个不睬,无非让他衣锦夜行的意思。有朝一日,他真个有了读书的工夫了,能得安安逸逸读一点书了,或者像陶渊明那样"不求甚解",或者把一句古书疏解了三四万言,那也只是他个人的事,与别人毫不相干。

还有政客学者教育家等的"读书救国"之说。有的说得很巧妙,用"不忘""即是"等字眼的绳子,把"读书"和"救国"穿起来,使它颠来倒去,都成一句话,若问读什么书,他们却从来不曾开过书目。因此,人家也无从知道到底是半部《论语》,还是一卷《太公兵法》,还是最新的航空术。虽然这么说,他们欲开而未开的书目也容易猜。他们要的是干练的帮手,自然会开足以养成这等帮手的书;他们要的是驯良的顺民,自然会开足以训练这等顺民的书。至于救国,他们虽毫不愧怍地说"已有整个计划""不乏具体方案",实际却最是荒疏。救国这一目标也许真个能从读书的道路达到,世间也许真个有着足以救国的书,然而他们未必能,能也未必肯举出那些书名来。于是,不预备做帮手和顺民的人听了照例的"读书救国"之说,安得不"只当秋风过耳边"?

　　还有小孩子进学校普通都称为读书。父母说:"你今年六岁了,送你到学校里去读书吧。"教师说:"你们到学校里来。须要好好儿读书。"嘴里说着读书,实际做的也只是读书。国语科本来还有训练思想、语言的目标,但究竟是记号科目,现在单只捧着一本书来读,姑且不必说它。而自然科、社会科的功课也只是捧着一本书来读,这算什么呢?一头猫一个苍蝇,一处古迹,一所公安局,都是实际的事物,可以直接接触的。为什么不让小孩子直接接触,却把那些东西写在书上,使他们只接触一些文字呢?这样地利用文字,文字便成为闭塞智慧的阻障。然而颇有一些教师在那里说:"如果不用书,这些科目怎么能教呢?"而切望子女的父母也说:"在学校里只读得这几本书!"他们完全忘记了文字只是一种工具,竟承认读书是最后的目的了。真欲喊:"救救孩子!"

　　读书当然是甚胜的事,但须得把上面说起的那几种读书除外。

## 养蜂

近年来我国有一种新事业——养蜂。蜂种从意大利买来。据说我国的蜂不曾经过遗传上的选择,不适宜用新法养的。

养蜂可以增益国产,养蜂可以沾光厚利,养蜂的人这么说。这不是群己两利吗?这不是理想事业吗?于是养蜂的人多起来了。

养蜂原来有两个目标,采蜜和分房。养蜂的人能够用不同的管理法操纵那班飞行的工人;要他们酿蜜就酿蜜,要他们繁殖就繁殖。而一般的目标大都在后者,就是要他们做传种的工人。

理由是很明白的。意大利种,增益国产,沾光厚利,谁听了不动心?谁不想分几房来试试?所以蜂种卖得起钱。卖蜂种还可以营副业。人家买了蜂种,就得使用养蜂的一切家伙;制造了蜂房、巢础、隔王板、卷蜜机等等卖给他们,也可以沾不少的光。

"人同此心",买蜂种的人的打算和卖蜂种的人的一样,他的事业也是卖蜂种,卖养蜂应用的家伙。大家把采蜜的事情看得无关紧要;也可以说,差不多把蜂能酿蜜这一项常识忘记了。

然而采蜜究竟是一个不该放弃的目标。惟其采蜜,分房才有意义;蜂的数量愈多,蜜的产量也愈多。现在不然;前一回的分房只是后一回的预备,后一回又是更后一回的预备,而并不希望采什么蜜。这样,养蜂就成一种空虚的事业——原说增益国产,实际上却没有"产",岂非空虚?

可是市场上并不缺少蜜。新式的养蜂家也有长瓶矮瓶盛着蜜陈列在玻璃橱里作幌子。据说这些都是不曾经过遗传上的选择的"国"蜂的成绩。"国"蜂虽然蹩脚,却供给了真实的蜜。

这情形恰同我们的教育事业相像。

前几年有人提出"循环教育"这个名词,讥议教育事业的空虚:大意好像说人所以要受教育,原在受一点训练,学一点技能,预备给社会做一点真实的事;但是教育事业的实况并不然,先前受训练学技能的学生后来成为先生,去教诲后一辈,后一辈后来也成为先生,又去教诲更后一辈,结果一辈辈都不曾动手,丝毫真实的事也没有做。这些受教育的无异新式养蜂家所养的蜂,他们是不酿蜜的。

在鼓吹教育价值的言论里,增进生产呀,发扬文化呀,提高生活水准呀,总之,天花乱坠。而实际只成了"循环教育",一条周而复始的空虚的链子。这无异养蜂家标榜着"增益国产,沾光厚利",而实际只做了卖蜂种的营业。

被剥削被压迫的工人农人好比"国"蜂。他们被摈在教育的新式蜂房以外,但是他们供给真实的蜜。无论谁,吃一点蜜,总是他们的。

# 薪工

我记得第一次收受薪水时的心情。

校长先生把解开的纸包授给我,说:"这里是先生的薪水,二十块,请点一点。"

我接在手里,重重的。白亮的银片连成的一段体积似乎很长,仿佛一时间难以数清片数的样子。这该是我收受的吗?我收受这许多不太僭越吗?这样的疑问并不清楚地意识着,只是一种模糊的感觉通过我的全身使我无所措地瞪视手里的银元,又抬起眼来瞪视校长先生的毫无感情的瘦脸。

收受薪水就等于收受与此相当的享受。在以前,我的享受全是父亲给的;但是从这一刻起我自己取得若干的享受了。这是生活上的一个转变。我又仿佛不能自信;以偶然的机缘,便遇到这个转变,不要是梦幻吧?

此后我幸未失业,每月收受薪水;只因习以为常,所以若无其事,拿到手就放进袋里。衣食住行一切都靠此享受到了,当然不复疑心是梦幻。可是,在头脑空闲一点的时候,如果想到这方面去,仍不免有僭越之感。一切的享受都货真价实,是大众给我的,而我给大众的也能货真价实,不同于肥皂泡儿吗?这是很难断言的。

阅世渐深,我知道薪工阶级的被剥削确是实情,只要具有明澈的眼睛的人就看得透，这并不是什么深奥的学理。薪工阶级为自己的权利而抗争，也是理所当然。但是，如果用怠工等撒烂污的办法作为抗争的工具，我以为便是薪工阶级的缺德。一个人工作着工作着，广义地说起来，便是把自己的一份心力贡献给大众。你可以主张自己的权利，你可以反抗不当的剥削，可是你不应该吝惜你自己的一份心力，让大众间接受到不利的影响。

在收受薪水的时候，固不妨考量是不是收受得太少；而在从事工作的时候，却应该自问是不是贡献得欠多。我想，这可以作为薪工阶级的座右铭。我这么说，并不是替不劳而获的那些人保障利益。从薪工阶级的立场说起来，不劳而获的那些人是该彻底的被消灭的。他们消灭之后，大家还是薪工阶级，而贡献心力也还是务期尽量的。

## 文明利器

以前,商店逢到"特别大减价""多少周纪念"的时候,就雇几名军乐队(乐字通常念作快乐的乐)吹吹打打,借此吸引过路人的注意。现在,这办法似乎淘汰了。只在偏僻的小马路上,还偶尔有几家背时的小商店送出喇叭和竖笛的合奏,调子是"毛毛雨"或者"妹妹,我爱你"。过路人知道是怎么一回事,头也不回地走过了。这寂寞的音乐只有屋檐下的布市招寂寞地听着。

现在,上海的商店有了另外的引人注意的办法。即使并非"特别大减价""多少周纪念",他们也要装一具收音机在当门的檐下。好在播音台是那么多,从清早到深夜可以不间断地收音,他们就一直把机关开着。于是,电车汽车声闹成一片的空间,又掺入了三弦叮咚的"弹词",癞皮声音的"哭妙根笃爷",老枪喉咙的"毛毛雨"和"妹妹,我爱你",诸如此类。

但是,这办法也未必真能够引人注意。只在刚流行的一些时,装有收音机的商店前站着几个抬头呆望的过路人。到后来就同雇几名军乐队吹吹打打的一样,你尽管"弹词"……"妹妹,我爱你",过路人还是走他的路。看看店里的伙计,似乎也没有一个在那里听这些"每天的老调"。那么,收音机收了音究竟给谁听呢?这大概只有市招知道。然而新装收音机的还陆续有得增加,好像没有收音机就失了大商店的体统了。

我家左邻有一具收音机,发音清楚而洪亮,品质大概是不坏的。可是他们对付这家伙的办法太妙了。他们时时在那里旋转那刻度器,老生唱了半句,就来了女声的小调,小调没有完一曲,又来了高亢的西洋喉咙……他们到底想听什么,三四个月来我还不曾考察明白。也许,他们的趣味就在旋转那刻度器吧。否则就在"有"一具收音机!收音机是时髦,人家都"有",他们就非"有"不可。

又听说上海有好多吸鸦片的人懒得出门,就利用收音机来互通声气。有几个自设播音台,在夜间一两点钟的时候,从鸦片榻上播音道:"张老三,吃过夜饭吗?李老四明天晚上的麻将局有你,不要起得太迟了。"啊,现代文明的生活!

说"收音机救国"(前天的报纸上登载着吴稚晖君"马达救国"的谈话,我这语式是有来历的),固然近乎荒诞不经。然而收音机这家伙如果能好好利用它,譬如说,用来团结大众的意志,传授真实的知识,报告确切的消息……那么,从社会的观点说:他的价值的确是了不得的。反过来,如果它仅成为"街头军乐队"的代替品,仅成为商店与人家的点缀品,仅成为吸鸦片的人的通信机,所传送的又仅是"哭谁的爸""哭谁的娘"之类,试问,社会上又何贵有这等"奇技淫巧"的玩意儿?

一切所谓"文明利器",其价值都不存在于本身,而存在于对于社会的影响。这可以从两方面看:一,它被操持在谁的手里;二,它被怎样地利用着。就讲马达。像美国,然而都会的大道上有大队的饥民奏着饥饿进行曲。这就因为所有的马达操持在资本主义的手里。假如那些马达也有饥民的份,饥民就不复是饥民了。那时候,马达的价值岂止可以"救国"而已?又如飞机。苏联近年利用它来散播种子,扑灭害虫。这就扩大了人类战胜天然的能力,飞机的价值何等高贵。但是,它被利用作轰炸机侦察机的时候,除了在军缩会议中斤斤计较的野心家以外,谁还承认它的价值呢?

## "怎么能……"

"这样的东西,怎么能吃的!"

"这样的材料,这样的裁剪,这样的料理,怎么能穿的!"

"这样的地方,既……又……怎么住得来!"

听这类话,立刻会想起这人是懂得卫生的法子的,非惟懂得,而且能够"躬行"。卫生当然是好事,谁都该表示赞同。何况他不满意的只是东西,材料,裁剪,料理,地方等等,并没有牵动谁的一根毫毛,似乎人总不应对他起反感。

反省是一面莹澈的镜子,它可以照见心情上的玷污,即使这玷污只有苍蝇脚那么细。说这类话的人且莫问别人会不会起反感,先自反省一下吧。

当这类话脱口而出的时候,未必怀着平和的心情吧。心情不平和,可以想见发出的是怎么一种声调。而且,目光,口腔,鼻子,从鼻孔画到口角的条纹,也必改了平时的模样。这心情,这声调,这模样,便配合成十足傲慢的气概。

傲慢必有所对。这难道对于东西等等而傲慢吗?如果是的,东西等等原无所知,倒也没有什么,虽然傲慢总教人不大愉快。

但是,这实在不是对东西等等而傲慢。所谓"怎么能……"者,不是不论什么人"怎么能……",乃是"我怎么能……"也。须要注意,这里省略了一个"我"字。"我怎么能……"的反面,不用说了,自然是"他们能……他们配……他们活该……"那么,到底是对谁?不是对"我"以外的人而傲慢吗?

对人傲慢的看自己必特别贵重。就是这极短的几句话里,已经表现出说话的是个丝毫不肯迁就的古怪的宝贝。他不想他所说"怎么能……"的,别人正在那里吃,正在那里穿,正在那里住。人总是个人,为什么人家能而他偏"怎么能……"?难道就因为他已经懂得卫生的法子吗?他更不想他所说"怎么能……"的,还有人求之而不得,正在想"怎么能得到这个"呢。

对人傲慢的又一定遗弃别人。别人怎样他都不在意,但他自己非满足意欲不可的。"自私"为什么算是不好,要彻底讲,恐怕很难。姑且马虎一点说,那么人间是人的集合,"自私"会把这集合分散,所以在人情上觉得它不好。不幸得很,不顾别人而自己非满足意欲不可的就是极端的自私者。

这样一想,这里头罅漏实在不少,虽然说话时并不预备有这些罅漏。可是,懂得卫生法子这一点总是好的,因为知道了生活的方法如何是更好。

不过生活是普遍于人间的。知道了生活方法如何是更好,在不很带自私气味的人就会想"得把这更好的普遍于人间才是"。于是来了种种的谋划、种种的努力。至于他自己,更不用担以外的心。更好的果真普遍了,会单把他一个除外吗?

所以,知道更好的生活方法,吐出"怎么能……"一类的恶劣语,表示意欲非满足不可,满足了便沾沾自喜,露出暴发户似的亮光光的脸,这样的人虽然生活得很好,决不是可以感服的。在满面菜色的群众里吃养料充富的食品,在衣衫褴褛的群众里穿适合身体的衣服,羞耻也就属于这个人了;群众是泰然毫无愧怍的,虽然他们不免贫穷或愚蠢。

人间如真有所谓英雄，真有所谓伟大的人物，那必定是随时考查人间的生活，随时坚强地喊"人间怎么能……"而且随时在谋划在努力的。

1926年9月1日作

## "双双的脚步"

小孩子看见好玩的东西总是要；他不懂得成人的"欲不可纵"那些条例，"见可欲"就老实不客气要拿到手，否则就得哭，就得闹。父母们为爱惜几个铜子几毛钱起见，常常有一手牵着孩子，只作没看见地走过玩具铺子的事情；在意思里还盼望有一位魔法师暗地里张起一把无形的伞，把孩子的眼光挡住了。魔法师既没有，无形的伞尤其渺茫，于是泥马纸虎以及小喇叭小桌椅等等终于到了孩子的手里。

论理，到了手里的后文总该是畅畅快快地玩一下子了；玩得把爸爸妈妈都忘了，玩得连自己是什么，自己在什么地方都忘了，这是可以料想而知的。但是事实上殊不尽然。父母说，"你当心着，你不要把这些好玩的东西一下子就毁了。最乖的孩子总把他的玩意儿珍重地藏起来。现在给你指定一个抽屉，你玩了一歇也够了，赶紧收藏起来吧"。祖母说得更其郑重了，"快点藏了起来吧，藏了起来日后再好玩。只顾一刻工夫的快乐，忘了日后的，这是最没出息的孩子。我小时候，就把小木碗郑重地收藏起来的，直到生了你的爸爸，还取出来给他玩。你不要只顾玩了，也得想想留给你将来的孩子"。这样的在旁边一阵一阵地促迫着，孩子的全心倾注如入化境的玩戏美梦是做不成了。他一方面有点儿生气，一方面又不免有点怕父母祖母们的威严，于是颓然地与玩具分了手。这当儿比没有买到手还要难过；明明是得到的了，却要搁在一旁如同没有得到一样,这只有省克工夫有名的大人们才做得来,在孩子确是担当不住的。

隔天,泥马纸虎等等又被请出来了,父母祖母们还是那一套,轻易地把孩子的美梦打破了。这样,孩子买了一份玩具,倒仿佛买了一个缺陷。

这似乎是无关重要的事情,孩子依然会长大起来,依然会担负人间的业务,撑住这个社会。但当他回忆起幼年的情况,觉得生活不很充实,如同泄了气的气球,而这又几乎是没法填补的(哪有一个成年人擎起一个纸老虎而玩得一切都忘了的呢?我们读过梭罗古勃那篇小说《铁圈》,讲起一个老苦的工人独个在林中玩一个拾来的铁圈,他觉得回转到童年了,满心的快乐,一切都很幸福,这也不过是耽于空想的小说家的小说罢了),这时候憾惜就网络住他的心了。

世间的事情类乎孩子这样的遭遇的很多,而且往往自己就是父母祖母。譬如储蓄钱财,理由是备不时之需。但当用钱财的时候到了,考虑一下之后,却说"这还不是当用的时候,且待日后别的需要再用吧"。屡屡地如是想,储蓄的理由其实已改变了,变而为增加储蓄簿上的数目。在这位富翁的生活里,何尝称心恰当地用过一回钱呢?

学生在学校里念书做功课,理由是预备将来做人,将来做事,这是成千成万的先生父母们如是想的,也是成千成万的学生们信守着的。换一句说,学生过的并不是生活,只是预备生活。所以一切行为,一切思虑,都遥遥地望着前面的将来,却抹杀了当前的现在。因此,自初级小学校以至高等大学校里的这么一个个的生物只能算"学生"而不能算"人",他们只学了些"科目"而没有做"事"。

念书念得通透了,走去教学生。学生照样地念着,念得与先生一样地通透了,便也走去教学生。顺次教下去,可以至无穷。试问:"你们自己的发现呢?""没有。""你们自己享用到多少呢?""不曾想到。"这就是一部教育史了。聪明的大学生发现这种情形,作了一篇叫做"循环教育"的文字,若在欢喜谈谈文学的人说起来,这简直是写实派。然而大学教授们看得不舒服了,一定要把作者查出来严办,于是闹成大大的风潮,让各种报纸的教育新闻栏有机会夸示材料的丰富。大学教授们大概作如是想:"循环难道不好吗?"

上对于父母,我得做孝子。自身体发肤以至立功扬名,无非为的孝亲。下对于儿女,我得做慈父。自喂粥灌汤以至做牛做马,无非为的赡后,这的确是人情,即使不捎出"东方文化""先哲之教"等金字招牌,也不会有谁走来加以否认,一定要说对父母不当孝,对子女不当慈的。可是,对自己呢?没有,什么也没有。祖宗是这样,子孙是照印老版子。一串的人们个个成为抛荒了自己的,我想,由他们打成的历史的基础总不见得结实吧。

将来的固然重要,因为有跨到那里的一天;但现在的至少与将来的一样地重要,因为已经踏在脚底下了。本与末固然重要,因为它们同正干是分不开的,但正干至少与本末一样地重要,没有正干,本末又有什么意义呢?不懂得前一义的人无异教徒之流,以现世为不足道,乃心天堂佛土;其实只是一种极贫俭极枯燥的生活而已。不懂得后义的人,犹如吃甘蔗的只取本根与末梢,却把中段丢在垃圾桶里;这岂不是无比的傻子?

过日子要当心现在,吃甘蔗不要丢了中段,这固然并非胜义,但至少是正当而合理的生活法。

朱佩弦的诗道:
"从此我不再仰眼看青天,
不再低头看白水,
只谨慎着我双双的脚步;
我要一步步踏在泥土上,
打上深深的脚印。"

1925年3月19日作

# 假如我有一个弟弟

假如我有一个弟弟，他在中学校毕业了，我想对他说以下这些话。因为客观地立论的习惯还不曾养成，所说的当然只是些简单的直觉。

中学生是中国社会中间少数的选手。不去查统计，自然不能说出确切的总数；但只要想到数十年来唱惯了的"四万万同胞"，同时把中学生的数量来相比并，恐怕有"沧海一粟"之感了。

这些选手的被选条件是付得出一切费用，暂时还不需或者永远都不需靠自己的劳力生活。

他们为着什么目的而被选呢？普通的名目是"受教育""求学问"。骨子里是要向生活的高塔的上层爬；知识学问是生活的高塔，地位报酬也是生活的高塔，我说向上层爬并不含有讽刺的意思。

爬到某一层（这是说中学毕业了），停了脚步想一想，还是再爬上去呢还是不？再爬怎样爬？不爬又怎样？这就来了许多踌躇。

从"沧海"方面说，"一粟"是被包在内的，便有问题也只是"沧海"的问题的一个子目。但是从"一粟"本身说，却自有种种的问题可以商论。

所谓再爬不爬等等问题，总括地说就是出路的问题；有人说，说"进路"比较健全；再换一句，就是"往哪里走"。

往哪里走呢？

升学是一条路。任事是一条路。无力升学又没法任事也是一条无路之路。各人的凭借不同,所趋的路自然分歧了。

弟弟,如果你的凭借好,我赞成你升学。你爱好学问,你希望深造,你不仅为学问而学问,更想在人类的生活和文化上涂上这么几笔,把他们修润得更充实更完美;我哪有不赞成之理?

如果你不为着这些,却要升学,我可不赞成。你想给自己镀上一层金吗?这是一种欺诳的心理。心存欺诳,做出事来必然损害他人;这怎么行!

我曾走进大学,看见选手们颇有在那里给自己镀金的;亲爱的弟弟,我不愿你这样。

你若真个爱好学问,有一层又须知道,就是现在的社会并不适宜于做学问。这意思讲起的人很多,着眼之点不一,总之都能抓住真相的一角。

我要你知道这一层,不是叫你就此灰心,袖起手来叹"今非其时也"或者"社会负我"!

我希望你从爱好学问的热诚里发生一股力量,把社会弄得适宜于你一点。这当然不是一个人的事;不过你尽了你的一份力量时,比较更有把握。

凡具有爱好某一事项的热诚的人都应该这样,方不至徒存虚愿。否则,志在兼利天下的发明家发明了事物,结果只供少数人去享用;两心相印的恋爱者不顾一切誓欲合并,终于给排斥纯爱的世网绊住了。

你如其想走任事的一条路,我也赞成。成语说"不得已而思其次";任事并非升学的"其次",你不必想起那成语。任事也就是做学问;做学问的目的无非要成就些事物。

任哪种事呢?列举很难,还是概括说。

譬如讲授死书的教师,我不赞成你去当。一代一代的教师讲授下来轮到你,你又传下去,一代一代,以至无穷;一串的人就只保守了几本书,自身并没有成就些什么,生产些什么;你若反省时,一定会感觉无谓的。——这是一例,他可类推。

譬如电报局邮政局职员之类,都是社会这大机械的齿轮,你若愿意当,不感什么不满,我也赞成你去当。——这又是一例,他可类推。

我想劝你去干的,是成就些什么生产些什么的事情,尤其是劳力的事情。

无论如何天花乱坠的文明文化,维持生活的基本要件总是劳力的结果。大家需要享用,大家就该劳力;这是简单不过可是颠扑不破的道理。

"我们研究学问,我们担任要务,劳了心了;劳力的事情你们去干吧。"这种分工说是狡狯自私的治者的欺人话。在各种劳力的事情中间,那当然要分工。

论理,研究天文学的也该织一匹布,担任什么委员也该种一块田。因为他们维持生活的基本要件同一般人一样。何况不研究天文学担任什么委员的你,要想任事,自应拣那些能够成就些什么生产些什么的了。

即就织布种田而论:手工业的织布在现代文明中将被淘汰净尽了,要织布就得进工厂去当织工,而织工是困苦的;种田的事情也很困苦,形容地说便是"无异牛马"。这些我都知道。

然而这些事情总须由人去做。你若说,似乎犯不着吧,这句话我不爱听;因为你只是一个不比所有的人卑微也不比所有的人高贵的人。

那么关于困苦的一层呢?你一定要问了。亲爱的弟弟,我决不至这样糊涂,竟会教你低首下心忍受一辈子,像那驮着石碑的赑屃一般。而且你身历其境之后,自然会不耐忍受一辈子;你那时必将有所见,根据这所见来改革变更,是你的权利。改革变更一件事情的权利最正当是归到担任这件事情的人的手里。

末了,如果你无可奈何只好走上"无路之路",我当然无所用其不赞成,因为你所碰着的是事实的壁。

那时你一定要愤愤。愤愤是应该的;否则真成弱虫了。

但是你为什么愤愤,却须问个明白。

如其说，你有中学毕业的资格而竟无路可走，所以愤愤；这未免不很妥当。中学毕业岂是你特别优异于人的地方；你只因有所凭借罢了。你的口气却似乎说别人不妨无路可走，唯有你不该无路可走。为什么唯有你不该无路可走呢？——具有商业经验的父兄送子弟入学校，本来就看做一宗买卖；花了本，非但得不到利，结果连本都蚀掉，于是愤愤，自属常情。但是我不希望你运用这种商业经验。

如其说，你是一个要任事能任事的人，而竟无路可走，所以愤愤；这就比较妥当。你这样想，就会和入那无路可走的大群里去不复自觉有什么特别优异于人的地方，而且你的问题也就是大群的一般问题了。

这个问题于你是很好的功课。你若能精细地剖析，扼要地解释，社会病态的诊断便将了然于你的胸中；同时你必能给它开个对症的药方，为大群也为你自己。

亲爱的弟弟，我的话很幼稚，又很不具体，我自己都知道。我的实力只有这一点点，我不能说出超乎实力的话。如果这些话于你有一毫用处，自是我的欢喜。

1930年6月作
《中学生杂志》以"中学生的出路"一题征文，因作此篇。
1931年6月17日记

## 做了父亲

假若至今还没儿女,是不是要同有些人一样,感着人生的缺憾,心头总是有这么一桩失望牵萦着的?

我与妻都说不至于吧;一些人没儿女感着缺憾,因为他们认儿女是他们分所应得,应得而不得,失望是当然;也许有人说没儿女便是没有给社会尽力,对于种族的绵延不曾负责任,那是颇堂皇冠冕的话,是随后找来给自己解释的理由,查问到根柢,还是个不得所应得的不满足之感而已;我们以为人生的权利固有多端,而儿女似乎不在多端之内,所以说不至于。

但是儿女早已出生了,这个设想无从证实。在有了儿女的今日,设想没有儿女,自觉可以不感缺憾;倘今日真个还没儿女,也许会感到非常的寂寞,非常的惆怅吧,这是说不定的。

教育是专家的事业,这句话近来几成口号,但这意义仿佛向来被承认的。然而一为父母就得兼充专家也是事实。非专家的专家担起教育的责任来,大概走两条路:一是尽许多不需要的心,结果是"非徒无益,而又害之";一是给与一个"无所有",本应在儿女的生活中充实些什么的,却并没有把该充实的充实进去。

自家反省,非意识地走着的是后面的一条。虽然也像一般父亲一样,被一家人用作镇压孩子的偶像,于没法对付时,便"爹爹,你看某某!"这样喊出来;有时被引动了感情,骂一顿甚至打一顿的事情也有;但收场往往像两个孩子争闹似的,说着"你不那样,我也不这样了"的话,其意若曰彼此再别说这些,重复和好了吧。这中间积极的教训之类是没有的。

不自命为"名父"的,大多走与我同样的路。

自家就没有什么把握;一切都在学习试练之中,怎么能给后一代人预先把立身处世的道理规定好了教他们呢?

学校,我想也不是与儿女有什么了不起的关系的。学一些符号,懂一些常识,交几多朋友,度几多岁月,如是而已。

以前曾经担过忧虑,因为自家是小学教员出身,知道小学的情形比较清楚,以为像模像样的小学太少了,儿女达到入学年龄时将无处可送。现在儿女三个都进了学校,学校也不见特别好,但我毫不存勉强迁就的意思。

一定要有理想的小学才把儿女送去,这无异看儿女做特别珍贵特别柔弱的花草,所以须保藏在装着热气管的玻璃花房里。特别珍贵嘛,除了有些国家的贵胄华族以外,谁也不肯给儿女作这样的夸大口吻。特别柔弱嘛,那又是心所不甘的,要抵挡得风雨,经历得霜雪,这才欢喜。——我现在作这样想,自笑以前的忧虑殊无谓。

何况世间为生活所限制,连小学都不得进的也很多,他们一样要挺直身躯立定脚跟做人;学校好坏于人究竟有何等程度的关系呢?——这样想时,以前的忧虑尤见得我的浅陋了。

我这方面既给与一个"无所有",学校方面又没什么了不起的关系,这就搁到了角落里,儿女的生长只有在环境的限制之内,用他们自己的心思能力去应付一切。这里所谓环境,包括他们所有遭值的事故人物,一饮一啄，一猫一狗，父母教师，街市田野，都在里头。

父亲真欲帮助儿女，仅有一途，就是诱导他们，让他们锻炼这种心思能力。若去请教专家的教育者，当然，他将说出许多微妙的理论，但要义恐也不外乎此。

可是，怎样诱导呢？我就茫然了。虽然知道应该往哪一方向走，但没有走去的实力，只得站住在这里，搓着空空的一双手，与不曾知道方向的并没有两样。我很明白，对儿女最抱歉的就在这一点。将来送不送他们进大学倒没有关系，因为适宜的诱导是在他们生命的机械里加燃料，而送进大学仅是给他们文凭、地位，以便剥削别人而已（有人说振兴大学教育可以救国，不知如何，我总不甚相信，却往往想到这样不体面的结论上去）。

他们应付环境不得其当甚至应付不了时，定将怅然自失，心里想，如果父亲早给与点帮助，或者不至于这样无所措吧；这种归咎，我不想躲避，也是不能躲避的。

对于儿女也有我的希望。

一语而已，希望他们胜似我。

所谓人间所谓社会虽然很广漠，总直觉地希望它有进步。而人是构成人间社会的。如果后代无异前代，那就是站住在老地方没有前进，徒然送去了一代的时光，已属不妙。或者更甚一点，竟然"一代不如一代"，试问人间社会经得起几回这样的七折八扣呢！凭这么想，我希望儿女必须胜似我。

爬上西湖葛岭那样的山便会气喘，提十斤左右重的东西行一二里路便会臂酸好几天，我这种身体完全不行的。我希望他们有强壮的身体。

人家问一句话一时会答不出来，事故当前会十分茫然，不知怎样处置或判断，我这种心灵完全不行的。我希望他们有明澈的心灵。

讲到职业，现在做的是笔墨的事情，要说那干系之大，自然可以戴上文化或教育的高帽子，于是仿佛觉得并非无聊。但是能够像工人农人一样，拿出一件供人家切实应用的东西来吗？没有！自家却使用了人家所生产的切实应用的东西，岂不也成了可羞的剥削阶级？文化或教育的高帽子只供掩饰丑脸，聊自解嘲而已，别无意义。这样想时，更菲薄自己，达于极点。我希望他们不同我一样：至少要能够站在人前宣告道，"用了我们的劳力，产生了切实应用的东西，这里就是"！其时手里拿的布匹米麦之类；即使他们中间有一个成为玄学家，也希望他同时铸成一些齿轮或螺丝钉。

1930年11月作

# 中年人

接到才见了一面的一个青年的信,中间有"这回认识了你这个中年人"的话。原来是中年人了,至少在写信给我的青年眼光中已经是了。

平时偶然遇见旧友,不免说一些根据直觉的话:从前在学校里年龄最小,体操时候专作"排尾",现在在常相过从的朋辈中间,以年龄论虽不至作"排头",然而前十名是居之不疑的了。或者说:同辈的喜酒仿佛早已吃完了,除了那好像缺少了什么的"续弦"的筵席。及至被问到儿女几个,他们多大了,自不得不据实报告:大的在中学校,身体比我高出半个头,小的几岁了,也已进了小学。

听了这些话,对方照例说:"时光真快呀。才一眨眼,便有如许不同。我们哪得不老呢!"这是不知多少世代说熟了的滥调。犹如春游的人一开口便是"桃红柳绿,水秀山明"一般,在谈到年龄呀儿女呀的场合里,这滥调自然脱口而出,同时浮起一种淡淡的伤感的心情,自己就玩味这种伤感的心情,取得片刻的满足。我觉得这是中年人的乏味处。听这么一说,我只好默然不语或者另外引起一个端绪,以便谈说下去。

中年的文人往往会"悔其少作"。仿佛觉得目前这一点功力才到了家,够了格;以今视昔,不知当时的头脑何以这般荒唐,当时的手腕何以这般粗野。于是对着"少作"颜面就红起来,一直蔓延到颈根。非文人的中年人也一样。人家偶尔提起他的少年情事,如抱不平一拳把人打倒,和某女郎热恋至于相约同逃之类,他就现出一副尴尬的神态说:"不用提了,那个时候真是胡闹!"你若再不知趣,他就要怨你有意与他为难了。

大概人到中年便意识地或非意识地抱着"言为士则,行为世范"的大志。发点议论,写点文字总得含有教训意味。人家受不受教训当然是另一问题;可是不教训似乎不过瘾,那就只有搭起架子来说话,作文。便是寻常的一举一动,在举动之先反省道:"这是不是可以对后辈示范的?"于是步履从容安详了,态度中正和平了,喜怒哀乐发而皆中节,差不多可以入圣庙的样子。但是,一个堪为"士则""世范"的中年人的完成,便是一个天真活泼爽直矫健的青年人的毁灭。一般中年人"悔其少作",说"那个时候真是胡闹",仿佛当初曾经做过青年人是他们的绝大不幸;其实,所有的中年人如果都这样悔恨起来,那才是人间的绝大不幸呢。

在电影院里,可以看到中年人的另一方面。臂弯里抱着孩子,后面跟着女人,或者加上一两个大一点的孩子。昂起了头寻座位。牵住了人家的衣襟,踏着了人家的鞋头,都不管,都像没有这回事。寻到坐了,满足地坐下来,犹如占领了一个王国。明明是在稠人广座中间,而那王国的无形墙壁障蔽得十分周密,使他如入无人之境。所有视听的娱乐仿佛完全属于那王国的;几乎忘了同时还有别人存在。这情形与青年情侣所表现的不同。青年情侣在唧唧哝哝之外,还要看看四围,显示他们在广众中享受这乐趣的欢喜和骄傲。中年人却同作茧而自居其中的蚕蛹一样,不论什么时候单只看见他自己的茧子。

已经是中年人了,只希望不要走上那些中年人的路。

# 儿子的订婚

十六岁的儿子将要和一个十五岁的少女订婚了。是同住了一年光景的邻居，彼此都还不脱孩子气，谈笑嬉游，似乎不很意识到男女的界限。但是，看两个孩子无邪地站在一块，又见到他们两个的天真和忠厚正复半斤八两，旁人便会想道，"如果结为配偶倒是相当的呢"。一天，S夫人忽然向邻居夫人和我妻提议道，"我替你们的女儿、儿子做媒吧"。两个母亲几乎同时说"好的"，笑容浮现到脸上，表示这个提议正中下怀。几天之后，两个父亲对面谈起这事来了，一个说"好的呀"，一个用他的苏州土白说"呒啥"，足见彼此都合了意。可是，两个孩子的意见如何是顶要紧的，便分头征询。征询的结果是这个也不开口，那个也不回答。少年对于这个问题的羞惭心理，我们很能够了解，要他们像父母一般，若无其事地说一声"好的"或者"呒啥"，那是万万不肯的。我们只须看他们的脸色，那种似乎不爱听而实际很关心的神气，那种故意抑制喜悦而把眼光低垂下来的姿态，便是无声的"好的"或者"呒啥"呀。于是事情决定，只待商定一个日期，交换一份帖子，请亲友们喝一杯酒，两个孩子便订婚了。

有"媒妁之言"，而媒妁只不过揭开了各人含意未伸的意想。也可以说是"父母之命"，而实际上父母并没有强制他们什么。照现在两个孩子共同做一件琐事以及彼此关顾的情形看来，只要长此不变，他们便将是美满的一对。

这样的婚姻当然很寻常,并不足以做人家的模范。然而比较有一些方式却自然得多了。近来大家知道让绝不相识的一男一女骤然在一起生活不很妥当,于是发明了先结识后结婚的方式。介绍人把一男一女牵到一处地方,或者是公园,或者是菜馆的雅座,"这位是某君,这位是某女士",一副尴尬的面孔,这样替他们"接线"。而某君、某女士各自胸中雪亮,所为何事而来,还不是和"送入洞房"殊途同归?觌面的羞惭渐渐消散了,于是想出话来对谈,寻出题目来约定往后的会晤,这无非为着对象既被指定,不得不用人工把交情制造起来。两个男女结婚以后如何且不必说,单说这制造交情的一步功夫,多么牵强、不自然啊!

又有一种方式是由交际而恋爱,由恋爱而结婚。交际是广交甲、乙、丙、丁乃至庚、辛、壬、癸,这不过朋友的相与。恋爱是一支内发的箭,什么时候射出去是不自知的。一朝射出去而对方接受了,方才谈得到结婚。这种说法颇为一部分青年男女所喜爱。但是我国知识男女共同做一种事业的很少,所谓交际,差不多只限于饮食游戏那些事情上。若不是有闲阶级,试问哪里有专门去干饮食游戏那些事情的份儿?并且,因为交际只限于饮食游戏那些事情上,所以谨愿的人往往向隅,而浮滑的人方才是交际场中的骄子。我们曾经看见许多的青年男女瞩望着交际场,苦于无由投身进去,而青春已渐渐地离开了他们,他们于是忧伤,颓丧,歇斯底里。这是很痛苦的。再说一部分青年心目中的恋爱境界,差不多是一幅美丽而朦胧的图画。那是诗、词和小说教给他们的,此外电影也是有力的启示。这美丽而朦胧的图画,实在只是瞬间的感觉,如果憧憬这个,认为终极的目的,那么,恋爱成功以后,一转眼便将惊诧于完全不是这么一回事。这时候是很无聊的。

伴侣婚姻是美国的出品,而且在美国也未见怎样通行。我国如果仿行起来,将会感到"此路不通"吧。

青年男女能从恋爱呀结婚呀这些问题上节省许多精神和时间,移用到别的事情上去,他们是幸福的。若把这些问题看做整个的人生,或者认作先于一切的大前提,那么苦恼便将伺候在他们的背后了。

# 过去随谈

## 一

在中学校毕业是辛亥那一年。并不曾作升学的想头；理由很简单，因为家里没有供我升学的钱。那时的中学毕业生当然也有"出路问题"；不过像现在的社会评论家杂志编辑者那时还不多，所以没有现在这样闹嚷嚷地。偶然的机缘，我就当了初等小学的教员，与二年级的小学生做伴。钻营请托的况味没有尝过；依通常说，这是幸运。在以后的朋友中间有这么一个，因在学校毕了业，将与所谓社会者对面，路途太多，何去何从，引起了甚深的怅惘；有一回偶游园林，看见澄清如镜的池荡，忽然心酸起来，强烈地萌生着就此跳下去完事的欲望。这样生帖孟脱的青年心情我却没有，小学教员是值得当的，我何妨当当；依实际说，这又是幸运。

小学教员一连当了十年，换过两次学校，在后面的两个学校里，都当高等班的级任，但也兼过半年幼稚班的课——幼稚班者，还够不上初等一年级，而又不像幼稚园儿童那样地被训练着，是学校里一个马马虎虎的班次。职业的兴趣是越到后来越好；这因为后来的几年中听到一些外来的教育理论同方法，自家也零星悟到一点，就拿来施行，而同事又是几个熟朋友的缘故。当时对于一般不知振作的同业颇有点看不起，以为他们德性上有着污点，倘若大家能去掉污点，教育界一定会放光彩的。

民国十年暑假后开始教中学生。那被邀请的理由是很滑稽的。我曾写一些短篇小说刊载在杂志上。人家以为能作小说就是善于作文，善于作文当然也能教文，于是，我仿佛是颇适宜的国文教师了。这情形到现在仍旧不衰，作过一些小说之类的往往被聘为国文教师，两者之间的距离似乎还不曾经人切实注意过。至于我舍小学而就中学的缘故，那是不言而喻的。

　　直到今年，曾在五处中学三处大学作教，教的都是国文；这大半是兼务，正业是书局编辑，连续七年有余了。大学教员我是不敢当的；我知道自己怎样没有学问，我知道大学教员应该怎样教他的科目，两相比并，不敢是真情。人家却说了："现在的大学，名而已！你何必拘拘？"我想这固然不错；但从"尽其在我"的意义着想，不能因大学不像大学，我就不妨去当不像大学教员的大学教员。所惜守志不严，牵于友情，竟尔破戒。今年在某大学教"历代文选"，劳动节的第二天，接到用红铅笔署名L的警告信，大约说我教那些古旧的文篇，徒然助长反动势力，于学者全无益处，请即自动辞职，免讨没趣云云。我看了颇愤愤：若说我没有学问，我承认；却说我助长反动势力，我恨反动势力恐怕比这位L先生更真切些呢；或者以为教古旧的文篇便是助长反动势力的实证，更不用问对于文篇的态度如何，那么他该叫学校当局变更课程，不该怪到我。后来知道这是学校波澜的一个弧痕，同系的教员都接到L先生的警告信，措辞比给我的信更严重，我才像看到丑角的鬼脸那样笑了。从此辞去不教；愿以后谨守所志，"直到永远"。

　　自知就所有的一些常识以及好嬉肯动的少年心情，当当小学或初中的教员大概还适宜的。这自然是不往根柢里想去的说法；如往根柢里想去，教育对于社会的真实意义（不是世俗所认的那些意义）是什么，与教育相关的基本科学内容是怎样，从事教育技术上的训练该有哪些项目，关于这些，我就同大多数的教员一样，知道得太微少了。

## 二

作小说的兴趣可说由中学校时代读华盛顿欧文的《见闻录》引起的。那种诗味的描写，谐趣的风格，似乎不曾在读过的一些中国文学里接触过；因此这样想，作文要如此才佳妙呢。开头作小说记得是民国三年；投寄给小说周刊《礼拜六》，被登载了，便继续作了好多篇。到后来，礼拜六派是文学界中一个卑污的名称，无异海派黑幕派鸳鸯蝴蝶派等等。我当时的小说多写平凡的人生故事，同后来的相仿佛，浅薄诚有之，如何恶劣却未必，虽然所用的工具是文言，也不免贪懒用一些成语古典。作了一年多便停笔了，直到民国九年才又动手。是颉刚君提示的，他说在北京的朋友将办一种杂志，作一篇小说付去吧。从此每年写成几篇，一直不曾间断；只今年是例外，眼前是十月将尽了，还不曾写过一篇呢。

预先布局，成后修饰，这一类ABC里所诏示的项目，总算尽可能的力实做的。可是不行；作小说的基本要项在乎有一双透入的观世的眼，而我的眼够不上；所以人家问我哪一篇最惬心时，我简直不能回答。为要作小说而训练自己的眼固可不必；但眼的训练实是生活的补剂，因此我愿意对这上边致力。如果致力而有进益，由这进益而能写出些比较可观的文字，自是我的欢喜。

为什么近来渐渐少作，到今年连一篇也没有作呢？有一个浅近的比喻，想来倒很确切的。一个人新买一具照相器不离手的对光，扳机，卷干片，一会儿一打干片完了，便装进一打，重又对光，扳机，卷干片。那时候什么对象都是很好的摄影题材；小妹妹靠在窗沿憨笑，这有天真之趣，摄他一张；老母亲捧着水烟袋抽吸，这有古朴之致，摄他一张；出外游览，遇到高树，流水，农夫，牧童，颇浓的感兴立刻涌起，当然不肯放过，也就逐一摄他一张。洗出来时果能成一张像样的照相与否似乎不很关紧要，最热心的是"嗒"的一扳；面前是一个对象，对着他"嗒"的扳了，这就很满足了。但是，到后来却有相度了一会终于收起镜箱来的时候。爱惜干片吗？也可以说是，然而不是。只因希求于照相的条件比以前多了,意味要深长,构图要适宜,明暗要美妙,更有其他等等,相度下来如果不能应合这些条件,宁可收起镜箱了事;这时候,徒然一扳是被视为无意义的了。我从前多写只是热心于一扳,现在却到了动辄收起镜箱的境界,是自然的历程。

## 三

《中学生》主干曾嘱我说一些自己修习的经历,如何读书之类。我很惭愧。自计到今为止,没有像模像样读过书,只因机缘与嗜好,随时取一些书来看罢了。书既没有系统,自家又并无分析的综合的能力,不能从书的方面多得到什么是显然的。外国文字呢?日文曾读过葛祖兰氏的《自修读本》两册,但是像劣等的学生一样,现在都还给教师了。至于英文,中学时代不算读得浅,读本是文学名著,文法读到纳司非尔的第四册呢;然而结果是半通不通,到今看电影字幕还未能完全明白(我觉得读英文而结果如此的实在太多了。多少的精神时间,终于不能完全看明白电影字幕!正在教英文读英文的可以反省一下了)。不去彻底修习,弄一个全通真通,当然是自家的不是,可是学校对于学生修习的各项科目都应定一个毕业最低限度,一味胡教而不问学生是否达到了最低限度,这不能不怪到学校了。外国文字这项工具既不能使用,要接触一些外国的东西只好看看译品,这就与专待喂饲的婴孩同样的可怜,人家不翻译,你就没法想。讲到译品,等类颇多。有些是译者实力不充而硬欲翻译的,弄来满盘都错,使人怀疑何以外国人的思想话语会这样的奇怪不依规矩。有些据说为欲忠实,不肯稍事变更原文文法上的排列,就成为中国文字写的外国文。这类译品若请专读线装书的先生们去看,一定回答"字是个个识得的,但不懂得这些字凑合在一起讲些什么"。我总算能够硬看下去,而且大概有点懂,这不能不归功到读过两种读如未读的外国文。最近看到东华君译的《文学之社会学的批评》,清楚流畅,义无隐晦,以为译品像这个样子,庶几便于读者。声明一句,我不是说这本书就是翻译的模范作；我没有这样狂妄，会自认有判定译品高下的能力。

　　说起读书，十年来颇看到一些人，开口闭口总是读书。"我只想好好儿念一点书"，"某地方一个图书馆都没有，我简直过不下去"，"什么事都不管，只要有书读，我满足了"，这一类话时时送到我的耳边；我起初肃然生敬，既而却未免生厌。那种为读书而读书的虚矫，那种认别的什么都不屑一做的傲慢，简直自封为人间的特殊阶级，同时给与旁人一种压迫，仿佛唯有他们是人间的智慧的葆爱者。读书只是至平常的事而已，犹如吃饭睡觉，何必作为一种口号，唯恐不遑地到处宣传。况且所以要读书，自全凭观念的玄学以至真凭实据的动植矿，就广义说，无非要改进人间的生活。单只是"读"决非终极的目的。而那些"读书""读书"的先生们似乎以为单只是"读"很了不起的，生活云云不在范围以内；这也引起我的反感。我颇想标榜"读书非究竟义谛主义"——当然只是想想罢了，宣言之类是不曾做的。或者有懂得心理分析的人能够说明我之所以有这种反感，由于自家的头脑太俭了，对于书太疏阔了，因此引起了嫉妒，而怎样怎样的理由是非意识地文饰那嫉妒的丑脸的。如果被判定如此，我也不想辩解，总之我确然曾有了这样的反感。至于那些将读书作口号的先生们果否真个读书，我不得而知；只有一层，从其中若干人的现况上看，我的直觉的评判成为客观的真实了。他们果然相信自己是人间智慧的宝库，无所不知，无所不能，得便时抛开了为读书而读书的招牌，就不妨包办一切他们俨然承认自己是人间的特殊阶级，虽在极微细的一谈笑之顷，总要表示外国人提出来的"高等华人"的态度。读书的口号，包办一切，"高等华人"，这其间仿佛有互相纠缠的关系；若请希圣君来解释，一定能头头是道的。

## 四

　　我与妻结婚是由人家做媒的，结婚以前没有会过面，也不曾通过信。结婚以后两情颇投合，那时大家当教员，分开在两地，一来一往的信在半途中碰头，写信等信成为盘踞心窝的两件大事。到现在十四年了，依然很爱好。对方怎样的好是彼此都说不出的，只觉得适合，更适合的情形不能想象，如是而已。

这样打彩票式的结婚当然很危险的，我与妻能够爱好也只是偶然；迷信一点说，全凭西湖白云庵那月下老人。但是我得到一种便宜，不曾为求偶而眠思梦想，神魂颠倒；不会沉溺于恋爱里头备尝甜酸苦辣种种味道。图得这种便宜而去冒打彩票式的结婚的险，值得不值得固难断言；至少，青年期的许多心力和时间是挪移了过来，可以去应付别的事情了。

现在一般人不愿冒打彩票式的结婚的险是显然的，先恋爱后结婚成为普通的信念。我不菲薄这一种信念，它的流行也有所谓"必然"。我只想说那些恋爱至上主义者，他们得意时谈心，写信，作诗，看电影，游名胜；失意时伤心，流泪，作诗（充满了惊叹号），说人间至不幸的只有他们，甚至想投黄浦江：像这样把整个生命交给恋爱，未免可议。这种恋爱只配资本家的公子、"名门"的小姐去玩的。他们享用的是他们的父亲祖先剥削得来的钱，他们在社会上的地位在未入母腹时早就排定，他们看看世界非常太平，一点没有问题；闲暇到这样子却也有点难受，他们于是去做恋爱的题目，弄出一些悲欢哀乐来，总算在他们空白的生活录写上了几行。如果是并不闲暇到这样子的青年，而也想学步，那唯有障碍自己的进路，减损自己的力量而已。

人类不灭，恋爱也永存。但恋爱有各色各样。像公子小姐们玩的恋爱，让它"没落"吧！

1930年10月29日作
《中学生杂志》以"出了中学校以后"一题征文，因作此篇。
1931年6月17日记

## 将离

  跨下电车,便是一阵细且柔的密雨。南北东西的风把雨吹着,尽向我的身上卷上来。电灯光特别昏暗,火车站的黑影兀立在深灰色的空中,那边一行街树,像魔鬼的头发似的飘散舞动,作些萧萧的声响。我突然想起:难道特地要教我难堪,故意先期做起秋容来嘛!便觉得全身陷没在凄怆之中,刚才喝下去的一斤酒在胃里也不大安分起来了。

  这是我的一种揣想:天日晴朗的别胜于风凄雨惨的别,朝晨午昼的别胜于傍晚黄昏的别。虽然一回的别不能兼试二者以为比较,虽然这一回的别还没有来到,我总相信我所揣想是大致不谬的。然而到那边去的轮船照例是十二点光景开的,黄昏的别是注定的了。像这样入秋渐深,像这样时候吹一阵风洒一阵雨,又安知六天之后的那一夜,不更是风凄雨惨的别呢!

  一点东西也不要动:散乱的书籍,零星的原稿纸,积着墨汁的水盂,歪斜地摆着的砚台……一切保留着原来的位置。一点变更也不让有:早上六点起身,吃了早饭,写了一些字,准时到办事的地方去,到晚回家,随便谈话,与小孩子胡闹……一切都是那平淡的生活。全然没有离别的空气,更有什么东西会迫紧拢来?好像没有这快要来到的一回事了。

  记得上年平伯去国,我们同在一家旅馆里,明知再不到一点钟,离别的利刃要把我们分割开来了。于是一启口一举手都觉得有无形的线把我牵着,又似乎把我周身捆紧来;胸口也闷闷的不好过了。我竭力要想摆脱,故意做出没有什么的样子,靠在椅背上,举起杯子喝茶,又东一句西一句地谈着。然而没有用处,只觉得十分地勉强,只觉得被牵被捆被压得越紧罢了。我于是想:离别的空气既已凝集了,再也别想冲决,它是非把我们挤了开来不可的!

现在我只是不让这空气凝集,希望免了被牵被捆被压种种的纠缠。我又这么痴想着:到这离去的一刻,最好恰在沉酣的睡眠中,既泯能想,自无所想。虽然觉醒之后,已经是大海孤轮中的独客,不免起深深的惆怅;然而最难堪的一关已成过去,情形便自不同了。

然而这空气终于会凝集拢来,走进家里,看见才洗而缝好的被服,衫裤长袍之类也一叠叠地堆在桌子上。这不用问得,是我旅程中的同伴了。"偏要这么多事!既已弄了,为什么不早点收拾好!"我略微烦躁地想。但是必须带走既属事实,早日预备尤见从容,我何忍说出这责备的话呢——实在也不该责备,只该感激。

然而我触着这空气了,而且嗅着它的味道了,与上年在旅馆里所感到的正是同一的种类,不过还没有这样浓密而已。我知道它将要渐渐地浓密,犹如西湖上晚来的烟雾;直到最后,它具有一种强伟的力量,便会把我一挤;我于是不自主地离开这里了。

我依然谈话,写字,吃东西,躺在藤椅子上;但是都有点异样,有点不自然。

夜来有梦,梦在车站月台之旁。霎时火车已到,我急把行李提上去,身子也就登上,火车便疾驰而去了。似乎还有些东西遗留在月台那边,正在检点,即想起遗留的并不是东西,却是几个人。这很奇怪,我竟不曾向他们说一声"别了",竟不曾伸出手来给他们;不仅如此,登上火车的时候简直把他们忘了。于是深深地悔恨,这怎么能不说一声、握一握呢!假若说了握了，究竟是个完满的离别，多少是好。"让我回头去补了吧！让我回头去补了吧！"但是火车不睬我，它喘着气只是向前奔。

这梦里的登程，全忘了月台上的几个人，与我所痴心盼望的酣睡时离去，情形正相仿佛，现在梦里的经验告诉我这只有勾引些悔恨，并不见得会比较好一点。那么，我又何必作这种痴想呢？然而清醒地说一声握一握的离别究何尝是好受的！

"信要写得勤，要写得详；虽然一班船动辄要隔三五天，而厚厚的一叠信笺从封套里抽出来，总是独客的欣悦与安慰。"

"未必能够写得怎样勤怎样详吧。久已不干这勾当了；大的小的粗的细的种种事情箭一般地射到身上来，逐一对付已经够受了，知道还有多少坐定下来执笔的工夫与精神！"

离别的滋味假若是酸的，这里又掺入一些苦辛的味素了。

1923年9月12日作完

# 客语

侥幸万分的竟然是晴明的正午的离别。

"一切都安适了,上岸回去吧,快要到开驶的时候了。"似乎很勇敢地说了出来,其实呢,处这境地,就不得不说这样的话。但也不是全不出于本心。香蕉与生梨已经买好给我了,话是没有什么可说了,夫役的扰攘,小舱的郁蒸,又不是什么足以赏心的,默默地挤在起,徒然把无形的凄心的网织得更密罢了,何如早一点就别了呢。

不可自解的是却要送到船栏;而且不止于此,还要走下扶梯,送到岸上。自己不是快要起程的旅客吗?然而竟充起主人来。主人送了客,回头踱进自己的屋子,看见自己的人。但是现在——现在的回头呢!

并不是懦怯,自然而然看看别的地方,答应"快写信来"那些嘱咐。于是被送的转身举步了。也不觉得什么,只仿佛心里突然一空的样子(老实说,有点摹写不出了)。随后想起应该上船,便跨上扶梯;同时用十个指头梳一梳散乱的头发。

倚着船栏,看岸上的人去得不远,而且正回身向这里招手。自己的右手不待命令,也就飞扬跋扈地舞动于头顶之上了。忽地觉得这刹那间这个境界很美,颇堪体味。待再望岸上人,却已没有踪迹,大概转了弯赶电车去了。

没有经验的想望往往是外行的,待到证实,不免自己好笑。起初以为一出口便是苍茫无际的海天,山头似的波浪打到船上来,散为裂帛与抛珠,所以只是靠着船栏等着。谁知出了口还是似尽又来的沙滩,还是一抹连绵的青山,水依然这么平,船依然这么稳。若说眼界,未必宽阔了多少,却觉空虚了好些,若说趣味,也不过同乘内河小汽船一样。于是失望地回到舱里,爬上上层自己的铺位,只好看书消遣。下层这位先生早已有时而猝发的鼾声了。

实在没有看多少书,不知怎么也朦胧起来了。只有用这朦胧两字最确切,因为并不是睡着,汽机的声音和船身的微荡,我都能够觉知,但仅只是觉知,更没有一点思想一毫情绪。这朦胧仿佛剧烈的醉,过了今夜又是明朝地只是不醒,除了必要的坐起来几回,如吃些饼干牛肉香蕉之类,也就任其自然——连续地朦胧着。

这不是摇篮里的生活吗?婴儿时的经验固然无从回忆了,但是这样地只有觉知而没有思想没有情绪,应当有点想象。自然的,所谓离思也暂时给假了。

向来不曾亲近江山的,到此却觉得趣味丰富极了。书室的窗外,只隔一片草场,闲闲地流着闽江。彼岸的山绵延重叠,有时露出青青的新妆,有时披上薄薄的雾帔,有时不知从什么地方来了好些云,却与山通起家来,于是更见得山的郁郁然有奇观了。窗外这草场差不多是养着的几十头羊与十头牛的领土。看守羊群的人似乎不主张放任主义的,他的部民才吃了一顿,立即用竹竿驱策着,教他们回去。时时听得仿佛有几个人在那里割草的声音,便想到这十头牛特别自由,还是在场中游散。天天喝的就是他们的奶,又白又浓又香。真是无上的惠赐。

卧室的窗对着山麓,望去有裸露的黑石,有矮矮的松林,有泉水冲过的涧道。间或有一两个人在山顶上樵采,形体貌小极了,看他们在那里运动着,便约略听得微茫的干草瑟瑟的音响。这仿佛是古代的幽人的境界,在什么诗篇什么画稿里边遇见过的。暂时地充当古代的幽人,当然有一些新鲜的滋味。

月亮还在山的那边,仰望山容,苍苍的,黯黯的,更见得深郁。一阵风起,总是锐利的一声呼啸一般,接着便是一派松涛。忽然忆起童年的情景来:那一回与同学们远足天平山,就借宿在高义园,稻草衬着褥子,横横竖竖地躺在地上。半夜里醒来了,一点光都没有,只听得洪流奔放似的声音,这声音差不多把一切包裹起来了;而身体颇觉寒冷,因把被头裹得更紧点。自此再也不想睡,直到天明,只是细辨这喧而弥静静而弥旨的滋味。三十年来,所谓山居,就只有这么一回。而现在又听到这声音了,虽然没有那夜那样宏大,但是将来的风信正多且将常常地更甚地听到呢,只不知童年的那种欣赏的心情能够永永持续否……

这里有秋虫,有很多的秋虫,本来没有秋虫的地方到底是该诅咒的例外。躺在床上听听,真是个奇妙的合奏,有时很繁碎,有时很凝集,而总觉恰合正好,足以娱耳。中间有一种不知名的虫,它们的声音响亮而曼长,像一种弦乐,而且引起人家一种想象,仿佛见一位乐人在那里徐按慢抽地拉奏。

松声与虫声渐渐地微淡微淡,终于消失了……


仓前山差不多一座花园,一条路一丛花一所房屋一个车夫都有诗意。尤可爱的是晚阳淡淡的时候,礼拜堂里送出一声钟响,绿荫下走过几个打着花纸伞的女郎。

跟着绍虞夫妇前山后山地走,认识了两相仿佛的荔枝树与龙眼树,也认识了长髯飘飘的生着气根的榕树,眺望了我们所住的那个山又看了胭脂一般的西面的暮云,于是坐在路旁的砖砌的短栏上休息。渐渐地四围昏暗了,远处的山只像几搭极淡的墨痕染渍在灰色的纸上。乡间的女人匆匆地归去,走过我们身边,很自然地向我们看一看。那种浑朴的意态,那种奇异的装束(最足注目的是三支很长的发钗,像三把小剑,两横一竖地把发髻插住,我想,两个人并肩走时,横插的小剑的锋会划着旁人的头皮),都使我想到古代的人。同时又想,什么现代精神,什么种种的纠纷,都渺茫到像此刻的远山一样,仿佛沉在梦幻之中了。

中秋夜没有月,这倒很好,我本来不希望看什么中秋月。与平常没有月亮的晚上一样,关在书室里,就美孚灯光下做了一点功课,就去睡了。

第二天的傍晚,满天是云,江面黯然。西风摇窗棂,吉格作响。突然觉得寂寥起来,似乎不论怎样都不好。但是又不能什么都不,总要在这样那样里边占其一,这时候我所占的就是倚窗怅望。然而怅望又有什么意思呢!

绍虞似乎有点揣度得出,他走来邀我到江边去散步。水波被滩石所当,激触有声。更有广遍而轻轻的风一般的音响平铺在江面,潮水又退出去了。便随口念着当时的诗句:

潮声应未改,

客绪已频更。

七年以前,我们一同到南通去。回出城来,在江滨的客店里歇宿候船。却成了独客。荒凉的江滨晚景已足使人怅怅,又况是离别开场的一晚,真觉得百无一可了。聊学雅人口占一诗,借以排遣。现在这两句就是这一首诗里的。唉,又是潮声,又是客绪。

所谓客绪,正像冬天的浓云一般,风吹不散,只是越凝集越厚,散步的药又有什么用处。回到屋里,天差不多黑了,我们暂时不点火,就在昏暗中坐下。我说:"介泉在北京常说,在暮色苍茫之际,炉火微明,默然小坐,别有滋味。"绍虞答应了一声,就不响了。很是奇怪,何以我和他的声音都觉特别地寂寥;仿佛在一个广大的永寂的虚空中,仅仅荡漾着这一些声音,音波散了,便又回复它的永寂。

想来介泉所说的滋味,定带着酸的。他说"别有"诚然是"别有",我能够体味他的意思了。

点火以后,居然送来了切盼而难得的邮件,昨天有一艘轮船到这里了。看了第一封,又把这心挤得紧一点。第二封是平伯的,他提起我前几天作的一篇杂记,说:"……此等事终于无可奈何,不呻吟固不可,作呻吟又觉陷于怯弱。总之,无一而可,这是实话。……"

似乎觉得这确是怯弱,不要呻吟吧。

但是还要去想,呻吟的为了什么?恋恋于故乡吗?故乡之足以恋恋的,差不多只有藕与莼菜这些东西了,又何至于呻吟?恋恋于鹁鸪箱似的都市里的寓居吗?既非鹁鸪,又何至于因为飞开了而呻吟?老实地说,简括地说,只因一种愿与最爱与同居的人同居的心情,忽然不得满足罢了。除了与最爱与同居的人同居,人间的趣味在哪里?因为不得满足而呻吟,正是至诚的话,有什么怯弱不怯弱?那么,又何必不要呻吟呢?

呻吟的心本来如已着了火的燃料,浓烟郁结,正待发焰。平伯的信恰如一个火把,就近一引,于是炽盛地燃烧起来了……

1923年10月1日作完

## 回过头来

客中的心绪,陈套一点说,自然是"麻起",但实在是简单到二十四分的,只不过一个"怅怅然"罢了。说这由于想那恋念着的谁某,由于想那萦系着的什么,当然最能取得人家心意的默许;他们会得这样反证,不为了那些,又为什么至于怅怅然呢?然而殊未必。有时候一念突起,仿佛荒林中赶出来一个猎户,他要抢住一些刚才在这里乱窜的野兽——那些藏藏露露闪闪现现的思念。可是没有,连一根毛一个影子都没有!似乎刚才觉得有野兽在这里乱窜仅是一种幻觉,其实这里只有空虚的荒林与死样的沉寂。于是猎户迷疑而发呆了:他不想起所顶何天,所履何地,所形何人,他自忘了。试想所有的思念既然微淡到这样,至于不可把捉,还能说是在想着恋念着的萦系着的吗?然而亦唯这样地微淡,捉它不着,不捉便来,所以时刻感觉被裹在个薄薄的"怅怅然"的网里:——亦可说堕入一个循环,因也是怅怅然,果也怅怅然。

低头做功课,也只是微薄的强制力勉强支持着罢了。这可以把乐器的弦线来比喻:韧结的弦线找不到,固然可以把粗松一点的蹩脚货来凑数,从外貌看这乐器是张着齐整的弦线,偶一挥指,也能够发出扑通的声音。但是这粗松的弦线经不起弹拨的,只要你多弹一会或者用力重一点,它就啪地断了。当然的,你能够把它重新续上;然而隔不到一歇,它又啪地断了!断是常,不断是变;不能弹是常,能弹是变,这蹩脚的弦线还要得嘛！可怜我仅有这蹩脚的弦线，这微薄的强制力，所以"神思不属"是常，而"心神倾注"是变了。

在这屡屡神思不属的当儿，如其听到窗外有细碎的鞋底擦着沙地的声音，中间偶尔夹着轻松而短促的一声"砰"，便淡漠地想，"他们又在那里玩篮球了"。这样的听到，这样的想，与其说原于知觉，不如说仅是反应，似乎中间只有很简单的作用。倘若再感受得回数多一点，恐怕更要渐就疲癃，终于连这一些反应都没有，竟成为冥漠无觉了。

但是我尚不曾看过一回他们的玩篮球。当十三四岁的时候，学校里的运动场还没有铺好，正布了一批小石块，预备在上面铺沙土，再用碾地器把它碾得坚结且平贴。我们却等不及了，捧出皮球来就踢；也无所谓双方的门和界线，也无所谓门守冲锋等等的分职，只是对着球所在的方向跑，见球下落就抢，抢着了就举足把它踢出去而已。我虽然难得抢到球，就是抢到了，踢起来也高过我的头不多（而且脚背上总要感觉辣辣的痛），可是奔跑和抢夺的勇气决不让于能踢高球（高过了楼屋还是卓直地向上升）的几位同学。有一天，记得是傍晚时候，书包已拿在手中，预备回家了，只因对于那个球尚有点恋恋，所以不曾离开运动场。正在奔逐之际，突然间耳际砰地一响，左颊受着猛烈的一击，身体就跌倒在地上。当时也想不起这是什么，仿佛觉得是一块又大又结实的东西，不知为什么却撞到了我的脸上来；那砰的响声渐次转为粗浊，延绵不断，似乎什么地方低低地打鼓。"血"！同学们把我扶起时出惊地嚷着。我迷糊地依着他们所指示看去，是在右面的膝盖，裤子破了，看得见溢出的鲜血与裂开的皮肉。我于是觉得痛，不可忍受的痛。同学把我扶回家里，就躺在床上。这伤处是很不巧的，只要动一动就会使已经凝合的浓血迸裂，重又涌出新血来；我绝不敢动，整整地僵卧了一个星期，方能起身到学校，这自然与没有这回事一样了。然而不然。看见在场中腾跃着的皮球觉得有点儿怕，虽然是平淡的却也是不可磨灭的，再也没有向它追赶，把它抢在手中，更举起足来同它发生一点交涉的勇气了。有几回自己策励着说，

"怕什么,这么小的痛楚!——何况皮球不会天天撞到脸上来的"。虽然这样想,两条腿总似被无形的绳索牵住了,终于不肯跨进运动场(不多几时,沙土都铺好,而且碾得很坚结很平贴了),加入足球的队伍。这一段回溯是说明我对于球类的游戏曾有这么一个印象,为现在不曾看过一回楼下的玩篮球的一个原因。第二个原因呢,就可说是"怅怅然"之毒。不看固怅怅然,看了也无非怅怅然,反正是一样,倒不如不要看还省得个从桌子前走到窗前的麻烦。

  这一天上午,绍虞走来闲谈,不知从什么谈到了午后的篮球比赛。他说:"今天这十个人是这里最好的两组,在福州地方,他们是常胜军。"我的心动了一动(我们走到一处地方听人说这是从前某人的遗迹,或者说有名的某某事件就发生在这地方的,于是心不由得动一动,这里所说动了一动正与相像);但是随后就淡忘了,既不复想起刚才曾有这么动一动,当然不会想起为什么而动。午后,已经四点多了,蛎粉墙上映着淡淡的斜方的日影,略有风声水声发于江上,无意中听得楼下有细碎的鞋底擦着沙地的声音了,中间偶尔夹着轻松而短促的一声"砰"。这个把我的淡忘的印象唤回来了,心想"这是最好的两组,是常胜军,何不看一看呢",便站起来,走向窗前,倚着栏杆,是每天傍晚靠着它,怅望那上潮或下潮的江面,以及若隐若现的远山,或是刻刻变幻的霞云的栏杆。

  这球场是经行惯的;沿着场的方框疏疏密密站着些旁观者,这也是以前在别处见惯了而不足为奇的。可是这两组这十个人的活动却把我的心神摄住了。他们的身体这样地轻,腿这样地健:才奔向这一角,刹那间已赶到那一角了,正同绝顶机敏的猎犬。他们的四肢百骸又这样地柔软:后弯着身躯会得接球;会得送球;横折着腰肢会得受球,会得发球;要取这球时,跃起来,冲前去,便夺得了;要让这球时,闪过点,蹲下点(甚至故意跌倒在地上)便避开了。他们两方面各有熟习的阵势?球在某人手中,第二个人早已跑到适当的地位等着,似乎料得定他手中的球将怎样抛出来而且一定抛得这么远。同时预备接第二个人的球的第三个人也就跑到另一个适当的地位,预备接了球便投入那高高挂起的篮。在敌对的一面,那就一个人贴近正拿着球的,极敏捷极警觉地想法夺取那手中的球。又一人监守着预备接着球的第二个人,似乎他能确断所站的是个更为适当的地位,那球过来时一定落在自己的手中,又一定送到同伴的手中——他的眼光早已射到站在远处的可把球付与的同伴了。而他的几个同伴正就散开在几个适当的地位等着。这些仅是一瞬间的形势而已,而且叙述得太粗疏了,实际决不止这么一点。只等球一脱手,局面便全变了。主客之势,犄角之形,身体活动的姿态,没有一样不是新的。那球腾掷不歇,场上便刻刻呈现新的局面。

他们都沉寂不作声响;脸上现一种特异的神采,这不能叫做希望的容光,又不合称为竞争的气概,勉强述说,似乎"力的征象"或者"活动的征象"比较适切一点。偶然间一个人感觉有招呼同伴的必要,那就极轻悄地一声"某"——真是轻悄到十二分,仅足使同伴感觉而已——这某字是姓是名,当然无从知道了。可是这么一声某已能收到与几多言语同样的效力,所要表达的提示嘱咐勉励等等的意思,都一丝不漏地传达于这所谓某的同伴,虽然他并不回答一声"知道了",甚且一点头抬一抬眼的表示都没有,然而旁观者自能默悟,知道他确已完全承领了。

嚓嚓的脚步声是场上的音乐,节奏有徐有疾,却总带着轻快的情调。皮球着地或者与人的肢体击撞时发出空洞的音响,仿佛点着板眼。

我对着这一场力的活剧,活动的表现,一点思想都不起,什么"怅怅然"自然离开得远远了。仅有一种感觉(我们躺在床上半醒的时候,身旁的物象音响都能够感知可是不能够对于那些加以思索,这可以比况这里所说的感觉)略如以下的情形。我感觉这十个人如涌而来,如涌而往,竟同潮水那么伟大。皮球的一回抛出,身体的一回运动,完全与各个人相为呼应,正如潮水的一波一浪,与全潮水的呼吸融合着一样。他们这样地无心,什么胜利荣誉贪婪欺诈的心都没有,简直可以说他们没有各自的我。他们的心已融和为一个了!他们又这样地雄健,什么困疲残伤痛楚的顾虑都没有，简直可以说他们没有各自的身体。他们的身体也已融和为一个了！他们就是力！他们就是活动！

当时是不及反省，现在更无从回想，不知为着哪一端（被压迫于他们的伟大呢，有感于融和为一的情味呢，或者都不是而别有其他）忽觉心头酸酸的，呼吸也急促起来，同时眼前有点模糊，眼泪偷偷地渗出来了。我不能再看，于是回过头来。

在十几天以前，听说那个建筑师要回国去了；原因是他的叔父死了，遗下来的商业的事务归他继续经营，所以他亟须回去。这里的房屋都出于他的手，他自己的一所住宅是最先落成的。我不很经意地想，他要与亲手经营的成绩，自建的住屋，分别了；这分别将至若何程度，能不能重复会合，都是难以预料的。

隔了六七天，偶然靠窗凝望，见有几个工人扛着板装的器物经过楼下的沙路，也不措意。后来他们扛着第二第三批又经过了，使我立即想起这当是建筑师运回国去的货物；因此留心察看，见板面写着建筑师的名字以及他本国的地址，我的揣想便证实了。随后想，这不免为累，现在的整理装裹嘱咐转运，到后的取携启封处理位置，足使心神麻乱至两三个月而有余（至少我要如此）。器物本是供应使用的，今反为所累，这又何苦。假若到处有非常精良的供应使用的器物，而且数量极多，每个人分配得到一份尚不嫌欠缺，那时候，一个人到地球的东面有这样的享用，到地球的西面也有这样的享用，多占一份是事实上不需要，需要时却总能得满足，又何必独自占有一部分的私产？更何必带着累累赘赘的器物从甲地搬到乙地？这样的世界并非空中的蜃楼，物质的供给又是人力所能操纵的，只要大家具有要它实现的诚心，它就实现了。最紧要的是大家刷新，大家发生这一种诚心！——我想得太空洞不着实际了。

这一天早上，起身推窗，望那隔江的群山还正埋头在白云的被里；山腰以下没有遮盖，承着阳光，显出明鲜的绿意。楼下的场上直到江边，阴阴而愈见静寂,原来背后是东方,连山把初阳挡没了。江面泊着一艘待潮出口的海舶,仿佛是古代留下来的什么建筑物,带着凄恻孤零的况味。江水又低又平,似乎横铺着一条白蜡。

我依着老规矩靠在窗栏,无目的地向前直望。风吹拂过来颇感得些寒意;是西风又是秋风,这就见得无聊了。忽然砰砰的一阵响,从右面的山凹处送出,使我惊讶起来。但是我立刻明白了:建筑师今天动身,这声响当是送行的爆仗。于是侧身右望,看是怎么一回情形。来了,山坡后最先走出个工人模样的人,执着一根竹竿,竿头挂着一串细小的红色的东西。随后便走出两两三三的好些人。大部分是工人的模样,有三四个也执着竹竿,竿头也挂有细小的红色的东西;更有几个手中拿着大的爆仗;我看他们这么燃药线,看那些红色的爆仗这么腾跃而上,立即听得干脆而宏大的"砰""砰",接着便是爆碎的声音"啪""啪"……小爆仗的声音尤其密接无闲隙。这样,把一方的空气弄得紧张了;从实说,则是我的心被引得紧张了。

建筑师夫妇两个就杂在这群人中。他那高高的身材,走两三步就要略微抬一抬头的姿态,是众中特异的,更兼他的服装和一行人也显然不同,所以极易辨认。他与两个人并肩走,时时侧顾,谈些什么。他的夫人穿着一件淡红衣,前几天我也见她穿过,当时曾想这件衣服至少可以减轻她五岁的年龄。她行时身体很灵活,向这个又向那个谈笑着,又屡屡回头望背后;——背后山凹处是他们几年来的住宅,但现在是空无所有了,东西早几天就搬走了,人也开始上路了,或者她不是恋恋于住宅吧?或者她要多望几望什么再也不能望见的无形迹的东西吧?

一群人走下山坡,就来到场上。爆仗的音响使耳官起了异感,火药气也阵阵地激刺着鼻管。看那建筑师夫妇两个一路笑语着,向站在旁边给他们送别的人(原来爆仗声唤来了十几个人)举起手来招扬着,似乎很高兴的样子。但是又似乎有点儿勉强,没有他们平日那样自然。放爆仗的人只顾忙着放;连响很急,他们的步子也跟着加快;霎时间破碎的大小爆仗散得满地。其余的人也不自主地急走,有的靠近建筑师或他的夫人说一两句话(想来是致别语了),有的头也不回只是走。一切有形的无形的都加倍地紧张;照此情势,且将继长增高至于三倍四倍呢。

我半明不白地想,"他们归去","他们送行";同时看见建筑师夫人举起手臂,向不知是谁挥扬着,似乎发狂的模样;爆仗是"砰砰……""啪啪……"地响着。突然心头一酸,鼻际也就酸得难过。我不能再看了,于是回过头来。

1924年4月9日作完

## 掮枪的生活

现在的中学生正在那里受军事训练，我不知他们的兴味怎样。我当中学生的时代在清朝末年，那时候厉行军国民教育，所以我也受过三年多以上的军事训练。现在回想起来，旁的也没有什么，只是那掮枪的生活倒是颇有兴味的。

我们那时候掮的是后膛枪，上了刺刀，大概有七八斤重。腰间围着皮带。皮带上系着两个长方的皮匣子，在左右肋骨的部位，那是预备装子弹的。后面的左侧又系着刺刀的壳子。这样装束起来，俨然是个军人了。

我们平时操小队教练、中队教练，又操散兵线，左右两旁的伙伴离得特别开，或者直立预备放，或者跪倒预备放，或者卧倒预备放。当卧倒预备放的时候，胸、腹、四肢密贴着草和泥土，有一种说不出来的快感。待教师喊出"举枪——放！"的口令的时候，右手食指在发弹机上这么一扳，更是极度兴奋的举动。

有的时候，我们练习冲锋，斜执着上了刺刀的枪，一拥而前。不但如此，还要冲上五六丈高的土堆；土堆的斜坡很有点陡峭，我们也不顾，只是脚不点地似的向上跑。嘴里还要呐喊："啊！——啊！"宛然有千军万马的气势。谁第一个跑到了土堆的顶上，那就高举手里的枪和教师手里指挥刀一齐挥动，犹如占领了一座要塞。

有的时候,我们练习野外侦察,三个四个作一组,各走不同的道路,向田野、树林所在出发。如果是秋季的晴天,这事情就大有趣味。干草的甘味扑鼻而来;各种的昆虫或前或后,飞飞歇歇,好像特地来和我们做伴;清水的池边,断栏的桥上,随处可以坐下来;阳光照在身上,不嫌其热,可是周身感到健康的快感。这当儿,我们差不多忘记了教师所讲的侦察时候应该注意些什么。我们高兴有这样的机会,从沉闷的教室里逃到空广的原野里,作一回捎着枪的游散。

一年的乐事,秋季旅行为最。旅行的时候也用军法部勒。一队有队长,一小队又有小队长,步伐听军号,归队、散队听军号,吃饭听军号,早起夜眠也听军号。我有几个同级的好友是吹号打鼓的好手,每逢旅行,他们总排在队伍的前头,显耀他们的本领。我从他们那里受到熏染,知道吹号打鼓与其他技艺一样,造诣也颇有深浅的差异;要沉着而又圆转,那才是真功夫。我略能鉴别吹奏的好坏;有几支军号的曲调至今也还记得。

旅行不但捎枪、束子弹带,还要向军营里借了粮食袋和水瓶来使用。粮食袋挂在左腰间,水瓶挂在右腰间,里边当然充满了内容物。这就颇有点累赘了,然而我们都欢喜这样的装束,恨不得在背上再加一个背包。其实枪也擦得特别干净,枪管乌乌的,枪柄上不留一点污迹,枪管的内面是人家所看不见的,可是也用心揩擦,直到用一只眼睛窥看的时候,来复线条条闪亮,耀着青光,才肯罢手。

旅行到了目的地,或者从轮船上起岸,或者从火车上下来,我们总是排着成四行的队伍,开着正步,昂然前进。校旗由排头笔直地执着;军号军鼓奏着悠扬的调子;步伐匀齐,没有一点错乱。人家没有留心看校旗上写的字,往往说"哪里来的军队"。听了这个话,我们的精神更见振作,身躯挺得更直,步子也跨得更大。有一年秋季旅行,达到目的地已经是晚上八点过后了,天下着大雨,地上到处是水潭。我们依然开正步,保持着队伍的整齐形式。一步一步差不多都落在水潭里,皮鞋的空隙处完全灌满了水,衣服也湿透了,紧贴着皮肤。我们都以为这是有趣的佳遇,不感到难受。又有一年秋季,到南京去参观南洋劝业会,正走进会场的正门,忽然来一阵粗大的急雨。我们好像没有这回事一般,立停,成双行向左转,报数,搭枪架,然后散开,到各个馆里去参观。明天《会场日报》刊登特别的记载:某某中学到来参观,完全是军队的模样,遇到阵雨,队伍绝不散乱,学生个个精神百倍,如是云云。我们都珍重这一则新闻记事,认为这一次旅行的荣誉。

　　旅行时候的住宿又是一件有味的事。往往借一处地方,在屋子里平铺着稻草,就把带去的被褥摊在上面。睡眠的号声幽幽地吹起来时,大家蚱蜢似的蹿向自己的铺位,解带子,脱衣服,都觉得异样新鲜,似乎从来没有做过的。一会儿熄灯的号声又起来了,就在一团黑暗里静待入睡。各人知道与许多的伙伴一起,差不多同睡在一张巨大的床上,所以并不感到凄寂。第二天醒来当然特别早,只等起身号的第一个音吹出,大家就站了起来,急急忙忙把自己打扮成个军人了。

　　从前的掮枪生活,现在回想起来,颇带一点浪漫的意味。这在当时主张军国民教育的人说来,自然是失败了。然而我们这一批人的青年生活却因此多得了一种润泽。

## 随便谈谈我的写小说

我做过将近十年的小学教员,对于小学教育界的情形比较知道得清楚点。我不懂什么教育学,因为我不是师范出身;我只能直觉地评判我所知道的。评判当然要有尺度,我的尺度也只是杜撰的。不幸得很,用了我的尺度,去看小学教育界,满意的事情实在太少了。我又没有什么力量把那些不满意的事情改过来,我也不能苦口婆心地向人家劝说——因为我完全没有口才。于是自然而然走到用文字来讽他一下的路上去。我有几篇小说,讲到学校、教员和学生的,就是这样产生的。

其实不只是讲到学校、教员和学生的小说,我的其他小说的产生差不多都如此。某一事像我觉得他不对,就提起笔来讽他一下。我的叙述当然不能超越我的认识与理解的范围;认识与理解不充分,因而使叙述出来的成为歪曲变态的形象,这样的事情是不能免的。但是我常常留意,把自己表示主张的部分减到最少的限度。我也不是要想取得"写实主义""写实派"等的封号;我以为自己表示主张的部分如果占了很多的篇幅,就超出了讽他一下的范围了。

若问创作的经验,我实在回答不来。我只觉得有了一个材料而不曾把他写下来的当儿,心里头好像负了债似的,时时刻刻会想到它,做别的工作也没有心路。于是只好提起笔来写。在我,写小说是一件苦事情。下笔向来是慢的;写了一节要重复诵读三四遍,多到十几遍,其实也不过增减几个字或者一两句而已；一天一篇的记录似乎从来不曾有过，已动笔而未完篇的一段时间中的紧张心情，夸张一点说，有点像呻吟在产褥上的产妇的。直到完篇，长长地透一口气，这是非常的快乐。然而这不是成功的快乐；我从来不曾成功过。有人问我对于自己的小说哪一篇最满意，我真个说不出来，只好老实说没有满意的。也有人指出哪一篇还可以，哪一篇的哪些地方有点儿意思，我自己去复阅，才觉得果然还可以，有点儿意思。不懂得批评之学，这样不自知也是应该的，无足深愧。

我一直不把写小说当做甚胜甚盛的事，虽然在写的时候，我也不愿马马虎虎。所谓讽他一下也只是聊以自适而已；于社会会有什么影响，我是不甚相信的。出一本集子，看的也是作小说的人以及预备作小说的人，说得宽一点，总之是广大群众中间最少最少的一群。谁没落了，谁升起了，都是这最少最少的一群中间的事，圈子以外全然不知道。这与书家写字、画家作画有什么两样？所以要讲功利，写小说不如说书、唱戏、演电影、写通俗唱本、画连环图画。我最近一年间写了一部初级小学国语课本，销行起来，数量一定比小说集子多；这倒是担责任的事，如果有什么荒谬的东西包含在里边，贻害儿童实非浅鲜。小说要对于社会发生影响，至少在能够代替旧小说《三国志》《红楼梦》的时候；如果大多数的同胞都识了字，都欢喜读新小说，那时候自然影响更大了。

在一篇回忆"一·二八"的《战时琐记》里，我曾经说过这样的话："你说作宣传文字嘛，士兵本身的行为的宣传力量比文字强千万倍呢。你说制作什么文艺品，表现抗斗精神嘛，中国却是一种书卖到一万本就算销数很了不得的国家。在这一点上，我以为执笔的人应该'没落'。"我是真切地这样感到才这样说的。谁知就有人称我为文学无用论者，说我这说法是一种烟幕弹。我并不在这里应战，用了烟幕弹预备袭击谁呢？说的人没有说明白，我至今也还想不透。

我以后大概还要写小说，当职业的工作清闲一点，而材料在我心头形成一个凝合体的时候。

## 战时琐记

一月二十五前后，闸北人家移居者纷纷。我家不曾打算过搬。一则看定当局必将屈服，既屈服，总不会有事情了。二则也颇不以那些抱头鼠窜的人为然，祸患将至，什么也不想，只有一个逃，未免卑怯；我们若无其事，仿佛给他们一个抗议。但是到了二十八下午三点过后，全里差不多走光了。邻居周乔峰先生来说："听说会冲突起来的，还是避避的好。"我们于是"动摇"了，扶老携幼走入租界。对于先前纷纷逃窜的人，我们是"五十步"。

那夜三点光景听得了枪声，非常的激动。激动，当然莫能自明所以然。说是为着中国兵这才打了有意义的仗吧，也许有之，不过当时并不清晰地意识着。

随后几天里，听说粮食恐将不继。百业停顿，即本来有业的也暂时成为失业者。便想到《饥饿》那部小说里所写的情形。饥饿本已踏遍了中国的各地，现在踏到了富室豪商伟人政客所认为乐土的上海，中国会换一副面目吧。

平时执笔做一些编录工作，算是做事。至此才觉自己实无一事能做。裁缝师傅能替士兵制丝绵背心，看护小姐能为士兵包扎伤处。凡有实在技能的人都能间接参加这一回战役，唯执笔的人没有用。你说作宣传文字嘛，士兵本身的行为的宣传力量比文字强千万倍呢。你说制作什么文艺品,表现抗斗精神嘛,中国却是一种书卖到一万本就算销数很了不得的国家。在这一点上,我以为执笔的人应该"没落"。

传闻总退却,不见报载而知其为真,那一天很难过。一位朋友说,"既这样,闸北的人不是白牺牲",我以为这倒不该这么说的。

领了公共租界工部局的"派司",经过一道道日本守兵的检视,回到旧居去看看残破情形如何:这是闸北人共同的经历。我们也是这样。在将近里门的所在,日本兵检视"派司"后,知道我们要搬东西,用粉笔在我的衣襟上画了一个圆圈(是屋主人的符号,对于搬运夫则画三角形)。在这所在,我看见有好些端正着和顺的笑脸的人恭候那日本兵画圆圈的。

旧居中了猛烈的弹,三层门窗都不存了,墙上天花板上的粉饰也震落下来。木器全毁。衣服有了枪弹孔。书籍埋在灰屑中。就把比较完整的捡出来。一张吃饭桌,榉木的,是祖传的家具,只有一个枪弹孔,到现在全家还在这桌子上吃饭。

# 没有日记

《现代》编者嘱交出最近一周间的日记。可是我并没有日记。在二十岁前后的数年间，曾继续不断地写过十几本日记；成了习惯，就与刷牙漱口一样，一天不写是很不舒服的。怎样会间断下来，现在已想不起了。这十几本东西包得好好地，放在一个书箱里，在今春上海战役中失去了。

有一些人确然应该写日记；但是像我这样生活简单的人似乎没有必要。今天和昨天相仿佛，明天又和今天差不多，如果写，无非刻板文字。即就最近的一周间说，写日记时就将每天是"看稿多少篇，校样多少张，撰小学国语课文多少课"。这有什么意义？

从家里的床而工作所的椅子，而家里的椅子，这样就是一天，第二天照样。莫说有冬夏而无春秋，就是最近半个月的酷热，也只觉腕底的汗沾湿了纸张而已。若说这就是夏令，似乎殊无凭证：耳不闻蝉声，目不见荷花，纳凉消暑的韵事也不曾做过，但是我并不叹惋，以为这样的生活非人所堪。春间炮火连天，每天徘徊街头或者枯坐在避难所里，愤慨百端，但没有一事可为，那时候我尝到了空着手不做事的强烈的苦味；聊自排遣，曾经缝了一身自己的衫裤。自从有了这经验，我比以前不怕忙迫了，有可做，尽量做；节候之感谁还管。——如果写日记，这一节倒是可以写上去的。

## "心是分别不开的"

前晚善儿将就睡,倦意已笼住他的眉目,忽带懊丧地说:"听济昌说,明天他要跟着祖父母母亲回苏州了。"

在仁级里,济昌是善儿最好的朋友,当善儿讲起学校里的玩戏时,我们往往不思念地问:"是不是同济昌?"或者陈说功课的成绩时,我们也常常会问:"那么济昌的成绩怎样?"

听善儿这么说,知道离别之感袭入他的心了。而在我,更触动了似已淡忘而实在只是避开来不去触着它的生死之感,颇觉凄然,看了善儿含愁的倦脸,说:"你有点舍不得吗?"

"有点的。"善儿说了,又带希望的神情说,"他说母亲说的,隔几时就要回到这里来的。"

据我所知他们要久住在故乡苏州了。但是母亲这样说,这就可以窥见母亲的苦心;而济昌骤然离开他住惯了的学校以及亲热惯了的朋友,小心里怎样地怅怅不欢,也可从此得点消息。然而在善儿,这是个将来的好梦,又何忍惊破它呢?因随口说:"他是你最好的朋友不是?"

"是,我同他最好。"

"你们也有争执的时候吗?"

"也有的。但是上了一课下来,又像平时一样地和好了。"

"大半为些什么事情呢?"

"常常为讲到一件事情,他说这样,我说那样,就争起来了。"

"唔。"我不禁想到两个孩子以外去。一会儿,才又问:"你明天怎样去送别好朋友呢?"

"我想送他一张画片,装在镜框里。"

"好的。对他说些什么呢?"

"因为与你分别,把这个送给你,做个纪念。"

"也好的。你还可以这样说:我们虽然分别,但心是分别不开的。我们要常常写信,讲种种的话,像从前一样。到苏州去的时候,一定第一个去看你。你回来的时候,也希望马上来看我。"

善儿脸上的睡意渐渐消散,离愁也为希望所胜,自去检出镜框画片来,装好了,用纸包起,在纸面署上济昌同自己的名字。

昨天下午回家,善儿已从学校里回来了,我就问:"送别了济昌不曾?"

善儿怏怏地说:"他到学校里取东西,就把镜框送给他。"

"他说了什么?"

"没有说什么。"

"你说了些什么?"

"我说你到了苏州就把地址寄给我。"

"没说别的吗?"

善儿默然了。

我凝望着淡淡地涂在墙上的斜方形的晚阳,心想两个孩子这样默默地分别,未始不是一出小悲剧呢。

济昌的父亲宾若君,我永远纪念的好友,是给火车轮碾伤而惨死的。在我的黏照片簿子里,有他一帧半身的遗像,我在上边题曰:"是具真诚能实行的教育家。"

宾若君在甪直当高小学校校长,先后邀伯祥同我去当教员。本来是同学,犹如亲兄弟一样,复为同事,真个手足似的无分彼此,只觉各是全体的一部分。我因年轻不谙世故,当了三数年的教师,单感这一途的滋味是淡的,有时甚且是苦的;但自从到甪直以后,乃恍然有悟,原来这里头也颇有甜津津的味道。

宾若君不好空议论,当然也不作现在所谓宣传性质的文字,他对于教育只是"认真",当一件事做去。在未到甪直之前,先在诗人所萦系的虎丘下的七里山塘当小学校长。山塘的店家每看宾若君的往还作他们的时计;而学生家属有难决的事,如关于疾病资产营业等的,宾若君往往是他们的重要顾问:这就见得他不单是个教读书写字的教师。

我与他同事以后,只觉他的诚恳远过于我,竟略带压迫的力量。学生偶犯过失,他邀这犯过的学生到自己的办事室里,详细地开导,严正而慈悯,往往至一点钟两点钟未了,那学生揩着悔悟的眼泪退出,宾若君自己的眼眶也好像湿润了。他热心于卫生常识的传授,以为这是一切基本的基本,所以讲刷牙齿洗澡等每至两三星期,讲了之后,还要看学生一一依着做了才觉放心。

他并不主张什么教育什么教育像其他的教育者。

他的唱歌是学生时代早著名的,曼声徐引,有女性的美而无其靡。课毕,学生回去了,我们有时沽酒小酌,酒既半醺,他按拍而歌,双颜红润,殊觉可爱。数阕以后,歌者听者皆觉无上快适,已消散了积日的勤劳。

我对于他也有不满意之点,就是他略带黏滞的性质。他总是"三思而后行",而我以为未免多了一思或两思。但是,轻忽偾事的先例正多呢,像他这样审虑再四,欲行又止,即从最平常的方面说,也未必不因而少偾了几件事。所以,我的不满意只因彼此的气质有不同罢了。

那年暑假已过,我因父亲去世,移家住甪直。宾若君家里有事,来了又回去,说两三天就来。但第三天没有来。他是不肯失约的,这不来颇使我们疑怪,揣度的结论是他患病了。次日傍晚,两艘航船都已泊在埠头,连船夫也散得渺无踪迹,而他仍杳然。我同伯祥回家,正在谈论他的病不知究竟重不重,那每晚来一趟的瘦脸邮差送信来了。伯祥接信,看了看,似乎放心又略带惊讶地说:

"果然,他病了,信是他的老太爷写的。"

"啊!"伯祥抽出信笺看,突然叫起来,我赶忙凑近去看,八九行的话,似乎个个字是生疏的,重看一遍方得明白。信里说宾若君在昆山下车,车尚未停稳,失足陷入月台与车身之间,致下半身被轧受伤甚重;现由路局送回苏州,入福音医院医治;医生说暂时没有把握,要看一两天内经过情形再说。

这消息于我们真是一声霹雳似的震撼;也不是悲伤,也不是惊惶,实无以名心头一时的情状。想到这具有真诚的心的可贵的身躯正淌着红血,想到老年的父母亲爱的哥哥正在伤心这猝然降临的不幸,我们的心都麻木了……

次日,这消息震荡了全学校的心,有如突然来了狂飙。

又次日,我们买舟到苏探视。原是怀着寒怯的心情的,到望见福音医院低低的围墙时,全身仿佛被束缚了,不相信停会儿会有登岸跨进门去的勇气。"唯愿是梦里吧!"这样无聊地想。

同梦里一样,恍惚地登岸,恍惚地进医院的门。繁密的绿叶遮蔽了下射的阳光,沙路阴森森的,树以外飘来礼拜堂里唱颂祷诗的沉静而带悲哀的声音,一缕哀酸直透心胸,我流泪了。

前边来了宾若君的大哥勖初君,我们迎上去问,差不多都噤口了,只简短地低低地说:"怎样?"

勖初君的眼睛网着红筋,惘然的,想来已经过度的失眠而且流了好些的泪吧。他摇头默叹,说宾若君失血太多了,至于十之六七,下半身无处不烂,肠也有被轧出来,简直无望了。

立刻要去看见的是个未死而被判定必死的好友,还能有余裕想什么!无形的大石块早紧紧压住我们了。我们承着这无形的大石块趑进病房,一切所见全是浮泛的,也不会嗅到病房里应有的药气或者其他的气味。

宾若君盖在红色的被单之下,这个想是医院里特别预备来混淆可怕的血迹,以减轻视疾者的忧惧的吧。但是我们明知这里面藏着半截腐烂了的身体,虽然用红色,又有什么用呢?他的脸纯乎灰白,眼睛时时张开,头发乱结得像衰草。他神志还清,抬起眼来望着我们,说:"你们来看我了,谢谢。我的毛病……学校……唷……唷……"一阵剧痛打断了他的话。

除了"你放心养病,一切都有我们在"这样虚空的安慰语,还有什么可说的?不知怎样的,两条腿就把我们载出这间病室,与直躺着的宾若君分别了。伤心呵,这就是永远永远的分别,我竟不曾仔细地多看他一眼!

记得床头立着个悲伤的影子,默默的低头,是宾若君的夫人。

受伤后的七天,宾若君才离弃了人世。我因牵于校课,不曾去送殓。后来知道,宾若君在最后的两三天里是吃尽了剧烈的痛楚的。血流得越多,残破的肌肉和内脏越发不可收拾,痛觉也越见厉害。不晓几千百回的沉吟哀号,不晓几千百回的辗转反侧,教侍侧的人想不出一点办法。医生给他打吗啡针,麻醉他的痛觉,但不见大有效,还是一阵阵地痛。后来他实在担当不住了,对于自己的命运也已明白,含着眼泪哀恳他的二哥致觉君说:"二哥,你是我的亲哥哥,疼我的,请设法让我早点死去吧!"

致觉君是个诚笃的人,虽然万分伤心,却同意于宾若君的要求,就去同医生商量。

把病人看做死物一般的医生只是摇头;他们对于病人亲属的眼泪和哀泣,原视同行云流水,无所容心。

"他不是绝对没有希望了吗?"

"是的,绝对没有希望。"

"他当不起强烈的痛楚呢!"

"我们能够做的,就是给他打针。"

"打了针还是痛。"

"这就没有办法了。"

"与其教他多延时刻,多吃痛苦,还不如让他早点解脱:这是我们对于他的唯一的帮助,我们人,人有同情心,不这样做是我们的罪过!"

"向来没有这个办法。"

"哥罗芳之类,你们不是惯用的吗?只要分量适合,给他一嗅就完事了。"

"我不能依你,因为我是医生。"

"病人自己愿意。"

"不相干。"

"我用病人的亲哥哥的名义给你写笔据,并且签字在上面!"致觉君郁悒久了的心情一不自禁,泪珠同哭声迸裂而出,鹘落地跪在医生面前。"医生,我求你,求你的仁慈,请你依我的话!该是犯罪,是杀人,都由我承当!"

"但是医生的宣誓是决不弄死一个尚有一线生机的生命。"

"不管病人的比死还难堪的痛苦吗?"

"虽然痛苦,生机未尽的决不绝灭他的生机。"

"这是人情嘛!"致觉君转为愤愤了。

"不问人情不人情,当医生就得如此。"医生还是那样冷静。

这样,致觉君只得怀着自己害了弟弟似的歉心再去坐在宾若君的榻前,直看他的生命一丝一丝地自己断绝!

宾若君受伤的消息才传出的时候,好些的人便开始"逐鹿",希望继任校长;他们用了各色各样的方法,有巧捷的,也有拙劣的。这且不用管。到他的死信传来,学校里立刻笼着一重惨雾,却是千真万真的事实。

特地为他唱追念的歌,特地为他刻碑砌入教务室的墙壁,都是用了神灵如在的信念来作的。

开追悼会的一天,致觉君出席道感谢。还没有开口,出于天性的友爱的眼泪先已流满两颊,开口时是凄苦的声音。我忍不住低下头来哭了。

各有各的伤心,可以到一样的深度而各异其趣,所以说谁最伤心其实是不合的。但据传闻的消息,宾若君的母亲却太伤心了。她因宾若君死于火车,视火车如残暴的恶魔。偏是住家贴近西城,每天城外来往的火车不知经过多少回,就得听不知多少回凄厉的汽笛。她听着,心就震荡了,仿佛更将夺去她的别的宝贝!有时惘然失神了,有时泫然下泪了。忧伤痛苦笼罩她的一切,差不多没法继续她的生活。

关亡招魂之类的方术经人推荐,便时时一试。这当然是迷信;但是只要想起母性的生死不渝的爱,你就不会有那种心存鄙弃的轻薄的行为了。

其中一个术者声誉最高,也说得最动听。她说宾若君已在某某菩萨座侧为童子,光明而快乐;如果生者多多给他念些经卷,升天成佛是十分稳当的。

这是一条新的道路!她开始念经,用着坚强的信念,以为果得升天成佛,也就差足安慰。直到现在,念经是她的日课——将永远是她的日课了。

然则念经完全替代了忧伤痛苦吗?此殊未必,有一事可以证明。因前年江浙战争,他们全家搬来,住在致觉君处。每天下午没到四点半,她必倚着楼廊的栏杆,望致觉君归来。望到了,这才安心,知道放了出去的宝贝重复回入掌中。致觉君偶或因事迟归,虽经先期禀明,她必对灯等候,直到看见儿子的笑容确已呈现于面前,然后就睡。使她致此的根原,不就是永远不得磨灭的忧伤痛苦吗?

有时经过致觉君家,望见宾若夫人寂寞的侧影,或在灌花,或在闲立,心头就不禁黯淡了。抱着终生的悲哀,为恐伤翁姑的老怀,想来时时须自为敛抑的吧;而为孩子的前途起见,想也不愿意多给他伤感的印象:于是只有闷闷地暗自咀嚼那悲哀的滋味,这比诸哀号长叹,尽情倾吐,其难堪岂止十倍!

看见济昌,我同样地黯然,虽然他是个苹果红的面颊乌亮亮的眼睛的可爱的孩子。

宾若夫人对于济昌,听说是竭尽了所有的心力的,差不多她自己生存的意义就是为看孩子。

济昌与善儿成为很好的朋友,我觉得安慰,父亲与父亲突然中断的缘分,让他们好好接续下去,直到永远吧!有一次,善儿来说济昌小病新愈,在家寂寞,济昌的母亲的意思要他去陪着济昌玩。我听说,催善儿立刻去;能够使人慰悦的事总是我们应该做的,何况需要慰悦的是济昌母子俩!

现在,两个孩子暂时分别了。我愿"心是分别不开的"这句话说得真切,他们永远是很好的朋友,把父亲与父亲的友情锻炼的更深厚更坚结,联系在他们的中间。这不单是济昌的母亲祖父母伯父等及我的欢喜,也应是永生在我意念中的宾若君的一种安慰。

1926年11月7日作

## 与佩弦

每回写信去,总问几时来上海,觉得有许多的话要向你细谈。你来了,一遇于菜馆,再见于郑家,三是你来我家,四呢,便是送你到车站了。什么也没有谈,更说不到"细",有如不相识的朋友,至多也只是"颠头朋友"那样子,偶然碰见,说些今天到来明天动身的话以外,就只默默地了。也颇自为提示,正是满足愿望的机会,不要轻易放过。这自然要赶快开个谈论的端,然后蔓延不断地讲下去才对。然而什么是端呢?我起始觉得我所怀的愿望是空空的,有如灯笼壳子,我起始懊悔平时没有查问自己,究竟要向你细谈些什么。端既没有,短短的时光又如影子那样移去无痕,于是若有所失地,又"天各一方"了!

过几天后追想,我所以怀此愿望,以及未得满足而感失望,乃因前此晤谈曾经得到愉悦之故。所谓愿望,实在并不是有这样那样的话非谈不可,只是希冀再能够得到从前那样的愉悦。晤谈的愉悦从哪里发生的呢?不在所谈的材料深微或伟大,不在究极到底而得到结论(这些固然也会发生愉悦,但不是我意所存),乃在抒发的随意,如闲云之自在,印证的密合,如呼吸之相通。如你所说的:

……促膝谈心,随兴趣之所至。时而上天,时而入地,时而论书,时而评画;时而纵谈时局,品鉴人伦,时而剖析玄理,密诉衷曲……

可谓随意之极致了。不比议事开会,即使没法解决,也总要勉强作结论，又不比登台演说，虽明知牵强附会，也总要勉强把它排成章节。能说多少，要说多少，以及愿意怎样说，完全在自己的手里，丝毫不受外面的牵掣。这当儿，名誉的心是没有的，利益的心是没有的，顾忌欺诳等心也都没有，只为着表出内心而说话，说其所不得不说。在这样的进程中随伴地感着一种愉悦，其味甘而永，同于艺术家制作艺术品时所感到的。至于对谈的人，定是无所不了解，无所不领会，真可说彼此"如见其肺肝然"的。一个说了这一面，又一个推阐到那一面，一个说如此如此，又一个从反面证明决不如彼如彼，这见得心与心正共鸣，合为妙响。是何等的愉悦！就是一个说如此，又一个说不然，一个说我意云尔，又一个说殊觉未必：因为没有名誉利益等等的心在里头作祟，所以羞愤之情是不会起的，驳诘到妙处，只觉得共同寻到胜地的样子，愉悦也是共同的。

这样的境界是可以偶遇而不可以特辟的。如其写个便条，说"月之某日，敬请驾临某地晤谈，各随兴趣之所至，务以感受愉悦为归"。到那时候，也许因种种机缘的不凑合，终于没什么可说，兴味索然的。就如我希望你来上海，虽然不曾用便条相约，却颇怀着写便条的心理。而结果如何？不是什么也没有谈，若有所失地，又"天各一方"了嘛！或在途中，或在斗室，或在将别以前的旅舍，或在久别初逢的码头，各无存心，随意倾吐，不觉枝蔓，实已繁多。忽焉念起：这不已沉入了晤谈的深永的境界里吗？于是一缕愉悦的心情同时涌起，其滋味如初泡的碧螺春，回味适才所说，——隽永可喜，这尤其与茶味的比喻相类。但是，逢到这种愉悦初非意料的。那一年的岁尽日，与你同在杭州，晚间起初觉得无聊，后来不知谈到了什么，兴趣好起来了，彼此都不肯就此休歇，电灯熄了，点起白蜡烛来，离开了憩坐室来到卧室里，上床躺着还是谈说，两床中间是一张双抽屉的桌子，桌上是两支白蜡烛。后来你看时计，你说一首小诗作成了，念给我听，是：

除夜的两支摇摇的白烛光里，
我眼睁睁瞅着

一九二一年轻轻地踅过去了。

你每次来上海总是慌忙的。颧颊的部分往往泛着桃花色；行步急遽，仿佛有无量的事务在前头；而遗失东西尤为常事，如去年之去，墨水笔同小刀都留在我的桌上。其实岂止来上海时，就是在学校里，课前的预备，我见你全神贯注，表现于外面的情态是十分紧张；及到下课，对于讲解的回省，答问的重温，又常常红涨着脸。你欢喜用"旅路"这类的词儿，我想借用周作人先生称玉诺的"永远的旅人的颜色"一语来形容慌忙的神气，可谓巧合。我又想，可惜没有到过你的家里，看你辞别了旅路而家居的时候是不是也这么慌忙的。但我想起了"人生的旅路"的话时，就觉得无须探看，"永远的旅人的颜色"大概总是"永远的"了。

你的慌忙，我以为该有一部分的原因在你的认真。说一句话，不是徒然说话，要掏出真心来说；看一个人，不是徒然访问，要带着好意同去；推而至于讲解要学者领悟，答问要针锋相对：总之，不论一言一动，既要自己感受喜悦，又要别人同沾美利（你从来没有说起这些，自然是我的揣度，但我相信"虽不中不远矣"）。这样，就什么都不让随便滑过，什么都得认真。认真得厉害，自然见得时间之暂忽。如何教你不要慌忙呢！

看了你的《"海阔天空"与"古今中外"》一文的人，见你什么都要去赏鉴赏鉴，什么都要去尝尝味儿，或许要以为你是一个工于玩世的人。这就错了！玩世是以物待物，高兴玩这件就玩这件，不高兴则丢在一边，态度是冷酷的。而你的情形岂是这样呢！你并非玩世，是认真处世。认真处世是以有情待物，彼此接触，就交付以全生命，态度是热烈的。要讲到"生活的艺术"，我想只有认真处世的才配；"玩世不恭"，光棍而已，艺术家云乎哉！——这几句就作你那篇文字的"书后"，你以为用得着吗？

这回你动身，我看你无改慌忙的故态。旅馆的小房间里，送行客随便谈说，你一边听着，一边拣这件，看那件，似乎没甚头绪的模样。馆役唤来了，教把你新买的一部书包在铺盖里，因为箱子网篮都满满了。你帮着拉毯子的边幅，放了一边又拉一边，更有伯祥帮着，但结果只打成个"跌尸さ铺盖"。于是你把新裁的米通长衫穿起来，剪裁宽大，使我想起法师的道袍；你的脸上略带着小孩子初穿新衣那样的骄意与羞惭。一行人走出旅馆，招呼人力车，你则时时回头向旅馆里面看。记认耶？告别那？总之，这又见得你的"认真"了。

在车站，你怅然地等待买票，你来回找寻送行李的馆役，在这黄昏的灯光和朦胧的烟雾里，"旅人的颜色"可谓十足了。这使人想起前年的这个季候在这里送颉刚，颉刚也是什么都认真的，而在行旅中常现慌忙之态，也同你一样。自从这一回送别之后，还不曾见过，我深切地想念他了。

几个人着意搜寻，都以为行李太重，馆役沿路歇息，故而还没送到。哪知他们早已到了，就在我们旋旋转的那块地方的近旁。这可见你慌忙得可以，而送行人也不无异感塞住胸头。

为了行李过磅，我们同看那个站员的鄙夷不屑的嘴脸。他没有礼貌，没有同情，呼叱般喊出重量同运费的数目。我们何暇恼怒；只希望他对于无论什么人都是这样子，即使是他的上司或洋人。

幸而都弄清楚了，你的两手里只余一只小提箱和一个布包。"早点去占个座位吧"，大家对你这样说。你答应了，点头，欲回转身，重又点头，脸相很窘地踌躇一会之后，你似乎下了大决心，转身径去，头也不回，没有一歇工夫，你的米通长衫的背影就消失在站台的昏茫里了。

## 两法师

在功德林去会见弘一法师的路上,怀着似乎从来不曾有过的洁净的心情;也可以说带着渴望,不过与希冀看出著名的电影剧等的渴望并不一样。

弘一法师就是李叔同先生,我最初知道他在民国初年;那时上海有一种《太平洋报》,其艺术副刊由李先生主编,我对于所载他的书画篆刻都中意。以后数年,听人说李先生已出了家,在西湖某寺。游西湖时,在西泠印社石壁上见李先生的"印藏"。去年子恺先生刊印《子恺漫画》,丏尊先生给它作序文,说起李先生的生活,我才知道得详明一点;就从这时起,知道李先生现称弘一了。

于是,不免向子恺先生询问关于弘一法师的种种。承他详细见告。十分感兴趣之余,自然来了见一见的愿望,便向子恺先生说起了。"好的,待有机缘,我同你去见他。"子恺先生的声调永远是这样朴素而真挚的。以后遇见子恺先生,就常常告诉我弘一法师的近况:记得有一次给我看弘一法师的来信,中间有"叶居士"云云,我看了很觉惭愧,虽然"居士"不是什么特别的尊称。

前此一星期,饭后去上工,劈面来三辆人力车。最先是个和尚,我并不措意。第二是子恺先生,他惊喜似的向我点头。我也点头,心里便闪电般想起"后面一定是他"。人力车夫跑得很快,第三辆车一霎往后时,我见坐着的果然是个和尚,清癯的脸颔下有稀疏的长髯。我的感情有点激动,"他来了!"这样想着,屡屡回头望那越去越远的车篷的后影。

第二天,便接到子恺先生的信,约我星期日到功德林去会见。

是深深尝了世间味,探了艺术之宫的,却回过来过那种通常以为枯寂的持律念佛的生活,他的态度应是怎样,他的言论应是怎样,实在难以悬揣。因此,在带着渴望的似乎从来不曾有过的洁净的心情里,更掺着一些惝悦的分子。

走上功德林的扶梯,被侍者导引进那房间时,近十位先到的恬静地起立相迎。靠窗的左角,正是光线最明亮的地方,站着那位弘一法师,带笑的容颜,细小的眼里眸子放出晶莹的光。丏尊先生给我介绍之后,教我坐在弘一法师的侧边。弘一法师坐下来之后,便悠然地数着手里的念珠,我想一颗念珠一声阿弥陀佛吧。本来没有什么话要同他谈,见这样更沉入近乎催眠状态的凝思,言语是全不需要了。可怪的是在座一些人,或是他的旧友,或是他的学生,在这难得的会晤顷,似应有好些抒情的话同他谈,然而不然,大家也只默默然不多开口。未必因僧俗殊途,尘净异致,而有所矜持吧。或者,他们以为这样默对一二小时,已胜于十年的晤谈了。

晴秋的午前的时光在恬然的静默中经过,觉得有难言的美。

随后又来了几位客,向弘一法师问几时来的,到什么地方去那些话。他的回答总是一句短语;可是殷勤极了,有如倾诉整个的心愿。

因为弘一法师是过午不食的,十一点钟就开始聚餐。我看他那曾经挥洒书画弹奏音乐的手郑重的夹起一荚豇豆来,欢喜满足地送入口里去咀嚼的那种神情真惭愧自己平时的乱吞胡咽。

"这碟子是酱油吧?"

以为他要酱油,某君想把酱油碟子移到他面前。

"不,是这位日本的居士要。"

果然,这位日本人道谢了,弘一法师于无形中体会到他的愿欲。

石岑先生爱谈人生问题,著有《人生哲学》,席间他请弘一法师谈一点关于人生的意见。

"惭愧,"弘一法师虔敬地回答,"没有研究,不能说什么。"

以学佛的人对于人生问题没有研究,依通常的见解,至少是一句笑话。那么,他有研究而不肯说吗?只看他那殷勤真挚的神情,见得这样想时就是罪过。他的确没有研究。研究云者,自己站在这东西的外面,而去爬剔,分析,检察这东西的意思。像弘一法师,他一心持律,一心念佛,再没有站到外面去的余裕,哪里能有研究呢?

我想,问他像他这样的生活,觉得达到了怎样的一种境界,或者比较落实一点。然而健康的人不自觉健康,哀乐的当时也不能描状哀乐;境界又岂是说得出的。我就把这意思遣开;从侧面看弘一法师的长髯以及眼边细密的皱纹,出神久之。

饭后,他说约定去见印光法师,谁愿意去可同去。印光法师这名字知道得很久了,并且见过他的文钞,是现代净土宗的大师,自然也想见一见。同去者计七八人。

决定不坐人力车,弘一法师拔脚便走,我开始惊异他步履的轻捷。他的脚是赤了的,穿一双布缕缠成的行脚鞋。这是独特健康的象征啊,同行的一群人,哪里有第二双这样的脚!

惭愧,我这年轻人常常落在他的背后。我在他背后这样想:——

他的行止笑语,真所谓纯任自然的,使人永不能忘。然而在这背后却是极严谨的戒律。丏尊先生告我,他尝叹息中国的律宗有待振起,可见他的持律极严的。他念佛,他过午不食,都为的持律。但持律而到非由"外铄"的程度,人便只觉他一切纯任自然了。

似乎他的心非常之安,躁忿全消,到处自得;似乎他以为这世间十分平和,十分宁静,自己处身其间,甚而至于会把它淡忘。这因为他把所谓万象万事划开了一部分,而生活在留着的一部分内之故。这也是一种生活法,宗教家,艺术家大概采用。并不划开一部分而生活的人,除庸众外,不是贪狠专制的野心家,便是社会革命家。

他与我们差不多处在不同的两个世界。就如我,没有他的宗教的感情与信念,要过他那样的生活是不可能的。然而我自以为有点了解他,而且真诚地敬服他那种纯任自然的风度。哪一种生活法好呢?这是愚笨的无意义的问题。只有自己的生活法好,别的都不行,夸妄的人却常常这么想。友人某君曾说他不曾遇见一个人他愿意把自己的生活与这个人对调的,这是踌躇满志的话。人本来应当如此,否则浮漂浪荡,岂不像没舵之舟。然而某君又说尤紧要的是同时得承认别人也未必愿意与我对调,这就与夸妄的人不同了;有这么一承认,非但不菲薄别人,且能致相当的尊敬。彼此因观感而化移的事是有的。虽说各有其生活法,究竟不是不可破的坚壁;所谓圣贤者转移了什么什么人就是这么一回事。但是板着面孔专事菲薄别人的人决不能转移了谁。——

到新闸太平寺,有人家借这里治丧事,乐工以为吊客来了,预备吹打起来。及见我们中间有一个和尚,而且问起的也是和尚,才知道误会,说道"他们都是佛教里的"。

寺役去通报时,弘一法师从包袱里取出一件大袖的僧衣来(他平时穿的,袖子同我们的长衫袖一样),恭而敬之地穿上身,眉宇间异样地静穆。我是欢喜四处看望的,见寺役走进去的沿街的那房间里,有个躯体硕大的和尚刚洗了脸,背部略微佝着,我想这一定就是。果然,弘一法师头一个跨进去时,便对这和尚屈膝拜伏,动作严谨且安详。我心里肃然。有些人以为弘一法师当是和尚里的浪漫派,看这样可知完全不对。

印光法师皮肤呈褐色,肌理颇粗,表示他是北方人;头顶几乎全秃,发着亮光,脑额很阔;浓眉底下一双眼睛这时虽不戴眼镜,却同戴了眼镜从眼镜上面射出眼光的样子看人;嘴唇略微皱瘪;大概六十左右了。弘一法师与印光法师并肩而坐,正是绝好的对比,一个是水样的秀美,飘逸,而一个是山样的浑朴,凝重。

弘一法师合掌恳请了:"几位居士都欢喜佛法,有曾经看了禅宗的语录的,今来见法师,请有所开示,慈悲,慈悲。"

对于这"慈悲,慈悲",感到深长的趣味。

"嗯,看了语录。看了什么语录?"印光法师的声音带有神秘味。我想这话里或者就藏着机锋吧。没有人答应。弘一法师便指石岑先生,说这位居士看了语录的。

石岑先生因说也不专看哪几种语录,只曾从某先生研究过法相宗的义理。

这就开了印光法师的话源。他说学佛须要得实益,徒然嘴里说说,作几篇文字,没有道理;他说人眼前最紧要的事情是了生死,生死不了,非常危险;他说某先生只说自己才对,别人念佛就是迷信,真不应该。他说来声色有点严厉,间以呵喝。我想这触动他旧有的愤念了。虽然不很清楚佛家所谓"我执""法执"的涵蕴是怎样,恐怕这样就有点近似。这使我未能满意。弘一法师再作第二次的恳请,希望于儒说佛法会通之点给我们开示。

印光法师说二者本一致,无非教人父慈子孝兄友弟恭,等等。不过儒家说这是人的天职,人若不守天职就没有办法。佛家用因果来说,那就深奥得多。行善便有福,行恶便吃苦:人谁愿意吃苦呢?——他的话语很多,有零星的插话,有应验的故事,从其间可以窥见他的信仰与欢喜。他显然以传道者自任,故遇有机缘,不惮尽力宣传;宣传家必有所执持又有所排抵,他自也不免。弘一法师可不同,他似乎春原上一株小树,毫不愧怍地欣欣向荣,却没有凌驾旁的卉木而上之的气概。

在佛徒中间,这位老人的地位崇高极了,从他的文钞里,见有许多的信徒恳求他的指示,仿佛他就是往生净土的导引者。这想来由于他有很深的造诣,不过我们不清楚。但或者还有别一个原因。一般信徒觉得那个"佛"太渺远了,虽然一心皈依,总未免感得空虚;而印光法师却是眼睛看得见的,认他就是现世的"佛",虔敬崇奉,亲接謦欬,这才觉得着实,满足了信仰的欲望。故可以说,印光法师乃是一般信徒用意想来装塑成功的偶像。

弘一法师第三次"慈悲,慈悲"地请求时,是说这里有言经义的书,可让居士们"请"几部回去。这"请"字又有特别的味道。

房间的右角里,装订作似的,线装和装的书堆着不少:不禁想起外间纷纷飞散的那些宣传品。由另一位和尚分派,我分到黄智海演述的《阿弥陀经白话解释》,大圆居士说的《般若波罗密多心经口义》,李荣祥编的《印光法师嘉言录》三种。中间《阿弥陀经白话解释》最好,详明之至。

于是弘一法师又屈膝拜伏,辞别。印光法师点着头,从不大敏捷的动作上显露他的老态。待我们都辞别了走出房间时,弘一法师伸两手,郑重而轻捷地把两扇门拉上了。随即脱下那件大袖的僧衣,就人家停放在寺门内的包车上,方正平帖地把它折好包起来。

弘一法师就要回到江湾子恺先生的家里,石岑先生予同先生和我便向他告别。这位带有通常所谓仙气的和尚,将使我永远怀念了。

我们三个在电车站等车,滑稽地使用着"读后感"三个字,互诉对于这两位法师的感念。就是这一点,已足证我们不能为宗教家了,我想。

1927年10月8日作

据说,佛家教规,受戒者对于白衣是不答礼的,对于皈依弟子也不答礼;弘一法师是印光法师的皈依弟子,故一方敬礼甚恭,一方点头受之。

1931年6月17日记

## 不甘寂寞

今年夏间，铮子内姑母病殁。当热作昏沉的时候，对她的侄女口述四语道："凄风苦雨，是我归程。蓬莱不远，到处飞行。"

科学地说起来，所谓精神是有机体发达到了一定阶段所产生出来的，它是某一些有机体特有的生理上的属性或一种机能；换言之，它是有机体的神经系统所发生的一种作用；有机体破坏，精神作用也就跟着消灭。但是，就一般人情说，死如果等于"从此消灭"，把以前曾经存在的账一笔划断，那是非常寂寞的事。受不住这种寂寞，便来了死后依然存在的想头。依然存在，自当有所居的境界和相同的伴侣。这各依自己的信仰和想象来决定；在已经走近了生死的界线的当儿，往往会造成一些"奇迹"，供后死者传说无休。如信鬼者临死，会有祖先或亡故的亲属到来，导往冥土；基督徒便遇见生着鸟翅膀的天使，迎归天国；佛门弟子则由佛来接引，往生净土，试翻《净土圣贤录》，这类故事不可胜数。基督徒何以不会遇见祖先或亡故的亲属呢？蒙佛接引的又何以只限于信佛念佛的人？这其间的缘故，原是一想便可以明白的。

最受不住这种寂寞的应该是修持净土的人了。他们把死看做往生净土与堕入地狱的歧路口。其设想净土与地狱，都源于死后依然存在这一念；而净土悦乐，地狱痛苦，所以临到歧路口必须趋此舍彼。于是一心念佛，平生用尽工夫；指望临命终时，此心不乱，仍能称诵佛号蒙佛引归净土。还恐怕自力不够，便预先告诫亲属后辈，当己临终，慎勿啼哭，啼哭则此心散乱，便将堕入地狱苦趣；唯有助念佛号，最为功德无量。曾读当代某大师的文钞，厚厚的四本，差不多全讲这一些；教人对于死这一件大事怎样去做预备工夫。他们的不甘寂寞也就可想而知了。

"蓬莱不远"的蓬莱正无异于基督徒的天堂和佛门弟子的净土。

更从送死者这一方面说，断了气的一个人如果就此灵爽无存，斩绝了曾与世间发生过的一切关系，那也是非常寂寞的事。承认他存在于另一个世界里吧；唯有这样才好比宝物虽不在手头，而存放在外库里，并非就此失掉，便也足以自慰。从这一念，于是来了种种送死的花样。

这回因铮子内姑母的丧事，把久已忘怀了的故乡种种送死的花样温理了一过。逢七不请和尚唪经，便延羽士礼忏。教死者受佛门的戒，由和尚给与法名；另一方面，羽士起"给箓"的法场，派定死者在瑶池会上当一份小差使，也别有道号。佛教徒呢？道教徒呢？只好说"兼收并蓄"。逢七前一天，到各个城隍庙里去烧"七香"。城隍是冥土的地方官，到他们那里去烧香，无非希望他们对于新隶治下的鬼囚高抬贵手，不要十分难为；老实说，这是去行贿赂，既已是佛门的戒徒，瑶池会上的"职仙"，何以又成为城隍治下的鬼囚呢？这其间的矛盾谁也不去想。总之多方打点，只求于死者"死后的生活"有利。

纸制的服用器物，凡想得到的都特制起来焚化。细针凿花的是纱衣，纸背黏一点薄棉的是法兰绒，折成凹凸纹的是绒绳衫，灰纸剪细贴在衣里的是"小毛"，黄纸剪细贴在衣里的是"大毛"。桌椅箱笼，镜奁盘盒，乃至自鸣钟，热水瓶，色色俱备而且都是"摩登"的款式。因为死者生时爱打"麻将"，便付与一副麻将牌，加上三道"花"，还有"财神"和"元宝"，死者使用着这些器物，"死后的生活"大概很"舒齐"的了，只是还没有自己的房子，租赁人家的房子终非久计。据说在最近的将来就有一所纸房子为她建筑起来了。

死者每天进食三次，中午用饭，早晚用点食。食毕便焚化纸锭。逢食拿钱,这是阳世生活所没有的。唪经礼忏的日子则焚化得特别地多。统计七七中所焚化的纸锭,至少可以堆满半间屋子。普通纸锭是用一张锡箔折成的;还有用几张锡箔凑合摺成的中空的正方体,名之曰"库",中间容纳一只菱形的小锭。这东西非常贵重,据说只须有极少的几个,便可以在冥土开一爿"典当"。这回焚化这样的"库"也不少。在冥土,新开的"典当"像上海四马路的书局一样,一家一家接连起来了吧。教死者去剥削穷鬼实非佳事,这一层当然不去想了;想到的只是从此死者将成为冥土的巨大的财主。

灵座旁安置一件铜器;名之曰"磬"却是碗形圆底的东西。每天须敲这东西四十九下;恐怕少敲或多敲,便用四十九个铜钱来记数。说道死者一直在那里趱行冥土的路程,而冥土是黑暗的,须待磬声一响,才有一段光明照见前路。如果少敲了,光明不继,那就有迷路的危险;多敲了呢,光明太强耀得趱行者眼花,也许会累她跌跤。这样说起来,死者并不住佛土,也不在瑶池,也不做城隍治下的鬼囚,也不安居冥土的寓所,享受丰美的起居饮食,也不当许多爿"典当"的大老板,吮吸穷鬼们的鬼脂鬼膏;却在那里做踽踽独行的"旅鬼"。

承认死者存在于另一个世界里,可是终于不能确定死者的境况,这因为这种种矛盾荒唐的花样原来由送死者想象出来的。送死者忙着这种种的花样,仿佛得到了抚慰,强烈的悲感便渐渐地轻淡了。

## 过节

逢到节令,我们依着老例祭祖先。苏州人把祭祖先特称为"过节";别地方人买一点酒菜,大家在节日吃喝一顿,叫做"过节";苏州人对于这两个字似乎没有这样用法。

过节以前,母亲早已把纸锭折好了。纸锭的原料是锡箔,是绍兴地方的特产。前几年我到绍兴去,在一个土山上小立,只听得密集市屋间传出达达的声音,互相应答,就是在那里打锡箔。

我家过节共有三桌。上海弄堂房子地位狭窄,三桌没法同时祭,只得先来两桌,再来一桌。方桌子仅有一只,只得用小圆桌凑一凑。本来是三面设座位的,因为椅子不够,就改设一面。杯筷碗碟拿不出整齐的全套,就取杂色的来应用。蜡盏弯了头。香炉里香灰都没有,只好把三支香搁在炉口算数。总之,一切都马虎得很。好在母亲并不拘拘于成规,对于这一切马虎不曾表示过不满。但是我知道,如果就此废止过节,一定会引起她的不快。所以我从没有说起废止过节。

供了香,斟了酒,接着就是拜跪。平时太少运动了,才过四十岁,膝关节已经硬化,跪下去只觉得僵僵的,此外别无所思。在满坐的祖先中间,记忆得最真切的是父亲跟叔父,因为他们过世最后。但是我不能想象他们同十几个祖先挤坐在两把椅子上举杯喝酒举筷吃菜的情状。又有一个十一岁上过世的妹妹,今年该三十八了,母亲每次给她特设一盆水果,我也不能想象她剥橘皮吐桃核的情状。

　　从前父亲跟叔父在日,他们的拜跪就不相同。容貌显得很肃穆,一跪三叩之后,又轻轻叩头至数十回,好像在那里默祷,然后站起来,恭敬地离开拜位。所谓"祭如在","临事而敬",他们是从小就成为习惯了的。新教育的推行跟时代的转变把古传的精灵信仰打破,把儒家的报本返始的观念看得并没有什么了不得,于是"如在"既"如"不起来,"临事"自不能装模作样地虚"敬",只成为一种毫无意义的例行故事:这原是必然的事情。

　　几个孩子有时跟着我拜;有时说不高兴拜,也就让他们去。焚化纸锭却是他们喜欢做的事情,在一个搪瓷面盆里慢慢地把纸锭加进去,看它给火焰吞食,一会儿变成白色的灰烬,仿佛有冬天拨弄炭火盆那种情味。孩子们所知道的过节,第一自然是吃饭时可有较好较多的菜;第二,这是家庭里的特种游戏,一年内总得表演几回的。至于祖先会扶老携幼地到来,分着左昭右穆坐定,吃喝一顿之后,又带着钱钞回去:这在孩子是没法想象的,好比我不能想象父亲跟叔父会到来参加这家族的宴飨一样。从这一点想,虽然逢时过节,对于孩子大概不致有害吧。

# 诗人

甲　近来有新诗吗?

乙　没有,久已没有了。

甲　啊! 未免使诗坛寂寞。不知有多少读者正在渴望着你的新诗呢。

乙　我倒没有想到这一层。

甲　在酝酿那更伟大更名贵的诗篇吧?

乙　一点也不。诗跟我疏远了,疏远得像消散了的梦,我也不想去找它。

甲　这是多么可惊的事,诗会跟你疏远! 你遇到了什么意外的事吧?

乙　没有遇到什么意外的事,我还是平常的我。

甲　那么……

乙　那么什么?

甲　那么不应该变了常例,好久不作诗。总有点不同往日吧? 你得仔细省察一下。

乙　也不用仔细省察,我只觉得近来填满腔子的都是恨。

甲　喔,原来如此。是春恨呢还是别恨? ——这些都是再好不过的诗题。

乙　都不是,都不是。

甲　那么一定生老病死，人生无常，那个彻底的大恨了。这也是绝好的题材，古代的《诗经》跟《古诗十九首》里，就有属于这一类的好些名篇。

乙　也不是。告诉你，我所恨在乎"生"之后，"老病死"之前。

甲　在中间，中间是什么东西呢？

乙　我恨我们这个生活，我恨形成我们这个生活的社会。

甲　原来你不声不响，转成厌世派了。那么，也不妨作几首《游仙诗》《招隐诗》，聊以寄意呀。

乙　你的心思真像弹簧一般，听说恨这个生活，马上一弹弹到了厌世派。恨着这个，不可以望着那个吗？那个也是生活，也是社会呀。又哪里搭得上什么厌世派！

甲　这倒不错。我不妨把弹过去的自己捡回来。但是，我要听你说为什么要恨。

乙　啊，我们这个生活！愚昧高高地坐在顶上，抽着他的狠毒的鞭子；强暴密密地围在四周，刺着他的锋利的刀剑；不容声响，声响就是罪恶；不容喘息，喘息就是乖逆；再也不用说昂头挺胸走几步，放怀任意谈一场；你想，这还成什么生活？除了厌世派（他们本来就不愿意好好地活在世间），谁还能不恨？

甲　确然如此，确然如此。我也觉得有点怅怅然了。

乙　你跟我原是同一个网里的鱼呀。我们处在同一个社会里，过着同样的生活，当然会抱着同样的恨。

甲　那么怎么办呢？我们正像同舟共济的伙伴，彼此该有个商量。

乙　我自己跟自己商量过了，不妨告诉你。

甲　希望你的意思比金子还名贵。

乙　我的意思是这样：恨，不妨填满了腔子，不妨像海一样深，可是，决不能徒然是恨，徒然是恨只有毁灭了自己，此外没有半点结果。

甲　我也能明白,这是个虽简单却真实的道理。肚子饿的时候,要是不想法子找东西吃,不是只有饿死了自己吗?

乙　怎么不是?并且,单只会恨,可是没有力量来消释这个恨,这样的人配恨吗?这是丧失人格,也就是毁灭了自己。

甲　那么……

乙　所以我决意拿出我的力量来,亲自动手,把这个生活撕成粉碎,让它再也拼凑不拢来;同时另外建造一个新的。

甲　好大的志愿!但是,这只怕不是你的事情。

乙　怎么不是我的事情?这不单是我的事情,而且也是你的事情。

甲　你忘记了你是诗人了。

乙　我是诗人吗?

甲　你决不至于消失了记忆力。报纸杂志上提起你的名字,不是总给加上"诗人"的字样吗?

乙　这是别人这样写的,我并没有关照他们这样写。

甲　他们这样写,原为你能够作诗的缘故。

乙　我虽然能够作诗,但是我也能够做人;与其称我为诗人,不如直截了当称我为"人"好了。

甲　你究竟作了许多不是人人所能作的诗。

乙　所以必得称为诗人吗?

甲　正是这个意思。

乙　就算是诗人,又怎样呢?

甲　诗人自有他的园地,自有他的工作。诗人的收获能够清醒人家的心灵,安慰人家的痛苦,具有无上的价值,正不必再去栽培旁的。像你所说的,撕碎了一个,再来建造一个,这太现实了,太功利了,是另外一种人的事情,不是诗人的本分。

乙　原来这里头有这样一个圈套。

甲　什么圈套?

乙　世间的圈套很多，往往用很好的名目引你去钻，钻了进去之后，你就休想有自由天地。譬如当尼姑，专门替人家忏悔罪孽，超度幽魂，岂不是个很好的名目？但是当了尼姑之后，任他春花秋月，总不容你"思"一思"凡"。《孽海记》里的小尼姑可不管，她"思凡"而且"下山"，所以对于她的笑骂一直延到如今，并且可以料想，会延到很远的将来。这是何等可怕的一个圈套！用诗人的名称来加给人，无非是同样的圈套。

甲　你说笑话了哈哈。

乙　倒并非笑话。思凡是尼姑最切身的事，为什么当了尼姑就不许思凡？难道尼姑只该替人家忏悔罪孽，超度幽魂，却不该实现自己的愿欲吗？同样的情形，撕碎一个再来建造一个是我最切身的事，为什么被称为诗人的时候就做不得？难道诗人只该给人家当清心丸或者忘忧草，却不该当心自己的生活吗？——我若是尼姑，决不怕人家的笑骂，要思凡就思凡。我现在被称为诗人，虽然你说其他的事不是我的事，又岂能摇动了我的心呢？

甲　哈哈，你要把尼姑对比到底了吧？

乙　哦，十年二十年之后，也许有真好的诗出现，这好诗的作者也许就是我。

甲　欢喜之至，诗坛终究不至于寂寞了！

1926年作

## 水患

甲　水只是涌进来,涌进我的田里,像山瀑归壑一般。我的天呀!我的田!

乙　你看我的田,白茫茫一片,竟改装为湖荡了。底下是葱绿的禾苗,现在该要腐烂了。啊,我的宝贝!我的生命!我的葱绿的禾苗!

甲　你这样说,更引起我的伤心。还是前十几天的时候,我已经发现了透出尖来的花穗。你想,假如没有这水灾,现在该是什么样子了?

乙　啊,我的眼泪要滴下来了!还不是漫天遍野,一片稻花香嘛!稻花香,稻花香,你在哪里?我张开了两个鼻管在嗅你呢,你在哪里?

甲　往后不堪设想呢!

乙　我简直不敢往后想。

甲　不敢想就完毕了吗?

乙　怎么讲?

甲　事实会教你不得不想。你有嘴,你有肚皮,你有老婆,你有儿子,你能够不想吗?

乙　我不过这样说说罢了。不瞒你说,我是三个整晚没有睡熟了,只是在那里想,想眼前的灾难,想将来的困苦。

甲　单是想想也没有用,我们该想法子。

乙　当然,我们该想法子。

甲　我想,我们有的是力量,给我们灾害的是冲决的河水,我们就该抵挡这河水。

乙　好,抵挡这河水!我把眼泪揩干了,我现在觉得我们的将来不定是困苦,说不定还是比往年更甚的满足。

甲　我们一起来工作吧!

乙　我们一起来工作!我们同志,我们一伙儿,现在大家先伸出手来。手在这里!

甲　手在这里!

乙　我们紧紧地握一握吧!

甲　我们紧紧地握一握吧!


甲　你预备干什么?把衣服脱得精光?

乙　我要下水去,把河底的泥挖起来,故而脱了衣服。

甲　哈哈,好笨的法子。我不想脱衣服,也不预备挖起河底的泥,我只筑一道坝。所以我带了扁担簸箕来。

乙　一道坝!就有用了吗?

甲　防水筑坝,小孩子也明白的,怎样会没有用?

乙　你看上游的水来得多厉害,立刻会冲毁了你的坝。我不赞成你这种苟且的法子!

甲　依你怎么样?

乙　我早已告诉你了,我要挖起河底的泥。待把河身挖得很深的时候,上游的水势虽然急,也不会泛滥到我们的田里。

甲　嗤,等你把河身挖得很深的时候,现在浸在水底的禾苗早已腐烂净尽了。我不赞成你这种迂远的法子!

乙　对不起,我是很相信自己的主张是可靠的,我不愿意丢了自己的可靠的主张。

甲　你以为我是随便说说，不很相信自己的主张的吗？老实说，我再三考量过，这边那边都想到，才决定这个主张的。我愿意执持我的主张，比武士执持他的戈矛还要坚强。

乙　太可笑了，这等粗鲁的苟且的法子，也要执持着不肯改变，不是愚笨是什么，不是成见是什么！

甲　你不要当着我的面说这等屁话，你要知道侮辱人家的意见，比侵犯人家的身体还要罪恶，还要该死！不客气，像你这等麻烦的迂远的法子，只有大大的笨伯才想得出，我也不高兴来说你是什么了！

乙　你才是屁话！——我是什么？你说！你说！我定要你说！

甲　你定要我说，我不妨说。你在那里做梦！你的脑子是没有三条皱纹的！

乙　太侮辱人了！你混账！你不是东西！

甲　你破口就骂！我也骂你，你是猪！是蠢然的猪！

乙　气死我了，同你这种东西一起站在大地上，真是倒霉！我要飞上天空去，先自洗去脚底里沾着的泥，因为这泥是你所站的这块地上的。

甲　我的肚皮也几乎给你气破了。我要另外去找一个太阳，再也不愿与你这蠢然的猪同在一个太阳的照临之下！


甲　他真肯同我合作吗？现在的时代，好人早已死完了，而且骨头也化为灰尘了，活在世上的，谁也不会是好人。说什么公众的利益，说什么彼此的好处，说什么同志，说什么一伙儿，我都明白，全是挂在嘴唇上的门面语，说起来彼此耳朵里觉得好听些，脸上也似乎好看些。其实呢，第一是为自己，第二是为自己，第三第四还是为自己。他瞒得过我吗？他的田是有名的坏田，又是低，又是瘦，一亩田收不到几斗米。他醒里梦里都在那里祈祷，最好天公把他的田涨高几尺，又赏给他最好的肥料。可惜天公没有依从了他的愿望。现在，他想机会来了，借了抵挡水灾的名儿，就教我帮他的忙，去挖河底的泥。挖了泥起来，放在什么地方呢？他一定会说："随随便便放在我的田里就是了。"于是他的田就慢慢的高起来了。而且那河泥是多么肥呀。是傻子才会上这个当，出了汗，费了气力，却去填高别人家的田！他这家伙真不张开眼睛的，会把这个当来给我上，真是猪！猪！

乙　真要给他气死的，"该想法子，该想法子"，原来他想他的法子，又教人家帮着他想他的法子！本来，同人家合伙做事，成功以后彼此只得各半的好处，现在的人是谁也不感满足的。他是特别的好人吗？我看看不像，我想他自己照着镜子看看也未必像。所以他的主张是完全为着他自己的好处的。他的田不是靠着河边吗？我听见他说不止一回了，"可惜这田岸太狭了；不然，在这里架一个罾，一边种田，一边捕鱼，倒是很好的事呢"。现在他主张筑坝，那是不用商量的，自然筑在他的田旁。坝筑好了是不会逃走的，于是他可以架起罾来捕鱼，而且牵一头牛走过也方便！来回登岸上船也方便了。这些完全是他的利益呀。但要我帮他一半气力，而且是个好听的题目，协力合作，抵挡水患！我假若看不透他的诡计，才真是"大大的笨伯"呢。可恶透了，竟把人看做没中用的笨伯，真是混账！真不是东西！

水　哗——哗——一点没有障碍，一点没有阻挡，要到哪里就是哪里，自由呀，自由呀，我才是自由的王！白茫茫的，波漾漾的，你看，全是我的国土。啊，我的势头方兴未艾呢！我有山岳一般的力量，我有烈火一般的气焰，这是眼前的事了，什么东西都要给我压在底下，什么东西都要破败成烂泥残屑。只在昨天，倒略微上了些心事。听说有一位甲先生一位乙先生要合着力来同我为难了。但是我立刻就放心了！因为他们两个方才握了手，接着就是闹意见，后来竟分开了，却彼此不曾动一动手。这不是给我一个保证，表明再没有别种势力能同我对敌了吗？我的国土还会不就等于全世界吗？啊，我的胜利！我的光荣！哗——哗——

甲　又碰见了。

乙　我想向你说一句话，你愿意听吗？

甲　我也这样想。你不妨先说。

乙　只有一句，我想了一整夜想出来的，就是，这样子下去不对呀！

甲　你怎么揣知我的心的？我正想向你说：这样子下去不对呀！

乙　我并不曾揣知你的心，我的心自己这样想。

甲　那么彼此同心了。不对的缘故，是不是因为水势越来越大，而我们还不曾动手对付它，结果受那莫大的困苦的就是我们？

乙　不错，是这个缘故。

甲　那么更见得彼此同心了。我想，如果昨天动了手，今天的水势总要差一点吧。

乙　昨天为什么终于不曾动了手，我们得反省反省。

甲　我很惭愧，我太过坚持自己的意见了，因而绝不考查你的意见究竟怎样，总给你一个反对。

乙　你说惭愧，我何尝不惭愧，我犯的正是同样的毛病。

甲　索性告诉了你吧！我还疑心你完全为的私见，因为要填高你的低田，才想出你的方法，教我给你当义务的帮役。

乙　我也当着你忏悔了，我对于你的疑心是你要补救那田岸太狭的缺憾，所以想出你的方法，教我给你充临时的奴隶。

甲　哦，不幸得很，彼此给魔鬼射中了一支冷箭！但是，现在大家坦白的说出来了,两支冷箭也就拔去了。

乙　啊,狠毒的冷箭!它几乎教我们下沉入卑鄙的路,永远与正大光明绝缘。我此刻想,人与人交接,为什么不把坦白的心相见呢?为什么定要这样那样的揣想,总把不好的事情加到别人身上去呢?真是没有理由!

甲　的确没有理由!唯坦白的心具有黏性,一个同一个团结起来,而且越团越紧。

乙　而且,心既坦白,闹意见的事情也就少有了,大家为着事实着想,是是是,非是非,有什么闹的呢?

甲　我们诅咒猜疑吧!我们诅咒闹意见吧!

乙　及今诅咒,我们的工作已经被耽误了一天了。

甲　虽然耽误,也还值得,现在我们认识了这支冷箭了。

乙　你说得不错。那么,我们动手工作吧,要加工的做,要合力的做。

甲　好!要加工,要合力,我现在具有十二分的勇气!

乙　我们先一同来筑一道坝,暂时把水势挡一挡!然后一同挖掘河身,使能永久容受汹汹的水量。

甲　不是你的我的法子都用得到了吗?

乙　你要记着,现在我们不再闹意见了,完全就事实着想。

甲　今当真个合力工作之先,该重新伸出手来。

乙　手在这里。

甲　我们紧紧地握一握吧!

乙　我们紧紧地握一握吧!

1926年作